Nora Roberts est
rature féminine c
reçu de nombreu
lièrement classés
New York Times. D
gues originales, une plume vive et légère... Nora Roberts explore à merveille le champ des passions humaines et ravit le cœur de plus de quatre cents millions de lectrices à travers le monde. Du thriller psychologique à la romance en passant par le roman fantastique, ses livres renouvellent chaque fois des histoires où, toujours, se mêlent suspense et émotion.

LA FORTUNE DES SULLIVAN

DE LA MÊME AUTRICE AUX ÉDITIONS J'AI LU

Les illusionnistes
Un secret trop précieux
Ennemies
L'impossible mensonge
Meurtres au Montana
Question de choix
La rivale
Ce soir et à jamais
Comme une ombre dans la nuit
La villa
Par une nuit sans mémoire
La fortune des Sullivan
Bayou
Un dangereux secret
Les diamants du passé
Les lumières du Nord
Coup de cœur
Douce revanche
Les feux de la vengeance
Le refuge de l'ange
Si tu m'abandonnes
La maison aux souvenirs
Les collines de la chance
Si je te retrouvais
Un cœur en flammes
Une femme dans la tourmente
Maléfice
L'ultime refuge
Et vos péchés seront pardonnés
Une femme sous la menace
Le cercle brisé
L'emprise du vice
Un cœur naufragé
Le collectionneur
Le menteur
Obsession
Un cœur à l'abri
Enchantements
Fêlures
La cachette
Héritage

LIEUTENANT EVE DALLAS

1. *Lieutenant Eve Dallas*
2. *Crimes pour l'exemple*
3. *Au bénéfice du crime*
4. *Crimes en cascade*
5. *Cérémonie du crime*
6. *Au cœur du crime*
7. *Les bijoux du crime*
8. *Conspiration du crime*
9. *Candidat au crime*
10. *Témoin du crime*
11. *La loi du crime*
12. *Au nom du crime*
13. *Fascination du crime*
14. *Réunion du crime*
15. *Pureté du crime*
16. *Portrait du crime*
17. *Imitation du crime*
18. *Division du crime*
19. *Visions du crime*
20. *Sauvée du crime*
21. *Aux sources du crime*
22. *Souvenir du crime*
23. *Naissance du crime*
24. *Candeur du crime*
25. *L'art du crime*
26. *Scandale du crime*
27. *L'autel du crime*
28. *Promesses du crime*
29. *Filiation du crime*
30. *Fantaisie du crime*
31. *Addiction au crime*
32. *Perfidie du crime*
33. *Crimes de New York à Dallas*
34. *Célébrité du crime*
35. *Démence du crime*
36. *Préméditation du crime*
37. *Insolence du crime*
38. *De crime en crime*
39. *Crime en fête*
40. *Obsession du crime*
41. *Pour l'amour du crime*
42. *Confusion du crime*
43. *Crimes sous silence*
44. *Les noces du crime*
45. *Révélations du crime*
46. *Le crime est une œuvre*
47. *Crime et complot*
48. *Les dessous du crime*
49. *Crimes pour vendetta*
50. *Crime en lettres d'or*
51. *Dans l'ombre du crime*
52. *Crime et cabale*
53. *Les reliques du crime*

Crimes et chaos
Crimes sans fin

INTÉGRALES

Affaires de cœurs
Le secret des fleurs
Les étoiles de la fortune
Les trois clés
Quatre saisons de fiançailles

NORA ROBERTS

LA FORTUNE DES SULLIVAN

Traduit de l'anglais (États-Unis)
par Michèle et Jérôme Pernoud

J'AI LU

Titre original
THREE FATES

Éditeur original
G. P. Putnam's Sons, New York

À Dan et Stacie,
Puisse la tapisserie de vos vies se tisser
des fils roses de l'amour, des rouges profonds
de la passion, des bleus sereins du bonheur
et de l'accord des âmes, et de l'argent brillant,
si brillant de l'humour.

Première partie

FILER

Oh, quelle toile emmêlée ne tissons-nous pas,
Sitôt que nous pratiquons ruse et tromperie !

Sir Walter SCOTT

1

7 mai 1915

Henry W. Wyley – ignorant, heureusement pour lui, qu'il allait passer de vie à trépas vingt-trois minutes plus tard – s'imaginait en train de pincer le derrière, fort joliment arrondi, de la jeune blonde qui se trouvait dans sa ligne de mire. Fantasme bien inoffensif, qui ne pouvait causer de tort ni à la blonde en question ni à l'épouse d'Henry, et le plongeait dans une douce euphorie.

Ses robustes genoux bien à l'abri sous un plaid, son ventre proéminent mis en joie par un déjeuner aussi fastueux que prolongé, il goûtait l'air vivifiant du grand large au côté de sa femme, Edith – dont l'arrière-train, Dieu bénisse la sainte femme, était plat comme une crêpe –, et se délectait de la croupe de la blonde, en même temps que d'une tasse d'un excellent Earl Grey.

Henry, homme corpulent au rire jovial et à l'œil toujours en maraude, ne se souciait guère d'aller rejoindre les autres passagers au bastingage, afin de contempler les chatoyantes côtes irlandaises. Il les avait déjà vues dans le passé, et supposait qu'il aurait encore de nombreuses occasions de les revoir dans l'avenir. Du reste, il n'avait jamais compris ce qui pouvait fasciner autant les gens dans le spectacle des prairies et des falaises. Henry était un citadin endurci, qui ne prisait rien tant que la solidité de l'acier et du béton. Sans compter qu'à ce moment précis les exquis biscuits au chocolat servis avec le thé l'intéressaient bien davantage que le panorama.

Surtout lorsque la blonde s'éloigna.

Ignorant les objurgations d'Edith à ne pas s'empiffrer, il engloutit trois biscuits avec une intense satisfaction. Fidèle à elle-même, Edith s'abstint. Dommage qu'elle se soit privée de ce petit plaisir, dans ce qui allait être les derniers moments de sa vie ; mais elle mourrait comme elle avait vécu, s'inquiétant de l'excédent de poids de son mari et chassant les miettes qu'il laissait se répandre sur le plastron de sa chemise.

Henry, quant à lui, pensait que les envies étaient là pour être satisfaites. Quel intérêt d'être riche, après tout, si l'on ne s'offrait pas ce qu'il y avait de mieux ? Il avait été pauvre, et il avait eu faim. Être riche et bien nourri valait beaucoup mieux.

Il n'avait jamais été beau, mais quand un homme avait de l'argent on le disait fort plutôt que gros, au physique intéressant plutôt que laid. Henry goûtait l'absurdité de ces distinctions.

En ce brillant après-midi de mai – il était presque trois heures –, le vent soufflait sur son drôle de petit postiche charbonneux, lui fouettait le visage et donnait de vives couleurs à ses joues replètes. Une montre en or dans sa poche, il portait une épingle ornée d'un rubis agrafée à sa cravate. Son Edith, avec sa silhouette de poulet décharné, était habillée par les meilleures maisons de couture parisiennes. Henry pesait près de trois millions de dollars. Pas autant qu'Alfred Vanderbilt, lui aussi en train de traverser l'Atlantique au même moment, mais assez pour s'estimer satisfait de la situation. Assez, en tout cas, songeait-il avec fierté (tout en caressant l'idée d'un quatrième biscuit), pour s'offrir des billets de première classe sur ce palace flottant. Assez pour veiller à ce que ses enfants aient reçu une éducation de première classe, et s'assurer que ses petits-enfants en recevraient une à leur tour.

Dans son esprit, voyager en première classe était plus important pour lui que pour Vanderbilt ; après tout, Alfred n'avait jamais été contraint de se satisfaire des secondes classes.

Il écoutait d'une oreille distraite le bavardage de sa femme sur leur programme une fois arrivés en Angleterre. Oui, ils feraient des visites et ils en recevraient. Non, il ne passerait pas toutes ses journées avec ses associés, ni à rechercher de nouvelles pièces à acquérir pour son commerce.

Il le lui promit avec son amabilité coutumière ; au bout de quarante ans de mariage, il restait profondément attaché à sa femme, aussi serait-il attentif à ce qu'elle passe de bons moments pendant leur séjour à l'étranger.

Mais il avait aussi des projets personnels, et ç'avait même été l'unique motif pour lequel il avait entrepris cette traversée printanière.

Si ses informations étaient exactes, il entrerait bientôt en possession de la deuxième *Parque*. La statuette d'argent représentait pour lui une quête personnelle, qu'il poursuivait depuis qu'il avait acheté, par hasard, la première de cette fameuse série de trois.

Il avait également une piste menant vers la troisième, et s'y précipiterait dès que la deuxième serait en sa possession. Quand il aurait la série complète, il serait vraiment un passager de première classe.

Les Antiquités Wyley ne passeraient plus derrière aucun confrère.

Couronnement personnel autant que professionnel, songea-t-il. Tout cela pour trois petites bonnes femmes en argent – qui, séparément, valaient déjà une jolie somme, mais qui, réunies, en vaudraient une défiant l'imagination. Peut-être les prêterait-il quelque temps au Metropolitan Museum. Oui, il aimait cette idée.

Les Trois Parques
Prêt de la collection personnelle d'Henry W. Wyley

Edith aurait ses nouveaux chapeaux, songea-t-il, ses dîners et ses promenades d'après-midi. Et lui-même recevrait la récompense suprême d'une vie de travail.

Avec un soupir d'aise, il se cala dans son fauteuil pour savourer sa dernière tasse d'Earl Grey.

Felix Greenfield était un voleur. Il n'en était ni spécialement honteux ni spécialement fier ; il était ce qu'il était, voilà tout, et depuis toujours. De même qu'Henry Wyley prévoyait de pouvoir à nouveau contempler les côtes irlandaises dans l'avenir, de même Felix comptait rester un voleur pour de nombreuses années encore.

Il était bon dans sa partie ; pas véritablement brillant, non, il le reconnaissait d'ailleurs sans peine, mais enfin, assez bon pour joindre les deux bouts. Assez bon en tout cas, songeait-il en glissant rapidement le long des couloirs des premières, dans l'uniforme de steward qu'il avait dérobé, pour avoir réuni de quoi se payer le billet de retour en Angleterre en troisième classe.

Certes, il avait laissé derrière lui, à New York, une situation un peu chaude professionnellement parlant, avec cette équipe de flics sur ses talons à cause d'un cambriolage raté. Non que ç'ait été sa faute, du moins pas entièrement. Sa seule erreur avait été d'enfreindre sa règle d'or, et de prendre un associé pour faire ce travail.

Mauvais choix, dès lors que son partenaire d'occasion avait enfreint une autre règle d'or : Ne vole jamais ce que tu ne pourras pas écouler facilement et discrètement. L'avidité avait aveuglé le vieux frère Deux-Pintes, pensait Felix en soupirant, tandis qu'il s'introduisait dans la luxueuse cabine de Wyley. À quoi pensait donc le malheureux, quand il avait fait main basse sur un collier de saphirs et de diamants ? Après quoi, il s'était conduit en fichu amateur, à se saouler comme un vulgaire matelot, avec ses deux pintes de bière coutumières, et à se vanter publiquement de son exploit.

En tout cas, frère Deux-Pintes pouvait continuer ses vantardises en prison désormais, même si là-bas il ne trouverait pas de bière pour l'aider à délier sa stupide langue. Mais le bâtard s'était mis à table, en bon indic qu'il était, et avait balancé le nom de Felix aux flics. Aussi avait-il paru plus sage à ce dernier d'entreprendre un petit voyage d'agrément sur l'océan ; quel meilleur endroit pour se faire oublier qu'un bateau, aussi grand qu'une vraie petite ville ?

La guerre en Europe l'avait bien inquiété quelque peu, et ce qu'on racontait des navires allemands rôdant à travers les mers l'avait fait hésiter. Mais c'étaient des menaces bien vagues et lointaines. La police de New York et la perspective d'un long séjour derrière les barreaux en représentaient une bien plus immédiate et concrète.

De toute façon, il ne pouvait croire qu'un aussi majestueux bateau que le *Lusitania* se serait lancé dans la traversée s'il y avait eu le moindre vrai danger. Pas avec tous ces gens riches à son bord. C'était un navire civil, pas vrai ? et les Allemands avaient sûrement mieux à faire que s'en prendre à un paquebot de luxe – surtout quand un large contingent de citoyens américains se trouvait à son bord.

Oui, il avait eu de la chance, vraiment, d'avoir obtenu un billet et d'avoir pu se fondre dans la masse des passagers, alors que les flics étaient à deux doigts de lui mettre la main dessus.

Mais il avait dû partir d'urgence, et l'achat du billet lui avait coûté à peu près tout ce qu'il possédait.

Il y aurait sûrement des bricoles à grappiller à droite et à gauche, sur un navire aussi chic et luxueux, rempli de passagers eux-mêmes chic et luxueux.

Du liquide serait l'idéal, bien sûr, car avec le liquide il n'y avait jamais ces problèmes de taille ou de couleur non appropriées que les fourgueurs invoquaient régulièrement pour faire baisser les prix.

En promenant le regard sur la cabine, il ne put retenir un léger sifflement. Imagine seulement, se dit-il, rêve juste un peu. Imagine que tu voyages dans ces conditions.

Il en savait encore moins sur l'aménagement et la décoration du lieu qui l'entourait qu'une puce sur la race du chien qu'elle s'apprête à mordre. Mais il pouvait quand même reconnaître que c'était de toute première qualité.

À lui seul, le salon était plus grand que la totalité de sa cabine de troisième classe, et quant à la chambre d'à côté, c'était une pure merveille.

Ceux qui dormaient ici ignoraient tout de l'exiguïté, des recoins sombres et des mauvaises odeurs qui caractérisaient la troisième classe. Pourtant, il ne leur enviait pas leurs privilèges. Après tout, songeait-il, s'il n'y avait pas eu de gens vivant sur un grand pied, il n'y aurait eu personne à voler, n'était-ce pas vrai ?

Mais il ne pouvait rester indéfiniment à rêver et bayer aux corneilles. Il était presque trois heures, et si les Wyley étaient fidèles à leurs habitudes, madame serait de retour ici avant quatre heures pour faire sa sieste.

Il avait des mains expertes et, dans sa quête d'espèces disponibles, veillait à laisser le moins de désordre possible. Les plus gros billets, songeait-il, avaient dû être confiés au commissaire de bord ; mais ces gens du monde aimaient bien garder une liasse à portée de la main, pour pouvoir l'exhiber si le besoin s'en faisait sentir.

Il tomba sur une enveloppe portant déjà l'inscription STEWARD et la déchira, un sourire aux lèvres – pour trouver à l'intérieur les dollars, crissant agréablement sous ses doigts, d'un futur et généreux pourboire. Il glissa le tout dans la poche de pantalon de l'uniforme qu'il avait emprunté.

En l'espace de dix minutes, il avait découvert et s'était attribué près de cent cinquante dollars, plus une paire de ravissants pendants d'oreilles en grenat, négligemment abandonnés dans une pochette de soirée en soie.

Il n'ouvrit aucun des coffrets à bijoux, qu'ils fussent à l'homme ou à la femme : c'était aller au-devant des ennuis. Mais, pendant qu'il palpait avec précaution chaussettes et caleçons, ses doigts sentirent une masse solide enveloppée dans un carré de velours. En retenant sa respiration, il céda à la curiosité et déroula le tissu.

Il ne possédait pas la moindre notion artistique, mais savait reconnaître de l'argent massif quand il en avait sous la main. La femme, car il s'agissait d'une femme, était assez petite pour tenir dans sa paume. Elle portait une sorte de fuseau à la main, du moins il supposait que c'en était un, et elle était vêtue d'une espèce de robe.

Son visage comme sa silhouette étaient ravissants. Très séduisante, aurait-il dit – même si elle paraissait un peu froide et réservée, eu égard à ses goûts en matière de femmes. Il les préférait pas trop vives, intellectuellement parlant, mais d'un naturel cordial et joyeux.

Un papier était glissé à côté de la statuette, avec un nom et une adresse, et cette mention griffonnée : « Contact pour la deuxième *Parque*. »

Felix resta songeur quelques instants et, par réflexe, enregistra mentalement l'adresse. Qui sait, peut-être un nouveau pigeon à plumer pour quand il serait à Londres ?

Il voulut ensuite la remballer et la replacer là où il l'avait trouvée, mais demeura longtemps à la tourner et la retourner dans ses mains. Tout au long de sa carrière de voleur, il ne s'était jamais laissé aller à avoir envie d'un objet, à désirer le posséder pour lui-même.

Ce qu'il dérobait n'était ni plus ni moins pour lui qu'un moyen d'arriver à une certaine fin. Pourtant Felix Greenfield, récemment encore de Hell's Kitchen[1] et présentement en route vers les ruelles et les bas quartiers de Londres, se trouvait dans une luxueuse cabine de paquebot, face aux côtes irlandaises qu'il distinguait à travers les hublots, et il avait très envie de s'approprier cette petite femme en argent.

Elle était si... jolie, se blottissait si bien dans le creux de sa main, avec le métal qu'il sentait déjà tiédir contre sa paume. Une si petite chose. À qui donc manquerait-elle ?

— Arrête tes bêtises, grommela-t-il, en la réenroulant dans le carré de velours. Prends l'argent, vieux, et décampe d'ici.

Avant d'avoir pu la remettre en place, il entendit ce qui lui parut être un coup de tonnerre, eut l'impression que le sol vacillait sous ses pieds et faillit perdre l'équilibre. Tandis que le bateau était ballotté d'un bord sur l'autre, il se dirigea vers Hell's Kitchen la porte en titubant, la statuette drapée de velours toujours dans la main.

D'un geste machinal, il la fourra dans la poche de son pantalon, puis s'enfuit dans le couloir alors que le sol se soulevait sous ses pieds.

Un nouveau bruit retentissait maintenant, qui ne ressemblait plus au tonnerre : plutôt à un immense marteau qui aurait été projeté du haut du ciel pour frapper le navire.

Felix courut pour sauver sa vie. Mais devant lui n'étaient que ténèbres et folie.

La partie avant du bateau plongea brusquement vers le bas, le faisant dégringoler le long du couloir comme un dé qu'on laisse tomber dans un gobelet. Il entendait des cris, une cavalcade ; puis il eut un goût

1. Quartier populaire de New York. *(N.d.T.)*

de sang dans la bouche, quelques secondes avant que toutes les lumières ne s'éteignent.

La première idée qui lui traversa l'esprit fut : un iceberg !... en se rappelant ce qui était arrivé au grand *Titanic*. Mais il réfléchit ensuite qu'en plein jour, un après-midi de printemps et si près des côtes irlandaises, une telle chose n'était pas possible.

Pas une fois il ne songea aux Allemands, ni à la guerre.

Il entreprit péniblement de remonter le couloir à contresens, se cognant contre les parois dans l'obscurité, trébuchant à chaque pas, puis il rencontra une volée de marches ; quelques instants plus tard, il débouchait enfin à l'air libre, sur le pont, en même temps qu'un flot d'autres passagers. Déjà, on mettait les canots de sauvetage à la mer ; partout des cris de terreur couvraient les ordres hurlés par les marins, qui ordonnaient aux femmes et aux enfants d'y embarquer.

La situation était-elle vraiment si grave ? se demanda-t-il, paniqué. Comment pouvait-elle l'être, alors qu'on apercevait déjà les côtes et leurs vertes prairies ? Mais pendant qu'il essayait de se raisonner, le bateau bascula d'un cran supplémentaire, et l'un des canots qu'on était en train de mettre à la mer piqua soudain du nez ; ses passagers furent projetés dans l'eau, tous hurlant de frayeur.

Des dizaines de visages se pressaient autour de lui – certains mutilés, d'autres brûlés ; tous étaient frappés d'horreur. Des amas de débris recouvraient le pont, et des passagers, coincés en dessous, ensanglantés, poussaient des cris. Certains d'entre eux (un frisson glacé lui parcourut la nuque quand il s'en rendit compte) ne crieraient plus jamais.

Alors, sur le pont renversé du grand navire, Felix sentit la présence qu'il avait souvent côtoyée à Hell's Kitchen.

La mort.

Les femmes serraient les enfants, les bébés dans leurs bras, elles pleuraient, priaient ; les hommes couraient de toutes parts, en proie à la panique, ou luttaient frénétiquement pour dégager les blessés des débris.

Au milieu de ce tumulte circulaient des stewards, hommes et femmes, distribuant des gilets de sauvetage avec beaucoup de calme. On pourrait croire qu'ils sont en train de servir le thé, songea Felix, avant de voir l'un d'entre eux se précipiter vers lui.

— Allez, mon vieux, au boulot ! Occupe-toi des passagers !

Il fallut un moment à Felix, perplexe, pour se rappeler qu'il portait toujours l'uniforme de steward qu'il avait volé. Et un autre moment pour comprendre, comprendre *vraiment*, qu'ils étaient en train de couler.

Merde ! pensa-t-il, au milieu des cris et des prières. On va tous y passer !

Des hurlements montaient de la surface de la mer, des appels au secours désespérés ; Felix se fraya un chemin en direction du bastingage, et en se penchant par-dessus vit des corps qui flottaient, des gens qui surnageaient dans une eau jonchée de débris. D'autres qui s'y noyaient.

Quand on mit devant lui un nouveau canot à la mer, il évalua ses chances de sauter à l'intérieur pour avoir la vie sauve. Il lutta pied à pied pour progresser jusqu'à un endroit plus élevé ; il n'avait plus qu'une idée en tête : gagner du terrain. Rester debout, jusqu'à pouvoir sauter dans un canot – et survivre.

Puis il aperçut un homme bien habillé qui retirait son gilet de sauvetage pour le mettre sur le dos d'une femme en pleurs, et songea que les riches pouvaient se comporter en héros ; ils en avaient peut-être les moyens. Personnellement, il préférait survivre, juste survivre.

Le navire s'inclina encore, le déséquilibra et le précipita, avec d'innombrables compagnons d'infortune, vers la bouche béante de la mer prête à les engloutir.

D'un geste fulgurant, il parvint à saisir le bastingage et à s'y cramponner, de ses doigts habiles de voleur. L'instant d'après, comme par magie, son autre main libre happait au passage un gilet de sauvetage en train de dégringoler le long du pont.

Murmurant de folles prières de remerciements, il commença à le nouer autour de sa poitrine. C'était un signe de Dieu, se dit-il, les yeux égarés, le cœur battant à tout rompre ; il allait survivre à cette épreuve.

Pendant que ses doigts, tremblants, tâtonnaient sur les attaches du gilet, il vit la femme ; elle était coincée sous des transats qui s'étaient renversés. Il vit aussi l'enfant, le petit enfant au visage angélique qu'elle serrait contre sa poitrine. Elle ne pleurait pas, ne criait pas ; elle tenait simplement contre elle le petit garçon, et le berçait comme si elle voulait l'endormir pour sa sieste de l'après-midi.

— Sainte Mère de Dieu...

Jurant, se traitant intérieurement de fou, Felix entreprit de traverser le pont en pente raide en rampant ; puis il la dégagea en soulevant les chaises longues.

— Je me suis fait mal à la jambe...

Elle continuait à caresser les cheveux de l'enfant, ses bagues brillaient dans le clair soleil printanier. Si sa voix restait calme, ses yeux étaient grands ouverts, remplis de surprise, de douleur, et de cette même terreur que Felix sentait palpiter dans sa propre poitrine.

— Je crois que je ne suis pas capable de marcher. Vous voulez bien prendre mon bébé ? S'il vous plaît, emmenez mon petit garçon dans un canot de sauvetage... Sauvez-le, s'il vous plaît, sauvez-le...

Il n'eut qu'une seconde, le temps d'un seul battement de cœur, pour faire son choix. Et pendant que le monde entier s'écroulait autour d'eux, l'enfant lui sourit.

— Mettez ça sur vous, m'dame, et tenez le garçon bien serré contre vous.

— Donnons-le plutôt à mon fils...

— C'est trop grand pour lui, ça ne servira à rien.

— J'ai perdu mon mari.

Elle s'exprimait d'une voix ferme, de femme cultivée ; si ses yeux s'étaient embués, ils restèrent fixés dans ceux de Felix, sans ciller, tout le temps que celui-ci l'aida à passer les bras dans le gilet de sauvetage.

— Il est tombé par-dessus le bastingage, lui expliqua-t-elle. J'ai peur qu'il soit mort.

— Mais vous, vous l'êtes pas, pas vrai ? Ni le gamin.

Il percevait l'odeur de l'enfant, parfum de talc, de jeunesse, d'innocence, à travers la puanteur de panique et de mort.

— Comment il s'appelle ?

— Steven. Steven Edward Cunningham III.

— Alors, on va vous mettre dans un canot de sauvetage, vous et Steven Edward Cunningham III.

— On est en train de couler, non ?

— C'est la vérité vraie.

Il la tira, pour essayer de l'emmener vers le côté le plus haut du bateau ; il commença à ramper, s'agrippant comme il le pouvait au pont incliné et ruisselant d'eau.

— Tiens-toi bien à maman, Steven ! l'entendit-il dire ; puis elle se mit à ramper à son tour et à chercher des prises ainsi qu'il l'avait fait, tandis que la panique et la terreur régnaient tout autour d'eux.

— N'aie pas peur, n'aie pas peur…

Elle réussissait à chantonner, d'une voix rassurante, bien que sa respiration se fît haletante ; sa jupe et ses lourds jupons s'étaient gorgés d'eau, le sang maculait les pierres qui brillaient à ses doigts.

— Sois courageux, il *faut* que tu sois courageux ! Surtout ne lâche pas maman, jamais !

Le garçon, qui n'avait pas plus de trois ans, se cramponnait au cou de sa mère à la façon d'un bébé singe ; il scrutait désespérément son visage, comme s'il pouvait y lire les réponses à tous les problèmes du monde, pensa Felix en luttant pour gagner quelques centimètres de plus. Des chaises longues, des tables, Dieu sait quoi encore, dégringolaient du pont supérieur. Il parvint à tirer la femme sur quelques centimètres, encore un mètre…

— On y est presque ! affirmait-il en haletant, sans en avoir la moindre certitude.

Puis quelque chose le heurta violemment dans le dos, lui fit ouvrir une fraction de seconde les doigts par lesquels il la retenait.

— Madame ! hurla-t-il, en tentant précipitamment de raffermir sa prise, mais il n'attrapa que l'élégante manche de soie de sa robe.

Quand celle-ci se déchira, il ne put que la regarder glisser, impuissant.

— Dieu vous bénisse, trouva-t-elle la force de dire ; ensuite, serrant son fils dans ses bras, elle bascula par-dessus le rebord et tomba à l'eau.

Il eut à peine le temps de pousser un juron, avant que le pont ne soit secoué d'un immense soubresaut qui le projeta dans la mer à la suite de la femme.

Le froid et le terrible choc lui coupèrent le souffle. Aveuglé, à moitié assommé, il donna de furieux coups de pied dans l'eau, luttant pour remonter à la surface comme il avait lutté pour escalader le pont. Quand il émergea enfin, avalant goulûment une première gorgée d'air, il découvrit un enfer comme il n'en avait jamais imaginé dans les plus noirs de ses cauchemars.

Tout autour de lui, la mer était jonchée de cadavres ; il était prisonnier d'une affreuse île faite de corps aux visages blêmes, aux yeux écarquillés, résonnant des cris de ceux qui n'avaient pas encore fini de se noyer. Entre ces corps flottaient des planches, des chaises, des canots de sauvetage éventrés, des caisses démantibulées. Quand il parvint à se hisser sur une caisse, pour échapper autant que possible au contact de l'eau glacée, le froid raidissait déjà ses membres.

Et ce qu'il vit, depuis cette position surélevée, était encore pire : des centaines et des centaines de corps flottaient, dans le soleil toujours étincelant. Pendant que son estomac recrachait l'eau salée qu'il avait avalée, il tâcha de progresser vers un canot de sauvetage à moitié rempli d'eau ; mais la houle, même légère, qui démantelait cette île humaine et dispersait les cadavres, le repoussait impitoyablement loin de l'embarcation.

Le magnifique navire, le palace flottant était en train de couler sous ses yeux. Des canots de sauvetage se balançaient le long de ses flancs, aussi inutiles et vains que des jouets d'enfants. Il fut étonné d'apercevoir encore des gens sur les ponts ; certains s'étaient agenouillés pour prier, d'autres tentaient toujours, frénétiquement, d'échapper au destin qui frappait à l'aveugle.

Avec horreur, il en voyait toujours de nouveaux dégringoler dans la mer, ballottés comme des poupées de chiffon.

Enfin, les énormes cheminées noires basculèrent, non loin de l'endroit où il s'accrochait à sa caisse brisée. Quand elles arrivèrent au niveau de l'eau, celle-ci s'engouffra à l'intérieur, aspirant avec elle tous les naufragés alentour.

Non, pas comme ça ! pensa-t-il en donnant des coups de pied, de toutes les faibles forces qui lui restaient. On ne peut pas mourir comme ça ! Mais la mer l'aspirait, l'attirait à l'intérieur du gouffre. On aurait dit que l'eau bouillonnait tout autour de lui, et il redoubla d'efforts désespérés pour y échapper ; il but la tasse, manqua de s'étrangler ; un goût de sel, de mazout et de fumée lui emplit la bouche. Puis il se rendit compte que la houle l'envoyait heurter quelque chose de solide, une paroi ; il avait été pris au piège à l'intérieur d'une des cheminées, il allait mourir là tel un rat bloqué dans un conduit de fumée.

Tandis que ses poumons commençaient à lui faire mal à hurler, il songea à la femme et au petit garçon. Comme il jugeait inutile et vain de prier pour son propre salut, il adressa à leur intention ce qu'il pensait être sa dernière requête à Dieu, pour qu'ils en réchappent.

Par la suite, il devait se souvenir de mains, oui, de mains qui avaient paru le saisir et le tirer brusquement vers le haut pour le libérer. Alors que les cheminées du bateau s'enfonçaient sous la mer, il en fut expulsé, s'élevant sur une sorte de geyser d'eau noire de suie.

Une douleur fulgurante irradiant dans tout son corps, il parvint à s'emparer d'une planche qui flottait, hissa son torse dessus ; il posa sa joue sur le bois, respira profondément, pleura en silence.

Et constata que le *Lusitania* avait disparu.

L'étendue liquide où il se trouvait un instant plus tôt était maintenant déchaînée, tumultueuse, vomissant de la fumée. Crachant aussi des corps, constata-t-il avec horreur. Il avait été l'un de ces malheureux, quelques instants plus tôt, mais le sort l'avait épargné.

Pendant qu'il contemplait ce spectacle, qu'il luttait pour s'empêcher de hurler et garder sa lucidité, l'eau retrouva peu à peu son calme, redevint lisse comme du verre. Faisant appel à ses dernières forces, il se jucha sur la planche ; il entendit les cris stridents des mouettes, les prières ou les sanglots désespérés de ceux qui flottaient tant bien que mal autour de lui.

Il mourrait sans doute de froid, pensa-t-il, au bord de la syncope, mais c'était mieux que mourir noyé.

Ce fut le froid qui le fit se réveiller. Il lui tenaillait les entrailles, le moindre filet de brise sur ses tempes le mettait à l'agonie. En évitant au maximum de bouger, il tira sur les pans de sa veste de steward, déchirée et trempée ; la vive douleur que cela causa en lui souleva une lourde nausée dans son estomac. Il passa une main tremblante sur son visage et vit que l'humidité n'était pas de l'eau, mais du sang.

Alors, se demanda-t-il dans un accès de rire sauvage et grelottant, comment allait-il finir, mort de froid ou saigné à blanc ? Il aurait mieux valu se noyer, finalement ; au moins, tout aurait été terminé, maintenant. Il retira lentement sa veste déchirée – sans doute avait-il quelque chose de cassé ou de déboîté à l'épaule, pensa-t-il distraitement – et l'utilisa pour essuyer le sang qui coulait sur son visage.

Il n'entendait plus autant de hurlements qu'avant. Il y avait bien encore quelques cris épars, des gémissements, des prières aussi, mais à présent les survivants de la première heure étaient pour la plupart morts. Et silencieux.

Il contempla un corps qui flottait près de lui ; il lui fallut un moment pour reconnaître le visage, tant il était pâle et couvert de cicatrices exsangues.

C'était Wyley. Seigneur Dieu !

Pour la première fois depuis le début du cauchemar, il sentit le poids qui alourdissait sa poche, cette statuette qu'il avait volé à ce même homme qui, à présent, fixait le ciel de ses yeux bleus et vides.

— Vous n'en aurez plus besoin, bredouilla Felix entre ses dents qui claquaient, mais je le jure devant Dieu : si c'était à refaire, je ne vous la volerais pas dans les derniers instants de votre vie. C'est comme voler dàns un tombeau.

Un vieux reste d'éducation religieuse lui fit joindre les mains dans un geste de prière.

— Si je dois finalement mourir ici aujourd'hui, je vous ferai mes excuses en personne là-haut – à condition qu'on se retrouve du même côté de la porte, bien sûr. Et si je survis, je jure que j'essaierai de me corriger. Je veux pas dire que j'y réussirai sûrement, mais en tout cas je passerai une journée entière à essayer, pour sûr.

Il perdit encore une fois connaissance, et s'éveilla en entendant un bruit de moteur. Étourdi, engourdi, il parvint néanmoins à relever la tête. À travers ses yeux embués, il distingua un bateau ; à travers ses oreilles bourdonnantes, il entendit des cris et des voix d'hommes.

Il tâcha d'appeler, mais seule une toux sèche sortit de sa gorge.

— Je suis vivant !

Sa voix n'était qu'un son rauque, aussitôt emporté par la brise.

— Je suis encore vivant !

Il n'eut pas conscience des mains qui le soulevèrent pour le déposer sur le pont du chalutier *Dan O'Connell*. La douleur et les frissons le faisaient délirer tandis qu'on l'enroulait dans une couverture, qu'on lui versait du thé brûlant dans la gorge. Il ne se rappela rien des circonstances de son sauvetage, ni ne connut jamais les noms de ceux qui l'avaient hissé pour le mettre à l'abri. Rien ne redevint clair pour lui avant qu'il se réveille, couché dans un lit étroit, dans une petite pièce où le soleil pénétrait à flots par la fenêtre. Vingt-quatre heures s'étaient écoulées depuis que la torpille avait frappé le paquebot.

Il ne devait jamais oublier la première image qui s'offrit à lui, une fois que sa vision fut devenue nette.

Elle était jeune et jolie avec ses yeux bleu pâle, la pluie de taches de rousseur sur ses joues rondes et son nez délicat. Ses cheveux étaient blonds, roulés au sommet de sa tête en un chignon qui semblait fait à la hâte et près de se dénouer. Elle releva les yeux, sourit joyeusement en le voyant, puis se dressa rapidement de la chaise où elle était occupée à raccommoder des chaussettes.

— Vous êtes réveillé ? Vous allez vraiment rester avec nous cette fois, ou pas ?

Il y avait de l'irlandais dans sa voix. Il sentit une main robuste lui soulever la tête, respira des effluves de lavande.

— Qu'est-ce qui... ?

Il fut choqué en entendant le son de sa propre voix, éraillée, chevrotante. Sa gorge était en feu, on aurait dit qu'on lui avait bourré l'intérieur du crâne avec de vieux chiffons sales.

— Prenez ça d'abord. C'est un remède que le docteur a laissé pour vous. Il a dit que vous aviez une pneumonie, et aussi une belle entaille sur la tête, qu'il a recousue. Et il semblerait que vous avez en plus quelque chose de froissé dans l'épaule. Mais vous avez passé le pire, monsieur, et vous devez vous reposer bien tranquillement, parce qu'on est là pour s'occuper de vous.

— Qu'est-ce qui est arrivé ? Le bateau...

La jolie bouche se fit mince et dure.

— Ces fichus Allemands. C'est un sous-marin allemand qui vous a torpillés. Ils iront en enfer pour ça, pour les gens qu'ils ont tués. Les bébés qu'ils ont massacrés.

Malgré la larme qui s'était mise à couler le long de sa joue, elle sut lui faire avaler le remède d'une main ferme et sûre.

— Il faut vous reposer. C'est un miracle que vous soyez toujours vivant, parce qu'il y a eu plus de mille morts.

— Plus de mi...

Il parvint à lui saisir le poignet, tandis qu'un frisson d'horreur le traversait.

— *Mille* ?

— Davantage encore, même. Vous êtes à Queenstown maintenant, et en aussi bonne santé que possible. (Elle inclina la tête.) Vous êtes américain, n'est-ce pas ?

Presque, jugea-t-il, puisqu'il n'avait pas revu les rives de son Angleterre natale depuis plus de douze ans.

— Oui. Est-ce que je pourrais... ?

— Du thé, l'interrompit-elle. Et du bouillon.

Elle se dirigea vers la porte pour crier :

— Maman ! Il s'est réveillé, et on dirait bien qu'il va continuer à l'être... Je reviens dans une minute avec quelque chose de chaud, ajouta-t-elle en se retournant vers lui.

— Merci, oui… Comment vous vous appelez ?

— Moi ?

Elle sourit de nouveau, d'un sourire radieux.

— Meg. Meg O'Reiley, et vous êtes ici dans la maison de mes parents, Pat et Mary O'Reiley. Vous êtes chez vous ici, jusqu'à ce que vous alliez bien. Et votre nom à vous, monsieur ?

— Greenfield. Felix Greenfield.

— Alors, que Dieu vous bénisse, monsieur Greenfield.

— Attendez… Il y avait une femme, et un petit garçon. Les Cunningham.

Une lueur de compassion passa sur le visage de la jeune fille.

— Il y a des listes de noms. J'irai vérifier pour vous dès que je le pourrai. À présent, reposez-vous, on va vous apporter du thé.

Quand elle fut sortie, il tourna son visage vers la fenêtre ensoleillée, et vit, posés sur la table juste en dessous, la somme d'argent qui se trouvait dans sa poche, les pendants d'oreilles en grenat, ainsi que la petite statuette dont le corps argenté brillait de mille reflets.

Alors il rit, avant de se mettre à pleurer.

Les O'Reiley, apprit-il, vivaient de la mer. Pat et ses deux fils avaient pris part à la tentative de sauvetage. Il fit connaissance avec tous, ainsi qu'avec la sœur cadette, même si le premier jour il fut incapable de fixer chacun avec précision dans sa mémoire. Hormis Meg.

Il s'accrochait à elle et à sa présence comme là-bas il s'était accroché à la planche de bois, pour éviter de se laisser happer par les ténèbres.

— S'il vous plaît, dites-moi tout ce que vous savez, lui demanda-t-il.

— Ça va être dur pour vous d'entendre ça. Même d'en parler, c'est dur.

Elle marcha jusqu'à la fenêtre, contempla au-dehors le village où elle avait passé les dix-huit années de sa jeune vie. Les survivants du naufrage étaient soignés dans des chambres d'hôtel ou dans les maisons voisines ; les morts, paix à leur âme, reposaient dans des chapelles ardentes. Certains seraient enterrés sur place, d'autres renvoyés chez eux. Pour d'autres encore, la mer resterait un tombeau à tout jamais.

— Quand j'ai appris ce qui s'était passé, commença-t-elle, je n'ai pas voulu le croire. Comment une chose pareille a-t-elle pu se produire ? Il y avait plusieurs chalutiers dehors, et ils sont tout de suite allés essayer de sauver les survivants. D'autres bateaux ont pris la mer eux aussi, mais en général ils sont arrivés trop tard, ils ont juste pu ramener des cadavres. Oh, mon Dieu ! J'étais là et j'ai vu certains de ces gens quand ils débarquaient. Des femmes et des bébés, des hommes tout juste capables de marcher et qui étaient à moitié nus. Il y en avait qui pleuraient ; d'autres regardaient seulement autour d'eux, comme on fait quand on est perdu quelque part. Ils ont dit que le paquebot avait coulé en moins de vingt minutes. Est-ce que c'est possible ?

— Je n'en sais rien, murmura Felix, et il ferma les yeux.

Elle posa à nouveau le regard sur lui, espéra qu'il était assez fort pour supporter la suite.

— Beaucoup de ces gens sont morts depuis qu'ils sont arrivés ici. Ils ont eu froid trop longtemps, ou bien leurs blessures étaient trop graves. Il y en a qui sont restés des heures dans l'eau. On n'arrête pas de corriger les listes des survivants. Quand je pense à l'angoisse des familles qui attendent des nouvelles... Et quelle douleur ça doit être, d'apprendre que sont morts de cette façon affreuse des gens qu'on aimait... Vous m'avez dit que personne n'attendait de vos nouvelles ?

— Non, personne.

Elle s'approcha de lui ; elle avait soigné ses blessures, partagé ses souffrances quand la fièvre le faisait délirer. Il y avait seulement trois jours qu'elle s'occupait de lui, mais pour elle comme pour lui c'était une éternité.

— Il ne faut pas avoir honte de rester ici, lui affirma-t-elle doucement. Ni de ne pas aller à la cérémonie d'enterrement aujourd'hui. Vous êtes encore très malade et très fatigué.

— Il faut que j'y aille.

Il baissa les yeux sur les vêtements qu'on lui avait prêtés ; dedans, il se sentait chétif et fragile. Mais vivant.

Dehors, le silence avait quelque chose d'étrange. Tous les magasins avaient fermé pour la journée. Pas un enfant ne courait dans les rues, aucun voisin ne s'arrêtait pour bavarder ni échanger des potins. Le son caverneux des cloches de Saint-Colman, sur la colline, rythmait le silence, ainsi que les notes graves et mélancoliques du service funèbre.

Felix le savait, même s'il devait vivre cent années encore, jamais il n'oublierait les accents de cette musique de deuil, le roulement étouffé des tambours. Il regardait le soleil qui se reflétait sur les cuivres de l'orchestre et se rappelait un autre soleil, celui qui avait brillé sur les hélices de cuivre quand l'arrière du *Lusitania* s'était dressé en l'air, avant le plongeon final au fond de la mer.

Il était vivant, pensa-t-il de nouveau ; pourtant, au lieu de ressentir du soulagement et de la gratitude, il n'éprouvait que désespoir et culpabilité.

Il gardait la tête baissée tandis qu'il boitillait derrière les cercueils, les prêtres, les familles affligées, le long des rues plongées dans le silence. Il fallut plus d'une heure pour atteindre le cimetière, et la tête lui tournait quand ils y parvinrent. Le temps d'arriver devant les trois vastes fosses qu'on avait creusées sous de grands ormes, et près desquelles des enfants de chœur agitaient des encensoirs, il fut forcé de s'appuyer lourdement sur l'épaule de Meg.

Ses yeux se mouillèrent de larmes quand il découvrit les petits cercueils contenant les jeunes victimes du drame.

Il entendait les pleurs de la foule, les mots que prononçaient les célébrants des deux rites, celui de l'Église catholique et celui de l'Église d'Irlande, mais aucun de ces mots ne parvenait jusqu'à son esprit. Car ce qui résonnait encore à ses oreilles, et qui sans doute y résonnerait jusqu'à la fin de sa vie, c'étaient les appels qu'avaient lancés à Dieu, là-bas, les gens qui étaient en train de se noyer. Mais Dieu ne les avait pas écoutés, il les avait laissés mourir d'une horrible manière.

Puis il leva la tête et aperçut, par-delà ces affreuses fosses creusées dans le sol, les visages de la femme et du petit garçon du bateau.

Les larmes jaillirent alors de ses yeux, ruisselèrent sur ses joues pendant qu'il se frayait un chemin en titubant à travers la foule. Il arriva devant la femme au moment où l'on entonnait les premières notes du *Demeure avec moi,* puis il tomba à genoux au pied de son fauteuil roulant.

— Oh, j'avais si peur que vous soyez mort ! s'exclama-t-elle en le voyant.

Elle tendit le bras, toucha son visage de la main ; son autre main émergeait d'un plâtre.

— Je ne connais pas votre nom, je ne pouvais donc pas vérifier sur les listes...

— Vous êtes vivante...

Il remarqua que son visage portait une cicatrice, et aussi qu'elle avait le teint trop coloré, comme si elle était fiévreuse. L'une de ses jambes aussi était plâtrée.

— ... et le petit l'est également !

Il dormait dans les bras d'une autre femme. Pareil à un ange, songea Felix. Paisible, sans aucune marque apparente. L'étau qui lui comprimait la poitrine se desserra quelque peu. Une de ses prières, au moins, avait été entendue.

— Il ne m'a jamais lâchée.

Elle se mit à pleurer, silencieusement.

— C'est un si bon garçon. Il ne m'a jamais lâchée. Je me suis cassé le bras dans la chute. Si vous ne m'aviez pas donné votre gilet de sauvetage, nous nous serions noyés. Mon mari...

Sa voix la trahit alors qu'elle contemplait les tombes.

— Ils ne l'ont jamais retrouvé.

— Je suis désolé.

— J'aurais voulu qu'il puisse vous remercier lui-même. Il aimait tellement son fils...

Elle tendit le bras pour toucher la jambe du garçonnet, prit une profonde inspiration.

— En son nom, je vous remercie, pour la vie de mon fils et pour la mienne. S'il vous plaît, dites-moi comment vous vous appelez...

— Felix Greenfield, m'dame.

— Monsieur Greenfield...

Elle se pencha, effleura d'un baiser la joue de Felix.

— Je ne vous oublierai jamais, et mon fils non plus.

Quand elle s'éloigna dans son fauteuil, poussée par les gens qui l'accompagnaient, elle garda les épaules droites, avec un maintien digne et tranquille qui fit monter un flot de honte au visage de Felix.

— Vous êtes un héros ! s'exclama Meg.

Il secoua la tête, s'éloigna aussi vite qu'il le pouvait de la foule et des tombes.

— Non. Elle oui, moi je ne suis rien.

— Comment est-ce que vous pouvez dire ça ? Je l'ai entendue, vous lui avez sauvé la vie, et aussi celle du petit garçon !

Le visage inquiet et frémissant, elle le rattrapa et le saisit par le bras pour le retenir. Il l'aurait repoussée s'il en avait eu la force ; au lieu de quoi, il se laissa tomber dans les hautes herbes du cimetière, puis enfouit son visage dans ses mains.

— Oh, allez, allez...

Poussée par la sollicitude et la pitié, elle s'assit à côté de lui et lui entoura les épaules de ses bras.

— Allez, Felix, allez...

Mais il ne pouvait s'ôter de l'esprit la force émanant du visage de la jeune veuve, l'innocence qui baignait celui de son fils.

— Elle était blessée, alors elle m'a demandé de prendre le garçon, de sauver le garçon.

— Vous les avez sauvés tous les deux.

— Je sais même pas pourquoi je l'ai fait. Je pensais qu'à sauver ma peau. Je suis un voleur... Vous savez, ces choses que vous avez sorties de ma poche ? Je les avais volées. J'étais en train de les voler quand le bateau a été touché. La seule idée que j'ai eue ensuite, c'était de sauver ma peau.

Meg se rapprocha de lui, joignit les mains.

— Vous lui avez donné votre gilet de sauvetage, oui ou non ?

— C'était pas le mien. Je l'avais trouvé. Je sais pas pourquoi je lui ai donné. Elle était coincée entre des chaises longues, elle tenait le petit. Elle essayait de pas devenir folle au milieu de tout cet enfer.

— Vous auriez pu ne pas vous arrêter, vous sauver vous-même.

Il s'essuya les yeux.

— C'est ce que j'avais envie de faire.

— Mais vous ne l'avez pas fait.

— Jamais je saurai pourquoi.

Il savait juste que de les revoir vivants avait changé quelque chose en lui.

— Mais ce qui compte, c'est que je suis un petit voleur, que j'étais sur ce bateau parce que je fuyais les flics et rien d'autre. J'étais encore en train de voler les affaires de quelqu'un, cinq minutes avant qu'il meure. Il y a mille personnes qui sont mortes, j'en ai vu mourir de mes yeux, et moi je suis vivant. C'est quoi ce monde où un voleur a la vie sauve mais où des enfants meurent ?

— Qui peut répondre à ça ? Mais il y a en tout cas un enfant qui est vivant aujourd'hui parce que vous étiez là. Et vous pensez que vous auriez été là, à cet endroit et à ce moment-là, si vous n'aviez pas été en train de voler ?

— C'est rare que les gens comme moi rôdent vers le pont des premières s'ils sont pas en train de voler, répliqua-t-il en ricanant.

— Vous voyez ? Alors, écoutez-moi.

Elle sortit de sa poche un mouchoir et lui sécha ses larmes, comme elle l'aurait fait pour un enfant.

— C'est mal de voler. C'est un péché, il n'y a aucun doute là-dessus. Mais si vous ne vous étiez occupé que de vous-même, cette femme et son fils seraient morts à l'heure qu'il est. Si un péché sauve des vies innocentes, je dirai que ça ne doit pas être un si grand péché que ça. En plus, vous n'avez pas volé tant que ça, si vous avez récolté en tout et pour tout une paire de boucles d'oreilles, une petite statuette et quelques dollars.

Cela lui tira un sourire.

— En fait, je venais juste de m'y mettre.

Le sourire qu'elle lui fit en retour était radieux et confiant.

— Oui, je dirai moi aussi que vous venez juste de vous y mettre.

2

Helsinki, 2002

Elle ne ressemblait pas à l'image qu'il s'était faite d'elle. Il avait examiné la photo figurant au dos de son livre et sur le programme de la conférence (en verrait-il jamais la fin ?), mais en chair et en os elle était différente.

Pour commencer, elle était plus petite qu'il ne l'avait imaginé. Presque frêle dans son sobre costume gris – il aurait fallu, pour son goût, le raccourcir de trois bons centimètres. Car ses jambes avaient l'air plutôt sensationnelles, d'après ce qu'il pouvait en voir.

Dans la réalité, elle paraissait bien moins savante, et aussi bien moins intimidante, que sur la jaquette du livre. Même si ses petites lunettes cerclées de métal lui donnaient un air d'intellectuelle à la mode.

Elle avait une belle voix. Peut-être même trop belle, pensa-t-il, puisqu'elle était fichtrement près de l'hypnotiser jusqu'à glisser dans le sommeil – mais c'était surtout le sujet de la conférence qui était en cause. Certes les mythes grecs l'intéressaient, et l'un d'entre eux en particulier ; mais de là à rester assis une heure entière, pour les entendre passer en revue l'un après l'autre…

Il se redressa sur sa chaise, fit de son mieux pour se concentrer. Pas tellement sur ce qu'elle disait :

il se fichait bien de ces histoires d'Artémis transformant un pauvre type en cerf sous prétexte qu'il l'avait vue à poil. Ça prouvait juste que les femmes étaient de drôles de créatures, déesses ou pas.

À son avis, le Dr Tia Marsh était même une créature franchement étrange. Elle était née dans un coffre-fort, rempli d'une montagne d'argent ; pourtant, au lieu de s'installer confortablement pour en profiter, elle passait son temps à fricoter avec des dieux grecs morts depuis des éternités. À écrire et donner des conférences sur eux. Encore et toujours.

Derrière elle se devinaient des générations de bonnes manières. Du sang aussi bleu que les lacs du Kerry. Et elle était là, débitant son interminable laïus en Finlande, le même qu'elle avait sans doute débité quelques jours plus tôt en Suède et en Norvège. Pour lancer son livre à travers la Scandinavie, comme à travers toute l'Europe.

Ce n'était sans nul doute pas pour l'argent, songea-t-il. Peut-être qu'elle aimait tout simplement entendre le son de sa propre voix. Beaucoup de gens sont comme ça.

D'après ses informations, elle avait vingt-neuf ans, elle était célibataire, fille unique des Marsh de New York, et, plus important, arrière-arrière-petite-fille d'Henry W. Wyley.

Les Antiquités Wyley étaient, depuis près de cent ans, l'un des noms les plus prestigieux chez les antiquaires et commissaires-priseurs de New York.

Ce n'était sûrement pas un hasard si une descendante de la famille Wyley manifestait un aussi grand intérêt pour l'étude des divinités grecques. Quoi qu'il en soit, son travail à lui, qui l'écoutait parler en ce moment même, était de tâcher d'apprendre par tous les moyens ce qu'elle savait à propos des *Trois Parques*. Oui, par *tous* les moyens.

Si elle avait été, disons, plus douce d'allure générale, il aurait pu essayer la voie de la séduction, et n'aurait pas eu à se forcer. C'était fascinant de voir ce que les gens en arrivaient à se confier quand le sexe se mettait de la partie. Elle était plutôt séduisante, à sa façon universitaire ; mais il n'était pas tout à fait sûr de la corde sur laquelle jouer, question flirt, face à ce genre d'intellectuelle.

Avec un froncement de sourcils, il retourna le livre posé sur ses genoux et jeta un nouveau coup d'œil à la photo. Ses cheveux dorés y étaient coiffés en arrière en une sorte de chignon. Elle souriait, d'un sourire plutôt consciencieux, pensa-t-il, comme si quelqu'un en face venait de lui dire : *Cheese !* Ce n'était pas le genre de sourire qui rayonnait jusqu'aux yeux – des yeux bleus très sobres et sérieux, assortis au dessin de sa bouche, qui paraissait elle aussi sobre et sérieuse.

Son visage s'allongeait pour se terminer un peu en pointe. Il aurait pu le qualifier de délicat, sans cette coiffure trop stricte et ce regard plutôt froid.

Elle ressemblait, songea-t-il, à une femme qui a besoin de rire un bon coup… ou de tirer un bon coup. Sa mère comme sa sœur lui auraient toutes les deux tapé sur les doigts pour cette dernière appréciation. Mais les opinions d'un homme ne regardaient que lui-même.

Mieux valait, songea-t-il néanmoins, aborder le fort convenable Dr Marsh sur un mode réservé, très relation d'affaires.

Quand les applaudissements (nettement plus enthousiastes qu'il ne s'y attendait) éclatèrent, il ne fut pas loin de lancer lui-même des bravos. Mais, au moment où il allait se mettre debout, des mains se levèrent.

Avec irritation, il regarda sa montre, puis se réinstalla sur sa chaise pour la séance des questions-réponses. Comme elle passait par un interprète, cela risquait de durer un temps infini.

Elle retira ses lunettes pour la circonstance, cligna les yeux tel un hibou frappé par la lueur du soleil, et parut prendre une grande inspiration. Comme le ferait un plongeur, songea-t-il, avant de se jeter du haut d'un plongeoir dans une piscine dont il distinguerait mal les bords.

Quand l'inspiration lui fut venue, il leva la main. C'était toujours mieux de frapper poliment à une porte pour voir si l'on vous ouvrait, avant de la défoncer à coups de pied.

Lorsqu'elle fit un geste dans sa direction, il se mit debout et lui décocha un de ses meilleurs sourires.

— Docteur Marsh, je voudrais d'abord vous remercier pour votre passionnant exposé.

— Oh…

Elle cligna de nouveau les yeux, et il comprit qu'elle avait été surprise par son accent irlandais. Bien, voilà quelque chose sur quoi il pourrait jouer. Pour des raisons qui lui échappaient, un accent faisait souvent beaucoup d'effet aux Américains.

— Je vous remercie, dit-elle.

— Les Parques m'ont toujours intéressé, et je voudrais savoir si, d'après vous, elles possèdent un pouvoir individuellement, ou s'il vient seulement de leur réunion.

— Les Parques, appelées Moires en Grèce, étaient une triade dans laquelle chaque sœur avait une tâche spécifique, expliqua-t-elle. Clotho, pour reprendre leurs noms grecs, filait le fil de la vie ; Lachésis le mesurait ; Atropos le coupait et l'interrompait. Aucune d'elles ne pouvait œuvrer seule. On peut toujours filer un fil, mais encore faut-il lui assigner un objectif et un terme. Ou, à l'inverse, faute de filage, il n'y a rien à mesurer ni à couper. Trois parties – elle entrecroisa les doigts pour former une flèche –, un seul but –

elle referma le poing. Seules, les Parques n'auraient été que des femmes intéressantes, mais ordinaires ; ensemble, elles étaient les plus puissantes et les plus honorées des déesses.

C'est exactement ça, songea-t-il en se rasseyant. Exactement.

Elle était si fatiguée... Quand la séance de questions-réponses fut terminée, Tia gagna le bureau où elle devait signer son livre, et se demanda par quel miracle elle ne tombait pas en chemin. Malgré les précautions dont elle s'était entourée, comme la prise de mélatonine, le régime, l'aromathérapie et une série d'exercices préventifs, son horloge interne était complètement déréglée.

Mais elle n'était pas fatiguée n'importe où ; elle était fatiguée à Helsinki, et ça changeait les choses. Car tout le monde était tellement gentil ici, tout le monde avait l'air tellement intéressé par ce qu'elle disait ! D'ailleurs, ç'avait été pareil à chaque étape depuis qu'elle avait quitté New York.

Depuis combien de temps était-elle partie ? s'interrogea-t-elle tandis qu'elle s'asseyait et prenait son stylo en arborant son sourire professionnel, son sourire d'auteur. Vingt-deux jours. C'était important de se rappeler le décompte des jours, et le fait d'avoir parcouru près des trois quarts de ce chemin de croix qu'elle s'était imposé.

Comment triomphe-t-on des phobies ? lui avait demandé le Dr Lowenstein. En leur faisant face. Vous souffrez de timidité chronique avec des bouffées paranoïaques ? Allez dialoguer avec le public. Est-ce que, quand un patient venait le consulter parce qu'il avait le vertige, Lowenstein lui donnait comme remède de courir se jeter du haut du pont de Brooklyn ?

Et l'avait-il écoutée, quand elle lui avait dit qu'elle était sûre de souffrir d'angoisses en société ? Peut-être d'agoraphobie, en plus de sa claustrophobie ? Non, il ne l'avait pas écoutée. Il avait répété qu'elle était simplement timide, puis avait suggéré qu'elle lui laisse le soin d'évaluer son état et de poser les diagnostics.

Tandis qu'elle voyait (et son estomac faisait des bonds) les premiers membres de l'assistance s'avancer pour obtenir quelques mots de dédicace et une signature, elle aurait voulu tenir Lowenstein en face d'elle. Pour lui envoyer son poing dans la figure.

Pourtant les choses allaient mieux, elle était forcée de le reconnaître. *Elle* allait mieux. Elle était venue à bout de la conférence, et cette fois sans avoir besoin d'un Xanax, ni d'une rapide (et coupable) gorgée de whisky.

Mais, problème, donner une conférence était bien plus facile que ce genre de séances en tête à tête. Pendant une conférence, il y avait une distance et un détachement fort rassurants. Elle avait des notes, un plan clair et précis qui la menait de l'Anankè à Zeus.

Mais lorsque les gens arrivaient devant une table de signature, ils escomptaient de la spontanéité, quelques mots de conversation, et aussi, mon Dieu, du charme.

Au moins sa main ne trembla-t-elle pas quand elle commença à signer son nom, sa voix ne chevrota pas quand elle parla ; c'était un progrès. Lors de sa première étape, à Londres, elle se trouvait quasiment en état de catatonie à la fin de la séance. Le temps de retourner à son hôtel, elle n'était plus qu'une pauvre chose vacillante et flageolante – état qu'elle avait combattu en avalant deux comprimés, puis en glissant dans le cocon sécurisant d'un sommeil sous assistance chimique.

Seigneur, elle aurait tellement voulu rentrer chez elle ! Elle aurait tellement voulu courir comme un lapin jusque dans sa tanière new-yorkaise, se claquemurer dans son merveilleux appartement… Mais elle avait pris des engagements, donné sa parole, et une Marsh ne manquait jamais à sa parole.

Aujourd'hui, elle pouvait être satisfaite, même fière. Elle avait tenu le coup, tétanisée tout au long de la première semaine, tremblant durant la deuxième, serrant les dents pendant la troisième. Au point où elle en était, son épuisement était tel que l'idée de discuter avec des étrangers ne pouvait l'angoisser.

Le temps que se dessine la fin de la queue, elle en avait presque des crampes à force de sourire. Elle releva une fois encore les yeux pour rencontrer ceux, vert mousse, de l'Irlandais qui lui avait posé une question sur les Parques.

— Une conférence fascinante, docteur Marsh, lui déclara-t-il avec son accent si plaisant.

— Merci. Je suis contente que ça vous ait plu.

Elle approchait déjà la main de son livre quand elle se rendit compte qu'il lui tendait sa propre main. Elle s'emmêla un peu, puis fit passer son stylo dans sa main gauche et lui tendit la droite en retour.

Pourquoi les gens voulaient-ils toujours vous serrer la main ? Ils ne savaient donc pas combien de microbes se transmettaient ainsi ?

Celle de l'homme était chaude et ferme ; il retint la main de Tia, juste assez longtemps pour qu'elle sente une rougeur embarrassante lui envahir le cou.

— En parlant de destin, justement..., commenta-t-il tout en lui décochant un sourire radieux, plein de naturel. J'ai été très satisfait d'apprendre que vous seriez ici, à Helsinki, au moment où j'y venais pour affaires. Voilà quelque temps que je suis vos travaux et je les admire, affirma-t-il, sans se troubler le moins du monde malgré ce mensonge.

— Merci...

Oh, mon Dieu, quelqu'un en veine de conversation ! Première règle : poser des questions, le laisser parler.

— Vous êtes irlandais ?

— Oui. Du comté de Cork. Mais en voyage pour l'heure, comme vous.

— Comme moi, oui.

— Voyager est une des choses excitantes de la vie, n'est-ce pas ?

Excitantes ?

— En effet, oui.

C'était à son tour de mentir.

— Pardon, je vous accapare, dit-il en lui tendant son livre. Je m'appelle Malachi, Malachi Sullivan.

— Ravie d'avoir fait votre connaissance.

Elle signa le livre d'une écriture élégante et soignée, tout en réfléchissant au meilleur moyen de mettre un terme à la conversation, pour clore enfin cette interminable séance.

— Merci beaucoup d'être venu, monsieur Sullivan, ajouta-t-elle en se levant. J'espère que vos affaires en Finlande marcheront comme vous le voulez.

— Je l'espère aussi, docteur Marsh.

Non, elle ne ressemblait pas à ce qu'il avait imaginé, et cela avait contraint Malachi à modifier son approche. On aurait pu la croire distante, froide, un peu snob ; mais il avait vu le rouge lui monter aux joues, la lueur de panique flotter au fond de ses yeux. Elle était timide, estima-t-il en faisant les cent pas au coin de la rue, les yeux fixés sur l'entrée de l'hôtel, tout simplement timide.

Comment une femme nageant dans l'opulence, le standing et les privilèges de toutes sortes pouvait-elle être timide ? Il n'aurait pas su le dire. Mais sans doute fallait-il de tout pour faire un monde.

On pouvait aussi se demander, c'est vrai, pourquoi un homme sain d'esprit, jouissant d'une vie agréable et d'un revenu correct, se rendait à Helsinki dans l'hypothétique espoir qu'une femme inconnue de lui le conduirait à un trésor peut-être inexistant.

Cette dernière question mettait en jeu trop de paramètres différents pour qu'on puisse y apporter une réponse unique. S'il avait dû à tout prix en choisir une, il aurait dit que c'était pour l'honneur de la famille.

Pourtant, cette réponse était incomplète. Il y avait aussi le fait qu'il avait tenu une des *Parques* entre ses mains, et qu'il n'interromprait pas sa quête avant de la serrer de nouveau entre ses doigts.

De la façon dont il voyait les choses, Tia Marsh avait un lien avec son passé, mais aussi avec son avenir. Il consulta sa montre : si tout se passait bien, d'ici très peu de temps ils allaient faire ensemble les premiers pas vers cet avenir.

Il aimait que les choses se déroulent conformément à ses prévisions. Elle était revenue directement à son hôtel depuis l'université, constata-t-il en la regardant descendre du taxi. Et seule.

Il s'avança à pas lents le long du trottoir, contrôlant le timing des événements. Juste au moment où elle-même se tournait vers lui, il releva les yeux vers elle ; une fois de plus, ils se trouvaient face à face.

— Docteur Marsh !

Le ton de sa voix, son sourire, tout était calculé pour produire sur elle un effet d'agréable surprise.

— Vous aussi, vous êtes descendue ici ?

— Oui, monsieur Sullivan.

Elle s'était rappelé son nom. En fait, elle avait repensé à lui dans le taxi, pour constater qu'il était fort séduisant, tandis qu'elle frottait ses mains de lotion antibactérienne.

— C'est un hôtel charmant. Le service est impeccable.

Il pivota pour feindre d'aller lui ouvrir la porte, se ravisa.

— Docteur Marsh, j'espère que vous ne jugez pas cela déplacé, mais je me demandais si je ne pourrais pas vous inviter à boire un verre.

— Je...

Une partie de son cerveau s'emballait. À la vérité, elle s'était bâti tout un petit scénario pendant le trajet en taxi. Un petit scénario qui commençait par un brin de conversation, pendant laquelle elle se montrait fort spirituelle et raffinée, pour se prolonger en une soirée assez folle et en un flirt échevelé.

— Je... je ne bois pas vraiment, réussit-elle à articuler.

— Non ? dit-il, et un bref sourire amusé lui passa sur le visage. Alors, vous me retirez la première ressource dont dispose un homme qui veut passer un moment avec une femme intéressante et séduisante. Et si je vous proposais une petite promenade ?

— Pardon ?

Elle avait du mal à suivre. Il ne pouvait pas être en train de la draguer, impossible : elle n'était pas du genre que les hommes draguent, surtout pas des étrangers aussi terriblement séduisants, avec ce genre d'accent fascinant.

— Un des charmes d'Helsinki l'été, c'est le soleil.

Profitant de sa confusion, il lui saisit doucement le bras et l'entraîna loin de l'hôtel.

— Regardez, il est déjà neuf heures et demie et il fait clair comme en plein jour. Ce serait une honte de ne pas profiter d'une telle lumière, vous ne pensez pas ? Êtes-vous déjà descendue jusqu'au port ?

— Non, je...

Déconcertée par la tournure que prenaient les événements, elle eut un regard vers l'hôtel derrière elle : solitude, sécurité.

— Il faudrait vraiment que...

— Vous avez un avion tôt demain matin ?

Il savait que non, mais se demandait si elle aurait le front de mentir.

— Non. En fait, je suis ici jusqu'à mercredi.

— Alors… Laissez-moi vous débarrasser de cette sacoche.

Il la fit glisser tout en douceur de l'épaule de Tia jusqu'à la sienne, et, ce faisant, il fut surpris par son poids.

— Ce doit être un vrai défi de donner des conférences, ou de participer à des colloques, dans un pays dont on ne connaît pas la langue.

— J'avais une interprète.

— Oui, elle était excellente. Mais c'est quand même beaucoup de travail, non ? Vous vous attendiez à ce que les gens d'ici s'intéressent tant aux Grecs ?

— Il y a des corrélations entre les dieux et mythes grecs et ceux des Scandinaves. Des divinités détentrices de vertus et aussi de défauts humains, qui connaissent l'aventure, le sexe, les trahisons…

S'il ne prenait pas la conversation en main comme il l'avait fait pour leur petite promenade, songea-t-il, ils allaient vite se retrouver dans la salle de conférences.

— Vous avez raison, bien sûr. Je viens moi-même d'un pays qui accorde beaucoup d'importance à ses mythes. Vous êtes déjà allée en Irlande ?

— Une seule fois, quand j'étais enfant. Je n'en ai aucun souvenir.

— C'est une honte. Il faut que vous y reveniez. Vous avez assez chaud ?

— Oui, tout va bien.

Au moment même où elle prononçait ces mots, elle se rendit compte qu'elle aurait dû se plaindre du froid et s'en aller. Autre problème, la situation la troublait tant qu'elle n'avait pas fait attention au chemin suivi ; résultat, elle n'avait pas la moindre idée de la façon de retourner à l'hôtel. Mais ce ne devait pas être si difficile.

Les rues étaient droites et comme tirées au cordeau, nota-t-elle en tentant de se calmer. Et aussi remplies de monde, bien qu'il fût près de dix heures du soir. À cause de la lumière, bien sûr. Cette lumière d'été si belle, si légère, qui nimbait toute la ville de charme et de chaleur...

Pas une fois, depuis le début de son voyage, elle n'avait regardé autour d'elle. Ni n'avait fait une promenade, une séance de shopping frénétique, ni même pris un café en s'attablant à une terrasse.

Comme bien trop souvent à New York, elle était restée blottie dans le nid jusqu'à ce que l'heure soit venue de répondre à ses obligations.

À sa façon de promener les yeux autour d'elle, elle évoquait un peu à Malachi une somnambule émergeant du sommeil. Son bras était toujours raide sous le sien, mais elle paraissait moins sur le point de s'enfuir en courant. Sans doute y avait-il suffisamment de gens autour d'eux pour qu'elle se sente en sécurité. Des petits groupes, des couples et des touristes, tous profitant de cette journée qui n'en finissait pas.

De la musique leur parvenait d'un square, et la foule augmentait quand on s'en approchait. Il la contourna, poussant Tia en direction du port que baignait un souffle de brise. Ce fut là, au bord d'une eau bleu marine sur laquelle des bateaux rouge et blanc dansaient mollement, qu'il la vit sourire pour la première fois.

— Magnifique...

Elle devait élever la voix pour couvrir la musique.

— Si harmonieux, si parfait ! J'aurais aimé prendre le ferry depuis Stockholm, mais j'avais peur d'avoir le mal de mer. Pourtant, être malade sur la mer Baltique, ça a de la classe...

En l'entendant rire, elle releva les yeux, étonnée : elle avait presque oublié qu'elle était en train de parler à un étranger.

— Vous devez trouver cela stupide...

— Non, charmant, au contraire.

Il fut surpris de constater qu'il le pensait vraiment.

— Pourquoi ne ferions-nous pas ce que font tous les Finlandais à cette heure-ci ?

— Aller au sauna ?

Il rit à nouveau, laissa sa main glisser le long du bras de Tia jusqu'à aller serrer la sienne.

— Prendre un café.

Ce n'aurait jamais dû être possible. Elle n'aurait jamais dû être assise sur cette terrasse de café noire de monde, sous un soleil couleur de nacre, à onze heures du soir et à plusieurs milliers de kilomètres de chez elle. Non, elle n'aurait bien sûr pas dû être assise en face d'un homme si scandaleusement beau qu'il lui fallait lutter contre une irrésistible envie de regarder autour d'elle, pour s'assurer que ce n'était pas à quelqu'un d'autre qu'il était en train de parler.

Sous l'effet de la brise, les pointes de ses magnifiques cheveux châtains voletaient autour de sa figure ; les rayons dorés du soleil s'accrochaient à leurs ondulations légères. Sa peau était lisse, son visage allongé, avec juste de légères fossettes soulignant ses joues. Quand sa bouche, à la fois ferme et mobile, s'éclairait d'un sourire, on aurait dit qu'il avait été dessiné exprès pour faire battre le pouls d'une femme.

Du moins celui de Tia.

D'épais cils noirs encadraient ses yeux, au-dessus desquels s'arquaient des sourcils pleins d'expression. Mais c'étaient surtout ses yeux eux-mêmes qui captivaient Tia. Ils étaient du même vert profond que l'herbe en été, avec un halo d'or pâle autour des pupilles. Et ils restaient fixés dans les siens quand elle parlait. D'une façon ni insistante ni indiscrète, juste intéressée.

Elle avait déjà vu des hommes la contempler avec intérêt, précédemment ; elle n'était pas un dragon, après tout. Pourtant, quelle qu'en soit la raison, elle avait réussi à atteindre l'âge de vingt-neuf ans sans que jamais un homme la regarde comme Malachi à cet instant.

Cela aurait pu la rendre nerveuse, mais elle ne l'était pas. Pas vraiment. Sans doute parce qu'à l'évidence c'était un gentleman, autant dans ses manières que dans ses vêtements. Il s'exprimait bien, avait l'air si bien dans sa peau. Son costume gris d'homme d'affaires mettait merveilleusement en valeur sa silhouette longue et presque efflanquée. Le père de Tia lui-même, qui possédait un œil acéré en matière de tenue vestimentaire, aurait approuvé.

Elle sirota sa deuxième tasse de décaféiné, et se demanda quel généreux décret du sort avait mis un tel homme sur son chemin.

Ils en étaient revenus au sujet des trois Parques, mais à vrai dire elle ne s'en souciait guère. De toute façon, c'était plus facile de parler des dieux que de choses personnelles.

— Je n'ai jamais pu savoir si c'était plutôt réconfortant ou plutôt effrayant de penser que notre vie serait déterminée d'avance, avant même que nous ayons poussé notre premier cri, par trois femmes.

— Il n'y a pas que la durée de la vie, précisa Tia, et elle dut se retenir de le mettre en garde contre les dangers du sucre raffiné, en le voyant en ajouter une généreuse cuillerée dans sa tasse de café. Il y a aussi sa tonalité, le bien et le mal qui sont en nous. Les Parques distribuent ce bien et ce mal avec équité. À l'homme de voir ce qu'il fait avec ce qu'il a en lui.

— Ce n'est donc pas prédéterminé ?

— Chacun de nos actes est un acte de volonté, ou de manque de volonté. Et chacun a des conséquences. Zeus, qui était le dieu suprême, et plutôt homme à femmes dans son genre, désirait Thétis. Les Moires ont prédit que le fils de Thétis serait plus célèbre, peut-être même plus puissant que Zeus lui-même. Zeus alors s'est rappelé la façon dont il avait traité son propre père et a eu peur d'engendrer un tel fils. C'est pourquoi il a renoncé à Thétis : il a privilégié son propre bien-être.

— Il faut être fou pour renoncer à une femme à cause de ce qui pourrait arriver en cours de route.

— Ça ne lui a pas été bénéfique, de toute façon, puisque Thétis a finalement donné naissance à Achille. Peut-être que s'il avait écouté son cœur plutôt que son ambition, s'il avait épousé Thétis et aimé leur enfant, et s'il s'était montré fier de ses exploits, Zeus aurait eu un destin différent.

Qu'est-ce qui a bien pu lui arriver ? se demanda Malachi, mais il jugea plus sage de ne pas poser la question.

— Donc, commenta-t-il, il a choisi son propre destin en repensant à ce qu'il y avait de sombre en lui, et en le projetant sur un enfant qui n'était même pas encore conçu.

À cette réponse, le visage de Tia s'illumina.

— On peut dire ça, oui. On peut aussi dire que le passé diffuse des vagues en direction du présent. Si vous connaissez la mythologie, vous savez que chaque doigt plongé dans l'eau produit ce genre de vagues, et elles touchent ceux qui viennent ensuite, génération après génération.

Elle avait de beaux yeux, songeait-il, quand on était assez près pour plonger vraiment en eux. Ses iris étaient d'un bleu clair et parfait.

— C'est pareil avec les gens, n'est-ce pas ?

— Je crois, oui. C'est un des thèmes principaux de mon livre. Nous ne pouvons échapper au destin, mais nous pouvons faire beaucoup pour y imprimer notre marque, le tourner à notre avantage ou à notre désavantage.

— Apparemment, le mien a plutôt tourné à mon avantage, quand j'ai prévu de faire ce voyage particulier à ce moment particulier.

Elle sentit que le rouge lui montait encore une fois aux joues, leva sa tasse dans l'espoir de le dissimuler.

— Vous ne m'avez pas dit dans quelle branche vous travailliez...

— Les transports maritimes. (Ce n'était pas loin de la vérité.) Notre famille y est depuis plusieurs générations. Un choix marqué par le destin, ajouta-t-il d'un ton anodin, mais en la regardant comme un faucon regarde un lapin, si l'on pense que mon arrière-arrière-grand-père était l'un des survivants du *Lusitania*.

Ses yeux s'agrandirent tandis qu'elle reposait sa tasse.

— Vraiment ? C'est si étrange... Le mien est mort sur le *Lusitania !*

— C'est vrai ? s'exclama Malachi en feignant le même étonnement.

— Quelle coïncidence !... Je me demande s'ils se connaissaient, Tia.

Il avança la main pour effleurer la sienne, et comme elle ne tressaillit pas prolongea ce geste

— Je suis en train de devenir un fervent supporter du destin, vous savez.

Tandis qu'il retournait vers l'hôtel avec elle, Malachi se demandait s'il fallait lui en dire plus, en quelle quantité et de quelle manière. Pour finir, il décida de modérer son impatience et de se montrer discret. S'il mentionnait trop tôt les statuettes, elle risquait de percevoir la froideur des calculs derrière toutes ces coïncidences accumulées.

— Est-ce que vous avez des plans pour demain ?

— Pour demain ?

Elle en revenait à peine, c'était pour ce soir qu'elle avait fini par avoir des plans...

— Non, pas vraiment.

— Pourquoi est-ce que je ne viendrais pas vous prendre vers une heure ? Nous déjeunerions ensemble, proposa-t-il en souriant, tandis qu'il s'effaçait pour la laisser entrer dans le hall. Puis nous aviserions.

Elle avait eu l'intention de préparer ses bagages, d'appeler chez elle, de travailler un moment à son nouveau livre, et de passer au moins une heure à faire ses exercices de relaxation. Mais pourquoi pas, en effet ?

— Bonne idée.

Parfait, songea-t-il. Il lui offrirait un peu de flirt, un peu d'évasion. Un petit tour au bord de la mer. Ensuite, il sauterait sur la première mention qui serait faite des statuettes en argent. À la réception, il demanda leurs deux clés.

Avant qu'elle ait pu s'emparer de la sienne, il l'avait déjà dans la main. Tandis qu'il marchait avec elle vers l'ascenseur, il la pressait un peu de son autre main dans le creux de ses reins.

Ce fut seulement quand les portes se refermèrent soudain et qu'elle se retrouva seule avec lui dans l'ascenseur qu'elle connut son premier moment de panique. Qu'est-ce qu'elle faisait ? Qu'est-ce qu'*il* faisait ? Il n'avait appuyé que sur le bouton de son étage à elle...

Elle avait enfreint toutes les règles du *Guide de la femme d'affaires en voyage*. Perdu manifestement les quatorze dollars quatre-vingt-quinze que le livre lui avait coûté, sans compter les heures qu'elle avait passées à en étudier chaque page. Il connaissait son numéro de chambre et savait qu'elle voyageait seule.

Il allait pénétrer de force dans sa chambre, la violer et la tuer. Ou bien, avec l'empreinte de la clé qu'il était peut-être en train de prendre à l'instant même, il pourrait se faufiler à l'intérieur plus tard, pour la violer et la tuer. Tout cela parce qu'elle n'avait pas accordé suffisamment d'attention au chapitre deux.

Elle toussota afin de s'éclaircir la gorge.

— Vous êtes au quatrième vous aussi ?

— Moi ? Non, au sixième. Mais je vais vous accompagner à votre porte, Tia, comme ma mère voudrait que je le fasse. D'ailleurs, il faut que je trouve un cadeau pour elle, je pensais à quelque chose en verre. Peut-être que vous pourrez m'aider à choisir ?

Ainsi qu'il l'avait escompté, la mention de sa mère apaisa de nouveau Tia.

— Vous n'aurez qu'à me dire le genre de choses qu'elle aime.

— Elle aime tout ce que ses enfants lui offrent, répliqua-t-il au moment où la porte de l'ascenseur se rouvrait.

— Ses enfants ?

— J'ai un frère et une sœur. Gideon et Rebecca. Elle était plutôt biblique question prénoms, Dieu sait pourquoi.

Il s'arrêta devant la chambre de Tia, glissa sa clé dans la serrure. Après avoir tourné la poignée et entrebâillé la porte, il recula d'un pas.

En entendant le léger soupir de soulagement qu'elle émit, il dut se retenir de rire. Et parce qu'il l'avait entendu et que ça l'avait amusé, il lui prit la main.

— Il faut que je vous remercie, vous et les dieux grecs, pour cette soirée inoubliable.

— J'ai passé un bon moment moi aussi.

— Alors, à demain.

Il garda les yeux plongés dans les siens tandis qu'il levait la main de Tia, puis effleurait ses phalanges avec ses lèvres. Le petit frémissement qu'il obtint en réponse fut précieux pour son ego.

Timide, douce, délicate. Et aussi éloignée de son type de femme que la Lune l'est du Soleil. Mais il n'y avait pas de raison pour qu'un homme n'expérimente pas une saveur nouvelle de temps à autre.

Demain peut-être, il pourrait en essayer une petite gorgée.

— Bonne nuit, Tia.

— Bonne nuit.

Un peu troublée, elle recula d'un pas, franchit le seuil de la chambre sans le quitter des yeux. Ensuite, elle se retourna. Et hurla.

Il pénétra dans la chambre devant elle à la vitesse de l'éclair. Dans d'autres circonstances, elle aurait remarqué et admiré la promptitude de son mouvement ; mais, à cet instant présent, tout ce qu'elle voyait, c'était le cataclysme qui s'était abattu sur sa chambre d'hôtel.

Ses vêtements étaient éparpillés dans toute la pièce. Ses valises avaient été lacérées, le lit retourné, tous les tiroirs ouverts et renversés. Le contenu de sa boîte à bijoux avait été répandu au sol, son revêtement interne arraché.

Dans le salon, le bureau était sens dessus dessous lui aussi. Et l'ordinateur portable qui s'y trouvait avait disparu.

— Et merde ! s'exclama Malachi.

La seule chose à laquelle il pouvait penser, c'est que sur ce coup la garce l'avait battu.

La fureur assombrissant ses traits, il pivota sur lui-même ; mais il lui suffit de poser un regard sur Tia pour ravaler le reste de ses jurons. Elle était blanche comme un linge et ses yeux, sous l'effet de la panique, devenaient déjà vitreux.

Non, elle n'avait pas mérité ça, se dit-il. Et il ne doutait pas un instant d'en être le responsable, parce qu'il l'avait prise pour proie.

— Vous devriez vous asseoir.

— Quoi ?

— Asseyez-vous.

Il la prit par le bras avec autorité et l'entraîna jusque vers une chaise, l'y installa.

— Nous allons appeler la sécurité. Pouvez-vous me dire s'il manque quelque chose ?

— Mon ordinateur.

Elle tentait de reprendre sa respiration, en vain. Redoutant une crise d'asthme, elle fouilla dans sa serviette à la recherche de son inhalateur.

— ... mon portable a disparu...

Il fronça les sourcils pendant qu'elle aspirait dans l'appareil.

— Qu'est-ce qu'il y avait dedans ?

Elle fit un geste de la main, tout en continuant l'opération.

— La totalité de mon travail, parvint-elle à répondre entre deux aspirations. Mon nouveau livre. Mes e-mail, mes comptes bancaires. J'ai une disquette du livre là-dedans, mais...

Elle fouillait dans son sac, mais c'est un flacon de pilules qu'elle en sortit. Malachi le lui prit des mains.

— Qu'est-ce que c'est ?

Il lut la notice, fronça les sourcils de plus belle.

— On va laisser tomber ça pour le moment. Vous n'êtes pas au bord de la crise de nerfs.

— Je n'y suis pas ?

— Non.

Elle sentait pourtant le picotement caractéristique dans le fond de sa gorge, annonciateur d'une crise de panique.

— Je crois que vous vous trompez...

— Arrêtez ça, vous allez faire de l'hyperventilation ou quelque chose dans le genre.

S'efforçant de se montrer aussi patient que possible, il s'accroupit devant elle.

— Regardez-moi bien, maintenant..., respirez lentement. Contentez-vous de respirer lentement.

— Je ne peux pas.

— Si, vous pouvez. Vous n'êtes pas blessée, n'est-ce pas ? Vous êtes juste dans un beau pétrin, rien de plus.

— Quelqu'un est entré dans ma chambre...

— C'est vrai, mais il n'y est plus. Et vous bourrer de tranquillisants n'y changera rien. Réfléchissez plutôt : que sont devenus votre passeport, vos objets de valeur, vos papiers importants ?

Parce qu'il l'obligeait à réfléchir, au lieu de laisser la panique l'envahir, le poids sur sa poitrine diminua. Elle secoua la tête.

— Je garde toujours mon passeport sur moi, et je n'emporte rien qui ait vraiment de la valeur. Sauf mon portable.

— Vous en achèterez un autre, non ?

Présenté comme cela, elle ne pouvait qu'acquiescer.

— Oui.

Il se remit debout pour aller fermer la porte.

— Vous voulez appeler la sécurité ?

— Oui, bien sûr, la police.

— Réfléchissez-y juste une minute. Vous êtes dans un pays étranger. Un rapport de police va engendrer une montagne de paperasse, prendre beaucoup de temps et causer beaucoup de problèmes. Et j'imagine que cela s'ébruitera.

— Mais... quelqu'un est entré dans ma chambre !

— Vous devriez peut-être commencer par vérifier vos affaires, voir ce qu'on vous a pris.

Il gardait une voix calme et posée, la plus indiquée à son avis pour faire face à la situation. C'était cette voix que sa propre mère prenait, pour affronter les crises de colère en famille, et qu'était l'hystérie sinon une forme de colère ?

Il promena un regard circulaire sur la pièce, toucha un petit appareil blanc de la pointe du pied.

— Qu'est-ce que c'est que ça ?

— Un purificateur d'air.

Quand il l'eut ramassé et posé sur le bureau, elle se remit debout, sur des jambes flageolantes.

— Je ne comprends pas pourquoi on aurait fait tout ça pour un simple ordinateur portable.

— Peut-être qu'ils espéraient trouver mieux.

Il marcha jusqu'à la porte de la salle de bains et regarda à l'intérieur. Il avait déjà trouvé que les Finlandais méritaient de remporter la palme pour leur faste dans ce domaine : la sienne ne manquait de rien mais, la chambre de Tia étant plus luxueuse que celle qu'il occupait, celle-ci était encore plus spacieuse. Les carrelages chauffants au sol, la baignoire avec ses buses d'hydromassage, la douche avec ses six jets d'eau pulsée, les moelleuses serviettes aussi vastes que des couvertures... Sur le grand comptoir carrelé, il aperçut une demi-douzaine de flacons de pilules, dont la plupart se révélèrent être des vitamines ou des remèdes à base de plantes. Il y avait aussi une brosse à dents électrique, une bougie de voyage, un tube de crème antibactérienne. Des boîtes d'une substance appelée N-Er-G ; d'autres, plus nombreuses, d'un certain D-Stress. Il compta huit bouteilles d'eau minérale en tout.

— Vous êtes quand même un peu spéciale, non, chère amie ?

Elle se passa la main sur le visage.

— Voyager est stressant, c'est dur pour les nerfs. Et j'ai des allergies.

— Écoutez, si je vous aidais à remettre cet endroit en ordre ? Ensuite, vous prendriez une de vos pilules et vous dormiriez.

— Je ne réussirai jamais à m'endormir. Il faut que j'appelle la sécurité de l'hôtel.

— Très bien.

En fait, ça ne le gênait nullement ; le tracas serait surtout pour elle. Il se dirigea obligeamment vers le téléphone et appela la réception pour leur expliquer la situation. Il resta même avec elle quand des responsables de la direction et de la sécurité montèrent dans sa chambre ; il lui tint la main pendant qu'elle leur parlait, leur donna bien volontiers sa propre version de la soirée qu'ils avaient passée ensemble, ainsi que son nom, son adresse et son numéro de passeport.

Il n'avait rien à cacher.

Quand il regagna enfin sa propre chambre, il était près de deux heures du matin. Il prit un long whisky bien tassé, puis un second pour ruminer à loisir là-dessus.

Quand Tia se réveilla le lendemain matin, les idées confuses, il était parti. Tout ce qui lui restait, pour la convaincre que Malachi avait bel et bien existé, c'était un mot glissé sous sa porte.

Tia, j'espère que vous vous sentez mieux ce matin. Je suis désolé, mais j'ai dû changer mes plans, et j'aurai déjà quitté Helsinki quand vous lirez ces lignes. Mes meilleurs vœux pour la fin de votre voyage. Je reprendrai contact avec vous dès que possible. Malachi

Elle soupira, s'assit sur le bord du lit, et se dit qu'elle ne le reverrait jamais.

3

À la minute même où il rentra à Cobh, Malachi convoqua une réunion. Étant donné l'importance des événements, les emplois du temps des uns et des autres furent hâtivement révisés, et les parties concernées se rendirent disponibles.

Il resta debout à l'extrémité de la table pour raconter à ses associés ce qui s'était produit pendant son séjour en Finlande. Quand il eut fini, il se rassit et saisit sa tasse de thé.

— Et alors, crétin, pourquoi tu n'es pas demeuré là-bas pour la serrer d'un peu plus près ?

L'invective venant de la plus jeune associée, qui se trouvait aussi être sa sœur, Malachi n'en prit pas spécialement ombrage. La table de conférences, comme il était de tradition chez les Sullivan, était celle de la cuisine. Avant de répondre, il se remit sur ses pieds, attrapa la boîte de biscuits sur le plan de travail et se servit.

— D'abord parce que la serrer de plus près aurait fait plus de mal que de bien. Elle n'a rien d'une oie blanche, Becca. Si je l'avais entreprise sur les statuettes juste après le cambriolage de sa chambre, elle aurait très bien pu faire le rapprochement, et penser que j'avais quelque chose à voir avec cette affaire. Ce qui est le cas, j'en ai peur, indirectement, ajouta-t-il d'un air sombre.

— On ne peut pas se le reprocher : nous ne sommes pas des voyous, après tout, ni des voleurs.

Gideon était l'enfant du milieu, presque au jour près, puisqu'il n'avait pas tout à fait deux ans de moins que Malachi, ni tout à fait deux ans de plus que Rebecca, circonstances qui l'avaient mis bien souvent en situation de jouer les conciliateurs entre eux.

Il égalait son frère en taille et carrure, mais avait hérité du teint de sa mère. Son visage avait la maigreur et les joues creuses des Sullivan, mais brillamment relevées par ses cheveux noirs comme du jais et ses yeux bleu viking.

À sa façon, il était le plus tatillon des trois. Il aimait voir tout aligné en belles colonnes bien régulières, et pour cette raison – quoique Malachi ait plus de dispositions pour les chiffres – faisait office de comptable au sein de la famille.

— Il ne faut pas regretter ce voyage, poursuivit-il. Ni pour le temps ni pour l'argent dépensés. Un, tu as pris contact avec elle, et deux, nous ne sommes manifestement pas les seuls à penser qu'elle peut être une piste pour arriver jusqu'aux *Parques*. C'est là un point d'acquis.

— Nous ignorons toujours si elle en est vraiment une ou pas, objecta Rebecca. Parce que, clair comme de l'eau de roche, c'est Malachi qui les a conduits à elle... Tu aurais mieux fait de rechercher celui qui s'est introduit dans sa chambre, plutôt que de te précipiter pour revenir à la maison.

— Et comment aurais-je dû m'y prendre, Mata Hari ? demanda Malachi.

— Tu aurais dû chercher des indices, dit-elle avec un grand geste du bras. Interroger le personnel de l'hôtel. Faire *quelque chose*.

— Si seulement je m'étais souvenu d'emporter ma loupe et mon chapeau de Sherlock Holmes...

Elle soupira, exaspérée. Certes, elle comprenait qu'il avait fait preuve de bon sens ; mais quand il fallait choisir entre le bon sens et l'action, Rebecca choisissait toujours l'action.

— Tout ce que je vois, c'est qu'on a déboursé le prix du voyage, et qu'on n'est pas plus avancés qu'avant ta petite aventure avec l'Amerloque.

— Nous n'avons pas eu d'aventure, rectifia Malachi, non sans une pointe de colère dans la voix.

— Et alors, la faute à qui ? riposta-t-elle. J'ai l'impression que tu en aurais tiré davantage si tu l'avais un peu cajolée au lit.

— Rebecca...

La réprimande, discrète, venait de celle qui tenait entre ses mains les rênes du pouvoir. Eileen Sullivan avait beau avoir donné naissance à trois enfants à la forte personnalité, elle incarnait, et incarnerait toujours, le pouvoir dans la famille.

— Ma, il a trente et un ans, déclara suavement Rebecca. Tu te doutes qu'il a déjà dû connaître le sexe avant ça.

Eileen était une jolie femme, coquette, très fière de sa famille et de sa maison. Et qui, quand c'était nécessaire, gouvernait l'une comme l'autre d'une main de fer.

— Nous ne sommes pas en train de discuter du comportement intime de ton frère, mais de parler affaires. Nous étions d'accord pour que Mal aille voir et s'informer sur place, et c'est ce qu'il a fait.

Rebecca se calma, non sans peine. Elle adorait ses frères, mais il y avait des fois où elle aurait volontiers cogné leurs têtes l'une contre l'autre, juste pour leur secouer un peu les méninges.

Elle aussi avait hérité de la longue et maigre charpente des Sullivan ; on aurait pu la croire frêle, sans ses épaules droites et ses muscles fermes, sous sa peau qu'elle entretenait avec soin.

Ses cheveux avaient des tons plus lumineux que ceux de Malachi, plus mordorés que châtains, et ses yeux étaient d'un vert plus pâle, plus doux. Avec leurs longues paupières, ils équilibraient sa bouche large et têtue, dans un visage aux lignes nettes et fermes plutôt qu'en courbes et en rondeurs.

Derrière ces yeux se cachait un cerveau vif, intelligent, et souvent impatient.

Elle avait durement mené campagne pour être celle qui irait à Helsinki et prendrait le premier contact avec Tia Marsh, et restait furieuse d'avoir été rejetée au bénéfice de Malachi.

— Tu ne t'en serais pas mieux tirée que moi, commenta ce dernier, qui lisait facilement dans ses pensées. Et tu n'aurais pas eu la ressource du sexe, n'est-ce pas ? En tout cas, nous avons progressé. Elle m'apprécie, et je dirais qu'elle n'est pas du genre à se sentir facilement à l'aise avec les gens. Elle n'est pas comme toi, Becca.

Il avait fait le tour de la table pendant qu'il disait ces mots, et caressa les longs cheveux bouclés de sa sœur.

— Elle n'est pas aventureuse et intrépide comme toi.

— Inutile d'essayer de m'amadouer.

Il se contenta de sourire et lui passa de nouveau la main sur les cheveux.

— Même en marchant à ton pas le plus lent, tu serais encore allée trop vite pour elle. Tu l'aurais impressionnée. C'est une timide, et une hypocondriaque aussi, je pense. Tu n'imaginerais pas tous les trucs qu'elle emporte avec elle. Des flacons de pilules, et un tas de petits appareils genre purificateur d'air, ou générateur de bruit blanc[1]. Tu nous aurais vus passer tout ça en revue avec les flics, ça valait le coup

1. Bruit comparable à celui d'une chute d'eau, et qui masque les autres bruits. *(N.d.T.)*

d'œil. Elle emporte son oreiller personnel quand elle part en voyage – une histoire d'allergie, je crois.

— Tout ça m'a l'air à mourir d'ennui.

— Non, pas d'ennui, répliqua Malachi, en se rappelant le sourire grave de Tia, c'est juste qu'elle est un peu nerveuse, c'est tout. Cela dit, quand la police est arrivée, elle s'était ressaisie. Elle a raconté exactement ce qu'elle avait fait, étape par étape, depuis le moment où elle avait quitté l'hôtel pour aller à sa conférence jusqu'à ce qu'elle y revienne, et tout ça sans broncher.

Elle n'avait pas oublié le moindre détail, il s'en souvenait fort bien.

— Elle en a là-dedans, ajouta-t-il d'un air songeur en montrant son crâne. Comme un appareil qui prend sans cesse des photos et qui les classe ensuite dans le bon dossier, plus une volonté qui ne faiblit jamais, derrière tous ses accès d'angoisse.

— Tu l'aimes bien, on dirait, commenta Rebecca.

— Oui, et je suis désolé de lui avoir causé des problèmes. Mais, bon, elle s'en remettra.

Il se rassit et mit du sucre dans sa tasse de thé qu'il avait laissée refroidir.

— On va attendre que la situation mûrisse un peu, au moins qu'elle soit retournée aux États-Unis et qu'elle se soit réinstallée tranquillement là-bas. Ensuite, je pourrais faire un saut à New York.

— À New York ? s'exclama Rebecca en bondissant sur ses pieds. Pourquoi ce serait toi qui irais partout ?

— Parce que je suis le plus vieux. Et parce que, pour le meilleur ou pour le pire, c'est à moi que revient Tia Marsh. On va simplement faire plus attention à l'étape numéro deux, parce qu'il semblerait bien que nos déplacements soient surveillés.

— L'un de nous doit aller traiter directement avec cette garce, déclara Rebecca. Elle nous a volé – elle a volé ce qui était dans notre famille depuis plus de trois quarts de siècle, et maintenant elle essaie de se servir de nous pour trouver les deux autres pièces. Il faut qu'on lui fasse comprendre, très clairement, que les Sullivan ne l'accepteront pas.

— Elle devra payer, affirma Malachi en se renversant en arrière. Et même beaucoup, quand on aura les deux autres *Parques* et elle seulement une.

— Celle qu'elle nous a volée.

— Ça risque d'être difficile d'expliquer aux autorités compétentes qu'elle a volé ce qui avait déjà été volé précédemment.

Gideon leva une main, avant que Rebecca ait eu le temps de l'interrompre.

— Que ça ait eu lieu il y a quatre-vingts ans ou non, Felix Greenfield a volé la première *Parque*. Je crois que nous n'avons pas trop à nous en préoccuper sur le plan juridique, puisque personne ne le sait. Mais en même temps, nous n'avons pas de preuve concrète que la statuette nous appartenait bien, ni que quelqu'un ayant la réputation d'Anita Gaye ait pu nous la voler sous le nez.

Rebecca ne put retenir un soupir.

— C'est si humiliant de s'être laissé tondre comme de vrais agneaux sans défense...

Parce que le sujet était encore douloureux pour lui, Malachi ne s'attarda pas sur la facilité avec laquelle il avait été dépouillé de la statuette.

— Toute seule, cette statuette ne vaut pas plus de quelques centaines de milliers de livres, constata-t-il. Mais les trois réunies n'ont pas de prix, pour peu qu'on trouve le bon collectionneur. Anita Gaye *est* ce bon collectionneur, et pour finir, c'est sa laine à elle qu'on lui tondra sur le dos.

Pour le moment, assis dans la cuisine jaune paille pleine de gaieté, avec les rideaux en chintz de sa grand-mère voletant à la fenêtre et l'odeur d'herbe coupée qui pénétrait jusqu'à eux, il pensait surtout à ce qu'il aimerait faire subir à la femme qui avait volé de ses mains impudentes l'objet fétiche de la famille.

— Je crois qu'on devrait attendre un peu avant de passer à la deuxième étape, reprit-t-il. Tia ne sera pas de retour à New York avant une dizaine de jours, et je ne veux pas me pointer trop tôt à sa porte. Ce qu'on devrait faire maintenant, c'est essayer de démêler le fil qui nous conduira à la deuxième statuette.

Rebecca pencha la tête en arrière, remua son ample chevelure.

— Certains d'entre nous n'ont pas passé leur temps à se tourner les pouces dans des coins pour touristes. J'ai fait pas mal de démêlage, comme tu dis, ces derniers jours.

— Pourquoi tu ne nous en as pas parlé ?

— Parce que tu étais en train de nous débiter tes fadaises sur ta nouvelle petite amie amerloque.

— Oh, Becca, pour l'amour de Dieu...

— Je ne veux pas qu'on invoque le nom du Seigneur à ma table, le coupa Eileen d'une voix douce. Rebecca, arrête de harceler ton frère et de te faire valoir.

— Je n'étais pas en train de me faire valoir, ma. Disons quand même que j'ai passé beaucoup de temps sur Internet, à faire des recherches généalogiques et autres. Nuit et jour, je le précise, et en y sacrifiant ma vie personnelle... Je n'appelle pas ça me faire valoir, ajouta-t-elle en adressant un grand sourire à sa mère. Mais ça reste un bond dans l'inconnu, puisque notre seul élément, c'est le souvenir qu'avait gardé Felix du papier qui était dans le sac avec la statuette. Le séjour dans l'océan a effacé l'encre, donc on doit espérer que sa mémoire ne lui a pas joué des tours concernant une chose qu'il a lue juste avant l'expérience la plus traumatisante de sa vie. Pire, même, on est obligés de se fier à sa parole, alors que c'était un voleur, après tout.

— Repenti, rectifia Eileen. Grâce à la miséricorde divine, et à l'amour d'une femme de bien. En tout cas, c'est ce qu'on raconte.

— C'est ce qu'on raconte, oui. Donc, il a vu dans le sac un papier, avec un nom et une adresse à Londres. Quand il affirme qu'il l'a appris par cœur en se disant qu'il pourrait y faire un tour un soir pour y exercer son activité coupable, ça sonne assez juste. Plus juste encore quand je me retrousse les manches au-dessus du clavier et que je trouve en effet trace d'un Simon White-Smythe, qui vivait à Mansfield Park en 1915.

— Tu l'as trouvé ! s'exclama Malachi, rayonnant. Tu es une perle, Rebecca !

— Tu peux le dire, parce que j'ai trouvé mieux que ça encore. Il avait un fils, du nom de James, qui lui-même a eu deux filles. Mariées toutes les deux, mais l'une a perdu son mari pendant la Seconde Guerre et est morte sans enfant. L'autre s'est installée aux États-Unis, à Washington, où son mari a été un riche avocat. Ils ont eu trois enfants, deux fils et une fille. Ils ont perdu un de leurs fils, tout jeune encore, au Vietnam, l'autre a filé au Canada, où j'ai été incapable de découvrir une ligne sur lui. Mais la fille s'est mariée... trois fois, tu imagines ? Aujourd'hui, elle vit à Los Angeles. Elle a eu un enfant avec son mari numéro un, une fille. Je l'ai retrouvée elle aussi, toujours sur le Net. Pour le moment elle vit à Prague, elle travaille dans une sorte de boîte de nuit là-bas.

— Prague est déjà plus près que Los Angeles, commenta Malachi. Mais est-ce qu'ils ne pouvaient pas rester tout simplement à Londres ?... Bien, on va partir du principe, même si ça représente un sacré pari, que ce White-Smythe avait la statuette au départ, ou qu'il savait comment se la procurer. Que, s'il l'avait, elle a été conservée dans la famille, ou qu'ils ont gardé la trace de l'endroit où elle est partie. Et que nous arriverons à obtenir d'eux, sinon la statuette, au moins sa localisation actuelle.

— C'était déjà un sacré pari, non, quand ton arrière-arrière-grand-père a donné son gilet de sauvetage à une étrangère et à son fils ? intervint Eileen. À mon avis, il y a une bonne raison pour qu'il ait été épargné alors que tant d'autres ont disparu. Une bonne raison pour que cette statuette ait atterri dans sa poche quand il a été sauvé. Pour toutes ces raisons, elle appartient bien à notre famille, continua-t-elle avec une logique imparable. Et comme elle fait partie d'une série de trois, il serait normal que les autres viennent à nous aussi. Pas pour l'argent, pour le principe. Nous avons les moyens d'acheter un billet pour Prague, et d'aller voir s'il y a une piste là-bas. (Elle sourit tranquillement à sa fille.) Quel est le nom de ce club, ma chérie ?

Le nom du club était Les Antipodes, et il ne se maintenait à flot que grâce à la vigilance de sa propriétaire, Marcella Lubriski. Chaque fois que la boîte menaçait de sombrer, Marcella la faisait se redresser à grands coups de pied, avec la pointe de son talon aiguille.

Elle était un pur produit de son pays et de son époque, en partie tchèque, en partie slave, avec une goutte de sang russe et une pincée d'allemand pour étoffer le tout. Du temps des communistes, elle avait pris ses deux jeunes enfants sous le bras, laissé le choix à son mari de partir avec elle ou de rester, et elle avait réussi à fuir le pays pour gagner l'Australie, qui lui paraissait juste assez loin pour elle.

Elle ne connaissait pas l'anglais, n'avait pas de relations sur place, possédait juste l'équivalent de deux cents dollars glissés dans son soutien-gorge, et, comme son mari avait décidé de ne pas la suivre, n'avait pas non plus de père pour ses enfants.

Ce qu'elle avait, en revanche, c'était de la volonté, un esprit astucieux, un corps pour faire rêver les hommes la nuit. Toutes ces qualités, elle avait trouvé à les employer dans une boîte de strip-tease à Sydney ; elle s'y déshabillait pour un public d'ivrognes et de solitaires, puis courait placer à la banque sa maigre paie et ses gros pourboires.

Elle avait appris à aimer les Australiens pour leur générosité, leur humour et la main qu'ils tendaient aux proscrits de toutes sortes. Elle veillait à ce que ses enfants soient bien nourris, et si à l'occasion elle faisait un extra pour qu'ils soient également bien chaussés, ce n'était qu'affaire de sexe et rien d'autre.

En cinq ans, elle avait mis assez d'argent de côté pour pouvoir investir dans un petit club, avec quelques associés. Elle continuait à se déshabiller, et aussi à vendre ses charmes quand cela l'arrangeait. En l'espace de dix ans, elle put racheter les parts de ses associés et se retira de la scène.

Au moment où le Mur tomba, Marcella possédait le club à Sydney, un autre à Melbourne, des intérêts dans un complexe de bureaux et une part importante d'un immeuble résidentiel. Elle avait été heureuse de voir les communistes chassés de sa terre natale, mais n'y avait accordé que peu d'attention.

Du moins au début.

Puis elle s'était mise à réfléchir, et bientôt, à sa propre surprise, elle avait eu envie d'entendre les gens parler sa langue dans les rues, de voir les coupoles et les ponts de sa ville d'origine. Confiant la gestion de ses biens à son fils et sa fille, elle avait alors repris l'avion à destination de Prague, pour ce qui ne devait être qu'un voyage sentimental.

Mais la femme d'affaires flaira vite l'opportunité à saisir, et on ne devait pas laisser passer les opportunités. Prague était en passe de redevenir la ville où se rencontraient l'Ancien et le Nouveau Monde, le Paris de l'Europe orientale. Ce qui voulait dire commerce, touristes, dollars, et un gâteau à partager.

Marcella investit dans l'immobilier – un petit hôtel plein d'atmosphère, un restaurant traditionnel au charme désuet. Et aussi, comme un double hommage rendu aux racines de sa prospérité, elle ouvrit une nouvelle boîte qu'elle appela Les Antipodes.

Elle voulut un endroit sain, avec des filles en bonne santé. Elle se fichait qu'elles fassent des extra en plus du travail ; elle savait bien que le sexe payait les petits plus qui rendent la vie supportable. Mais s'il flottait le moindre parfum de drogue chez une employée ou chez un client, elle leur montrait aussitôt la porte.

Dans ces Antipodes-là, il n'y avait de seconde chance pour personne.

Elle entretenait de bonnes relations avec la police locale, allait régulièrement à l'opéra et sponsorisait des artistes. Sous ses yeux, sa ville natale revenait à la vie, en retrouvant des couleurs, de la musique, et de l'argent.

Même si elle affirmait qu'elle avait l'intention de retourner à Sydney, les années passaient. Et elle restait.

À soixante ans, elle conservait le corps qui avait fait sa fortune, s'habillait à la dernière mode de Paris, et savait déceler un faiseur d'embarras à dix mètres dans le noir.

Quand Gideon Sullivan fit son entrée, elle lui jeta un long regard. Trop beau pour être honnête, jugea-t-elle. À le voir observer longuement la pièce plutôt que la scène, il n'était pas venu chercher ici de jolies poitrines bien modelées.

Plutôt quelqu'un.

Le club était plus chic qu'il ne s'y était attendu. La musique techno déversait des flots de basses et les lumières clignotaient en rythme. Sur la scène, trois femmes exécutaient un numéro, juchées sur de longues perches d'argent.

Gideon supposa que certains hommes se plaisaient à imaginer leur sexe sous la forme d'une perche – n'empêche qu'il pouvait employer le sien mieux qu'en lui suspendant une femme par en dessous.

Il y avait un grand nombre de tables dans la salle, et elles étaient toutes prises. Les plus proches de la scène accueillaient nombre d'hommes et aussi de femmes occupés à boire et à admirer les trois funambules en tenue d'Ève.

Des nappes de fumée bleu pâle flottaient dans le faisceau de lumière des projecteurs, mais les odeurs de bière et de whisky n'étaient pas plus agressives que dans son propre pub de quartier. Une grande partie de la clientèle portait du noir, du cuir noir le plus souvent, mais beaucoup de gens étaient visiblement venus en couple ; Gideon se demanda ce qui pouvait inciter un homme à amener une amie ici pour voir une autre femme faire du strip-tease.

Même si l'endroit était à sa manière plus bourgeois que le bouge où Malachi et lui avaient passé une mémorable soirée lors d'un voyage à Londres, il était content que sa mère l'ait envoyé lui plutôt que sa sœur, malgré les furieuses protestations de Rebecca.

Ce n'était pas un endroit pour une jeune fille de bonne famille. Même si Cleo Toliver avait l'air de le trouver suffisamment bien pour elle.

Il se dirigea vers le bar, commanda une bière. Dans les miroirs derrière le comptoir, il pouvait voir les danseuses qui ondulaient en rythme sur leurs perches, distinguait jusqu'à leurs cache-sexe et leurs tatouages.

Il prit une cigarette, gratta une allumette et réfléchit à la meilleure méthode d'approche. Il préférait la voie directe quand c'était possible.

Quand éclatèrent applaudissements et sifflements, il fit un signe au barman.

— Cleo Toliver travaille ce soir ?

— Pourquoi ?

— Je suis de la famille.

L'homme ne répondit pas au sourire décontracté que lui adressa Gideon ; il continua d'éponger le bar et haussa les épaules.

— Elle est dans le coin.

Avant que Gideon ait pu demander où, il avait tourné les talons.

Donc il allait devoir attendre, songea-t-il. Mais il y avait de pires façons de passer le temps, pour un homme, qu'en regardant des filles bien fichues se déshabiller.

— Vous cherchez l'une de mes filles ?

Gideon se détourna de la danseuse qui, sur la scène, était pour l'heure en train de ramper comme un chat. La femme qui s'était approchée était presque aussi grande que lui. Ses cheveux, blonds à la Jean Harlow, s'enroulaient en tortillons laqués et sophistiqués. Elle portait un costume de femme d'affaires, sans chemisier, et le haut d'une opulente poitrine de couleur laiteuse jaillissait entre les revers de sa veste.

Gideon sentit un pincement de culpabilité pour les avoir remarqués, lorsque, en relevant les yeux vers le visage de la nouvelle arrivante, il se rendit compte qu'elle avait largement l'âge d'être sa mère.

— Oui, madame. Je cherche Cleo Toliver.

Marcella dressa un sourcil devant les manières courtoises de son interlocuteur, et fit un signe en direction du bar pour qu'on lui serve un verre.

— Pourquoi ?

— Pardonnez-moi, mais je préférerais l'expliquer directement à Miss Toliver, si ça ne vous fait rien.

Sans un regard vers le comptoir, Marcella saisit le whisky sec là où elle savait le trouver. Non seulement il était beau à se damner, songea-t-elle, et avait l'air d'un homme capable de tenir sa place dans une bagarre, mais on lui avait inculqué le respect de ses aînés. Même si elle savait qu'on ne devait pas toujours se fier à de tels raffinements, elle les appréciait.

— Si vous causez des problèmes à l'une de mes filles, je vous en cause à vous.

— Je préfère éviter tout à fait les problèmes.

— Veillez-y. Cleo est le prochain numéro.

Elle vida son scotch d'un trait, reposa le verre et s'éloigna d'un pas lent, sur ses talons du genre pic à glace. De là, elle se rendit dans les coulisses, qui baignaient dans une odeur de parfum, de transpiration et de cosmétiques. Ses danseuses se partageaient une pièce bordée des deux côtés par de longs miroirs et des plans de travail communs. Chacune d'elles faisait son propre nid sur une portion de ces comptoirs, de sorte qu'il y régnait un vaste fouillis de cosmétiques, de couvre-mamelons, d'animaux en peluche et de bonbons. Les miroirs étaient submergés de photos de petits amis, de stars de cinéma, parfois d'un enfant en bas âge.

Comme à l'accoutumée, la pièce résonnait de jurons, de médisances, de ragots et de récriminations. Celles-ci allaient des trop maigres pourboires aux amants infidèles, en passant par les règles douloureuses et les pieds endoloris.

Au milieu de ce capharnaüm, tel un îlot de tranquillité, Cleo piquait les dernières épingles dans ses longs cheveux teints en noir. Elle était cordiale avec les autres filles, songea Marcella, mais ne se liait pas d'amitié. Elle faisait son travail, bien, ramassait son argent et rentrait seule chez elle. Comme elle-même en son temps...

— Il y a un homme qui te demande.

Les yeux de Cleo, d'un profond brun foncé, rencontrèrent ceux de Marcella dans le miroir.

— À quel sujet ?

— Il te demande, c'est tout. Bel homme, je dirais la trentaine, irlandais. Cheveux sombres, yeux bleus. Bonnes manières.

Cleo haussa ses épaules, qu'elle avait recouvertes de la veste d'un costume très classique, gris, à fines rayures.

— Je connais personne dans le genre.

— Lui connaît ton nom, il a dit à Karl que vous étiez parents.

Cleo se pencha en avant pour se passer sur les lèvres un rouge plutôt agressif.

— Ça m'étonnerait.

— Des problèmes ?

— Non, répondit-elle en tirant sur les manchettes de la chemise blanche, étroitement ajustée, qu'elle portait sous sa veste.

— Si jamais il t'en fait, adresse-toi à Karl. Il le mettra à la porte.

Marcella fit un signe de tête.

— L'Irlandais est au bar, tu ne peux pas le manquer.

Cleo glissa ses pieds dans les escarpins, à talons pointus, qui complétaient son costume.

— Merci. Je m'en sortirai.

— Je le pense aussi.

Marcella posa brièvement une main sur son épaule, puis s'éloigna pour apaiser une dispute entre deux danseuses, à propos d'un soutien-gorge rouge à paillettes.

Si ça la préoccupait que quelqu'un soit venu la voir et l'ait demandée par son nom, Cleo n'en laissa rien paraître. Après tout, c'était une professionnelle. Que ce soit pour danser *Le Lac des cygnes* ou pour se déshabiller devant une clientèle de bas étage, une artiste s'en tenait toujours à un certain niveau de professionnalisme.

Elle ne connaissait aucun Irlandais, pensait-elle, tout en gagnant d'un pas rapide la scène pour attendre son signal d'entrée. Et elle ne croyait pas un instant qu'un quelconque vague parent de sa famille ait pu prendre la peine de s'inquiéter de son sort. Même après avoir buté sur son corps ensanglanté dans la rue.

Sans doute un quelconque plouc, décida-t-elle, qui avait eu son nom par un autre client, et pensait pouvoir obtenir une partie de jambes en l'air pas chère avec une strip-teaseuse américaine.

Il allait rentrer chez lui déçu.

Sa musique démarra, et elle chassa de sa tête tout ce qui ne se rattachait pas à son numéro ; elle compta les temps et, quand les lumières jaillirent, apparut sur la scène.

Au bar, les mains de Gideon se figèrent sur le verre qu'il était en train d'élever vers ses lèvres.

Elle était habillée comme un homme ; pourtant, personne n'aurait pu s'y tromper. Pas même un aveugle assis sur le dos d'un cheval au galop. Mais la façon dont elle bougeait dans ce costume gris classique à fines rayures avait quelque chose de foncièrement érotique.

La musique était chaude – un rock américain au rythme nerveux – et l'éclairage d'un bleu moite et lourd, enfumé. Gideon trouva malin et plein d'ironie d'avoir choisi *Cover Me* de Bruce Springsteen pour se déshabiller.

Elle maîtrisait parfaitement ses effets, se rendit-il compte en la voyant faire glisser la veste de ses épaules, centimètre par centimètre, puis enfin la retirer.

Alors que les autres filles sur la scène avaient tournoyé ou glissé, s'étaient secouées ou trémoussées, elle dansait. Des mouvements précis et complexes, qui dénotaient un véritable style et un indéniable talent.

Pourtant quand, de l'un de ces mouvements précis, elle arracha la couture factice de son pantalon et le jeta de côté, il en perdit quelques instants la trace de son style.

Bon Dieu, elle avait vraiment des jambes...

Elle utilisa les trois perches, elle aussi : elle les enjamba rapidement l'une après l'autre en levant haut ses jambes interminables. Puis ses cheveux ruisselèrent d'un coup sur ses épaules et dans son dos, en une pluie aux riches reflets de jais. Il ne vit pas comment elle s'y était prise pour ouvrir sa chemise, mais les pans en flottaient maintenant autour d'elle, laissant apparaître un peu de dentelle noire autour d'une poitrine haute et ferme.

Il tenta de se dire que ses seins n'étaient sans doute pas entièrement naturels, et que de toute façon ils ne seraient jamais pour lui qu'une vision furtive et lointaine, mais n'en eut pas moins la gorge sèche quand elle entreprit de retirer sa chemise.

Pour y remédier, il but une gorgée de bière, puis revint à elle.

Elle l'avait repéré dès ses premiers pas sur la scène. Elle ne pouvait pas le voir distinctement, et ne se sentait pas suffisamment concernée pour s'inquiéter de lui ; mais elle savait qu'il était là-bas, et qu'il ne la quittait pas des yeux.

C'était une bonne chose. Elle était payée pour cela.

Tournant le dos au public, elle glissa une main le long de son omoplate et libéra l'attache de son soutien-gorge ; ensuite elle se retourna, les mains croisées sur ses seins. Une légère rosée de transpiration nimbait sa peau désormais, et un petit sourire – plutôt glacial, à vrai dire – flottait sur ses lèvres, alors qu'elle croisait le regard des hommes du public qu'elle jugeait les mieux disposés à sacrifier quelques billets de banque.

D'un geste, elle rejeta ses cheveux en arrière ; maintenant, elle ne portait plus rien d'autre que ses escarpins et un cache-sexe noir. Elle vint au bord de la scène et s'accroupit sur ses talons, de sorte que les spectateurs n'ignorent rien de ce pour quoi ils allaient payer.

Elle faisait mine d'ignorer les doigts qui frôlaient ses hanches, mais ne perdait rien de l'argent qu'ils s'apprêtaient à glisser dans son cache-sexe.

Quand un spectateur un peu trop enthousiaste voulut poser la main sur elle, elle se recula imperceptiblement puis agita un doigt devant lui, dans un geste qui pouvait passer pour une simple réaction enjouée. Et elle pensa : Crétin.

Après quoi elle fit le pont sur un seul bras, se remit sur ses pieds à la force de ses jambes, et alla recommencer l'opération à l'autre bout de la scène. Mais là, elle lança un meilleur regard à l'homme qui se trouvait au bar. Leurs yeux se croisèrent, quelques fractions de seconde, puis il éleva un billet en l'air et lui fit un signe de tête.

Enfin, il se remit à siroter sa bière.

Elle regrettait de n'avoir pas pu distinguer la valeur du billet qu'il lui tendait. D'un autre côté, ça valait la peine de perdre cinq minutes de sa vie pour découvrir combien il était prêt à la payer.

Pourtant elle prit son temps, se rafraîchit sous la douche avant d'enfiler un jean et un tee-shirt. C'était rare qu'elle descende dans la salle après avoir accompli son numéro, mais elle faisait confiance à Karl – et aussi à l'autre videur que Marcella gardait en réserve, en cas de problème – pour la protéger contre tout ennui. De toute façon, la plupart des spectateurs gardaient leur attention tournée vers la scène, vers le sexe à l'état de fantasme plutôt que vers les femmes réellement présentes à côté d'eux.

Sauf Monsieur Petit futé au bar, pensa-t-elle. Il ne regardait pas la scène, alors que, de l'avis (professionnel) de Cleo, le numéro en train de s'y dérouler était l'un des plus créatifs. Il ne la quitta pas des yeux tandis qu'elle traversait la salle jusqu'au bar. Et il regardait son visage – ce sur quoi elle lui accorda un bon point – plutôt que ses nichons.

— Vous voulez quelque chose, Petit futé ?

Sa voix surprit Gideon : elle était douce et soyeuse, dénuée des accents durs auxquels il s'était attendu de la part d'une femme faisant ce genre de métier. Son visage était à la hauteur de son corps : chaud et sensuel, avec des yeux sombres en forme d'amande et une bouche pulpeuse, soulignée par le rouge à lèvres brillant. Il y avait un grain de beauté, qui méritait bien son nom, à l'extrémité de son sourcil droit.

Sa peau, moite et légèrement cendrée, lui donnait un côté bohémien qui ajoutait à sa séduction. Elle sentait le savon – une autre illusion qui s'en allait. Et buvait sans façons à même une grande bouteille d'eau.

— Oui, si vous êtes bien Cleo Toliver.

Elle s'adossa au bar. Elle avait remplacé les escarpins par des chaussures de tennis, mais son jean noir moulait étroitement ses hanches et ses jambes.

— Je ne fais pas de séances privées.

— Et discuter, vous le faites ?

— Quand j'ai quelque chose à dire. Qui vous a donné mon nom ?

Gideon se contenta de lui remontrer le billet, vit son regard s'allumer en le voyant, puis ses yeux rétrécir et prendre un air d'intense réflexion.

— Je pense que ceci devrait acheter une heure de conversation, non ?

— Peut-être, oui.

Elle ne pouvait pas dire encore si c'était un imbécile ou non, mais au moins il n'était pas mesquin. Elle tendit la main vers le billet, et fut contrariée quand il le recula de quelques centimètres, juste hors de son atteinte.

— À quelle heure est-ce que vous finissez ici ?

— Deux heures… Écoutez, pourquoi vous me diriez pas tout simplement ce que vous voulez, et moi je vous dirais si ça m'intéresse ou pas ?

— Un peu de conversation, répéta-t-il, et il déchira le billet en deux, lui en tendit une moitié, avant de remettre l'autre dans sa poche. Si vous voulez le reste, retrouvez-moi après la fermeture. Au bar-restaurant de l'hôtel Wenceslas. J'attendrai jusqu'à deux heures et demie. Si vous ne venez pas, on en sera tous les deux de cinquante livres.

Il finit sa bière, posa son verre.

— C'était un numéro charmant, Miss Toliver, et rentable, on dirait. Mais vous n'aurez pas tous les jours l'occasion de gagner cinquante livres rien qu'en vous asseyant et en buvant une tasse de café.

Elle fronça les sourcils quand il se retourna pour s'éloigner.

— Votre nom, Petit futé ?

— Sullivan. Gideon Sullivan. Vous avez jusqu'à deux heures et demie.

4

Cleo n'avait jamais raté son entrée. Mais elle n'avait jamais voulu non plus donner à son public l'impression qu'elle était trop empressée. Le théâtre n'était qu'affaire de fantasmes et d'illusions, et la vie, comme le grand homme l'avait dit, n'était qu'une scène de théâtre en plus vaste. C'est pourquoi, à deux minutes de l'heure limite, elle marchait vers le bar sans se presser.

Si un imbécile doté d'une belle tête et d'une voix sexy voulait payer pour avoir une conversation avec elle, tant mieux. Elle s'était déjà renseignée sur le taux de change entre la livre irlandaise et la couronne tchèque, puis elle avait déterminé, à l'aide de la petite calculette qu'elle transportait dans son sac, ce que la somme représentait, jusqu'au dernier *haleru*. Vu sa situation financière, elle allait faire durer longtemps cet argent.

Elle n'avait pas l'intention de passer sa vie à se déshabiller pour une bande de gogos. En réalité, elle n'avait jamais eu au départ l'intention de danser nue, même temporairement, dans un club de strip-tease de Prague.

Mais elle avait été stupide, elle était la première à l'admettre ; elle avait donné droit dans le panneau, aveuglée comme une midinette par une belle gueule et du baratin. Et quand une fille se retrouvait sans le sou en Europe de l'Est, dans une ville où elle baragouinait à peine la phrase la plus élémentaire du guide de conversation, elle se débrouillait comme elle le pouvait pour joindre les deux bouts.

Elle avait au moins un atout pour elle, songeait-elle aujourd'hui, c'est qu'elle ne refaisait jamais deux fois la même erreur. À cet égard au moins, elle n'était pas la fille de sa mère.

Le petit restaurant était brillamment éclairé ; il restait quelques clients ici ou là, prenant un café ou un souper tardif, et c'était mieux ainsi. Non qu'elle redoutât particulièrement que l'Irlandais lui fasse des avances : elle saurait faire face.

Elle le repéra dans un box, dans un coin de la salle ; il buvait du café en lisant un livre, avec une cigarette allumée non loin de lui, dans un cendrier de plastique noir. Avec ce genre d'allure sombre et romantique, il pouvait passer pour une sorte d'artiste, un romancier peut-être. Non, plutôt un poète. Un poète qui tirerait le diable par la queue et écrirait des vers libres, des poèmes aussi noirs qu'ésotériques. Qui serait venu chercher l'inspiration dans la grande ville, comme d'autres l'avaient fait avant lui.

Mais l'allure extérieure, songea-t-elle avec un sourire entendu, vous trompait toujours.

Il releva la tête quand elle se glissa dans le box en face de lui. Ses yeux, d'un profond bleu cristal dans son visage de poète, étaient du genre à aller directement remuer quelque chose au plus profond d'une femme. Heureusement, songea Cleo, qu'elle était immunisée.

— Pas une seconde d'avance, hein ? commenta-t-il, avant de reprendre sa lecture.

Elle se contenta de hausser les épaules, puis se tourna vers la serveuse qui s'approchait du box.

— Du café. Trois œufs, brouillés. Du bacon. Un toast. Merci.

Elle sourit en voyant Gideon la contempler pardessus le bord de son livre.

— J'ai faim, expliqua-t-elle.

— J'imagine que ce que vous faites ouvre l'appétit.

Il mit un marque-page, posa le livre sur la table. C'était Yeats, remarqua Cleo ; ça collait bien avec le personnage.

— C'est tout le problème, non ? Ouvrir les appétits ?

Elle étendit ses longues jambes devant elle, pendant que la serveuse versait du café dans sa tasse.

— Comment vous avez trouvé mon numéro ?

— C'est l'un des plus réussis.

Elle n'avait pas enlevé son maquillage de scène ; sous les brillantes lumières de la salle, ça lui donnait l'air à la fois dure et sexy. Il pensa qu'elle le savait, qu'elle avait prévu ses effets.

— Pourquoi est-ce que vous faites ça ?

— À moins que vous soyez un chasseur de têtes de Broadway, Petit futé, c'est mon problème.

Sans le quitter des yeux, elle leva la main et frotta son pouce contre son index. Gideon sortit de sa poche l'autre moitié du billet, puis la glissa sous le livre.

— Discutons d'abord.

Il avait réfléchi à la manière d'aborder le problème avec elle, et avait estimé qu'une voie directe – enfin, presque directe – fonctionnerait mieux que n'importe quelle autre.

— Vous avez un ancêtre du côté de votre mère, un certain Simon White-Smythe.

Plus perplexe qu'intéressée, Cleo but une gorgée de son café ; il était noir et fort.

— Et alors ?

— Il collectionnait l'art et les bibelots. Il avait notamment une pièce dans sa collection, une statuette de femme en argent, de style grec. Je représente quelqu'un qui aimerait acquérir cette statuette.

Cleo ne dit rien pendant qu'on lui servait son petit-déjeuner. L'odeur de la nourriture, particulièrement celle qu'elle n'allait pas être obligée de payer, la mettait d'humeur coopérative.

Elle prit une cuillerée d'œuf ainsi qu'une tranche de bacon.

— Pourquoi ?

— Pourquoi quoi ?

— Le client en question a bien une raison, pour vouloir cette petite femme en argent ?

— Des raisons sentimentales avant tout. En 1915, un homme est allé à Londres pour l'acheter à votre ancêtre. Mais il a fait un mauvais choix sur son mode de transport, ajouta Gideon en prenant une tranche du bacon de Cleo. Il avait réservé son passage sur le *Lusitania*, et il a sombré avec.

Cleo étudia le choix de confitures disponible et opta pour le cassis. Pendant qu'elle en étalait généreusement sur un toast, son cerveau étudiait l'histoire sous toutes ses coutures.

Sa grand-mère maternelle, le seul membre de la famille qui se soit montré humain et capable d'humour, était une demoiselle White-Smythe de naissance. Jusqu'ici, l'histoire se tenait.

— Plus de quatre-vingts ans après, votre client se met à rechercher cette statuette ?

— Certaines personnes sont plus sentimentales que d'autres, vous savez. Et on peut dire que le destin de l'homme qui est mort a été déterminé par cette statuette. En tout cas, mon travail consiste à la localiser, et si elle est restée dans votre famille, à vous en offrir un prix raisonnable.

— Pourquoi moi ? Pourquoi vous n'avez pas contacté ma mère ? Vous auriez été une génération plus près de la statuette.

— Vous, vous étiez plus près géographiquement. Mais si vous ne savez rien sur elle, ça sera ma prochaine étape.

— Votre client m'a l'air joliment timbré, Petit futé.

Ses lèvres s'incurvèrent alors qu'elle mordait dans son toast ; ses sourcils se soulevèrent, transformant son grain de beauté en une sorte de point velouté sous un trait d'exclamation plutôt sexy.

— Et son idée d'un prix raisonnable, c'est quoi ?

— Je suis autorisé à vous en offrir cinq cents.

— Livres ?

— Livres.

Bon sang, songea-t-elle, non sans cesser de manger avec toutes les apparences du plus grand calme. Ce genre de somme arrondirait sensiblement sa cagnotte Je-tire-ma-révérence. Mieux encore, il lui permettrait de retourner aux États-Unis sans perdre la face.

Mais le gars la prenait pour une idiote, s'il croyait qu'elle allait avaler toute son histoire telle quelle.

— Une statuette d'argent ?

— D'une femme, d'environ quinze centimètres de haut, tenant à la main une sorte de bobine de fil, comme un mètre ruban. Vous la connaissez ou pas ?

— Ne me bousculez pas.

Elle leva la main pour réclamer davantage de café, continua à piocher dans ses œufs.

— Je l'ai peut-être vue, oui. On possède tout un tas de nids à poussière dans ma famille, et c'est ma grand-mère qui avait le pompon pour ça. Je peux vérifier, si vous rajoutez cinquante de plus à ça, dit-elle avec un geste en direction du billet qui dépassait sous le volume de Yeats.

— Ne me faites pas marcher, Cleo.

— Une fille doit se débrouiller comme elle peut dans la vie. Et cinquante de plus, c'est moins que ce que ça coûterait à votre client pour vous envoyer aux États-Unis. En plus, ma famille a plus de chances de coopérer avec moi qu'avec un étranger.

Foutaises, bien sûr.

Gideon jugea le moment venu de faire glisser la seconde moitié du billet à travers la table.

— Vous en aurez cinquante de plus quand vous les aurez mérités.

— Venez au club demain soir.

Elle saisit le billet et l'enfouit dans la poche de son jean – ce qui n'était pas une mince prouesse, car ce jean semblait avoir été peint sur elle, à même la peau.

— Et apportez l'argent, ajouta-t-elle en se glissant hors du box. Merci pour les œufs, Petit futé.

— Cleo.

Il posa la main sur les siennes, serra juste assez fort pour être sûr d'obtenir son attention.

— Si vous essayez de m'escroquer, ça me rendra irritable.

— Je m'en souviendrai.

Elle lui lança un sourire dégagé, libéra sa main, puis s'éloigna à pas lents en balançant délibérément les hanches.

Les choses sont claires, songea Gideon. N'importe quel homme ayant un seul globule rouge dans les veines aurait envie de la baiser, mais seul un imbécile lui ferait confiance. Et Eileen Sullivan n'avait élevé aucun imbécile.

Cleo alla droit à son appartement – même si appeler appartement l'unique pièce dont elle disposait était comme appeler de la guimauve un bon dessert. Il fallait être vraiment jeune pour ça, ou voir vraiment la vie en rose.

Ses vêtements étaient suspendus à une tringle en acier vissée dans un mur gorgé d'eau en permanence, ou bien fourrés dans une commode à peine plus grande qu'un cageot de bananes, avec un tiroir qui manquait, ou encore posés à terre à l'endroit même où ils avaient atterri. Elle avait estimé une fois pour toutes que le problème, avec les enfants élevés dans une maison où il y avait une domestique, c'était qu'ils n'apprenaient jamais à ranger.

Même avec son unique commode, son lit taille enfant et sa table repoussée contre le mur, la pièce était encombrée. Mais ce n'était pas cher et il y avait une salle de bains, toute modeste qu'elle était.

Si la pièce n'était guère à son goût - peut-être n'était-elle plus assez jeune pour cela, ou ne savait-elle pas voir suffisamment la vie en rose –, elle pouvait régler une semaine de loyer avec ses pourboires d'une seule soirée.

Elle avait posé elle-même un verrou de sûreté, après qu'un de ses voisins eut essayé de forcer sa porte pour obtenir une représentation gratuite à domicile. Ça lui donnait un grand sentiment de sécurité.

Elle alluma la lumière, jeta son sac au sol, puis marcha jusqu'à la commode et fouilla dans le tiroir du dessus. Elle avait une garde-robe considérable quand elle avait atterri à Prague, dont une grande partie était de la lingerie neuve. Achetée, songea-t-elle rageusement tout en repoussant la soie et la dentelle, pour conquérir un Sidney Walter. Le fumier. Mais enfin, quand une femme dépensait deux mille dollars de dessous juste parce qu'elle en pinçait pour un homme, elle méritait bien qu'on la baise. Dans tous les sens du terme.

Dans l'esprit de Sidney, songeait-elle aujourd'hui, il lui avait sans doute fait une faveur. En se glissant dans les draps de la suite présidentielle de l'hôtel le plus cher de Prague, puis en filant tranquillement avec son argent et ses bijoux, ne lui laissant qu'une jolie note d'hôtel à régler. Et la laissant elle-même non seulement fauchée, mais horriblement humiliée.

Pourtant, Sidney n'était pas le seul à savoir profiter d'une occasion quand elle passait à sa portée. Cleo sourit en sortant du tiroir une paire de chaussettes de sport, et en les retroussant pour dégager l'objet qu'elles protégeaient.

La statuette d'argent était certes fort ternie, mais Cleo se souvenait de ce à quoi elle ressemblait quand elle était propre et qu'elle brillait. Souriant toujours, elle lui passa le pouce sur le visage avec une affection distraite.

— Tu ne ressembles pas tant que ça à mon billet pour partir d'ici, murmura-t-elle, mais on verra bien.

Elle ne réapparut pas avant qu'il soit près de deux heures, l'après-midi suivant ; Gideon était sur le point de renoncer à l'attendre. Même impatient comme il l'était, il la reconnut à peine quand elle émergea enfin dans la brûlante lumière du soleil.

Elle portait un jean, un haut noir très décolleté et qui dévoilait le meilleur de son ventre. Aussi fut-ce par son corps qu'il la reconnut en premier ; car elle avait tiré ses cheveux en arrière en une grosse natte, abrité ses yeux derrière des lunettes noires panoramiques, et elle s'éloigna rapidement dans des sortes de bottes à semelles épaisses, se mélangeant à la foule des piétons.

Pas trop tôt, grogna-t-il intérieurement en se lançant à sa poursuite. Cela faisait des heures qu'il était bloqué à faire les cent pas et à l'attendre. Il séjournait dans une des plus belles villes d'Europe de l'Est, une des plus riches sur le plan culturel, et il ne pouvait même pas se garder un moment à lui pour effectuer la moindre visite.

Il aurait voulu faire un saut à l'exposition Mucha, admirer le hall Art nouveau de la gare centrale, flâner sur le pont Charles au milieu des artistes ; mais il avait dû se contenter de lire son guide, parce que apparemment cette femme passait la moitié de la journée à dormir.

Elle ne faisait pas du lèche-vitrines, ne s'arrêtait pas devant les étalages de cristal et de grenats qui étincelaient dans les brillants rayons du soleil. Elle parcourait d'un pas ferme les trottoirs ou les places pavées de briques, laissant peu de temps à son suiveur pour admirer les dômes, l'architecture baroque ou les tours gothiques.

À un moment, elle fit halte devant un kiosque et acheta une grande bouteille d'eau, qu'elle fourra dans l'énorme sac jeté sur son épaule. Quand elle eut repris sa marche rapide et que Gideon sentit la sueur commencer à couler dans son dos, il regretta de ne pas l'avoir imitée.

Il se consola un peu en constatant qu'elle se dirigeait vers le fleuve ; peut-être qu'il pourrait jeter un coup d'œil au pont Charles, après tout.

Ils dépassèrent de jolies boutiques aux devantures peintes remplies de touristes, des restaurants où des gens attablés sous des parasols buvaient des boissons fraîches ou mangeaient des glaces – et il y avait toujours ces longues jambes devant lui, qui gravissaient sans faiblir la pente menant vers le pont.

La brise qui venait de l'eau ne lui apporta guère de soulagement ; et le panorama, même extraordinaire, ne suffisait pas à expliquer ce que Cleo pouvait bien rechercher. Elle n'eut pas un regard pour la majesté du château de Prague ni pour la cathédrale, ne s'arrêta pas une fois pour se pencher par-dessus le parapet, contempler l'eau et les bateaux qui y naviguaient. Encore moins pour marchander avec les artistes qui vendaient là leurs œuvres. Elle traversa le pont et poursuivit sa route.

Gideon était en train de se demander si c'était vers le château qu'elle se dirigeait, et, si oui, pourquoi diable elle n'avait pas pris un fichu bus, quand elle obliqua soudain et descendit d'un pas désinvolte vers une rue bordée de petites maisons, où vivaient jadis les orfèvres et alchimistes du roi.

Des boutiques les remplaçaient aujourd'hui, bien sûr, mais cela ne diminuait pas le charme des portes basses, des fenêtres étroites et des couleurs fanées. Elle se frayait un chemin au milieu des touristes et des groupes en visite, tandis que la rue aux pavés inégaux se remettait à grimper.

Elle bifurqua une nouvelle fois, pénétra dans le patio d'un petit restaurant et se laissa tomber à une table.

Avant qu'il ait eu le temps de s'interroger sur ce qu'il allait faire, elle avait pivoté vers lui et lui adressait un signe de la main.

— Offrez-moi une bière ! lui lança-t-elle.

Il grinça des dents en la voyant se retourner à nouveau, étirer ses longues jambes, apparemment infatigables, puis faire un signe au serveur en levant deux doigts.

Une fois qu'il se fut assis en face d'elle, elle lui fit un grand sourire.

— Plutôt chaud aujourd'hui, non ?

— À quoi rime tout ça ?

— Quoi ? Oh, tout ça ? Je me suis dit que, si vous vouliez me suivre, le mieux était de vous montrer un peu la ville. J'avais prévu de remonter jusqu'au château, mais…

Elle pencha ses lunettes sur son nez et étudia le visage de Gideon : il était un peu moite, très en colère et magnifiquement beau.

— … j'ai pensé que vous auriez peut-être envie d'une bière.

— Si vous souhaitiez jouer les guides touristiques, vous auriez pu choisir un beau musée bien frais ou la cathédrale.

— En sueur et grognon, hein ?

Du doigt, elle remit ses lunettes en place.

— Si vous vous sentiez vraiment obligé de me suivre, vous auriez pu me demander de vous faire visiter la ville, m'offrir à déjeuner.

— Vous ne pensez à rien d'autre qu'à manger ?

— J'ai besoin de beaucoup de protéines. Je vous avais dit que je vous retrouverais ce soir, mais quand je vous vois me filer comme ça, je constate que vous n'avez pas très confiance en moi.

Il ne répondit rien, se contenta de la regarder d'un air froid pendant qu'on leur servait leurs bières, et descendit d'un seul trait la moitié de la sienne.

— Qu'est-ce que vous savez de la statuette ? lui demanda-t-il en reposant son verre.

— Assez pour penser que vous ne m'auriez pas suivi dans une balade de plusieurs kilomètres en plein été si elle ne valait pas beaucoup plus pour vous que cinq cents livres. Alors, voilà ce que je veux...

Elle s'arrêta, fit de nouveau signe au serveur et commanda une autre tournée de bière, ainsi qu'une glace à la fraise.

— On ne peut pas prendre de la glace avec une bière ! protesta Gideon.

— Bien sûr qu'on peut. C'est ça qui est merveilleux dans la glace : ça va avec tout, tout le temps. Mais bref, revenons à nos affaires. Je veux cinq mille dollars, et un billet de première classe pour rentrer à New York.

Il releva son verre et liquida la fin de la première bière.

— Vous ne les aurez pas.

— Dans ce cas, vous n'aurez pas la fille.

— Je peux vous en donner mille, après l'avoir vue. Et peut-être cinq cents de plus quand je l'aurai dans la main. C'est le maximum.

— Je ne crois pas, non.

Elle émit un claquement de langue en le voyant sortir ses cigarettes.

— C'est à cause de ces trucs-là que vous avez peine à faire une petite promenade d'après-midi.

— Petite promenade d'après-midi, mon œil.

Il souffla une volute de fumée pendant qu'on leur servait les bières fraîches et la crème glacée de Cleo.

— Continuez à manger comme ça et vous serez aussi grasse qu'un cochon.

— Question de métabolisme, répliqua-t-elle en enfournant une bouchée de glace. Le mien marche comme une horloge. C'est quoi, le nom de votre client ?

— Vous n'avez pas besoin de son nom, et inutile de croire qu'il traitera directement avec vous. C'est par moi qu'il faut passer, Cleo.

— Cinq mille, répéta-t-elle, et elle lécha sa cuillère. Plus un billet d'avion en première pour retourner à la maison. Pointez-vous avec ça, la statuette est à vous.

— Je vous ai déjà dit de ne pas essayer de m'arnaquer.

— Elle porte une robe et des sandales, elle a l'épaule droite nue, les cheveux relevés en l'air, et elle sourit. Juste un petit sourire, du genre pensif.

Il referma la main sur son poignet.

— Je ne négocie pas avant de l'avoir vue.

— Vous ne la verrez pas avant d'avoir négocié.

Il avait de belles et fortes mains, chose qu'elle appréciait chez un homme. Il y avait assez de callosités dessus pour lui révéler qu'il travaillait avec ces mains, qu'il ne vivait pas en recherchant des objets d'art pour des clients sentimentaux.

— Il faut me ramener chez moi si vous la voulez, vous comprenez ?

C'était une option raisonnable ; elle avait passé du temps à arrêter cette décision.

— Pour rentrer chez moi, il faut que je quitte mon job, donc il me faut suffisamment d'argent pour me dépanner jusqu'à ce que j'en aie trouvé un autre à New York.

— J'imagine qu'il y a beaucoup de bars à pourboires à New York.

— Oui, dit-elle, et sa voix se refroidit de plusieurs degrés. J'imagine qu'il doit y en avoir.

— C'est le choix que vous avez fait, Cleo, alors épargnez-moi vos jérémiades. J'ai besoin d'avoir la preuve qu'elle existe, que vous savez où elle est et que vous pouvez vous la procurer. Nous ne discuterons de rien de plus tant que je n'aurai pas eu cette preuve.

— Très bien, vous l'aurez. Payez l'addition, Petit futé. Il va falloir beaucoup marcher pour le retour.

Il fit signe au serveur, sortit son portefeuille.

— On va prendre un taxi.

Pendant le trajet de retour, elle regarda par la vitre du taxi en broyant du noir. Non, elle n'avait aucune raison de se sentir vexée, se persuada-t-elle ; elle faisait un travail honnête, oui ou non ? Dur et honnête. Alors, qu'est-ce que ça pouvait lui faire qu'un quelconque plouc débarqué d'Irlande le prenne de haut avec elle ?

Il ne savait rien d'elle – d'où elle venait, qui elle était, ce dont elle avait besoin. S'il croyait qu'elle allait se sentir blessée à cause d'une remarque grossière, il la sous-estimait. Elle avait passé sa vie entière, ou presque, comme une paria au sein de sa propre famille, aussi l'opinion d'un étranger ne comptait-elle pas pour elle.

Elle lui donnerait sa preuve et il lui paierait son prix. Et elle lui vendrait la statuette. De toute façon, elle ne savait même pas pourquoi elle avait gardé cette fichue babiole pendant toutes ces années.

Mais en tout cas, heureusement qu'elle l'avait fait. La petite dame allait lui permettre de retourner chez elle, et lui fournir même un peu de répit jusqu'à ce qu'elle ait décroché quelques auditions.

Elle devait commencer par faire reluire un peu la babiole. Puis parler gentiment à Marcella pour qu'elle la laisse utiliser son petit appareil photo numérique et son ordinateur. Elle allait prendre une photo, l'enregistrer, l'imprimer. Sullivan ne saurait pas d'où venait la photo, ni ne devinerait que l'objet qu'il voulait, elle l'avait en ce moment même à l'intérieur de son sac, pour plus de sûreté.

Il croyait qu'il était en train de traiter avec une ratée, n'est-ce pas ? Eh bien, il ne tarderait pas à changer d'opinion... Quand ils arrivèrent au carrefour en vue de son immeuble, elle se tourna vers la portière.

— Venez au club, lui lança-t-elle sans un regard, et apportez l'argent. On parlera business.

— Cleo..., dit-il en posant la main sur son poignet, alors qu'elle ouvrait la portière, je vous prie de m'excuser.

— Pour quoi ?

— Pour avoir fait une remarque blessante.

— Oubliez ça.

Elle sortit et se dirigea droit vers l'immeuble. C'était drôle comme l'excuse l'avait rendue plus nerveuse encore que la remarque elle-même.

Arrivée à la porte, elle pivota soudain sur ses talons et se mit à longer la façade, sans regagner son appartement. Elle arriverait au club un peu en avance. Après avoir acheté un produit pour l'argenterie en cours de route.

Il n'était pas encore sept heures quand elle pénétra dans le club. Elle contourna la scène et suivit le petit couloir qui conduisait au bureau de Marcella. Celle-ci répondit au coup frappé à la porte par un bref aboiement qui fit grimacer Cleo.

Demander une faveur à Marcella était toujours problématique, mais la demander quand Marcella était d'humeur orageuse pouvait être franchement dangereux. Pourtant, Cleo passa la tête à l'intérieur du bureau, où régnait un ordre impeccable.

— Désolée de vous interrompre.

— Si vous étiez vraiment désolée, vous n'aviez qu'à pas m'interrompre !

Marcella continua de taper sur le clavier de son ordinateur.

— J'ai du travail. Je suis une femme d'affaires.

— Oui, je sais.

— Qu'est-ce que vous savez ? Vous dansez, vous vous déshabillez... Ça n'est pas ça, les affaires. Les affaires, c'est de la paperasse, des chiffres, c'est là-dedans que ça se passe, ajouta Marcella en frappant d'un doigt sur le côté de sa tête. Se déshabiller, tout le monde peut le faire.

— Sûr, mais tout le monde ne peut pas se déshabiller *et* faire payer les gens pour voir. Votre recette a augmenté depuis que je monte sur scène et que je me déshabille ici.

Marcella la dévisagea par-dessus le bord, coupé droit, de ses lunettes demi-lune.

— Vous voulez une augmentation ?

— Bien sûr que j'en veux une.

— Alors, vous êtes stupide de venir me la demander à un moment où je suis occupée et de mauvaise humeur.

— Mais je ne l'ai pas fait, remarqua Cleo tout en refermant la porte derrière elle. C'est vous qui m'avez posé la question. Je venais juste vous demander une faveur, une toute petite faveur.

— Pas de soirée libre supplémentaire cette semaine.

— Je ne veux pas une soirée libre. En fait, je vous ferai même une heure de plus en scène pour cette faveur.

À présent, Marcella accordait toute son attention à Cleo. Les livres de comptes pouvaient attendre.

— Je croyais que c'était juste une petite faveur.

— Oui, mais ça pourrait avoir de l'importance pour moi. Je voudrais vous emprunter votre appareil numérique pour prendre une photo, et votre ordinateur pour l'imprimer. Ça prendra disons dix minutes, et vous aurez une heure en échange. C'est un bon marché, non ?

— Vous voulez diffuser une photo de vous pour trouver un autre job, c'est ça ? Vous voulez utiliser mes appareils pour trouver du travail dans un autre club ?

— Non, c'est pas pour un autre job, bon sang…

Cleo émit un soupir indigné.

— Écoutez, vous m'avez laissée faire un break quand j'ai eu des problèmes. Vous m'avez donné des tuyaux professionnels et vous m'avez aidée à passer le malaise des premières soirées. Vous avez toujours été réglo avec moi, comme vous êtes réglo avec tout le monde. Vous croyez vraiment que, pour vous remercier, j'irais draguer un concurrent derrière votre dos ?

Marcella pinça ses lèvres rouges et brillantes, hocha la tête.

— De quoi est-ce que vous voulez faire une photo ?

— Oh, juste d'un objet. C'est pour une transaction.

En voyant les yeux de Marcella se rétrécir, elle soupira de nouveau.

— Ça n'a rien d'illégal. Je possède une chose que quelqu'un veut acheter, mais je ne lui fais pas assez confiance pour lui révéler que je l'ai avec moi.

Devant le regard d'acier que Marcella darda sur elle, elle fouilla dans son sac.

— Quelle casse-pieds, murmura-t-elle tout bas.

— Je ne suis pas sourde et je comprends l'anglais, figurez-vous !

— Voilà, dit Cleo en sortant la statuette fraîchement astiquée.

— Montrez voir !

Marcella agita le doigt, jusqu'à ce que Cleo s'approche et la lui pose dans la main.

— De l'argent. Très jolie. Elle a besoin qu'on la bichonne un peu.

— J'ai déjà enlevé le plus gros.

— À peine. Vous devriez prendre davantage soin de vos affaires... C'est joli, en tout cas, répéta Marcella d'un air songeur, et elle la tapota d'un ongle rouge étincelant. Argent massif ?

— Oui, massif.

— D'où est-ce que vous la tenez ?

— Elle est dans ma famille depuis des années. Je l'ai depuis que je suis toute petite.

— Et cet homme... l'Irlandais du bar, présuma Marcella. Il la veut, c'est ça ?

— Apparemment, oui.

— Pourquoi ?

— Je ne sais pas au juste. Il m'a raconté une histoire, peut-être vraie, peut-être pas, mais ça m'est égal. J'ai la statuette, il paiera s'il la veut. Alors, je peux utiliser votre appareil ?

— Oui, pas de problème. Mais... c'est un objet de famille ? insista Marcella en fronçant les sourcils, et en retournant la statuette dans sa main. Vous seriez prête à vendre un objet de famille ?

— Les objets de famille ne comptent que si la famille compte.

Marcella reposa la statuette sur le bureau, où elle brilla dans la lumière de la lampe.

— On pourrait croire que vous avez le cœur dur, Cleo.

— Peut-être.

Cleo attendit pendant que Marcella déverrouillait un tiroir et en sortait l'appareil.

— Mais la vérité elle aussi est dure.

— Prenez votre photo, ensuite mettez votre costume. Vous pouvez faire votre heure supplémentaire tout de suite.

Une demi-heure plus tard, Cleo zippait l'étroite jupe de cuir noir qui allait avec le bustier et la veste noire cloutée d'argent. Le petit fouet faisait bien dans l'ensemble, et Cleo l'essaya – un claquement discret qui fit sursauter et protester les autres filles.

— Désolée.

En se tournant vers le miroir, elle rectifia le collier de chien qu'elle s'était attaché autour du cou, passa la main sur ses cheveux qu'elle avait tirés vers l'arrière, en un étroit chignon descendant sur sa nuque. Deux bons coups de tête suffiraient à les libérer, aussi devrait-elle faire attention pour qu'ils ne se dénouent pas trop tôt. Elle rajouta un peu d'eye-liner noir, puis fléchit et pivota plusieurs fois de suite sur ses bottes à hauts talons.

Elle s'était accroupie, jambes écartées, et transférait son poids d'un côté puis de l'autre quand Gideon apparut dans la pièce ; plusieurs des filles y allèrent de leur commentaire ou firent entendre des bruits de baisers.

— On y va !

Il la prit par la main et la remit sur ses pieds.

— On va où ?

— Vite, je vous expliquerai plus tard...

— J'entre en scène dans trois minutes !

— Pas ce soir, non.

Quand il commença à la tirer vers la porte, elle se retourna, se campa sur ses jambes et lui décocha un coup de coude dans le ventre.

— Bas les pattes !

— Bon Dieu...

Il repenserait à la douleur plus tard, et à comment la faire payer pour ça ; pour l'instant, il reprit son souffle, pendant que les autres filles dans la loge sifflaient et criaient des bravos.

— Ils sont déjà passés chez vous, expliqua-t-il. Votre logeuse est à l'hôpital, avec une commotion cérébrale. Ils ne doivent pas être à plus de cinq minutes derrière moi.

— Mais de qui est-ce que vous parlez ?

Elle fit un pas en arrière, puis un autre.

— Qui est allé chez moi ?

— Des gens qui recherchent un certain objet, et qui n'emploient pas des méthodes aussi courtoises que moi pour se le procurer. Ils ont giflé pas mal de fois votre logeuse avant de lui cogner la tête... Vous voulez attendre pour qu'ils essaient avec vous, ou vous venez avec moi ? ajouta-t-il en la saisissant à nouveau par le bras. Vous avez dix secondes pour vous décider.

Agir impulsivement, songea Cleo, lui avait toujours valu des ennuis. Pourquoi aurait-ce été différent ce soir ? Mais elle attrapa son sac et dit :

— Allons-y.

Il ne perdit pas un instant, gagnant d'abord le hall d'entrée, puis la tirant vers la droite.

— Non, pas par le devant, décréta-t-il. Ils sont peut-être déjà là. Sortons plutôt par l'arrière.

— Cette porte ne s'ouvre que de l'intérieur, le prévint-elle quand ils y furent arrivés. Si on file par ici et s'il y a des problèmes, on ne pourra pas revenir en arrière.

Il hocha la tête, et entrouvrit la porte juste assez pour regarder au-dehors. La ruelle se finissait en impasse vers la gauche, donc ce n'était pas la bonne direction à prendre ; mais de l'autre côté, là où elle débutait, il n'apercevait rien ni personne.

— Vous pouvez marcher vite avec ces trucs-là ? lui demanda-t-il en désignant les bottes.

— Assez vite pour vous suivre, Petit futé.

— Alors, allez-y.

Il la tira au-dehors, gardant une main posée sur son bras comme un étau, tandis qu'ils couraient vers l'endroit où l'impasse débouchait dans la rue. Quand ils y furent arrivés, il jeta un rapide coup d'œil dans chaque direction, jura, et bifurqua précipitamment à droite.

— Surtout, ne vous arrêtez pas, recommanda-t-il en lui passant un bras autour de la taille. Il y a deux hommes qui traversent la rue. L'un va vers l'entrée du club, l'autre vers la ruelle… Non, ne vous retournez pas !

Mais elle l'avait déjà fait, et les avait aussitôt repérés l'un et l'autre.

— On pourrait aller les attraper…

— Bon Dieu… Contentez-vous de marcher et c'est tout ! Avec un peu de chance, ils ne nous ont pas vus sortir de là.

Arrivé au carrefour, il regarda derrière lui.

Tant pis pour la chance…

Il la prit par la main, cette fois.

— Voilà une bonne occasion de prouver que vous êtes capable de suivre.

Il se mit à courir et, quand ils en furent à la moitié du pâté de maisons, l'entraîna brutalement sur la chaussée, au beau milieu du trafic. Les freins crissèrent, les klaxons retentirent ; Cleo sentit le souffle d'une aile qui la manqua de quelques centimètres.

— Eh, salaud de fils de pute ! cria-t-elle à Gideon.

Mais, en se retournant, elle vit un homme qui essayait de se frayer un passage entre les voitures, et ne ralentit pas l'allure. Les talons de ses bottes glissaient et dérapaient sur les pavés inégaux ; si elle avait eu dix secondes devant elle, elle les aurait arrachées pour courir pieds nus.

— Il n'y en a qu'un, s'exclama-t-elle, et nous sommes deux !

— L'autre n'est sûrement pas loin !

Se fiant à son instinct, Gideon l'attira à l'intérieur d'un restaurant, passa avec elle en courant devant plusieurs tables de clients ébahis, puis à travers la cuisine, sortit enfin à l'arrière dans une rue étroite.

— Oh, chérie...

C'était presque une prière dans sa bouche, quand il aperçut la moto noire et brillante stationnée contre la façade arrière de l'immeuble.

— ... donnez-moi une épingle à cheveux !

— Si vous arrivez à faire démarrer ce truc avec une épingle à cheveux, j'en serai sur le cul.

Pourtant, non sans haleter un peu, elle en retira une de ses cheveux, qui tombèrent sur ses épaules pendant que Gideon se servait de l'épingle pour forcer la serrure. En l'espace de dix secondes, il avait mis le contact et balançait sa jambe pardessus la selle.

— Grimpez. Je m'occuperai de la partie de votre corps dont vous parliez dans un moment plus intime.

Sa jupe remonta jusqu'à son entrejambe lorsqu'elle s'installa sur la selle, de sorte que son cache-sexe noir vint s'ajuster étroitement contre les fesses de Gideon. Il l'ignora du mieux qu'il put, de même que la pression des seins de Cleo contre son dos, quand il coucha l'engin pour tourner dans un mouchoir de poche, puis fila vers le bout de la ruelle dans un rugissement de grosse cylindrée.

Elle l'entoura de ses bras, et ne put retenir un cri au moment où ils débouchèrent dans la rue ; en tournant le coin, il écrasa presque les orteils de l'homme qui les poursuivait. Cleo vit de près son visage, à la fois stupéfait et furieux, et elle éclata de rire tandis que Gideon se penchait dans le tournant suivant.

— Ils ont une voiture ! s'exclama-t-elle bientôt, tout en s'efforçant de voir derrière elle, alors que le vent lui rabattait violemment les cheveux dans la figure. L'autre type a dû aller la chercher, et celui que vous avez manqué d'écraser vient de sauter dedans !

— Ne vous en faites pas ! lui cria Gideon, qui franchit à toute allure le tournant suivant avant de se jeter dans la première rue transversale. On va vite les semer, avec cette machine !

Se guidant à l'instinct, il entreprit de quitter la ville ; il voulait une route ouverte, la pénombre et la tranquillité, il voulait avoir cinq fichues minutes devant lui pour penser.

— Hé, Petit futé !

La voix de Cleo était toute proche de son oreille ; maintenant il pouvait respirer son odeur, mélange sensuel et épicé de femme et de cuir. À présent, il était sûr que ses seins, et Dieu sait s'ils étaient beaux, étaient bien ceux dont la nature l'avait dotée.

— Qu'est-ce qu'il y a ? Il faut que je me concentre.

— Continuez droit devant vous, ça sera bon… Je voulais juste vous dire que les cinq mille dollars ne m'intéressaient plus.

— Si vous ne me vendez pas la statuette, vous les aurez toujours aux trousses.

— On parlera du pourquoi de tout ça quand vous serez un peu moins occupé.

Elle se retourna pour regarder derrière elle les lumières et le rougeoiement de Prague.

— Mais, en tout cas, les cinq mille ne sont plus sur la table, ajouta-t-elle en se penchant de nouveau vers lui. Parce que je viens de devenir votre putain d'associée.

Pour sceller le marché, elle lui mordilla l'oreille. Et rit.

5

— Vous avez perdu leur trace !

Anita Gaye s'adossa au cuir moelleux de son fauteuil de bureau et étudia ses mains manucurées. L'appel téléphonique qu'elle recevait n'avait rien pour lui plaire.

— Est-ce que mes instructions n'étaient pas claires ? demanda-t-elle de sa voix basse et douce. Quelle partie de « Localisez la femme et trouvez ce qu'elle sait » n'avez-vous pas compris, au juste ?

De bonnes excuses, pensa-t-elle, en écoutant les tentatives de justification de son employé. Incompétence et compagnie. C'était vraiment très fâcheux.

— Monsieur Jasper ? l'interrompit-elle d'une voix suave. Je crois vous avoir dit « Par tous les moyens »... Vous avez besoin d'une définition plus précise de cette phrase ? Non ? Alors je vous suggère de les trouver, et vite, ou je serai forcée de croire que vous n'êtes pas moitié aussi malin qu'un petit guide pour touristes irlandais.

Elle raccrocha le téléphone puis, pour se calmer les nerfs, fit pivoter son fauteuil afin d'admirer la vue qu'elle avait de New York. Elle appréciait de pouvoir contempler le bruit et l'activité grouillante de la ville tout en se tenant à l'écart d'elle. Elle appréciait plus encore de pouvoir quitter ses luxueux locaux, dans l'élégant immeuble en pierre de taille, pour descendre flâner dans Madison Avenue, entrer dans n'importe quelle boutique chic et y assouvir le moindre de ses caprices. Et aussi d'être reconnue, admirée, enviée comme elle l'était.

Il y avait eu une époque, pas si éloignée, où elle s'était trouvée là dehors dans ces mêmes rues, toujours courant sur le pavé, se rongeant les sangs pour les échéances du loyer, le découvert de sa carte de crédit, et le moyen de concilier l'achat d'une nouvelle paire de chaussures avec sa maigre fiche de paie. Le nez collé aux vitrines, consciente, elle s'en souvenait aujourd'hui, qu'elle était meilleure et plus intelligente, qu'elle valait mieux que toutes ces oisives qui passaient leur temps dans l'atmosphère parfumée et climatisée de ces boutiques, à laisser leurs doigts soignés et bichonnés traîner dans la lingerie fine cousue à la main.

Elle n'avait jamais douté qu'elle serait un jour de l'autre côté, du bon côté de la vitrine : elle était faite pour y être. Elle avait toujours eu en elle ce qui manquait à la plupart des travailleurs, quand ils se précipitaient pour occuper leur place dans la ruche : une ambition démesurée, ainsi qu'une absolue confiance dans ses capacités. Jamais elle n'avait envisagé de travailler toute sa vie juste pour mettre un toit sur sa tête – à moins que ce toit ne soit vraiment exceptionnel.

Elle avait toujours eu un plan. Sans un plan, songeait-elle en reculant son fauteuil de son bureau en bois de rose, une femme n'était pour un homme qu'un joujou, une souillon ou un souffre-douleur. Et, la plupart du temps, un mélange des trois. Avec un plan et un cerveau pour l'exécuter, elle avait échappé à tout cela.

Elle avait travaillé dur afin d'arriver là où elle était. Si ce n'était pas du travail d'épouser un homme en âge d'être son grand-père, alors le mot n'avait aucun sens. Quand une femme de vingt-cinq ans couchait avec un homme de soixante-six, on pouvait dire, oui, que cette femme travaillait.

Paul Morningside en avait eu pour son argent, pendant douze longues et laborieuses années. Épouse consciencieuse, assistante fidèle, hôtesse élégante et putain à domicile. Il était mort en homme heureux – et pas une minute trop tôt, de l'avis d'Anita. Aujourd'hui, les Antiquités Morningside étaient à elle.

Elle fit le tour de son bureau, pour le plaisir (dont elle ne se lassait jamais) de sentir ses talons s'enfoncer dans la laine fanée du tapis de Boukhara, claquer légèrement sur le bois brillant du parquet. Elle avait personnellement choisi chaque objet de ce bureau, depuis le canapé George III jusqu'au cheval Tang sur une étagère de la bibliothèque Regency. Le mélange de styles et d'époques lui plaisait, un assortiment élégant et typiquement féminin, où tout était du meilleur goût. Elle avait beaucoup appris avec Paul sur la valeur des choses, leur harmonie, et la quête de la perfection.

Les couleurs étaient douces : Anita réservait les coups d'audace et les choses voyantes pour d'autres lieux ; ses bureaux du centre-ville étaient décorés dans des tons pastel et féminins. Les meilleurs pour séduire ses clients et impressionner ses rivaux. Par-dessus tout, songea-t-elle en s'emparant d'une boîte de tabac à priser en opale, tout ce qui était dans cette pièce avait jadis appartenu à quelqu'un d'autre. C'était un tel frisson, de posséder ce qui avait été la propriété d'autrui... À son avis, c'était une sorte de vol – un vol légal, distingué, même. Qu'est-ce qui aurait pu être plus excitant ?

Elle se rendait bien compte qu'au bout de quinze ans, dont trois passés à la tête de Morningside, certaines gens continuaient à la considérer comme une aventurière, et rien de plus. Ils avaient tort.

Il y avait eu de nombreux ragots et persiflages quand Paul Morningside s'était entiché d'une femme de quarante ans sa cadette. Certains avaient voulu la considérer comme une bécasse, une simple midinette. Ils avaient eu grandement tort.

Elle avait été, et elle était toujours, une jolie femme, qui savait exactement comment utiliser ses charmes.

Ses cheveux étaient rouge flamboyant, et, à quarante ans, elle les portait en un carré net et lisse descendant à hauteur du menton – manière de mettre en valeur ses joues rondes, sa bouche sensuelle et tendre (en apparence). Ses yeux étaient bleu vif, grands comme des yeux de poupée Kewpie. Beaucoup de ceux qui avaient regardé dedans les avaient trouvés candides.

Ils avaient tort, eux aussi.

Elle avait une peau claire et parfaite, un petit nez bien dessiné. Et un corps qu'un de ses anciens amants avait décrit comme un rêve érotique ambulant. À ce bel ensemble, elle accordait tous ses soins : des tailleurs sur mesure pour le travail, d'élégantes robes à la mode pour les mondanités. Pendant toute la durée de son mariage, elle avait surveillé de près son comportement, aussi bien public que privé. Certains avaient pu murmurer dans son dos, mais en tout cas aucun parfum de scandale ni même d'équivoque n'avait flotté autour d'Anita Gaye.

Certains continuaient peut-être à la regarder de haut ; ils n'en acceptaient pas moins ses invitations, et lui adressaient les leurs en retour. Ils condescendaient à la fréquenter, mais payaient cher pour jouir de ce privilège.

À l'intérieur de ce bel ensemble se cachait le cerveau d'une dirigeante-née. Anita Gaye était à la fois la veuve dévouée, l'hôtesse mondaine, la femme d'affaires respectée, et elle avait bien l'intention de tenir ces rôles jusqu'à la fin de ses jours. Ce serait même l'arnaque la plus longue et la plus durable de l'époque moderne.

Aventurière, songea-t-elle avec un petit rire silencieux. Oh non, ça n'avait jamais été juste pour amasser de l'argent : c'était aussi pour la position sociale, le pouvoir, le prestige que cet argent procurait. Et on ne possédait pas un objet seulement pour combler un vide sur une étagère, mais pour le standing.

Elle traversa la pièce jusqu'à un paysage de Corot, pressa sur un mécanisme caché dans le cadre pour pouvoir détacher le tableau du mur. D'une main agile, elle composa son code de sécurité sur le pavé numérique qui se trouvait derrière, puis la combinaison du coffre. Quand elle l'eut ouvert, rien que pour son plaisir personnel, elle en sortit la *Parque* en argent.

N'était-ce pas la Parque elle-même, la destinée, qui lui avait fait faire ce voyage à Dublin, passer quelques semaines là-bas pour y superviser l'ouverture d'une agence Morningside ? Tout comme le destin l'avait poussée à donner rendez-vous à Malachi Sullivan.

Elle connaissait l'histoire des *Trois Parques*, Paul la lui avait racontée. Il avait une longue réserve d'histoires semblables, fastidieuses et interminables. Pourtant, celle-ci avait attiré son attention. Trois statuettes en argent – fondues, affirmaient certains, sur l'Olympe lui-même. Ça n'avait pas de sens, bien sûr, mais la légende ajoutait un lustre – et une valeur) – supplémentaire aux objets. Trois sœurs que le temps et les circonstances avaient séparées, les faisant passer entre des mains différentes au fil des années.

Séparées, elles n'étaient que de jolis objets d'art ; mais si, et quand elles seraient réunies… Elle passa le bout de son doigt sur les légères entailles à la base de la statuette, par où Clotho avait jadis été rattachée à Lachésis. Ensemble, leur prix serait inestimable. Certains disaient même (des naïfs, aux yeux d'Anita) qu'ensemble leur *pouvoir* serait inestimable. Le pouvoir d'apporter la fortune à celui qui les posséderait, la maîtrise de sa propre destinée, jusqu'à l'immortalité.

Paul ne croyait pas que ces statuettes existaient réellement. C'était juste une belle histoire, lui avait-il affirmé, une sorte de Saint Graal pour faire rêver les amateurs d'antiquités. Elle non plus ne l'avait pas cru, jusqu'à ce que Malachi Sullivan lui demande son avis professionnel.

Ç'avait été un jeu d'enfant de l'amener à la séduire, d'endormir sa méfiance à l'aide du désir sexuel, jusqu'à ce qu'il ait assez confiance en elle pour lui laisser la statuette entre les mains. Afin de mener des recherches et d'effectuer dessus un examen plus approfondi, lui avait-elle assuré.

Il lui en avait dit assez, plus qu'assez, pour qu'elle soit sûre de parvenir à lui prendre la statuette en toute impunité. Que pouvait-il faire – lui, simple petit marin irlandais, descendant d'après son propre aveu d'un voleur – contre une femme de son irréprochable réputation ? Ç'avait été un vol pur et simple, pensait-elle aujourd'hui, mais aussi rapide qu'imparable.

Il avait réagi avec forces cris, certes, mais la fortune et la position d'Anita, ainsi que les kilomètres d'océan qui les séparaient, l'avaient préservée contre tout ennui qu'il aurait pu lui causer. Comme elle s'y était attendue, il s'était calmé en l'espace de quelques semaines.

Ce qu'elle n'avait pas prévu, en revanche, c'était qu'il puisse la prendre de vitesse, fût-ce provisoirement, pour les deux autres pièces du lot. Elle avait perdu du temps à interroger prudemment, l'air de rien, les actuels propriétaires des Antiquités Wyley, pendant que lui-même se concentrait sur Tia Marsh.

Mais il n'avait rien tiré d'elle, Anita le savait maintenant ; il n'en avait pas eu le temps. Il n'y avait rien dans la chambre d'hôtel de Tia ni dans son ordinateur qui se rapportât aux statuettes ou à son ancêtre. Rien non plus n'était sorti des investigations menées, plus discrètement, dans son appartement de New York. Pourtant, Anita continuait de croire que Tia était une clé possible, qui valait d'être essayée en tout cas.

Elle poursuivrait cette piste personnellement, décida-t-elle. Comme elle poursuivrait personnellement la piste new-yorkaise menant vers Simon White-Smythe. Elle laisserait ses incompétents d'employés traquer le mouton noir de cette famille, pendant qu'elle en courtiserait la crème.

Une fois qu'elle aurait la deuxième *Parque*, elle utiliserait toutes ses ressources et son énergie pour trouver et acquérir, par tous les moyens, la troisième.

Les premières vingt-quatre heures qui suivirent son vol de retour jusqu'à la maison, Tia les passa à dormir et à traîner en pyjama dans son appartement. Deux fois elle se réveilla dans le noir, sans avoir la moindre idée de l'endroit où elle était. En s'en souvenant, elle se pelotonna de plaisir entre ses draps et se rendormit.

Le deuxième jour, elle s'offrit un long bain – eau tiède et beaucoup d'essence de lavande –, puis mit un pyjama propre et retourna dormir. Quand elle était réveillée et qu'elle se promenait dans l'appartement, elle s'arrêtait pour toucher des objets – le dossier d'une chaise, le rebord de la table, la coupole ronde d'un presse-papiers – et pensait : C'est à moi. Mes affaires, mon appartement, mon pays.

Elle pouvait ouvrir les rideaux et contempler la vue sur l'East River ; jouir du spectacle de l'eau, qui la calmait toujours et la faisait frissonner en même temps. Ou bien elle pouvait refermer les rideaux et s'imaginer dans une ravissante grotte pleine de fraîcheur.

Personne ne l'attendait, elle n'avait pas besoin de s'habiller, de se coiffer, de se préparer intellectuellement et affectivement pour apparaître en public. Si elle le voulait, elle pouvait rester une semaine en pyjama sans parler à personne. Allongée dans son lit, son merveilleux lit bien à elle, sans rien faire d'autre que lire ou regarder la télévision.

Bien sûr, c'était mauvais pour le dos ; bien sûr aussi, elle devait se préoccuper de se préparer de vrais repas, réhabituer son organisme à la routine de base. Elle allait bientôt manquer d'échinacée, et il fallait vraiment qu'elle sorte pour acheter des bananes fraîches, si elle ne voulait pas que son taux de potassium s'effondre. Pourtant, elle pouvait s'accorder un jour de plus, rien qu'un ; parce que la perspective de ne devoir parler à personne, pas même à un vendeur du marché, était si grandiose qu'elle valait le risque d'une chute de son taux de potassium.

Pour soulager sa culpabilité de ne pas avoir téléphoné à sa famille, et de n'avoir pas fait l'effort d'aller voir sa mère juste à quelques rues de là, elle envoya un e-mail à ses parents. Ensuite, elle confirma son rendez-vous avec le Dr Lowenstein par le même canal. Elle adorait les e-mail, et se félicitait de vivre à une époque où il était possible de communiquer sans être obligé de parler.

Malgré toutes les précautions qu'elle avait prises pendant le voyage, elle était presque sûre d'avoir attrapé un rhume ; sa gorge la picotait, ses sinus étaient un peu bouchés. Pourtant, quand elle prit sa température – deux fois de suite –, celle-ci était tout à fait normale. Elle prit quand même un supplément de zinc, un peu plus d'échinacée, et se prépara une théière de camomille. Elle s'installait juste avec sa tasse et un livre sur les remèdes homéopathiques quand sa sonnette retentit.

Elle faillit l'ignorer ; ce fut la culpabilité qui lui fit mettre tasse et livre de côté. Ça pouvait très bien être sa mère, qui avait tendance à passer sans s'être annoncée. Et qui n'hésiterait sûrement pas à utiliser sa clé pour entrer si Tia ne répondait pas.

Ce fut aussi la culpabilité qui lui fit jeter un coup œil autour d'elle et grimacer. Sa mère verrait qu'elle avait traîné comme une limace plusieurs jours de suite. Elle ne lui ferait pas de critique – ou plutôt, elle déguiserait si habilement sa critique en indulgence que Tia finirait par se sentir comme une enfant égocentrique et paresseuse. Pire, si sa mère remarquait la moindre trace du rhume que Tia était sûrement en train de couver, elle en ferait toute une histoire.

Résignée, Tia regarda dans le judas. Et ne put retenir un petit cri.

Ce n'était pas sa mère.

Troublée, elle se passa la main dans les cheveux, avant d'ouvrir la porte à un homme qu'elle s'était presque convaincue d'avoir imaginé.

— Bonjour, Tia.

Si Malachi trouva bizarre qu'elle lui ouvre la porte en pyjama à trois heures de l'après-midi, son chaleureux sourire n'en laissa rien paraître.

— Euh…

Quelque chose qui émanait de lui semblait brouiller les connexions dans le cerveau de Tia ; elle se demanda si c'était une réaction chimique.

— Comment est-ce que vous… ?

— Comment je vous ai trouvée ?

Elle avait l'air un peu pâle, songea-t-il, et ensommeillée. Cette femme avait besoin de soleil et d'air frais.

— Vous êtes dans l'annuaire. J'aurais dû appeler d'abord, mais je passais dans le coin. Enfin, disons, plus ou moins.

— Oh. Bien. Ah…

Sa langue refusait tout service pour émettre plus d'une syllabe. Elle fit un faible geste pour l'inviter à entrer, puis referma la porte derrière lui avant de se rappeler qu'elle portait un pyjama.

— Oh, dit-elle une fois encore, et elle rapprocha instinctivement les revers de sa veste. J'étais juste en train de…

— De récupérer de votre voyage, j'imagine. Ça doit être agréable de se retrouver chez soi.

— Oui. Oui. En fait, je n'attendais personne. Je vais me changer.

— Non, je vous en prie.

Il la retint par la main avait qu'elle ait eu le temps de se sauver.

— Vous êtes parfaitement bien comme ça, et je ne vous ennuierai pas longtemps. J'étais inquiet à votre sujet, et furieux de vous avoir quittée si brusquement. Est-ce qu'ils ont trouvé qui s'était introduit dans votre chambre d'hôtel ?

— Non. Non, ils n'ont pas trouvé, du moins pas encore... Je n'ai même pas eu le temps de vous remercier convenablement d'être resté avec moi, pendant que je répondais à leurs questions et qu'ils rédigeaient leur rapport.

— J'aurais voulu pouvoir en faire plus. J'espère que la suite de votre voyage s'est bien passée.

— Oui, mais je suis contente que ce soit fini.

Est-ce qu'elle devait lui offrir à boire ? Non, impossible, pas tant qu'elle était en pyjama.

— Vous... Ça fait longtemps que vous êtes à New York ?

— Je viens juste d'arriver. Les affaires.

Il remarqua que ses rideaux étaient fermés. Il faisait aussi noir que dans une caverne, hormis la lampe de lecture posée sur la table près du canapé. Pourtant, ce qu'il voyait de la pièce était aussi propre et net que dans une église, et plutôt joli dans son genre paisible. De même qu'elle, malgré le pyjama de coton très comme il faut.

Il se rendit compte que la voir lui procurait plus de plaisir qu'il ne l'aurait cru.

— Je voulais vous rendre visite, Tia, car j'ai pensé à vous ces derniers temps.

— Vraiment ?

— Oui. Vraiment. Vous voulez dîner avec moi ce soir ?

— Dîner ? Ce soir ?

— C'est un peu court, je sais, mais si vous n'êtes pas trop occupée, j'aimerais beaucoup passer une soirée avec vous. Aujourd'hui.

Il s'approcha d'elle, imperceptiblement.

— Ce soir. Demain. Dès que vous serez libre.

Elle aurait pu considérer toute la scène comme une hallucination, mais elle sentait son odeur, juste un soupçon de son après-rasage. Et elle ne pensait pas que des après-rasages masculins pouvaient se glisser dans une hallucination.

— Je n'ai rien de prévu.

— Formidable. Si je passais vous prendre à sept heures et demie, ça vous irait ?

Il lâcha la main de Tia, qu'il tenait toujours dans la sienne, préférant s'en aller avant qu'elle ait eu le temps de se raviser.

— Je vais attendre ce soir avec impatience.

Puis, pendant qu'elle restait immobile à le regarder, il sortit.

— C'est juste un dîner, Tia, calme-toi.

— Me calmer ? Carrie, je t'ai demandé de venir pour m'aider, pas pour me conseiller des choses impossibles ! Et ça, qu'est-ce que tu en penses ?

Tia se retourna depuis la porte de sa penderie, un tailleur bleu marine à la main.

— Non.

— Qu'est-ce qui ne va pas ?

— Tout.

Carrie Wilson, svelte jeune femme à la peau brune couleur caramel et aux yeux d'ébène, pencha la tête.

— C'est parfait si tu dois prendre la parole devant ton conseil d'administration sur des questions de responsabilité fiscale. C'est complètement à côté de la plaque pour un dîner romantique.

— Je n'ai jamais dit que c'était un dîner romantique.

— Tu sors avec un superbe Irlandais que tu as rencontré à Helsinki, qui t'a tenu la main pendant une enquête criminelle et qui s'est pointé à ta porte à New York à la minute où il a débarqué aux États-Unis !

La voix de Carrie, qui s'était rallongée sur le lit, avait un débit de mitrailleuse.

— La seule façon que ce soit plus romantique, ce serait qu'il arrive juché sur un blanc destrier, avec du sang de dragon sur son épée !

— Je voudrais juste avoir l'air à peu près attirante, c'est tout.

— Chérie, tu es toujours à peu près attirante. Allons-y, sortons le grand jeu.

Elle sauta à bas du lit et alla plonger dans la penderie de Tia.

Carrie était agent de change, l'agent de change de Tia. Depuis six ans qu'elles se fréquentaient professionnellement, les deux jeunes femmes étaient devenues amies. Aux yeux de Tia, Carrie était l'archétype de la femme moderne et indépendante, qui normalement aurait dû l'intimider jusqu'à la tétanie complète ; et ç'avait été le cas, jusqu'à ce qu'elles se découvrent un intérêt commun pour les médecines alternatives et les chaussures italiennes.

Trente ans, divorcée, ayant parfaitement réussi dans sa carrière, Carrie sortait avec des hommes très différents chaque fois mais toujours intéressants, pouvait commenter le Dow Jones ou Kafka avec la même autorité, et partait seule en vacances chaque année, pour une destination qu'elle choisissait en piquant un crayon au hasard sur un atlas. Il n'y avait personne en qui Tia eût plus confiance, que ce soit en matière de placements, de mode ou d'hommes.

— Voilà, ce petit modèle-là, classique, noir, déclara-t-elle en tirant de la penderie un fourreau noir sans manches. On va juste le rendre un peu plus sexy.

— Je ne cherche pas le sexe.

— Ça, ça fait des années que je te le dis, c'est le cœur de ton problème.

Elle ressortit de la penderie, examina Tia.

— Dommage que nous n'ayons pas plus de temps. J'aurais appelé mon coiffeur et je lui aurais demandé de trouver un petit moment pour te prendre.

— Tu sais que je ne vais pas dans les salons. Tous ces produits chimiques, et les cheveux qui volent partout… On ne sait jamais avec quoi on peut ressortir de là.

— Au moins avec une coupe de cheveux convenable. Écoute, tu éclairerais vraiment ton visage et tu le mettrais en valeur, lui et tes yeux, si tu te faisais juste donner un coup sur cette tignasse.

Carrie jeta la robe sur le lit, puis saisit les longs cheveux de Tia dans sa main.

— Laisse-moi faire.

— Non, pas tant qu'il me restera une once de raison dans la tête. S'il te plaît, aide-moi juste pour cette soirée, Carrie. Ensuite il repartira en Irlande, ou je ne sais où, et les choses redeviendront normales.

Carrie espérait que non. À son avis, son amie avait déjà beaucoup trop de normal dans sa vie.

Malachi jugea que les fleurs apporteraient une note agréable. Des roses roses ; il sentait qu'elle était du genre à aimer les roses roses. Il craignait de devoir la bousculer un peu, et le regrettait. Il sentait qu'elle était aussi du genre à apprécier les flirts lents et tout en douceur. Et, chose bizarre, il pensait qu'il aimerait flirter avec elle ainsi, lentement.

Mais il ne pouvait pas perdre de temps. Il n'était pas du tout sûr d'avoir eu raison de quitter la maison, surtout avant le retour de Gideon, mais le fait qu'Anita ait réussi à retrouver la piste de cette Toliver l'inquiétait. Est-ce qu'une fois de plus elle les avait suivis à la trace, ou bien leurs routes s'étaient-elles juste croisées ?

Dans un cas comme dans l'autre, il était absolument certain qu'Anita allait bientôt diriger ses efforts vers Tia – si ce n'était pas déjà fait. Il fallait qu'il se dépêche de s'en mêler, qu'il attire Tia résolument de son côté, avant qu'Anita ait pu tout embrouiller.

C'est pourquoi il était là, debout à la porte de la descendante de Wyley, avec une douzaine de roses roses dans la main, pendant que son frère était Dieu sait où avec une descendante de White-Smythe.

Si ça n'avait tenu qu'à lui, il se serait précipité jusqu'à la porte d'Anita et s'y serait attaqué à coups de pied. Sans la promesse faite à sa mère – qui, on la comprend, préférait éviter de voir son fils aîné croupir dans une prison étrangère –, il y serait allé directement.

Pourtant, tout bien considéré, passer la soirée en dînant avec une jolie femme était un sort plus enviable que d'en traîner une autre à travers l'Europe comme le faisait Gideon.

Il frappa, attendit, puis manqua perdre l'équilibre quand la porte s'ouvrit.

— Vous êtes superbe !

Tia luttait pour ne pas tirer sur l'ourlet de la petite robe noire que Carrie, impitoyable, avait raccourci de cinq bons centimètres. Carrie avait également choisi son collier de perles, longueur bal à l'opéra, et était encore responsable de sa coiffure – du genre qui gardait quelques mèches folles, et rejetait le reste en une longue cascade dans le dos.

— Merci. Ces roses sont ravissantes.

— Je pensais qu'elles vous iraient bien.

— Voulez-vous vous asseoir ? Prendre un verre avant de sortir ? J'ai du vin.

— Avec plaisir.

— Je reviens, je vais juste les mettre dans l'eau.

Elle s'abstint de mentionner qu'elle était à peu près sûre d'avoir hérité de l'allergie aux roses de sa mère.

À la place, elle alla choisir un vase en vieux baccarat dans un meuble vitré, puis emporta le vase et les roses dans la cuisine, où elle les posa de côté afin de sortir la bouteille de vin blanc qu'elle avait ouverte pour Carrie.

— J'aime votre appartement, dit la voix de Malachi derrière elle.

— Moi aussi.

Elle remplit un verre et se retourna pour le lui offrir. Comme il était plus près qu'elle ne l'avait prévu, elle lui percuta presque la poitrine avec.

— Merci. Je crois que ce qu'il y a de pire, en voyage, c'est de ne pas avoir ses affaires avec soi. Ces petites choses qui font qu'on se sent bien.

— Oui, exactement, approuva-t-elle avec un léger soupir.

Pour occuper ses mains, elle remplit d'eau le vase, puis commença à disposer les fleurs dedans une par une.

— C'est pour cela que vous m'avez surprise en pyjama cet après-midi. Je profitais de la maison. En fait, à part le chauffeur de la limousine, vous étiez la première personne à qui je parlais depuis mon retour.

— C'est vrai ? répliqua Malachi en songeant qu'Anita ne l'avait donc pas coiffé sur le poteau. J'en suis très flatté. Et j'espère que vous apprécierez notre soirée, ajouta-t-il en prenant une des roses et en la lui tendant.

Elle allait l'apprécier, oui, même beaucoup.

Le restaurant qu'il avait choisi était calme, avec des lumières tamisées et un service discret. Assez discret pour que le serveur ne tique pas quand, après avoir parcouru la carte d'un œil circonspect, elle commanda une salade, sans assaisonnement, demanda qu'on fasse bouillir son poisson et qu'on le lui serve sans beurre ni sauce d'aucune sorte.

Parce qu'il avait commandé une bouteille de vin, elle en accepta un verre. Elle buvait rarement ; elle avait lu plusieurs articles expliquant que l'alcool détruisait les cellules cérébrales – même si un verre de vin rouge était censé compenser cet inconvénient en étant bon pour le cœur.

Mais le vin était si doux, et il réussit à la mettre si bien à son aise, qu'elle ne remarqua jamais combien de fois son verre avait été rempli.

— C'est tellement intéressant que vous habitiez Cobh, lui dit-elle. Un autre lien avec le *Lusitania*.

— Et, indirectement, avec vous.

— En fait, mes arrière-arrière-grands-parents ont été ramenés ici pour y être enterrés. Mais je suppose que, comme tant d'autres, ils avaient d'abord été emmenés à Cobh – ou à Queenstown, comme ça s'appelait à l'époque. C'était vraiment fou pour ces gens de se lancer dans une telle traversée en temps de guerre, de prendre un tel risque inutile !

— Comment savoir ce qui pour quelqu'un d'autre est nécessaire, ou au contraire un risque inutile ? Ou encore pourquoi certains survivent et d'autres meurent ?... Mon ancêtre n'était pas d'origine irlandaise, vous savez.

Elle faillit ne pas comprendre ce qu'il lui avait dit ; quand il lui souriait, juste de cette façon tendre et amicale, ses yeux paraissaient incroyablement verts.

— Non ?

— Non. Il était né en Angleterre, mais il a passé la plus grande partie de sa vie ici, à New York.

— Vraiment ?

— Après la tragédie, il a été soigné par une jeune femme, qu'il a fini par épouser. Il paraît que l'expérience l'a transformé. À vrai dire, il était un peu chien fou, avant. En tout cas, son histoire s'est conservée dans la famille. Il semble qu'il était intéressé par un certain objet qui devait se trouver en Angleterre. Étant donné que vous êtes experte en mythes grecs, vous en avez peut-être entendu parler. Les Parques d'argent.

Très frappée, elle reposa sa fourchette.

— Vous voulez dire les statuettes ?

Le pouls de Malachi s'accéléra, mais il feignit de hocher la tête d'un air dégagé.

— Oui, c'est ça.

— Elles ne s'appellent pas « Les Parques d'argent », mais *Les Trois Parques*. Ce sont trois statuettes distinctes et non pas une seule, même si elles ont peut-être été reliées par leurs socles.

— Ah, eh bien, voyez comme les histoires peuvent se déformer, d'une génération à l'autre...

Il se coupa un nouveau morceau de viande.

— Trois pièces, alors. Vous les connaissez ?

— Oh oui. Henry Wyley en possédait une, et elle a disparu avec le *Lusitania*. D'après son journal, il se rendait en Angleterre pour acheter la deuxième de la série, et aussi pour suivre une piste menant, espérait-il, à la troisième. Ça me paraissait si étrange, quand j'étais enfant, de penser qu'il était mort pour ainsi dire à cause de ces pièces, que j'ai fait des recherches sur les Parques.

Il attendit un moment, puis demanda :

— Et qu'est-ce que vous avez découvert ?

— Oh, sur les statuettes, presque rien. En fait, l'opinion la plus généralement admise est qu'elles n'existent pas. À la lumière de ce que je sais, la pièce que possédait Henry n'avait sans doute rien à voir... Mais j'ai trouvé des informations sur les Parques de la mythologie, et j'ai continué à lire. Plus je lisais, plus j'étais fascinée par les dieux et les demi-dieux. Je n'avais aucun talent pour m'occuper des affaires de ma famille, alors j'ai transformé cet intérêt en une carrière.

— Donc, vous devez en remercier Henry.

C'est ce qu'elle s'était toujours dit.

— Vous avez raison, je le fais.

Il leva son verre, le choqua contre celui de Tia.

— À Henry, donc, et à sa quête des *Parques*.

Il laissa la conversation dériver vers d'autres sujets. Quelle charmante compagne elle était quand elle se laissait un peu aller... Le vin faisait briller ses yeux, ajoutait une délicieuse rougeur sur ses joues. Son esprit était assez vif pour pouvoir aborder n'importe quel sujet à brûle-pourpoint ; elle savait se montrer subtile et même mordante, quand elle oubliait pour un moment sa réserve et sa timidité. Il se donna une heure pour profiter librement de sa compagnie, et ne revint pas sur le sujet des Parques avant qu'ils soient dans le taxi du retour vers son appartement.

— Est-ce qu'Henry avait noté dans son journal comment il prévoyait d'acquérir les autres statuettes ? lui demanda-t-il, tout en jouant négligemment avec la pointe de ses cheveux. Vous n'étiez pas curieuse de savoir si elles existaient ou pas, si elles étaient réelles ?

— Hmm... Je ne m'en souviens pas.

Avec ce vin qui lui faisait doucement tourner la tête, elle se laissa aller contre lui quand il glissa un bras autour de ses épaules.

— J'avais treize ans – non, douze, quand j'ai lu son journal pour la première fois. C'était l'hiver où j'ai eu une bronchite. Du moins, je pense que c'était une bronchite, précisa-t-elle en soupirant. On dirait que j'ai toujours eu quelque chose pour m'obliger à rester au lit. De toute façon, j'étais trop jeune pour penser à aller en Angleterre y chercher une statuette à moitié légendaire.

Il fronça les sourcils : il lui semblait que c'était précisément ce dont une fillette de douze ans aurait eu envie. L'aventure, le côté romantique de l'histoire en auraient fait un parfait fantasme, pour une enfant cloîtrée chez elle.

— Après ça, je me suis trop impliquée dans l'étude des dieux pour pouvoir m'intéresser aux objets. C'est le domaine de mon père. Je suis désespérante question affaires. Je n'ai aucun talent pour les chiffres, pas plus que pour les contacts avec les gens. Je crois que je le déçois terriblement, le pauvre.

— Ce n'est pas possible.

— Si, mais c'est gentil de votre part de dire le contraire. Les Antiquités Wyley ont payé pour mon éducation, mon mode de vie et mes leçons de piano, et je n'ai rien donné en retour. J'ai préféré écrire sur des personnages imaginaires, plutôt que d'accepter la charge et les responsabilités de mon héritage.

— Écrire sur des personnages imaginaires est un art, et une profession reconnue.

— Non, pas aux yeux de mon père. Il n'attend plus rien de moi, et comme je n'ai pas encore gardé un homme assez longtemps pour lui donner un petit-fils ou une petite-fille, il est désespéré car, quand il se retirera, Wyley sortira de la famille.

— On ne peut pas exiger d'une femme qu'elle fasse un enfant juste pour le bien d'une affaire de famille...

À la fougue qu'il y avait dans sa voix, elle cligna les yeux.

— Wyley n'est pas juste une affaire, c'est une tradition. Oh, je n'aurais pas dû boire tout ce vin, je dis n'importe quoi....

— Mais non.

Lorsqu'ils se furent arrêtés au bord du trottoir, Malachi paya le chauffeur.

— Et vous ne devriez pas vous inquiéter autant que ça de plaire ou non à votre père, s'il est incapable d'apprécier la valeur de ce que vous êtes et de ce que vous faites.

— Oh, il n'est pas...

Elle fut reconnaissante à Malachi pour la fermeté de sa main quand elle descendit du taxi ; le vin lui donnait l'impression que ses jambes allaient se dérober sous elle.

— C'est un homme merveilleux, d'une gentillesse et d'une patience incroyables. Simplement, il est si fier de Wyley… S'il avait eu un fils, ou une autre fille avec plus de talent pour les affaires, ça n'aurait pas été aussi difficile.

— Votre fil a été fabriqué, n'est-ce pas ? lança-t-il en la conduisant vers l'ascenseur. Vous êtes ce que vous êtes.

— Mon père ne croit pas au destin, répondit-elle en rejetant les cheveux en arrière et en souriant. Mais peut-être qu'il serait intéressé par les *Parques*. Peut-être que ça lui ferait quelque chose, si je recherchais et que je réussisse à trouver l'une d'elles. Ou deux… Bien sûr, elles n'ont vraiment de sens que si la série est complète.

— Vous devriez peut-être relire le journal d'Henry.

— Peut-être, oui. Je me demande où il est.

Elle se tourna vers lui en riant, alors qu'ils approchaient de sa porte.

— J'ai passé un excellent moment. C'est la deuxième fois maintenant que je passe un excellent moment avec vous, et sur deux continents. Je me sens très cosmopolite.

— Revoyons-nous demain.

Il l'attira vers lui, passa une main dans son dos en remontant jusqu'à son cou.

— D'accord, murmura-t-elle, et ses yeux se fermèrent tandis qu'il l'attirait plus près encore. Où ?

— N'importe où, souffla-t-il, puis il lui effleura les lèvres d'un baiser.

Ce n'était pas difficile pour un homme de rendre intense un baiser, quand la femme qu'il embrassait paraissait fondre comme neige au soleil. C'était facile pour lui de demander autant qu'il en voulait, quand en réponse elle soupirait et l'entourait de ses bras. Et quand le baiser qu'elle lui rendait était chaud, agréable et d'une douceur insupportable, c'était presque impossible de ne pas en vouloir encore plus.

Il pouvait en avoir plus, songea-t-il en inclinant la tête pour l'embrasser autrement. Il n'avait qu'à ouvrir la porte, entrer avec elle dans l'appartement. Un ronronnement montait déjà dans sa gorge, des frissons commençaient à courir sur sa peau. Pourtant, il ne pouvait pas le faire. Elle était à moitié ivre et vulnérable, bien trop vulnérable. Pis encore – oui, d'une certaine manière cela rendait les choses plus difficiles –, le désir qu'il avait d'elle était bien plus intime et profond qu'il ne s'y était attendu.

Il la repoussa doucement, soudain conscient qu'un sacré grain de sable venait de se glisser dans la mécanique bien huilée de son plan d'action. Et que ce grain de sable pouvait le mener à la catastrophe.

— Passons la journée ensemble demain.

Elle avait l'impression de flotter entre deux eaux.

— Vous n'avez pas de travail ?

— Passons la journée ensemble, répéta-t-il, et il ajouta encore à sa torture en l'appuyant contre la porte et en l'embrassant de nouveau.

— Dites oui...

— Oui. Oui quoi ?

— Onze heures. Je serai là à onze heures. Rentrez à l'intérieur, Tia.

— Rentrer où ?

— Chez vous.

Que Dieu lui vienne en aide.

— Chez vous, répéta-t-il en tâchant de glisser à tâtons sa clé dans la serrure. Oh, juste un encore...

Il la reprit contre lui et l'embrassa jusqu'à ce que le sang lui monte à la tête.

— Verrouillez la porte, lui ordonna-t-il, puis il la poussa à l'intérieur et se dépêcha de refermer devant lui, avant d'avoir eu le temps de changer d'avis.

6

Tia ne savait pas si c'était la curiosité ou le désir qui la poussait à rechercher le vieux journal. Quoi que ce fût, c'était en tout cas une force assez puissante pour lui donner le courage d'affronter sa mère au beau milieu de la journée.

Elle aimait sincèrement sa mère, mais toute séance passée avec Alma Marsh lui portait sur les nerfs. Plutôt que de se risquer dans un taxi infesté de microbes, elle préféra longer huit rues à pied, jusqu'au ravissant vieil hôtel particulier où elle avait passé son enfance. Elle était si pleine d'énergie, portée par le plaisir des deux derniers jours passés avec Malachi, qu'elle ne pensa même pas au taux de pollen ambiant.

L'air était tellement épais et chaud qu'elle sentit son pimpant chemisier de lin s'alourdir avant même d'avoir parcouru les deux pâtés de maisons jusqu'à Park Avenue. Mais elle poursuivit sa route sans se presser vers les quartiers extérieurs, tout en fredonnant mentalement une chanson.

Elle *adorait* New York. Comment ne s'était-elle encore jamais rendu compte à quel point elle aimait cette ville, avec son bruit, sa circulation, ses rues bondées ? C'était la vie même. Il y avait tant de choses à voir, si on prenait simplement la peine d'ouvrir les yeux ! Les jeunes femmes poussant des voitures d'enfant ; le garçon promenant en laisse six petits chiens qui gambadaient, comme à la parade. Les brillantes limousines de location noires emmenant des dames à leurs déjeuners, ou bien les reconduisant chez elles après une matinée de shopping. Et les fleurs, comme elles étaient magnifiques le long de l'avenue ; et les portiers, quel chic dans leurs uniformes devant les entrées des immeubles !

Comment avait-elle pu manquer si longtemps tout cela ? se demandait-elle, alors qu'elle tournait dans la jolie rue ombragée où vivaient ses parents. C'était facile à comprendre : les rares fois où elle s'était aventurée à pied plus loin que trois rues de chez elle, elle avait gardé la tête baissée, serrant son sac contre elle et craignant à chaque pas d'être agressée, ou encore écrasée par un bus qui serait monté sur le trottoir.

Mais elle avait marché hier avec Malachi ; ils avaient flâné le long de Madison Avenue, s'étaient assis à une petite terrasse de café pour boire quelque chose de frais, échanger quelques mots à droite et à gauche. Il parlait à tout le monde – la serveuse, la femme à la table d'à côté qui avait, mais oui, un caniche miniature sur les genoux... ce qui n'était pas franchement hygiénique. Il parlait à des vendeurs de chez Barney's, à une jeune femme en train de choisir des foulards dans une de ces terrifiantes boutiques que Tia évitait en général. Il engageait la conversation avec un des gardiens à la porte du Met, et au vendeur ambulant à qui il achetait des hot-dogs. Tia avait même mangé un de ces hot-dogs – directement là, dans la rue. En y repensant, elle pouvait à peine s'en remettre.

Pendant quelques heures, elle avait vu la ville à travers ses yeux ; le merveilleux qu'elle recelait, son humour, sa grandeur et sa poussière. Et elle allait revoir encore tout cela ce soir, avec lui.

Le temps d'atteindre la maison de ses parents, elle en sautillait presque. Des pots de fleurs encadraient la porte ; c'était Tilly, la gouvernante, qui avait dû les planter et qui les entretenait. Tia se souvenait maintenant qu'une fois elle avait eu envie de l'aider à faire des pots. Elle devait avoir à peu près dix ans, mais ça avait tellement inquiété sa mère, à cause de la terre, des allergies, des insectes, qu'elle avait abandonné l'idée.

Peut-être qu'elle allait acheter un géranium en rentrant chez elle. Juste pour voir.

Bien qu'elle eût une clé, elle se servit de la sonnette ; la clé était réservée aux cas d'urgence, et l'utiliser voulait dire désarmer l'alarme, puis expliquer pourquoi elle avait agi ainsi. Tilly, une petite femme robuste et grassouillette, aux cheveux gris acier, répondit rapidement.

— Mais c'est Miss Tia ! Quelle bonne surprise ! Alors, vous vous êtes bien réinstallée après votre voyage ? J'ai beaucoup aimé les cartes postales que vous m'avez envoyées. Tous ces endroits merveilleux...

— Beaucoup d'endroits, oui, confirma Tia en pénétrant dans l'air calme et frais qui baignait la maison.

Elle embrassa Tilly sur la joue, avec toute l'aisance acquise depuis peu.

— C'est si bon d'être de retour chez soi...

— Un des meilleurs moments du voyage, pas vrai ? En tout cas, vous êtes drôlement jolie aujourd'hui, remarqua Tilly avec de la surprise dans la voix, en examinant le visage de Tia. On voit que les voyages vous font du bien.

— Vous n'auriez pas dit la même chose il y a quelques jours.

Tia posa son sac sur la table de l'entrée, jeta un coup d'œil dans le miroir victorien qui la surmontait. C'est vrai qu'elle était jolie – elle avait quelque chose de rose et de frais, plus que d'habitude.

— Ma mère est visible ?

— Elle est en haut, dans son salon. Allez-y directement, je vous apporterai quelque chose à boire à toutes les deux.

— Merci, Tilly.

Tia se dirigea vers la longue volée de marches. Elle avait toujours aimé cette maison et l'élégante dignité qui l'imprégnait. Elle combinait les personnalités de ses deux parents – le grand amour de son père pour les antiquités, le besoin profond qu'avait sa mère d'un espace organisé. Sans cet équilibre et cette combinaison, ç'aurait sans doute vite tourné au fourre-tout, à une sorte d'arrière-boutique des Antiquités Wyley ; mais tel que c'était, les meubles étaient parfaitement mis en valeur, aussi bien pour leur style propre que pour la beauté de l'ensemble. Chaque chose avait sa place, et cette place ne changeait que rarement.

Il y avait quelque chose de rassurant dans cette continuité, cette stabilité. Les couleurs étaient pâles et fraîches ; plutôt que de bouquets, les meubles étaient ornés de ravissantes statuettes, de merveilleuses coupes anciennes remplies de morceaux de verre poli de couleur. Des gants de femme, des sacs à main sertis de pierres précieuses, des épingles à chapeaux, des boutons de manchette, des montres de gousset, des boîtes de tabac à priser étaient exposés derrière des vitrines d'une propreté impeccable. La température comme l'hygrométrie étaient contrôlées strictement par le système de climatisation : il faisait en permanence vingt et un degrés, avec un taux d'humidité de cinquante pour cent, dans l'hôtel particulier des Marsh.

Tia s'arrêta devant la porte du salon de sa mère et frappa.

— Entrez, Tilly.

Au moment où elle ouvrit la porte, son moral flancha un peu. Elle perçut la faible odeur de romarin, signalant que sa mère était dans une de ses matinées difficiles. Bien que les vitres fussent traitées pour filtrer les rayons UV, les rideaux étaient tirés : autre mauvais signe.

Alma Marsh était allongée dans les coussins de soie de son canapé Récamier, un bandeau réfrigérant pour les yeux lui ceignant le front.

— Je crois que j'ai une migraine qui monte, Tilly, commença-t-elle. Je n'aurais pas dû essayer de répondre à toute cette correspondance en une seule fois, mais qu'est-ce qu'on y peut ? Les gens vous écrivent, alors on est bien obligé de leur répondre... Vous voulez bien m'apporter mon fébrifuge ? Peut-être que je pourrai éviter le pire.

— C'est Tia, mère. Je vais te l'apporter.

— Tia !

Alma retira le bandeau de son front et le posa de côté.

— Ma chérie ! Viens me donner un baiser... Il ne pourrait pas y avoir de meilleur remède que ça.

Tia traversa la pièce et déposa un baiser léger sur la joue d'Alma. Sa mère pouvait bien avoir une de ses mauvaises périodes, elle n'en était pas moins parfaite, comme toujours. Ses cheveux, à peu près de la même teinte que ceux de sa fille, étaient brillants, et ramenés en arrière en douces ondulations, dégageant un visage qui aurait pu orner un camée. Il était délicat, ravissant, sans la moindre ride. Bien qu'elle fût mince et presque maigre, sa silhouette se dessinait avec beaucoup d'élégance et de naturel à la fois, dans un chemisier rose pâle et un pantalon parfaitement ajusté.

— Voilà, je me sens déjà mieux, affirma Alma en entreprenant de s'asseoir. Je suis tellement heureuse que tu sois rentrée, Tia. Je n'ai pas eu un seul instant de repos pendant que tu étais loin, j'étais si inquiète pour toi. Tu as pris toutes tes vitamines, n'est-ce pas, et tu n'as pas bu l'eau du robinet ? J'espère que tu as exigé des suites non-fumeurs dans tous tes hôtels, même si Dieu sait qu'ils ne le font pas respecter... Tout ce qu'ils font, c'est aller vaporiser des produits cancérigènes après le passage de certaines affreuses personnes, pour masquer leurs crachats. Ouvre les rideaux, ma chérie, je te vois à peine.

— Tu es sûre ?

— Je ne peux pas me laisser aller, dit héroïquement Alma. J'ai une bonne douzaine de choses à faire aujourd'hui, et maintenant que tu es là... Eh bien, nous allons prendre le temps d'une agréable causette, et je travaillerai plus dur après. Et toi, tu dois être épuisée... Un voyage est toujours éprouvant pour un organisme délicat comme le tien. Je veux que tu prennes rendez-vous tout de suite pour un check-up complet.

— Je vais bien, assura Tia en se dirigeant vers les fenêtres.

— Quand le système immunitaire est attaqué, comme le tien doit l'être, ça peut prendre plusieurs jours avant qu'on en reconnaisse les symptômes. Prends ce rendez-vous, Tia, par amour pour moi.

— Bien sûr, répondit Tia en ouvrant grand les rideaux, soulagée quand la lumière entra à flots dans la pièce. Tu n'as pas à t'inquiéter, j'ai pris grand soin de moi.

— Quoi qu'il en soit, tu ne peux pas...

Elle laissa sa phrase en suspens quand Tia se fut retournée.

— Mais tu es toute rouge ! Est-ce que tu as de la fièvre ?

Alma sauta à bas de son canapé, posa la main sur le front de sa fille.

— Oui, on dirait que tu es un peu chaude. Oh, je le savais ! Je savais que tu attraperais un microbe étranger !

— Je n'ai pas de fièvre. J'ai juste eu un peu chaud en marchant, c'est tout.

— Tu es venue à pied ? Par cette chaleur ! Oh, il faut que tu t'assoies, assieds-toi immédiatement ! Tu es déshydratée, tu risques un coup de chaleur !

— Mais non.

Pourtant, Tia songea que sa tête lui tournait peut-être bien un peu, après tout.

— Je vais vraiment bien. Je ne me suis jamais sentie mieux.

— Une mère sent ces choses-là.

Ragaillardie, Alma montra du doigt une chaise à Tia et se dirigea vers la porte.

— Tilly ! s'exclama-t-elle, apportez-nous une carafe de citronnade, une compresse fraîche, et appelez le Dr Realto. Je veux qu'il reçoive Tia tout de suite !

— Je n'irai pas chez le docteur.

— Ne sois pas têtue.

— Je ne le suis pas, protesta-t-elle, mais elle commençait à ressentir une légère pincée de mal au cœur. Mère, je t'en prie, assieds-toi avant d'aggraver ta migraine. Tilly va nous apporter des boissons fraîches, et je te promets d'appeler le Dr Realto si je me sens malade le moins du monde.

— Alors, qu'est-ce que c'est que tout ce remue-ménage ? demanda Tilly, qui faisait son entrée en portant un plateau.

— Tia est malade, ça se voit rien qu'en la regardant, et pourtant elle ne veut pas aller voir le docteur.

— Moi, je trouve qu'elle est parfaitement bien, on dirait une rose tout épanouie.

— C'est la fièvre…

— Oh, écoutez, madame Alma, votre fille a un peu de couleurs sur les joues pour une fois, c'est tout… Asseyez-vous et prenez une bonne tasse de thé glacé. C'est du jasmin, votre préféré. Et j'ai apporté un peu de délicieux raisin blanc.

— Vous l'avez lavé avec cette solution antitoxines ?

— Absolument. Je vais vous mettre un peu de Chopin, ajouta Tilly en posant son plateau. Très doucement. Vous savez que ça apaise toujours vos nerfs.

— Oui, c'est vrai. Merci, Tilly. Qu'est-ce que je ferais sans vous ?

— Ça, Dieu seul le sait, murmura Tilly, et elle fit un clin d'œil à Tia en quittant la pièce.

Alma soupira et se rassit.

— Je n'ai pas été bien, nerveusement, avoua-t-elle à Tia. Je sais que ce voyage était important pour ta carrière, mais tu n'étais jamais restée aussi loin pendant aussi longtemps.

Et, à en croire le Dr Lowenstein, pensa Tia en versant le thé, une part du problème était bien là.

— Je suis revenue maintenant. Et tout compte fait, ç'a été un voyage fascinant. Il y a eu beaucoup de monde aux conférences et aux signatures, ça m'a aidée à m'éclaircir un peu les idées sur ce dont je parle dans mon prochain livre. Et, mère, j'ai rencontré cet homme…

— Un homme ? Tu as rencontré un homme ? s'exclama Alma, tout ouïe soudain. Quel genre d'homme, où ? Tia, tu sais parfaitement combien c'est dangereux de voyager pour une femme seule ; quant à engager la conversation avec des inconnus…

— Mère, je ne suis pas stupide.

— Non, mais tu es naïve et trop confiante.

— Oui, tu as raison, d'ailleurs quand il m'a invitée dans sa chambre d'hôtel pour discuter de la signification moderne d'Homère, j'y suis allée comme un agneau à l'abattoir. Il m'a violée, puis ensuite il a appelé son horrible complice pour s'occuper de moi lui aussi. Résultat, je suis enceinte et je ne sais pas lequel des deux est le père.

Elle ne savait pas pourquoi elle avait dit cela ; franchement, elle ne savait pas comment ces mots avaient pu sortir de sa bouche. Maintenant, elle sentait monter la migraine, tandis qu'Alma, devenue toute pâle, serrait sa poitrine des deux mains.

— Je suis désolée, vraiment. Mais je voudrais que tu aies un peu plus confiance dans mon bon sens. J'ai fait la connaissance d'un homme parfaitement bien élevé, et nous nous sommes trouvé des liens fort intéressants, qui remontent à Henry Wyley.

— Tu n'es pas enceinte ?

— Non, bien sûr que non. Je fréquente simplement un homme qui partage mon intérêt pour les mythes grecs, et qui, par hasard, avait un ancêtre sur le *Lusitania*. Un des survivants.

— Est-ce qu'il est marié ?

— Non !

Choquée, offensée, Tia se leva pour retrouver son calme.

— Je n'aurais pas de rendez-vous avec un homme marié !

— Pas si tu *savais* qu'il était marié, commenta Alma, avec un regard qui en disait long. Où est-ce que tu l'as rencontré ?

— Il assistait à l'une de mes conférences, et il est venu pour affaires ici, à New York, alors il m'a rendu visite.

— Quel genre d'affaires ?

Tia, un peu plus agacée à chaque minute, repoussa ses cheveux en arrière. Soudain, ils lui semblaient affreusement lourds, comme s'ils étaient en train d'étouffer son cerveau.

— Il est dans le transport maritime… Écoute, mère, en parlant des Grecs et du *Lusitania*, on en est venus aux *Trois Parques*, les statuettes. Tu as déjà entendu père en parler ?

— Non, sincèrement non. Mais quelqu'un m'a posé des questions à leur sujet l'autre jour, qui était-ce déjà ?

— Quelqu'un t'a posé des questions sur elles ? C'est bizarre.

— Mais non, ça n'a rien de bizarre, répliqua Alma avec irritation. C'était juste en passant, à l'une de ces réceptions où ton père m'a traînée alors que je ne me sentais pas bien. Oui, c'était cette Gaye, se souvint Alma, Anita Gaye. Elle a quelque chose de dur dans l'allure, si tu veux mon avis. Pas étonnant qu'elle ait épousé un homme de quarante ans plus vieux qu'elle, et si visiblement pour son argent, en se fichant bien de ce que les gens pouvaient dire. Mais après tout, c'était lui le plus idiot des deux. Elle a berné ton père, bien sûr, les femmes comme elle bernent toujours les hommes. Une excellente femme d'affaires, d'après lui, qui fait honneur au métier d'antiquaire... Ah, où est-ce que j'en étais ? Je n'arrive pas à me concentrer, je ne me sens vraiment pas bien.

— Qu'est-ce qu'elle t'a demandé ?

— Oh, pour l'amour du ciel, Tia, je n'ai pas du tout aimé parler à cette femme, alors comment veux-tu que je me souvienne d'une irritante conversation avec elle, au sujet de stupides statuettes dont je ne sais rien ! Tu essaies simplement de changer de sujet... Qui est cet homme ? Comment s'appelle-t-il ?

— Sullivan. Malachi Sullivan. Il vient d'Irlande.

— D'Irlande ? Est-ce qu'on a jamais entendu une chose pareille ?

— C'est une île, à l'ouest de l'Angleterre.

— Pas d'ironie, je t'en prie, c'est très désagréable. Qu'est-ce que tu sais de lui ?

— Que j'apprécie sa compagnie et qu'il a l'air d'apprécier la mienne.

Alma laissa échapper un soupir résigné – l'une de ses armes favorites.

— Tu ne sais rien de sa famille, n'est-ce pas ? Je suis sûre que lui connaît bien la tienne. Je suis sûre qu'il sait parfaitement bien de qui tu es la fille. Tu es une femme riche, Tia, qui vis seule – ce qui m'inquiète à en devenir folle –, et une cible parfaite pour quelqu'un sans scrupule... Le transport maritime, tu dis. On va bien voir.

— Non ! lança brutalement Tia, faisant tressaillir Alma qui s'allongeait de nouveau sur son canapé. Non et non ! Tu ne vas pas faire faire une enquête sur lui, tu ne vas pas m'humilier encore une fois comme ça !

— T'humilier ? Quelle idée étrange ! Si tu penses à ce... ce professeur d'histoire, eh bien, il n'aurait pas été aussi furieux et bouleversé s'il n'avait pas eu quelque chose à cacher. Une mère a le droit de veiller au bien-être de sa fille unique !

— Ta fille unique a presque trente ans, mère ! Est-ce qu'il n'est donc pas possible que, par un curieux caprice du destin, un homme séduisant, intéressant et intelligent ait envie de sortir avec moi juste parce qu'il me trouve séduisante, intéressante et intelligente ? Est-ce qu'il faut absolument qu'il ait d'autres motifs sombres et cachés ? Est-ce que je suis tellement ratée qu'aucun homme ne puisse désirer normalement et naturellement avoir une relation avec moi ?

— Ratée ? hoqueta Alma, sincèrement choquée. Je ne comprends pas ce qui peut te mettre des idées pareilles en tête !

— Non, soupira Tia d'un ton las, et elle se tourna vers les fenêtres, je suppose que tu ne comprends pas, en effet. Mais tu n'as pas à t'inquiéter, il n'est à New York que pour quelques jours. Il va bientôt repartir pour l'Irlande, et il y a peu de chances que nous nous revoyions. Je te promets que s'il essaie de me vendre un pont sur le Shannon, ou s'il me fait miroiter un investissement extraordinaire, je refuserai. En attendant, je me demandais si tu ne savais pas où le journal d'Henry Wyley peut être. Ça m'intéresserait de le regarder.

— Comment est-ce que je le saurais ? Demande à ton père. Visiblement, mes conseils et le souci que je peux me faire à ton sujet n'ont aucune valeur pour toi. Je me demande même pourquoi tu as pris la peine de venir ici.

— Je suis désolée si je t'ai causé du souci.

Tia se retourna et revint déposer un baiser sur la joue de sa mère.

— Je t'aime, mère, je t'aime beaucoup. Repose-toi.

— Je veux que tu appelles le Dr Realto, lui ordonna Alma au moment où elle quittait la pièce.

— D'accord, je vais le faire.

Continuant à vivre dangereusement, Tia prit un taxi pour retourner dans le centre, au siège des Antiquités Wyley. Elle se connaissait assez pour savoir que si elle rentrait chez elle, dans l'humeur où elle était, elle allait broyer du noir, peut-être même décider que sa mère avait raison – concernant son état de santé, Malachi, et le si dérisoire attrait qu'elle exerçait sur le sexe opposé.

Le pire, c'est qu'elle avait *envie* de rentrer chez elle. De tirer les rideaux et de se blottir dans sa grotte avec ses pilules, son aromathérapie, et sur les yeux un sac de gel calmant et rafraîchissant. Exactement comme sa mère, songea-t-elle avec une grimace.

Il fallait qu'elle reste affairée, concentrée ; l'idée du journal et des Parques était une énigme à résoudre, qui lui occuperait l'esprit.

Elle régla le taxi, sortit, et resta un moment debout sur le trottoir en face de chez Wyley. Comme d'habitude, elle éprouva une bouffée d'admiration et de fierté ; le merveilleux vieil immeuble de grès brun, avec ses fenêtres en verre cathédrale et sa porte vitrée de couleur, se dressait là depuis cent ans.

Quand elle était jeune, son père – malgré les sinistres prédictions et les sombres avertissements d'Alma – l'emmenait ici avec lui une fois par semaine. Dans cet antre au trésor, cette caverne d'Ali Baba. Il lui avait enseigné – avec quelle patience ! songeait-elle aujourd'hui – les époques, les styles, les objets en bois, en verre, en porcelaine. L'art, et aussi les pièces de toutes sortes que les gens collectionnaient, jusqu'à former peu à peu un art en soi.

Elle avait appris et, mon Dieu, comme elle avait essayé de lui plaire ! Mais elle n'avait jamais été capable de leur plaire à tous les deux à la fois, elle n'avait jamais été capable de tenir son rôle dans la lutte subtile, permanente, acharnée, que ses parents s'étaient livrée à travers elle.

Et aussi, elle avait eu peur de se tromper et d'embarrasser son père ; elle était restée muette devant les clients et les collectionneurs, n'avait jamais compris la façon dont on gérait les stocks. Pour finir, son père l'avait jugée sans espoir, ce en quoi elle ne pouvait pas le blâmer.

Pourtant, une fois entrée, elle éprouva une nouvelle bouffée de fierté : c'était si joli, si beau, si parfait... Un léger parfum de cire et de fleurs flottait dans l'air. Contrairement à la maison familiale, ici les choses bougeaient tout le temps. On était surpris en permanence de voir qu'une pièce familière avait disparu, qu'une nouvelle avait pris sa place ; elle ressentait une sorte de frisson en repérant les changements, en identifiant les nouveautés. Elle traversa le hall d'entrée, admirant au passage les lignes du canapé – époque Empire, estima-t-elle. La paire de dessertes à dorures était nouvelle, mais elle se rappelait avoir vu les pieds de candélabres rococo lors de sa dernière visite avant de partir pour l'Europe.

Elle gagna la première salle d'exposition, et aperçut son père. Lui aussi faisait naître en elle fierté et admiration quand elle le voyait ; il était si solide et si beau en même temps. Ses cheveux étaient gris argent, épais et drus, ses sourcils noirs comme la nuit. Il avait des petites lunettes à monture carrée, et derrière, elle savait que ses yeux étaient sombres et intelligents. Il portait un costume italien, à fines rayures bleu marine, qui avait été fait sur mesure pour sa robuste silhouette.

Il pivota, regarda dans sa direction ; après un moment d'hésitation presque imperceptible, il sourit. Puis il tendit une facture à l'employé auquel il était en train de parler, et s'avança vers elle.

— Alors, la vagabonde est de retour ?

Il se baissa pour l'embrasser sur la joue, et ses lèvres effleurèrent à peine le visage de Tia. Fugitivement, elle se souvint d'avoir été projetée en l'air, d'avoir crié de plaisir et de terreur, avant d'être rattrapée par ces grandes et larges mains.

— Je ne voulais pas t'interrompre.

— Ça n'a pas d'importance. Comment s'est passé ton voyage ?

— C'était bien, très bien.

— Tu es allée voir ta mère ?

— Oui.

Elle détourna les yeux, s'absorbant dans la contemplation d'une vitrine-bahut.

— J'en arrive juste. Je suis désolée, mais nous avons eu un désaccord. J'ai peur qu'elle soit fâchée contre moi.

— Tu as eu un désaccord avec ta mère ?

Il retira ses lunettes et en nettoya les verres avec un mouchoir blanc immaculé.

— Je crois que la dernière fois que c'est arrivé, c'était au début des années quatre-vingt-dix. À propos de quoi vous êtes-vous disputées ?

— Nous ne nous sommes pas vraiment disputées... Mais elle sera peut-être un peu stressée quand tu rentreras à la maison ce soir.

— Si ta mère n'est pas stressée quand je rentre le soir, j'ai l'impression de m'être trompé de maison.

Il lui posa distraitement la main sur l'épaule, et elle comprit que son esprit était déjà loin d'elle.

— Est-ce que tu aurais une minute pour que je te parle d'autre chose ? lui demanda-t-elle. Des *Trois Parques*...

Son regard comme son attention revinrent vers elle.

— Pourquoi, qu'y a-t-il ?

— J'ai eu l'autre jour une conversation qui me les a remises en mémoire. Et aussi le journal d'Henry Wyley. Il m'avait intéressé quand j'étais enfant, et j'aimerais bien le relire. En fait, je pensais que je pourrais consacrer une partie de mon nouveau livre à la mythologie qui tourne autour de ces statuettes.

— Ça doit être dans l'air, parce qu'Anita Gaye m'en a parlé il y a quelques semaines.

— Oui, mère me l'a dit. Tu crois qu'elle a des tuyaux sur l'une ou les deux autres, qui pourraient exister encore ?

— Si elle en a, je n'ai pas pu les lui arracher.

Il remit ses lunettes et lui adressa un sourire carnassier.

— Et pourtant j'ai essayé. Si elle a localisé l'une des deux autres, ça intéressera les confrères. Deux, et elle fera sûrement sensation. Mais sans les trois, ce n'est pas *la* trouvaille majeure.

— Et la troisième, à en croire le journal d'Henri Wyley, doit être perdue dans l'Atlantique Nord. Pourtant, ça m'intéresse. Est-ce que cela t'ennuie si j'emprunte le volume ?

— Ce journal a une très grande valeur personnelle pour la famille, commença-t-il, tout autant qu'une valeur historique et financière, compte tenu de son âge et de son auteur.

Une autre fois, elle aurait cédé, mais là, elle insista.

— Tu me le laissais lire quand j'avais douze ans, lui rappela-t-elle.

— Quand tu avais douze ans, j'espérais encore que tu montrerais un peu d'intérêt pour l'histoire de la famille et pour ses affaires.

— Et je t'ai déçu, j'en suis désolée. Mais j'aimerais vraiment beaucoup voir ce volume. Je peux l'étudier ici, si tu préfères que je ne l'emporte pas à la maison.

Il émit un petit sifflement d'impatience.

— Je vais te le chercher. Il est là-haut, au coffre.

Elle soupira de soulagement en le voyant s'éloigner à grandes enjambées, puis revint dans l'entrée pour s'asseoir au bord du canapé et l'attendre. Quand il fut de retour au bas de l'escalier, elle se releva.

— Merci, dit-elle en pressant le cuir doux et fané sur sa poitrine. J'y ferai très attention.

— Tu fais toujours très attention à tout, Tia, répliqua-t-il en allant lui ouvrir la porte. À mon avis, c'est pour ça que tu te déçois toi-même.

— Où êtes-vous partie ?

Malachi, qui pianotait de ses doigts sur le dos de la main de Tia, vit avec satisfaction son attention revenir vers lui.

— Oh, aucune importance. Excusez-moi, je ne suis pas d'une compagnie très agréable ce soir.

— C'est à moi d'en décider.

Elle était restée pensive toute la soirée. Au point qu'elle avait à peine touché à sa polenta – et pourtant, il était sûre qu'elle avait été préparée en suivant scrupuleusement ses instructions. Mais son esprit dérivait manifestement quelque part, loin de là, et cela faisait passer sur son visage des ombres qui serraient le cœur de Malachi.

— Dites-moi ce qui vous trouble, ma chérie.

Comme c'était bon, quand il l'appelait ainsi...

— Ce n'est rien, vraiment. Juste une...

Elle ne pouvait pas nommer ça une dispute : il n'y avait pas eu d'éclat de voix, aucun mot de colère n'avait été prononcé.

— … discussion familiale. J'ai réussi à inquiéter ma mère et à irriter mon père, le tout en l'espace de deux heures.

— Comment avez-vous fait cela ?

Elle enfonça sa fourchette dans la polenta. Elle ne lui avait pas encore parlé du journal ; vu les circonstances, le temps qu'elle regagne son appartement, elle s'était sentie trop fatiguée et trop déprimée pour l'ouvrir. Elle l'avait enveloppé avec soin dans un tissu écru et l'avait glissé dans un tiroir de son bureau. De toute façon, songea-t-elle, ce n'était pas du journal qu'était venu le problème ; c'était d'elle-même, une fois de plus.

— Ma mère ne se sentait pas bien, et je lui ai fait des remarques déplacées.

— Je fais toujours des remarques déplacées à la mienne, répliqua Malachi d'un air insouciant. Elle se contente de me donner une gifle, ou de me jeter ce terrible regard que les mères mettent au point quand on est encore dans leur ventre, j'imagine, et qu'elles se préparent à nous accueillir.

— Ça ne se passe pas comme ça avec la mienne. Elle s'inquiète tout le temps pour moi.

Elle s'inquiète que je mette ma santé en danger, que je m'attache à un homme dont je connais si peu de chose, songea-t-elle.

— J'ai eu beaucoup de problèmes de santé quand j'étais enfant.

— Vous m'avez l'air dans une forme parfaite maintenant, observa-t-il en lui embrassant les doigts, dans l'espoir de la sortir de son humeur chagrine. En tout cas, moi je me sens… parfaitement bien quand je suis près de vous.

— Est-ce que vous êtes marié ?

La stupeur qui se peignit sur son visage lui fournit aussitôt la réponse, et elle fut furieuse d'avoir pu poser une telle question.

— Quoi ? Marié ? Non, Tia !

— Je suis désolée, vraiment désolée, je suis idiote... J'ai dit à ma mère que je sortais avec quelqu'un, et elle m'a expliqué aussitôt que vous étiez marié, que vous en vouliez à mon argent, que j'avais une aventure illicite et folle qui me laisserait bientôt sans le sou, le cœur brisé, et me conduirait sans doute au suicide.

Il soupira.

— Je ne suis pas marié et je ne suis pas intéressé par votre argent. Quant à l'aventure, j'avoue que j'y ai beaucoup pensé, mais si faire l'amour avec vous doit vous laisser ruinée, le cœur brisé et au bord du suicide, je vais devoir changer mon programme pour la suite de la soirée.

— Seigneur ! s'écria-t-elle en se tordant les mains de désespoir. Si on laissait tomber cette histoire et que vous m'étrangliez tout de suite, pour me sortir de cette misère ?

— Si on laissait juste tomber ce dîner et si on retournait chez vous, pour que je puisse tenter la même chose mais dans une version beaucoup plus douce ? Je vous jure que quand j'aurai fini, vous n'aurez aucune envie de sauter par la fenêtre.

Elle dut s'éclaircir la gorge ; elle avait une terrible envie, une scandaleuse envie, de se pencher par-dessus la table et d'aller passer sa langue sur la courbe longue et ferme de sa pommette.

— Vous êtes prêt à me le promettre par écrit ?

— Mais certainement.

— Tiens, mais c'est bien Tia Marsh ? La fille de Stewart Marsh ?

C'était une voix que Malachi n'oublierait jamais. Ses doigts se serrèrent convulsivement sur ceux de Tia tandis qu'il se retournait, levait les yeux, et rencontrait l'éclatant sourire d'Anita Gaye.

7

L'étreinte de Malachi sur sa main fit sursauter Tia ; mais elle s'en remit assez vite, tandis que de ne pouvoir mettre un nom sur le visage de la femme en face d'elle, avec son sourire mordant et son regard acéré, la plongeait dans la panique.

— Oui, bonjour, dit-elle, tout en faisant un furieux effort de mémoire. Comment allez-vous ?

— Parfaitement bien, merci. Vous ne devez pas vous souvenir de moi. Je suis Anita Gaye, une concurrente de votre père.

— Bien sûr...

Son premier mouvement fut de soulagement, mais ensuite des émotions contradictoires l'agitèrent. L'étreinte de Malachi sur ses doigts avait un peu diminué, mais elle restait ferme ; les yeux d'Anita brillaient comme de petits soleils, et l'homme qui l'accompagnait arborait une expression d'ennui poli. Tia commença à se demander si la tension qu'elle ressentait, jusqu'à l'étouffement, ne venait pas d'autre chose que de sa seule gaucherie en société.

— Ravie de vous voir. Voici Malachi Sullivan. Mme Gaye, commença-t-elle en se tournant vers Malachi, est antiquaire. Pour tout dire... (La main de Malachi serra de nouveau la sienne, si fort qu'elle dut se retenir de crier)... elle est l'une des meilleures du pays, termina-t-elle d'une voix faible.

— Vous me flattez... Ravie de faire votre connaissance, monsieur Sullivan.

On sentait qu'un rire se dissimulait dans sa voix, pourtant son ton fit trembler Tia : il faisait si rapace...

— Êtes-vous dans le business... des antiquités ?

— Non !

Le mot claqua aussi sèchement qu'une gifle. Anita posa doucement la main sur l'épaule de Tia et se contenta de susurrer :

— Notre table est prête, nous n'allons pas vous retenir. Il faut que nous déjeunions un de ces jours, Tia. J'ai lu votre dernier livre et je l'ai trouvé fascinant. J'aimerais beaucoup en discuter avec vous.

— Bien sûr...

— Mes amitiés à vos parents, conclut Anita, et elle lança un dernier regard moqueur à Malachi avant de tourner les talons.

Tia libéra prestement sa main de celle de son compagnon, puis la tendit vers son verre d'eau pour se soulager la gorge.

— Vous vous connaissez, hein ?

— Quoi ?

— Je vous en prie...

Elle reposa son verre, puis mit ses mains sur ses genoux.

— Vous devez me prendre pour une belle imbécile, tous les deux. Elle ne m'a jamais adressé trois mots dans ma vie. Les femmes comme elle ne remarquent pas les femmes comme moi. Je ne suis pas une rivale pour elle.

Son sang bouillonnait dans ses veines, ce qui ne l'aidait pas à avoir des idées claires.

— C'est absurde de dire une chose pareille...

— Arrêtez ça !

Elle tâcha de reprendre ses esprits et expira profondément.

— Vous vous connaissez et vous étiez surpris, furieux même, quand elle est arrivée. Et vous aviez peur que je mentionne les *Parques*.

— Ça fait beaucoup de déductions, pour un si court intervalle de temps.

— Les gens qui restent à l'arrière-plan des autres développent en général de bonnes qualités d'observation…

Elle ne pouvait pas tourner les yeux vers lui, pas encore.

— Je ne me trompe pas, n'est-ce pas ?

— Non. Tia…

— Ce n'est pas un endroit pour discuter de ça.

Sa voix était pleine de dédain, tout comme son léger mouvement de recul quand il lui effleura le bras.

— Je voudrais que vous me rameniez à la maison.

— Très bien.

Il fit un signe pour qu'on leur apporte l'addition.

— Je suis désolé, Tia, c'est…

— Ce n'est pas une excuse que je veux, mais une explication.

Elle se leva et, comme elle était mal assurée sur ses jambes, se mit aussitôt en marche.

— Je vais attendre dehors.

Elle ne prononça pas une parole dans le taxi, ce dont Malachi lui sut gré ; il avait besoin de temps pour réfléchir à comment et par quoi il allait commencer. Il aurait dû prévoir qu'Anita gâcherait tout, il aurait dû prévoir qu'elle ne resterait pas sans rien faire. Et il avait perdu un temps précieux. Il l'avait perdu, devait-il reconnaître, parce qu'il avait apprécié la compagnie de Tia, qu'il n'avait pu se résoudre à la presser davantage, pour atteindre plus vite son objectif.

Et aussi parce que, mieux il la connaissait, plus il regrettait de ne pas avoir abordé toute l'affaire différemment. Mais il n'avait réussi qu'à s'empêtrer dans les mensonges.

Reste qu'elle était une femme raisonnable. Tout ce qu'il devait faire maintenant, c'était lui expliquer clairement la situation, elle la comprendrait.

Elle ignora la main qu'il lui offrit pour sortir du taxi, et il commença à se sentir mal à l'aise. Quand ils arrivèrent à la porte de son appartement, il se prépara à ce qu'elle essaie de la lui envoyer en pleine figure ; mais elle pénétra à l'intérieur, sans la refermer, et traversa directement la pièce pour gagner les fenêtres. Comme si elle avait besoin d'air, pensa-t-il.

— C'est une histoire compliquée, Tia.

— Oui. C'est souvent le cas avec la duplicité et la sournoiserie.

Elle avait eu le temps de réfléchir ; se concentrer sur l'énigme l'aidait à tenir la douleur à distance.

— Tout cela concerne les *Parques*, commença-t-elle. Vous et Mme Gaye les voulez, et je suis un lien qui peut y mener. Elle devait s'occuper de mes parents, et vous…

Elle se retourna vers lui, froide et déterminée.

— … vous deviez vous occuper de moi.

— Non, ce n'est pas comme ça. Anita et moi ne sommes pas associés.

— Oh, acquiesça-t-elle. Concurrents alors, travaillant l'un contre l'autre. Les choses s'ajustent mieux comme ça, oui. Vous avez eu une querelle d'amoureux ?

— Bon sang…

Il se passa les mains sur le visage.

— Non. Écoutez-moi, Tia, c'est une femme dangereuse. Impitoyable, totalement dénuée de scrupules.

— Et vous, vous êtes plein de scrupules, bien sûr ? Je suppose que vous les avez juste mis de côté quand vous m'avez éloignée de mon hôtel à Helsinki, fait du charme pendant une soirée entière, incitée à croire que vous vous intéressiez à moi, tout ça pour que quelqu'un puisse s'introduire dans ma chambre et la fouiller ! Vous pensiez vraiment que je transportais des indications sur les *Parques*, pendant une tournée que je faisais pour mon livre ?

— Je n'ai rien à voir avec ce cambriolage. C'était Anita. Je ne suis pas un salaud de criminel.

— Oh, pardonnez-moi. Juste un salaud de menteur, alors ?

Il ravala sa colère ; de quel droit se serait-il senti offusqué ?

— Je ne peux pas nier que je vous ai menti. J'en suis désolé.

— Oh, vous en êtes désolé ? Alors c'est différent, tout est pardonné.

Malachi glissa ses mains dans ses poches, serra les poings à l'intérieur. La femme qui lui faisait face n'était plus celle, douce, gentille et un peu névrosée, qui l'avait ému ; celle-ci, dans sa rage froide, était plus dure qu'il ne l'aurait cru.

— Vous voulez une explication, ou vous avez juste envie de me cogner dessus ?

— D'accord pour votre première proposition, et je me réserve pour la seconde.

— Bon. On peut s'asseoir ?

— Non.

— Ce serait plus simple si vous me tapiez dessus d'abord, pour vous défouler. Je vous ai dit un peu de la vérité.

— Il va falloir attendre un bon moment pour recevoir la croix d'honneur, Malachi. Au fait, c'est bien votre nom, ou vous l'avez inventé ?

— C'est mon vrai nom, bon sang ! Vous voulez voir mon passeport ?

Il se mit à faire les cent pas dans la pièce, alors qu'elle conservait sa froideur et sa rigidité.

— J'avais vraiment un ancêtre sur le *Lusitania*. Felix Greenfield, qui a survécu, a épousé Meg O'Reiley et s'est installé à Cobh. L'expérience a transformé sa vie et a eu une profonde influence sur lui. Il s'est mis à travailler sur les bateaux de pêche de sa belle-famille, a eu des enfants, s'est converti au catholicisme, et aux dires de tout le monde il était même assez pieux.

Il fit une pause, passa ses doigts – comme elle s'était, jadis, laissé aller à imaginer qu'elle le ferait elle-même – dans ses épais cheveux noisette.

— Avant cela, avant que le bateau fasse naufrage, il n'était pas aussi estimable. Il avait pris un billet sur ce bateau pour tenter d'échapper à la police. C'était un voleur.

— Bon sang ne saurait mentir.

— Oh, arrêtez... Je n'ai jamais rien volé de ma vie ! L'insulte l'avait piqué au vif, et il se retourna vers elle ; il ne ressemblait plus au gentleman raffiné d'avant, pensa Tia, sans la moindre émotion. Sous son beau costume, il avait l'air prêt à faire le coup de poing dans la rue.

— Je ne crois pas que vous soyez en position d'être si susceptible, lui lança-t-elle.

— Je viens d'une bonne famille ! Nous ne sommes peut-être pas aussi raffinés et élégants que dans la vôtre, mais nous ne sommes ni des voleurs ni des bandits ! Felix si, mais je ne peux pas être blâmé à cause de lui... En tout cas, il avait tourné la page. Il l'a même tournée juste après avoir emprunté quelques objets dans la cabine d'Henry W. Wyley.

— La *Parque !*

Il fallut quelques secondes à Tia pour que son esprit enregistre l'information.

— Il a pris la *Parque*, elle n'a jamais été perdue !

— Elle l'aurait été s'il ne l'avait pas volée ; on peut voir les choses sous cet angle-là. Il ne savait pas ce que c'était, sauf qu'elle était jolie, qu'elle brillait et qu'elle lui tendait les bras, si l'on peut dire. Nous nous la sommes transmise dans la famille, en même temps que l'histoire, comme une sorte de talisman.

Fascinant. Fantastique. Sous sa peine et sa colère, elle sentait monter l'intérêt et l'excitation.

— Et elle est arrivée jusqu'à vous.

— Elle est arrivée jusqu'à ma mère, puis par elle à moi, mon frère et ma sœur.

Malachi était plus calme désormais ; il était suffisamment imprégné de catholicisme pour sentir que le poids des mensonges s'allégeait quelque peu en les confessant.

— J'avais une certaine curiosité pour elle, et c'est alors que j'ai commis mon erreur fatale. Je l'ai apportée à Dublin, où je voulais la faire identifier, si possible, et aussi la faire estimer, bien sûr. Ma sœur, qui sait s'y prendre dans ces domaines-là, a dit qu'elle allait faire des recherches en bibliothèque et sur Internet. Mais j'étais impatient, je l'ai emportée, et comme un mouton je suis allé tout droit aux Antiquités Morningside.

— Et vous l'avez montrée à Anita.

— Pas au début, non, je lui en ai juste parlé. Pourquoi est-ce que je ne l'aurais pas fait ? Elle était censée être une experte pour ce genre d'objets, et une professionnelle honorable. Je n'ai pas déballé d'emblée toute l'histoire, seulement au bout de quelques jours...

Il s'interrompit, un léger embarras perceptible sur son visage.

— Je peux combler les blancs, dit-elle.

En rendant les choses pires, ça les rendait aussi plus faciles, par une sorte d'effet de contraste. Des deux, elle n'était donc pas la seule à pouvoir se laisser aveugler par ses désirs.

— Elle est très belle.

— Un requin aussi est beau, à certains égards.

Il y avait de l'amertume dans sa voix, envers la femme qui l'avait berné, et aussi envers celle qui se tenait immobile à la fenêtre, tandis que le fleuve sombre coulait derrière elle.

— En tout cas, elle a tiré suffisamment de moi avant que j'aie eu le temps de repérer ses dents. Elle m'a proposé de venir à mon hôtel afin de pouvoir regarder tranquillement la statuette, en privé – elle disait que ce serait mieux. Bien sûr, j'ai accepté, parce qu'elle avait déjà manifesté un très grand intérêt pour ma personne. Elle utilise son sexe avec autant de facilité que d'autres femmes se servent d'un rouge à lèvres, en remettant et l'enlevant sur un simple caprice. J'ai donné droit dans le panneau.

Tia repensa à Anita Gaye : vive, sexy, sûre d'elle. Rapace. Oui, elle comprenait comment un homme, même intelligent, pouvait avoir une aventure avec elle.

— Pas de reçu ?

— Je lui en aurais demandé un, si à ce moment-là elle n'avait pas été en train de défaire mon pantalon. Nous avons fait l'amour et bu du vin. Ou plutôt *j'ai* bu du vin. La garce avait dû mettre quelque chose dedans, parce que je ne me suis pas réveillé avant neuf heures passées, le lendemain. Elle était partie, et la *Parque* aussi.

— Elle vous a drogué ?

Il perçut la pointe d'incrédulité dans sa voix, serra les dents.

— Je n'ai pas l'habitude de dormir pendant près de douze heures pour une simple galipette et deux verres de vin ! Au début, je ne voulais pas le croire moi-même. Je suis allé chez Morningside, on m'a dit qu'elle était en réunion et qu'on ne pouvait pas la déranger. J'ai laissé des messages là, et à son hôtel, mais elle ne m'a jamais rappelé. Quand j'ai réussi enfin à la contacter après son retour à New York, elle m'a affirmé qu'elle n'avait aucune idée de qui j'étais ni de quoi je voulais parler, et m'a ordonné de ne plus l'importuner.

Ce n'était pas facile de supporter l'image de Malachi et d'Anita s'ébattant dans une chambre d'hôtel, mais Tia s'y efforça, afin de pouvoir réfléchir clairement.

— Vous voulez dire qu'Anita Gaye, des Antiquités Morningside, vous a drogué après avoir couché avec vous, puis vous a volé, et qu'ensuite elle a nié vous avoir jamais rencontré ?

— C'est exactement ce que je viens de vous dire, non ? Elle s'est bien payé ma tête dans l'histoire, en m'attirant dans son lit, en faisant semblant d'être amoureuse de moi…

Il s'interrompit devant le regard ironique de Tia.

— Oui, c'est une situation humiliante, n'est-ce pas ? lança-t-elle. Je connais ça.

— Ça n'avait rien à voir, rétorqua-t-il – mais son estomac n'en chavira pas moins dans sa poitrine –, absolument rien à voir !

— Que nous ne soyons pas allés jusqu'à la… galipette ne change rien à l'intention de départ, ni aux conséquences. Vous auriez pu me présenter les choses directement, honnêtement, mais vous avez préféré une autre voie.

— Je ne savais rien de vous… Vous auriez pu être aussi calculatrice qu'elle ! Ou même, sans aller jusque-là, comment aurais-je pu être sûr que vous n'en tireriez pas argument pour introduire une réclamation sur la propriété de la *Parque* ?

Il leva les mains, dans un geste fataliste : ce qui lui avait paru parfaitement raisonnable et nécessaire à un certain moment semblait soudain très cynique et très moche.

— Elle n'est peut-être pas arrivée jusqu'à moi par un chemin très correct, Tia, mais cela faisait maintenant presque quatre-vingt-dix ans qu'elle nous appartenait. Quand nous avons découvert qu'il y en avait trois, et ce que cet ensemble recouvrait, cela a considérablement changé les choses. D'une part, nous voulions récupérer ce qui nous appartenait, et d'autre part… eh bien, bon sang, il y a beaucoup d'argent en jeu, des masses d'argent. Nous saurions comment l'utiliser. L'Irlande est en plein essor, et si nous avions plus de fonds disponibles, nous pourrions développer notre affaire.

— Votre affaire de transport maritime ? demanda-t-elle sèchement, et il eut le tact de prendre un air gêné.

— Ce sont des bateaux, quand même. Nous organisons des excursions depuis Cobh, et autour de la pointe de Kinsale. Nous gardons aussi un pied dans la pêche. Je me disais juste que vous vous sentiriez plus à l'aise avec moi si vous pensiez que j'étais du même milieu que vous.

— Donc, vous me considérez comme quelqu'un de superficiel.

Il hocha la tête, la regarda droit dans les yeux.

— Je m'attendais à ce que vous le soyez, oui, mais je me trompais.

— Vous aviez l'intention de rentrer avec moi ici ce soir, de coucher avec moi. C'est cynique. C'est méprisable. Depuis le début vous m'avez utilisée, comme un moyen pour arriver à vos fins, comme si je n'éprouvais aucun sentiment. Je n'ai jamais compté le moins du monde pour vous.

— Ce n'est pas vrai !

Il s'approcha d'elle et lui prit les mains, bien qu'elle gardât les bras raides le long de son corps.

— Je vous interdis de penser une chose pareille !

— Quand vous m'avez abordée la première fois, quand vous m'avez souri et m'avez proposé d'aller faire un tour, ça ne signifiait rien pour vous. Je ne signifiais rien. Tout ce que vous vouliez, c'était savoir si je pouvais vous être d'une quelconque utilité, rien de plus.

— Je ne vous connaissais pas alors. Au début, vous étiez juste un nom, juste une piste possible. Mais…

— Je vous en prie… Vous allez me dire à présent que tout a changé une fois que vous avez appris à me connaître, à vous attacher à moi ? Épargnons-nous ce cliché à tous les deux.

— Tout s'est embrouillé quand j'ai été avec vous, Tia, et ça ne faisait pas partie de mes plans.

— Vos plans ne sont que du gâchis. Lâchez-moi les mains.

— Je suis désolé de vous avoir blessée. Je jure devant Dieu que je n'en ai jamais eu l'intention.

C'était assez pitoyable comme défense, mais il n'arrivait pas à en trouver d'autre.

— Lâchez-moi les mains, répéta-t-elle, et quand il l'eut fait, elle se recula. Je ne peux rien faire pour vous aider, et maintenant je ne le ferais pas même si je le pouvais. Mais rassurez-vous, je n'irai pas aider Anita Gaye non plus. Je ne vous serai d'aucun secours, ni à l'un ni à l'autre.

— Vous m'êtes au contraire d'un grand secours, Tia. Et je ne parle pas des *Parques*.

Elle se contenta de secouer la tête.

— Je crois que nous n'avons rien de plus à nous dire. Maintenant je suis fatiguée, je voudrais que vous vous en alliez.

— Je ne veux pas m'en aller, pas comme ça.

— J'ai peur que vous deviez le faire, pourtant. Je n'ai rien d'autre à vous dire, du moins rien qui puisse être un tant soit peu constructif.

— Alors, détruisez quelque chose… Tapez-moi dessus, criez contre moi !

— Ça vous rendrait les choses plus faciles, hein ?

Elle avait besoin de retrouver sa grotte, sa solitude. Et un peu de sa fierté, aussi.

— Je vous ai demandé de partir. Si vous avez la moindre conscience de ce que vous m'avez fait, respectez au moins ça.

Comme elle ne lui laissait pas d'autre choix, il se dirigea vers la porte. Arrivé là, il se retourna et la contempla, debout devant la fenêtre.

— La première fois que je vous ai regardée, vraiment regardée, Tia, lui dit-il d'une voix douce, la seule chose que j'ai pensée, c'est que vous aviez les yeux les plus beaux et les plus tristes que j'avais jamais vus. Je n'ai jamais pu me les sortir de la tête depuis. Ce n'est pas fini, rien n'est fini.

Elle laissa échapper un long soupir quand la porte se referma derrière lui.

— C'est à moi d'en décider.

Les rues, à Cobh, étaient escarpées ; comme celles de San Francisco, elles s'élevaient depuis une baie, avec une pente qui faisait mal aux jambes. En haut d'une de ces rues, il y avait une jolie maison peinte en vert d'eau, dans un ton clair, avec un petit jardin plein de couleurs gaies derrière un muret de pierre.

La maison avait trois chambres, deux salles de bains, une salle de séjour avec un poste de télévision hors d'âge, et un confortable canapé à ressorts recouvert d'un tissu à carreaux bleus et blancs. Il y avait aussi un petit salon et une salle à manger, qu'on utilisait seulement quand on recevait des invités. Les meubles en étaient impeccablement cirés et les fenêtres ornées de rideaux de dentelle, quelque peu avachis par les années.

Au mur du salon trônaient des photos de John Kennedy et du pape, ainsi qu'une image du Sacré Cœur de Jésus. Cette triade avait toujours mis Malachi si mal à l'aise qu'il s'asseyait rarement dans la pièce, à moins qu'on ne lui en laisse pas le choix.

Jusqu'à ce qu'il ait atteint l'âge de vingt-quatre ans et déménagé dans le petit appartement surplombant le hangar à bateaux, il avait vécu dans cette maison, partagé l'une des chambres avec son frère, et s'était disputé avec sa sœur à propos du temps qu'elle passait dans la salle de bains de l'étage.

Du plus loin qu'il s'en souvînt, la cuisine avait toujours fait office de salle de réunion. Et c'était la cuisine qu'il arpentait à présent, pendant que sa mère pelait des pommes de terre pour le dîner.

Cela faisait deux jours qu'il était rentré, et il avait consacré le premier à travailler comme un forcené. Il avait sorti lui-même l'un de leurs deux bateaux de promenade, Rebecca lui ayant fait remarquer qu'il n'avait pas pris sa part de la tâche pendant une bonne partie de l'été ; après quoi il s'était plongé dans la paperasse jusqu'à ce que ses yeux n'y voient plus clair.

Il avait travaillé douze heures entières ce jour-là, et encore dix le lendemain. Pourtant, il n'avait pas réussi à se débarrasser de sa colère ni de sa culpabilité.

— Lave ces pommes de terre, lui ordonna Eileen. Ça t'occupera, au lieu de rester à ruminer.

— Je ne rumine pas, je pense.

— Je sais reconnaître quelqu'un qui rumine quand j'en vois un.

Elle ouvrit le four, vérifia le rôti. C'était le plat préféré de Malachi et elle l'avait préparé, un plat du dimanche en plein milieu de la semaine, dans l'espoir de lui remonter le moral.

— La fille avait parfaitement le droit de te flanquer dehors, il va juste falloir que tu te fasses à cette idée.

— Je sais. Mais on aurait pu penser qu'elle verrait la situation sous un angle plus logique après une nuit de sommeil. Au moins, qu'elle me laisserait une chance de me réconcilier avec elle. Elle ne répondait pas à ce fichu téléphone ni à la porte, elle a sans doute jeté les fleurs que je lui ai envoyées. Qui aurait pu croire qu'il y avait un côté si dur chez elle ?

— Un côté dur, mon œil. Des bleus à l'âme, voilà ce qu'elle a. Tu en as fait une histoire personnelle, alors que tu aurais dû rester sur le plan professionnel.

— C'est *devenu* personnel.

Eileen se retourna et s'adoucit.

— Oui, je comprends. Mais c'est une des merveilles de la vie, n'est-ce pas ? de ne jamais savoir à quel moment les choses ou les gens vont t'entraîner dans une voie différente de celle que tu prévoyais.

Elle se mit à peler les carottes qui allaient entourer le rôti avec les pommes de terre.

— Les fleurs ne marchaient jamais avec moi non plus, quand ton père était en disgrâce.

Malachi sourit légèrement.

— Qu'est-ce qui marchait ?

— Le temps, pour commencer. Une femme doit bouder un moment, et savoir qu'un homme souffre à cause de ses péchés. Et après ça, qu'il se traîne un peu à genoux s'impose. J'aime qu'un homme sache s'aplatir.

— Je n'ai jamais vu papa s'aplatir.

— Tu ne crois pas avoir tout vu, n'est-ce pas ?

— Je l'ai blessée, maman, constata Malachi en reposant les pommes de terre pour les laisser s'égoutter. Je n'avais pas le droit de la blesser comme cela.

— Tu ne l'avais pas, non, mais tu ne le prévoyais pas quand tu as commencé.

Elle s'essuya les mains avec le torchon à vaisselle, puis le remit sur son crochet.

— Tu pensais à la famille, à ta propre fierté. Maintenant, tu dois penser aussi à elle. Tu sauras quoi faire la prochaine fois que tu la verras.

— Elle ne veut plus me revoir.

— Si je pensais qu'un de mes fils pourrait renoncer aussi facilement, je l'assommerais avec cette poêle à frire. Est-ce que je n'ai pas assez de souci avec Gideon, dans la nature en compagnie de cette danseuse ?

— Gideon se débrouille très bien. Lui, au moins, il est en contact avec quelqu'un qui est lié à l'affaire et qui veut bien continuer à lui parler.

— Salaud !

Elle lui parlait, oui, dans un grognement sourd, au moment où elle lui balança son poing en plein dans la mâchoire. Ce coup inattendu envoya Gideon tomber rudement sur les fesses, sur le tapis crasseux, derrière la porte de la chambre miteuse du dernier en date des hôtels borgnes où ils étaient descendus.

Il sentit le goût du sang, vit des étoiles et entendit une sorte d'alléluia lui résonner aux oreilles. Puis il porta la main à sa lèvre et regarda méchamment Cleo : elle était en soutien-gorge et culotte noire, les cheveux encore dégoulinants au sortir de ce que l'hôtel appelait, sans rire, une douche.

— Voilà, dit-il en se remettant lentement sur pied. Pour le bien de l'humanité, il faut que je te tue, cette fois-ci. Tu représentes une foutue menace pour la société.

— Essaie un peu, répliqua-t-elle en ondulant sur ses pieds, les poings levés. Et prépare ton meilleur coup.

Il en avait envie, oui. Oh, comme il en avait envie ! Depuis cinq horribles jours, il parcourait l'Europe en la traînant derrière lui. Il avait dormi dans des lits auprès desquels ceux des auberges de jeunesse de ses courtes et insouciantes vacances d'après-bac auraient passé pour des couches célestes. Il avait supporté ses exigences, ses questions, ses récriminations. Il avait feint d'ignorer qu'il cohabitait de très près, intimement même, avec une femme qui était payée pour danser nue, et dont le corps laissait imaginer qu'elle devait être bien payée pour cela. Il s'était conduit comme un parfait gentleman, même quand elle avait été délibérément provocante. Il l'avait nourrie (et Dieu savait tout ce qu'elle mangeait), avait veillé à lui procurer le meilleur gîte que son budget précaire lui autorisait.

Et en réponse, que faisait-elle ? Elle lui balançait son poing dans la figure !

Il fit un pas vers elle, les mains serrées le long du corps.

— Je ne peux pas frapper une femme. Ça me peine beaucoup, encore plus que ça, même, mais je ne peux pas… Maintenant, pousse-toi.

— Tu ne peux pas frapper une femme, répéta-t-elle en dressant le menton, d'un geste de défi. Mais en voler une, ça te pose pas de problème ! Tu m'as pris mes boucles d'oreilles !

— C'est vrai.

Il ne pouvait pas la frapper, mais il put la pousser vigoureusement, de façon à entrer dans la chambre et claquer la porte derrière lui.

— Et j'en ai obtenu vingt-cinq livres. Tu manges comme un cheval, et je ne roule pas sur l'or !

— Vingt-cinq ? s'exclama-t-elle, et son indignation redoubla. Je les ai payées trois cent soixante-huit dollars, et encore, après une heure de marchandage dans un dépôt-vente de bijouterie sur la 5e Avenue ! Tu n'es pas qu'un voleur, tu es aussi un pigeon !

— Et toi, tu as une grande expérience des boucles d'oreilles qu'on met au clou ?

Elle n'en avait pas, mais elle était sûre qu'elle aurait fait mieux à sa place.

— C'étaient des boucles dix-huit carats, de l'or italien !

— Maintenant, elles vont se transformer en deux assiettes de poisson-frites au pub, et une nuit dans ce bouge. Tu continues à me harceler pour qu'on devienne associés, mais tu ne contribues à rien !

— Tu avais qu'à me demander.

— Bien sûr, et tu me les aurais sûrement données si je te les avais demandées. Toi qui emportes ton sac à main jusque dans cette foutue salle de bains.

Sa bouche pulpeuse et sarcastique s'orna d'un sourire.

— Tu viens de me prouver que j'avais raison de le faire.

Écœuré, il attrapa une chemise et la lui lança.

— Mets quelque chose sur ton dos, pour l'amour du ciel ! Aie un peu de respect pour toi.

— J'ai beaucoup de respect pour moi.

Elle avait oublié qu'elle était en sous-vêtements ; elle avait tendance à oublier certains petits détails quand elle voyait rouge. Pourtant, le mépris dans la voix de Gideon lui fit jeter la chemise à travers la pièce.

— Je veux ces vingt-cinq livres !

— Tu ne les auras pas. Si tu veux manger, mets quelque chose sur toi. Tu as cinq minutes.

Il se dirigea vers la salle de bains ; ce n'était pas très malin de sa part de lui tourner le dos.

Elle lui sauta dessus, lui enserrant la taille comme dans un étau avec ses longues jambes, lui attrapant les cheveux pour lui tirer la tête en arrière jusqu'à ce qu'il voie trente-six chandelles.

Il pivota sur lui-même, essaya de la désarçonner ; mais elle s'accrocha à lui comme une liane et réussit à lui passer un bras autour de la gorge. Sa trachée tout près d'être écrasée, il tendit la main et attrapa lui aussi une bonne poignée de ses cheveux. Le hurlement qu'elle poussa, quand il tira dessus, lui mit du baume au cœur.

— Lâche ça ! Lâche mes cheveux !

— Alors lâche les miens, tout de suite, gronda-t-il d'une voix étouffée.

Ils tournèrent ainsi dans la pièce, elle agrippée à son dos, tous deux jurant, tous deux criant ; puis il heurta le bord du lit et perdit l'équilibre. Quand il bascula, il s'effondra au-dessus d'elle, assez lourdement pour lui couper le souffle et lui faire lâcher prise. Avant qu'elle ait pu récupérer les deux, le souffle et la prise, il lui en fit une à son tour et l'immobilisa.

— T'as pété un boulon, grogna-t-il, luttant pour emprisonner ses bras tandis qu'elle se débattait. Des dizaines de boulons, même. C'est juste vingt-cinq livres, pour l'amour du ciel ! Je t'en donnerai douze et demie, si ça te rend aussi dingue que ça !

— Mes boucles d'oreilles ! haleta-t-elle. Mon argent !

— Je te préviens, je suis un homme prêt à tout ! Si tu continues, je pourrais très bien te cogner sur la tête, et te prendre bien plus qu'une paire de boucles d'oreilles !

Elle renifla d'un air moqueur, puis changea d'avis et tenta autre chose. Ses yeux se mouillèrent, des larmes vacillèrent au coin de ses cils, sa grande bouche sensuelle se mit à trembler.

— Non, ne me frappe pas..., murmura-t-elle.

— Je ne vais pas te frapper, grogna-t-il. Pour qui est-ce que tu me prends ? Allez, ne pleure pas, ma belle, ajouta-t-il en lâchant un de ses bras, pour pouvoir essuyer ses larmes.

Elle attaqua comme un chat sauvage : dents, ongles, coups qui pleuvaient en tout sens. Elle lui en assena un sur la tempe, un autre dans les côtes avec son coude ; dans sa lutte acharnée pour se défendre, il roula à bas du lit, avec elle au-dessus de lui.

Suant et grognant, stupéfié par la violence des coups qu'elle lui portait, il réussit néanmoins à reprendre le dessus et à l'immobiliser une seconde fois – avant de se rendre compte qu'elle riait à perdre haleine.

— Comment ça se fait que quelques larmes rendent des types comme toi gâteux ?

Elle lui sourit. Bon Dieu, qu'il était mignon... Fou de rage et romantique en diable !

— T'as la bouche qui saigne, champion.

— Je sais.

— Je suppose que ça valait bien vingt-cinq livres. Mais je me contenterai pas de poisson et de frites, je veux de la viande rouge.

C'est alors qu'elle remarqua ce regard concentré, paupières étrécies, qui avait une signification bien précise chez un homme, et les muscles de son ventre frémirent en réponse.

— Oh, oh, murmura-t-elle.

— Bon sang, Cleo !

Il écrasa sa bouche palpitante et sanguinolente contre la sienne : elle avait le goût du péché, l'odeur d'un jardin après la pluie. Sous la pression de ses lèvres, la bouche de Cleo s'ouvrit et se fit bientôt gourmande, avide ; ses jambes entourèrent à nouveau la taille de Gideon, mais elles étaient douces comme de la soie cette fois-ci. Elle se cambra, bassin contre bassin, se lança dans une ondulation lente mais irrésistible.

Il releva la tête, la regarda ; ses cheveux, toute cette masse noire, humide et chaude, étaient étalés sur le maigre tapis constellé de brûlures de cigarettes. Ses cils étaient encore remplis de (fausses) larmes. Il avait envie de la dévorer, de ne faire qu'une seule bouchée d'elle, peu importaient les risques d'indigestion après. Il était dur comme le roc et excité au possible.

Pourtant, il se retrouva bloqué par le même sens des valeurs qui l'avait empêché de la frapper.

— Bon sang, répéta-t-il, et il la repoussa pour s'asseoir, le dos contre le bord du lit.

Déconcertée, elle se souleva sur les coudes.

— Qu'est-ce qu'il y a ?

— Habille-toi, Cleo. J'ai dit que je ne te ferais pas de mal, je ne vais pas non plus profiter de la situation.

Elle se redressa elle aussi, puis s'accroupit sur ses talons tout en l'examinant. Il avait les yeux fermés, la respiration saccadée. Elle était bien placée pour savoir combien il était excité, pourtant il s'était interrompu ; il s'était interrompu parce que, en dépit de sa rudesse, de son esprit froid et calculateur, c'était un type bien.

— T'es un pur, hein, un vrai de vrai ?

Il rouvrit les yeux, pour la voir qui souriait pensivement.

— Quoi ?

— Juste une question. Est-ce que tu as stoppé parce qu'en ce moment je suis une strip-teaseuse au chômage ?

— J'ai stoppé parce que, quoi que tu dises de notre association, je suis responsable du fait que tu es là. Que tu as dû t'enfuir de Prague et traverser tout le continent jusqu'en Angleterre, avec juste les vêtements que tu avais sur le dos. J'ai fait le choix, moi, de rechercher ces statuettes et d'en accepter les conséquences, en sachant qu'on allait me causer les pires ennuis. Toi, tu n'as pas eu ce choix.

— C'est bien ce que je pensais. Ça veut dire que je vais devoir te soumettre une fois encore.

— Ça suffit, la prévint-il, tandis qu'elle se glissait entre ses genoux comme un serpent.

— Tu peux rester couché simplement sur le dos et attendre que ça se passe, dit-elle en lui passant la langue sur le menton, ou tu peux participer. Comme tu veux, Petit futé, mais de toute façon je t'aurai. Hum, comme tu es chaud et moite...

Quand il lui emprisonna les poignets dans ses deux mains, elle continua avec sa seule bouche.

— J'aime ça. Mais ça serait sûrement plus agréable pour toi si tu coopérais.

Elle bascula sur lui, et couvrit sa bouche de la sienne lorsqu'elle l'entendit gémir.

— Caresse-moi...

Depuis combien de temps n'avait-elle pas senti des mains d'homme sur son corps ? Depuis tout juste aussi longtemps qu'elle en rêvait, en fait.

— Caresse-moi...

D'un mouvement brusque, il la renversa, puis ses mains furent partout. Le sol était aussi dur que de la pierre et sentait le mégot froid, mais ils n'en roulèrent pas moins dessus quand elle tira sur la chemise de Gideon, qu'elle lui enfonça ses ongles dans le dos.

Elle en avait envie ; même en sachant que c'était stupide et que ça ne menait à rien, elle avait envie de lui. Chaque fois qu'elle avait senti son regard sur elle, toutes les nuits où elle n'avait pas trouvé le sommeil, en pensant à lui couché à portée de sa main et qui ne dormait pas non plus, elle avait eu envie de lui.

Son poids l'écrasait durement contre le sol, ses mains fortes et rudes parcouraient passionnément son corps. Elle arqua le dos lorsqu'il baissa son soutien-gorge jusqu'à sa taille, gémit de plaisir lorsque sa bouche entreprit de dévorer sa poitrine.

Le corps de Cleo était un vrai régal. Lisse, superbement dessiné, avec des seins généreux et des jambes interminables. Il en avait eu l'eau à la bouche dès la première fois qu'il l'avait vue arpenter fièrement la scène dans ses vêtements d'homme, avec ce sourire ironique sur son magnifique visage.

Il était peut-être en train de commettre une erreur, mais il était incapable de songer à cela en ce moment ; tout ce à quoi il pouvait penser, c'était combien il avait faim d'elle.

En retrouvant sa bouche, douleur et plaisir mélangés irradièrent en lui. Elle tira sur son jean pour le lui enlever, griffant au passage ses hanches de ses ongles ; son sang lui frappait le cœur et les tempes à coups redoublés.

L'instant d'après, il fut en elle, la pénétra profondément ; elle s'accorda presque aussitôt à lui, dans un déchaînement humide et sauvage qui la surprit elle-même.

— Ooohh ! lança-t-elle, les yeux écarquillés, envahis par une sourde lueur. Qu'est-ce qui s'est passé ?

— Je ne sais pas, mais on va réessayer.

Elle en frémissait encore quand il la reprit, quelques instants plus tard, et recommença à fouailler en elle à coups rapides, presque violents ; il l'entendit haleter, vit une vague de rougeur envahir ses joues. Ensuite, leurs deux rythmes se confondirent dans une même quête éperdue.

Et, à l'instant où il se perdit en elle, elle reprit sa bouche entre ses deux lèvres avides.

8

Cleo était étendue à plat ventre, et en travers, sur un matelas qui avait tout du béton. Ses poumons avaient cessé de haleter, le bourdonnement du sang dans ses oreilles avait diminué jusqu'à ne plus être qu'un fredonnement agréable.

Sa première expérience sexuelle, elle l'avait eue à seize ans, quand, après une dispute avec sa mère, elle avait laissé Jimmy Moffet faire ce qu'il la suppliait de lui laisser faire depuis trois mois. Le monde n'en avait pas chaviré pour autant, mais comme première expérience Jimmy avait été plutôt bien.

Au cours des onze années qui s'étaient écoulées depuis, elle avait connu mieux, et aussi pire ; elle avait appris à être sélective. Elle avait appris ce que son propre corps aimait, et aussi comment guider un homme pour satisfaire ses désirs.

Elle avait fait quelques erreurs, bien sûr – Sidney Walter étant la plus récente et la plus coûteuse. Mais dans l'ensemble, elle pensait avoir un instinct sexuel plutôt sain et positif, et savoir choisir à peu près judicieusement ses partenaires.

Il était vrai que cet instinct avait beaucoup diminué d'intensité pendant son passage aux Antipodes, mais les clubs de strip-tease avaient tendance à vous donner des hommes – et du sexe – l'image la plus rudimentaire et la plus quelconque. En même temps, elle se disait que cette expérience n'avait fait qu'affiner son discernement.

Ça semblait en tout cas avoir porté ses fruits, en l'occurrence. Gideon Sullivan ne savait pas seulement faire chavirer le monde, il lui faisait aussi danser la samba. Et le tango. Et la rumba. Entre des draps, c'était un vrai Fred Astaire.

Ce qui allait ajouter une dimension agréable à la bizarre collaboration professionnelle qui les réunissait.

Non que lui-même considérât les choses ainsi, mais elle si, et c'était cela qui comptait. De plus, elle avait un atout dans sa manche. Elle rouvrit les yeux et regarda son sac, posé sur la commode grêlée de petits trous.

Ça faisait une sacrée reine en réserve, songea-t-elle. Une reine en argent.

Oui, elle avait l'intention de jouer franc jeu avec lui le moment venu. Probablement. Mais l'expérience lui avait appris qu'il était sage de garder quelque chose en réserve. Pour ce qu'elle connaissait de lui, si elle parlait de la statuette à Gideon, il partirait avec comme il l'avait fait pour ses boucles d'oreilles.

Bon sang, elle aimait vraiment ces boucles d'oreilles.

Certes, il n'avait pas l'air d'être un abruti total ; il avait une certaine morale quand il s'agissait de sexe, et elle respectait cela. Mais l'argent, c'était une autre histoire. C'était une chose de batifoler avec un homme qu'elle connaissait depuis moins d'une semaine, une tout autre chose de lui faire confiance pour ce qui était peut-être une mine d'or.

C'était plus malin, bien plus malin de garder ses secrets pour elle, et de lui soutirer le plus d'informations possible.

Elle se retourna et de ses dents effleura sa hanche, qui était toute proche.

— Je ne m'étais pas rendu compte que vous, les Irlandais, étiez si résistants.

— C'est la Guinness, affirma-t-il d'une voix embrumée par le sommeil. Bon Dieu, j'ai vraiment besoin d'une bière.

— Tu es bien bâti, là, Petit futé, dit-elle en faisant glisser voluptueusement son doigt le long de la cuisse de Gideon. Tu t'entraînes ?

— Quoi, dans un gymnase ? Avec une armée de types en sueur et des appareils genre torture ? Non.

— Tu cours ?

— Si je suis pressé, oui.

Elle rit et rampa sur le lit jusqu'à sa poitrine.

— Alors tu fais quoi là-bas, en Irlande ?

— On a des bateaux.

Il se tourna pour lui passer les doigts dans les cheveux. Il aimait vraiment sa chevelure épaisse et sombre.

— Des bateaux de promenade, de pêche. Quelquefois je promène des touristes, quelquefois je pêche, mais la moitié du temps je tape sur un de ces fichus bateaux, pour essayer de le garder à peu près en état.

— Ça explique ce que je vois, constata-t-elle en lui pinçant le biceps. Parle-moi un peu plus des *Parques*.

— Je t'en ai déjà parlé.

— Tu m'as raconté une partie de l'histoire, mais ça m'explique pas comment tu es si sûr qu'elles valent beaucoup d'argent. Et qu'on a raison de passer tout ce temps à les suivre à la piste. Pour moi aussi, ça représente un investissement, et je sais même pas au juste qui a bien pu me chasser de Prague.

— Je sais qu'elles valent beaucoup d'argent, d'abord parce que ma sœur Rebecca a effectué des recherches sur elles. Becca est un as pour la recherche des faits et des données.

— Te vexe pas, Petit futé, mais je la connais pas, ta sœur.

— Elle est brillante. Elle emmagasine tellement d'informations dans son crâne que j'ai toujours l'impression qu'elles vont se répandre au-dehors en lui ressortant par les oreilles. C'est elle qui a donné à la famille toute cette idée de faire du business avec le tourisme. Elle n'avait pas plus qu'une quinzaine d'années, et elle s'est pointée un jour devant papa et maman avec tous ces chiffres, ces programmes et ces prévisions qu'elle avait mis au point. L'économie allait connaître un boom, elle en était sûre. Et avec Cobh qui attirait déjà les touristes, à cause du *Titanic* et du *Lusitania*, du port et des magnifiques paysages, on récupérerait un maximum d'entre eux.

Un instant, elle oublia qu'elle était en train de lui faire du charme afin de lui soutirer des informations.

— Et ils l'ont écoutée ?

L'idée de parents prêtant la moindre attention aux idées d'un enfant lui semblait à la fois fascinante et ridicule.

— Bien sûr qu'ils l'ont écoutée. Pourquoi est-ce qu'ils ne l'auraient pas fait ? Je n'ai pas dit qu'ils avaient sauté en l'air en criant : « Mais oui, bien sûr ! Si Bec dit de faire ça, alors il faut le faire... » Mais ça a été discuté, épluché, disséqué, jusqu'à ce qu'on en arrive à la conclusion que, oui, elle avait eu une bonne idée, qui méritait qu'on essaie.

— Mes parents à moi n'auraient pas écouté.

Elle installa plus confortablement sa tête sur la poitrine de Gideon.

— Bien sûr, à l'époque où j'avais quinze ans, nous n'avions plus rien de ce qu'on pourrait appeler des conversations.

— Pourquoi ?

— Pourquoi, déjà ?... Ah, ça y est, je me souviens. Parce que nous ne nous aimons pas.

Surpris, et frappé, par l'amertume qui transparaissait dans sa voix, Gideon l'entoura de ses bras et roula avec elle sur le lit, pour pouvoir la regarder en face.

— Pourquoi crois-tu qu'ils ne t'aiment pas ?

— Parce que je suis sauvage, que j'ai l'esprit de contradiction, un sale caractère, et que j'ai gâché les nombreuses chances qu'ils m'ont offertes. Pourquoi est-ce que tu souris ?

— Je me disais que les trois premières raisons ressemblaient justement à celles qui font que je commence à t'apprécier. Quelles chances est-ce que tu as gâchées ?

— D'éducation, de promotion sociale, toutes celles que j'ai gaspillées ou que je leur ai jetées à la figure, selon mon humeur du moment.

— Ouais. Et toi, pourquoi est-ce que tu ne les aimes pas ?

— Parce qu'ils ne m'ont jamais vue telle que je suis.

À l'instant même où elle le dit, elle en fut gênée, sans savoir trop pourquoi. Pour dissiper cette impression, elle remua en dessous de lui, fit danser ses doigts sur ses fesses.

— Eh, tant qu'on est là, si on...

— Qu'est-ce que tu voulais qu'ils voient chez toi ?

— Ça n'a pas d'importance.

Elle frotta son pied sur le mollet de Gideon en longues caresses, leva la tête pour lui mordiller la bouche.

— Ça fait déjà un bon moment qu'on se fiche pas mal les uns des autres. C'est vrai entre eux, aussi. Ils n'ont plus fait semblant d'être mari et femme quand j'avais seize ans. Ma mère s'est remariée deux fois depuis. Mon père se contente de coucher avec n'importe qui – discrètement, toujours discrètement.

— J'imagine que ça doit être dur pour toi.

— Je ne me sens pas du tout concernée, dit-elle en haussant les épaules. De toute façon, le présent m'intéresse bien plus, et notamment de savoir si tu as de quoi remettre le couvert avant qu'on aille prendre cette bière.

Il ne se laissait pas aussi facilement distraire, une fois qu'il s'était mis un sujet dans le crâne – même s'il baissa la tête pour l'embrasser dans le cou.

— Comment est-ce que tu as pu atterrir à Prague et travailler dans ce club ?

— Par bêtise.

Il releva la tête.

— Ça laisse un grand éventail de possibilités, d'après l'expérience que j'en ai. Quelle variété spécifique de bêtise ?

— Si on doit plus baiser, j'aimerais bien prendre une douche.

— Et moi, quand je suis en train de faire l'amour avec une femme, j'aime bien en savoir un peu plus sur elle que son nom.

— Trop tard, Petit futé, c'est déjà fait, tu m'as déjà sautée.

— La première fois, oui, je t'ai sautée, répliqua-t-il d'une voix calme et ferme, qui lui donna honte de ce qu'elle avait dit. La seconde fois, c'était différent. Si nous continuons, ça sera encore différent. C'est ainsi que les choses se passent.

Dans sa bouche, ça sonnait un peu comme une menace.

— Est-ce que tu ne compliques pas tout ?

— Si, en effet. Ça fait partie de mes talents. Tu disais qu'ils ne te voyaient pas, eh bien moi je te regarde, Cleo, et je vais continuer à te regarder jusqu'à ce que j'y voie clair. Il faudra que tu t'en arranges.

— J'aime pas qu'on me force la main.

— C'est un problème, alors, parce que je suis un grand manipulateur.

Il s'éloigna d'elle en roulant sur le lit.

— Tu peux prendre une douche d'abord si tu veux, mais dépêche-toi. Je suis à moitié mort de faim et je ferais n'importe quoi pour une bière.

Il croisa les mains sur son ventre, ferma les yeux. En fronçant les sourcils, Cleo sauta du lit. Tandis qu'elle allait à la salle de bains, elle lui jeta un dernier regard intrigué, puis attrapa son sac au passage et s'enferma dans la petite pièce.

Je l'ai troublée, pensa Gideon. C'était une bonne chose, car on pouvait dire qu'elle-même le troublait beaucoup.

Il attendit pour commencer qu'ils soient installés à l'une des tables basses du pub, elle devant son coriace petit steak, lui face au meilleur assortiment de poisson-frites qu'offrait la maison.

— Si tu fais partie par ta famille de la bonne société new-yorkaise, tu dois connaître Anita Gaye ?

— Jamais entendu parler d'elle.

Le steak réclamait beaucoup d'attention pour le couper, mais elle n'allait pas se plaindre.

— Qui est-ce ?

— Et les Antiquités Morningside, tu connais ?

— Bien sûr. C'est un de ces vieux endroits snobs où les gens riches paient trop cher des choses qui appartenaient avant à d'autres gens riches.

Elle repoussa en arrière la lourde masse de ses cheveux.

— Moi, j'aime le clair, le brillant, le neuf.

Il sourit.

— C'est une description accablante, particulièrement venant de quelqu'un de riche.

— Je suis pas riche, c'est ma famille qui l'est.

Personnellement, il pensait que quelqu'un qui payait plus de trois cents dollars pour mettre quelque chose à pendre aux lobes de ses oreilles était soit riche, soit fou. Peut-être les deux.

— Pas d'héritage ?

Elle haussa les épaules, coupa son bœuf.

— J'ai un bon paquet de prévu pour quand j'arriverai à trente-cinq ans. Mais ça m'épargnera pas la bière et les bretzels pour les huit prochaines années.

— Où est-ce que tu as appris à danser ?

— Qu'est-ce que Morningside a à voir avec notre situation actuelle ?

— D'accord, allons-y. Anita Gaye est actuellement à la tête de Morningside, en tant que veuve du précédent propriétaire.

— Attends une minute, intervint-elle en agitant sa fourchette en l'air. Ça y est, ça me rappelle quelque chose. Le vieux bonhomme a épousé une petite poupée, pas folle. Elle travaillait pour lui ou quelque chose comme ça. Ma mère en était tout indignée, elle a ruminé pendant des semaines sur ce que ça avait d'horrible. Puis elle a remis ça quand il est mort. Je lui parlais encore un peu à l'époque, elle était revenue à New York, entre deux maris. J'ai dit quelque chose du genre : Si la poule s'est débrouillée pour que le vieil idiot meure heureux, où est le problème ? Mais elle en a été toute bouleversée. Je crois que ç'a été une de nos dernières batailles avant qu'on prenne cette mauvaise habitude de Ponce Pilate.

— Se laver les mains des problèmes de l'autre ?

— Exactement.

— C'est arrivé là encore pour une histoire de mari qui était mort ?

— En fait, c'est quand son dernier mari à elle, son dernier en date, a laissé traîner sa main un peu trop près de mes nichons, et que ça m'a suffisamment fichue en rogne pour que je lui en parle.

— Ton beau-père a voulu te caresser ? demanda Gideon, outré.

— Ce n'était pas encore mon beau-père à ce moment-là. Et en fait de me caresser, c'était plutôt le genre je te touche les seins, je t'appuie sur les seins... Résultat : mon genou dans son bas-ventre. J'ai expliqué qu'il m'avait draguée, et lui, du tac au tac, a répondu que *je* l'avais dragué. Mais c'est lui qu'elle a cru, on s'est copieusement injuriés tous les trois, puis je suis partie, elle l'a épousé et ils ont déménagé pour aller chez lui, à Los Angeles. (Elle haussa les épaules, leva sa bière.) Fin d'une belle saga familiale.

Il posa la main sur le dos de la sienne.

— Dis-toi qu'ils étaient faits l'un pour l'autre, et que...

— C'est ce que je me dis.

Elle eut un geste, comme pour chasser ces mauvais souvenirs, avala sa bière d'un trait.

— Donc, reprit-elle, Anita Gaye s'est lancée à notre poursuite parce que... C'est elle la commanditaire des voyous qui nous ont agressés à Prague ? Ça n'a pas l'air d'être juste une poule, remarqua-t-elle avec une grimace.

— C'est une femme calculatrice, sournoise. Et une voleuse. Elle possède une des *Parques* parce qu'elle nous l'a volée. À mon frère, plus précisément. Elle les veut toutes les trois, et elle ne mégotera pas sur les moyens pour les acquérir. Mais on va retourner ça contre elle. On va commencer par trouver les deux autres, ensuite on négociera.

— Donc, ce n'est pas toi que ça concerne, c'est ton frère.

— Toute ma famille, corrigea-t-il. Malachi – mon frère – aborde l'affaire sous un autre angle, et ma sœur sous un troisième, en faisant des recherches. Le problème, c'est qu'on retombe toujours sur Anita Gaye, où qu'on aille. Un pas devant nous ou un pas derrière nous, en tout cas toujours très près. Soit elle anticipe sur ce qu'on va faire, soit elle a une autre source d'information. Ou alors, dans un genre plus troublant, elle a la possibilité d'avoir un œil sur ce qu'on fait.

— Et c'est pour cette raison que, toi et moi, on est descendus dans des hôtels de merde en payant en liquide, et que tu as utilisé un faux nom.

— Ça ne peut plus durer très longtemps comme ça.

Il sirota sa bière, tout en examinant la foule bruyante du pub.

— Je suis à peu près sûr qu'on l'a semée, pour l'instant. Il est temps que tu te mettes au travail...

Ses lèvres se crispèrent brièvement, puis s'arrondirent dans un sourire.

— … comme associée, ajouta-t-il.

— À quoi faire ?

— Tu as dit que tu te rappelais avoir vu la *Parque*, ce qui signifie qu'elle est toujours dans ta famille. Donc, je pense que la meilleure approche est de commencer par un coup de téléphone, un gentil coup de téléphone filial, je dirais, avec juste une pointe de contrition et d'excuse.

Elle piqua une de ses frites avec sa fourchette.

— Ce n'est même pas drôle.

— Ça n'était pas censé l'être.

— Je ne vais pas appeler chez moi comme la fille prodigue qui se repent.

Il se contenta de sourire pour toute réponse.

— Je ne le suis pas, insista-t-elle.

— Après ce que tu m'as raconté, je n'ai pas plus d'affection pour ta mère que tu n'en as toi-même. Mais tu vas l'appeler si tu veux un cinquième de la recette.

— Un cinquième ? Révise tes maths, Petit futé.

— Il n'y a rien qui cloche avec mes maths. Nous sommes quatre, et avec toi ça fait cinq.

— Je veux la moitié.

— Eh bien, tu peux bien vouloir la lune, tu ne l'auras pas. Un cinquième des millions de livres potentielles, ça sera bien assez pour tenir jusqu'au bel âge de trente-cinq ans. Est-ce que les choses sont si tendues entre vous qu'elle refuserait un appel en PCV ? Ou peut-être que tu ferais mieux d'essayer avec ton père ?

— Aucun des deux n'accepterait de payer, même si j'appelais du troisième niveau de l'enfer. Mais je n'appellerai pas, de toute façon.

— Si. Simplement, on va mettre l'appel sur une carte de crédit. Où en est la tienne ?

Elle croisa les bras sur sa poitrine, en le regardant avec froideur, et il haussa les épaules.

— Alors, on le mettra sur la mienne.

— Je ne le ferai pas.

— Il vaut mieux trouver une cabine téléphonique, affirma-t-il. Si Anita a un quelconque moyen de pister ma carte, j'aimerais autant ne pas me coller une cible sur le dos. De toute façon, j'espère qu'on aura quitté Londres demain. Il faut que tu t'occupes de la statuette, alors je pense qu'un peu de sentiment ne serait pas mal. Les objets familiers de la maison qui te manquent, ce genre d'histoires. Si tu te débrouilles bien, peut-être qu'un des deux t'enverra un peu d'argent ?

— Écoute-moi. Je vais parler très lentement, et avec des mots simples : ils me donneront pas dix cents, et je préférerais me couper la gorge plutôt que de les leur demander.

— Tu n'en sais rien tant que tu n'as pas essayé, n'est-ce pas ? Cherchons une cabine téléphonique, ajouta Gideon en jetant un peu d'argent sur la table.

Comment discuter avec quelqu'un qui ne tient aucun compte de ce qu'on dit, mais continue juste à aller de l'avant comme un rouleau compresseur ? Elle était dans un vrai pétrin, et elle ne voyait guère comment le faire changer d'avis, dans les minutes qui suivaient.

Aussi ne perdit-elle pas son temps à discuter, pendant qu'ils marchaient sous une pluie fine qui faisait briller la sombre chaussée de la rue. Il valait mieux qu'elle se concentre et analyse les différentes options possibles.

D'un côté, elle pouvait difficilement lui dire : Écoute, ce n'est pas la peine d'appeler papa ou maman, parce que – tu vas rire – il se trouve que j'ai la statuette ici, dans mon sac !

D'un autre côté – tout en préférant qu'on l'attache à une fourmilière plutôt que de le faire –, elle savait que ses parents lui parleraient sans doute, si elle leur téléphonait. Mais ce serait d'un ton froid, par devoir, et elle en serait encore plus exaspérée. Et puis, en admettant qu'elle réussisse à garder son sang-froid et qu'elle leur réclame la statuette, ils lui demanderaient si elle n'était pas droguée. Une fois de plus. Avant de lui rappeler d'un ton sec que la statuette d'argent était dans *sa* chambre, à la maison, depuis des années. Ils le savaient bien, puisqu'ils fouillaient cette chambre toutes les semaines à la recherche de ces sacrées drogues – alors qu'elle n'en avait jamais pris – ou de n'importe quelle autre preuve de comportement immoral, illégal ou socialement répréhensible.

Puisque ni l'une ni l'autre de ces deux options ne l'attirait, elle devait en trouver une troisième.

Elle était toujours en train de réfléchir quand il la poussa à l'abri de la pluie, dans une cabine téléphonique rouge vif.

— Prends une minute pour réfléchir à ce que tu vas dire, lui conseilla-t-il. À ton avis, qui est le mieux ? Maman à Los Angeles ou papa à New York ?

— Je n'ai pas besoin de décider, parce que je ne vais appeler aucun des deux ni rien dire du tout.

— Cleo, murmura-t-il, en lui repoussant ses cheveux mouillés derrière les oreilles. Ils t'ont vraiment fait mal, n'est-ce pas ?

Il prononça ces mots si doucement, si gentiment, qu'elle dut se dégager en le poussant du coude et regarder la pluie au-dehors.

— Je n'ai pas besoin de les appeler. Je sais où elle est. Il se pencha, lui effleura les cheveux avec les lèvres.

— Je suis désolé si c'est difficile pour toi, mais nous ne pouvons pas continuer à traîner comme ça d'une ville à l'autre.

— Je t'ai dit que je savais où elle était. Envoie-moi à New York.

— Cleo…

— Bon sang, arrête de me tapoter sur la tête comme si j'étais un chiot ! Et écarte-toi, que j'aie un peu de place…

Elle usa encore de son coude pour le repousser, puis fouilla dans son sac.

— Voilà, dit-elle en lui mettant la photo scannée dans les mains.

Il la regarda, puis releva les yeux et la regarda, elle.

— Qu'est-ce que c'est, bon sang ?

— Une merveille de la technologie. J'ai appelé des Antipodes après notre petite balade touristique. J'ai fait prendre une photo et me la suis fait envoyer sur l'ordinateur de Marcella. Je pensais que tu raquerais pour la somme que je voulais, et le billet, une fois que tu aurais la preuve que je pouvais mettre la main dessus. Mais après, la poursuite a tout changé. Avoir deux abrutis aux trousses a fait monter les prix.

— Et tu n'avais même pas pris la peine de me la montrer jusque-là ?

— Une fille a toujours besoin de garder un atout dans sa manche, Petit futé.

Elle percevait la colère, froide et contenue, dans sa voix, mais ne s'en souciait pas.

— Quand on a quitté Prague, je faisais pas la différence entre toi et Jack l'Éventreur. Il aurait fallu que je sois vraiment stupide pour abattre toutes mes cartes avant d'en savoir un peu plus, non ?

— Et maintenant, c'est fait ?

— Je sais que tu es fou furieux, mais que tu vas te maîtriser. D'abord parce que ta mère t'a appris qu'on tapait pas sur les filles. Ensuite parce que tu as besoin de moi pour tenir dans les mains cette chose en trois dimensions, et pas seulement sa photo.

— Où est-elle ?

Elle secoua la tête.

— Fais-moi aller à New York.

— Combien est-ce que tu as d'argent ?

— Je paie pas...

Il saisit son sac, mais elle plongea ses doigts dedans comme des serres et tira d'un coup sec en arrière.

— Très bien, très bien, reprit-elle. Mille environ.

— Couronnes ?

— Dollars, une fois que je les aurai changées.

— Tu as mille putains de dollars là-dedans, et tu n'as pas dépensé un fichu cent depuis qu'on est partis !

— Vingt-cinq livres, corrigea-t-elle. Les boucles d'oreilles.

Il sortit de la cabine téléphonique en la traînant avec lui, sans ménagement.

— Tu vas augmenter ton investissement, Cleo : tu vas payer pour nous emmener à New York.

Quand Anita Gaye invitait un client à faire un bon dîner, elle ne lésinait pas sur la dépense. En général, elle considérait cela comme un placement professionnel ; quand en plus le client était un homme séduisant qu'elle n'avait pas encore mis dans son lit, elle considérait cela comme un défi.

Jack Burdett l'intriguait à plusieurs niveaux. Il n'était pas aussi raffiné, aussi policé, ne venait pas d'une famille aussi huppée que les hommes par qui elle se faisait accompagner d'ordinaire ; mais justement, il était du genre qu'elle avait tendance à préférer comme amant.

Ses cheveux blond foncé, en bataille, encadraient un visage puissant et taillé à la serpe, plus attirant que réellement beau. Une légère cicatrice courait sur le côté de sa bouche ; une rumeur l'attribuait à un verre qui avait volé en l'air, pendant une bagarre dans un bar du Caire. Sa bouche elle-même avait une courbe sensuelle, presque hédoniste, annonçant qu'il serait exigeant au lit, une fois qu'elle l'y aurait conduit.

Il avait un corps solide pour aller avec ce visage solide, des épaules larges et de longs bras. Elle savait qu'il faisait de la boxe comme passe-temps, et pensait que le voir se déshabiller constituerait un agréable moment.

Sa famille avait eu de l'argent jadis – quelques générations plus tôt, du côté de sa mère. Perdu, Anita le savait, dans le krach de 1929. Jack n'avait pas été élevé dans le luxe, et il avait bâti sa coquette fortune personnelle avec son entreprise d'électronique et de sécurité.

Un self-made man, pensait-elle en buvant son vin. Qui, à trente-quatre ans, gagnait un bon salaire à sept chiffres par an. Assez pour se livrer à son autre passe-temps : collectionner des objets.

Il avait été marié, et il avait divorcé. Il possédait, entre autres choses, un entrepôt réhabilité à Soho, y vivait seul dans un des lofts quand il était en ville. Il voyageait beaucoup, à la fois pour ses affaires et pour le plaisir, et collectionnait en particulier les objets d'art anciens, ayant une histoire clairement établie.

La première *Parque* désormais enfermée dans son coffre, Anita espérait que Jack Burdett pourrait lui fournir de nouvelles pistes menant aux autres.

— Alors, dites-moi tout sur Madrid..., susurra-t-elle, juste assez fort pour couvrir les mélodieux accords de Mozart.

Elle avait fait dresser par son personnel une table pour deux sur le petit jardin en terrasse, devant le salon, au troisième étage de son hôtel particulier.

— ... je n'y suis jamais allée et j'en ai toujours eu envie.

— Il faisait chaud.

Il dégusta un autre morceau de chateaubriand. Il était parfait, bien sûr, comme le vin, le niveau de la musique, le léger parfum de verveine et de roses. Ainsi que le visage et la silhouette de la femme assise en face de lui.

Mais Jack ne faisait jamais confiance à ce qui était parfait.

— Je n'ai pas eu beaucoup de temps pour la détente. Mon client m'a donné un sacré travail. Encore un ou deux paranoïaques comme lui, et je peux prendre ma retraite.

— Qui est-ce ?

Comme il se contentait de sourire sans cesser de manger, elle fit la moue.

— Vous cultivez trop la discrétion, Jack. Je ne vais tout de même pas me précipiter en Espagne pour essayer de déjouer votre système de sécurité et le cambrioler !

— Mes clients me paient pour la discrétion, et ils ont droit à ce pour quoi ils ont payé. Vous devriez le savoir.

— C'est juste que je trouve votre travail si fascinant. Tous ces systèmes d'alarme sophistiqués, ces infrarouges, ces détecteurs de mouvements... Quand on y pense, avec les connaissances que vous avez, vous feriez un sacré cambrioleur, non ?

— Le crime paie, mais pas assez. Bien loin de là, même.

Il était convaincu qu'elle voulait obtenir quelque chose de lui. Le repas intime à la maison était le premier indice ; d'habitude, Anita aimait sortir, aller là où elle pouvait voir et être vue.

S'il s'était fié à ce que lui dictait son ego, il aurait pensé que c'était le sexe qu'elle avait en tête. Pourtant – même si elle aimait indiscutablement le sexe, presque autant qu'elle aimait s'en servir pour parvenir à ses fins –, il avait la certitude qu'elle était guidée par une autre motivation.

Cette femme était une manipulatrice impitoyable. Il ne lui en voulait pas pour cela, non ; mais il n'avait pas l'intention de devenir un trophée de plus sur une étagère très bien garnie, ni un instrument de plus dans le formidable arsenal qu'elle avait déjà à sa disposition.

Il la laissait diriger la conversation ; quel que fût l'objectif qu'elle poursuivait, il n'était pas pressé qu'elle y arrive. C'était une compagne non seulement séduisante mais aussi intéressante, qui en connaissait un rayon sur l'art, la littérature, la musique. Même s'il ne partageait pas une grande part de ses goûts, il ne les en appréciait pas moins.

En tout cas, il aimait la maison. Il l'aimait davantage quand Paul Morningside était encore vivant, mais une maison reste une maison – et celle-ci était un véritable joyau.

Un joyau qui conservait sa dignité et son style, décennie après décennie. Et qui était capable, estimait-il, de continuer à les maintenir quelle que fût la personnalité de son propriétaire. Les cheminées Adam fourniraient toujours des cadres superbes où laisser se consumer des bûches à petit feu ; les lustres en verre de Waterford continueraient de diffuser leur brillante lumière sur des bois patinés, des verres étincelants et des porcelaines peintes à la main, quelle que soit la main qui enflammait jadis leurs bougies, ou qui actionnait aujourd'hui l'interrupteur pour allumer leurs ampoules. Les chaises vénitiennes, avec leurs dossiers droits, garderaient leur beauté, quelle que soit la personne qui s'asseyait dessus. C'était même un des aspects qu'il appréciait le plus, dans la tradition et la continuité des beaux objets.

Non, Jack ne pouvait critiquer le goût d'Anita : les pièces restaient d'une parfaite élégance, avec les œuvres d'art, les antiquités et les fleurs placées juste où il le fallait. Personne n'aurait qualifié cet intérieur d'intime ni de douillet, mais en tant que galerie d'art, c'était l'une des plus vivables et des plus agréables de la ville.

Étant donné qu'il en avait conçu et installé le système de sécurité, il en connaissait le moindre détail. En tant que collectionneur lui-même, il appréciait l'utilisation qui était faite de l'espace pour exposer des objets beaux et précieux, et il y refusait rarement une invitation.

Pourtant, le temps qu'ils en arrivent au dessert et au café, son esprit dérivait déjà vers chez lui. Il avait envie de se mettre en sous-vêtements et de s'installer devant un programme sportif à la télé.

— J'ai eu, il y a quelques semaines, une demande d'un client qui pourrait vous intéresser.

— Ouais ?

Elle sentait qu'elle était en train de le perdre ; c'était frustrant, irritant, et en même temps curieusement stimulant, de devoir travailler aussi dur pour conserver l'attention d'un homme.

— C'était au sujet des *Trois Parques*. Vous connaissez l'histoire ?

Il remuait son café avec de lents mouvements circulaires.

— *Les Trois Parques ?*

— Je pensais que vous auriez peut-être entendu parler d'elles, puisque votre collection est orientée vers ce genre d'objets. Chargés d'histoire et de tradition, si on peut les qualifier ainsi… Trois statuettes d'argent, représentant les trois Parques de la mythologie grecque.

Comme il se contentait de la regarder poliment, Anita lui raconta l'histoire, traçant avec soin son chemin entre la réalité et l'imaginaire, dans l'espoir d'aiguiser son appétit.

Jack mangea sa tarte au citron, émit des murmures d'appréciation lorsqu'il le fallait, posa une question à l'occasion. Mais son esprit s'était évadé très loin.

Elle voulait qu'il l'aide à trouver les *Parques*, songea-t-il. Il les connaissait, bien sûr ; elles figuraient parmi les récits qu'on lui faisait le soir pour l'endormir, quand il était enfant.

Si Anita voulait vraiment leur faire la chasse, cela signifiait qu'elle les croyait encore accessibles toutes les trois.

Il termina son café. Elle allait être très déçue.

— Naturellement, poursuivit-elle, j'ai expliqué à mon client que même si elles avaient jamais existé toutes les trois, l'une d'elles avait été perdue par Henry Wyley, ce qui interdisait de réunir la série complète. Les deux autres semblent bien égarées dans le labyrinthe de l'histoire, c'est pourquoi rien que la satisfaction de localiser les deux tiers de la série demanderait un effort considérable. C'est dommage, quand on pense à la trouvaille qu'elles représenteraient. À leur valeur non seulement financière, mais aussi artistique et historique.

— Ouais, c'est vraiment dommage. Aucun tuyau sur les deux autres ?

— Oh, des allusions de temps en temps.

Elle haussa ses épaules nues, fit tourner son cognac dans son verre.

— Comme je vous l'ai dit, elles représentent une vraie légende, du moins chez les marchands haut de gamme et les collectionneurs sérieux ; des rumeurs sur leurs localisations refont donc surface de temps en temps. Étant donné la façon dont vous voyagez, les contacts que vous avez à travers le monde, je pensais que vous en auriez peut-être entendu parler…

— Peut-être que je n'ai pas posé les bonnes questions aux bonnes personnes.

Elle se pencha en avant. Certains hommes devaient trouver que le reflet des bougies dans ses yeux les rendait rêveurs et romantiques ; pour Jack, ça les rendait cupides.

— Peut-être, en effet, lui accorda-t-elle. Si vous le faites un jour, j'aimerais connaître les réponses.

— Je vous en réserverai la primeur, lui assura-t-il.

Quand Jack revint à son loft, il retira sa chemise, alluma la télé, et vit les dix dernières minutes des Braves écrasant les Mets. Il en conçut une grande déception, car il avait misé vingt dollars sur les Mets – preuve au moins de ce qui arrivait quand on basait un pari sur les sentiments.

Il coupa le son de l'appareil, puis décrocha le combiné et passa un coup de téléphone. Il posa les bonnes questions à la bonne personne, mais il n'avait pas l'intention de partager les réponses avec qui que ce soit.

9

Henry Wyley, comme le découvrit Tia, avait été un homme aux intérêts multiples et doué d'une grande soif de vivre. Sans doute parce qu'il était issu de la classe ouvrière, il avait accordé beaucoup d'importance à la position sociale et aux apparences extérieures.

Il n'avait pas été du genre grippe-sou ; et même si, de son propre aveu, il avait apprécié la compagnie des femmes jeunes et jolies, il était resté fidèle à son épouse pendant les trois décennies et plus de leur mariage. Cela aussi, supposa Tia, prenait ses racines dans ses origines ouvrières.

En tant qu'écrivain, pourtant, il aurait eu besoin d'un bon conseiller littéraire. Il radotait sans fin sur tel dîner mondain, décrivant les mets – dont il semblait excessivement amateur – avec un si grand luxe de détails qu'elle sentait presque le goût de la bisque de homard ou du rôti de bœuf saignant. Il parlait aussi des autres invités et de l'atmosphère, au point qu'elle commençait à imaginer la musique qu'on jouait, les modes vestimentaires, les conversations ; puis, juste quand elle allait se perdre dans cette évocation, il bifurquait sur ses méthodes en affaires, dressait méticuleusement la liste de ses investissements du moment avec les taux d'intérêt, commentait, non sans pédantisme, la stratégie qui les dictait.

C'était visiblement un homme qui aimait son argent et qui aimait le dépenser, qui était fou de ses enfants et de ses petits-enfants, et qui considérait la bonne chère comme un des plus grands plaisirs de l'existence.

La fierté qu'il tirait des Antiquités Wyley était immense, et son ambition d'en faire la maison la plus prestigieuse de la place une motivation constante. C'était d'elle qu'étaient nés son intérêt pour *Les Trois Parques* et son désir de se les procurer.

Il s'était donc lancé à leur recherche et avait retrouvé la trace de Clotho à Washington, à l'automne 1914. Une grande partie du journal était consacrée à ses fanfaronnades, ravies, sur l'habileté avec laquelle il avait mené l'affaire, jusqu'à l'achat final d'une *Parque* pour un prix de quatre cent vingtcinq dollars.

Une énorme escroquerie, comme il le reconnaissait lui-même, et Tia ne pouvait qu'être d'accord. De son propre aveu, il avait pratiquement volé la statuette, qui devait lui être volée à son tour moins d'un an plus tard.

Mais ce vieil Henry, inconscient du destin qui l'attendait, continuait à flairer la piste des deux autres. Ce genre de chasse semblait le faire saliver autant que la perspective d'un repas à sept plats.

Au printemps de l'année suivante, il avait établi un lien entre Lachésis et un avocat fortuné du nom de Simon White-Smythe, qui résidait à Mansfield Court, à Londres. Il acheta un billet pour lui-même et pour sa femme, Edith, sur le navire au sort tragique, croyant qu'il allait acquérir la deuxième *Parque*, pour son propre compte et celui de Wyley, avant de suivre la piste qui le mènerait vers Atropos, à Bath.

Avoir *Les Trois Parques* était sa grande ambition ; pour l'amour de l'art, certes, mais plus encore pour le lustre que cela répandrait sur Wyley et sur sa famille. Et aussi, songeait Tia, et surtout, pour le pur plaisir de la chasse.

Tout en lisant le journal, la jeune femme prenait ses propres notes ; elle voulait vérifier les faits, utiliser les nombreux détails qu'il donnait pour en découvrir davantage. Elle était maintenant guidée par une ambition et une impatience personnelles ; et si elles étaient nées d'un sentiment de colère et de fierté blessée, elles n'étaient pas moins puissantes que celles de son ancêtre.

Elle allait retrouver la trace des *Parques*, et – d'une manière qui restait encore à cerner avec précision – réclamer ce qui était la propriété d'Henry.

Elle y parviendrait grâce à une recherche méticuleuse, en faisant preuve de logique et de cohérence, en recoupant avec soin toutes les informations, exactement comme il l'avait fait. Ainsi, elle étonnerait son père, prendrait l'avantage sur la si intelligente Anita Gaye, et clouerait au poteau le détestable Malachi Sullivan.

Lorsque le téléphone sonna, elle était assise devant son bureau, lunettes perchées sur le nez, buvant un complément de protéines. Comme toujours quand elle travaillait, elle voulut d'abord laisser le répondeur enregistrer l'appel ; et comme toujours, elle se dit que c'était peut-être une urgence à laquelle il fallait faire face.

Elle se tortura encore l'esprit le temps de deux sonneries, avant de céder.

— Allô ?

— Docteur Marsh ?

— Oui...

— J'aimerais vous parler de votre travail, de certains aspects de votre travail en particulier.

Elle fronça les sourcils, en entendant cette voix masculine inconnue.

— De mon travail ? Qui est à l'appareil ?

— Je crois que nous avons un intérêt commun. Alors, dites... qu'est-ce que vous portez sur vous ?

— Pardon ?

— Je parie que vous avez mis une culotte de soie. De soie rouge...

— Oh, pour l'amour du ciel !

Elle raccrocha brutalement le combiné puis, troublée, nerveuse, s'étreignit de ses deux bras et se berça doucement.

— Ce pervers... Cette fois, je vais me faire mettre sur la liste rouge !

Elle reprit le journal, le reposa. On aurait pu croire qu'être répertoriée sous le nom de T. J. Marsh suffisait à protéger une femme des appels grossiers et répugnants des malades. Elle rumina un moment là-dessus, puis attrapa l'annuaire pour chercher le numéro de son agence téléphonique.

On sonna à la porte.

Sa première réaction fut la contrariété d'être ainsi interrompue, suivie de près par un accès de peur paralysante. C'était l'homme du téléphone ; il allait s'introduire dans l'appartement, l'attaquer, la violer. Puis lui trancher la gorge, d'une oreille à l'autre, avec le grand couteau à lame en dents de scie qu'il portait sur lui.

— Ne sois pas stupide, ne sois pas stupide, se répéta-t-elle en se levant d'un bond, et elle se posa une main sur la bouche pour s'empêcher de crier. Ceux qui donnent ces coups de téléphone obscènes sont des imbéciles, tout juste capables de faire leurs saletés de loin, en s'abritant derrière leur appareil. C'est juste ta mère, ou ta voisine du dessous, ce n'est rien.

Pourtant elle sortit lentement du bureau et traversa la salle de séjour sans quitter un instant des yeux la porte d'entrée. Le cœur battant, elle monta sur la pointe des pieds pour regarder à travers le judas.

La vision de cet homme grand, au visage rude, qui portait une veste de cuir noir la fit haleter et se retourner vivement, une main posée sur sa gorge qu'elle imaginait sur le point d'être tranchée. Elle promena sur la pièce des yeux hagards, saisit l'arme la plus proche : une statuette en bronze de Circé, et ferma les paupières.

— Qui êtes-vous ? Que voulez-vous ?

— Docteur Marsh ? Docteur Tia Marsh ?

— J'appelle la police !

— Je suis la police. Inspecteur Burdett, madame, police de New York. Je tiens mon insigne devant votre judas.

Elle avait lu un jour un livre dans lequel l'assassin psychopathe avait tué l'une de ses victimes à travers le trou du judas. Une balle dans l'œil, et droit au cerveau. Tremblant de tous ses membres, elle se jeta vers le judas puis s'en éloigna un peu, afin de regarder au travers sans risquer une mort violente.

L'insigne confirmait l'identité de l'inconnu.

— De quoi est-ce qu'il s'agit, inspecteur Burdett ?

— Je voudrais juste vous poser quelques questions, docteur Marsh. Est-ce que je pourrais entrer ? Vous pouvez laisser la porte ouverte, si vous vous sentez plus à l'aise.

Elle se mordit la lèvre ; si on ne pouvait plus faire confiance à la police, où allait-on ? Elle reposa le bronze et déverrouilla la porte.

— Est-ce qu'il y a un problème, inspecteur ?

Il souriait maintenant et lui faisait un geste amical et rassurant.

— C'est de cela que je voudrais vous parler.

Il entra, satisfait qu'elle se sente suffisamment en sécurité pour refermer la porte derrière lui.

— Est-ce qu'il y a eu des problèmes dans l'immeuble ?

— Non, madame. Pouvons-nous nous asseoir ?

— Oui, bien sûr.

Elle lui désigna une chaise, se jucha sur le bord d'une autre pendant qu'il s'installait.

— Charmant endroit.

— Merci.

— Je suppose que vous tenez de votre père votre goût pour les antiquités et les objets d'art...

— Quelque chose ne va pas avec mon père ? demanda Tia en blêmissant.

— Non, mais ma visite a un rapport avec le genre de domaine dans lequel travaille votre père, et vous aussi. Que savez-vous d'une série de statuettes en argent connues sous le nom des *Trois Parques ?*

Il vit ses pupilles se dilater, comme sous l'effet d'un choc, et sut qu'il avait visé juste.

— De quoi s'agit-il ? demanda-t-elle. De Malachi Sullivan ?

— Est-ce qu'il a quelque chose à voir avec les *Parques ?*

— J'espère que vous l'avez arrêté, lança-t-elle d'un ton amer. J'espère que vous l'avez mis en prison, qu'il y est à cette minute. Et s'il vous a donné mon nom en pensant que je pourrais l'aider à en sortir, vous perdez votre temps.

— Docteur Marsh...

Il vit l'instant où elle le démasqua, entendit son bref halètement une fraction de seconde avant qu'elle veuille se lever d'un bond ; mais il fut plus rapide et l'immobilisa sur son siège.

— Doucement, calmez-vous...

— C'est vous qui avez appelé au téléphone ! Vous n'êtes pas flic du tout ! C'est lui qui vous a envoyé ici, c'est bien ça ?

Jack se serait attendu à des pleurs, des cris ; au lieu de ça, il fut impressionné par le regard fixe et perçant qu'elle posa sur lui.

— Je ne connais pas votre Malachi Sullivan, Tia. Mon nom est Jack Burdett, de Burdett Sécurité.

— Vous n'êtes qu'un menteur, vous aussi, et en plus un pervers !

Mais sa colère s'épuisait maintenant, et elle sentait sa gorge se contracter, à mesure que l'excitation retombait.

— J'ai besoin de mon inhalateur...

— Vous avez surtout besoin de rester calme, commenta-t-il doucement, alors que la respiration de Tia se faisait sifflante. J'ai travaillé avec votre père, vous pouvez vérifier auprès de lui.

— Mon père ne travaille pas avec des pervers !

— Écoutez, je suis vraiment désolé pour ça. Votre ligne est sur écoute, alors quand je m'en suis rendu compte, j'ai dit la première chose qui m'est venue à l'esprit.

— Mon téléphone n'est pas sur écoute !

— Chère amie, je gagne ma vie grâce à ces choses-là. Détendez-vous. Je vais vous donner mon téléphone, il est sûr. Appelez le poste de police de la 61e Rue et demandez l'inspecteur Robbins, Bob Robbins. Demandez-lui s'il me connaît, s'il se porte garant de moi. S'il ne veut pas, dites-lui d'envoyer ici une voiture radio. D'accord ?

Elle serra les lèvres ; sa poigne était dure comme du roc, pensa-t-elle, et son expression froide l'avertissait qu'elle ne lui échapperait pas.

— Donnez-moi le téléphone.

Il la lâcha, glissa une main dans sa veste et en sortit un petit téléphone, ainsi qu'une carte professionnelle.

— C'est ma société. Je vous dirais bien d'appeler votre père pour avoir une référence de plus, mais je ne sais pas si son téléphone est sûr.

Elle ne quitta pas l'homme des yeux, tandis qu'elle entrait en contact avec les renseignements.

— Le numéro du commissariat de la 61e Rue, s'il vous plaît... Vous pouvez me mettre en communication avec eux ?

Jack hocha la tête.

— Demandez le poste de l'inspecteur Bob Robbins.

Elle le fit, et prit sa respiration.

— Inspecteur Robbins ? Oui, ici Tia Marsh.

D'une voix claire, elle lui donna son adresse complète, jusqu'au numéro de son appartement.

Bien, pensa Jack. Elle n'était pas idiote.

— Il y a un homme chez moi, ajouta-t-elle. Il a réussi à entrer en se faisant passer pour un officier de police. Il dit s'appeler Jack Burdett, et que je vais pouvoir vérifier auprès de vous. Environ un mètre quatrevingt-dix, précisa-t-elle en relevant les yeux, cent kilos... Des cheveux blond foncé, des yeux gris... Oui, une petite cicatrice, du côté droit de la bouche. Je vois... Oui, je vois. Je suis entièrement d'accord avec vous, et merci. (Elle écarta un instant le téléphone de son oreille.) L'inspecteur Robbins confirme qu'il vous connaît, que vous n'êtes pas un psychopathe, et il dit qu'il sera heureux de vous botter les fesses pour avoir prétendu être un policier... en plus de délivrer un mandat pour vous arrêter si je désire porter plainte. Il dit aussi que vous lui devez vingt dollars. Et il voudrait vous parler.

— Merci, déclara Jack, puis il prit le téléphone et se recula. Ouais, ouais. Je t'expliquerai à la première occasion. Quelle fausse identité ? Je ne sais pas de quoi tu parles. À plus tard, oui. (Il coupa la communication, remit le téléphone dans sa poche.) Ça va, comme ça ? demanda-t-il à Tia.

— Non, ça ne va pas. Ça ne peut sûrement pas aller. Excusez-moi.

Elle se leva de sa chaise et sortit de la pièce ; n'étant pas certain qu'elle n'allait pas chercher une arme, Jack la suivit. Elle ouvrit un placard dans la cuisine, et il fronça les sourcils à la vue des rangées entières de flacons de pilules. Elle prit de l'aspirine, ouvrit vivement le réfrigérateur.

— Grâce à vous j'ai une migraine nerveuse, merci beaucoup.

— Excusez-moi, mais je ne pouvais pas prendre le risque de vous parler au téléphone. Regardez...

Il souleva de son support le combiné sans fil de la cuisine, ouvrit le micro.

— Vous voyez ça ? C'est un branchement – plutôt bien fait, d'ailleurs.

— Étant donné que je serais incapable de distinguer un système de mise sur écoute d'un fer à repasser, je ne peux que vous croire sur parole, n'est-ce pas ?

La rapide enquête qu'il avait menée sur elle ne lui avait pas indiqué qu'elle avait l'esprit vif.

— Je pense que oui. Si j'étais vous, je serais prudent en parlant sur cette ligne.

— Mais pourquoi est-ce que je devrais vous croire sur parole, monsieur Burdett ?

— Jack, appelez-moi Jack... Vous n'avez pas un peu de café ?

Le regard cinglant qu'elle lui jeta lui fit simplement hausser les épaules.

— D'accord... Anita Gaye, ajouta-t-il, et il sourit en la voyant reposer lentement la bouteille d'eau qu'elle avait prise dans le réfrigérateur. Je pensais bien que ça vous dirait quelque chose. Il y a de fortes probabilités que la mise sur écoute de votre ligne vienne d'elle. Elle veut les *Parques*, et vous et votre famille avez un rapport avec elles. La statuette de Clotho d'Henry Wyley n'a pas été perdue avec le *Lusitania*, n'est-ce pas, Tia ?

— Si vous êtes ami avec Anita, demandez-le-lui.

— Je n'ai pas dit que nous étions amis. Je suis un collectionneur. Vous pouvez vous le faire confirmer par votre père – mais je préférerais que vous le fassiez en tête à tête, pour qu'Anita ne soit pas au courant de ma démarche. J'ai acheté quelques jolies pièces chez Wyley. La dernière était un vase Lalique, six vierges nues versant de l'eau depuis des urnes. J'aime les femmes nues, déclara-t-il avec un petit rire, elles me plaisent.

— Je croyais que vous aimiez les culottes de soie rouge ?

— Je n'ai rien contre non plus.

— Je ne peux pas vous aider, monsieur Burdett. Et tant que vous y êtes, vous pourriez aussi retourner dire à Mme Gaye qu'elle perd son temps avec moi.

— Je ne travaille ni avec ni pour Anita. Je travaille pour moi, et je m'intéresse personnellement aux *Parques*. Anita a cru m'appâter, elle doit visiblement espérer que je ferai une partie du chemin pour elle et que je la conduirai jusqu'aux statuettes, mais elle se trompe. Elle assure ses arrières avec vous également, ajouta-t-il en désignant le téléphone. Je parie que vous savez quelque chose qu'elle ignore. Je pense que nous pouvons nous entraider, vous et moi.

— Pourquoi est-ce que je vous aiderais, si même je le pouvais ?

— Parce que je suis vraiment bon dans ce que je fais. Dites-moi ce que vous savez, et je les trouverai. C'est ce que vous voulez, n'est-ce pas ?

— Je ne suis pas encore sûre de ce que je sais ou pas.

— Qui est Malachi Sullivan ?

— Ça oui, au moins, j'en suis sûre...

Elle en était sûre parce qu'à la seule mention de son nom sa poitrine se serrait.

— ... c'est un menteur et un escroc. Il m'a affirmé qu'Anita l'avait dupé, mais pour ce que j'en sais ils s'entendraient plutôt comme... larrons en foire.

— Où est-ce que je pourrais le trouver ?

— Je suppose qu'il est retourné en Irlande, à Cobh. Mais je préférerais qu'il rôtisse en enfer.

— Quel est son rapport avec les *Parques ?*

Elle hésita, mais ne trouva pas de raison valable pour ne pas lui donner de détails.

— Il dit qu'Anita lui a volé une des *Parques*, mais étant donné qu'il doit mentir comme un arracheur de dents, j'ai des raisons d'en douter. Bien... Toute cette conversation a été fort intéressante, mais je voudrais me remettre au travail.

— Vous avez ma carte. Repensez-y et contactez-moi. Sur le point de s'en aller, il se retourna et regarda Tia.

— Si vous savez quelque chose, faites attention où vous mettez les pieds. Anita est un serpent, Tia, du genre qui aime engloutir des choses jolies et douces.

— Et vous, qu'est-ce que vous êtes, monsieur Burdett ?

— Je suis un homme qui respecte les caprices du destin, et même qui les apprécie.

Malachi Sullivan, se répéta Jack en sortant. Apparemment, il allait faire un petit voyage en Irlande.

Le trajet était long, de Londres à New York ; plus long encore quand vous étiez coincé dans un siège central de la taille d'un timbre-poste, entre une femme dont les jambes étaient presque aussi longues que les vôtres, et un homme qui utilisait ses coudes comme des couteaux à cran d'arrêt.

Gideon tenta de se plonger dans son livre, mais même la brillante prose de Steinbeck ne parvint pas à capter son attention. Alors il passa tout le voyage à réfléchir, ressassant la situation confuse dans laquelle lui et sa famille s'étaient laissé empêtrer.

Il tint ainsi le coup jusqu'à l'arrivée, puis supporta à grand-peine l'interminable attente des bagages et le passage de la douane.

— Tu es sûre de ce type ? demanda-t-il à Cleo.

— Écoute, tu m'as demandé de trouver un ami dans cette ville qui pourrait nous loger pendant quelques jours, sans poser de questions et sans faire de problèmes, parce que tu es trop radin pour casquer pour un hôtel. Je l'ai trouvé, c'est Mikey.

— Je ne peux pas me permettre de payer un fichu hôtel en ce moment. Mais je ne sais pas comment tu peux faire confiance à un homme qui s'appelle Mikey.

— Arrête un peu de râler...

Cleo aspirait l'air à grandes bouffées, tandis qu'ils traversaient le terminal : c'était un air d'aéroport, mais c'était celui de New York.

— Tu aurais mieux fait de dormir dans l'avion. Moi, j'ai dormi comme un loir.

— Je sais, et rien que pour ça, je te haïrai jusqu'à mon dernier souffle.

— Râleur, râleur et râleur. Ça m'est complètement égal.

Elle sortit dehors, dans le bruit infernal et la fumée des tuyaux d'échappement.

— Ohé, les amis, c'est moi, je suis de retour !

Il avait espéré somnoler dans le taxi, mais le chauffeur écoutait à la radio une sorte de musique indienne convulsive.

— Depuis combien de temps tu connais ce Mikey ?

— Je ne sais pas. Six ou sept ans, je dirais. On a fait quelques spectacles ensemble.

— Il est strip-teaseur ?

— Non, il n'est pas strip-teaseur. Il est danseur, et moi aussi... Écoute, j'ai fait Broadway. (Brièvement, songea-t-elle, mais elle l'avait fait.) On a dansé dans une reprise de *Grease* et on a été en tournée...

— Vous sortez ensemble, tous les deux ?

— Non, répondit-elle en souriant. En réalité, tu as beaucoup plus de chances que moi d'être dragué par Mikey.

— Oh, génial.

— Tu n'es pas homophobe, au moins ?

— Je ne pense pas, non.

Il était trop fatigué pour s'interroger sur sa conscience sociologique.

— Rappelle-toi juste l'article principal, et accroche-toi-z-y.

— Ferme-la, Petit futé. Tu me gâches mon retour au pays.

— Une semaine que je trimballe cette bonne femme, grommela-t-il en fermant les yeux, et pas une fois elle ne m'a appelé par mon prénom.

Cleo lui jeta un coup d'œil en coin et se surprit à sourire. Il était tout ébouriffé, fripé de partout, et ça lui allait terriblement bien. Il se sentirait beaucoup mieux dans un ou deux jours, quand elle aurait mis son plan à exécution.

Il n'était pas le seul à avoir passé son temps à réfléchir pendant le vol.

Première chose à faire, mettre la statuette dans un endroit sûr et discret – c'est-à-dire un coffre de banque. Ensuite, contacter Anita Gaye et entamer les négociations, sérieusement. Pour un petit million, l'affaire serait entendue. Et comme elle était honnête, elle partagerait avec Gideon.

Soixante-quarante.

Oh, il râlerait sûrement là-dessus, mais elle le convaincrait. Après tout, un tiens vaut mieux que deux tu l'auras. Il n'arriverait jamais à subtiliser la première *Parque*, pas à une femme comme Anita Gaye, il n'aurait pas assez d'une vie pour cela. Et s'il voulait partir à la poursuite de la troisième, eh bien, il aurait une réserve financière pour le faire.

C'était une faveur qu'elle lui accordait ; à ses yeux, une sorte de dédommagement pour l'avoir ramenée à New York, et lui avoir fourni un moyen de regarnir son compte en banque. Six cent mille la dépanneraient très agréablement.

Une fois qu'il serait calmé, peut-être aurait-il envie de traîner ici pendant quelques semaines. Elle aimerait bien lui faire visiter la ville – et aussi s'exhiber à son bras, il fallait le reconnaître.

Malgré la chaleur, elle baissa la vitre, pour que New York lui claque au visage. Le concert des klaxons était une douce musique à ses oreilles, tandis que le taxi se frayait un chemin au pas, par saccades, dans le trafic.

Le temps qu'ils se garent au bord du trottoir, en face de l'immeuble de Mikey sur la 9e Rue, son esprit planait à de telles hauteurs qu'elle ne songea même pas à se plaindre, quand Gideon lui dit de payer le chauffeur.

— Alors, tu en penses quoi ? demanda-t-elle.

— De quoi ? répondit-il, la voix mal assurée.

— De New York... Tu m'as dit que tu n'y étais jamais venu !

Il jeta un regard éteint autour de lui.

— C'est bourré de gens, c'est bruyant, et on dirait qu'ils ont tous un problème quelque part.

— Ouais, fit Cleo, et elle sentit des larmes d'émotion lui nouer la gorge. Pas de meilleur endroit au monde.

Elle monta d'un pas alerte jusqu'à l'interphone, à l'entrée de l'immeuble, et appuya sur le bouton de Mikey. Quelques instants plus tard, un long bruit de baiser ou de succion lui répondit, vaguement obscène et qui la fit rire.

— Mikey, espèce de détraqué... Ouvre-moi, c'est Cleo !

— Cleo ? Bon Dieu ! Amène ton beau cul par ici !

Le bourdonnement se fit entendre, le pêne se débloqua et Cleo ouvrit la porte. Il y avait un petit réduit en guise d'entrée, un ascenseur gris sale qui fit entendre des grincements suspects quand les portes s'ouvrirent. Mais Cleo ne parut pas s'en inquiéter, elle y pénétra aussitôt et appuya sur le bouton du troisième.

— Mikey vient de Géorgie, expliqua Cleo à Gideon. D'une famille tout ce qu'il y a de bien, bourrée de médecins et d'avocats. On a fini tous les deux par être une gêne pour nos parents, ça a créé un lien entre nous.

Dans l'immédiat, Gideon se fichait pas mal que Mikey vienne de Géorgie ou de la Lune, qu'il soit homosexuel ou qu'il ait trois têtes, du moment qu'il avait une douche avec de l'eau chaude et un lit de libre.

Quand les portes de l'ascenseur s'ouvrirent, avec le même grincement que précédemment, Gideon entrevit un grand homme à la peau sombre qui portait un débardeur rouge, un pantalon noir moulant, et dont la tête était couverte de dreadlocks. Il poussa un hurlement qui fit craindre une attaque à Gideon et fondit sur eux comme l'éclair.

Cleo fut arrachée du sol et virevolta en l'air ; avant que Gideon puisse réagir, elle était déjà retombée, et une sorte de danse s'ensuivit – genre jitterbug, pensa-t-il – qui les fit tournoyer, elle et son partenaire, sur l'étroit palier.

Suivant brillamment le mouvement, Cleo termina le numéro impromptu avec ses bras noués autour du cou de son partenaire, et ses jambes autour de sa taille.

— Ma poupée, mais tu étais *où ?*

— Un peu partout. Seigneur, Mikey, tu as l'air en pleine forme !

— Bon sang, oui, je le suis.

Il l'embrassa sur une joue, puis sur l'autre, avant de terminer par un retentissant baiser sur ses lèvres.

— On dirait qu'on t'a traînée par les cheveux dans la rue et qu'on t'a déposée sur le trottoir !

— Je prendrais bien une douche, avoua-t-elle, la tête toujours posée sur son épaule. Et mon ami aussi.

Mikey pencha la tête, courba ensuite le corps tout entier, et décocha un long regard perçant à Gideon.

— Mmm, qu'est-ce que tu *m'as* amené là, Cléopâtre ?

— Il s'appelle Gideon, dit Cleo, et elle se passa ironiquement la langue sur la lèvre supérieure. Il est irlandais, je l'ai ramassé à Prague et je le garde pour un moment.

— Il est foutrement superbe !

— Ouais. Quelques défauts dans sa personnalité, mais côté look rien à redire. Viens, Petit futé, sois pas timide.

— Ça veut dire que le show est fini pour le moment ?

— Il bouge bien, commenta Mikey quand Gideon traversa le palier. Et charmant accent.

— Le vôtre aussi.

À la réponse de Gideon, les lèvres de Mikey s'ouvrirent en un vaste sourire qui montrait toutes ses dents.

— Entrez. Je veux tout savoir !

Et même si, de l'avis de Gideon, il était épais comme un cure-dents, il porta Cleo (dont le poids n'était pas négligeable) à l'intérieur de l'appartement.

— C'est modeste, ajouta-t-il en reposant Cleo au sol, avec une tape sur ses fesses, mais c'est chez moi.

Gideon ne vit là rien de modeste ; il vit de la couleur, des murs bleu marine à moulures blanches, des dizaines d'affiches de théâtre, un tapis au dessin strictement géométrique. Le canapé était de cuir blanc, grand comme un bateau, rempli de coussins moelleux et multicolores. Il imagina de se laisser tomber dedans, tête la première, et d'y dormir pour le restant de ses jours.

— Des cocktails, annonça Mikey. Des grands cocktails glacés.

— Je pense que Petit futé aimerait bien d'abord une grande douche glacée, intervint Cleo. Va là-bas, au fond de la chambre, sur la droite, ajouta-t-elle.

Il lança un regard à Mikey, reçut un amical geste d'invitation en réponse.

— Je t'en prie, mon mignon.

— Merci.

Gideon s'éloigna, son sac marin sur l'épaule, et les laissa seuls.

— Gin-tonic, je suppose.

Mikey traversa la pièce vers le bar d'un blanc étincelant.

— Beaucoup de glace, beaucoup de gin, et un soupçon de tonic pour la forme. Ensuite, tu pourras tout raconter à papa.

— Ça me va parfaitement. Mikey, est-ce qu'on peut coucher ici quelques jours ?

— *Mi casa* est à toi, et tout le reste, mon canard en sucre.

— C'est une sacrée histoire à raconter.

Elle gagna la porte de la chambre, passa la tête à l'intérieur jusqu'à ce qu'elle entende l'eau couler ; puis elle referma doucement, revint vers le bar et lui raconta tout.

Quand elle entra dans la salle de bains avec un gin-tonic à la main, Gideon était nu et mouillé.

— J'ai pensé que ça te serait utile, non ?

— Merci.

Il prit le verre, en descendit le contenu d'une seule et longue gorgée bienfaisante.

— Alors, on reste ?

— On reste. En fait, il t'a généreusement offert son lit.

Gideon se souvint d'avoir vu le lit en question, quand il avait traversé la chambre jusqu'à la douche. Grand, moelleux, rouge. Une vision si accueillante, dans l'état où il était, que la vue des miroirs le surplombant au plafond l'avait à peine fait tiquer.

— Il faudra que je dorme avec lui ?

Elle rit.

— Non, c'est sur moi que tu es tombé. En attendant, vas-y, décroche et oublie tout.

— C'est ce que je vais faire. Demain matin, on cherchera comment remettre la main sur la *Parque*, mais dans l'immédiat je suis trop abruti pour réfléchir.

— Alors, dors un bon coup. Mikey et moi, on manque pas de choses à se raconter avant qu'il parte pour le théâtre. Il joue dans la troupe de *Kiss Me, Kate*.

— Tant mieux pour lui. Dis-lui que j'apprécie son hospitalité.

Toujours nu, toujours humide, Gideon se dirigea vers le lit, se laissa tomber dessus et perdit tout sens des réalités.

Ce furent le tintamarre des klaxons et le vacarme d'un camion de poubelles qui l'éveillèrent. Pendant que ses idées s'éclaircissaient, il contempla, non sans fascination, son reflet dans le miroir au plafond. Les draps rouges lui arrivaient à la taille, on aurait dit qu'il avait été coupé en deux pendant la nuit.

Non, corrigea-t-il. Qu'*ils* avaient été coupés en deux.

Cleo était à moitié étendue sur lui, les cheveux rejetés en arrière, noirs contre le rouge des draps, de sorte qu'ils semblaient se mélanger à eux. Sa peau avait des nuances plus foncées que celle de Gideon ; ainsi, le bras qu'elle avait lancé en travers de sa poitrine, la longue courbe de son épaule, la longue ligne de son dos reposaient comme de la poudre d'or contre le blanc de son corps et le brillant écarlate des draps.

Il se rappela, comme un rêve, la sensation d'elle se glissant dans le lit à un certain moment de la nuit. D'elle se glissant sur lui dans l'obscurité, et de lui se glissant en elle.

Elle n'avait pas parlé, pas dit un mot ; il n'avait pas pu la voir, mais il avait reconnu sa silhouette, et sa saveur. Même son odeur. Qu'est-ce que cela signifiait, se demanda-t-il, qu'il pût la reconnaître aussi immédiatement et aussi intimement dans le noir ?

Il faudrait qu'il y pense, un jour ou l'autre. Tout comme il faudrait qu'il se demande pourquoi, dans un lit aussi grand qu'un lac, ils s'étaient emmêlés pendant leur sommeil et étaient restés ainsi.

Mais, pour l'instant, il avait d'autres choses en tête. Un homme ne pouvait faire confiance à son esprit tant qu'il ne l'avait pas remis en route avec une tasse de café.

Il entreprit de s'écarter doucement, et fut surpris – même étrangement ému – quand Cleo fit un mouvement pour se blottir contre lui. Ça lui donna envie de la reprendre dans ses bras, peut-être même de la réveiller, pour profiter des miroirs au plafond.

Mais non, pensa-t-il, il ne le ferait pas ; et en déposant un rapide baiser sur le sommet de sa tête, il se dégagea d'elle. Puis il enfila un jean et, la laissant dormir, sortit pour se mettre en quête de la cuisine.

Son premier choc de la journée ne lui vint pas de la caféine mais de la vision de Mikey, étendu de tout son long sur le canapé de cuir blanc, à demi enfoui sous les coussins multicolores, ses propres dreadlocks et un drap vert émeraude.

Malgré son embarras, le besoin de café fut chez Gideon plus fort que son sens de la propriété d'autrui ; il contourna le canapé et se dirigea aussi discrètement que possible vers la cuisine.

Elle ressemblait à une vraie cuisine de catalogue, brillante, impeccable, avec toute une série d'appareils sophistiqués alignés comme à la parade sur le plan de travail. Il ouvrit des placards, trouva de la vaisselle bleu marine et blanche, en piles parfaitement alternées, des verres, rangés selon leur forme et leur taille. Et enfin, au moment où ses nerfs allaient lâcher, un paquet de café. Il l'ouvrit, puis jura entre ses dents en découvrant un amas de grains odorants.

— Qu'est-ce que je vais faire de ça, bon Dieu ? grommela-t-il. Les mâchouiller ?

— Tu peux, mais c'est plus facile de les moudre. Gideon sursauta, se retourna et écarquilla les yeux. Mikey portait un slip doré qui lui couvrait à peine les testicules.

— Ah... désolé. Je ne voulais pas te réveiller.

— J'ai le sommeil léger.

Il prit le paquet des mains de Gideon et en versa une partie dans le moulin.

— Rien ne vaut l'odeur des grains fraîchement moulus, cria-t-il par-dessus le bruit. Tu as bien dormi ?

— Très bien, oui, merci. Mais nous n'aurions pas dû te chasser de ton lit...

— Vous êtes deux, je suis seul.

Il fit un clin d'œil à Gideon, tout en versant de l'eau dans la cafetière.

— Tu dois être affamé, non ? Qu'est-ce que tu penses d'un petit-déjeuner pour aller avec ça ? Je voterais assez pour du pain perdu.

— Brillante idée. C'est vraiment sympa de nous laisser t'envahir comme ça.

— Oh, Cleo et moi, ça remonte à loin, alors...

D'un geste nonchalant, il mit le café en marche, puis se retourna pour prendre des œufs et du lait dans le réfrigérateur.

— Cette fille est ma chérie. Je suis si content qu'elle soit revenue, et qu'elle sorte avec quelqu'un qui a du style. Je m'inquiétais pour elle à cause de ce type, Sidney. Il était séduisant, rien à dire là-dessus, mais il était tout en surface, sans aucune épaisseur... Et voilà, il n'a rien trouvé de mieux que lui voler son argent et la laisser en plan, ajouta-t-il d'un air écœuré, tout en cassant les œufs dans un bol. Et à Prague, par-dessus le marché. Mais elle a dû te raconter tout ça.

— Pas vraiment, non, dit Gideon, captivé. Tu connais Cleo, elle a tendance à passer sur les détails.

— Mais elle ne se serait jamais enfuie avec cette ordure, ce salaud, excuse mon langage, si son père ne lui avait pas dit une fois de plus qu'elle perdait son temps, qu'elle était une gêne pour elle-même et toute la famille.

— Pourquoi ?

— À cause de la danse, du théâtre, répondit Mikey d'un ton mélodramatique, et il fit un développé de jambe, souple et fluide, tout en descendant du placard les mugs à café. Parce qu'elle fréquentait des gens dans mon genre. Pas seulement un Noir, mais un Noir *gay*. Noir, gay, danseur. Non, mais vraiment… De la crème, du sucre ?

— Rien, merci. Je le préfère noir. Enfin, je veux dire…

Mikey éclata de rire.

— Moi, je l'aime avec tout un *tas* de sucre. Toi non plus, il ne t'aimerait pas, ajouta-t-il en tendant un mug à Gideon. Notre papa de Cléopâtre.

— Non ? Eh bien, qu'il aille se faire voir.

Gideon leva son mug à la santé du père de Cleo, but une gorgée.

— Ah, Dieu est grand…

— Bois, mon chou, dit Mikey en plongeant d'épaisses tranches de pain rassis dans les œufs battus. Je crois qu'on va bien s'entendre tous les deux.

Ce qu'ils firent en effet, autour d'une demi-miche de pain, d'un pot de café, et de presque un litre de jus d'orange que Mikey venait de presser.

Le temps que Cleo sorte de la chambre, d'un pas incertain, Gideon ne trouvait plus rien de bizarre au slip doré, au tatouage de dragon sur l'omoplate gauche de Mikey, ou au fait d'être appelé mon chou par un autre homme.

Deuxième partie

MESURER

J'ai mesuré ma vie avec des cuillères à café.

T. S. Eliot

10

— Mon canard en sucre, je ne suis pas sûr que tu fasses le bon choix.

— Je fais un choix intelligent, rétorqua Cleo. Un choix intelligent est toujours un bon choix.

— Quoi qu'il y ait entre toi et Gideon, tu vas le fiche en l'air.

Mikey secoua la tête, alors qu'ils atteignaient la bousculade de Broadway et traversaient au carrefour, en se frayant un chemin au milieu des voitures.

— J'ai un bon feeling sur vous deux, et tu vas tout fiche en l'air avant que ça ait commencé.

— Tu es trop romantique, ça te jouera des tours.

— Impossible. C'est l'amour qui fait que le sexe est un art. Sans lui, ce n'est plus qu'une histoire de transpiration, une histoire pas très propre.

— C'est pour ça que tu as souvent le cœur brisé, Mikey, et moi jamais.

— Un petit chagrin d'amour ne te ferait pas de mal...

— Allez, ne boude pas...

Mais elle savait qu'il le ferait, aussi lui passa-t-elle un bras autour de la taille, au moment où ils tournaient au coin de la 7e et de la 52e pour se diriger vers le nord.

— En plus, poursuivit-elle, je fais ça pour lui autant que pour moi. Une fois qu'Anita aura la *Parque*, elle le laissera tranquille, et il en retirera un bon gros paquet d'argent. La statuette est à *moi*. Je n'ai pas à partager, pourtant je vais quand même le faire.

Elle se pressa furtivement contre Mikey alors qu'ils pénétraient dans la banque.

— Liquidons ça aussi vite que possible. Si je ne le retrouve pas à une heure, il va me poser des questions. Pour le moment, c'est plutôt un bon garçon, ajouta-t-elle en baissant la voix, tandis qu'ils prenaient pied dans le calme hall de l'établissement. Sans quoi, il ne m'aurait pas laissé aussi facilement sortir faire des courses sans lui. Autant qu'il le reste.

— Ton problème, Cléopâtre, c'est que tu es cynique.

— Va travailler quelques mois dans un club de strip-tease à Prague. On verra si en ressortant tu vois la vie à travers des petites lunettes roses.

— Mais tu ne les avais déjà pas sur le nez quand tu es *entrée* là-bas ! lui fit-il remarquer, et elle lui adressa un sourire radieux, tout en s'approchant d'un guichet.

— Je voudrais ouvrir un coffre, déclara-t-elle à l'employé.

Quand elle ressortit sur la 7e, la *Parque* était en sécurité dans la chambre forte de la banque ; chacun des deux, Mikey comme elle, avait une clé du coffre. C'était la meilleure solution : ainsi, s'il y avait le moindre problème, il pourrait récupérer la statuette à sa place. Mais il n'y aurait pas de problème.

— Bon. Maintenant, j'appelle et j'organise la rencontre. Dans un endroit public, précisa-t-elle en tendant la main pour que Mikey lui donne son portable, mais un endroit où il y a peu de chances que quelqu'un nous reconnaisse.

— On dirait un roman d'espionnage…

Et parce qu'il aimait l'ambiance de mélodrame, Mikey sourit en lui confiant son téléphone.

— C'est ça, les affaires. Et j'ai l'endroit qu'il faut.

Elle sortit le bout de papier où elle avait écrit le numéro de Morningside, le composa tandis qu'ils marchaient vers la 6e Rue.

— Anita Gaye, s'il vous plaît. Pour Cleo Toliver. Je pense que mon nom lui dira quelque chose, et qu'elle voudra me parler. Tout de suite, oui. Sinon, dites-lui juste que j'appelle pour discuter du prix du destin. C'est ça, oui.

Sa destination déjà en tête, elle bifurqua plein sud dans la 5e. Et perdit brièvement Mikey, quand il resta scotché devant la vitrine d'un bijoutier.

— Reste avec moi, et ne fais pas tant la fille ! s'écria-t-elle en tirant sur une de ses dreadlocks. C'est une affaire sérieuse !

— Ooh, tu as l'air si froide, si dure... On dirait Joan Crawford, ou plutôt Barbara Stanwyck dans *Assurance sur la mort !* Une femme avec des couilles !

— Ferme-la, Mikey, lui ordonna-t-elle, et elle dut se retenir de pouffer quand elle eut Anita Gaye en ligne.

— Cleo !

La voix n'était ni froide ni dure, mais douce et chaude au contraire, comme du velours.

— Je ne peux pas vous dire à quel point je suis ravie de vous entendre !

Cleo jugea que c'était un bon signe, qu'Anita accepte les conditions de la rencontre sans une hésitation. Elle repensa à la poursuite effrénée à travers l'Europe et secoua la tête : les hommes, vraiment... il fallait toujours qu'ils roulent des mécaniques, qu'ils transforment une simple transaction commerciale en une bagarre.

Pas étonnant que le monde fût dans un tel état.

Elle se sentit bien un peu imprudente, avec l'endroit qu'elle avait choisi comme lieu de la rencontre ; mais Mikey prenait maintenant un tel plaisir à toute l'affaire qu'elle jugea que ça en valait la peine.

— *Elle et Lui*. Cary Grant, Deborah Kerr.

Il se tenait au niveau panoramique de l'Empire State Building, bras écartés, dreadlocks au vent.

— Ça, c'est un film romantique, bébé !

La différence entre eux deux, songea Cleo, c'était qu'à elle l'endroit ne rappelait pas une romance pathétique, mais la fatale obsession de King Kong pour Fay Wray. Cleo considérait d'ailleurs cette Fay Wray comme une parfaite idiote : hurler et reculer au bord du vide, en attendant que le grand homme fort la sauve, au lieu de se remuer les fesses et de filer quand cet imbécile de singe l'avait reposée... Mais, bon, il fallait de tout pour faire un monde.

— Va te mettre là-bas et garde un œil sur moi. Lorsqu'elle se pointera, je te ferai signe si elle me cause le moindre problème. Alors, tu pourras t'amener en roulant des épaules.

Elle jeta un coup d'œil sur la montre que Mikey lui avait prêtée, à l'effigie de Supernana.

— Elle peut arriver d'un moment à l'autre. Si elle est à l'heure, on est dans les temps. Il me reste encore une bonne demi-heure avant d'être censée retrouver Gideon.

— Et à lui, tu diras quoi ?

— Oh ! je trouverai toujours quelques trucs pour le faire patienter, jusqu'à ce que j'aie l'argent en main. Je peux le faire tenir encore vingt-quatre heures, c'est le délai que je donnerai à Anita.

— Un million de dollars, ça fait beaucoup à rassembler en une seule journée, Cleo.

— Mais c'est de Morningside qu'on parle, et ça signifie *mucho pognon*. Si elle veut la *Parque*, elle se débrouillera... Bon, je vais là-bas, et je m'entraîne à avoir l'air ennuyée.

Elle marcha lentement jusqu'à la rambarde de sécurité, s'y adossa, surveilla l'ascenseur à travers les vitres. Des touristes se pressaient à l'intérieur de la boutique de souvenirs ; d'autres, au-dehors, prenaient des photos, glissaient des pièces dans les longues-vues. Elle se demanda si aucun habitant de New York venait jamais ici, à moins d'y être traîné par des touristes. Et elle se demanda aussi pourquoi on se sentait obligé de venir ici, en haut, alors que toute l'activité, toute la vie, tout ce qui avait un sens se passait en bas, dans les rues.

Son estomac se serra quand elle vit une femme élégante sortir de l'ascenseur. Anita avait dit qu'elle porterait un tailleur bleu ; celui-ci était en effet bleu, bleu-gris, avec une longue veste impeccable et une jupe droite, d'une coupe très classique. Valentino, jugea Cleo. Luxueux mais discret, très classe.

Elle ne bougea pas pendant qu'Anita mettait des lunettes noires et s'aventurait à l'extérieur, dans le vent. Elle la regarda étudier l'endroit, les visages, passer une première fois sur le sien puis y revenir. Elle ajusta la mince serviette de cuir qu'elle portait sur l'épaule et vint vers Cleo.

— Cleo Toliver ?

— Anita Gaye, je suppose.

Cleo prit la main qu'elle lui tendait, tandis qu'elles se jaugeaient l'une l'autre du regard.

— Je m'attendais presque à devoir échanger des mots de passe.

Il y avait une pointe d'humour dans son ton, tandis qu'Anita promenait le regard autour d'elle.

— Vous savez, c'est la première fois que je viens ici. Quel est l'intérêt de cet endroit ?

Étant donné que cela reflétait exactement ses propres sentiments, Cleo acquiesça.

— Vous avez raison. Mais ça a l'air d'un endroit parfait pour traiter une petite affaire privée dans un lieu public. Un endroit où nous nous sentirons à l'aise toutes les deux.

— Nous nous serions senties plus à l'aise à une table au Raphael, mais j'imagine que Gideon vous a dressé un tableau terrifiant des affaires à traiter avec moi.

Elle écarta les bras et elle était fort chic ainsi, ébouriffée par le vent, amusée, amusante.

— Comme vous le voyez, je ne suis pas armée.

— Les tueurs à gages par qui vous nous avez fait suivre à Prague n'étaient pas tellement amicaux.

— Un malheureux quiproquo, comme ça arrive souvent quand on fait appel à des hommes, n'est-ce pas ? remarqua Anita en repoussant ses cheveux derrière ses oreilles. Mes représentants avaient pour instruction de passer vous voir à votre travail et de vous parler, ni plus ni moins. Mais, manifestement, Gideon et eux aussi sont devenus un peu nerveux. En fait, Cleo, mes représentants pensaient que vous aviez été traquée et kidnappée.

— Vraiment ?

— Une erreur, je vous l'ai dit. En tout cas, je suis contente que vous soyez rentrée à New York saine et sauve. Je suis sûre que nous pouvons discuter de l'affaire toutes les deux sans faire de simagrées... Gideon n'est pas avec vous ? demanda-t-elle en jetant un regard autour d'elle.

— J'ai amené quelqu'un d'autre – en cas de simagrées, justement.

Elle apercevait Mikey, par-dessus l'épaule d'Anita ; il se tenait quelques pas plus loin et bandait ses biceps avec application.

— Pour commencer, qu'est-ce qui vous a fait me rechercher, et donner des instructions à vos... représentants pour qu'ils aillent me parler ?

— D'abord une très longue investigation, ensuite une intuition. Les deux sont vitales dans mon travail. Cette rencontre d'aujourd'hui me fait penser qu'elles ont frappé juste... Vous avez la *Parque*, Cleo ?

Si elle avait eu plus de temps devant elle, Cleo se serait montrée plus dure, pour la forme ; mais là, elle voulait conclure.

— Je l'ai, oui – dans un endroit sûr. Et je veux la vendre. Un million de dollars, en liquide.

Anita siffla, d'un air moqueur.

— Un million de dollars ? Gideon a dû vous raconter des contes de fées.

— N'essayez pas de me rouler, Anita. Si vous voulez la statuette, c'est son prix. Non négociable. Ça vous en fera deux sur trois, puisque vous en avez déjà volé une au frère de Gideon.

— Volé ?

Une vague de colère secoua Anita, et elle se détourna pour faire les cent pas. Tout en marchant, elle observait les autres personnes présentes sur la terrasse, essayant de repérer qui était l'accompagnateur de Cleo.

— Ces Sullivan... Je devrais les poursuivre en justice pour diffamation ! La réputation de Morningside est au-dessus de tout soupçon. Et la mienne aussi, ajouta-t-elle d'une voix ferme, en revenant se placer en face de Cleo. J'ai *acheté* cette statuette à Malachi Sullivan, et je vous montrerai volontiers le reçu qu'il m'a signé. D'après ce que je sais de lui, il peut très bien avoir raconté à son frère une histoire inventée de toutes pièces, et gardé l'argent pour lui. Mais je ne les laisserai pas répandre ce genre d'infâmes mensonges sur ma société.

— Combien la lui avez-vous payée ?

— Oh ! moins que...

Cleo avait l'air de mordre à l'hameçon.

— ... beaucoup moins que ce que vous en demandez.

— Alors, vous vous en êtes bien sortie la première fois, vous avez fait une bonne affaire. Si vous voulez la numéro deux, il faudra payer. Vous pouvez l'avoir demain à trois heures, ici même, à cet endroit précis. Vous apportez l'argent, j'apporte la fille.

— Cleo..., dit Anita en pinçant les lèvres. Déjà, avec les Sullivan, j'avais négocié. Comment savoir si vous n'êtes pas aussi sournoise qu'eux ? Je n'ai aucune assurance que vous la possédiez vraiment.

Sans un mot, Cleo fouilla dans son sac et en sortit la photographie.

— Lachésis, murmura Anita en étudiant la photo. Mais comment puis-je avoir la certitude qu'elle est authentique ?

— Vous ne pouvez pas vous fier à votre intuition ? Écoutez, ma grand-mère me l'a donnée quand j'étais enfant. Elle avait un peu perdu la tête, et la considérait comme une poupée. Moi, jusqu'à il y a une semaine à peu près, je la considérais comme une sorte de porte-bonheur. Avec un million de dollars, je pourrai m'acheter beaucoup de bonheur.

Tout en continuant d'examiner la photo, Anita réfléchissait aux différentes options possibles. Les derniers événements confirmaient ce que le père de Cleo avait dit à Anita, au cours d'une longue soirée agrémentée d'un coq au vin parfaitement mitonné, d'un excellent pinot noir, et d'un médiocre épisode de sexe. Point intéressant à noter, l'homme ignorait que sa fille était à New York, et qu'elle était allée à Prague ; en fait, il n'aurait pu être ni moins bien informé ni moins soucieux du sort de son unique enfant – qu'il s'agît de son bien-être ou simplement de l'endroit où elle se trouvait.

Ce qui voulait dire, et c'était bien commode, que personne ne le remarquerait sans doute, si Cleo Toliver disparaissait soudain.

— Je suppose que la *Parque* vous appartient légalement ?

Cleo haussa les sourcils.

— C'est ma propriété, pleine et entière.

— Bien sûr.

Anita sourit ; rien n'aurait pu l'arranger davantage. Cleo reprit la photo et la remit dans son sac.

— La balle est dans votre camp, Anita.

— C'est beaucoup d'argent dans un court laps de temps. Nous pourrions nous retrouver demain, mais cette fois au Raphael. Apportez la statuette pour que je l'examine, j'apporterai un quart de million en dépôt.

— Le tout, un échange direct, ici même, à trois heures. Ou bien je la mets sur le marché.

— Je suis une professionnelle, et...

— Pas moi, l'interrompit Cleo. Et j'ai un autre rendez-vous. Soit la prise vous intéresse, soit le poisson va ailleurs.

— Très bien. Mais je ne vais pas apporter autant d'argent dans cet endroit.

Anita jeta un regard circulaire, un feint soupçon de contrariété entre ses sourcils parfaitement dessinés.

— Un restaurant, Cleo, soyons civilisées. Choisissez l'endroit, si vous ne me faites pas confiance.

— D'accord, ça me paraît raisonnable. Chez Teresa, dans l'East Village. J'ai envie de goulasch. Disons à une heure.

— À une heure.

Une nouvelle fois, Anita lui tendit la main.

— Et si vous décidez de renoncer au théâtre, il y a de la place pour quelqu'un comme vous chez Morningside.

— Merci, mais je préfère m'en tenir à ce que je connais. À demain.

Elle attendit qu'Anita soit retournée dans l'ascenseur puis compta jusqu'à dix, lentement ; quand elle se retourna vers l'endroit où Mikey attendait, un grand sourire s'épanouit sur son visage. Elle fit quelques pas de claquettes à son intention.

— Embrasse-moi, chéri, je suis riche.

— Elle a marché ?

— Jusqu'au bout. Elle a résisté un peu, mais pas tant que ça. Elle a trop réagi pour certaines choses, pas assez pour d'autres.

Cleo passa son bras sous celui de Mikey.

— Elle n'est pas aussi bonne qu'elle le pense. Elle va banquer, parce que j'ai ce qu'elle veut.

— Tu ne m'as même pas donné l'occasion de jouer les terreurs.

— Désolée, mais tu as été génial.

Elle traversa avec lui la boutique de souvenirs jusqu'aux ascenseurs.

— Tu sais la première chose que je vais faire quand j'aurai l'argent ? Je donne une fête à tout casser. Non, d'abord j'achète un appartement, ensuite je donne une fête à tout casser dedans.

— Je suppose que tu n'iras plus aux auditions ?

— Tu plaisantes ou quoi ? répliqua-t-elle en s'engouffrant avec lui dans l'ascenseur. Laisse-moi me vautrer là-dedans pendant une semaine, peut-être deux ; ensuite, j'irai à toutes les auditions que mon agent pourra me trouver. Tu sais ce que c'est, Mikey : il faut que je danse.

— Je peux t'avoir un essai dans la troupe de *Kiss me, Kate*.

— Sans blague ? Ce serait génial ! Quand ?

— Je vais en glisser un mot au directeur ce soir.

— Je t'avais dit que la chance allait tourner pour moi !

Elle continua sur le même chapitre jusqu'à ce qu'ils soient arrivés en bas, puis une fois dans la rue déclara à Mikey :

— Il faut que je me casse. Je vais rejoindre Petit futé.

— Pourquoi vous ne viendriez pas au spectacle ce soir ? Je vous réserverai deux fauteuils, et je pourrai te présenter au directeur.

— Génial. Je t'aime, Mikey ! s'exclama-t-elle en lui donnant un baiser long et bruyant. Je te retrouve chez toi dans quelques heures. Je vais acheter une grande bouteille de champagne.

— Achètes-en deux, on fêtera ça après le spectacle...

— D'accord. Je t'aime, Mikey.

— Je t'aime, Cléopâtre.

Il partit vers l'ouest, elle vers l'est ; tandis qu'elle traversait la rue, elle se retourna, et rit comme une idiote quand il lui envoya un baiser. Puis, d'un pas alerte, elle prit la direction des quartiers extérieurs. Juste dans les temps, songea-t-elle. Elle avait rendez-vous avec Gideon au coin est de la 51e et de la 5e, elle avalerait peut-être une pizza en vitesse avec lui. Elle lui dirait qu'elle avait encore besoin d'un ou deux jours pour récupérer la statuette ; il n'apprécierait pas, mais elle saurait arrondir les angles. Et le lendemain, quand elle lui tendrait quatre cent mille dollars, il ne pourrait plus rouspéter.

Elle lui proposerait de rester quelque temps à New York. Peut-être que Mikey avait raison, pour le courant qui passait entre eux ; pas le côté roman d'amour, non, pas ce genre de choses, mais elle avait un bon feeling quand ils étaient ensemble. Elle aimait autant son côté stable que son côté irréfléchi. Qu'est-ce qu'il y avait de mal à vouloir profiter un peu de l'un comme de l'autre ?

L'éclat d'une vitrine de bijoutier attira son regard et la fit se rapprocher ; elle se dit qu'elle achèterait quelque chose à Mikey pour le remercier de son aide, quelque chose d'extravagant.

Elle s'attarda un instant sur les chaînes en or – non, trop ordinaire – et sur les éclats que lançaient les pierres – trop criard. En ralentissant le pas, elle détailla les présentoirs l'un après l'autre, et laissa échapper un petit « Ah ! » devant le scintillement d'un fin bracelet de cheville en or, avec des cabochons de rubis. Fait sur mesure pour Mikey, jugea-t-elle, et elle pencha la tête dans l'espoir de voir l'étiquette de prix, discrètement glissée sous la chaîne.

Elle se figea dans cette position, le nez pressé contre la vitrine ou presque, le corps légèrement incliné, en captant un reflet dans la vitrine. Elle connaissait ce visage ; même détourné d'elle, de profil et faisant mine d'observer la circulation, elle le reconnaissait. C'était l'homme qu'ils avaient failli écraser dans la rue à Prague.

Et merde ! Elle se redressa, puis poursuivit son chemin d'un pas nonchalant, comme pour aller contempler la vitrine d'à côté. Il ne la suivit pas, mais pivota légèrement sur ses talons de façon à rester dans sa direction.

Sacrée Anita Gaye, songea-t-elle. Si réglo, si professionnelle, soi-disant. Ça ne l'avait pas empêchée de lui envoyer un de ses sbires ! Eh bien parfait, elle allait voir. Ici, on était à New York, ici, Cleo était chez elle.

Elle continua de flâner, comme si elle avait tout son temps ; l'homme s'était remis à la suivre, veillant à maintenir toujours la même distance entre eux. En musardant, elle pénétra dans le Comptoir international d'échange de bijoux, serpenta au milieu des conversations, longea les allées remplies de monde entre les stands ; du coin de l'œil, elle apercevait son poursuivant, qui gardait une moitié de magasin entre eux, et secouait la tête d'un air hargneux quand les vendeurs voulaient lui faire l'article.

Soudain, elle sprinta ; ses longues jambes avalèrent la distance jusqu'à la porte latérale ; elle la franchit, traversa la rue au pas de course, et joua des coudes pour passer devant un homme qui montait dans un taxi. Il fut déséquilibré, manqua de tomber à la renverse et elle en profita pour claquer la porte de la voiture, sous ses protestations furieuses.

— Démarrez, vite ! Si vous me conduisez à cinq rues d'ici en moins d'une minute, il y a vingt dollars pour vous !

Elle tira un billet de sa poche et l'agita en l'air, sans cesser de regarder derrière elle – pour voir son poursuivant traverser la rue en courant dans leur direction. Histoire de stimuler le chauffeur, elle glissa les vingt dollars dans la fente du guichet de sûreté.

— Foncez !

Il fonça.

— Coupez par le parc, ordonna-t-elle, tout en se retournant sur la banquette et en s'installant sur les genoux pour regarder par la vitre arrière. Allez jusqu'à la 51ᵉ, puis revenez en arrière jusqu'à la 5ᵉ. Vas-y, mon vieux ! lança-t-elle à l'adresse de l'homme qui finissait de traverser la rue en diagonale, à la poursuite du taxi qui s'éloignait. Déjà essoufflé, on dirait ?

Elle surveilla l'arrière jusqu'à ce qu'ils atteignent Madison ; quand ils prirent à droite par le parc, elle se retourna et se rassit sur le siège.

— 51ᵉ et 5ᵉ, répéta-t-elle tranquillement. Déposez-moi au coin est.

— Ça en fait une balade, m'dame, juste pour deux ou trois rues...

— J'aime bien m'offrir des petits extra.

Arrivé audit carrefour, elle jaillit de la voiture et prit la main de Gideon.

— Tu es en retard..., commença-t-il, mais elle courait déjà. Qu'est-ce qui se passe ?

— On va faire une balade en métro, Petit futé. On ne connaît pas vraiment New York tant qu'on n'a pas fait ça.

Des touristes estivaux se pressaient autour du Rockefeller Center ; excellente couverture, songea-t-elle, pour le cas où elle se révélerait nécessaire. Puis elle lui fit descendre quatre à quatre les marches de la station de métro située sous le bâtiment.

— C'est moi qui paie, affirma-t-elle, et elle sortit de quoi régler leurs deux tickets.

Quand ils eurent franchi les tourniquets et se retrouvèrent sur le quai, elle reprit sa respiration.

— On va descendre à Washington Square et on fera un tour dans le Village. Ça te fera une vraie visite, et on mangera un morceau, aussi.

— Pourquoi ?

— Parce qu'une fille a besoin de manger !

— Pourquoi est-ce qu'on court comme des malades dans le métro, tout ça pour aller faire un tour dans un village ?

— *Le* Village, d'où tu sors ? Et on va faire un tour pour être sûre que j'ai bien semé l'ombre. Je faisais un peu de lèche-vitrines sur la 5e, et qu'est-ce que j'ai vu ? Un de nos amis de Prague !

Il lui étreignit le bras, alors que le grondement de la rame qui approchait faisait vibrer l'air autour d'eux.

— Tu en es sûre ?

— Absolument. Une tête comme un plat à tarte, toute plate, ronde, luisante. Je m'en suis débarrassée, mais peut-être qu'il est toujours dans les parages, donc deux précautions valent mieux qu'une.

Elle monta dans le wagon, se laissa tomber sur un siège, tapota la place à côté d'elle.

— Qu'est-ce que tu as fait, Cleo ?

— Qu'est-ce que tu veux dire par là ? Je viens de te l'expliquer. Tu imagines un peu, ce trou du cul croyant qu'il peut me suivre dans *ma* ville...

— Tu veux dire qu'il s'est trouvé par hasard dans la même rue que toi au même moment que toi ? Je n'en crois pas un mot.

— En fait, la 5e est une avenue plutôt qu'une...

Gideon serra plus fort son bras, en guise d'avertissement sévère.

— Qu'est-ce que tu as fait ? Où est Mikey ?

— Eh, du calme, vieux ! On a fait quelques courses, traîné un peu. C'est un pays libre, ici. J'ai traîné en regardant les vitrines avant de te rejoindre, et lui est allé piquer un roupillon à la maison. Mikey n'est pas du matin et tu l'as réveillé à l'aube.

— Comment est-ce qu'il savait où te trouver ?

— Écoute...

— Tu as dit que tu t'étais débarrassé du type. Juste d'un ? Où est l'autre ?

Il faisait vraiment dégringoler de seconde en seconde son humeur, qui avait été triomphante.

— Comment est-ce que je le saurais ? Est-ce qu'ils sont toujours siamois ?

— Quand tu l'as vu, il y avait combien de temps que toi et Mikey vous vous étiez séparés ?

— Bon Dieu, quelques minutes... Le temps de longer deux rues. Qu'est-ce que ça peut... ?

Mais alors l'idée lui traversa l'esprit, et elle ne termina pas sa phrase.

— Tu penses que l'autre suivait Mikey ? C'est idiot, il n'a rien à voir avec tout ça !

Pourtant, elle l'avait bel et bien impliqué, et le bras que tenait Gideon commença à frissonner quand elle s'en rendit compte.

— D'accord, donc peut-être qu'ils vont le suivre... peut-être. On va descendre au prochain arrêt et je l'appellerai sur son portable, je le préviendrai. Si quelqu'un le file, il le sèmera aussi facilement que moi, il va même y prendre son pied !

Toutefois, le temps qu'elle descende à l'arrêt de la 34e Rue et qu'elle trouve un téléphone, ses mains étaient glacées. Et ses doigts tremblaient en appuyant sur les chiffres.

— Tu m'as fait peur, grommela-t-elle. Attends que je raconte ça à Mikey, il va rire à s'en taper le cul par terre. Réponds, bon sang, réponds à ce téléphone !

Mais au bout de deux sonneries, elle n'entendit que sa voix enregistrée qui disait joyeusement :

— Je suis occupé, mon chou, en train de faire un gros câlin, j'espère. Laisse un message et Mikey te rappellera.

Il conclut par son inimitable bruit de baiser, puis il y eut le bip de fin de message.

— Il l'a éteint.

Elle prit une première inspiration pour se calmer, une seconde.

— Il est à la maison, en train de faire une sieste, et il a coupé son portable, c'est tout.

— Appelle-le sur la ligne fixe, Cleo.

— Je vais le réveiller, j'en suis sûre, dit-elle en composant son numéro. Il déteste quand on le réveille pendant une sieste.

Le téléphone sonna quatre fois, et elle s'apprêtait à tomber encore sur un répondeur lorsqu'il décrocha ; à l'instant où elle entendit sa voix, elle sut qu'il avait des problèmes.

— Mikey…

— Ne reviens pas ici, Cleo !

Il y eut un hurlement, un grand fracas, Mikey cria encore une fois son nom, puis :

— Sauve-toi !

— Mikey !

Un second fracas et le petit cri qui suivit lui firent aussitôt la main moite sur le combiné ; même quand le téléphone se fut tu, elle continua de crier son nom.

— Arrête ! Arrête ça ! s'exclama Gideon en lui arrachant l'appareil des doigts.

— Ils lui font du mal ! Il faut qu'on aille là-bas, il faut qu'on l'aide !

— Appelle la police, Cleo !

Il l'agrippa solidement par les épaules avant qu'elle ait eu le temps de s'enfuir.

— Appelle-les tout de suite, donne-leur son nom et son adresse. On est trop loin pour l'aider !

— La police, oui…

— Ne donne pas ton nom, juste le sien, lui recommanda-t-il pendant qu'elle composait à tâtons le 911. Et assure-toi qu'ils vont faire vite !

— J'ai besoin de la police, j'ai besoin d'aide, bredouilla-t-elle, ignorant la voix calme du standardiste des services d'urgence. Mikey... Michael Hicks, 445 Ouest 53e Rue, appartement 302. Tout... tout près de la 9e Avenue. Il faut vous dépêcher, vous devez l'aider ! Ils lui font du mal, ils lui font du mal !

Comme elle se mettait à pleurer, Gideon lui prit le combiné des mains et raccrocha.

— Tiens bon, il faut que tu tiennes bon. On y va. Quelle ligne doit-on prendre ? Qu'est-ce qu'il y a de plus rapide pour arriver là-bas ?

Rien ne pouvait être assez rapide, pas avec ces cris de peur et de douleur qui résonnaient dans sa tête. Elle ressortit de la station et fila comme l'éclair jusque chez Mikey, mais même cela n'était pas encore assez rapide.

Une bouffée de soulagement monta pourtant en elle quand, en arrivant, elle aperçut les deux voitures radio arrêtées devant l'immeuble.

— Ils sont là, parvint-elle à dire en haletant. Vive New York.

Des hommes en uniforme installaient déjà des barrières, une petite foule s'était rassemblée.

— Ne dis rien, lui enjoignit Gideon, les lèvres contre sa tempe. Laisse-moi demander.

— Il devrait y avoir une ambulance... Il faut qu'ils l'emmènent à l'hôpital, je sais qu'ils lui ont fait du mal...

— Reste tranquille, je vais me renseigner.

Gideon garda son bras serré autour d'elle, alors qu'ils s'approchaient de la barrière.

— Qu'est-ce qui se passe ? demanda-t-il à un coursier à bicyclette, assis sur son engin et qui faisait claquer un chewing-gum entre ses lèvres.

— Un type a été tué là-dedans.

— Non, dit Cleo, et elle tourna la tête lentement d'un côté et de l'autre. Non.

— Eh, je suis bien placé pour le savoir ! J'entrais pour faire ma livraison au moment où les flics ressortaient.

Ils ont dit que je devais attendre dehors et qu'ils allaient m'interroger et tout, parce qu'ils avaient un homicide au troisième. Des flics en tenue spéciale ont débarqué, vous savez, les mêmes que dans *NYPD Blue*. Un des gars en uniforme m'a dit que ce type, ce Noir, avait la figure et le crâne complètement écrabouillés.

— Non, non, non ! répéta Cleo, crescendo, tandis que Gideon l'emmenait loin des lieux.

— Continue à marcher, Cleo. On va continuer à marcher un petit moment.

— Il n'est pas mort. C'est un mensonge, un stupide putain de mensonge ! On va à son spectacle ce soir, il nous a réservé deux places, on va se saouler au champagne. Il n'est *pas* mort. On était juste... Ça fait une heure, pas plus ! J'y retourne, il faut que j'y retourne !

Il devait lui trouver un endroit au calme, un endroit retiré. Il l'entoura de ses deux bras pour la faire se tenir tranquille ; où diable est-ce qu'on pouvait trouver un endroit calme, dans une ville comme celle-ci ?

— Cleo, écoute-moi, s'il te plaît. On ne peut pas rester ici, ce n'est pas sûr.

Quand elle laissa échapper un long gémissement et que ses genoux vacillèrent, il la soutint ; il descendit la rue avec elle, la tirant à moitié, la portant à moitié.

— Il faut qu'on entre quelque part, que tu t'asseyes.

Il observa la rue, les boutiques, aperçut un petit bar ; rien de tel pour trouver un peu d'intimité, jugea-t-il. Il traîna Cleo à l'intérieur, gardant son bras serré autour d'elle. Il n'y avait là que trois clients, tassés contre le comptoir ; aucun d'eux ne tourna même la tête tandis qu'il installait Cleo au fond d'un box, dans un coin sombre, avant de se rapprocher du bar.

— Deux whiskies, commanda-t-il, doubles, puis il sortit des billets et les posa sur le comptoir.

Il rapporta lui-même les verres jusqu'à l'endroit où elle s'était pelotonnée, dans un coin du box ; il se glissa sur le siège près d'elle, lui prit fermement le menton dans sa main, versa d'autorité la moitié du verre dans sa gorge. Elle s'étrangla, bredouilla quelques mots avant de mettre simplement sa tête sur la table et de sangloter comme un bébé.

— C'est ma faute. C'est ma faute.

— Il faut que tu me dises exactement ce qui est arrivé.

Il lui souleva de nouveau la tête, glissa le verre entre ses lèvres.

— Bois encore, et dis-moi ce que tu as fait.

— Je l'ai tué. Oh, Seigneur, Seigneur, Mikey est mort !

— Ça, je le sais.

Il prit son propre verre, intact, et le poussa vers elle ; mieux valait qu'elle soit saoule et à moitié endormie qu'hystérique.

— Qu'est-ce que vous avez fait, Mikey et toi, Cleo ?

— C'est moi qui lui ai demandé ! Il aurait fait n'importe quoi pour moi... Oh, je l'aimais, Gideon, je l'aimais...

Il avait fallu cette douleur, pensa-t-il, pour qu'elle l'appelle enfin par son nom.

— Je sais que tu l'aimais, et qu'il t'aimait lui aussi.

— J'ai cru que j'étais si maligne...

Ses larmes lui coulèrent sur la main, quand il lui fit boire une autre gorgée.

— J'avais tout calculé... J'allais vendre la *Parque* à cette garce, la délester d'un million de dollars, t'en donner un bon paquet pour que tu sois content, ensuite faire la fête !

— Bon Dieu... Tu l'as contactée ?

— Je l'ai appelée, j'ai arrangé une rencontre... sur *mon* territoire ! En haut de ce putain d'Empire State, continua-t-elle, l'élocution maintenant rendue un peu confuse par l'alcool. Comme ce foutu King Kong. Mikey est venu avec moi, pour le cas où elle ferait des problèmes, mais elle n'en a pas fait. On lui aurait donné le bon Dieu sans confession. Pas très aimable, c'est tout, pour parler de toi et de ton frère, mais c'est un autre problème. Elle devait me donner un million de dollars demain, en espèces, et moi je lui donnais la petite dame. Bonne affaire, personne de lésé, pas d'embrouille. Mikey et moi, on a bien ri en sortant de là... Je lui avais raconté toute l'histoire, tu sais.

— Oui, j'ai compris ça.

— J'allais partager avec toi, Petit futé, soixante-quarante.

Elle essuya une larme et étala du mascara sur sa joue.

— Tu aurais eu quatre cent mille dollars là, dans la main... Est-ce que ça n'était pas tentant, est-ce qu'une autre n'aurait pas fait pareil ?

Il n'éprouvait pas la moindre colère, pas en la voyant aussi bouleversée. Il écarta ses cheveux de ses joues humides.

— Je comprends.

— Mais elle m'aurait jamais donné l'argent. Elle se fichait de moi. Mikey est mort parce que j'ai été trop bête pour m'en rendre compte... Je me le pardonnerai jamais, de toute ma vie ! Il était inoffensif, Gideon, inoffensif et gentil, et ils lui ont fait du mal, ils lui ont fait du mal...

— Je sais, ma chérie.

Il attira sa tête sur son épaule, lui caressa les cheveux tandis qu'elle pleurait. Il pensait à l'homme qui avait préparé du pain perdu ce matin-là, qui avait donné son lit à un étranger parce qu'une amie le lui avait demandé. Anita Gaye paierait pour ça, il se le promit. Ce n'était plus seulement une question d'argent, ni de principe, mais de justice.

Il continua de caresser les cheveux de Cleo, but la dernière gorgée de whisky qui restait. Il n'avait qu'un seul endroit en tête, un seul endroit où aller.

11

Le Dr Lowenstein avait ses propres problèmes. Ils incluaient une ex-femme qui l'avait fort proprement plumé au moment de leur divorce, deux enfants à l'université qui s'imaginaient sans doute qu'il possédait une mine d'or cachée quelque part, et une secrétaire qui venait de lui réclamer une augmentation.

Sheila avait demandé le divorce au motif qu'il passait plus de temps à son travail que dans son foyer. Après quoi, elle avait aspiré goulûment les bénéfices financiers qu'il retirait de ce même travail. L'ironie de la situation lui avait échappé, ce qui prouvait une chose, aux yeux de Lowenstein : il avait de la chance d'être débarrassé d'une garce aussi dépourvue d'humour.

Mais l'important n'était pas là, bien sûr. Comme avait coutume de le répéter son fils (qui changeait de cursus universitaire comme on change de chaussettes) : « Ce n'est que de l'argent, après tout. »

Tia Marsh avait de l'argent. Un flux régulier provenant d'intérêts, de dividendes et de fonds communs de placement ; ainsi qu'une manne, qu'il jugeait copieuse, de droits d'auteur avec ses livres. Et Dieu savait qu'elle avait aussi des problèmes.

Pour l'heure il l'écoutait, sagement assise dans la chaise en face de lui et lui débitant une histoire compliquée où se mêlaient de sournois Irlandais, des mythes grecs, des catastrophes historiques et des vols.

Quand elle paracheva le tout avec un faux policier et un téléphone sur écoute, il frotta ses doigts effilés sur ses lèvres minces et s'éclaircit la gorge.

— Eh bien, Tia, vous avez visiblement été très occupée. Dites-moi, qu'est-ce que le destin symbolise d'après vous, dans ce contexte ?

— Symbolise ?

Trouver le courage de lui raconter l'histoire, puis la lui raconter, avait mobilisé toute l'énergie de Tia ; pendant un moment, elle fut juste capable de le regarder fixement.

— Docteur Lowenstein, ce n'est pas une métaphore, ce sont des statuettes !

— Vouloir déterminer vous-même votre propre destin a toujours été l'un de vos problèmes majeurs..., commença-t-il.

— Vous pensez que j'ai tout inventé ? Que ce sont juste des délires, embrouillés et compliqués ?

L'affront qu'elle ressentait entama le peu d'énergie qui lui restait. Oui, certainement elle avait des délires – sans quoi, pourquoi serait-elle venue ici ? Mais ils étaient bien plus simplistes et plus ordinaires que ça. Et lui, à deux cent cinquante dollars l'heure (de cinquante minutes), aurait dû le savoir.

— Je ne suis pas folle à ce point-là, quand même ! Il y avait un homme à Helsinki !

— Un Irlandais, dit patiemment Lowenstein.

— Oui, oui, un Irlandais, mais ç'aurait tout aussi bien pu être un Écossais unijambiste, ça n'y change rien !

Il lui sourit, gentiment.

— Ce mois de voyage a été un grand pas pour vous, Tia. Je crois que cela vous a ouverte sur vous-même, sur votre imagination que trop souvent vous réprimez. Le défi, maintenant, va être de canaliser et d'affiner cette imagination. Peut-être, comme écrivain...

— Il y avait un homme à Helsinki, répéta-t-elle entre ses dents serrées. Il est revenu me voir à New

York, prétendant avoir un intérêt personnel pour moi, alors qu'en fait c'était seulement mon rapport avec *Les Trois Parques* qui l'intéressait. Ces *Parques* sont réelles, elles existent. J'en ai des preuves. Mon ancêtre en possédait une, et il s'est embarqué pour l'Angleterre sur le *Lusitania* pour en acquérir une deuxième. C'est un fait, prouvé.

— Et cet Irlandais déclare que son propre ancêtre, à bord du même bateau, a volé la statuette.

— Exactement, répondit-elle avec un soupir agacé. Et cette Anita Gaye lui a volé la statuette à son tour – à l'Irlandais. Je ne peux pas confirmer ceci. À vrai dire, j'en ai même sérieusement douté jusqu'à ce que Jack Burdett vienne me voir.

— Celui qui prétendait être un inspecteur de police.

— Oui. Écoutez, ce n'est pas si compliqué que ça, si vous décomposez et si vous prenez les choses l'une après l'autre. Mon problème, c'est que je ne suis pas sûre de ce que je dois faire, au stade où j'en suis. Si mon téléphone est sur écoute, il me semble que je devrai le signaler, non ? Mais alors on va me poser toutes sortes de questions embarrassantes... En plus, si ensuite il n'est plus sur écoute, Mme Gaye saura que je sais qu'elle m'avait fait écouter. Et je perdrai l'avantage que j'ai de rechercher en sous-main, si l'on peut dire, incognito, les deux autres *Parques*. (Elle prit une longue inspiration.) De toute façon, je ne parle pas tant que ça au téléphone, donc je ferais peut-être mieux de ne toucher à rien pour le moment.

— Tia..., vous ne vous êtes jamais dit que vos réticences à porter plainte proviennent peut-être, tout simplement, de ce que vous savez, dans votre subconscient, qu'en fait il n'y a rien d'anormal avec votre téléphone ?

— Non..., répondit-elle, et pourtant le ton calme et patient avec lequel il avait posé sa question avait introduit un germe de doute dans son esprit. Ça n'est pas de la paranoïa !

— Tia, vous vous rappelez quand vous m'avez téléphoné de votre hôtel à Londres, au début de votre voyage, pour me raconter que vous aviez peur d'un homme qui était en bas dans l'entrée, qu'il vous poursuivait sûrement, parce qu'il avait pris deux fois l'ascenseur avec vous ?

— Oui, murmura-t-elle, mortifiée, en regardant ses mains. Mais c'était différent, *c'était* de la paranoïa.

Sauf qu'en réalité, et personne ne la persuaderait du contraire, elle avait bel et bien échappé ce jour-là à un dangereux pervers.

— Vous avez fait des progrès, affirma-t-il, de grands progrès. Vous avez affronté votre phobie des voyages, votre peur du public. Vous avez passé plusieurs semaines à vous étudier, vous-même et vos propres capacités, à agrandir votre zone de sécurité. Vous devriez vous sentir fière de vous.

Pour lui montrer qu'il était, lui, fier d'elle, il lui caressa légèrement le bras.

— Tout changement, Tia, crée en nous de nouveaux défis. Vous avez tendance, nous en avons déjà parlé, à vous fabriquer des scénarios dans votre tête, des scénarios exotiques et compliqués, dans lesquels vous êtes encerclée ou harcelée par un danger, une menace – une maladie fatale, un complot international. Vous êtes tellement harcelée que vous vous repliez, vous vous calfeutrez dans cette zone de sécurité qu'est votre appartement. Je ne suis pas étonné qu'en vous retrouvant dans un environnement familier, avec la fatigue physique et mentale qui est normale à la fin d'un long voyage comme celui-là, vous ayez besoin de retomber dans les vieux schémas.

— Je ne le fais pas, non, murmura-t-elle. Je n'imagine même plus ces schémas-là.

— On travaillera là-dessus à notre prochaine séance, déclara-t-il, en se penchant pour lui caresser de nouveau le bras. Ce serait mieux de revenir à nos séances deux fois par semaine, pour le moment du moins. Ne considérez pas ça comme une régression, mais comme un nouveau départ. Angela vous fixera des rendez-vous.

Elle contempla son visage bienveillant, sa barbe soignée, le soupçon de gris sur ses tempes. Elle avait l'impression d'être cajolée, mais pas prise au sérieux, par un bon papa gâteau. S'il y avait un schéma de fixe dans sa vie, pensa-t-elle en se levant, c'était bien celui-ci.

— Merci, docteur.

— Je veux que vous continuiez la relaxation et les exercices d'imagerie mentale.

— Bien sûr.

Elle ramassa son sac, se dirigea vers la porte, mais arrivée là se retourna.

— Tout ce que je viens de vous dire est une hallucination ?

— Non, Tia, bien sûr que non. Je pense que c'est très réel pour vous : c'est une combinaison d'événements véritables et de produits de votre imagination très créative. Nous allons explorer ça. En attendant, je voudrais que vous vous demandiez pourquoi vivre à l'intérieur de votre tête est plus confortable pour vous que vivre en dehors. Nous en parlerons pendant notre prochaine séance.

— Il n'y a rien de confortable dans ma tête, répliqua-t-elle doucement.

Puis elle passa dans le bureau annexe, et ne s'y arrêta pas.

Il n'avait pas cru un mot de ce qu'elle avait dit. Pire, elle s'en rendit compte dans l'ascenseur qui la ramenait dans le hall, il avait fait naître des doutes en elle, de sorte qu'elle n'était plus sûre d'y croire elle-même.

C'était arrivé, pourtant. Elle n'était pas folle, bon sang. Elle n'était pas une de ces malades qui portent une feuille d'aluminium sur la tête pour éloigner les voix venues d'ailleurs. Elle était une spécialiste de la mythologie, un auteur à succès, une adulte responsable. Et, ajouta-t-elle, alors que la colère montait en elle, elle était saine d'esprit. Elle se sentait même plus saine d'esprit, plus stable, plus forte que jamais auparavant.

Non, elle ne se cachait pas dans son appartement, elle y travaillait. Elle avait un objectif dans la vie, et il était passionnant. Elle prouverait qu'elle ne délirait pas. Et elle prouverait qu'elle pouvait se tenir fermement sur ses deux pieds, qu'elle était une femme en bonne santé – en assez bonne santé, disons –, avec un esprit clair et une volonté solide.

Sans cesser de marcher dans la rue à grands pas, elle sortit vivement son téléphone portable et martela un numéro.

— Carrie ? C'est Tia. Arrange-moi un rendez-vous d'urgence dans ton salon. Quand ? Maintenant. Tout de suite. Oui, c'est tout nouveau.

— Tu es sûre que c'est ce que tu veux ?

Carrie en avait encore le souffle coupé, après sa course de six rues entre ses bureaux de Wall Street et Bella Donna.

— Oui. Enfin non.

Tia empoigna la main de Carrie, alors qu'elles s'asseyaient dans deux des sièges en cuir, très design, de la zone d'attente du salon. Les haut-parleurs déversaient une bruyante musique techno, et l'une des coiffeuses – une femme mince comme un fil, tout habillée de noir – avait une sorte de nuage rouge vif très effrayant sur la tête en guise de cheveux.

Tia sentait déjà ses voies aériennes s'atrophier, agressées par les odeurs émanant de l'institut de beauté : un mélange d'eau oxygénée, de dissolvant et de parfums qui avaient trop chauffé. Le bruit des séchoirs à cheveux en pleine action évoquait des moteurs d'avion ; elle allait attraper une migraine, de l'urticaire, étouffer. Qu'est-ce qu'elle faisait là ?

— Il vaut mieux que je parte. Il vaut mieux que je parte tout de suite, dit-elle, et elle fouilla maladroitement dans son sac, à la recherche de son inhalateur.

— Je vais rester avec toi, Tia, je serai à côté de toi pour chacune des étapes, affirma Carrie qui avait annulé deux réunions pour ne pas manquer ça. Julian est un génie, je te le jure, ajouta-t-elle, et elle pressa la main libre de Tia pendant que celle-ci aspirait dans son inhalateur. Tu vas te sentir une nouvelle femme... Quoi ? demanda-t-elle en entendant Tia marmonner.

— Je disais, répéta Tia, en retirant cette fois l'appareil de sa bouche, que je suis juste en train de me réhabituer à l'ancienne. C'était une erreur de venir ici, je l'ai fait uniquement parce que le Dr Lowenstein m'avait tellement irritée... Écoute, je paierai pour le rendez-vous, mais je...

— Julian est prêt à vous prendre, docteur Marsh.

Une autre femme mince comme un fil, elle aussi vêtue de noir, apparut. Est-ce que personne ici ne pèse plus de quarante-cinq kilos ? pensa Tia avec désespoir. Est-ce qu'il n'y a personne pour porter plus grand que du trente-quatre ?

— Je l'emmène là-bas, Miranda.

De la voix enjouée que prennent les mères pour traîner leur enfant jusque sur le siège du dentiste, Carrie remit Tia sur ses pieds.

— Tu me remercieras pour ça. Fais-moi confiance.

Les yeux de Tia se brouillèrent alors qu'elles passaient devant les coiffeuses et les clientes, les bacs à shampooing noir brillant et les vitrines étincelantes, où trônaient des dizaines et des dizaines de produits dans leurs luxueux emballages. Elle entendit vaguement la rumeur des conversations, un rire glapissant qui lui parut un peu dément.

— Carrie...

— Sois brave. Sois forte.

Carrie conduisit son amie jusque dans une grande pièce cubique, tout de noir et d'argent étincelant. L'homme debout près du vaste siège de cuir était petit de taille et lisse comme un lévrier, avec des cheveux blond très clair, presque blancs, coupés en forme de calotte. Pour une quelconque raison, il la fit penser à une sorte d'Éros très moderne et très mode, et cela n'eut rien pour la réconforter.

— Donc, commença-t-il, en mâchonnant les voyelles à la new-yorkaise, voici Tia, enfin...

Il jeta un coup d'œil sur son visage pâle, comme s'il jaugeait sa proie.

— Louise ! Un peu de vin par ici... Asseyez-vous.

— Je pensais juste que peut-être...

— Asseyez-vous, l'interrompit-il, puis il se pencha pour embrasser Carrie sur la joue. Soutien moral ?

— Et comment !

— Carrie et moi n'avons pas cessé de conspirer afin de réussir à vous amener dans mon fauteuil...

Il finit par l'y installer, en la poussant tout simplement un peu en arrière. Il caressa entre ses doigts une mèche de cheveux échappée de son nœud.

— On peut dire que ce n'est pas trop tôt.

— Je ne crois pas vraiment avoir besoin de...

— Laissez-moi juger de ce qu'il vous faut.

Il prit un des verres de vin qu'apportait Louise et le lui tendit.

— Quand vous allez chez le médecin, vous lui dites de quoi vous avez besoin ?

— En fait, oui. Mais...

— Vous avez de beaux yeux.

— Vraiment ? dit-elle en clignant les paupières.

— Une ligne de sourcils parfaite. Très belle ossature de visage aussi, ajouta-t-il en commençant à toucher celui-ci du bout de ses doigts, très doucement, très légèrement. Une bouche sexy. Le rouge à lèvres ne va pas, mais nous allons nous en occuper. Oui, c'est un joli visage que nous avons là. Mais les cheveux, ternes, démodés...

De deux gestes rapides, il défit les épingles qui les retenaient et libéra leur lourde masse.

— Ça ne vous va pas du tout. Vous vous cachez derrière vos cheveux, ma chère Tia.

Il fit pivoter la chaise pour qu'elle soit face au miroir, et sa tête était proche de la sienne, joue contre joue ou presque.

— Je vais vous dévoiler, vous découvrir.

— Vous... Mais vous ne croyez pas que... Et s'il n'y avait rien de particulièrement intéressant à dévoiler ?

— Vous vous sous-estimez, la gronda-t-il, et vous vous attendez à ce que tout le monde fasse pareil.

Ses yeux en papillotaient encore, quand elle se retrouva en train de se faire shampouiner par une de ces filles ultraminces, la tête dans un des bacs noirs brillants. Le temps qu'elle pense à lui demander s'ils utilisaient bien des produits hypoallergéniques, il était déjà trop tard. Puis elle fut de nouveau dans le fauteuil, tournant le dos au miroir, un verre d'excellent vin blanc dans la main. Julian lui parlait, lui posait des questions sur ce qu'elle faisait, qui elle voyait, ce qu'elle aimait ; chaque fois que sa réponse était évasive, ou qu'elle lui demandait ce qu'il faisait avec ses cheveux, il lui posait une autre question.

Quand, à un certain moment, elle commit l'erreur de baisser le regard, et vit le tas de cheveux coupés qui jonchaient le sol, sa respiration se bloqua ; des petits points blancs se mirent à danser devant ses yeux et, comme venant de très loin, elle entendit la voix inquiète de Carrie. Une seconde plus tard, Julian lui calait la tête entre les genoux et l'y maintenait immobile, jusqu'à ce que son cœur cesse de tambouriner aussi fort dans sa poitrine.

— Doucement, mon chou. Louise ! J'ai besoin d'un linge froid.

— Tia, Tia, ne te mets pas dans tous tes états...

Elle rouvrit les yeux pour trouver Carrie accroupie devant elle.

— Quoi ? Quoi ?

— C'est juste une coupe de cheveux, d'accord ? Pas une opération du cerveau !

— Un événement traumatisant est un événement traumatisant, dit Julian en posant un linge humide et frais sur la nuque de Tia. Voilà, vous allez vous redresser lentement. Respirez profondément... Comme ça, oui. Encore une fois... Bien, maintenant, parlez-moi de ce type irlandais dont Carrie m'a touché deux mots.

— C'est un salaud, déclara Tia d'une voix faible.

— Nous le sommes tous.

Les ciseaux reprirent leur office, proches de son visage à lui faire peur.

— Dites-moi tout.

Elle le fit, et comme sa réaction à lui fut la surprise, l'excitation, puis la fascination – l'inverse, donc, de celle de Lowenstein –, elle en oublia ses cheveux.

— Incroyable ! Vous savez ce qu'il vous reste à faire, n'est-ce pas ?

Elle leva les yeux vers lui, tandis qu'il inclinait d'un seul coup son fauteuil en arrière.

— Quoi ?

— Aller en Irlande, retrouver ce Malachi et le séduire.

— Moi ?

— Exactement. Vous le retrouvez, vous lui soutirez toutes les informations nécessaires sur les statuettes, vous les ajoutez à celles que vous avez dénichées vous-même, et comme ça vous êtes la plus forte... On va faire quelques mèches pour égayer un peu, surtout autour de son visage, déclara-t-il à Carrie.

— Mais je ne peux pas partir comme ça ! En plus, il ne s'intéresse pas vraiment à moi, pas de cette façon-là. Et surtout, ce n'est pas bien de se servir du sexe comme d'une arme pour obtenir ce qu'on veut !

— Ma chère, quand une femme le fait avec moi, j'apprécie beaucoup en général. Vous avez une peau remarquable. Qu'est-ce que vous mettez dessus ?

— Oh, eh bien, en ce moment, j'utilise une nouvelle gamme sur laquelle j'ai lu des articles. Rien que des ingrédients naturels. Mais il faut conserver les produits au froid, ce qui complique un peu les choses.

— J'ai mieux que ça. Louise ! Un tube de Bioderm, crème de soins intégrale. Pour peaux normales.

— Oh, à vrai dire, je fais toujours un essai avant d'utiliser un nouveau...

— Ne vous inquiétez pas.

Il plongea une brosse plate dans un petit bol, puis l'en ressortit imprégnée d'une substance poisseuse, violet pâle.

— Laissez-vous juste aller contre le dossier et relaxez-vous.

Ce n'était pas facile de se relaxer quand une étrange femme vous étalait de la crème sur le visage, que vos cheveux – du moins ce qu'il en restait – étaient pleins d'une substance visqueuse et de papillotes d'aluminium... et qu'on ne vous laissait pas vous regarder dans le miroir. Mais il lui donna un autre verre de vin, et Carrie ne l'avait pas quittée d'un pouce, fidèle au poste.

Sans qu'elle sache comment, Tia se laissa convaincre qu'épiler et teindre ses sourcils les soulignerait davantage ; puis ses cheveux furent rincés et reçurent un traitement complet. Le temps que Julian en arrive au séchoir, elle était si fatiguée, si grisée par le vin aussi, qu'elle s'endormit presque dans le fauteuil. Il fallait un bizarre sens de l'humour pour affirmer que passer un après-midi dans un salon de coiffure était un moment de luxe et de détente.

— Gardez les yeux fermés, ordonna Julian, et la tête lui tourna un peu tandis qu'il faisait pivoter le fauteuil. Maintenant, ouvrez-les et regardez Tia Marsh.

Elle les ouvrit, se regarda dans le miroir et fut saisie par un accès de pure panique. Qu'avait-elle fait, grands dieux ? La femme qui la regardait, là en face, avait une sorte de halo solaire autour de la tête, plus une frange pleine de chic, descendant jusqu'à des sourcils à l'arrondi spectaculaire. Ses yeux étaient immensément bleus, sa bouche large et hardiment rouge. Et quand Tia laissa pendre sa mâchoire de surprise, elle le fit aussi.

— Je ressemble à... On dirait la fée Clochette !

De nouveau, Julian baissa la tête, pour se trouver au niveau de la sienne.

— Vous n'avez pas tout à fait tort. Mais les fées sont fascinantes, non ? Intelligentes, brillantes, imprévisibles... C'est exactement ce dont vous avez l'air.

Le visage de Carrie se joignit aux leurs dans le miroir et, pendant quelques secondes à lui donner le vertige, Tia s'imagina avec trois têtes, dont aucune n'était vraiment la sienne.

— Tu es fantastique ! s'exclama Carrie, et une larme lui coulait sur la joue. Je suis si heureuse, Tia ! Regarde ! Regarde-toi vraiment !

— D'accord, dit-elle en prenant une grande inspiration. D'accord, et elle leva prudemment la main pour toucher sa nuque. Ça paraît tellement étrange...

Elle secoua un peu la tête, rit un peu.

— C'est léger, oui. Mais ça ne me ressemble pas.

— Oh, si. C'est juste le moi que vous cachiez. Donnez-moi une photo de vos papiers d'identité, demanda Julian.

Déroutée, elle fouilla dans son sac, dans son portefeuille, sortit sa carte bancaire.

— Laquelle des deux est-ce que vous avez envie d'être ?

Tia regarda la photo, puis le miroir.

— Je vais prendre des tubes de tous les produits que vous avez utilisés sur moi aujourd'hui, plus un autre rendez-vous pour dans quatre semaines.

Elle en eut pour quinze cents dollars. Quinze cents dollars rien que pour des futilités. Mais voilà, pensa Tia en s'asseyant dans le taxi, son sac plein à ras bord de produits de beauté, elle n'en ressentait aucune culpabilité. Elle était dans un état d'exaltation totale.

Elle ne pouvait pas attendre d'être rentrée à la maison pour se contempler dans le miroir, encore et encore ; aussi glissa-t-elle la main dans son sac et ouvrit-elle son poudrier. En gardant le miroir à l'intérieur du sac pour cacher au chauffeur le spectacle de sa sottise, elle l'inclina vers le haut, et s'adressa un sourire.

Elle n'était pas ordinaire, non. Pas belle non plus, bien sûr, mais certainement pas ordinaire. On pouvait même dire qu'elle était jolie, d'une façon spéciale, étrange.

Comblée par le spectacle de sa propre personne, elle ne s'aperçut même pas qu'ils étaient arrivés devant son immeuble, jusqu'à ce qu'une voix lui rappelle qu'il était temps pour elle de rassembler ses affaires. Nerveusement, elle remit son poudrier dans son sac, y fouilla afin de trouver la monnaie (qui en d'autres circonstances aurait été prête depuis longtemps) pour payer la course ; puis, jonglant avec son sac à main et celui contenant ses emplettes, elle sortit de la voiture. Résultat, elle lâcha le premier sac sur le trottoir, et dut s'accroupir pour en ramasser précipitamment le contenu. Quand elle se redressa et fit un pas vers son immeuble, elle faillit percuter le couple qui venait dans sa direction.

— Docteur Marsh ?

— Oui ? répondit-elle, prise au dépourvu, tout en regardant la grande et jolie brune, qui visiblement avait pleuré.

— Il faut que nous vous parlions, commença l'homme, et Tia prit alors conscience de son accent irlandais – en même temps que de l'air de famille qu'il avait sur le visage, une fois qu'elle eut tourné les yeux vers lui.

— Vous êtes un Sullivan, n'est-ce pas ?

Elle prononça le nom comme si c'était un juron, d'un ton âpre et violent.

— Oui. Je suis Gideon. Et voici Cleo. Est-ce que nous pourrions monter un moment dans votre appartement ?

— Je n'ai rien à vous dire.

— Docteur Marsh, répliqua-t-il en mettant une main sur son bras, alors qu'elle se détournait.

Elle pivota d'un bond sur elle-même, les surprenant tous les deux par la vitesse et la fureur avec lesquelles elle avait exécuté le mouvement.

— Retirez votre main ou je vais hurler ! Je peux hurler très fort et très longtemps !

En tant qu'homme qui comprenait et respectait l'humeur des femmes, il leva sa main libre, la paume à l'extérieur, comme pour demander une trêve.

— Je sais que vous êtes en colère contre Mal, et je comprends vos raisons. Mais le fait est que nous n'avons nulle part où aller dans l'immédiat, nulle part pour être en sécurité. Nous avons des problèmes ici.

— Ça ne m'intéresse pas, et vous ne m'intéressez pas non plus !

— Laisse-la tranquille, Petit futé, intervint Cleo d'un ton las, un peu titubante à cause du whisky. De toute façon, c'est foutu.

— Vous avez bu ! siffla Tia, indignée – oubliant commodément les deux verres de vin qu'elle-même avait avalés. Vous avez un certain culot de venir ici, ivre, et de m'aborder dans la rue. Je vous conseille de vous écarter de ma route, monsieur Sullivan, avant que j'appelle la police.

— Oui, elle a bu, rétorqua Gideon, et, sa propre colère commençant à monter, il reprit Tia par le bras. Parce que c'est le seul moyen que j'ai trouvé de l'abrutir assez pour qu'elle supporte la mort de son meilleur ami. Tué à cause des *Trois Parques*, tué à cause d'Anita Gaye... Vous pouvez vous en ficher, docteur Marsh, il n'empêche : vous faites partie de l'histoire !

— Il est mort.

La voix de Cleo était plate et morne, et Tia y perçut les ravages que la douleur provoquait en elle.

— Mikey est mort, et ce n'est pas en la harcelant que ça le fera revenir. Allons-nous-en.

— Elle est malade et fatiguée, dit Gideon à Tia. Je vous le demande, pour elle : laissez-nous entrer. Elle a besoin d'un endroit, jusqu'à ce que je sache quoi faire.

— Je n'ai besoin de rien.

— Entrez, bon sang..., lâcha Tia avec un soupir, en passant la main dans sa nouvelle coiffure. Venez.

Elle avança dans l'immeuble devant eux, pressa le bouton de l'ascenseur. Est-ce qu'il ne fallait pas s'attendre, après tout, à ce que Malachi Sullivan trouve le moyen de ruiner sa grande journée de triomphe ?

— Je vous remercie, docteur Marsh.

— Tia...

Une fois dans l'ascenseur, elle pressa le bouton de l'étage.

— ... étant donné que votre amie va sans doute tomber ivre morte dès qu'elle sera sur mon palier, pourquoi être aussi cérémonieux ? Je hais votre frère, autant vous l'avouer.

— Je comprends. Je le lui dirai la prochaine fois que je le verrai. J'ai eu du mal à vous reconnaître, là dehors : Mal disait que vous aviez les cheveux longs.

— Je les avais.

Elle les emmena le long du couloir jusqu'à son appartement.

— Comment m'avez-vous reconnue, finalement ?

— Eh bien, il a dit aussi que vous étiez blonde, délicate et jolie.

Avec un grognement fort peu féminin, elle ouvrit la porte.

— Vous pouvez rester ici jusqu'à ce qu'elle se sente mieux, commença-t-elle, et elle posa son sac à main et son sac de courses. En attendant, vous pouvez aussi me raconter ce que vous faites ici, et comment vous espérez me convaincre qu'Anita Gaye a tué quelqu'un.

Le visage de Gideon se durcit, et Tia y retrouva le même air de famille que précédemment. Mal avait eu une pareille expression de violence à peine maîtrisée, devant sa chambre dévastée de l'hôtel d'Helsinki. Ils pouvaient être très séduisants, avoir des voix richement timbrées, pensa-t-elle, ça ne les rendait pas moins dangereux pour autant.

— Elle ne l'a pas fait personnellement, mais elle en est responsable. Est-ce qu'il y a un endroit où Cleo pourrait s'étendre ?

— Je n'ai pas besoin de m'étendre. Je ne *veux* pas m'étendre.

— Très bien, alors tu vas t'asseoir.

Tia fronça les sourcils, tandis que Gideon entraînait Cleo vers le canapé. Sa voix était rude, remarqua-t-elle, pas spécialement gentille en dépit de ses inflexions agréables ; mais il maniait la brune délicatement, comme on peut le faire avec un objet ancien et fragile.

En tout cas, il avait raison de ne pas vouloir qu'elle reste debout : elle était blanche comme un linge et elle tremblait.

— Tu as froid, ajouta Gideon. Maintenant, fais ce que qu'on te dit, pour une fois : lève tes pieds.

Il les souleva lui-même, retira la housse qui enveloppait le dossier du canapé et la drapa autour de Cleo.

— Désolé pour tout cela, dit-il à Tia. Je ne pouvais pas prendre le risque d'aller à l'hôtel, même si j'en avais eu les moyens. Je n'ai pas eu un moment pour réfléchir depuis que tout cela est arrivé. Au départ, c'était juste une quête, vous savez. Une aventure, avec quelques désagréments et quelques frais, le risque de prendre un coup de poing dans la figure ou un coup de pied aux fesses. Mais maintenant, c'est différent. Maintenant, il y a eu un meurtre.

— Je suis malade, annonça Cleo en se relevant précipitamment du canapé et en titubant. Je suis désolée, mais je suis malade.

— Là-bas !

Tia montra une porte sur la gauche, et sentit par sympathie une vague de nausée monter dans son propre ventre, tandis que Cleo s'en approchait d'un pas chancelant. Gideon la suivit de près, mais elle lui claqua la porte au nez. Il resta quelques instants à regarder la porte d'un air désarmé, puis fronça les sourcils.

— C'est le whisky. Je lui en ai fait boire pour qu'elle tienne le coup, c'est tout ce que j'ai trouvé sur le moment.

Il était très affecté lui aussi, Tia s'en rendait compte à présent.

— Je vais préparer du thé, dit-elle. Il hocha la tête.

— Ce serait vraiment très gentil à vous.

— Venez un peu avec moi dans la cuisine, et vous commencerez à m'expliquer tout ça.

— Mon frère disait que vous étiez une petite chose fragile, déclara-t-il en la suivant. En général, il ne se trompe pas autant que cela.

— C'est lui aussi qui affirmait qu'une des antiquaires les plus respectées de New York était une voleuse. Et vous, maintenant, vous l'accusez de meurtre.

— Ce n'est pas une simple affirmation, c'est un fait.

À grandes enjambées nerveuses, il retourna jusqu'à la porte, regarda en direction de celle des toilettes, revint dans la cuisine, toujours du même pas. Son frère se maîtrisait mieux, estima Tia. Du moins pour ce qu'elle en savait.

— Elle a pris quelque chose qui ne lui appartenait pas, poursuivit Gideon. Et parce qu'elle voulait davantage, elle a fait monter les enjeux au-delà de toute raison. Un homme est mort. Un homme que j'ai rencontré juste hier, qui m'a laissé son lit parce qu'une de ses amies le lui avait demandé. Un homme qui m'a préparé mon petit-déjeuner ce matin même. Un homme qui est mort juste parce qu'il était fidèle à une amie.

— Comment avez-vous rencontré Cleo ?

— Je suis parti à sa recherche, en Europe.

— Qu'a-t-elle à voir là-dedans ?

— Elle a un rapport avec la deuxième *Parque*.

— Comment ?

— Par ses ancêtres. Elle descend des White-Smythe. L'un d'eux était collectionneur à Londres.

Très bien, songea Tia. Très bien. Une autre pièce du puzzle se mettait en place.

— Je vois que vous reconnaissez ce nom, remarqua Gideon, ce qui prouva à Tia qu'elle devait encore travailler ses talents d'actrice. Vous avez donc étudié l'histoire, vous aussi.

— Étant donné les circonstances, il me semble que c'est plutôt à moi de poser les questions.

— Oui, et j'y répondrai. Mais est-ce que je pourrais me servir de votre téléphone d'abord ? Il faut que j'appelle ma famille.

— Non, je suis désolée.

— J'appellerai en PCV.

— Vous ne pouvez pas utiliser mon téléphone. Il est sur écoute. Ou disons qu'il est peut-être sur écoute. Ou peut-être que je suis juste la proie d'une gigantesque hallucination, après tout.

— Je vous demande pardon ? Votre téléphone est branché sur table d'écoute ?

— D'après un autre visiteur surprise, oui. À la réflexion, il me semble que je prends tout cela pas trop mal, vous ne croyez pas ? Je veux dire, je suis ici, avec un couple d'étrangers dans mon appartement, dont l'une pour l'instant est malade dans mes toilettes, et dont l'autre me raconte des histoires fantastiques dans la cuisine. Et moi, je fais du thé. Je pense que même le Dr Lowenstein jugerait que c'est un progrès.

— Je… je ne vous suis pas.

— Comment le pourriez-vous ? Dites-moi plutôt pourquoi vous croyez qu'Anita est responsable de la mort de cet homme.

— *Je* suis responsable.

Cleo était là, debout, s'appuyant contre le chambranle de la porte. Elle était toujours très pâle, mais ses yeux s'étaient éclaircis.

— Sans moi, il serait encore vivant. C'est moi qui l'ai mêlé à l'histoire.

— Mais au départ, c'est moi qui t'y ai mêlée, lui rappela Gideon. Alors, tu peux aussi bien me mettre tout sur le dos.

— J'aimerais bien, mais ça n'y changera rien. J'étais en train de te doubler. Je l'aurais expliqué et justifié, tu aurais eu ta part, mais il n'empêche que j'étais en train de faire tout un micmac sur ton dos, et que j'ai poussé Mikey dedans. Elle devait les avoir mis à surveiller la rue, et quand on est descendus après ma discussion avec elle, Mikey est parti de son côté, moi du mien. Ils nous ont vus et ils nous ont filés, sauf que moi j'ai repéré mon suiveur et comme je suis très maligne, je l'ai semée. Mais Mikey ne pouvait se douter de rien, lui, alors il a fait quelques entrechats jusqu'à chez lui, et là-bas ce salaud l'a descendu. S'il n'avait pas été avec moi, ils n'auraient même pas su qu'il existait.

— Aucun de nous ne pouvait imaginer qu'elle irait jusqu'au meurtre, observa Gideon.

— Eh bien, nous le savons maintenant.

— Si tout ça est vrai, pourquoi n'êtes-vous pas allés à la police ? demanda Tia.

— Pour leur dire quoi ? répondit Gideon en enfonçant ses mains dans ses poches. Que nous pensons qu'une respectable femme d'affaires est directement responsable du meurtre d'un jeune danseur noir ? Un meurtre qui a sûrement eu lieu pendant qu'elle était dans un endroit public ou dans une réunion quelconque ? Et nous le savons parce qu'elle a volé une statuette quand elle était à Dublin, et qu'elle était d'accord pour en acheter une autre ? Quand ils nous demanderont de leur fournir un début de preuve de tout ça, nous n'aurons qu'à leur répondre de nous croire sur parole. Je suis sûr qu'ils iront lui passer les menottes aussitôt.

— En tout cas, moi, vous vous attendez à ce que je vous croie sur parole.

Tia souleva la bouilloire crachotante au-dessus du brûleur.

— Vous nous croyez ? répliqua Gideon. Elle les regarda tour à tour.

— Oui, il me semble que je vous crois – mais je vais faire une enquête pour savoir s'il y a eu d'autres cas d'aliénation mentale dans ma famille. En tout cas, vous trouverez un canapé-lit dans mon bureau, vous pouvez vous en servir pour ce soir.

— Merci.

— Ce n'est pas gratuit, déclara-t-elle à Gideon, et elle saisit le plateau du thé. Dorénavant, je cesse d'être un outil et je deviens un participant actif de cette petite... quête.

Cleo eut un sourire, tandis que Tia emportait le plateau dans le salon.

— Traduction, Petit futé : la doc vient de t'informer qu'elle marchait à présent dans la combine avec toi.

— Exact. Citron ou sucre ?

12

— Un accident...

Anita examinait les deux hommes, qui étaient passés par l'entrée privée de son bureau. C'était bien fait pour elle, aussi - pour les avoir sélectionnés d'après leurs muscles plus que d'après leurs cerveaux. Mais vraiment, elle leur avait donné une tâche si simple, avec des instructions si claires et si précises...

— Le type a piqué sa crise et s'est jeté sur moi.

Carl Dubrowsky, le plus petit et le plus râblé des deux, arborait une expression hargneuse sur son visage grêlé de cicatrices. Il avait été videur dans un club, avant qu'Anita fasse appel à lui pour s'occuper de quelques sales corvées. Elle avait de bonnes raisons de croire qu'il avait besoin d'un emploi, et qu'il ne chicanerait pas sur quelques petites entorses à la loi, étant donné qu'il avait été arrêté deux fois pour voies de fait, et qu'il avait échappé de peu à une accusation d'homicide. De telles références ne faisaient pas très bien dans un curriculum vitae.

Elle l'examinait, debout dans un des costumes sombres de Savile Row qu'elle leur avait achetés. On peut les déguiser, pensait-elle, mais pas les transformer intérieurement.

— Vos instructions, monsieur Dubrowsky, étaicnt de suivre Miss Toliver, et/ou n'importe quels compagnons qu'elle avait pu amener avec elle à notre rencontre. Pour les retenir, elle et/ou ces compagnons, uniquement si ça devenait nécessaire. Et surtout pour récupérer ce qui m'appartient, en utilisant une persuasion de nature physique si une telle action était justifiée. Je ne crois pas qu'il y avait là la moindre instruction de fracturer le crâne de quiconque.

— C'était un accident, répéta-t-il avec obstination. J'ai filé le type noir et Jasper a pris la fille. Le type noir est allé à son appartement, comme je vous l'ai dit, et je suis entré derrière lui, comme je vous l'ai dit. J'ai dû l'amadouer un peu pour qu'il fasse attention, pendant que je lui posais des questions sur la statuette. Après, je l'ai cherchée partout mais je l'ai pas trouvée, alors j'ai dû l'amadouer un peu plus.

— Et vous l'avez laissé répondre au téléphone ?

— Je me suis dit : C'est peut-être la fille, et je me suis dit aussi : Si je l'asticote un peu pendant qu'elle est au bout du fil, peut-être qu'elle va parler ; ou, avec Jasper sur son dos, peut-être qu'elle va filer aussi sec jusqu'à cette chose que vous cherchez. Mais le type se met à hurler, il lui raconte ce qui se passe, alors je suis obligé de lui en remettre un bon coup. Il tombe mal et il fait une mauvaise chute, c'est tout. Le gars tombe mal et il se fout dans la merde tout seul.

— Je vous ai déjà dit de surveiller votre langage, monsieur Dubrowsky, répliqua Anita d'un ton froid. Je vois quel est le problème, vous avez essayé de prendre une initiative dans un domaine où vous n'avez aucune compétence : vous avez essayé de penser. Ne recommencez pas. Quant à vous, monsieur Jasper…

Elle fit une pause, le temps d'un long et douloureux soupir.

— Je suis très déçue. J'avais plus confiance en vos capacités. C'est la deuxième fois que vous n'êtes pas capable de garder le contact avec une strip-teaseuse de seconde classe.

— Elle court vite, et elle est pas aussi bête que vous le croyez.

Marvin Jasper avait le visage aplati et gardait la même coupe de cheveux rase que durant son passage dans l'armée, qu'il avait effectué dans la police militaire. Après sa démobilisation, il avait espéré se faire engager dans la police tout court, devenir flic, mais il avait échoué au test psychologique, et la pilule n'était toujours pas passée. Encore aujourd'hui, il en gardait de l'amertume.

— En tout cas, elle l'air d'avoir assez de cervelle pour déjouer vos manœuvres à l'un et l'autre. Maintenant, elle peut se trouver n'importe où, tout comme la *Parque*.

En plus, la police était entrée dans le jeu ; et elle faisait confiance à Dubrowsky pour avoir laissé des indices derrière lui. Du genre empreintes, un cheveu perdu, quelque chose grâce à quoi on pourrait remonter jusqu'à lui. Grâce à quoi on pourrait finir par remonter jusqu'à elle.

Mais cela n'arriverait jamais.

— Monsieur Jasper, je veux que vous repartiez là-bas et que vous gardiez un œil sur cet appartement où M. Dubrowsky a eu son accident. Peut-être qu'elle y retournera. Si vous la voyez, je veux que vous vous empariez d'elle, rapidement et discrètement. Ensuite, vous me contactez. Je connais un endroit où je pourrai discuter affaires en privé avec elle. Vous, monsieur Dubrowsky, vous venez avec moi. On va faire quelques préparatifs pour cette séance.

L'un des avantages d'épouser un homme vieux et riche, c'était que les hommes vieux et riches avaient en général d'innombrables biens immobiliers. Et que les hommes d'affaires avisés dissimulaient ce genre de biens immobiliers derrière un fatras de sociétés et de paperasse en tout genre. L'entrepôt dans le New

Jersey n'en était qu'un parmi d'autres. Anita venait de le vendre, juste la veille, à un promoteur qui prévoyait d'y ouvrir un de ces énormes magasins discount.

Un petit arrêt shopping, au fond, songeait-elle tandis qu'elle roulait au milieu du béton lézardé. Elle n'avait pas prévu de faire du shopping ce jour-là, mais, pour ce qui était de l'arrêt, elle allait veiller à ce que celui-ci soit définitif.

— Sûr que c'est la putain de zone, ici, grommela Dubrowsky – et il profita de la pénombre pour grimacer à l'invitation pincée qu'elle lui fit, une fois de plus, de surveiller son langage.

— On peut la garder plusieurs jours ici si c'est nécessaire.

Anita marcha jusqu'aux grandes portes de chargement, en veillant à ne pas mettre les talons de ses Prada dans les fissures du sol.

— Je veux que vous examiniez la sécurité du lieu. Que vous vous assuriez qu'une fois ici elle ne pourra pas ressortir.

— Pas de problème.

— Ces portes de chargement fonctionnent électriquement, et il faut un code. Je suis plus inquiète pour les portes de côté et les fenêtres.

Il grogna en contemplant l'architecture du bâtiment, noir comme de la suie.

— Faudrait qu'elle soit un vrai singe pour arriver jusqu'aux fenêtres, et il y a tout un tas de barreaux dessus.

Anita les examina, comme si elle soupesait l'avis qu'il venait de lui donner. Elle connaissait déjà les lieux : Paul lui avait laissé bon nombre de bâtisses de toutes sortes, et elle avait pris le temps d'inspecter chacune d'elles, dedans comme dehors.

— Et qu'est-ce que vous pensez des côtés ?

Il se traîna en maugréant jusqu'au coin du bâtiment, le contourna. Des mauvaises herbes poussaient entre les pavés, et s'il entendait le bruit du trafic sur l'autoroute, ce n'était qu'une rumeur lointaine. Putain de zone, pensa-t-il de nouveau, en secouant la tête.

— Une serrure cassée sur cette porte de côté ! cria-t-il.

— C'est vrai ?

Elle le savait ; elle avait eu entre les mains un rapport d'expertise complet.

— C'est un problème. Je me demande si c'est fermé de l'intérieur...

Il donna une bonne bourrade sur la porte, haussa les épaules.

— Peut-être que oui. Ou alors c'est coincé, ou je sais pas quoi.

— Eh bien, on ne va pas... Non, dit-elle après un moment de réflexion. Il vaut mieux vérifier si on peut entrer par là, pour savoir s'il y a des précautions à prendre. Vous pouvez l'ouvrir en la poussant ou en tapant dessus ?

Il était bâti comme un bulldozer et il en était fier – au point de ne pas penser à lui demander pourquoi elle n'essayait pas d'ouvrir cette fichue porte avec une clé.

Se jeter de tout son poids contre l'épaisse masse de bois soulagea l'ego de Dubrowsky, qu'elle avait mis à vif dans son bureau un peu plus tôt. Il haïssait cette garce, mais elle le payait bien. Ce qui ne voulait pas dire qu'il allait laisser une bonne femme continuer à lui faire des remarques. Il imagina qu'elle était la porte, s'écrasa contre elle, et fit sauter le petit verrou qui la fermait à l'intérieur.

— Comme du carton-pâte, déclara-t-il. Il faudra que vous mettiez une porte blindée ici et un verrou de sûreté, si vous voulez empêcher les vandales et les drogués d'entrer.

— Vous avez raison... Il fait sombre à l'intéricur, mais j'ai une lampe de poche dans mon sac.

— Il y a un bouton pour la lumière, juste là.

— Non ! Inutile d'avertir tout le monde qu'on est ici, n'est-ce pas ?

Elle braqua le mince faisceau de sa torche à l'intérieur, examina l'espace. Une vaste boîte de béton, sombre, poussiéreuse, puant les rats. Exactement ce qu'il lui fallait, pensa-t-elle.

— Qu'est-ce que c'est que ça ?

— Quoi ?

— Là-bas, dans le coin, dit-elle en faisant des gestes avec sa lampe.

Il y alla, donna un coup de pied sans conviction dans l'objet.

— Juste une vieille bâche. Si vous voulez qu'on garde la fille ici un moment, il faudra penser à trouver de quoi bouffer dans le coin.

— Ne vous en faites pas pour ça.

— Il y a pas un seul chinetoque qui fasse des plats à emporter par ici, commença-t-il, puis il se retourna et aperçut le pistolet, qu'elle tenait d'une main aussi ferme que la minitorche. Putain de merde, c'est quoi ?

— Tss, quel langage, monsieur Dubrowsky, répliqua-t-elle avant de tirer.

Le pistolet eut un mouvement de recul, le son résonna contre les parois de béton, et Anita fut parcourue d'un frisson. L'homme fit un pas vers elle en titubant, alors elle tira sur lui une deuxième fois, puis une troisième. Quand il fut à terre, elle contourna avec beaucoup de précaution la rigole de sang qui s'était formée sur le sol ; en penchant la tête, du même geste qu'elle aurait eu pour examiner une babiole dans une vitrine, elle lui logea encore une balle à l'arrière de la tête.

C'était quand même une première pour elle, ce meurtre. Maintenant que c'était fait, et bien fait, sa main trembla un peu, sa respiration se raccourcit et s'accéléra. Elle dirigea le faisceau de la lampe vers les pupilles de l'homme, juste pour être sûre, tout à fait sûre. La lumière vacilla d'abord un peu, mais Anita raffermit son pouce pour appuyer plus fermement sur le bouton, et nota que ses yeux étaient grands ouverts et fixes. Et vides.

Paul avait été ainsi, quand elle était restée à attendre la fin de son ultime crise cardiaque, en gardant son médicament emprisonné dans une main. Elle ne considérait pas cela comme un meurtre ; non, ç'avait juste été un moment de patience, songeait-elle à présent, en reprenant le contrôle d'elle-même.

Puis elle s'éloigna, prit un vieux balai dans un coin et balaya méticuleusement la poussière, pour disperser toutes les empreintes de sa marche à reculons vers la porte ; après quoi, à l'aide d'un mouchoir garni de dentelle, elle essuya le manche du balai, le jeta sur le côté, et referma la porte en tenant le mouchoir à pleine main. Elle s'ajustait mal, maintenant que Dubrowsky avait eu la bonne idée d'en ébranler le chambranle. Cambriolage suivi de meurtre, l'affaire était claire.

Elle essuya avec soin le Beretta (non enregistré) de son défunt mari, et le jeta aussi loin qu'elle le put dans les broussailles entourant le terrain. La police le retrouverait, bien sûr – elle comptait bien qu'on le retrouverait.

Rien ne la rattachait à ce bâtiment, hormis le fait que son mari l'avait possédé. Rien ne la rattachait à l'individu douteux qui avait gagné sa vie en jouant avec des armes à feu : il n'y avait pas de contrat de travail, pas de feuille de paie, aucun témoin de leurs relations. Sauf Jasper. Mais elle l'imaginait mal se précipitant chez les flics quand il apprendrait que son petit camarade avait été liquidé. Non, elle avait au contraire le sentiment que Marvin Jasper allait devenir un employé modèle. Rien de tel que ce genre de petit aiguillon pour réveiller la loyauté et l'ardeur au travail chez les gens.

Elle revint vers sa voiture et, une fois à l'intérieur, se redonna un coup de brosse sur les cheveux, se repassa du rouge sur les lèvres. Ensuite, elle s'éloigna en songeant combien était vraie la maxime selon laquelle on n'est jamais si bien servi que par soi-même.

Ce fut le son des cloches qui éveilla Jack. Leur mélodieux tintement le tira de son profond sommeil sur le couvre-lit, lui fit prendre conscience de la brise entrant par la fenêtre, qu'il avait laissée grande ouverte. Il en goûta l'odeur, les effluves maritimes qu'elle apportait avec elle. Il resta quelque temps ainsi, se laissant baigner par elle, jusqu'à ce que les cloches cessent de tinter.

Il était arrivé trop tôt à Cobh pour pouvoir se livrer à une activité plus productive qu'admirer le port, et avoir une vision d'ensemble du site. Ce port – d'où combien d'immigrants irlandais avaient jeté autrefois un dernier regard sur leur terre natale – était aujourd'hui plus une ville touristique qu'autre chose. Et jolie comme une carte postale. Depuis ses fenêtres, Jack avait une bonne vue sur la ville basse, la grand-place et la mer. En d'autres circonstances, il aurait pris le temps de s'imprégner de l'endroit, de se familiariser avec ses coutumes et ses habitants ; il aimait cet aspect-là des voyages, comme il aimait aussi voyager seul.

Mais dans le cas présent, un seul des habitants de la ville l'intéressait : Malachi Sullivan.

Il avait l'intention de découvrir ce qu'il avait besoin de savoir, de passer à sa seconde étape, et d'être de retour à New York dans les trois jours. Il devait garder un œil sur Anita Gaye, et ne pourrait le faire bien qu'en étant sur place. Quand il en aurait fini ici, il avait aussi l'intention de recontacter Tia Marsh. Elle pouvait en savoir plus qu'elle ne s'en rendait compte elle-même – ou qu'elle ne l'avait dit.

Indépendamment des affaires, pourtant, il prendrait le temps d'un petit pèlerinage avant de quitter Cobh. Il regarda sa montre, décida de commander du café et un petit-déjeuner léger avant de se doucher.

Le garçon d'étage avait le visage couvert de taches de rousseur.

— Est-ce que ça n'est pas une belle journée qui commence ? constata-t-il en déposant le plateau. Idéale pour un peu de tourisme, non ? Si vous voulez faire des excursions, m'sieur Burdett, l'hôtel vous organisera ça. On pourrait bien avoir de la pluie demain, alors vous devriez profiter du beau temps tant qu'il est là. Est-ce qu'il y a autre chose que je peux faire pour vous ?

Jack prit la petite carte pliée en deux qui contenait l'addition.

— Vous connaissez un certain Malachi Sullivan ?

— Ah, donc c'est un tour en bateau que vous voulez faire, c'est ça ?

— Pardon ?

— Vous voulez aller jusqu'à la pointe de Kinsale, là où le *Lusitania* a sombré ? Il y a de jolis paysages par là-bas, même si c'est un endroit plutôt triste, forcément... Il y a trois excursions par jour à cette période de l'année. Vous avez manqué le premier bateau, mais le deuxième part à midi, donc vous avez tout votre temps. Vous voulez qu'on réserve pour vous ?

— Je veux bien, merci, dit Jack en ajoutant un généreux pourboire. Est-ce que Sullivan accompagne l'excursion lui-même ?

— Un Sullivan ou un autre, répondit le garçon d'une voix enjouée. Gideon est absent pour le moment – c'est le second fils –, alors ça sera sans doute Mal ou Becca, ou encore un de la tribu Curry, des cousins aux Sullivan. Ils travaillent en famille, et croyez-moi : avec eux on en a pour son argent. On va s'occuper de réserver pour vous, il suffira que vous soyez sur le quai un quart d'heure avant midi.

Donc, il avait un peu de temps pour flâner, après tout. Jack prit son billet pour l'excursion à la réception, le mit dans sa poche et sortit de l'hôtel. Il descendit la rue en pente raide jusqu'à la place, où un ange de miséricorde veillait sur des statues de pêcheurs en larmes, pleurant les morts du *Lusitania*.

C'était un choix très fort et suggestif pour un tel monument, ces hommes aux tenues rudes, aux visages bouleversés. Des hommes qui avaient vécu toute leur vie de la mer, et qui pleuraient des étrangers pris par cette même mer. Il supposa que c'était très irlandais, et trouva ça très approprié.

Une rue plus loin, un monument commémorait le naufrage du *Titanic* et ses morts irlandais. Des boutiques l'entouraient, et ces boutiques s'ornaient de tonneaux et de paniers richement garnis de fleurs, qui tournaient la tristesse en pittoresque. Ce qui, pensa Jack, était sans doute très irlandais là encore.

Le long des rues, au-dedans et au-dehors des magasins, des gens se promenaient ; d'autres vaquaient rapidement à leurs affaires, d'un pas plus pressé. Les rues latérales se lançaient à l'assaut de collines aux pentes impressionnantes ; elles étaient bordées de maisons aux façades peintes, dont les portes donnaient directement sur des trottoirs étroits, ou dans de minuscules jardinets impeccablement soignés.

Au-dessus de sa tête, le ciel était d'un bleu pur et profond, qui allait se refléter dans l'eau du port. Des matelots s'affairaient sur les bateaux à quai – le quai même qui, à en croire le dépliant qu'on lui avait donné à l'hôtel, était en service pendant la période où les grands navires de la White Star et de la Cunard accostaient ici.

Jack continua sa marche, et put bientôt poser un premier regard sur le bateau d'excursion des Sullivan.

Il avait l'air de pouvoir accueillir une vingtaine de personnes et ressemblait à un bateau pour réceptions, avec au-dessus du pont son tendelet rouge vif destiné à protéger les passagers du soleil – ou de la pluie, songea-t-il, étant donné le climat de la région. Les sièges étaient rouges eux aussi, offrant un joyeux contraste avec le blanc brillant de la coque. Le flanc du bateau portait son nom en lettres rouges, la *Belle de Cobh*.

Une femme était déjà à bord ; Jack la regarda tandis qu'elle vérifiait le nombre de gilets de sauvetage et de coussins sur les sièges, cochant les articles un à un sur une écritoire à pince.

Elle portait un jean délavé, presque blanc aux genoux et aux fesses, un sweat-shirt bleu vif aux manches retroussées au-dessus des coudes ; sa silhouette avait l'air mince, presque fragile. Une cascade de cheveux bouclés s'échappait de sa casquette bleue et tombait sur ses épaules ; leur couleur était ce que la mère de Jack aurait appelé blond vénitien.

La visière de cette casquette, ainsi qu'une paire de lunettes noires, cachait une grande partie de son visage, mais ce qu'il en voyait – une bouche aux lèvres pleines, sans trace de maquillage, la courbe ferme de la mâchoire – faisait plutôt bien dans le cadre.

Elle s'éloigna de lui, marchant d'un pas sûr et rapide tandis que le bateau se balançait mollement au bout de ses amarres, et alla continuer sa liste de vérifications sur la passerelle.

Elle n'était sûrement pas Malachi Sullivan, pensa Jack, mais devait avoir un lien avec lui.

— Ohé de la *Belle*, appela-t-il, et il attendit jusqu'à ce qu'elle se retourne et l'aperçoive.

— Ohé du quai… Je peux vous aider à quelque chose ?

— Je fais la prochaine sortie...

Il tira de sa poche son billet et le brandit en l'air, où il claqua dans la brise.

— Est-ce que je peux monter maintenant à bord ?

— Bien sûr, si ça vous tente. Mais on ne partira pas avant vingt minutes environ.

Elle glissa l'écritoire à pince sous son bras et s'avança vers lui, se préparant à lui tendre la main pour l'aider à faire le grand pas séparant le quai du pont, mais elle se rendit vite compte qu'il n'en aurait pas besoin. Il avait l'air souple et plutôt bien bâti. Très bien bâti même, conclut-elle après avoir parcouru de l'œil sa solide charpente.

Elle admira aussi le blouson de pilote qu'il portait, la qualité de son cuir ; elle avait une faiblesse pour les vêtements aux bonnes textures.

— Je vous donne ceci ? lui demanda-t-il.

— Vous me le donnez, oui.

Elle lui prit le billet des mains, puis revint à son écritoire et souleva la feuille du dessus, pour trouver la liste des passagers.

— M. Burdett, c'est bien ça ?

— Oui. Et vous êtes...

Elle redressa la tête, lâcha la feuille pour saisir la main qu'il lui tendait.

— Rebecca. Je vais être votre capitaine et votre guide. Il faut que j'aille préparer le thé, mais je n'en aurai pas pour longtemps. Installez-vous. C'est une belle journée pour une sortie en bateau, je veillerai à ce que vous fassiez une promenade agréable.

Je suis sûr que oui, pensa-t-il. Rebecca – Becca pour faire plus court – Sullivan. Elle avait une petite main solide, une poignée franche et ferme, une voix de sirène.

Après avoir rangé son écritoire dans le casier qui lui était destiné, elle retourna à l'arrière du bateau, entra dans une minuscule cuisine. Quand elle vit qu'il la suivait, elle lui lança un sourire amical par-dessus son épaule.

— C'est votre première visite à Cobh ?

— Oui. C'est un endroit magnifique.

— Oh, pour ça, oui.

Elle posa une bouilloire sur l'unique brûleur, sortit de quoi faire du thé.

— Un des joyaux de l'Irlande, d'après nous. Vous aurez droit à un peu d'histoire pendant la promenade. Il n'y aura que douze passagers pour cette excursion, donc j'aurai du temps pour répondre à vos questions. Alors, vous venez d'Amérique ?

— Oui, de New York.

Elle fit la moue.

— On dirait que tout le monde vient de New York ou y part ces jours-ci.

— Pardon ?

— Non, ce n'est rien, dit-elle avec un petit haussement d'épaules. Mon frère est justement parti pour New York ce matin.

Mince alors, pensa Jack, mais il garda une expression neutre sur le visage.

— Il est parti là-bas en vacances ?

— Non, pour affaires. N'empêche qu'il va revoir tout cela, n'est-ce pas, encore une fois ? Alors que moi, je ne l'ai jamais vu.

Elle retira ses lunettes noires, les coinça dans le col de son sweat-shirt pour doser le thé.

Maintenant, il pouvait bien voir son visage ; et c'était une vision fort agréable, plus encore qu'il ne l'avait imaginé. Ses yeux étaient d'un vert frais et brumeux, se détachant sur une peau aussi pure et blanche que du marbre. Il était assez proche d'elle pour respirer son odeur, et c'était une odeur de pêche et de miel.

— Ça doit être tellement excitant, New York ! Tous ces gens, tous ces immeubles. Des boutiques, des restaurants, des théâtres, tout ça et plus encore réuni dans un seul et même endroit. J'aimerais tellement le voir… Oh, excusez-moi, les autres commencent à faire la queue sur le quai, il faut que j'aille les enregistrer.

Il resta à l'arrière, mais se retourna pour ne pas la quitter des yeux ; elle sentit son regard posé sur elle, tandis qu'elle prenait les billets des passagers et leur souhaitait la bienvenue. Quand ils furent tous installés, elle se présenta, donna les consignes de sécurité habituelles. Au moment précis où les cloches de la cathédrale sonnèrent les premiers coups de midi, elle largua les amarres.

— Merci, Jimmy !

Elle fit un signe à l'homme qui l'avait aidée depuis le quai, puis en écarta doucement le bateau pour traverser le port. Pilotant d'une main, elle prit le micro de l'autre.

— C'est la voix de ma mère, Eileen, que vous allez entendre pendant un petit moment. Elle est née ici, à Cobh, mais nous n'avons pas le droit de révéler l'année où cet heureux événement a eu lieu. Ses parents aussi étaient nés ici, de même que leurs parents avant eux ; elle a donc toutes les raisons de bien connaître la région et son histoire. Il se trouve que j'en connais un peu sur le sujet également, alors si vous avez des questions quand elle aura fini de vous parler, criez-les moi simplement. Nous avons une bonne journée, bien dégagée, donc cette promenade en mer devrait être calme et agréable. J'espère que vous allez l'apprécier.

Elle leva le bras jusqu'au magnétophone, mit en marche l'exposé que sa mère avait enregistré, puis s'installa confortablement pour profiter elle-même du voyage. Tandis que la voix de sa mère vantait les mérites du port naturel de Cobh et sa longue histoire maritime – ç'avait été un point de rassemblement pour les navires pendant les guerres napoléoniennes, ainsi qu'un des principaux points de départ du pays pour ses émigrants –, elle pilotait le bateau de manière que ses passagers aient une bonne vue de la ville depuis la mer – qu'ils remarquent son charme, la façon dont elle se nichait dans une cuvette du terrain, ses rues qui grimpaient en pente raide vers la grande cathédrale néogothique dominant l'ensemble de toute sa haute masse.

Leur système était intelligemment mis au point, jugea Jack, plein de charme et de simplicité de bout en bout. La fille savait manœuvrer un bateau, la mère savait faire un exposé, en le rendant aussi passionnant qu'un conte ou une histoire.

Il n'apprit rien qu'il ne sût déjà, s'étant documenté avec soin sur la région avant de venir, mais la voix amicale qui sortait du magnétophone semblait rendre tout plus intime ; c'était un don, manifestement.

La balade était calme, comme promis, et il n'y avait pas la moindre faute de goût dans le paysage qui défilait. Quand Eileen Sullivan commença à parler de la journée du 7 mai, il crut voir la scène de ses yeux ou presque. Une magnifique journée de printemps, le grand paquebot fendant les flots avec bon nombre de ses passagers accoudés au bastingage, regardant – ainsi que lui-même était en train de le faire – la côte d'Irlande.

Puis le mince filet d'écume blanche de la torpille, filant comme l'éclair vers tribord avant ; la première explosion sous le pont, le choc, la confusion. La terreur. Ensuite, tout aussi brutale, la seconde explosion à l'avant.

Les débris qui s'étaient abattus sur l'innocent passager, le malheureux qui dégringolait irrémédiablement, alors que le bateau prenait de la gîte. Et, pendant les vingt atroces minutes qui avaient suivi, la lâcheté et l'héroïsme, les miracles et les tragédies.

Certains des voisins de Jack prenaient des photos ou filmaient avec leur Camescope ; il remarqua que les yeux de quelques femmes s'étaient mis à cligner et à se mouiller de larmes. La mer autour d'eux était parfaitement étale et lisse.

« De la mort et de la tragédie, continuait Eileen, naquirent pourtant la vie et l'espoir. Mon propre arrière-grand-père était sur le *Lusitania,* et par la grâce de Dieu il survécut. Il fut transporté jusqu'à Cobh, et soigné par une charmante jeune fille qui devait devenir sa femme. Il ne retourna jamais en Amérique, ni n'alla en Angleterre comme il avait prévu de le faire. À la place, il s'installa à Cobh, qui s'appelait alors Queenstown. C'est à cause de ce jour terrible que je suis ici, aujourd'hui, pour vous le raconter. Pendant que nous pleurons les morts, nous apprenons à célébrer les vivants, et à respecter la main du destin. »

Intéressant, pensa Jack, avant d'accorder toute son attention à Rebecca.

Elle répondit aux questions, plaisanta avec les passagers, invita les enfants à monter l'aider à piloter le bateau. Ça devait être une routine pour elle, monotone, même, pourtant elle savait rendre tout cela amusant.

Un autre don, pensa Jack ; il semblait que les Sullivan en fussent généreusement pourvus.

Il posa lui-même une ou deux questions, parce qu'il voulait qu'elle n'oublie pas sa présence. Quand elle manœuvra le bateau pour le remettre à quai, il songea qu'il en avait eu pour son argent avec cette excursion.

Il attendit pendant qu'elle parlait aux passagers qui débarquaient, posait pour des photos avec eux ; il fit en sorte d'être le dernier à partir.

— C'était une promenade formidable, lui dit-il.

— Je suis contente que vous ayez aimé.

— Votre mère sait merveilleusement bien rendre les choses vivantes.

— C'est vrai, oui.

Visiblement touchée par sa remarque, Rebecca rabattit en arrière la visière de sa casquette.

— Maman écrit le texte des brochures, les publicités et tout le reste. Elle a un vrai talent avec les mots.

— Vous sortez encore aujourd'hui ?

— Non, fini jusqu'à demain, exceptionnellement.

— J'avais prévu d'aller jusqu'au cimetière, ça me paraît un bon moyen de prolonger cette promenade. Mais j'aimerais bien avoir un guide avec moi.

Elle haussa les sourcils.

— Vous n'avez pas besoin de guide pour ça, monsieur Burdett. Il y a des indications fléchées, et aussi des panneaux racontant l'histoire.

— Vous en sauriez plus que les panneaux, et ça me ferait plaisir d'avoir de la compagnie.

Elle le dévisagea avec un sourire ironique.

— Dites-moi, c'est un guide ou une fille que vous voulez ?

— Si je vous ai vous, j'aurai les deux.

Elle rit et accepta, sur une impulsion.

— Très bien, je vais venir avec vous. Mais il faut d'abord que je fasse un arrêt.

Elle acheta des fleurs, beaucoup, de sorte qu'il se sentit obligé de lui offrir de les porter, au moins une partie d'entre elles. Tandis qu'ils marchaient, elle lançait ici un salut, répondait là à un autre.

Bien qu'elle lui eût paru fragile dans son sweat-shirt trop large, elle grimpa la pente abrupte à grandes enjambées, sans effort apparent, et ne cessa de parler durant les trois kilomètres que dura la randonnée, sans paraître le moins du monde essoufflée.

— Puisque vous flirtez avec moi, monsieur Burdett…

— Jack.

— Puisque vous flirtez avec moi, Jack, je peux en déduire que vous n'êtes pas un homme marié.

— Je ne suis pas marié. Puisque vous me posez la question, je peux en déduire que cela a de l'importance pour vous.

— Oui, bien sûr. Je ne flirte jamais avec des hommes mariés.

Elle pencha la tête pour le dévisager.

— Généralement pas non plus avec des étrangers, mais je fais une exception pour vous parce que j'aime votre allure.

— J'aime la vôtre aussi.

— Je pensais que oui, en effet, parce que vous m'avez plus regardée que le paysage pendant l'excursion. En toute franchise, je ne peux pas dire que ça m'ait dérangée. Comment avez-vous eu cette cicatrice ? demanda-t-elle, et elle tapa du doigt le coin de sa propre bouche.

— Un petit différend.

— Et vous en avez beaucoup ?

— De cicatrices ou de différends ?

Elle rit.

— De différends qui mènent à des cicatrices.

— Pas tant que ça.

— Vous faites quoi, en Amérique ?

— J'ai ma propre entreprise de sécurité.

— C'est vrai ? Du genre gardes du corps ?

— C'est un aspect, oui. Mais nous faisons surtout dans la sécurité électronique.

— J'adore l'électronique, dit-elle, et elle fronça les sourcils en remarquant le coup d'œil que Jack lui jeta. Oh, ne me lancez pas ce regard condescendant... Être une femme ne veut pas dire qu'on ne comprend rien aux gadgets. Est-ce que vous vous occupez de maisons particulières, ou d'endroits comme des banques ou des musées ?

— Des deux. De tout. Nous sommes partout dans le monde.

D'habitude, il ne se vantait pas à propos de sa société, mais aujourd'hui il tenait à lui en raconter un peu. Exactement, se rendit-il compte non sans un pincement au cœur, comme un quarterback au lycée cherche à en mettre plein la vue à la chef des pom-pom girls.

— Et nous sommes les meilleurs. En douze ans, nous sommes passés d'une agence à New York à vingt dans le monde entier. Donnez-moi encore cinq ans et, quand les gens penseront sécurité, ils penseront Burdett, de la même façon qu'ils pensent Kleenex pour les mouchoirs en papier.

Elle ne jugea pas que c'était de la vantardise, mais de la fierté. Et elle était femme à apprécier et respecter une fierté justifiée par l'œuvre qu'on avait soi-même accomplie.

— C'est une bonne sensation, de créer quelque chose par soi-même. Nous l'avons fait aussi, à une plus petite échelle, bien sûr, mais ça nous convient.

— Dans votre famille ? lui demanda-t-il, se souvenant du but qui l'avait amené là.

— Oui, nous avons toujours vécu de la mer, mais ce n'était au début que la pêche. Puis nous avons tâté un peu du bateau d'excursion, un pour commencer. Mon père est mort il y a quelques années, et ça a été dur. Mais comme ma mère le répète souvent, il faut savoir tirer un bien d'un mal. Alors, j'ai commencé à réfléchir. Nous avions l'argent de son assurance-vie, nous avions des bras solides et de bons cerveaux. Le tourisme aidait à faire décoller l'Irlande, économiquement parlant, et nous, qu'est-ce que nous pouvions faire pour en profiter ?

— Des bateaux de promenade.

— Exactement. Le seul que nous avions faisait des affaires convenables ; mais pourquoi ne pas consacrer l'argent à en acheter deux de plus ? J'ai fait les comptes, calculé l'investissement nécessaire, les bénéfices prévisionnels et tout ce genre de choses. Résultat, maintenant les Excursions Sullivan ont trois bateaux de tourisme, et un de pêche. Et je pense qu'il est temps d'y ajouter une autre offre, qui inclurait exactement ce que nous sommes en train de faire en ce moment. Une promenade guidée le long de la voie funéraire, jusqu'au cimetière où sont enterrés les morts du *Lusitania*.

— C'est vous qui gérez l'affaire ?

— Eh bien, Mal s'occupe de tout ce qui est communication, la promotion et les mains à serrer, parce que c'est lui le meilleur pour ça. Gideon tient les comptes parce qu'on l'oblige à le faire, mais il préfère s'occuper de la maintenance et des réparations, étant donné qu'il est du genre méthodique et qu'il ne supporte pas que tout ne soit pas parfaitement en ordre. Ma mère s'occupe des textes à rédiger, de la correspondance, et elle nous empêche de nous entre-tuer. Quant à moi, j'ai les idées.

Elle se tut, fit un geste de la main vers les pierres et les herbes hautes du cimetière.

— Vous voulez flâner un peu là-bas tout seul ? La plupart des gens le font. Les fosses communes sont là devant, où il y a ces ifs. Autrefois c'étaient des ormes, mais des ifs les ont remplacés. Les fosses sont marquées par trois rochers calcaires et des plaques de bronze, et il y a aussi des tombes individuelles – vingt-huit en tout. Certaines sont vides, parce qu'on n'a jamais retrouvé les corps.

— Et ça, c'est pour eux ?

— Ça, dit-elle en lui prenant des mains les fleurs qu'il portait, c'est pour mes morts à moi.

13

Le cimetière se trouvait sur une colline entourée de vertes vallées. Les pierres tombales étaient tachées de lichen, parfois si vieilles que le vent et la pluie avaient presque effacé les mots qui y étaient gravés. Certaines se dressaient comme des soldats, d'autres penchaient comme des ivrognes. Et cela même, songea Jack, ce désordre même rendait le site encore plus émouvant, encore plus suggestif et puissant.

L'herbe, que l'été gardait épaisse et drue, poussait en touffes sauvages ; en ondulant dans la brise, elle diffusait un parfum de vie, de sève, de verdeur. Sur un grand nombre de tombes, des fleurs étaient plantées ou juste déposées là, coupées. Des boîtes de plastique transparent contenaient des couronnes, d'autres des petites fioles d'eau bénite venue d'un lieu saint.

Jack se sentit bizarrement remué par cette vision, même si ça le laissait un peu perplexe : qu'est-ce que de l'eau bénite pouvait apporter aux occupants d'un cimetière ?

Il remarqua des fleurs fraîchement coupées, sous des pierres tombales qui remontaient à quatre-vingt-dix ans et plus ; qui pouvait apporter des marguerites à d'aussi vieux morts ?

Il ne pouvait refuser à Rebecca de rester un moment seule, comme elle en avait émis le désir, aussi traversa-t-il le cimetière jusqu'au tapis vert et chatoyant de l'impeccable gazon qui s'étendait au pied des ifs ; il vit les pierres avec leurs plaques de cuivre, lut les inscriptions qu'elles portaient.

Il aurait fallu avoir le cœur bien sec pour y rester tout à fait insensible. Même s'il se considérait comme un homme maîtrisant ses émotions, il était troublé. Ce drame le concernait lui aussi personnellement, et il se demanda pourquoi il avait attendu si longtemps avant de venir ici, de mettre les pieds sur ce sol.

Le destin, songea-t-il. Sans doute était-ce le destin, une fois de plus, qui avait choisi son heure.

Il se retourna pour regarder en arrière, par-dessus les pierres et les hautes herbes, et aperçut Rebecca qui déposait un autre bouquet sur une autre tombe. Elle avait enlevé sa casquette, par respect probablement, et l'avait glissée dans la poche arrière de son jean. Ses cheveux, d'une délicate teinte or et roux, voletaient dans la brise, qui agitait aussi l'herbe à ses pieds ainsi que son sweat-shirt bleu azur. Un sourire calme et tout intérieur flottait sur ses lèvres, tandis qu'elle gardait les yeux baissés vers la pierre tombale.

À la regarder ainsi entre les herbes folles et les pierres grises, il sentit soudain son cœur, si habitué à se contenir, tressaillir violemment dans sa poitrine. S'il en fut d'abord ébranlé, il n'était pas du genre à méconnaître les perturbations, quelle que soit leur forme. Il marcha vers Rebecca.

Elle releva la tête, et bien que sa bouche gardât la même courbe douce et souriante, il eut la certitude qu'elle était maintenant sur ses gardes. Est-ce qu'elle éprouvait la même chose que lui ? Cet étrange petit sursaut, presque, oui – s'il avait été homme à croire à de telles choses –, une sorte de reconnaissance…

Quand il arriva près d'elle, elle fit passer dans son autre main les deux bouquets qui lui restaient encore.

— Une terre consacrée est un endroit fort, puissant.

Il hocha la tête. Oui, elle avait éprouvé la même chose.

— Ici encore plus qu'ailleurs, peut-être.

Elle examina son visage, ses traits durs et forts, leur ensemble qu'on ne pouvait pas qualifier de beau et qui pourtant l'était à certains égards au moins. Et ses yeux, gris cendré, secrets.

Il savait des choses, elle en était sûre. Et certaines de ces choses devaient être des merveilles.

— Vous croyez en la puissance, Jack ? Pas du genre qui vient des muscles, ni de la position sociale. Du genre qui vient de quelque part à l'extérieur – et à l'intérieur aussi – d'une personne ?

— Je suppose que oui.

Elle hocha la tête.

— Moi aussi. Mon père est là.

Elle fit un geste vers une pierre de granit noir portant le nom de Patrick Sullivan.

— Ses parents vivent encore, et à Cobh, comme ceux de ma mère. Et là, il y a mes arrière-grands-parents, John et Margaret Sullivan, Declan et Katherine Curry. Et leurs parents sont ici aussi, quelques allées plus loin là-bas, pour ceux du côté de mon père.

— Vous leur apportez des fleurs à tous ?

— Quand je viens par ici, oui. Et je m'arrête à cet endroit pour finir. Mes arrière-arrière-grands-parents du côté de ma mère.

Elle s'accroupit pour poser les fleurs à la base de la pierre. Jack regarda par-dessus sa tête, lut les noms.

La destinée, songea-t-il encore. Quelle garce, sournoise.

— Felix Greenfield ?

— On ne voit pas beaucoup de noms comme Greenfield dans les cimetières irlandais, n'est-ce pas ? remarqua-t-elle en riant, tandis qu'elle se redressait. C'est de lui que ma mère parlait pendant l'excursion, lui qui a survécu au *Lusitania* et s'est installé à Cobh.

Je m'arrête ici en dernier, parce que s'il n'avait pas survécu ce jour-là, je ne serais pas là pour lui apporter des fleurs. Vous avez vu ce que vous vouliez voir ?

— Jusqu'à maintenant, oui.

— Alors, vous devriez venir à la maison avec moi pour le thé.

— Rebecca, déclara-t-il en lui prenant le bras au moment où elle se retournait. C'est pour vous voir que je suis venu ici.

— Moi ?

Elle rejeta ses cheveux en arrière, força sa voix à rester calme, malgré la soudaine accélération de son cœur.

— C'est quelque chose de très romantique à dire, Jack.

— Je devrais plutôt dire que je suis venu voir Malachi Sullivan, en réalité.

L'éclat joyeux qu'elle avait eu dans les yeux disparut.

— Malachi ? Pourquoi ?

— La *Parque*.

Il remarqua l'éclair de peur qui passa alors sur son visage ; l'instant d'après, il vit, non sans admiration, ce même visage se durcir et se figer.

— Vous pouvez retourner à New York et dire à Anita Gaye qu'elle peut se la mettre où je pense, la *Parque*, et aller au diable avec !

— Je le ferais volontiers, mais je ne suis pas ici à cause d'Anita. Je suis collectionneur, et je... m'intéresse personnellement aux *Trois Parques*. Je vous donnerai la même chose que ce qu'Anita paie à votre famille, et j'ajouterai dix pour cent.

— Qu'elle nous paie ? Nous paie ?

Ses joues en devinrent brûlantes de rage. Oh, quand elle repensait à la façon dont l'intérieur de son corps s'était adouci et s'était mis à ronronner rien qu'en le regardant !

— Cette garce de voleuse ! Maintenant, écoutez ! À cause de vous, j'ai dit des jurons ici, au milieu des tombes de mes ancêtres ! Alors, tant que j'y suis, je vais terminer en vous conseillant d'aller au diable vous aussi !

Il soupira, tandis qu'elle partait en courant vers la route à travers le cimetière.

— Vous êtes une femme d'affaires, lui rappela-t-il en la rattrapant, alors essayons d'avoir une discussion. Faute de quoi, je vous montrerai que je suis plus grand et plus fort que vous. Ne m'obligez pas à le prouver.

— Ah, c'est comme ça ? rétorqua-t-elle en se retournant vivement. Vous me menacez, vous voulez me rudoyer ? Eh bien, essayez un peu, vous verrez si vous ne finissez pas avec une ou deux cicatrices de plus pour votre peine !

— Je viens juste de vous demander de ne pas m'obliger à vous rudoyer… Pourquoi est-ce que votre frère est reparti pour New York ce matin ?

— C'est pas vos foutues affaires !

— Étant donné que je viens de faire cinq mille kilomètres pour le voir, ce sont mes foutues affaires, si !

Mais il était inutile de faire de la surenchère, aussi reprit-il un ton calme et raisonnable.

— En tout cas, je peux vous dire une chose, c'est que s'il est parti voir Tia Marsh, il ne va pas avoir un accueil très chaleureux.

— Apparemment, vous n'êtes guère au courant, vu que c'est elle qui a payé son billet… C'est un prêt, ajouta-t-elle en reniflant d'un air dédaigneux. Nous ne sommes pas des sangsues ni des grippe-sous. Et il est à moitié malade, depuis que Gideon l'a appelé pour lui raconter le meurtre.

— Quoi ?

Cette fois, la main de Jack fut comme une griffe d'acier sur son bras.

— Quel meurtre ?

Elle était folle de rage, et pour cette raison avait envie de lui cracher dessus et de lui donner des coups de pied. Ce salaud avait éveillé un sentiment en elle – dès son premier *ohé* insouciant, même ; mais elle découvrait à présent en lui quelque chose de froid et de déterminé. Cependant, visiblement, il entendait parler du meurtre pour la première fois.

— Je ne vous dirai rien, pas un fichu mot, jusqu'à ce que je sache qui vous êtes et ce que vous voulez.

— Je suis Jack Burdett.

Il sortit son portefeuille de sa poche, l'ouvrit pour qu'elle voie son permis de conduire.

— Burdett Sécurité électronique, New York. Si vous avez un ordinateur, vous n'avez qu'à faire une recherche sur le Net.

Elle prit son portefeuille, examina ses papiers.

— Je suis collectionneur, tout comme je vous l'ai dit. J'ai fait quelques travaux de sécurité pour les Antiquités Morningside, et j'ai été leur client, aussi. Anita m'a lancé *Les Trois Parques* comme un appât, parce qu'elle sait que ce genre de choses m'intéresse, et que j'ai un certain flair quand je me mets en chasse.

Tandis qu'elle continuait à fouiller dans le portefeuille, il luttait pour ne pas perdre patience ; il finit par le lui retirer des doigts et le remettre dans sa poche.

— L'erreur d'Anita était de supposer que je les trouverais pour elle, ou encore qu'elle pourrait me battre sur mon propre terrain, celui de la sécurité, en suivant mes mouvements... Qui est mort, bon sang ?

— Ça ne suffit pas. Je vais d'abord faire cette recherche sur le web. Laissez-moi vous dire une chose, Jack : j'ai un certain flair moi aussi quand je me mets en chasse.

— Tia Marsh...

Il avait réglé son pas sur celui de Rebecca, tandis qu'elle descendait la colline.

— ... vous dites qu'elle a payé le billet d'avion de votre frère pour New York. Elle va bien, alors ?

Rebecca lui jeta un regard en coin.

— À ce que je sais, oui, elle va bien. Vous la connaissez ?

— Je ne l'ai rencontrée qu'une fois, mais je l'aime bien... Est-ce qu'il est arrivé quelque chose à ses parents ?

— Non. Il s'agit de quelqu'un d'autre, mais je ne vous donnerai pas de nom avant d'être sûre que vous n'êtes pas impliqué dans cette affaire.

— Je veux les *Parques*, mais pas assez fort pour aller jusqu'au meurtre. Si Anita est derrière cela, ça change toute la situation.

— Vous n'avez pas l'air de la croire capable d'une telle chose.

— C'est une araignée, dit simplement Jack. J'aimais bien son mari, j'ai travaillé pour lui. J'ai travaillé pour elle aussi, mais je ne suis pas tenu d'aimer tous mes clients. Comment est-ce que votre frère s'est retrouvé dans ses pattes ?

— Elle a...

Rebecca s'arrêta soudain, le visage fermé.

— Je ne vous le dirai pas. Mais vous, comment avez-vous eu le nom de Malachi, si ce n'est pas elle qui vous l'a donné ?

— C'est Tia qui m'en a parlé.

Il garda le silence quelques instants, puis reprit :

— Écoutez, vous et votre famille paraissez avoir une bonne affaire ici. Vous devriez songer à laisser tomber tout ça. Vous n'êtes pas du niveau d'Anita.

— Vous ne savez rien de moi ni de mon niveau. Nous aurons *Les Trois Parques* avant que toute cette histoire soit finie, je vous le promets. Et si vous êtes un collectionneur aussi intéressé que cela, vous pouvez vous préparer à casquer pour elles.

— Je croyais que vous n'étiez pas grippe-sous...

À cause de l'humour qu'elle percevait dans sa voix, elle ne monta pas sur ses grands chevaux.

— Je suis une femme d'affaires, vous l'avez dit vous-même. Et je peux mener une affaire aussi bien que n'importe qui, mieux que la plupart des gens, même. J'ai mené ma propre enquête sur les *Parques*. La série complète, vendue aux enchères dans un endroit comme Wyley ou Sotheby, pourrait monter à plus de vingt millions de dollars. Plus, si on fait un bon battage publicitaire autour.

— Mais la série incomplète, même s'il y en a deux sur trois, n'en rapporterait qu'une petite partie – et encore, uniquement en tombant sur un collectionneur passionné.

— Nous aurons les trois. C'est à nous qu'elles reviennent.

Il n'insista pas et maintint son allure au niveau de la sienne, rapide, tandis qu'ils montaient la longue colline à la lisière de la ville. En haut de la côte, il y avait une jolie maison, entourée d'un joli jardin et avec une jolie femme en train d'en prendre soin.

Elle se redressa, mit sa main en visière devant ses yeux. Quand elle sourit en signe de bienvenue, Jack nota la ressemblance, surtout au niveau de la bouche.

— Becca, ma chérie, qui ramènes-tu à la maison avec toi ?

— Jack Burdett. Je l'ai invité à prendre le thé à la maison, avant de me rendre compte que c'était un menteur et un faux jeton.

— Vraiment ? lança Eileen, mais son sourire ne s'atténua pas le moins du monde... Eh bien, une invitation est une invitation, après tout... Je suis Eileen Sullivan, ajouta-t-elle en tendant la main par-dessus la porte du jardin. La mère de cette mauvaise créature.

— Ravi de vous rencontrer. J'ai beaucoup aimé votre exposé pendant l'excursion.

— C'est gentil à vous de me le dire. Vous arrivez d'Amérique ? demanda-t-elle en ouvrant la porte.

— De New York. Je suis à Cobh parce que j'avais espéré parler à votre fils, Malachi, au sujet des *Trois Parques*.

— Avec elle, bien sûr, ça ne vous pose pas de problème de tout lui déverser en une seule fois, râla Rebecca. Tandis qu'avec moi, c'était badinage et comédie.

— J'ai dit que j'aimais votre allure, et puisque vous ne me paraissez pas être stupide, vous devez savoir que si un homme vous regarde et n'aime pas ce qu'il voit, c'est qu'il a un sérieux problème. En d'autres termes, ça veut dire qu'il y avait badinage, oui, mais pas comédie. J'ai mis votre fille en colère, madame Sullivan.

Amusée, intriguée aussi, Eileen hocha la tête.

— Ça n'est pas difficile à réussir. Peut-être que nous pourrions continuer cette conversation à l'intérieur, avant que les voisins commencent à s'agiter ? Kate Curry est déjà à sa fenêtre... Ainsi, vous venez de New York, poursuivit-elle, alors qu'ils faisaient les quelques pas les séparant de la porte. Vous y avez de la famille ?

— Je n'en ai plus. Mes parents sont installés en Arizona depuis plusieurs années. Ils aiment le climat de là-bas.

— Chaud, j'imagine. Pas de femme, donc ?

— Plus maintenant. Je suis divorcé.

— Ah, dit Eileen, en le conduisant vers le salon. C'est dommage.

— C'est le mariage qui était dommage. Le divorce a été beaucoup plus facile pour nous deux... Vous avez une jolie maison, madame Sullivan.

Elle apprécia la façon dont il avait prononcé ces mots.

— Oui, je trouve aussi, et je voudrais que vous vous y installiez confortablement. Je vais faire ce thé, puis nous parlerons. Rebecca, occupe-toi de notre invité.

— Écoute, ma...

Non sans un regard cinglant à Jack, Rebecca s'empressa de suivre Eileen. Il les entendit murmurer, depuis le fond du couloir où elles avaient disparu ; elles se disputaient, jugea-t-il avec un sourire. Il ne pouvait pas distinguer les mots, sauf les tout derniers d'entre eux, mais c'était clair.

— Rebecca Anne Margaret Sullivan, va tout de suite au salon et fais preuve d'un peu de bonnes manières, ou il faudra que tu t'expliques très sérieusement avec moi !

Rebecca revint d'un pas lourd, se jeta dans un fauteuil en face de celui de Jack. Ses yeux lançaient des éclairs, sa voix était glaciale.

— Ne croyez pas que vous allez m'avoir comme vous avez eu ma mère.

— Je n'en aurais même pas rêvé, Rebecca Anne Margaret.

— Oh, la ferme !

— Dites-moi pourquoi votre frère est reparti pour New York. Et pourquoi vous pensez qu'Anita est impliquée dans un meurtre.

— Je ne vous dirai rien avant d'avoir essayé de découvrir sur mon ordinateur quelle part de ce que vous m'avez raconté est vraie.

— Allez-y, faites-le tout de suite, répliqua-t-il avec un geste de la main. Je vous couvrirai auprès de votre mère.

Rebecca mit en balance la colère de sa mère et l'aiguillon de sa propre curiosité. Elle risquait de payer pour cette désobéissance, et même de la payer cher, pourtant elle se remit sur ses pieds.

— Si une seule de vos affirmations ne colle pas, je vous flanque dehors de mes mains.

Elle marcha jusqu'à la porte ; Jack la vit jeter au passage un regard inquiet dans le couloir, vers l'endroit où se tenait sa mère, puis elle se jeta dans l'escalier.

Parce qu'il comprenait la crainte qu'une fille pouvait éprouver à l'égard de sa mère, et qu'il la trouvait plutôt saine, Jack s'avança vers la cuisine.

— J'espère que je ne vous dérange pas, déclara-t-il en entrant, j'avais juste envie de voir la maison.

Eileen était en train de découper un gâteau en carrés nets et précis.

— J'ai entendu ma fille monter, alors que je lui avais interdit de le faire.

— C'est ma faute. Je lui ai conseillé d'aller effectuer les vérifications qu'elle voulait sur moi. Vous vous sentirez plus à l'aise toutes les deux quand elle l'aura fait.

— Si je ne me sentais pas à l'aise en ce moment, vous ne seriez pas dans ma maison.

Elle fit tinter son couteau, à longue lame, sur le bord du plat à gâteau, sourit en voyant Jack loucher dessus.

— Je sais juger un homme en le regardant dans les yeux. Et je sais aussi me protéger moi-même.

— Je vous crois.

— Bien. Maintenant au moins, je sais pourquoi j'ai cuit ce gâteau ce matin, même si les garçons ne sont pas là pour le manger.

Elle se tourna vers la cuisinière, pour finir de préparer le thé.

— Chez nous, pour les invités c'est le salon, pour les affaires c'est la cuisine.

— Alors, je suppose que nous sommes aussi bien dans la cuisine.

— Dans ce cas, asseyez-vous et prenez du gâteau. Quand ma fille s'installe devant son ordinateur, impossible de dire à quel moment elle en émergera.

Il ne pouvait se rappeler la dernière fois qu'il avait mangé un gâteau fait à la maison, ou qu'il avait mangé dans une cuisine qui n'était pas la sienne. Ça l'aida à se relaxer, et il remarqua à peine que le temps passait.

Trente bonnes minutes s'écoulèrent pourtant avant que Rebecca débarque dans la pièce et attire une chaise à elle.

— Il est bien ce qu'il dit être, affirma-t-elle à sa mère. Voilà au moins un point d'acquis.

Quand elle tendit la main pour prendre un morceau de gâteau, Eileen la repoussa d'une tape.

— Tu ne mérites aucune gâterie.

— Oh, ma…

— Quel que soit l'âge qu'on a, Rebecca, on ne désobéit pas à sa mère sans en subir les conséquences.

Le front de la jeune fille se plissa, mais elle laissa le gâteau.

— Oui, maman. Je suis désolée.

Puis elle tourna son regard vers Jack, et il crut y voir des flèches prêtes à en partir.

— Je me demande pourquoi vous avez besoin d'un appartement à New York, d'un autre à Los Angeles, et encore d'un troisième à Londres.

S'il fut surpris, il n'en montra rien et continua de siroter son thé. Pour creuser aussi profond, il fallait plus que des connaissances moyennes en informatique.

— Je voyage beaucoup, et je préfère être chez moi plutôt qu'aller à l'hôtel, quand c'est possible.

— En quoi est-ce que la vie privée de quelqu'un nous regarde, Becca ?

Au ton sévère de sa mère, elle ne put réprimer une légère irritation.

— Il fallait bien que je sache un peu ce qu'il a dans le ventre, non ? Il se pointe ici comme une fleur, juste après le départ de Mal et après cette horrible affaire à New York – d'où justement il arrive, il l'admet lui-même.

— J'aurais fait la même chose que vous, lui assura Jack avec un signe de tête, et plus encore.

— J'ai l'intention de faire davantage, mais ça prend du temps. Ce que j'ai trouvé aussi, c'est que vous êtes arrivé à votre hôtel tôt ce matin, au volant d'une voiture de location. Et que vous aviez réservé votre chambre il y a deux jours. C'était avant ce problème à New York, donc je ne pense pas qu'il y ait un rapport entre les deux choses.

Il se pencha en avant.

— Dites-moi qui a été assassiné.

— Un jeune homme nommé Michael Hicks, lui dit Eileen. Que Dieu ait son âme.

— Est-ce qu'il travaillait avec vous ?

— Non.

Rebecca soupira, puis ajouta :

— C'est une affaire compliquée.

— Je suis très bon pour les complications.

Elle regarda sa mère.

— Chérie, quelqu'un est mort, déclara Eileen, en posant la main sur celle de sa fille. Un jeune homme innocent, d'après ce qu'on nous dit. Ça change toute l'histoire. Il faut réparer cela, rétablir la justice. S'il y a une chance que Jack puisse nous y aider, nous devons la saisir.

Rebecca s'appuya contre le dossier de sa chaise, scruta le visage de Jack.

— Vous pouvez nous aider à ce qu'elle paie pour ce qu'elle a fait ?

— Si Anita a quoi que ce soit à voir avec le meurtre, je veillerai à ce qu'elle paie, vous avez ma parole.

Rebecca hocha la tête, puis, comme elle avait toujours envie de gâteau, elle posa ses mains sur la table, l'une sur l'autre.

— Raconte, toi, ma. Tu es meilleure que moi pour ça.

Eileen était bonne conteuse, et Jack, Rebecca le découvrit, était attentif. Il ne posa aucune question, ne fit aucun commentaire ; il but simplement son thé, et resta concentré sur le récit d'Eileen pendant tout le temps qu'elle parla.

— Et voilà, conclut-elle. Malachi est reparti pour New York, pour y faire ce qui doit être fait.

Jack hocha la tête, en se demandant si cette gentille et sympathique famille avait une idée du guêpier dans lequel elle s'était fourrée.

— Donc, dit-il, cette Cleo Toliver possède la deuxième *Parque*.

— Soit elle l'a, soit elle sait où elle est, ce n'était pas tout à fait clair. Le garçon qui est mort était un de ses meilleurs amis, et elle s'en veut beaucoup pour ça.

— Et Anita sait qui elle est, mais pas où elle est. Pour le moment.

— Pour le moment, oui, confirma Eileen.

— Il vaudrait mieux que les choses demeurent ainsi. Si elle a tué une fois, elle n'hésitera pas à recommencer. Madame Sullivan, est-ce que cela vaut vraiment la peine pour vous ? De risquer la vie de votre famille ?

— Rien ne vaut ma famille, mais je crois qu'ils ne voudront pas s'arrêter maintenant, et j'ajoute qu'ils me décevraient s'ils le faisaient. Un jeune homme est mort, on ne peut pas l'oublier. On ne peut pas laisser cette femme voler et tuer impunément.

— Comment vous a-t-elle pris la première *Parque ?*

— Comment savez-vous qu'elle l'a fait ? rétorqua Rebecca. À moins qu'elle vous l'ait dit elle-même...

— C'est vous qui me l'avez dit, souffla-t-il. Vous l'avez traitée de voleuse. Et vous avez mis des fleurs sur la tombe de votre arrière-arrière-grand-père, un certain Felix Greenfield, qui était à bord du *Lusitania*. Jusqu'il y a très peu de temps, je croyais que la première *Parque* s'était perdue avec Henry W. Wyley. Mais apparemment, celle-ci et votre ancêtre ont été épargnés par le naufrage. Comment cela s'est-il fait ? Est-ce qu'il travaillait pour Wyley ?

— Felix n'était pas le seul survivant..., commença Rebecca, mais sa mère l'interrompit.

— Oh, Becca, pour l'amour du ciel ! Il a un cerveau dans la tête, et il sait visiblement s'en servir... J'ai bien peur que Felix ait volé la statuette, cher monsieur. Il était un peu voleur sur les bords, mais il s'est racheté par la suite. Il a glissé la petite chose dans sa poche juste au moment où la torpille a frappé. Même si ça peut paraître intéressé, je préfère penser que c'était pour la sauver.

— Il l'a volée, répéta Jack, et son visage s'éclaira d'un sourire. Ensuite, Anita vous l'a volée ; comme ça, l'histoire est parfaite.

— C'est différent ! rectifia Rebecca. Elle savait ce que c'était, pas Felix ! Elle s'est servie de la réputation de la société de son mari, de feu son mari, quand Malachi la lui a apportée pour qu'elle l'expertise. Ensuite, elle s'est servie de son corps pour lui faire perdre toute sa lucidité et son bon sens, et comme Malachi n'est qu'un homme, elle n'a pas eu de mal à y parvenir. Elle nous a tous ridiculisés, et ça... Bref, pour ça aussi elle devra rendre des comptes.

— Si c'est une question de fierté, vous feriez mieux d'y réfléchir à deux fois. Elle va vous dévorer toute crue, ma jolie.

— Qu'elle essaie un peu... Elle va tomber sur un os, c'est moi qui vous le dis !

— La fierté n'est pas un luxe, remarqua doucement Eileen. Et pas toujours une forme de vanité non plus. Quant à Felix, survivre alors que les autres étaient morts l'a changé. On peut dire que ça a fait de lui un autre homme. La *Parque* a été le symbole de cette transformation, et elle l'est restée depuis cinq générations dans notre famille. Aujourd'hui, nous savons ce qu'elle représente exactement, au-delà du symbole, et nous pensons que les trois pourraient se retrouver ensemble – ce qui était d'ailleurs prévu au départ. Peut-être qu'il y a un bénéfice à faire dans l'opération, et nous ne le dédaignerons pas, mais ce n'est pas l'appât du gain qui nous conduit, c'est pour la famille.

— Anita a la première, et elle sait – ou elle croit savoir – comment se procurer la deuxième. Vous êtes sur son chemin.

— Mais les Sullivan ne sont pas aussi faciles à écarter qu'elle le croit peut-être, répliqua Eileen. Felix flottait en grelottant sur une caisse brisée, pendant qu'un des plus grands bateaux jamais construits sombrait derrière lui. Il a survécu, pas le bateau. Mille autres passagers n'ont pas survécu non plus. Et il avait cette petite statuette en argent dans la poche. Il l'a apportée ici, et nous la ferons revenir ici.

— Si je vous y aide, si je vous aide à regrouper les trois, est-ce que vous me vendrez la vôtre ?

— Si vous acceptez le prix qu'on en demandera..., commença Rebecca, mais sa mère la coupa d'un regard sévère.

— Si vous nous aidez, nous vous la vendrons. Je vous en donne ma parole, dit-elle, et elle allongea sa main en travers de la table.

Il voulait du temps pour y réfléchir, alors il passa un jour de plus à Cobh. Cela lui permit de donner plusieurs coups de téléphone, de faire un certain nombre de vérifications et de recoupements sur les différentes forces en présence – pour trouver que la partie en cours s'annonçait fort intéressante.

Il avait confiance en Eileen Sullivan. Rebecca l'attirait, pourtant il n'accordait pas la même foi instinctive dans les dires de la fille que dans ceux de la mère. Il n'en avait pas moins envie d'une seconde promenade avec elle, aussi acheta-t-il un autre billet, et il retourna flâner sur le quai.

Elle n'eut pas l'air ravie de le voir. L'expression joyeuse qu'elle avait en bavardant avec les passagers devint froide et dure quand elle tourna la tête et que ses yeux tombèrent sur lui.

Elle lui arracha presque le billet des mains.

— Qu'est-ce que vous faites encore ici ?

— Peut-être que je ne peux pas m'éloigner de vous.

— Conneries. Enfin, c'est votre argent.

— Dix livres de plus pour un siège sur la passerelle et un peu de conversation.

— Vingt, riposta-t-elle en tendant la main. Et on paie d'avance.

— Méfiante, méfiante et intéressée, dit-il en sortant les vingt livres de sa poche. Attention, je pourrais tomber amoureux de vous.

— Alors, j'aurais le plaisir de réduire votre cœur en poussière. Rien que pour ça, je vous rembourserais les vingt livres. Asseyez-vous et ne touchez à rien. Il faut que je commence.

Il attendit, la laissa se poser des questions et mijoter un peu, pendant qu'elle manœuvrait dans le port et mettait en marche la bande enregistrée par sa mère.

— On dirait qu'il va pleuvoir, remarqua-t-il simplement.

— Voilà, nous avons deux bonnes heures devant nous. Vous ne m'avez pas l'air d'un homme qui fait deux fois la même excursion sans une bonne raison. Qu'est-ce que vous voulez ?

— Une autre invitation pour le thé ?

— Vous ne l'aurez pas.

— Pas très aimable… Et à part moi, est-ce que vous avez remarqué quelqu'un qui traînait dans les parages, qui faisait cette excursion, qui se promenait du côté de chez vous ? Vous n'avez remarqué personne en particulier, à un moment ou un autre de votre journée ?

— Vous pensez que nous sommes surveillés ? demanda-t-elle, puis elle secoua la tête. Elle ne s'y prend pas comme ça, non. Ce n'est pas ce que nous faisons quand nous sommes à Cobh qui l'intéresse, mais plutôt ce que nous faisons quand nous n'y sommes pas, justement, quand l'un de nous n'y est pas. Elle a suivi mes frères à la trace lorsqu'ils sont partis d'ici, par l'intermédiaire des billets d'avion, je suppose – leurs cartes de crédit, vous savez. Ce n'est pas très difficile d'obtenir ce genre d'information si vous vous débrouillez un peu avec un ordinateur.

— Ce n'est pas très facile non plus.

— Si moi je peux le faire, elle ou quelqu'un qu'elle paie le peut aussi.

— Et vous pouvez ?

— Je peux à peu près tout faire avec un ordinateur. Je sais par exemple que vous avez divorcé il y a cinq ans, après un an et trois mois de mariage. Pas si long que ça.

— Mais bien assez long, croyez-moi.

— Je connais votre adresse à New York, pour le cas où je voudrais vous rendre visite à l'avenir. Je sais que vous avez été à l'université à Oxford, que vous avez été reçu au diplôme parmi les meilleurs de votre classe. Ce n'est pas trop mal, ajouta-t-elle, tout compte fait.

— Merci.

— Je sais aussi que vous n'avez pas de casier judiciaire, du moins pas à première vue, que vous avez créé votre société il y a douze ans, qu'elle a une bonne réputation internationale et qu'elle vous a rapporté un profit net, je dis bien net, qu'on peut estimer à vingt-six millions de dollars. Ce qui n'est pas trop mal non plus, commenta-t-elle, et une première lueur de sourire apparut dans ses yeux.

— Ça représente beaucoup de recherches, remarqua-t-il en allongeant les jambes.

Et un travail très impressionnant, songea-t-il.

— Oh, pas tant que ça.

Elle écarta d'un geste la remarque – ainsi que les six heures qu'elle avait passées devant son écran.

— Et j'étais curieuse d'en savoir un peu plus.

— Assez curieuse pour faire un saut jusqu'à Dublin ?

— Pourquoi est-ce que je voudrais aller à Dublin ?

— Parce que j'y vais ce soir.

— Vous me faites des propositions, Jack ? Au moment même où la voix de ma mère passe dans le magnétophone ?

— Oui, mais qu'elles soient personnelles ou seulement professionnelles dépend de vous. Il y a quelqu'un à Dublin que j'ai besoin de voir, et je pense que vous ne perdriez pas votre temps en m'accompagnant.

— De qui est-ce qu'il s'agit ?

— Si vous voulez le savoir, préparez un sac et soyez prête à cinq heures et demie. Je passerai vous prendre.

— Je vais y réfléchir, répondit-elle. Mentalement elle préparait déjà son sac.

14

— Je sais que je te laisse un peu à court de personnel, ma.

— Ce n'est pas ça qui m'inquiète.

Eileen fronça les sourcils, tandis que Rebecca roulait un sweat-shirt comme un boudin et le fourrait dans son sac.

— J'ai dit que Jack Burdett m'avait fait bonne impression, qu'il m'avait l'air d'un homme honnête, ça ne veut pas dire que je sois rassurée de voir ma fille partir avec lui, alors qu'elle le connaît juste de la veille.

— C'est seulement d'ordre professionnel...

Rebecca hésitait entre un jean et un pantalon.

— En plus, s'il s'agissait de Malachi ou de Gideon, tu n'y aurais pas réfléchi à deux fois, ajouta-t-elle.

— J'y aurais réfléchi à deux fois, parce qu'ils me sont aussi précieux que toi. Mais comme tu es une fille et non pas un garçon, j'y réfléchis à trois ou quatre fois. C'est dans la nature des choses, Rebecca, il n'y a pas de raison de faire la tête pour ça.

— Je suis capable de veiller sur moi.

Eileen posa la main sur sa cascade de cheveux bouclés.

— Je sais, oui.

— Et je suis aussi capable de tenir tête aux hommes.

— Ceux à qui tu as eu affaire jusqu'à maintenant, oui. Mais tu n'as jamais été confrontée à quelqu'un comme lui jusque-là.

— Un homme est un homme, affirma Rebecca d'un ton sans appel, et elle ignora le soupir que poussa sa mère. Malachi et Gideon ont traîné partout dans le monde pendant que moi je restais ici, derrière la barre d'un bateau ou devant un écran d'ordinateur. Il est temps que je prenne un peu part à l'aventure, ma. Aujourd'hui j'ai une chance de le faire, au moins d'aller jusqu'à Dublin.

Elle avait toujours lutté pour être traitée de la même façon que ses frères, songea Eileen ; elle avait œuvré pour ça, et l'avait mérité.

— Prends un parapluie, il pleut.

Au moment où Jack arriva, elle avait fini ses préparatifs et sortait de la maison. Elle avait une petite veste imperméable sur les épaules, contre la pluie persistante, et n'avait pris qu'un sac marin avec elle. Jack appréciait à la fois la ponctualité et l'efficacité chez une femme – ainsi que l'indépendance dont elle fit montre, en lançant son sac sur le siège arrière avant qu'il ait eu le temps de faire le tour de la voiture pour le lui prendre des mains.

Elle commença par échanger un simple baiser avec sa mère, puis l'étreignit fermement, de toutes ses forces, avant de grimper dans la voiture.

— C'est ma seule fille, Jack. Je vous la confie...

Eileen, debout sous la pluie, posa la main sur son bras.

— Si je devais avoir à le regretter, je vous traquerais comme un chien.

— Je prendrai soin d'elle.

— Elle est capable de prendre soin d'elle, sinon elle ne partirait pas avec vous. Mais elle est ma seule fille et aussi ma cadette, alors je vous rends responsable d'elle.

— Je vous la ramène demain.

Tentant de se rassurer avec cette promesse, Eileen fit un pas en arrière et les regarda partir sous la pluie.

Elle s'était attendue qu'ils fassent toute la route en voiture jusqu'à Dublin, s'était préparée à ce que ça aurait de fastidieux. À la place, il gagna l'aéroport de Cobh, le parking des voitures de location, et elle se prépara à un court trajet aérien.

Mais elle n'avait pas prévu le petit jet privé, ni qu'elle verrait Jack s'installer lui-même aux commandes.

— Il est à vous ?

Elle tenta de dominer son appréhension, tandis qu'elle prenait place dans le cockpit à côté de lui.

— Il est à ma société. Ça simplifie les choses.

Elle s'éclaircit la voix pendant qu'il vérifiait la check-list.

— Et vous êtes un bon pilote, je suppose ?

— Jusqu'à présent, oui, murmura-t-il distraitement, puis il lui jeta un regard en coin. Vous avez déjà volé, avant ?

— Bien sûr, souffla-t-elle. Une seule fois, et dans un gros avion, où je n'étais pas obligée de m'asseoir à côté du pilote.

— Il y a un parachute à l'arrière.

— J'essaie de décider si c'est drôle ou pas.

Elle garda les mains crispées, pendant que la tour lui donnait son autorisation d'envol et qu'il commençait à rouler vers la piste. Quand il prit de la vitesse, elle garda les yeux obstinément fixés sur les cadrans du tableau de bord ; puis le nez de l'avion se leva, et son estomac fit un sursaut dans sa poitrine. Avant de retrouver son calme.

— Oh, ça fait quelque chose, n'est-ce pas ?

Elle se pencha, regarda le sol s'éloigner.

— Pas du tout comme un gros avion. C'est mieux. Combien de temps est-ce qu'il faut pour avoir une licence de pilote ? Est-ce que je peux faire un essai aux commandes ?

— Peut-être au retour, si on a du beau temps.

— Si je peux piloter un bateau dans l'orage, je dois bien être capable de faire voler un petit avion sous un peu de pluie ! En tout cas, ça doit être génial d'être riche.

— Il y a des avantages, oui.

— Quand on aura récupéré les *Parques* et que je vous aurai vendu la nôtre, j'emmènerai ma mère en vacances.

C'était intéressant, songea-t-il, que ce soit sa première priorité. Pas d'acheter une voiture de luxe, ni d'aller à Milan en avion faire du shopping, mais d'emmener sa mère en vacances.

— Où ?

— Oh, je ne sais pas.

Détendue à présent, malgré les turbulences, elle s'installa confortablement dans son siège pour contempler les nuages.

— Dans un endroit exotique, je pense. Une île comme Tahiti ou les Bahamas, où elle pourra s'allonger sous un parasol sur la plage, regarder la mer bleue en buvant des trucs rigolos dans une noix de coco. Qu'est-ce qu'on trouve, dans ce genre d'endroits, en fait ?

— La route de la perdition.

— Vraiment ? Eh bien, ce sera tout aussi bon pour elle. Elle travaille si dur et elle ne se plaint jamais. Mais c'est vrai aussi qu'on a dépensé tout l'argent de l'assurance-vie, alors qu'en principe il aurait dû être à la banque pour qu'elle se sente en sécurité. (Elle se tut quelques instants, puis se tourna pour le regarder.) Ce qu'elle vous a dit hier, que ce n'était pas l'appât du gain... c'est vrai, en ce qui la concerne. Moi, je suis peut-être avide – même si je préfère appeler ça du sens pratique –, mais pas elle.

Avide ? Non, une femme avide n'aurait pas comme fantasme d'emmener sa mère dans une île des Tropiques, ni de la saouler avec des boissons à la noix de coco.

— C'est une façon de me dire que quand vous aurez récupéré la statuette, vous m'arnaquerez sur le prix d'achat ?

Elle se contenta de sourire.

— Laissez-moi faire un essai aux commandes maintenant, Jack.

— Non. Pourquoi ne m'avez-vous pas demandé la raison de notre voyage à Dublin ?

— Parce que vous ne me l'auriez pas dite, et que j'aurais usé ma salive pour rien.

— Voilà ce que j'appelle une réponse bien sentie. Alors, je vais vous dire la chose suivante à la place : j'ai fait quelques investigations sur vous, vos frères et Cleo Toliver.

— Vraiment ? lança-t-elle d'un ton glacial.

— Vous l'avez bien fait pour moi, fille d'Irlande. Nous pouvons donc appeler ça un prêté pour un rendu, non ? Toliver a quelques péchés de jeunesse inscrits au casier des mineurs – consommation d'alcool avant l'âge légal, vol à l'étalage, mauvaise conduite en tout genre. Bêtises et rébellion typiques de l'adolescence. Mais ça lui a quand même valu d'être un peu mise au placard, vu que ses parents ne se sont pas pressés de la tirer de là.

— Qu'est-ce que vous voulez dire ? s'exclama-t-elle, partagée entre la surprise et l'indignation, qu'ils l'ont laissée aller en prison ? Leur propre enfant ?

— Une maison d'éducation surveillée n'est pas une prison, même si ça y ressemble assez. Ses parents ont divorcé, et sa mère est une habituée des remariages. Cleo a été ballottée de l'un à l'autre, puis elle a filé dès qu'elle a eu dix-huit ans. Rien d'inscrit en revanche à son casier une fois majeure, donc soit elle a mis de l'ordre dans sa vie, soit elle sait mieux éviter les flics qu'avant.

— Vous me racontez ça parce que vous pensez qu'avec ses antécédents et son casier elle pourrait nous causer des problèmes. Mais si Gideon le pensait, il nous l'aurait dit, et il ne l'a pas fait.

— Je ne connais pas Gideon, et je préfère tirer mes conclusions personnelles. En parlant de vos frères, ils sont tous les deux clairs vis-à-vis de la justice. Quant à vous, vous êtes aussi pure que la couleur de votre peau.

Il tendit la main pour passer le bout de son doigt sur sa joue, mais elle rejeta la tête en arrière.

— Retirez vos pattes de là.

— Qu'est-ce qu'on dit, déjà, à propos des Irlandaises et de leur peau ? demanda-t-il, comme pour lui-même. Oui, qu'elle donne soif à un homme, envie de la laper. C'est encore plus vrai quand elle sent comme la vôtre.

— Je ne mélange pas le flirt et les affaires, affirma-t-elle avec raideur.

— Moi, si. Aussi souvent que possible. Étant donné que vous êtes une femme pratique, j'aurais cru que vous apprécieriez de pouvoir accomplir plusieurs tâches à la fois.

Elle ne put s'empêcher de rire.

— Je reconnais que vous savez mélanger habilement tout ça, Jack. Mais si vous croyez qu'un brillant globe-trotter comme vous va facilement embobiner une naïve petite villageoise dans mon genre avec quelques tours de passe-passe, vous avez tout faux.

— Je ne crois pas du tout que vous soyez naïve.

Il tourna la tête et leurs yeux se croisèrent.

— Je pense que vous êtes fascinante, au contraire. Ou plutôt, j'ai éprouvé quelque chose de très particulier à votre sujet quand je vous regardais, par-dessus les herbes folles et les vieilles pierres d'un cimetière, déposer des fleurs sur une tombe. Je suis vraiment curieux d'approfondir ce sentiment, Rebecca, et je satisfais toujours ma curiosité.

— J'ai éprouvé quelque chose à ce moment-là, moi aussi. C'est pour cela que je suis venue avec vous aujourd'hui, autant que pour savoir ce qu'il y a à Dublin. Mais ne croyez pas que vous pouvez me manipuler, Jack, parce que vous ne le pourrez pas. J'ai un objectif à atteindre, pour moi, pour ma famille, et rien ne m'en détournera.

— Je ne pensais pas que vous le reconnaîtriez... que vous aviez ressenti quelque chose vous aussi. Vous êtes une femme franche et directe, Rebecca. Une femme franche et directe, qui s'y connaît en informatique, qui est capable d'emballer ses affaires à la dernière minute, dans un seul sac, et d'être à l'heure. Pourquoi est-ce qu'on ne s'est pas rencontrés plus tôt ? murmura-t-il en se concentrant sur ses instruments de bord. Bien, nous allons commencer notre descente, ajouta-t-il, avant qu'elle ait pu répondre quoi que ce soit.

Une autre voiture de location les attendait à l'aéroport de Dublin, et cette fois Jack s'empara du sac de Rebecca avant qu'elle ait pu le saisir elle-même. Elle ne fit pas de commentaire, pas plus que sur la fin de leur conversation dans l'avion. Elle n'était pas sûre que ce soient là des sujets à aborder sans risque pour le moment.

Elle ne dit rien, jusqu'à ce qu'elle ait remarqué qu'ils s'éloignaient de la ville au lieu d'aller vers elle.

— Dublin est de l'autre côté...

— Oui, mais en fait ce n'est pas en ville que nous allons.

— Alors, pourquoi avez-vous dit que nous y allions ?

Sa nature soupçonneuse, encore quelque chose qui émouvait Jack.

— Nous avons volé jusqu'à Dublin, et maintenant nous roulons encore quelques kilomètres plus au sud. Quand nous en aurons fini, nous remonterons en voiture, puis nous quitterons Dublin en avion.

— Et où est-ce que nous pourrons passer la nuit ?

— À un endroit où je ne suis pas venu depuis deux bonnes années. Vous y aurez votre propre chambre, ajouta-t-il, avec comme alternative possible de partager la mienne.

— Je préfère la première option. Qui paiera pour ça ?

Il sourit, et tout son visage s'illumina dans ce sourire, donnant à Rebecca l'envie de passer un doigt sur sa légère cicatrice en forme de croissant.

— Ce ne sera pas un problème. Superbe pays, commenta-t-il, avec un geste de la main en direction des vertes collines qui brillaient à travers le fin rideau de pluie. C'est facile de comprendre pourquoi il a décidé de se retirer ici.

— Qui ?

— L'homme que nous allons voir. Dites-moi, est-ce que vous partagez la conviction de votre mère selon laquelle les *Parques* sont une sorte de symbole ?

— Je suppose que oui.

— Et qu'elles constituent bien une série, pas seulement pour des raisons financières, ni même pour leur seule valeur artistique ?

— Oui. Pourquoi ?

— Une question encore. Êtes-vous d'accord pour dire qu'on récolte ce qu'on a semé ?

Elle laissa échapper un soupir d'impatience.

— Si vous voulez dire par là qu'il y a des cycles dans la vie, oui.

— Dans ce cas, vous allez apprécier.

Ils gravirent une colline, puis il bifurqua sur une jolie route bordée de haies croulant sous les plantes grimpantes, de bungalows peints entourés de florissants jardins.

La route grimpa encore, ils tournèrent à nouveau, enfin il se glissa dans une petite allée proche d'une jolie maison de pierre, dont la cheminée fumait et dont le jardin était un régal pour les yeux.

— C'est ici qu'habite votre ami ?

— Ouais.

Au moment où Jack sortait de la voiture, la porte de la maison s'ouvrit. Un vieil homme apparut dans l'embrasure, appuyé sur une canne, souriant. Il avait une frange de cheveux blancs, tel un moine, au-dessus d'un visage profondément creusé de rides. Des lunettes cerclées d'argent étaient juchées sur le bout de son nez.

— Mary ! cria-t-il d'une voix coassante comme celle d'une grenouille. Ils sont là !

Il vint à leur rencontre, sans laisser à Jack le temps d'aller jusqu'à lui.

— Ne sors pas sous la pluie, lui dit celui-ci.

— Bon sang, mon garçon, un peu de pluie ne fait de mal à personne... Tout le reste le fait, à mon âge, mais pas quelques gouttes !

Il entoura d'un bras les épaules de Jack. Rebecca pouvait voir maintenant que le vieil homme était plutôt grand de taille, mais courbé par l'âge. Il tendit une large main pour toucher la joue de Jack ; et, malgré sa taille, elle parut fragile dans ce geste, et douce aussi à sa manière.

— Tu m'as manqué, lui avoua Jack, puis il se pencha dans un geste simple et naturel, que Rebecca admira, et déposa un baiser léger sur les lèvres du vieil homme. Je te présente Rebecca Sullivan.

Il se tourna, et Rebecca nota une nouvelle fois la douceur et la prévenance de ses manières, quand il glissa une main sous le bras du vieil homme.

— Tu m'avais dit qu'elle était belle, et elle l'est vraiment.

Jack tendit le bras pour prendre la main de la jeune femme, la tint tout simplement dans la sienne. Puis elle vit, non sans étonnement ni embarras, des larmes briller dans ses yeux.

— Rebecca, voici mon arrière-grand-père.

— Oh...

Quelque peu désorientée, elle réussit pourtant à sourire.

— Ravie de vous rencontrer, monsieur.

— Mon arrière-grand-père, répéta-t-il. Steven Edward Cunningham, troisième du nom.

— Cunningham ?

Sa gorge se serra d'un seul coup.

— Steven Cunningham ? Seigneur...

— C'est un grand plaisir de vous accueillir dans ma maison.

Steven fit un pas en arrière, clignant les yeux à cause des larmes.

— Mary ! cria-t-il de nouveau. Sourde comme un pot, et elle éteint tout le temps son foutu appareil... Monte la chercher, Jack, je vais emmener Rebecca dans le salon. Elle s'active dans votre chambre, expliqua-t-il à cette dernière, depuis que Jack a appelé pour dire que vous veniez.

— Monsieur Cunningham...

Bouche bée, elle le suivit mécaniquement jusque dans l'impeccable salon où tous les meubles brillaient, se laissa tomber à son invite dans les profonds coussins d'une bergère à oreilles.

— Vous êtes le même Steven Cunningham qui... qui était sur le *Lusitania ?*

— Le même que celui qui doit la vie à Felix Greenfield, oui.

— Et donc, par rapport à Jack...

— Je suis son arrière-grand-père. Sa mère est ma petite-fille. Et voilà. Et voilà, répéta-t-il, et il tira un mouchoir de sa poche. Je deviens sentimental, avec l'âge.

— Je ne sais pas quoi vous dire. Ça me donne le vertige.

Elle leva la main et la porta à sa tempe, comme pour maintenir sa tête en place.

— J'ai entendu parler de vous toute ma vie, et d'une certaine façon j'ai toujours pensé à vous comme à un petit garçon.

— Je n'avais que trois ans quand mes parents ont fait cette traversée, constata-t-il avec un grand soupir, puis il rangea son mouchoir. Je ne suis pas sûr de faire la part entre ce que je me rappelle vraiment et ce que je me rappelle pour avoir entendu ma mère le raconter souvent.

Il se dirigea vers un panneau mural et couvert de photographies dans des cadres, et en prit une pour l'apporter à Rebecca.

— Mes parents. C'est leur photo de mariage.

Elle vit un beau jeune homme avec une fringante moustache et une femme, presque une adolescente encore, magnifique dans sa robe de soie et de dentelle, avec l'éclat que le mariage mettait sur ses joues.

— Ils sont beaux, déclara-t-elle, et les larmes lui montèrent aux yeux à elle aussi. Oh, monsieur Cunningham...

— Ma mère a vécu encore soixante-trois ans grâce à Felix Greenfield.

Steven ressortit son mouchoir de sa poche et le tendit discrètement à Rebecca.

— Elle ne s'est jamais remariée – pour certaines personnes, il ne peut y avoir qu'un seul amour dans la vie. Mais elle a été satisfaite de son sort, active, et reconnaissante.

— Donc, l'histoire est vraie.

En se ressaisissant, elle lui rendit la photo.

— J'en suis la preuve.

Il se retourna, en entendant un bruit de pas dans l'escalier.

— Voici Jack avec ma Mary. Quand elle aura fini de prendre soin de vous, on en reparlera.

Mary Cunningham était en effet sourde comme un pot, mais pour l'occasion elle alluma son appareil. Elle conduisit Rebecca jusqu'à une belle chambre, avec des fleurs fraîchement coupées dans des vases de porcelaine, et l'invita à se reposer un peu ou à faire un brin de toilette avant le dîner.

La jeune fille ne fit ni l'un ni l'autre, se contentant de s'asseoir au bord du lit, en espérant que son esprit allait s'habituer à toutes ces nouveautés. Ce fut Jack qui frappa à sa porte quinze minutes plus tard. Rebecca le dévisagea, sans bouger de sa place.

— Pourquoi est-ce que vous ne me l'aviez pas dit ?

— Je pensais que ça aurait davantage de portée ainsi. Ça a été le cas pour lui, je l'ai bien vu, et c'est quelque chose qui compte beaucoup pour moi.

Elle hocha la tête.

— Je crois que, dans mon cœur, j'ai toujours cru que c'était bien arrivé comme on me l'avait raconté ; mais dans ma tête, je n'en étais pas sûre. Je voudrais vous remercier de m'avoir amenée ici, de m'avoir offert ça.

Il s'approcha, s'accroupit en face d'elle.

— Croyez-vous dans les liens invisibles, Rebecca ? Dans leur force, dans le fait qu'on ne peut pas y échapper ?

— J'ai l'impression que je suis bien obligée d'y croire, non ?

— Je ne suis pas un homme sentimental..., commença-t-il, mais elle rit et secoua la tête.

— Je vous ai vu avec Steven, puis avec Mary, alors ne me dites pas que vous n'êtes pas sentimental.

— Avec les gens qui comptent pour moi, oui, mais pas avec les choses. Et je n'idéalise rien.

Il lui prit la main, sentit qu'elle se raidissait.

— Je vous ai regardée et ça a suffi, vraiment.

Elle ne répondit pas directement mais dit plutôt, d'une voix qu'elle parvint à garder ferme, malgré sa gorge qui s'était nouée :

— C'est si complexe... tout ce dédale de circonstances qui lie nos deux familles.

— C'est plus que ça encore.

— Je voudrais que les choses restent simples.

— Impossible, répliqua-t-il, en l'aidant à se remettre sur ses pieds. En plus, j'aime les complications. La vie est tellement fade sans elles. Et *vous* êtes une sacrée complication.

— Non, murmura-t-elle, en posant la main sur sa poitrine lorsqu'il l'attira contre lui, puis elle se sentit idiote. Ne croyez pas que je joue les coquettes ; je suis prudente, c'est tout.

— Vous tremblez.

— Ça vous plaît, hein ? De me voir troublée, dans tous mes états à cause de vous ?

— Fichtrement vrai !

Il lui donna une bourrade et elle se dressa sur la pointe des pieds, ouvrit la bouche pour lancer une insulte ; mais elle n'en eut pas le temps car il avait déjà plaqué sa propre bouche dessus – dure, chaude, et suffisamment avide pour transformer le juron naissant en un cri de surprise.

Il l'embrassa en homme conquérant, avec un mélange de savoir-faire et de résolution qui fit s'accélérer le pouls de Rebecca. Son ventre frémit de désir, et la réaction de son corps la stupéfia.

Et c'était pareil pour lui.

Il plongea les mains dans ses cheveux, se servit d'eux pour lui tirer la tête en arrière.

— Je l'ai été moi aussi dès la première fois que je vous ai vue, lui avoua-t-il. Ça ne m'était encore jamais arrivé avant.

— Je ne vous connais pas...

Mais elle avait déjà sur les lèvres le goût des siennes, et le corps prêt à recevoir le poids du sien.

— ... et je ne couche pas avec des hommes que je ne connais pas.

Il baissa la tête, lui effleura la gorge avec ses dents.

— Est-ce que c'est une règle définitive ?

— Ça l'était...

Il la mordilla tout du long jusqu'au menton.

— Alors, nous allons très vite apprendre à nous connaître.

— D'accord. D'accord, oui. Mais ne m'embrassez plus comme ça maintenant. Ce n'est pas convenable, pas avec eux en bas, Jack. Ils nous attendent pour dîner.

— Dans ce cas, descendons.

Ils prirent place dans la petite salle à manger, à laquelle des figurines en porcelaine et des verres anciens conféraient beaucoup de charme. Une collection de vieilles assiettes à motifs floraux décorait les murs.

— Vous avez une si jolie maison..., déclara Rebecca à Mary. Et c'est si gentil à vous de m'accueillir.

— C'est un grand plaisir pour nous.

Le visage rayonnant, Mary tendait une oreille pleine de bienveillance dans la direction de Rebecca.

— Jack n'amène jamais ses petites amies nous voir.

— Vraiment ?

— Non, dit elle, et elle avait toute la douce musique de l'Irlande dans sa voix. Nous n'avons rencontré que deux fois celle qu'il a épousée, et encore, l'une de ces deux fois, c'était au mariage. Nous ne l'aimions pas beaucoup, n'est-ce pas, Steven ?

— Voyons, Mary...

— Non, nous ne l'aimions pas. Elle était un peu froide, si vous voulez mon avis, et...

— Le rôti de bœuf est parfait, Grannie.

Détournée de son idée première, Mary lança un regard malicieux à Jack.

— Tu as toujours aimé mes rôtis à la cocotte.

— C'est à cause d'eux que je t'ai épousée, affirma Steven avec un clin d'œil. Comme beaucoup de jeunes gens, j'ai fait le tour de l'Europe après ma sortie de l'université, expliqua-t-il à Rebecca. Je suis descendu dans une petite auberge à l'extérieur de Dublin, tenue par les parents de Mary, et c'est là que je l'ai rencontrée. Je suis tombé amoureux d'elle au-dessus d'un rôti de bœuf, et j'ai aussitôt décidé que mon tour d'Europe était fini. Il m'a fallu deux semaines pour la convaincre de m'épouser et rentrer à Bath.

— Tu exagères ; il ne t'a fallu que dix jours.

— Et ça fait aujourd'hui soixante-huit ans que nous sommes mariés. Nous avons vécu en Amérique pendant un temps, à New York. La famille de mon père avait connu des moments très difficiles, ils ne s'étaient jamais remis du krach de 29. Une de mes filles a épousé un Américain et s'est installée là-bas. C'est sa fille qui est la mère de Jack.

Il tendit le bras pour poser la main sur celle de Mary.

— Nous avons eu quatre enfants, deux fils et deux filles. Ils nous ont donné onze petits-enfants, et ces derniers six arrière-petits-enfants, et ce n'est pas fini. Tous, ils doivent leur vie à Felix Greenfield. C'est par un seul acte, courageux et désintéressé, qu'il a mis tout cela en marche.

— Il n'avait même pas l'intention de le faire, remarqua Rebecca, d'après ce qu'on raconte dans ma famille. Il voulait juste vivre, survivre. Il était paniqué quand il a trouvé le gilet de sauvetage. Il ne pensait qu'à sauver sa propre vie, puis il vous a vus, votre mère et vous, prisonniers au milieu des débris. Il disait qu'elle avait l'air si calme, si belle, au milieu de toute cette horreur. Elle vous tenait serré pour vous réconforter et vous la serriez aussi, sans pousser un seul cri, alors que vous étiez tout petit encore. Il n'a pas pu se détourner.

— Je me souviens de son visage, dit Steven. Des yeux sombres, une peau blanche barbouillée de fumée ou de suie. Mon père avait déjà disparu à ce moment-là. Je n'ai pas vu comment c'est arrivé, ou je ne m'en souviens pas, et ma mère n'en a jamais reparlé. Mais en tout cas le bateau penchait et nous, nous tombions. Elle me portait dans ses bras, et nous tombions. Elle s'est tordu la cheville en voulant m'empêcher de me cogner sur le pont ; après, elle a eu un boitillement, qui revenait chaque fois qu'elle était fatiguée.

— C'était une femme courageuse et magnifique, déclara Rebecca.

— Oh oui, elle l'était. Et je pense que son courage a égalé celui de Felix Greenfield ce jour-là. Le bateau coulait, et le pont s'inclinait en montant de plus en plus haut. Il l'a tirée vers le haut, pour tâcher de nous amener jusqu'à un canot de sauvetage, mais le bateau a penché encore plus et nous avons glissé ; il a essayé de nous rattraper, je revois encore son visage alors qu'il l'appelait et qu'il tentait d'arriver jusqu'à elle, mais nous sommes tombés dans l'eau. Sans le gilet de sauvetage qu'il nous avait donné, nous n'aurions même pas eu le temps de réciter une prière.

— Même avec lui, c'est un miracle que vous en ayez réchappé. Il disait qu'elle était blessée.

— Elle s'est cassé le bras en me protégeant au moment où nous sommes tombés dans l'eau, et comme je vous le disais, elle s'était déjà gravement tordu une cheville. Mais elle ne m'aurait lâché pour rien au monde. J'ai eu à peine une égratignure. Le miracle, c'étaient ma mère et Felix Greenfield. Grâce à eux, le fil de ma vie a été long et productif.

Quand Rebecca le regarda, Jack leva son verre d'eau.

— Ce qui nous ramène aux *Parques*. Est-ce que je vous ai dit que mon arrière-arrière-grand-père avait un petit magasin d'antiquités à Bath ?

Un frisson parcourut la peau de Rebecca.

— Vous ne l'avez pas mentionné, non.

— Eh bien si, expliqua Steven en terminant son rôti de bœuf. Hérité de mon grand-père. Nous rendions justement visite aux parents de ma mère là-bas. Ma grand-mère n'allait pas bien. Avec la mort de mon père, nous sommes restés à Bath au lieu de retourner à New York, et je me suis pris d'un grand intérêt pour les antiquités. Au point que j'en ai fait mon métier, dans la boutique que possédait mon grand-père. Encore un tournant du destin dû à Felix. (Il croisa son couteau et sa fourchette avec soin sur son assiette.) Vous ne pouvez savoir à quel point j'ai été fasciné quand Jack m'a appris que Felix avait volé une des trois statuettes dans la cabine d'Henry Wyley, juste avant de me sauver la vie... Mary, ma chérie, si nous mangions cette tarte aux pommes dans le salon ?

— Il ne peut jamais attendre, pour sa tarte. Allez vous installer là-bas, je vous l'apporte.

Les questions se bousculaient dans la bouche de Rebecca, mais sa mère lui avait fait entrer de force les bonnes manières dans la tête.

— Je vais vous aider à débarrasser, madame Cunningham.

— Oh, ça n'est pas nécessaire.

— S'il vous plaît, j'aimerais vous aider.

Mary lança un regard à Jack, tandis que tout le monde se levait.

— Celle que tu avais épousée ne proposait jamais de débarrasser la moindre assiette, si mes souvenirs sont bons.

Pendant qu'elles desservaient, Mary dressa à Rebecca un tableau complet, et plutôt noir, de l'ex-femme de Jack. Elle était belle, intelligente et blonde. Une avocate américaine qui – de l'avis de Mary – s'intéressait plus à sa carrière qu'à son foyer. Ils avaient mis du temps à se marier, puis avaient divorcé en un clin d'œil, à l'en croire, et sans même avoir encore envie de se déchirer à ce propos.

Rebecca émit les soupirs qui s'imposaient, et classa l'information. Non qu'elle ne fût pas intéressée – en fait, elle mourait d'envie de tout savoir. Mais elle ne pouvait pas mettre en balance, dans sa tête, ce sujet-là avec celui des *Parques*.

Elle poussa elle-même la table roulante du dessert, et retint le flot de questions qui se pressaient dans sa tête.

— Celle-ci a reçu une bonne éducation, observa Mary d'un ton approbateur. Votre mère est sûrement quelqu'un de bien.

— Oui, en effet. Merci.

— Maintenant, si aucun de vous deux ne termine ce que vous avez commencé, en racontant la fin de l'histoire à cette pauvre enfant, je vais devoir le faire moi-même.

— Les liens invisibles, lança Jack. Nous en avons parlé, n'est-ce pas, Rebecca ?

— Oui, nous en avons parlé.

— La petite boutique à Bath s'appelait Browne. Elle avait été créée au début du XIXe siècle et pendant longtemps a eu pour clientèle la petite noblesse qui venait à Bath prendre les eaux. Le genre de clientèle qui a souvent besoin de vendre discrètement quelques objets de valeur. D'où son stock, varié et souvent de grande qualité. Bien que discrète, c'était une affaire gérée avec soin, les livres de comptes étaient méticuleusement tenus. D'après eux, au cours de l'été 1883, un certain lord Barlow a vendu plusieurs objets d'art et bibelots à Browne. Parmi eux, il y avait une statuette en argent de style grec, représentant une femme qui tenait une paire de ciseaux.

— Oh, Seigneur...

— Mon grand-père était le propriétaire de Browne lorsque Wyley a fait sa dernière traversée, continua Steven. Je n'ai aucun moyen de savoir si celui-ci avait été en contact avec mon grand-père au sujet de la *Parque*. J'ai entendu parler des statuettes pour la première fois quand j'étais jeune homme, et que je me plongeais avec enthousiasme dans l'étude de mon affaire. Leur légende m'intéressait, et aussi de savoir si celle que Browne avait achetée des années plus tôt était authentique ou non. Quand j'ai appris que Wyley avait possédé une autre statuette de la série, et, d'après ce que tout le monde disait, l'avait emportée avec lui sur le bateau, j'ai été encore plus fasciné.

— Même si la statuette que Browne avait achetée était authentique, intervint Jack, sa valeur en était diminuée, puisque la première *Parque* semblait avoir été perdue avec Wyley. Mais il restait un lien étrange avec un autre passager du *Lusitania*, et un fragment d'une légende.

— Mais alors, où est-elle aujourd'hui ? demanda Rebecca.

Jack se leva pour aller mettre une nouvelle bûche dans la cheminée du salon, puis il poursuivit :

— Ma mère ne se lasse jamais de raconter l'histoire de la famille. J'ai été élevé avec elle, et le naufrage du *Lusitania*, la légende des *Parques* en faisaient partie. À quoi s'ajoute mon propre intérêt pour les antiquités, bien sûr, ajouta-t-il en posant une main sur l'épaule de Steven. Quand Anita m'a parlé des *Parques*, ça a réveillé ma curiosité à leur égard, assez pour que je téléphone à ma mère et que je lui demande de me confirmer les informations qu'elle m'avait données. Assez pour que j'arrange une petite visite impromptue ici, avec un arrêt à Cobh pour me renseigner sur les Sullivan et rendre hommage à Felix Greenfield. (Il marcha jusqu'à une vitrine en bois satiné, l'ouvrit.) Imaginez ma surprise quand j'ai découvert que les Sullivan étaient encore un autre lien avec ceci.

Il se retourna et éleva la troisième *Parque* en l'air.

— Elle est ici !

Bien que ses jambes fussent en caoutchouc, Rebecca parvint à se dresser.

— Elle a été ici tout le temps !

— Oui, répondit-il en la lui tendant, depuis que mon grand-père a fermé les portes de Browne, il y a trente-six ans.

Elle la prit dans le creux de ses mains, la soupesa, étudia son visage d'argent, froid et presque triste. Doucement, elle passa le pouce sur la légère encoche, dans le coin gauche de la base. Par où, elle le savait, Atropos était rattachée à Lachésis.

— Encore un autre fil, un autre cycle. Qu'est-ce que vous comptez faire maintenant ?

— Maintenant, je la rapporte avec moi à New York, je négocie avec Cleo Toliver pour lui acheter la sienne, puis je réfléchis au moyen de récupérer la vôtre auprès d'Anita.

— C'est bien de vous rappeler que la première est à moi, constata-t-elle en lui rendant la statuette. Je vais aller à New York moi aussi.

— Vous allez retourner à Cobh, corrigea-t-il. Et garder un océan entre vous et Anita.

Elle pencha la tête vers lui.

— Je vais aller à New York, avec ou sans vous, car que je sois damnée si vous ou mes frères finissez toute cette affaire sans moi. Vous feriez mieux de vous résigner, Jack : je ne resterai pas terrée dans mon coin pendant que les hommes font le travail. J'en ferai ma part aussi.

— Voilà..., intervint Mary, en coupant une seconde part de tarte à son mari. Qu'est-ce que j'avais dit ? Je la préfère de beaucoup à celle que tu avais épousée, Jack. Asseyez-vous et finissez votre tarte, Rebecca. Bien sûr que vous irez avec lui à New York.

Rebecca avait une expression fort satisfaite d'elle-même quand elle se rassit. Elle piqua un morceau de tarte sur sa fourchette.

— Merci, madame Cunningham. Je me demande si je dois m'arrêter à Dublin et acheter quelques vêtements pour le voyage, ou bien si j'attends et que j'en achète à New York. Je n'ai emporté qu'une seule tenue de rechange.

— Oh, j'attendrais, si j'étais vous. Vous pourrez passer un bon moment à faire du shopping à New York, n'est-ce pas ?

— Ce ne seront pas des vacances, lâcha Jack.

— N'interrompez pas votre grand-mère, lui dit doucement Rebecca.

— Laisse faire, mon garçon, lui conseilla Steven en levant la main. Tu es en infériorité numérique.

15

Malachi savait exactement comment il allait faire face à Tia. Il s'excuserait une nouvelle fois, bien sûr – ça allait de soi. Et il utiliserait tout le charme et la persuasion dont il était capable pour essayer d'adoucir un peu l'humeur de la jeune femme.

Il lui devait quelque chose, c'était indéniable. Pour son aide financière, mais aussi – et surtout – pour le soutien qu'elle avait apporté à son frère.

Il pourrait la payer de retour en maintenant leurs relations sur un plan strictement professionnel – amical, mais réservé. Il pensait l'avoir suffisamment bien comprise pour savoir que c'était là ce qu'elle préférerait.

Une fois que le malentendu se serait dissipé entre eux, ils en reviendraient aux affaires.

Lui et Gideon déménageraient pour aller à l'hôtel ; ils ne pouvaient continuer à s'imposer dans son intimité, c'était évident. Mais il espérait la convaincre de permettre à cette Toliver de rester chez elle. Ainsi pourrait-il s'assurer qu'elles étaient toutes les deux en sécurité. Et, tout aussi important ou presque, qu'il ne les aurait pas dans les pattes pendant ses recherches.

Un peu fatigué par le voyage, il frappa un coup bref à la porte de l'appartement de Tia. Et espéra que son sens de l'hospitalité s'étendrait jusqu'à une bière fraîche.

Puis elle ouvrit la porte et il oublia la bière, de même que toutes les bonnes résolutions qu'il venait de prendre.

— Vous vous êtes coupé les cheveux !

Impulsivement, il tendit la main pour passer ses doigts sur les pointes de sa courte coiffure.

— Voyez-moi ça !

Elle ne fit pas de bond en arrière ; c'était justement ce qu'elle ne voulait pas faire, elle s'y exerçait depuis des heures. Elle recula juste, très raide.

— Entrez, Malachi. Posez vos bagages. J'espère que vous avez fait bon voyage.

— Très bon, oui. Ça vous va bien, vous savez, les cheveux ! Vous êtes superbe... Vous m'avez manqué, Tia.

— Vous voulez boire quelque chose ?

— Volontiers, oui. Je suis désolé, je ne vous ai même pas remerciée de m'avoir donné les moyens de prendre cet avion.

— Ce sont les affaires, répliqua-t-elle brièvement, puis elle se retourna et entra dans la cuisine.

— Vous avez changé davantage que vos cheveux.

— Peut-être.

Supposant que, comme son frère, c'était une bière qu'il préférerait, elle en sortit une du réfrigérateur, alla prendre un verre dans le placard.

— Peut-être que j'ai dû le faire, oui.

— Je suis désolé, Tia, pour la façon dont j'ai traité toute cette affaire.

Fière d'elle-même, elle décapsula la bière et la versa dans le verre sans que sa main tremble le moins du monde.

— Pour la façon dont vous m'avez traitée moi, vous voulez dire.

— Oui. J'ai des excuses à vous faire.

Il prit le verre qu'elle lui tendait, puis attendit d'avoir croisé son regard pour continuer :

— Je réussirais peut-être à vous les faire accepter, mais je ne veux même pas essayer. Je regrette juste de vous avoir menti, bien plus que je ne pourrais le dire.

— Ça ne sert à rien de revenir là-dessus et de raconter des salades maintenant.

Elle avait repris le chemin du salon, mais dut s'arrêter quand il la dépassa pour se mettre en travers de sa route.

— Tout n'était pas mensonge, vous savez.

Si quelques couleurs reparaissaient sur les joues de Tia, sa voix restait froide et brusque.

— Inutile de revenir sur tout ça non plus. Nous avons un intérêt commun, et des visées communes, sur un certain objet d'art. J'ai l'intention d'utiliser mes ressources, et les vôtres, pour le récupérer. C'est tout ce dont nous avons à discuter, rien d'autre.

— Vous me facilitez les choses, vous savez.

— Vraiment ?

Elle redressa la tête, dans une posture qu'elle espérait sarcastique.

— Comment cela ?

— Puisque rien ne vous atteint, je n'ai pas à m'inquiéter autant que je le fais de vous blesser.

— J'ai eu la peau trop tendre une fois, je ne crois pas que ça fasse encore partie de mes problèmes aujourd'hui. Maintenant, les règles de cette maison...

Cette fois, elle le contourna rapidement, et respira plus facilement sitôt qu'elle eut pris quelque distance.

— ... On ne fume pas dans l'appartement. Vous pouvez utiliser la terrasse pour ça ou, comme Gideon le fait en ce moment, le toit. Lui et Cleo ont paru faire un bon accès de claustrophobie, et je leur ai suggéré de monter un moment là-haut. Il est plus grand que la terrasse, et n'est pas dangereux.

Malachi s'apprêtait à lui dire que lui et son frère iraient à l'hôtel, mais il changea d'avis ; si ça avait l'air de lui être égal, pourquoi s'en faire ?

— Voilà deux ans que je ne fume plus, alors ça n'est pas un problème pour moi.

— Tant mieux pour vous, vous vivrez plus longtemps. Vous nettoyez derrière vous, et ça inclut la vaisselle, le linge, les papiers, tout. J'aime que les lieux soient propres et nets. Vous devrez coucher dans le divan, puisque Gideon et Cleo ont déjà pris le lit d'amis. Ça veut dire que vous devrez être prêt à vous lever à une heure raisonnable le matin.

Comme elle se mettait à ressembler davantage à la Tia qu'il connaissait, il commença lui aussi à se détendre, et s'assit sur le bras du divan.

— Qu'est-ce qui est raisonnable ?

— Sept heures.

— Aïe...

— Vous et Gideon devrez trouver un horaire pour la douche. Vous utiliserez la petite salle de bains. Cleo peut partager la mienne, mais, comme ma chambre, elle est zone interdite pour vous et votre frère. Est-ce que c'est assez clair ?

— Comme de l'eau de roche, ma chère.

— Je tiens à jour une liste des dépenses. L'avion, bien sûr, la nourriture, tous les autres transports. Vous devrez me rembourser.

Cette fois, ça l'irrita assez pour qu'il se relève.

— Nous avons absolument l'intention de vous rembourser. Nous ne sommes pas des sangsues. Je peux faire un emprunt bancaire et arranger ça tout de suite, si vous voulez.

Comme elle se sentait petite en face de lui, debout, elle se détourna.

— Ça n'est pas nécessaire. Je suis en colère contre vous, je n'y peux rien.

— Tia...

— Non.

Alertée par le ton gentil qu'il avait pris, elle lui refit face aussitôt.

— Inutile d'essayer de me calmer. Je peux très bien être en colère contre vous, et faire en même temps ce qui doit être fait. Je suis très bonne pour travailler au milieu d'émotions conflictuelles… Bon, est-ce que vous savez cuisiner ?

Il se passa une main dans les cheveux.

— À peu près, oui.

— Bien. Pas Cleo. Donc reste vous, Gideon, moi, et le « à emporter ». Maintenant, nous pouvons…

Elle s'interrompit en entendant une clé tourner dans la serrure, et son regard alla vers la porte.

Ce fut Cleo qui entra la première ; elle avait l'air un peu en sueur, scandaleusement sexy, et ébouriffée de manière suspecte. Ses yeux tombèrent sur Malachi et elle l'examina, un léger sourire bientôt sur les lèvres.

— Voilà le grand frère, donc.

— Mal !

Gideon débarqua derrière elle, et les deux hommes s'étreignirent fermement, avec naturel.

— C'est bon que tu sois là. On a une sacrée histoire entre les mains.

Il fallut une demi-heure, et une autre bière, pour le mettre au courant.

— Je ne comprends pas pourquoi ce Burdett est venu fourrer son nez dans tout ça, rumina Malachi au-dessus de sa deuxième bière, puis il se leva pour arpenter la pièce. Ça ne fait que compliquer les choses…

— S'il n'était pas venu fourrer son nez là-dedans, je ne saurais pas que mon téléphone est sur écoute, n'est-ce pas ?

Tia se dressa, souleva le verre que Malachi avait reposé et mit un rond dessous.

— *Lui* dit qu'il est sur écoute.

— Pourquoi est-ce qu'il l'inventerait, si ce n'était pas vrai ? En tout cas, je suis allée voir mon père ce matin et je lui ai posé des questions à propos de Jack. Il m'a confirmé qui il était, et que c'était un collectionneur sérieux. Et l'inspecteur de police s'est porté garant de lui.

— Ça vous fout en rogne qu'il y ait un autre type dans la barque, c'est tout, intervint Cleo.

Quand Malachi se tourna pour lui lancer un regard mauvais, elle se contenta de battre des cils, et prit une autre gorgée de la bière de Gideon.

— C'est la testostérone, personne ne vous en veut pour ça. Tia, vous avez des biscuits dans le coin ?

— Hum, je pense que j'ai quelques gaufrettes sans sucre.

— Chérie, il faut vraiment qu'on parle, toutes les deux. On ne doit jamais faire dépendre les choses importantes de la vie de gaufrettes sans sucre. Maintenant, avant que vous me cassiez les couilles, ajouta Cleo en s'adressant à Malachi, rappelez-vous qu'on a eu un peu plus de temps que vous pour réfléchir à Burdett et à son rôle dans tout ça. Un, il connaît Anita, continua-t-elle, en comptant sur ses doigts. Deux, il connaît la sécurité ; et trois, les *Parques* l'intéressent. On a l'intention de vendre la mienne, et aussi la troisième quand on l'aura. Du coup, ce que je vois, c'est qu'on aura deux acheteurs potentiels au lieu d'un. On pourra organiser notre propre vente aux enchères privée.

— Moi non plus, ça ne me plaît guère qu'il y ait un joueur de plus dans le jeu, intervint Gideon. Mais ça n'est pas absurde, Mal. Jusqu'ici, Anita n'a pas arrêté de nous faire la chasse : il est possible que ce Burdett soit de notre côté. Et d'après le père de Tia, il a de l'argent, alors nous ferons affaire avec lui. Je préférerais ça de beaucoup, plutôt que de traiter encore avec cette garce. En plus, j'ai été appeler maman depuis la cabine du bas de la rue pour savoir ce qu'elle en pensait ; elle l'a rencontré, elle lui fait confiance et ça me suffit.

— J'aimerais bien en juger par moi-même. Vous dites qu'il vous a laissé sa carte professionnelle, Tia ?

Malachi tambourinait des doigts sur sa cuisse, tout en tâchant d'y voir clair.

— Je vais l'appeler et avoir une discussion avec lui. S'il est tellement expert en sécurité, il peut bien s'occuper de ces fichus téléphones, pour qu'on ne soit pas obligés de courir jusqu'à une cabine toutes les cinq minutes.

— Vous avez besoin de glucides, diagnostiqua Cleo. Tia, vous avez des glucides dans le coin ?

— Euh..., fit Tia, en jetant un regard nerveux en direction de la cuisine. Oui, je...

— Ne vous en faites pas, je vais fouiller un peu. Ça me met de mauvais poil quand mon taux de glucides est trop bas, déclara Cleo à Malachi d'un ton compréhensif.

— Je ne suis pas de mauvais poil...

Elle s'approcha pour lui pincer la joue.

— Étant donné qu'on est celles qui vous mettent de mauvais poil, mon mignon, on est bien placées pour savoir quand vous l'êtes ou pas. Vous, les Sullivan, vous ne voyagez pas très bien. Petit futé lui aussi était en pétard quand on est arrivés ici. Mais vous êtes mignons, pas vrai ? ajouta-t-elle en penchant la tête pour le dévisager. Vous, les gars, vous avez vraiment des gènes supérieurs, c'est sûr.

Malachi ne put s'empêcher de rire.

— Tout est dans l'emballage, hein, c'est ça ?

— Bien vu. Hé, Tia, on devrait commander des pizzas. Deux grandes, avec tous les machins dedans, ça devrait aller.

— En fait, je ne mange pas de...

Tia s'interrompit quand Cleo se retourna et la regarda, bouche bée.

— Si vous me dites que vous ne mangez pas de pizza, je prends un fusil et je mets fin une fois pour toutes à vos souffrances !

Le moment ne semblait pas bien choisi pour lui parler de teneur en matières grasses, ou du fait qu'elle pensait être allergique à la sauce tomate.

— Si le téléphone est sur écoute et que je commande deux grandes pizzas, est-ce que ça ne va pas paraître étrange aux gens qui m'espionnent, étant donné que je suis censée être seule ici ?

— Ils penseront que vous êtes une grosse gloutonne, c'est tout. Il faut vivre dangereusement.

— En plus, j'ai rendez-vous à deux heures pour déjeuner, et d'ailleurs il faut que je parte tout de suite.

— Qui est-ce que vous allez voir ? lui lança Malachi alors qu'elle entrait dans sa chambre. Tia ?

— La chambre à coucher est territoire réservé, murmura Gideon avant que son frère ait eu le temps de la suivre. Elle est très stricte là-dessus.

— Elle n'est plus elle-même, constata Malachi en enfonçant les mains dans ses poches et en considérant, sourcils froncés, la porte par où elle avait disparu. Je ne sais pas si j'aime beaucoup ça.

— Si on pense à ce qui s'est passé ici ces derniers jours, vous pourriez la laisser un peu vivre. Elle nous accueille chez elle, lui rappela Cleo, et c'est sûr qu'elle n'était pas obligée de le faire. Vous avez mis la pagaille dans sa tête, arrêtez un peu !

Quand il se retourna en grommelant, elle leva une main en l'air.

— Je ne dis pas que vous avez eu tort ni que j'aurais fait mieux, mais quand on a déjà tendance à douter de soi et à se dévaloriser, avoir quelqu'un qui se fout de votre gueule peut drôlement vous bousiller.

— Sacrée analyse psychologique, en trois phrases.

— En dansant nue pendant quelques mois, on en apprend beaucoup sur les gens, répliqua-t-elle en haussant les épaules. Je sens qu'on va bien s'aimer tous les deux, une fois qu'on se connaîtra mieux, mon chou. J'aime déjà bien votre petit frère, et aussi le goût que vous avez question bonnes femmes, ajouta-t-elle en désignant la porte de la chambre.

— Un jour, vous m'expliquerez comment danser nue a pu vous transformer en psychologue, mais pour l'instant... (Malachi tapa du poing sur la porte de la chambre.) Tia, où diable allez-vous ?

La porte s'ouvrit, et elle sortit aussitôt ; il perçut les effluves du parfum qu'elle venait juste de vaporiser sur elle. Elle s'était fait les lèvres aussi, et avait mis un blazer noir plutôt ajusté. Une pointe de jalousie, assez malvenue, piqua l'estomac de Malachi.

— Avec qui avez-vous rendez-vous pour le déjeuner ?

— Anita Gaye, répondit-elle, tout en ouvrant son sac pour en vérifier le contenu. Pour les pizzas, je peux appeler d'une cabine téléphonique en cours de route.

— Génial. Merci. Superbe veste, commenta Cleo.

— Vraiment ? Elle est neuve. Je n'étais pas sûre que... mais bref, ça n'a pas d'importance. Je devrais être là vers quatre heures ou quatre heures et demie.

— Juste une minute, bon sang !

Malachi la précéda à la porte, plaqua une main dessus pour la coincer.

— Si vous croyez que je vais vous laisser sortir d'ici et déjeuner avec une femme qui emploie des tueurs à gages, vous avez perdu votre putain de cervelle !

— Ne m'injuriez pas, et ne me dites pas ce que je dois faire !

La nervosité lui nouait l'estomac et lui donnait une folle envie de reculer, pourtant elle tint bon.

— Vous n'êtes pas responsable de moi, ni de notre... association. Alors, poussez-vous ou je vais être en retard.

— Tia...

Puisque la colère ne donnait rien, il se radoucit, essaya la persuasion.

— Vous ne pouvez pas m'empêcher d'être inquiet pour vous. C'est une femme dangereuse. Nous savons tous, à présent, combien elle est dangereuse.

— Et moi je suis fragile, imprudente et je m'attaque à une adversaire trop forte pour moi, c'est ça ?

— Oui. Enfin non. Oh, Seigneur...

Il était tenté de l'étrangler, ou de s'étrangler lui-même, mais il se contenta de lever la main.

— Dites-moi seulement ce que vous comptez faire.

— Déjeuner. C'est elle qui m'a appelée, qui me l'a demandé, et j'ai accepté. Je suppose qu'elle pense pouvoir me soutirer quelques informations concernant les *Parques* et Henry Wyley. Et vous. Je suis parfaitement consciente de ce qu'elle a derrière la tête, étant donné qu'elle ne m'a jamais adressé plus de vingt mots jusque-là. Mais elle ne sait pas, et elle ne saura pas, ce que j'ai, moi, derrière la tête. Je ne suis pas l'imbécile que vous croyez, Malachi.

— Je n'ai jamais pensé ça de vous, Tia...

Il ravala un juron, en constatant que ni Cleo ni son frère n'avaient la politesse de faire au moins semblant de ne pas les écouter.

— Montons sur le toit pour en discuter.

— Non. Et maintenant, à moins que vous ne me plaquiez au sol et ne m'enfermiez dans un placard, je sors pour déjeuner.

— Bravo, Tia, murmura Cleo, et elle reçut un coup de coude de Gideon dans les côtes.

— Mal, souffla néanmoins celui-ci, laisse tomber...

Quand il le fit, Tia ouvrit brutalement la porte.

— N'oubliez pas les pizzas, cria Cleo, juste avant que Tia ne claque la porte au nez de Malachi.

— Si cette femme lui fait du mal...

— Qu'est-ce qu'elle va lui faire ? rétorqua Cleo. La poignarder avec sa fourchette à salade ? Descendez un moment de vos grands chevaux et réfléchissez. C'est plutôt malin de sa part. Il y a de fortes chances qu'Anita prenne Tia pour une idiote, oui, mais en fait c'est *elle* qui n'a pas la classe, entre les deux. Je suis prête à parier que Tia va revenir avec beaucoup d'informations, alors qu'Anita n'en tirera rien.

— Elle est drôlement intelligente, Mal, confirma Gideon. Et nous avons besoin d'elle. Tu devrais te détendre.

— D'accord.

Mais il savait qu'il ne le ferait pas tant que Tia ne serait pas revenue.

Même au plus fort de sa vie fantasmatique, Tia n'avait jamais imaginé qu'elle serait une sorte d'espionne. Une sorte d'agent double, décida-t-elle, alors qu'elle arrivait juste à l'heure dite pour le déjeuner. Et tout ce qu'elle avait à faire, pour que ça marche, c'était d'être elle-même. Timide, nerveuse, ennuyeuse, coincée, pensait-elle alors qu'on la menait jusqu'à sa table.

Une sorte d'agent secret.

Bien sûr, Anita était en retard ; selon l'expérience de Tia, les femmes qui n'étaient pas timides, nerveuses, ennuyeuses et coincées étaient en général en retard à leurs rendez-vous. Parce qu'elles avaient une vie, sans doute.

Eh bien, elle aussi avait une vie maintenant, c'était le moins qu'on puisse dire – et pourtant, elle réussissait encore à être à l'heure.

Elle commanda de l'eau minérale et essaya de ne pas se faire remarquer, ni de paraître trop nerveuse, tandis qu'elle restait dix minutes seule attablée dans le cadre élégant et discret du Café Pierre.

Anita entra majestueusement – il n'y avait pas d'autre mot pour qualifier cette arrivée à la fois rapide, élégante et mondaine ; elle portait un superbe tailleur couleur d'aubergine bien mûre, ainsi qu'un spectaculaire collier fait de tresses d'or aux contours tortueux et de gros éclats d'améthyste.

— Je suis tellement désolée d'être en retard... J'espère que vous n'avez pas attendu trop longtemps.

Elle se pencha et déposa un baiser distrait sur la joue de Tia, avant de se glisser sur son siège et de placer son téléphone portable à côté d'elle.

— Non, je...

— Piégée avec un client, et je ne pouvais pas m'en défaire, l'interrompit Anita. Vodka-Martini, dit-elle au serveur qui s'était approché. Bien sec, bien raide, avec deux olives.

Puis elle se cala contre le dossier, et laissa échapper le long soupir d'une femme qui décompresse.

— Je suis tellement contente que nous puissions faire ça toutes les deux. C'est si rare ces temps-ci, un déjeuner non professionnel. Vous êtes très belle, Tia.

— Merci. Vous...

— Vous avez changé quelque chose, n'est-ce pas ?

Anita pinça les lèvres, tapota sur la table du bout de ses ongles cramoisis, en essayant de se faire une image plus claire de ce que Tia était auparavant.

— Vous avez changé de coiffure. Ça vous va très bien. Les hommes font toujours une telle histoire sur les cheveux longs d'une femme, je n'arrive pas à comprendre pourquoi, dit-elle en rejetant en arrière sa propre chevelure luxuriante. Maintenant, dites-moi tout sur vos voyages. Ça doit être fascinant de faire des conférences à travers l'Europe, et fatigant, aussi. Vous avez l'air vidée. Mais vous vous remettrez rapidement, j'en suis sûre.

Quelle sacrée garce, pensa Tia, et elle but son eau quand on servit l'apéritif d'Anita.

— C'était une expérience difficile et passionnante. Mais on ne voit pas autant du monde extérieur qu'on pourrait le croire. On passe sa vie dans les aéroports, les hôtels et les salles de conférences.

— Quand même, il y a des avantages... C'est en voyageant que vous avez rencontré le bel Irlandais avec qui vous dîniez l'autre jour ?

— Oui. Il assistait à une de mes conférences en Europe, puis il m'a rendu visite quand il est venu à New York pour affaires. Il est terriblement séduisant, n'est-ce pas ?

— Très. Et la mythologie l'intéresse ?

— Euh...

Tia prit le menu et s'y plongea pour faire son choix.

— Oui, beaucoup. Surtout les séries, les groupes. Les Sirènes, les Muses, les Parques... Vous pensez que je pourrais avoir la salade au poulet grillé *sans* les pignons de pin ?

— J'en suis sûre. Vous êtes toujours en contact avec lui ?

— Avec qui ?

Tia inclina le menu, abaissa ses lunettes de vue sur son nez, sourit distraitement.

— Oh, avec Malachi ? Non, il devait retourner en Irlande. Je pensais qu'il m'appellerait, mais je suppose que... c'est à cinq mille kilomètres, après tout. Et comme en général les hommes ne me rappellent pas après un rendez-vous quand ils habitent Brooklyn...

— Les hommes sont de tels porcs. Les Amazones avaient eu la bonne idée : les utiliser pour le sexe et la procréation, puis les tuer.

Elle rit, et se tourna vers le serveur quand il s'approcha de nouveau de la table.

— Je prendrai la salade César, de l'eau minérale et un autre martini.

— Hum... Vos poulets, est-ce qu'ils sont élevés en liberté ? commença Tia, et elle transforma délibérément la commande d'une simple salade en un événement majeur ; quand elle surprit le sourire satisfait au coin de l'œil d'Anita, elle jugea que c'était du travail bien fait.

— C'est intéressant que vous parliez des Parques, dit celle-ci.

— J'en ai parlé ?

Tia retira ses lunettes, les remit avec soin dans leur étui.

— Je croyais que c'étaient plutôt les Amazones qui vous intéressaient, remarqua-t-elle. Bien sûr, ce n'étaient pas des déesses, mais c'est vrai qu'elles représentent une tradition féminine fascinante, et j'ai toujours...

— Je parle des Parques.

Anita réussit à finir son premier verre, à travers ses dents serrées.

— Oh oui, fit Tia. Encore une histoire de pouvoir féminin. Des femmes, des sœurs, qui déterminent la longueur et la qualité de la vie, pour les dieux et pour les hommes.

— Avec vos centres d'intérêt intellectuels et vos antécédents familiaux, vous avez dû entendre parler des statuettes...

— Lesquelles ? J'ai entendu parler de beaucoup de statuettes. Ah oui, *Les Trois Parques !* s'exclama Tia d'un air ingénu, et elle aurait juré avoir entendu grincer les dents d'Anita. Oui, bien sûr. En fait, un de mes ancêtres était censé en avoir possédé une – je crois que c'était Clotho, la première du lot. Mais il est mort sur le *Lusitania*, et d'après l'opinion générale il l'avait avec lui. C'est bien triste si c'est vrai. Sans Clotho pour tisser le fil, Lachésis et Atropos n'ont plus rien à mesurer et à couper. Mais encore une fois, j'en sais plus sur les mythes que sur les antiquités. Vous croyez que les statuettes existent ? Les deux autres, je veux dire...

— Je suis assez romanesque pour espérer que oui. Je pensais qu'avec vos connaissances, et vos relations, vous aviez peut-être quelques informations sur le sujet.

— Eh non, lança Tia en se mordant la lèvre. Je n'ai pas accordé beaucoup d'attention à ce genre de choses, à la vérité. D'ailleurs, c'est ce que j'ai répondu à Malachi quand nous en avons parlé ensemble.

— Il vous a parlé des statuettes ?

— Ça l'intéressait, oui.

Précautionneusement, Tia fit son choix dans le panier de petits pains chauds.

— Il collectionne les objets d'art mythologiques. Il a commencé pendant un de ses voyages pour affaires en Grèce, il y a quelques années. Il est dans le transport maritime.

— Vraiment ? Un Irlandais beau, riche, qui s'intéresse à votre domaine de recherches, et *vous* ne l'avez pas rappelé ?

— Oh, je ne pouvais pas...

Comme si elle était troublée, Tia baissa les yeux vers la nappe et tripota le col de sa veste.

— Je ne me sentirais pas à l'aise si je rappelais un homme. De toute façon, je ne sais jamais quoi dire. En plus, je crois qu'il était déçu que je ne puisse lui apporter aucune aide pour les *Parques*. Les statuettes, je veux dire. Pour le mythe lui-même, je crois que je lui ai été très utile, si je peux me permettre de dire ça moi-même... Mais avec une d'entre elles au fond de l'Atlantique, elles ne seront plus jamais au complet, n'est-ce pas ?

— Non.

— Je suppose que si elles l'étaient, réunies, je veux dire, elles seraient assez précieuses ?

— Assez, oui.

— Si Henry Wyley n'avait pas fait ce voyage, à cette date, sur ce bateau, qui sait ?... Mais, encore une fois, c'est le destin. Peut-être que vous trouverez l'une d'entre elles, si elles existent encore, ou si même elles ont jamais existé. Vous devez avoir toutes sortes de sources pour les rechercher.

— Oui, et il se trouve que j'ai un client intéressé. J'ai toujours détesté décevoir un client, alors je fais tout ce que je peux pour vérifier leur existence, et les retrouver.

Anita mordilla délicatement dans un petit pain, sans quitter des yeux Tia.

— J'espère, poursuivit-elle, que vous ne parlerez pas de tout cela à... Comment, déjà ? Oui, Malachi... s'il vous rappelle. Je n'aimerais pas qu'il me devance dans cette affaire.

— Non, mais je ne pense pas que le cas risque de se présenter, de toute façon.

Tia mit beaucoup de cœur dans le soupir qu'elle poussa.

— Je ne me souviens pas si je le lui ai raconté ou non, ajouta-t-elle, mais j'avais entendu dire – oh, il y a quelque temps déjà – que quelqu'un à Athènes affirmait avoir Atropos. C'est la troisième *Parque*.

Le cœur battant de son improvisation, Tia étudia sa salade avec soin, pour y déceler la moindre parcelle qui aurait pu être défraîchie.

— À Athènes ?

— Oui, je crois que quelqu'un m'a parlé de ça, à l'automne dernier. Ou peut-être au printemps dernier, je n'arrive pas à m'en souvenir. Je faisais des recherches sur les Muses. Ce sont les neuf filles de Zeus et Mnémosyne, et elles ont chacune sa propre spécialité, comme par exemple Clio qui...

— Et au sujet des *Parques ?* demanda Anita.

— Au sujet des quoi ? Oh, dit Tia en laissant échapper un rire et en buvant un peu d'eau. Je suis désolée, je crois que j'ai tendance à partir dans des digressions. C'est toujours agaçant pour les gens.

— Pas du tout.

Anita se délecta quelques secondes à l'idée de se pencher en avant et d'étouffer cette exaspérante crétine en lui plongeant le nez dans sa salade.

— Vous disiez donc que...

— Oui, ça devait être au printemps de l'année dernière.

L'air absorbé, Tia versa un soupçon de vinaigrette sur sa salade.

— Je n'étais pas en train de rechercher des informations sur les Parques, encore moins sur des objets d'art. J'ai juste fait attention à ce qu'on me disait pour ne pas paraître impolie. Cette personne que j'avais contactée… Ah, comment est-ce qu'il s'appelait, déjà ? Mais, bon, ça n'a pas d'importance, étant donné qu'il était beaucoup moins utile que je l'avais espéré – pour les Muses, je veux dire. Mais, durant la conversation, il a mentionné le nom de quelqu'un à Athènes qui avait *Atropos*, d'après ce qu'il avait entendu dire. La statuette, bien sûr, pas la figure mythologique…

— Je suppose que vous ne vous souvenez pas du nom de cette personne à Athènes ?

— Oh, mon Dieu, je ne suis pas très bonne avec les noms.

Tout en adressant un regard d'excuse à Anita, Tia prit une fourchetée de salade.

— En fait, je ne crois même pas que le nom ait été prononcé, car c'était juste une chose mentionnée en passant. Et c'était il y a si longtemps. Je me souviens que c'était à Athènes uniquement parce que j'ai toujours eu envie d'y aller. En plus, ça paraît logique qu'une des statuettes soit là-bas. En Grèce. Vous y êtes déjà allée ?

— Non, pas encore.

— Moi non plus. Je ne pense pas que la nourriture me conviendrait.

— Vous en avez parlé à Malachi ?

— D'Athènes ? Non, je ne crois pas. Ça ne m'est pas venu à l'esprit. Oh, mon Dieu, vous croyez que j'aurais dû ? Peut-être que si j'y avais pensé, il m'aurait rappelée… Il était vraiment très séduisant.

Idiote, pensa Anita. Imbécile.

— Tout est possible, vous savez.

Tia était prise de vertige. À la façon dont une femme pouvait l'être, sans doute, après un adultère dans un motel sordide avec un jeune artiste au chômage, pendant que son mari sérieux et guindé présidait un conseil d'administration.

Mais non, décida-t-elle en entrant rapidement dans son immeuble, cette sorte d'étourdissement venait *avant* l'adultère effectif, au moment où on se dirigeait vers le motel miteux avec ses chambres louées à l'heure. Après, on se sentait coupable, honteux, et on avait besoin d'une longue douche.

En tout cas, c'est comme ça qu'elle se l'imaginait.

Elle avait menti, elle avait trompé quelqu'un, elle l'avait même arnaqué à sa manière, et pourtant elle n'éprouvait pas le moindre sentiment de culpabilité. Plutôt un sentiment de puissance.

Et elle aimait ça.

Anita la détestait. Les gens croyaient-ils donc qu'elle ne s'en apercevait pas quand ils la jugeaient ennuyeuse, exaspérante et au fond stupide ? Eh bien, ça n'avait pas d'importance, en conclut-elle tandis qu'elle arrivait à son étage sur un petit nuage. Ce qu'une femme comme Anita pensait d'elle n'avait pas la moindre importance. Parce qu'elle, Tia Marsh, avait gagné la partie.

Elle s'engouffra dans l'appartement, prête à se vanter de ses exploits, et ne trouva que Cleo, affalée sur le canapé et qui regardait MTV.

— Salut. Comment ça s'est passé ?

— Bien. Où est-ce qu'ils sont tous ?

— Ils sont allés appeler leur mère. Ces types irlandais ont un vrai besoin de leur mère, n'est-ce pas ? Ensuite, ils iront se chercher un peu d'ice-cream. Ils sont partis juste il y a deux minutes.

Cleo jeta un coup d'œil sur l'écran de télé avant de l'éteindre.

— Alors, qu'est-ce qui s'est passé avec Anita ?

— Elle croit que je suis une névrosée stupide, éperdue de reconnaissance pour chaque miette d'attention qu'on veut bien lui accorder.

Cleo roula sur elle-même pour sortir du divan, avec une grâce fluide que Tia admira, le désespoir au cœur.

— Moi, je ne le crois pas. Je pense au contraire que vous êtes une botteuse de fesses chic et maligne, qui n'a pas encore bien essayé ses bottes. Vous voulez un verre ?

La description de Cleo avait tellement estomaqué Tia qu'elle ne fit même pas attention au fait qu'on lui offrait un verre dans son propre appartement.

— Peut-être. Je ne bois pas vraiment, en réalité.

— Moi si, et ça me semble être un bon moment pour ça. On va descendre un verre de vin et vous pourrez tout me raconter.

Cleo ouvrit une bouteille de pouilly-fumé, remplit deux verres. Et écouta. Pendant qu'elles buvaient le premier, Tia se rendit compte que la seule personne au monde qui l'écoutait avec le même intérêt était Carrie. Peut-être était-ce pour cela qu'elles étaient amies.

— Vous l'avez envoyée à Athènes ? s'exclama Cleo, en éclatant d'un grand rire. Putain, c'est génial comme idée !

— Ça avait l'air juste... je pense que ça l'était, oui.

— Foutrement, oui !

Cleo leva soudain la main, si vite et si près de Tia que celle-ci rejeta la tête en arrière, comme pour éviter une gifle.

— Tope là ! Mes félicitations !

— Oh oui, pardon...

Avec un petit rire emprunté, Tia lui claqua dans la paume.

— Il va falloir recommencer toutes les explications devant les garçons, constata Cleo. Alors, puisqu'on a un moment entre filles avant qu'ils reviennent, déballez-moi tout sur Malachi.

— Vous déballer tout ?

— Ouais. Je sais que vous êtes en rogne contre lui, et personnellement, si j'étais vous, j'aurais envie de lui faire rôtir les couilles pour mon petit-déjeuner, mais il est tellement beau mec ! Comment vous allez la jouer avec lui ?

— Je ne vais pas jouer, non. Je ne saurais pas, d'ailleurs. C'est juste une question d'affaires.

— Il se sent sacrément coupable envers vous, vous pouvez jouer de ça.

Cleo enfonça un doigt dans son vin, l'en ressortit pour le lécher.

— Mais ce n'est pas qu'une question de se sentir coupable. Il craque pour vous, aussi. Ça vous donne un sacré pouvoir sur lui.

— Il n'est pas attiré par moi dans ce sens-là. Il fait semblant pour que je l'aide, c'est tout.

— Vous vous trompez. Écoutez-moi, Tia, s'il y a une chose que je connais bien, c'est les hommes. Je sais comment ils regardent une femme, comment ils tournent autour d'une femme, et ce qui se passe dans leur tête d'obsédés sexuels quand ils le font. Ce type crève d'envie de vous, comme il aurait envie d'un verre de soda bien frais, et comme il se sent coupable de s'être foutu de vous, ça le rend nerveux, frustré et stupide. Vous pouvez le faire asseoir et lui faire faire le beau comme un caniche, si vous jouez bien vos atouts.

— Je n'ai pas le moindre atout, répliqua Tia. Et je n'ai pas envie de l'humilier.

Puis elle se rappela ce qu'elle avait éprouvé, quand elle avait réalisé qu'il lui avait menti et s'était servi d'elle. Elle prit une autre gorgée de vin.

— Eh bien, peut-être que si, j'en ai envie. Un peu. Mais je ne crois pas que ce soit adapté à la situation. Les hommes n'ont pas envers moi le même genre de désirs que pour des femmes comme vous.

Elle s'arrêta, choquée par ce qu'elle venait de dire, et reposa son verre. Elle ne devait pas boire.

— Je suis désolée. Je ne voulais pas vous… C'était un compliment, dans ma bouche.

— Rassurez-vous, j'avais compris. Vous avez bien plus d'atouts que vous ne le croyez. Beaucoup de matière grise, un côté givré, plein de complexes...

— Tout ça ne m'a pas l'air très sexy.

— Ça marche très bien sur le grand frère, en tout cas. En plus, vous avez ce look magnifique de nymphe des bois pour vous aider.

— De nymphe des bois ? Moi ?

— Mon chou, vous devriez vous regarder plus souvent dans la glace. Vous êtes vraiment bandante.

— Non, je ne suis pas..., commença Tia machinalement avant de devenir écarlate, et Cleo en rugit de rire. Oh, vous voulez dire...

Elle se mit à rire elle aussi, puis scruta attentivement le visage de Cleo.

— Est-ce que vous... vous êtes ivre ?

— Non, mais je pourrais essayer de l'être, plus tard.

Elle se pencha en arrière. Elle ne se liait pas facilement d'amitié – du moins pas avec d'autres femmes. Mais quelque chose l'attirait, chez Tia.

— J'ai toujours eu envie d'être comme vous, laissa échapper celle-ci.

— Comme moi ?

— Grande, sensuelle, exotique. Et bien faite.

— On doit tous faire avec ce qu'on a. Et ce que vous avez, vous, met grand frère dans tous ses états au niveau des glandes, vous pouvez me croire. Écoutez, ajouta Cleo en se penchant plus près. Quand ils reviendront, je vais lâcher une petite bombe. Petit futé ne va pas aimer, et grand frère me regarde déjà de travers. J'aurai peut-être besoin d'aide. Un soutien, une diversion, tout ce que vous aurez en magasin.

— De quoi s'agit-il ?

Cleo ouvrit la bouche pour lui répondre, mais à ce moment-là on entendit le bruit de la clé tournant dans la serrure. Une expression de chagrin, ou de regret, passa sur son visage, puis elle avala le reste de son vin.

— Le compte à rebours a commencé, murmura-t-elle.

— À Athènes ? s'exclama Gideon, et son visage s'éclaira d'un sourire immense, incontrôlé. À Athènes ? répéta-t-il avant de tirer Tia de son siège pour lui plaquer un vigoureux baiser sur la bouche. Vous êtes géniale, sacrément géniale !

— Je, oh... eh bien, bredouilla-t-elle, les oreilles bourdonnantes. Merci.

— Sacrément géniale, répéta-t-il, et il la fit tournoyer rapidement dans l'air avant de regarder son frère, le même immense sourire aux lèvres. Et toi qui avais peur qu'Anita ne fasse qu'une bouchée d'elle ! Nous avons là un authentique génie, certifié conforme !

— Laisse-la se rasseoir, Gideon, avant de lui faire mal... C'était intelligent, déclara Malachi à Tia, intelligent et efficace.

— C'était logique, corrigea-t-elle, puis, prise d'un vertige léger – mais plutôt agréable –, elle se rassit. Je ne sais pas si elle ira vraiment en Grèce, mais en tout cas elle lorgnera sûrement vers là-bas.

— Ça nous laisse un peu de temps pour nous retourner, approuva Malachi. Maintenant, le tout est de savoir ce que nous allons en faire. Rebecca se démène pour avoir plus d'informations sur ce Jack Burdett. On va la laisser s'occuper de ça pour l'instant. Je pense que le plus urgent, dans l'ordre logique, est de se demander comment Cleo va récupérer la *Parque* de White-Smythe. Il faudrait pouvoir faire ça rapidement, sans avoir Anita sur le dos, puis la mettre en lieu sûr.

— Ça n'est pas un problème.

Cleo ne prit pas une grande inspiration, mais elle rassembla ses forces, et plongea les yeux dans ceux de Gideon.

— Je l'ai déjà, et elle se trouve en lieu sûr.

16

— Tu l'as eue tout le temps ?

Sous le choc, avec la colère qui commençait à bouillonner en lui, Gideon fixait Cleo sans ciller.

— Depuis le début ?

— Ma grand-mère me l'a donnée quand j'étais enfant, expliqua-t-elle, tandis que son estomac la titillait désagréablement. Elle yoyotait déjà pas mal à l'époque, je suppose que pour elle c'était une sorte de poupée, rien de plus. C'est devenu mon porte-bonheur, je l'emportais partout où j'allais.

— Tu l'avais à Prague ?

— Oui, je l'avais.

Comme la voix de Gideon, calme et ferme, la mettait mal à l'aise, elle se versa un autre verre de vin.

— Je n'avais jamais entendu raconter l'histoire, poursuivit-elle. Celle des *Trois Parques*. Je ne sais pas si on la connaissait dans la famille de ma mère, mais en tout cas elle n'est pas arrivée jusqu'à moi. Je ne savais rien sur cette statuette avant que tu m'en parles.

— Est-ce que ce n'était pas une chance pour toi, que j'arrive et que je te mette au courant ?

L'amertume contenue dans ces mots, avec la pointe de mépris qu'il fallait, était aussi efficace qu'un coup de poing dans le ventre.

— Écoute, Petit futé, ce n'est pas parce qu'un type te poursuit à ton travail, te pose tout un tas de questions sur ton bon vieux porte-bonheur, te déballe une histoire sur des légendes grecques et beaucoup d'argent, ce n'est pas pour ça que tu vas le lui apporter sur un plateau ! Je ne te connaissais pas...

— Mais tu as appris à me connaître, non ?

Il se pencha vers elle et agrippa les bras de son fauteuil des deux mains, l'y enfermant ainsi.

— Ou bien est-ce que c'est la routine chez toi, de te rouler par terre dans des hôtels avec des étrangers ?

— Gideon !

— Mêle-toi de tes affaires !

Il se retourna, lança un regard à la fois glacial et furieux à son frère, pour faire taire toute intervention de sa part, puis revint à Cleo.

— Tu me connaissais assez bien pour *ça*, en tout cas ! Tu me connaissais assez bien, hein, quand on partageait le lit que Mikey nous avait donné, quelques heures avant de mourir !

— Ça suffit ! cria Tia.

Bien que ses mains fussent glacées par la peur, elle s'en servit pour tirer sur le bras de Gideon ; mais c'était comme essayer de forcer une porte blindée en acier avec ses doigts nus.

— C'était son ami, elle l'aimait ! Même si vous êtes en colère, vous le savez, et vous savez aussi que vous n'avez pas le droit de vous servir de lui pour lui faire du mal !

— Elle s'est servie de lui, et de moi !

— Tu as raison, lança Cleo.

Elle leva le menton – pas par défi, mais comme une sorte d'invitation : Tape-moi dessus, semblait-elle dire, je préférerais ça.

— Tu ne peux pas avoir plus raison. Je me suis surestimée, et j'ai sous-estimé Anita. Et Mikey est mort. Peut-être que tu es furieux contre moi, peut-être que tu es écœuré, mais moins que je le suis moi-même, crois-moi.

— Pas beaucoup moins, à mon avis, rétorqua-t-il avant de s'éloigner.

— D'accord.

Quelque chose qu'elle ne soupçonnait pas se brisa alors en elle, la laissant très vulnérable.

— D'accord. J'ai tout foutu en l'air avec toi. Je pensais faire un marché avec Anita, prendre l'argent et te donner ta part, et tout le monde serait content. Je pensais : Bon, il sera un peu en rogne que je l'aie fait derrière son dos, mais une fois qu'il aura tous ces billets verts dans la main, comment est-ce qu'il pourra se plaindre ?

Quand il se retourna, la violence flamboyait tellement dans ses yeux que Tia s'interposa entre eux.

— Arrêtez. Réfléchissez un peu. Ce qu'elle a fait avait un sens ! Si elle avait traité avec une femme d'affaires normale, ou même une femme d'affaires malhonnête, ça avait un sens ! Aucun de nous ne pouvait prévoir jusqu'où Anita irait.

— Ce qu'elle a fait, c'est mentir, rétorqua-t-il, ignorant la main de Tia qui le tirait en arrière, nous mentir à tous !

— Tout a commencé par des mensonges !

Tia mit assez de mordant dans sa voix pour obliger Gideon à la regarder.

— La confiance, la franchise totale, ç'a été notre problème principal depuis le début ! Nous nous divisons tous dans des directions différentes, avec des objectifs différents, des programmes différents ! Tant que nous agirons ainsi, Anita aura l'avantage sur nous, parce qu'elle a *une* direction, *un* objectif. Si nous n'arrivons pas à nous mettre d'accord sur les nôtres, c'est elle qui gagnera !

— C'est vrai, renchérit Malachi en posant une main sur son épaule – et si elle se raidit, elle ne s'écarta pas. Je ne suis pas plus fier qu'aucun de vous de la façon dont on en est arrivés là. Nous avons tous – disons tous sauf Tia – de bonnes raisons de le regretter.

Nous pouvons ruminer ces raisons, ou donner un coup de pied dans la fourmilière… Gideon ? poursuivit-il d'une voix calme, et il attendit que son frère ait fixé vers lui ses yeux encore pleins de colère. Tu te souviens de ce punching-ball que papa avait installé dans le hangar à bateaux ? On l'appelait Nigel[1], expliqua-t-il aux deux femmes, et on lui tapait dessus au lieu de nous taper dessus. Disons que ça se passait comme ça la plupart du temps.

— Mais on n'est plus des gamins aujourd'hui.

— Non, c'est vrai. Alors au lieu de faire la tête, ou de se chercher un Nigel commode à portée de main, pourquoi est-ce qu'on ne remettrait pas tout à plat ? La bonne nouvelle, c'est que nous avons la deuxième *Parque*. Et cette banque, où est-ce qu'elle est, Cleo ?

— Sur la 7e.

Elle chercha dans la poche de son jean la clé qu'elle y avait mise le matin même.

— Il faut que j'aille la chercher. Je dois signer et montrer mes papiers pour avoir accès au coffre. Je peux faire ça demain matin.

— Alors, *nous* ferons ça demain matin, corrigea Gideon. Pour le moment, j'ai besoin d'air. Je monte sur le toit.

Quand la porte eut claqué derrière lui, Cleo ne bougea pas de son fauteuil ; elle ne se leva que quand elle sentit qu'elle allait craquer.

— Tout ça commence à devenir bien réel, murmura-t-elle.

Choquée d'entendre sa propre voix se briser, elle se dépêcha de réagir.

— Je vais faire une sieste.

Une fois que la porte du bureau se fut refermée derrière elle, Tia se passa la main dans les cheveux.

— Oh non… Je ne sais jamais quoi faire, ni quoi dire.

---

1. Prénom irlandais signifiant « champion ». *(N.d.T.)*

— Vous avez dit et fait exactement ce qu'il fallait, répondit Malachi. Arrêtez de vous dénigrer, Tia, c'est agaçant.

— Bon, excusez-moi. Je vais voir si je peux aider Cleo.

— Non, ça, c'est le plus facile… (Avec un petit soupir, il lui toucha de nouveau l'épaule.) Je vais aller parler à Cleo ; vous, essayez Gideon. Voyons si nous pouvons remettre un peu d'unité dans toute cette pagaille que nous avons créée.

Il gagna la porte du bureau, se retourna.

— Vous avez été géniale avec Anita, affirma-t-il, puis il frappa brutalement à la porte et l'ouvrit, sans attendre d'y être invité.

Cleo était étendue sur le dos, sur le canapé-lit aux draps défaits. Elle ne pleurait pas, mais sentait qu'elle couvait une bonne crise de larmes, bien explosive.

— Écoutez, j'en ai assez des frères Sullivan, la scène a été un peu longue. Je propose un petit entracte.

— Ça me paraît difficile, vu qu'on est encore en plein dans l'action… (Il lui souleva les pieds, s'assit, puis les reposa sur ses genoux.)… et vu que le frère Sullivan ici présent doit admettre qu'il aurait fait exactement comme vous avez fait. Je sais que je n'en serais pas fier et que je n'aurais envie que d'une chose : regarder en arrière et revoir tous les endroits où je me suis trompé, où j'ai tourné à gauche alors que j'aurais dû tourner à droite. Mais ça n'y changerait pas le moindre iota, pas vrai ?

— Vous êtes gentil avec moi pour que j'accepte de coopérer, c'est ça ? Maintenant on fait équipe, et tout le reste ?

— Je serais bien content d'arriver à ça, mais… L'important, c'est que vous avez passé de sales moments, et que c'est en partie ma faute, au départ. Quant à Gideon, il n'est pas aussi tortueux de nature que vous et moi. Non pas qu'il soit imprévoyant ni écervelé, mais il a plus tendance à dire ce qu'il pense, et ça le met en colère que tout le monde ne fasse pas comme lui. Il ne peut pas s'empêcher de jouer franc jeu, c'est dans sa nature.

Elle le savait, et d'entendre Malachi le rappeler ne lui fut pas d'un grand secours.

— Les gens qui jouent franc jeu perdent la plupart du temps.

— Je ne vous le fais pas dire...

Il rit un peu et commença à lui frotter amicalement les pieds.

— ... mais quand ils gagnent, ils gagnent proprement. Ça compte pour lui. Vous comptez pour lui.

— Peut-être que je *comptais* pour lui.

— Vous comptez encore, ma chère. Je connais suffisamment mon frère pour en être sûr. Mais comme je ne vous connais pas aussi bien, je suis obligé de vous poser la question : est-ce qu'il compte pour vous ?

Elle tenta de dégager son pied, mais il le tenait fermement et continuait de le frotter.

— Je n'essayais pas de l'arnaquer pour l'argent.

— Ce n'était pas ma question : est-ce qu'il a de l'importance pour vous ?

— Oui. Je crois que oui.

— Dans ce cas, je vais vous donner un conseil : ripostez. Utilisez les cris et les injures, jusqu'à ce qu'il n'en puisse plus et qu'il se calme. Ou alors, utilisez les larmes et noyez-le dessous. Les deux marchent avec lui.

Elle se fourra un second coussin sous la tête.

— Ça redevient tortueux, non ?

— Je ne sais pas, mais vous voulez gagner ou perdre ?

La crise de larmes était ravalée, assez pour qu'elle se redresse, renifle et l'observe.

— Je n'étais pas sûre que j'allais vous aimer. Tout bien pesé, je pense que oui. Ça facilitera les choses.

— Réciproque. Maintenant, dites-moi, parce que c'est une question qui me trotte dans la tête depuis longtemps : les femmes qui font du strip-tease, en général, est-ce qu'elles gardent le corps que le Seigneur leur a donné, ou est-ce qu'elles demandent un petit secours à la médecine ?

Tia n'avait pas autant de chance avec Gideon. Pendant un certain temps, elle resta simplement assise en silence sur une des petites chaises d'acier, dans le jardin en terrasse sur le toit. Elle y montait rarement, parce qu'elle avait le vertige et n'avait pas confiance dans la qualité de l'air. C'était dommage, songea-t-elle, car elle adorait la vue qu'il offrait sur le fleuve.

En femme habituée à ce qu'on l'ignore, elle resta assise pendant que Gideon se tenait debout devant la balustrade de pierre, fumant et ruminant en silence.

— On a passé des jours et des nuits ensemble, à courir à travers cette foutue Europe, et elle l'avait dans son putain de sac depuis le début !

Bien, se dit Tia, il parle. C'est un début.

— Mais ça lui appartient, Gideon.

— La question n'est pas là !

Il pivota d'un coup, et Tia pensa qu'il était d'une incroyable beauté, drapé dans sa fureur.

— Elle pensait que j'allais l'assommer et la lui voler, ou quoi ? Filer avec en pleine nuit après lui avoir fait l'amour, en la laissant seule dans une chambre d'hôtel miteuse ?

— Je ne peux pas vous répondre. Moi, je n'aurais eu ni le courage de vous suivre, pour commencer, ni la présence d'esprit de me protéger comme elle l'a fait. Je… Ça va peut-être vous paraître sexiste, mais c'est différent pour un homme de parcourir l'Europe avec une femme que pour une femme de la parcourir avec un homme. C'est plus risqué, plus inquiétant. C'est comme ça, voilà.

— Je ne discute pas ça, mais il n'y avait pas une semaine que nous étions ensemble quand… les choses ont changé entre nous.

— D'une certaine façon, le sexe est lui aussi un risque plutôt inquiétant.

Elle se sentit devenir écarlate, alors qu'il la regardait en fronçant les sourcils.

— Si elle avait vraiment voulu se servir de vous, comme vous le croyez, c'est elle qui aurait filé avec Lachésis en pleine nuit. Au lieu de ça, elle vous a amené ici.

— Puis elle est allée derrière mon dos voir...

— Elle a fait une erreur, et cela lui a coûté beaucoup plus cher à elle qu'à vous. Vous et moi, nous savons comment elle était, dans quel état, quand vous l'avez amenée ici. Nous sommes les seuls à le savoir. Et peut-être même que je suis la seule à avoir vu comment vous étiez avec elle, gentil, doux. Aimant.

Il poussa un grognement bref et violent, écrasa sa cigarette sur son talon.

— Elle était ivre et malade par ma faute. Qu'est-ce que j'aurais pu faire d'autre ? La bousculer ?

— Vous avez pris soin d'elle. Et lorsque je l'ai entendue se réveiller en pleurant au milieu de la nuit, vous avez encore pris soin d'elle. Elle était sans doute trop empêtrée dans son propre chagrin pour s'en rendre compte. Je n'ai jamais été amoureuse, ajouta Tia en faisant quelques pas précautionneux vers lui, la balustrade et le vide. Alors, je peux me tromper en pensant que vous l'aimez. Mais je sais ce que c'est de voir ses sentiments provoqués, éveillés par quelqu'un, puis d'être ensuite blessé par ces mêmes sentiments.

— Mal en est malade, Tia...

Gideon lui prit la main, et se méprit sur le mouvement instinctif de recul qu'elle eut : il était causé par le vide derrière lui et non par son geste.

— ... je vous assure que c'est vrai.

— Ce n'est pas de cela que je veux parler. Je veux juste vous dire que quand vous ne serez plus aussi en colère, ni aussi blessé, vous devriez essayer de voir les choses de son point de vue. Ou au moins, si vous ne le pouvez pas, vous raisonner assez pour que nous puissions travailler ensemble.

— Nous travaillerons ensemble, promit-il. Je m'arrangerai de tout le reste.

— Bien. Bien.

Pourquoi les gens qui ne supportent pas les lieux élevés ont-ils tellement envie de regarder en bas, depuis le haut d'un immeuble ? se demanda-t-elle. Incapable de résister à la tentation, elle baissa les yeux vers la rue jusqu'à ce que la tête lui tourne. Elle réussit à faire un pas mal assuré en arrière, puis un autre.

— Oh ! là ! là ! Le vertige.

— Calmez-vous, dit-il en lui prenant le bras alors qu'elle titubait. Tout va bien.

— Je suppose que ça va aller, oui. Plus ou moins.

Cleo n'eut pas une seule occasion de mettre en pratique le conseil de Malachi. C'est difficile de lutter – par des mots ou par des larmes – avec quelqu'un qui vous évite comme si vous aviez la peste. C'est difficile d'engager une épreuve de force avec un homme qui préfère passer la nuit sur le toit d'un immeuble à New York plutôt que partager un coin de lit avec vous.

Ça lui faisait mal à un point qu'elle n'aurait pas imaginé. Et ce qui aggravait encore sa peine, c'était qu'elle avait peur de mériter ce qui lui arrivait...

— Tu vas là-bas, tu la prends, tu reviens, répétait Malachi, tandis qu'un Gideon aux yeux ensommeillés engloutissait une seconde tasse de café matinale.

— Oui, tu l'as déjà dit.

— D'un autre côté, il vaut peut-être mieux ne pas prendre le chemin le plus direct. La banque est assez près de... l'autre appartement, ajouta Malachi, avec un regard vers Cleo. Elle a peut-être des gens qui surveillent encore toute cette zone.

— On a réussi à semer ces types à travers l'Europe, on réussira à s'en sortir.

Gideon reposa sa tasse vide sur le plan de travail puis, quand Tia toussota de manière significative, il la reprit et la rinça dans l'évier.

— Regarde derrière toi. Et partout ailleurs aussi.

Gideon hocha la tête, puis demanda à Cleo :

— Prête ?

— Bien sûr.

Tia croisa les doigts, et résista à grand-peine à l'envie de se tordre les mains, sous l'effet de l'angoisse, quand Cleo et Gideon passèrent la porte.

— On n'a pas à s'inquiéter pour eux, lança-t-elle, autant pour elle-même que pour Malachi.

— Non, ils vont parfaitement s'en sortir.

Mais il enfonça les mains dans ses poches et souhaita passionnément n'avoir jamais arrêté de fumer.

— Ça va être bon de la voir, de pouvoir l'examiner. De s'assurer qu'elle est authentique.

— Oui. En attendant, j'ai beaucoup de travail à rattraper.

— C'est la première fois que nous sommes vraiment seuls tous les deux. Il y a des choses que j'aimerais vous dire.

— Vous les avez déjà dites.

— Pas toutes. Pas celles auxquelles j'ai pensé après que vous m'avez flanqué à la porte.

— Ce n'est pas le moment. Je n'ai pas pu travailler à mon livre depuis plusieurs jours, j'ai pris du retard. Vous pouvez regarder la télévision, écouter la radio, lire. Ou monter là-haut et vous jeter du haut du toit. Ça ne changera rien pour moi.

— J'admire votre capacité à garder votre rancune intacte.

L'air de rien, il vint se mettre en travers de son chemin, alors qu'elle se dirigeait vers son bureau.

— Je vous ai dit que j'étais désolé. Je vous ai dit que j'avais eu tort, et ça ne vous a pas fait céder d'un pouce. Alors, pourquoi ne pas écouter le reste ?

— Pourquoi ? Voyons voir… Est-ce que ça pourrait être parce que ça ne m'intéresse pas ? Oui, ça pourrait être pour cette raison-là.

Elle apprécia d'entendre le sarcasme dans sa propre voix ; ça la faisait se sentir mûre, responsable.

— La partie personnelle de notre relation est terminée.

— Je ne suis pas d'accord.

Il fit un pas vers elle, elle en fit un en arrière ; et cette retraite, même légère, perça sa cuirasse, la rendit vulnérable à nouveau.

— Vous voulez en discuter ? demanda-t-elle en haussant les épaules, et en tâchant de mettre un peu de Cleo dans son attitude. Je ne suis pas très bonne pour les discussions, mais si ça permet de liquider ces histoires une fois pour toutes, je ferai de mon mieux. Vous m'avez traitée comme une imbécile, pire que ça, vous vous êtes arrangé pour que je croie que vous me trouviez séduisante, attirante. Et ça, Malachi, c'est méprisable !

— Ça le serait si c'était vrai. Le fait est que je vous trouvais vraiment séduisante et attirante – et c'était pour moi un dilemme majeur.

Il remarqua la lueur d'irritation qui traversait son regard – irritation que provoquait son incrédulité, il le savait ; aussi refusa-t-il d'en tenir compte.

— Et c'est ainsi que j'ai commis la première de mes nombreuses erreurs. Vous savez ce qui m'a fait commencer cette série d'erreurs vous concernant ?

— Non, et ça m'est égal. Je vais avoir la migraine, je le sens.

— Non. Vous espérez avoir la migraine, pour avoir autre chose à quoi penser… C'était votre voix.

— Pardon ?

— Votre voix. Quand j'étais assis dans cette salle de conférences et que votre voix était si jolie, juste un peu nerveuse au début, avant de se raffermir. Une voix si belle, si fluide. J'avoue que ce que vous disiez m'ennuyait, stupidement, pourtant j'aimais vous entendre parler.

— Je ne vois pas ce que ça...

— Et il y avait aussi vos jambes.

Il ne s'interrompait plus, maintenant qu'il voyait sa colère hésiter, vaciller.

— J'ai passé tout le temps de la conférence à écouter votre voix et à admirer vos jambes.

— C'est ridicule.

Ah, enfin. Maintenant elle était troublée, et être troublée était mieux qu'être irritée. Parce qu'une Tia troublée ne pourrait pas l'empêcher de dire les choses qu'il avait tant besoin de lui dire.

— Et encore, ce n'était pas là le plus important. J'ai adoré votre air timide, fatigué, désorienté, lorsque je me suis approché de vous avec mon livre. Oh, vous étiez tellement polie...

Il fit un pas de plus vers elle, et cette fois elle se déplaça pour interposer le divan entre eux.

— Vous ne pensiez pas que j'étais fatiguée, vous pensiez à la façon de me tirer les vers du nez au sujet des *Parques*.

— C'est vrai que j'étais assez centré sur les *Parques*, acquiesça-t-il, mais il y avait de la place pour les deux dans ma tête, pour elles et pour vous. Ensuite, j'ai réussi à vous emmener en promenade au lieu de rentrer à l'hôtel, et j'ai adoré vous voir éblouie quand vous avez commencé à regarder autour de vous, à regarder vraiment l'endroit où vous étiez.

— Vous aviez envie de croire que j'étais éblouie par *vous*.

— Oui, je l'admets. C'était flatteur, et pourtant ce n'est pas encore à ce moment-là que les choses ont vraiment basculé, que je me suis retrouvé piégé dans la première de mes erreurs.

Il marcha vers l'extrémité du divan et elle recula, heurta la table basse, rougit, puis fit un bond en arrière jusqu'à l'autre extrémité ou presque.

— C'est lorsque nous sommes revenus à votre chambre.

— Ma chambre saccagée.

— Oui.

Il capta une trace de son parfum, qui flottait encore doucement dans l'air à l'endroit où elle s'était tenue quelques secondes plus tôt.

— J'étais en colère à cause de ça, et aussi furieux contre moi, sachant que j'en étais partiellement responsable. Et vous étiez là, épuisée, bouleversée, fouillant pour trouver une pilule ou une autre, et ce truc que vous suciez comme un esquimau.

— Un inhalateur est un appareil médical...

— Peu importe.

Souriant à présent, il faisait le tour du divan dans sa direction.

— Vous savez ce qui a provoqué ça chez moi, Tia ? Ce qui s'est glissé sous ma carapace, et m'a fait commencer à soupirer pour vous ?

— Soupirer ? persifla-t-elle. Tu parles...

— C'est quand j'ai regardé dans la salle de bains. Cette merveilleuse salle de bains finlandaise, où j'ai vu tous ces flacons et ces boîtes. Énergie-ci, soulagement du stress-là. Savon spécial et Dieu sait quoi encore.

— Bien sûr. Vous étiez attiré par mes allergies et mes phobies. Je les ai toujours considérées comme des atouts sexuels irrésistibles.

Son ton collet monté, presque pudibond, résonna aux oreilles de Malachi telle la plus douce des musiques.

— J'étais fasciné par le fait qu'une femme convaincue d'avoir besoin de tout ça pour affronter le monde extérieur se soit embarquée seule dans un tel voyage. Quelle âme courageuse vous avez, ma chérie, sous cette surface...

— Pas du tout, non. Vous voulez bien arrêter de me pourchasser ?

— Mes plans étaient d'essayer de vous soutirer une information solide, dans l'espoir que vous me mèneriez aux autres statuettes. C'était très simple, et ça ne causait de tort à personne. Pourtant il y a eu du mal de fait, parce que je n'arrêtais pas de penser à vous.

Elle sentit un chatouillis à l'arrière de la gorge, une pression à l'intérieur de sa poitrine.

— Je ne veux plus discuter de ça.

— Je continuais à vous regarder assise là-bas, avec toutes vos affaires sens dessus dessous autour de vous. Vous parliez très calmement à la police, tout en étant fort pâle et agitée.

Maintenant elle éprouvait aussi une chaleur, de l'indignation.

— Vous m'avez abandonnée là-bas, jusqu'à ce que vous estimiez que je pourrais encore vous être utile !

— Vous avez raison. Mais ce n'était pas seulement aux *Parques* que je pensais quand je suis venu à New York, ce n'étaient pas seulement elles que je voulais. Vous vous souvenez comment je vous ai embrassée, devant votre porte ? Vous vous souvenez comment c'était ?

— Arrêtez !

— Je vous ai fait entrer seule, et j'ai refermé moi-même la porte entre nous. Si vous n'aviez pas compté pour moi, je serais entré, je sais que vous m'auriez laissé faire. Mais je ne pouvais pas, non, je ne pouvais pas vous toucher de cette façon-là, alors que j'étais en train de vous mentir.

— Vous seriez entré et vous m'auriez emmenée au lit, si vous aviez pu supporter l'idée de faire l'amour à quelqu'un comme moi.

Il s'arrêta sur place, comme un homme qui bute soudain contre un épais mur de verre.

— Qu'est-ce que ça veut dire, bon sang ? Quelqu'un comme vous ! Ça me met en rogne de vous entendre dire ça !

Il avança rapidement, et l'avait presque attrapée par le bras quand elle se défila précipitamment.

— Que je sois maudit si je vous laisse croire une chose pareille ! J'avais envie de vous ce soir-là, trop envie pour mon propre bien, ou pour le vôtre ! Et j'ai gardé votre odeur, votre saveur en moi depuis ! Vu le point où en sont arrivées les choses entre nous, je ne vois qu'un endroit où ça va nous mener : au lit.

— Au lit ?

Elle commença par se méprendre – le lit, c'était d'abord pour elle la maladie, l'alitement –, puis il éclata de rire et la lumière se fit dans l'esprit de Tia : le sang afflua à son visage, pour refluer aussitôt après.

— Comment pouvez-vous dire une chose pareille ? Comment pouvez-vous croire que... ?

— Je ne crois rien, et je ne fais pas que *dire* quelque chose ! J'essaie de vous parler depuis que je suis ici, mais maintenant je renonce aux mots. Ce que je veux, c'est mettre mes mains sur vous... Arrêtez un peu d'avaler de l'air, ou vous allez encore avoir besoin de votre truc à sucer.

— Je n'avale pas de l'air...

En réalité elle le faisait, tandis qu'elle contournait de nouveau le divan en courant pour aller se cacher derrière.

— Et je n'irai pas au lit avec vous !

— Notez que ça ne se passe pas forcément dans un lit, même si je pense que vous apprécieriez davantage.

Il fit une feinte à gauche, puis un bond à droite et essaya de l'attraper par le bras ; mais il raccourcit délibérément son geste pour la laisser s'échapper, car la scène l'amusait. Elle avait retrouvé ses couleurs, elle était joliment rose sur les joues.

— Vous n'êtes pas très bonne à ce jeu, commenta-t-il quand elle s'emmêla les jambes et trébucha. Je parierais que vous n'êtes pas souvent pourchassée par des hommes autour de votre divan.

— Comme je ne sors pas avec des garçons de douze ans, non, en effet.

Si elle avait espéré l'insulter, son petit rire réjoui lui apprit qu'elle avait manqué sa cible.

— Je veux que vous arrêtiez ça tout de suite !

Elle jeta un coup d'œil en direction de son bureau, évaluant la distance qui l'en séparait.

— Allez-y, essayez. Pour être fair-play, je vous donne une longueur d'avance. J'ai envie d'embrasser votre nuque. Juste de laisser courir mes lèvres sur elle, elle est tellement élégante.

Il se rua sur elle ; en poussant un cri, elle fit des moulinets avec les bras et, perdant l'équilibre, tomba d'un seul coup sur le divan. Plus par manque de chance qu'exprès, elle continua de rouler, aussi atterrit-il à plat sur les coussins tandis qu'elle tombait sur le sol, fesses les premières.

Avec un ricanement nerveux, qui la surprit elle-même plus qu'il ne le surprit lui, elle se releva d'un bond et fonça vers son bureau. Il la rattrapa un mètre avant la porte, la fit se retourner et lui appuya le dos, violemment, contre le mur. Les mots se bousculaient dans la gorge de Tia, en une rumeur sourde qui se bloquait sur place, tandis qu'elle le regardait au fond de ses yeux chauds et brillants.

— Voyez à quel point je ne vous trouve ni séduisante ni attirante...

Il écrasa sa bouche sous la sienne, l'assaillit littéralement, sans plus aucune trace de la tendresse émouvante et chaleureuse dont il avait fait preuve auparavant. Il la pressait tant, de toute la masse de son corps, que les battements de son cœur semblaient pénétrer en elle. Elle leva les mains avec l'idée de...

non, sans idée aucune, aussi retombèrent-elles mollement le long de son corps.

Il redressa la tête, d'un ou deux centimètres à peine, de sorte que son visage s'inscrivit, flou, dans le champ de vision de Tia.

— Est-ce que les choses sont claires à présent ? demanda-t-il.

Elle secoua la tête (elle ne pouvait répondre autrement), aussi reprit-il encore ses lèvres. Ça lui faisait la même impression qu'être expulsée comme un boulet de la bouche d'un canon, ou encore qu'être arrachée à un wagonnet de montagnes russes au beau milieu du grand plongeon. En tout cas, c'est ainsi qu'elle imaginait ces deux expériences : un jaillissement de sons et de couleurs dans le cerveau, le pouls qui bondit à des hauteurs suraiguës, les membres qui se liquéfient, tout l'organisme qui se retrouve piégé quelque part entre la terreur glacée et l'exaltation bouillonnante.

Ses oreilles commencèrent à bourdonner, lui rappelant que depuis quelques secondes elle retenait sa respiration ; mais quand elle lui permit de s'échapper, on aurait dit un gémissement plus qu'autre chose. Cet aveu d'impuissance et de vulnérabilité fit qu'il termina son baiser en mordillant impatiemment la lèvre inférieure de Tia.

— Et maintenant ?

— Je... j'ai oublié la question.

— Alors, je vais la reposer autrement.

Il l'emporta dans ses bras, l'enleva : il n'y avait pas d'autre mot pour décrire la façon dont il l'arracha du sol.

— Oh, mon Dieu..., fut ce qu'elle trouva de mieux comme commentaire, quand il referma du pied la porte de la chambre derrière eux.

— Retenez bien ceci : vous savez, bien sûr, que je fais tout ça uniquement pour que vous ne soyez plus en colère.

— Oh, dit-elle, tandis qu'il la posait sur le lit. D'accord.

— Je n'éprouve aucun désir personnel de vous déshabiller et de vous dévorer goulûment.

Il se mit à califourchon sur elle, ne quitta pas des yeux son visage pendant qu'il déboutonnait son chemisier.

— Mais parfois, un homme doit savoir se sacrifier au nom du bien commun.

Il effleura de ses pouces, comme un souffle léger, la courbe de ses seins, et elle se mit à trembler.

— Vous n'êtes pas d'accord ?

— Je, oui... Non. Je ne sais pas ce que je fais ici, j'ai perdu la tête.

— C'est bien ce que j'espérais.

Il la souleva un peu pour pouvoir faire glisser le chemisier hors de sa jupe.

— Tia, vous êtes une si ravissante petite personne !

— Je ne porte pas les bons sous-vêtements.

Il ne l'avait pas écoutée, tout occupé qu'il était à faire courir le bout d'un de ses doigts le long de sa poitrine ; sa peau était douce et tiède comme des pétales de rose.

— Qu'est-ce que vous avez dit ?

— Si j'avais su que nous... Je ne porte pas la bonne sorte de sous-vêtements pour ça.

— Vraiment ? répond-il en examinant le soutien-gorge simple et pratique, de coton blanc. Alors, nous ferions mieux de nous en débarrasser tout de suite.

— Je ne voulais pas dire ça...

Il entendit distinctement sa gorge se serrer lorsqu'il glissa une main dans son dos, et défit l'attache du soutien-gorge avec deux doigts.

— Vous avez déjà fait ça avant...

— Je confesse que oui. J'ai honte.

Il se pencha pour effleurer ses lèvres, tout en tirant sur le soutien-gorge pour le lui enlever.

— Maintenant, je vais terriblement profiter de la situation.

Il se servit de nouveau de ses pouces, les fit courir sur les pointes de ses seins, jusqu'à ce qu'elle sente la chaleur se répandre dans son ventre.

— Vous devriez appeler à l'aide...

— Vous avez vraiment besoin d'aide ? murmura-t-elle, et il rit.

— Bon sang, vous êtes unique, personne n'est comme vous, affirma-t-il en l'enlaçant dans une étreinte ardente. Embrassez-moi, murmura-t-il en la frôlant de ses lèvres, plusieurs fois. Embrassez-moi, à présent. J'ai envie de vous.

De toute sa vie, personne ne lui avait jamais dit ces trois mots-là. La sensation qu'ils provoquèrent en elle inonda son cœur, jaillit dans le baiser qu'elle lui rendit ; elle jeta ses bras autour de Malachi, pressa son corps contre le sien avec une force et un abandon qu'aucun d'eux n'avait prévus.

Troublé, ébranlé, il la caressa, lutta – pendant environ deux secondes – pour rester calme et mesuré, puis donna libre cours à ses mains et fit exactement ce dont il l'avait menacée : il la dévora goulûment.

Elle se cambra en dessous de lui, comme une femme qui chevauche une vague intérieure ; sans autre pensée que prendre ce qui s'offrait à elle, elle tira sur sa chemise.

— J'ai envie de... J'ai envie de...

— Moi aussi.

Il était essoufflé, ses muscles tremblaient. Il avait le goût de sa peau, chaude et sucrée, dans la bouche ; il la sentait douce comme la soie sous ses mains, et il y avait ce délicieux et surprenant enthousiasme avec lequel elle promenait sur lui ses propres mains vives et petites.

Elle était si délicatement faite, avait des courbes si merveilleusement subtiles... Son parfum était un effluve calme, si féminin, qui enveloppait doucement vos sens, jusqu'à ce que vous ayez l'impression de pouvoir l'aspirer tout entier en vous. Impatient d'explorer son corps, il fit courir ses lèvres sur lui, puis remonta vers ses ravissants petits seins, vers sa bouche chaude, exigeante.

Quand il ne fit rien de plus que presser la main contre cette chaleur, et qu'elle répondit par un bref cri de surprise, il eut le sentiment d'être un dieu.

Il murmura quelque chose, le cria peut-être – il y avait un tel rugissement dans la tête de Tia qu'elle n'aurait su le dire. Tout son être vibrait sous les secousses intenses qui se succédaient en lui ; chaque sensation débouchait si violemment sur la suivante qu'il était impossible de les distinguer les unes des autres. Son corps les absorbait avidement, en réclamait toujours plus.

Et son corps à lui ! Il était si ferme, si doux, si chaud... Elle s'émerveillait de l'impatience qui parcourait ses mains, de l'urgence qu'elle éprouvait à le toucher. Quand elle le faisait, elle sentait frémir un de ses muscles et bondir sauvagement son pouls.

L'envie. C'était l'envie qu'il avait d'elle...

Puis elle oublia son envie à lui pour écouter la sienne, lorsqu'il fit délicatement glisser ses doigts sur elle, en elle. Elle ne put rien faire d'autre que serrer les poings sur le dessus-de-lit chiffonné, et elle le tenait encore au moment où elle s'envola.

La bouche de Malachi revint sur la sienne, l'ouvrit. Puis Tia s'ouvrit tout entière, de sorte que, quand il la pénétra, il pénétra aussi bien son cœur que son corps.

Il répéta son prénom ; on aurait dit que l'écho résonnait sans fin dans sa tête alors qu'il sombrait en elle, dans sa chaleur humide. Elle se cambra vers lui, retomba, se cambra encore, jusqu'à ce que ce rythme lui devienne une musique. Il se perdit dedans, se perdit en elle, à mesure que ce va-et-vient devenait plus urgent, puis que l'urgence elle-même devenait avide, presque désespérée. Enfin le désespoir se transforma en un plaisir intense qui les engloutit tous les deux.

Elle était étendue sous lui, faible, anéantie. Dans une zone incertaine de son être, elle restait consciente du poids de Malachi au-dessus d'elle, de la course débridée de son cœur, même des courtes inspirations qu'il prenait ; mais elle était plus consciente encore de la molle et bienfaisante étendue de son propre corps, du courant chaud de son propre sang qui coulait sous sa peau.

Une partie de son esprit continuait de se recroqueviller dans un coin, de contempler la scène avec surprise et une réprobation pincée. Elle avait fait l'amour de façon irréfléchie et éperdue, avec un homme en qui elle n'avait aucune raison d'avoir confiance. Et à neuf heures, un jeudi matin.

Se remémorer ces détails fit naître en elle une vague de bonheur et de satisfaction dont elle aurait dû avoir honte, elle le savait.

— Arrête de penser aussi fort, lui lança nonchalamment Malachi, tu vas te faire mal à la tête. Ta nuque me manque. (Il tourna la tête, pour pouvoir lui mordiller un peu l'épaule.) Il faudra que je comble cette lacune, dès que je pourrai bouger de nouveau.

Elle ferma les yeux, s'obligea à écouter cette voix qui grondait en elle :

— Il est neuf heures du matin...

Il tourna la tête, regarda son réveil.

— En fait, non. Il est exactement dix heures six minutes.

— Impossible, ils sont partis juste avant neuf heures !

C'était si agréable de pouvoir lui passer la main dans les cheveux, dans toute cette masse épaisse, châtain foncé.

— J'ai regardé la pendule, pour savoir à quel moment commencer à s'inquiéter s'ils n'étaient pas rentrés.

Elle essaya de se soulever pour regarder elle-même le réveil, mais il arrêta son mouvement en reposant sa bouche sur la sienne.

— Et à partir de quand avais-tu prévu de commencer à t'inquiéter ?

— Dix heures.

— Alors, tu es en retard. Chérie, ça prend du temps de faire l'amour, quand on s'applique un peu.

— Dix heures ? Il est plus de dix heures ?

Elle remua, s'agita, gesticula.

— Ils peuvent revenir à n'importe quel moment !

— Oui, ils pourraient, confirma-t-il, tout en trouvant ses mouvements pleins de charme et d'harmonie. Et alors ?

— Ils… On ne peut pas rester ici, comme ça !

— La porte est fermée, et la chambre est territoire réservé, si mes souvenirs sont bons.

— Ils sauront sûrement ce que nous avons fait. Et nous n'aurions pas dû…

— Oui, ils le sauront, j'imagine. Oh, comme c'est choquant !

Il approcha furtivement une main pour lui caresser la poitrine.

— Ne te moque pas de moi.

— Je ne peux pas m'en empêcher, pas plus que je ne peux m'empêcher d'avoir encore envie de toi. Je t'aime bien quand tu es à l'extérieur d'un lit, Tia, mais il faut que je t'avoue une chose… (Il lui mordilla le lobe de l'oreille, la fit frissonner.) Je t'aime bien aussi quand tu es à l'intérieur. Je vais juste passer quelques minutes de plus ici, pour te le montrer.

— Il faut qu'on se lève, tout de suite…, commença-t-elle, mais il fit glisser sa langue sur ses seins. Bon. Bon, je suppose que quelques minutes de plus n'y changeront pas grand-chose…

17

Gideon aurait pu donner des leçons de vengeance et de représailles, songea Cleo. Il aurait même pu écrire un putain de bouquin là-dessus.

COMMENT FAIRE POUR QUE VOTRE AMOUREUSE
SE SENTE COMME DE LA MERDE
EN DIX LEÇONS

Mais elle saurait rivaliser avec lui à ce jeu-là. Il pouvait être froid, elle serait plus froide. Il pouvait parler par monosyllabes, elle lui répondrait en grognant.

S'il pensait qu'avoir choisi de dormir sur ce toit ridicule plutôt que partager un bout de lit avec elle l'avait blessée, il s'était trompé.

Elle aurait voulu qu'il pleuve. À verse.

Ils avaient pris le métro, endroit idéal pour garder un silence d'outre-tombe. Elle restait assise, son regard de vieille habituée des lieux flottant dans le vide, pendant qu'il lisait *Ulysse* dans une édition de poche tout usée.

Relax, Max, songea-t-elle. De toute façon, quelqu'un qui choisissait de lire James Joyce, pour le plaisir et sans qu'on l'y oblige, n'était pas son genre d'homme.

Il pensait sans doute qu'elle n'avait jamais ouvert un livre de sa vie ; eh bien, il se trompait. Elle aimait lire autant que n'importe qui, mais ne choisissait pas de passer son temps libre à se frayer péniblement un chemin dans une jungle métaphorique de désespoir et de dépression.

Elle laissait ça à Petit futé, qui était si foutrement irlandais que quand il se coupait ça devait saigner vert.

Elle se remit sur ses pieds en arrivant à leur arrêt. Gideon marqua sa page dans le livre et sortit à côté d'elle, en traînant les pieds. Elle était trop occupée à bouder pour remarquer son regard, qui scrutait un à un les voyageurs descendant autour d'eux ; ou encore la façon dont il marchait près d'elle, pour la protéger en cas de besoin. Il la suivit à travers les souterrains, jusqu'à la ligne qui traversait la ville.

Il resta patiemment immobile sur le quai alors qu'elle tapait du pied par terre, se balançant d'une jambe sur l'autre.

— Tu ne crois pas qu'on a été suivis ? lui glissa-t-il à mi-voix.

Elle sursauta presque au son de sa voix, et cela l'irrita assez pour qu'elle en oublie de grommeler en guise de réponse.

— Personne ne sait qu'on est chez Tia, donc comment tu veux qu'ils nous suivent ?

— Ils ne savent peut-être pas que nous sommes chez Tia, mais quelqu'un pourrait surveiller son immeuble. Je ne voudrais pas les conduire jusqu'à elle, ni les voir galoper derrière nous.

Il avait raison, et cela rappela à Cleo qu'elle avait conduit quelqu'un jusqu'à Mikey.

— Peut-être que je devrais me jeter sous la prochaine rame qui passe ? Peut-être que ce serait une pénitence suffisante pour toi ?

— Ce serait un peu trop, et contre-productif. Du moins jusqu'à ce que tu aies sorti la statuette de la banque.

— C'est la seule chose qui a jamais compté pour toi, de toute façon !

Le quai vibra aux trépidations que provoqua la rame en arrivant.

— Ça doit te soulager de penser ça, j'imagine.

Elle sauta tête baissée dans une voiture, plongea presque sur un siège. Il prit celui d'en face, rouvrit son livre et recommença à lire ; il continua malgré les secousses et les cahots, qui semblaient faire tressauter les mots sur la page. Ça ne servait à rien de discuter avec elle ; alors, surtout pas en public. L'important était d'arriver à la banque, de récupérer la *Parque*, de la rapporter chez Tia. Calmement, discrètement.

Après quoi, peut-être qu'une bonne dispute avec quelques hurlements serait de mise. Même s'il ne voyait guère quel bien pourrait en sortir. Malgré leur intimité forcée, ils restaient à la base deux étrangers. Deux personnes venant d'endroits différents, avec des idées différentes. Et des projets différents.

S'il s'était laissé aller à penser à eux deux sous un autre éclairage, si ses sentiments avaient parfois pris le pas sur la réalité, c'était son problème, il devait s'en débrouiller.

Sa quête initiale avait été celle de Lachésis, et elle prendrait bientôt fin.

Il aurait voulu pouvoir rentrer à Cobh, retourner au hangar à bateaux, évacuer une partie de cette énergie en excès et de cette fièvre en ponçant des coques, ou n'importe quoi dans le genre. Mais la statuette de Cleo n'était qu'une des trois existantes, et il avait le sentiment qu'il se passerait encore un certain temps avant qu'il revoie la maison.

Il sentit qu'elle bougeait, aperçut l'éclat de la chemise bleue qu'elle avait empruntée à son frère, quand elle se leva sur ses jambes interminables. Il l'imita, glissant le livre dans la poche de sa veste.

Elle sortit à grands pas sur le quai, puis s'éloigna comme quelqu'un de très pressé ; mais étant donné que tout le monde en faisait autant, Gideon douta qu'elle eût attiré l'attention. Elle fendit la foule jusqu'à ce qu'elle ait rejoint la rue, continua du même pas une fois qu'elle y eut pris pied ; Gideon courait pour se maintenir à sa hauteur.

Quand elle atteignit la porte de la banque, il oublia la promesse qu'il s'était faite de se tenir à distance, et la prit par la main.

— Si tu rentres là-dedans comme si tu allais mordre le premier venu, tout le monde va te remarquer.

— C'est New York, Petit futé, personne ne remarque rien.

— Calme-toi, Cleo. Si tu cherches la bagarre avec moi, tu l'auras. Mais ici et pour le moment, calme-toi.

Elle songea, ici et pour le moment, que ce qu'elle détestait le plus avec lui, c'était qu'il soit capable de traverser la boue et de se maintenir à flot.

— Très bien, lui dit-elle avec un sourire glacial. Je suis tout à fait calme.

— Je t'attendrai dehors, ici.

Il s'éloigna de la porte, regarda la circulation, les voitures, les gens. Il ne vit personne qui semblait intéressé par sa présence, et était en train de songer que quiconque choisissait de vivre dans un endroit pareil, avec autant de gens et autant de bruit, soit avait déjà le cerveau abîmé, soit ne tarderait pas à l'avoir, quand Cleo ressortit de la banque.

Elle lui fit un signe, tapota légèrement son sac du bout des doigts ; il s'approcha d'elle, afin que le sac et son tout récent contenu se trouvent protégés entre leurs deux corps.

— On va prendre un taxi pour rentrer.

— Très bien, mais on s'arrêtera en route. Tia m'a prêté deux cents dollars, il me faut absolument des fringues.

— Ce n'est pas le moment de faire du shopping !

— Je fais pas du shopping, je fais des achats. Au point où j'en suis, je me contenterai de Gap, c'est dire si c'est urgent. On n'a qu'à marcher jusqu'à la 5e.

Elle partait déjà dans cette direction, ne lui laissant d'autre choix que de lui emboîter le pas.

— Ensuite, on s'assure que personne nous suit, je ramasse deux ou trois tee-shirts et un jean, on attrape un taxi et on rentre. Après quoi, je pourrai brûler les vieilles frusques dans lesquelles je marine depuis Prague.

Il aurait pu discuter, mais il était homme à savoir passer rapidement en revue les différentes possibilités. Il pouvait la traîner de force dans un taxi, s'asseoir sur elle jusqu'à ce qu'ils arrivent chez Tia ; ou il pouvait lui accorder une demi-heure pour faire ce qu'elle avait un besoin si urgent de faire.

— Je déteste cet endroit, grommela-t-elle quand ils pénétrèrent dans la boutique. C'est tellement, pff... coquet.

Elle se dirigea vers le rayon du noir. Il restait si près d'elle qu'elle avait envie d'attraper n'importe quoi dans les rayons et d'aller vers une cabine, juste pour voir s'il y entrerait avec elle. Elle l'en croyait capable.

La confiance n'était pas le maître mot du jour.

Elle trouva ce qu'elle considérait comme le minimum vital : deux tee-shirts à manches courtes, un autre à manches longues, un jean, un pull, une chemise. Le tout en noir. Puis elle regarda le total s'afficher : deux cent douze dollars et cinquante-huit cents.

— L'arithmétique n'est pas ton fort, hein ? lui demanda-t-il en l'entendant jurer à voix basse.

— Je sais compter. J'ai pas fait attention, c'est tout.

Elle sortit tout ce qu'elle avait, mais il lui manquait encore huit dollars et vingt-deux cents.

— Donne-moi un coup de main, tu veux bien ?

Il lui tendit un billet de dix dollars, puis avança la main pour récupérer la monnaie.

— Ça fait moins de deux dollars !

Elle les fit claquer dans la main de Gideon, envoya le sac sur son épaule libre.

— Je suis fauchée.

— Alors tu devrais faire plus attention à ce que tu dépenses. N'oublie pas de déduire les huit dollars et vingt deux cents de ce que je te dois pour les boucles d'oreilles. Je vais me fendre pour le taxi.

— T'es vraiment un chic type, Petit futé.

— Si tu veux te faire entretenir par un mec, il faudra que tu cherches ailleurs. Mais je suis sûr que t'auras pas de problème pour en trouver un.

Elle ne répondit rien à cela ; elle fut incapable de rien articuler, à cause de la boule qui s'était formée dans sa gorge. Gideon toujours agrippé à son bras, elle marcha d'un pas résolu vers le bord du trottoir et leva la main pour arrêter un taxi.

— Je crois que je devrais m'excuser pour ce que je viens de dire, finit-il par grommeler.

— Ferme-la, tu veux ? Ferme-la, un point c'est tout. On sait très bien tous les deux ce que tu penses de moi, alors laisse tomber.

Elle remercia mentalement le dieu des affligés, quel qu'il fût, qui fit bifurquer vers le trottoir et s'arrêter à ses pieds un taxi libre. Elle grimpa dedans, aboya l'adresse de Tia.

— Tu n'as aucune idée de ce que je pense de toi. Et moi non plus, d'ailleurs.

Puis il se tut, et ce fut la dernière parole qu'ils échangèrent jusqu'à la fin du trajet.

Quand ils pénétrèrent dans l'appartement, elle aurait volontiers marché droit jusqu'à sa chambre, mais Gideon l'arrêta.

— Voyons la statuette d'abord.

— Si tu veux la voir, tiens ! s'exclama-t-elle, et elle lui balança son sac dans l'estomac, assez violemment pour lui couper la respiration.

Elle avait traversé la moitié de la pièce lorsqu'elle s'arrêta net.

— Écoute, Cleo...

Elle dressa une main, secoua frénétiquement la tête. L'estomac de Gideon, déjà douloureux, lui tomba dans les talons quand il imagina que peut-être elle pleurait ; mais quand elle se retourna, elle arborait au contraire un visage hilare qui le laissa interloqué.

— Chut ! siffla-t-elle, en tendant le doigt vers la chambre de Tia. Ils sont là-dedans.

— Qui ?

Des visions d'Anita ou d'un de ses hommes de main surgirent dans son esprit, et Cleo dut se précipiter pour lui barrer le passage.

— Bon sang, Petit futé, ouvre tes oreilles !

Il l'entendit alors, un cri rapide, étouffé, qui ne pouvait signifier qu'une seule chose. Se rapprochant de quelques pas, stupéfait, il perçut des bruits qui... Oui, impossible de s'y tromper, c'était bien un sommier qui grinçait.

— Bon Dieu, dit-il en se passant une main dans les cheveux et en ravalant un rire. Qu'est-ce qu'on est censés faire, maintenant ?

Il se tourna vers Cleo, ne put s'empêcher de sourire.

— Je ne peux quand même pas rester là à écouter mon frère s'envoyer en l'air avec Tia, c'est très gênant.

— Ouais, très gênant, répliqua-t-elle en ricanant, l'oreille presque collée à la porte de la chambre. À mon avis, ils en ont encore pour un moment. À moins que ton frère soit un de ces types du genre vite-fait-sur-le-gaz...

— C'est un détail que je n'ai jamais eu l'occasion de vérifier, et j'aimerais autant ne pas avoir à le faire. On va monter un moment sur le toit.

— Vas-y, Tia, murmura Cleo pendant qu'ils se dirigeaient vers la porte d'entrée.

Elle réussit à retenir un éclat de rire jusqu'à ce qu'ils soient dans l'ascenseur.

— Tu crois qu'ils nous ont entendus ?

— Je ne crois pas qu'ils auraient entendu une bombe atomique exploser.

Cleo reprit sa respiration et sortit de la cabine avec lui, pour emprunter l'escalier menant au toit ; elle sortit dans le jour ensoleillé, se laissa tomber sur un siège et étendit ses jambes. Puis elle sentit son humeur s'assombrir de nouveau lorsque Gideon ouvrit son sac. Fini de rigoler ensemble, on revenait au business.

Il sortit la *Parque*, la souleva, de sorte qu'elle se mit à briller et à miroiter.

— Pas très impressionnante, commenta-t-il. Mais plutôt jolie, et l'air assez maligne aussi, quand on la regarde de près. Tu l'as laissée se ternir.

— C'était bien pire avant. Et ça n'est toujours qu'une parmi les trois.

Il tourna les yeux vers le soleil qui se reflétait dans les lunettes noires de Cleo.

— Mais c'en est une qu'Anita n'a pas, et nous oui. Celle du milieu, celle qui mesure. Combien de temps durera cette vie-là ? C'est sans doute ce qu'elle est en train de penser. Cinquante ans, cinq ans, quatre-vingt-neuf ans trois quarts ? Et quelle sera la mesure de cette vie, en actions concrètes ? Tu ne t'es jamais posé ce genre de questions ?

— Non. Y penser ne change rien, de toute façon.

— Tu crois ? dit-il, tout en manipulant la statuette. Moi, je pense que si. Que d'y penser, de soupeser ce qu'on va faire et ce qu'on ne va pas faire, c'est ça qui pose les différentes couches d'une vie.

— Et si, pendant que tu y penses, tu te fais renverser par un bus ?

Il s'adossa au mur et l'examina, assise au milieu des pots de fleurs et de plantes vertes.

— C'est pour ça que tu ne m'avais pas dit que tu l'avais ? Parce que, pour toi, elle n'est rien de plus qu'un moyen vers un certain but, sans signification particulière ?

— Tu prévois de la vendre, non ?

— *Nous* le prévoyons, oui. Mais ce n'est pas seulement de l'argent que je tiens dans la main. Maintenant moins que jamais.

— Je veux pas reparler de Mikey.

Sa voix faiblit et trembla, avant qu'elle parvienne à la raffermir.

— Et je vais pas m'excuser, encore une fois, d'avoir joué comme je l'ai fait. Tu as eu de moi ce que tu voulais, avec un peu de chaleur entre les draps en plus, tu n'as pas à te plaindre.

Il restait là, la *Parque* au creux de sa main.

— Et toi, qu'est-ce que tu as eu, Cleo ?

— J'ai fichu le camp de Prague, répondit-elle en sautant sur ses pieds, je suis revenue chez moi, j'ai une chance d'avoir assez d'argent pour ne pas être prise à la gorge pendant un bon moment. Parce que, quoi que tu penses, j'ai pas l'intention de faire la pute pour qu'un type m'arrange une petite vie douillette. J'ai fait du strip-tease, d'accord, mais j'avais pas de michetons. Et je suis plus assez stupide pour laisser un type me baiser, puis me retrouver fauchée et piégée comme je l'ai été après Sidney.

— Qui est Sidney ?

— Rien qu'un salaud supplémentaire, dans la vieille lignée que j'ai l'air d'attirer comme des mouches. On peut même pas le lui reprocher, c'est moi qui ai été l'idiote dans l'affaire. Il m'a draguée et j'ai donné à fond dans le panneau. Il m'a dit qu'il avait des parts d'un théâtre à Prague, qu'ils préparaient un spectacle et qu'ils cherchaient une danseuse, une danseuse américaine capable de faire de la chorégraphie, qu'il voulait investir. Ce qu'il voulait, en fait, c'était une bonne poire, plus des parties de jambes en l'air gratuites. Avec moi, il a été gâté : il a eu les deux.

Elle glissa les pouces dans ses poches de devant ; ce dont elle avait besoin, c'était s'étreindre, fort, et se bercer.

— Il voulait retourner en Europe, et j'étais son billet. Moi j'ai casqué, parce que, bon Dieu, je voulais essayer quelque chose de nouveau. J'arrivais pas à me faire un nom ici, alors je me disais que je m'en ferais un là-bas. Plus il pondait de conneries, plus j'achetais.

— Tu l'aimais ?

— Toujours romantique jusqu'à la moelle, hein ?

Elle rejeta sa coiffure en arrière, marcha lentement jusqu'au mur ; ses cheveux sombres voletaient en arrière, ses yeux se cachaient derrière ses lunettes de soleil, ses lèvres arboraient une moue cynique.

— Il était super beau mec et il avait un sacré baratin. En plus, le baratin marche encore mieux quand on a un accent. Je me suis laissé embobiner par lui, ce qui n'est pas la même chose que d'être amoureuse. Et l'idée que j'allais faire un essai dans la chorégraphie m'avait complètement tourné la tête.

Faire des essais, des tentatives, voilà peut-être à quoi elle était bonne, au fond.

— Alors, j'ai vécu la grande vie à Prague pendant quelques jours, puis je me suis réveillée un matin pour voir qu'il m'avait plumée. Il m'avait pris mon argent, mes cartes de crédit, il m'avait laissée avec une énorme note d'hôtel, pour laquelle j'ai dû mettre en gage ma montre et deux bagues.

— Tu es allée à la police, à l'ambassade ?

— Bon Dieu, Gideon, d'où tu débarques ? Il était parti, depuis longtemps. J'ai fait opposition sur les cartes volées, bouclé mes valises et cherché un job. Ça m'a au moins appris une leçon : quand quelque chose a l'air trop beau pour être vrai, c'est un grand et gros mensonge. Leçon numéro deux ? Faire attention à la numéro un. Au début, à la fin, toujours.

— Peut-être que tu devrais en apprendre une de plus.

Il tourna de nouveau la *Parque* dans sa main, de sorte que son visage brilla comme le soleil.

— Si tu ne crois en rien ni en personne, alors, à quoi bon ?

En bas, dans l'appartement, Tia se serrait contre Malachi et envisageait de faire une sieste. Juste une petite, un sommeil de chat, et justement elle se sentait nettement comme un chat pour le moment. Un qui aurait une indigestion de crème.

— Tu as les plus ravissantes épaules qui existent, lui déclara Malachi. Elles devraient toujours rester nues. Tu ne devrais jamais les recouvrir avec rien, ni des vêtements, ni des cheveux.

— Anita m'a dit que les hommes aimaient les cheveux longs chez une femme.

Le nom gâcha l'humeur rêveuse de Malachi, lui fit serrer les dents.

— Ce n'est pas le moment de penser à elle. On ferait mieux de se lever et d'aller voir si Cleo et Gideon sont rentrés.

— Rentrés ? répéta-t-elle dans un soupir, en commençant à s'étirer. Rentrés d'où ?

Puis elle s'assit d'un trait, trop choquée pour penser à saisir le drap et s'en couvrir.

— Oh ! mon Dieu, il est onze heures, il doit leur être arrivé quelque chose ! À quoi est-ce qu'on pensait ?

Elle sortit précipitamment du lit, s'empara de son chemisier tout froissé et le regarda, consternée.

— Si tu reviens juste une minute, je te montrerai à quoi nous pensions.

— C'est complètement irresponsable !

Elle pressa le chemisier sur sa poitrine, recula jusqu'au placard pour aller en prendre un propre.

— Et s'il leur était arrivé quelque chose ? On devrait sortir et les chercher, ou...

Elle s'interrompit lorsque la sonnette tinta.

— Ça doit être eux !

Son soulagement était si grand qu'elle attrapa une robe de chambre à la place du chemisier, s'en drapa hâtivement tout en se précipitant vers la porte.

— Grâce à Dieu, j'étais si inquiète... Oh ! Mère, c'est toi ?

— Tia, combien de fois je te l'ai dit ? Même quand tu regardes dans le judas, tu dois toujours, *toujours* demander qui est là...

Elle entra, déposa un baiser sur la joue de Tia, ou plutôt à deux centimètres de sa joue.

— Tu es malade, je le savais...

— Non, je ne suis pas malade.

— Ne me raconte pas d'histoires, répliqua-t-elle en pressant la main sur le front de sa fille. Tu es écarlate, et en robe de chambre au milieu de la journée. Tu as les yeux cernés, aussi. Bon, comme je suis en route pour aller voir le médecin, tu n'as qu'à venir avec moi. Prends mon rendez-vous, ma chérie, sinon je ne me le pardonnerai jamais.

— Je ne suis pas malade, et je n'ai pas besoin de voir le médecin. J'étais juste en train de...

Seigneur, qu'aurait-elle donc pu lui expliquer ?

— Viens, il faut que tu t'habilles, on va vérifier ça. Je suis sûre que tu as attrapé un virus bizarre pendant ton voyage. Je le disais justement à ton père ce matin.

— Mère...

Tia sauta par-dessus un tabouret et, avec l'adresse que l'extrême urgence vous donne, fit un rapide bond de côté jusqu'à la porte de la chambre.

— Je me sens tout à fait bien. Tu ne veux pas rater ton rendez-vous, n'est-ce pas ? Tu as l'air un peu pâle. Tu as bien dormi ?

— Est-ce que ça m'arrive de bien dormir ? rétorqua Alma, avec son pâle sourire de martyre. Je n'ai jamais pu me reposer plus d'une heure à la suite, depuis ta naissance. Rien que pour m'habiller ce matin, ça a épuisé toutes mes réserves. Je suis sûre que mes plaquettes sont trop basses, j'en suis sûre.

— Demande au docteur de les vérifier, insista Tia en poussant sa mère vers la porte.

— Quel intérêt ? Ça ne te dit pas à quel moment tu vas être vraiment malade, tu sais. Il faut que je m'asseye un peu, j'ai des palpitations.

— Oh... Dans ce cas, tu devrais te dépêcher d'aller chez le médecin. Je pense que tu as besoin de...

Elle s'interrompit, prise au dépourvu, quand la porte s'ouvrit sur Gideon et Cleo.

— Ah, bon... heu. Vous êtes rentrés. Ce sont mes associés, mère.

— Tes associés ?

Alma observa le jean délavé, le sac Gap que Tia portait toujours à l'épaule.

— Oui. Nous travaillons sur un projet ensemble. En fait, nous allions justement...

— Tu travailles en robe de chambre ? demanda Alma.

— Pincée, marmonna tout bas Cleo – mais l'ouïe ne figurait pas parmi les nombreux sujets dont Alma avait à se plaindre.

— Qu'est-ce que ça veut dire exactement ? Qu'est-ce qui se passe ici ? Tia, je voudrais une explication.

— C'est un peu délicat...

Malachi sortit de la chambre ; lui aussi portait un jean, et arborait un sourire qui aurait fait fondre un iceberg à trente kilomètres de distance. Il avait enfilé une chemise, mais l'avait délibérément laissée déboutonnée. Il y avait des moments, avait-il estimé, où la vérité était encore la meilleure solution.

— J'ai peur d'avoir distrait votre fille pendant que nos associés étaient sortis, dit-il, puis il traversa la pièce, prit la main d'Alma et la serra avec délicatesse. Complètement non professionnel de ma part, bien sûr, mais écoutez, qu'est-ce que je pouvais faire d'autre ? Elle est si jolie. Je vois maintenant de qui elle le tient.

Il leva jusqu'à ses lèvres la main d'Alma, qu'il avait gardée dans la sienne ; elle ne le quittait pas des yeux.

— J'ai été anéanti par votre fille, madame Marsh, dès la première fois où je l'ai vue.

Il étendit un bras sur les épaules raides et tendues de Tia, déposa un léger baiser sur sa joue.

— Mais je l'embarrasse, et vous aussi. J'aurais souhaité vous rencontrer, vous et le père de Tia, dans des circonstances moins gênantes.

Le regard d'Alma se déplaça du visage de Malachi à celui de sa fille, revint au premier.

— Elles auraient presque toutes été moins gênantes.

Il acquiesça, y ajoutant l'air le plus penaud qu'il réussit à arborer.

— Je ne peux pas vous contredire sur ce point. Ce n'est guère un bon début de se faire prendre avec le pantalon descendu par la mère de la dame, avant d'avoir eu le temps d'échanger la moindre politesse d'usage. Je vous dirai juste que je suis enchanté par votre fille.

Aussi gracieusement qu'elle le put, Tia glissa de sous son bras et s'écarta d'un mètre.

— Peut-être que vous pourriez aller un moment dans la cuisine, vous tous ? Pour que je puisse dire un mot à ma mère...

— Si tu veux.

Malachi lui prit le menton dans ses mains, le souleva jusqu'à ce que leurs yeux se rencontrent.

— Nous ferons comme tu veux, affirma-t-il en posant les lèvres sur les siennes, et il s'y attarda quelques secondes, avant de suivre les autres dans la cuisine.

— J'exige une explication, commença Alma.

— Je pense qu'une explication est superflue, étant donné les circonstances.

— Qui sont ces gens, et que font-ils dans ton appartement ?

— Ce sont des associés, mère. Des amis. Nous travaillons ensemble sur un projet.

— En faisant des orgies tous les matins ?

— Non, c'était juste aujourd'hui.

— Qu'est-ce qui t'arrive ? Des étrangers chez toi ? Des Irlandais dans ton lit au milieu de la matinée ! Je savais qu'il ne sortirait rien de bon de ton voyage en Europe, je savais qu'il y aurait de terribles conséquences... Personne ne m'écoute jamais, et maintenant voilà !

— De terribles conséquences... Mère, qu'est-ce qu'il y a de si terrible à avoir des amis ? Qu'est-ce qu'il y a de si affreux à ce qu'un homme ait envie de se mettre au lit avec moi au milieu de la matinée ?

— Je n'arrive plus à respirer...

Alma étreignit sa poitrine, s'effondra dans un fauteuil.

— J'ai un picotement le long du bras, j'ai une crise cardiaque... Appelle le 911 !

— Arrête... Tu ne peux pas appeler une ambulance chaque fois que tu n'es pas d'accord, chaque fois que je fais un pas en avant. Chaque fois, ajouta Tia en s'accroupissant aux pieds de sa mère, que je fais quelque chose juste pour moi.

— Je ne sais pas de quoi tu parles. Mon cœur...

— Ton cœur est parfait. Tu as un cœur d'éléphant, tous les médecins que tu vas voir te le disent. Regarde-moi, maman, est-ce que tu peux juste me regarder ? J'ai coupé mes cheveux, déclara doucement Tia. Tu ne l'as même pas remarqué parce que tu ne me regardais pas. Tout ce que tu vois quand tu me regardes, c'est une petite fille maladive, quelqu'un qui t'accompagne chez le médecin et qui fournit de bons prétextes à ton tempérament anxieux.

— Quelle chose horrible à dire !

Le choc fit oublier à Alma toute perspective d'arrêt cardiaque.

— D'abord tu fréquentes un homme bizarre, ensuite tu me dis des choses affreuses. Tu es entrée dans une secte, c'est ça ?

— Non.

Incapable de se retenir, Tia baissa la tête et se mit à rire.

— Non, je ne suis pas entrée dans une secte. Maintenant il faut que tu descendes, ton chauffeur t'attend. Va à ton rendez-vous. Je viendrai vous voir, papa et toi, très vite.

— Je ne suis pas sûre d'être assez bien pour aller seule chez le docteur. Il faut que tu m'accompagnes.

— Je ne peux pas.

Doucement, Tia tira Alma pour la remettre sur ses pieds.

— Je suis désolée. Si tu veux, je vais appeler papa et je lui demanderai de te retrouver là-bas.

— Non, tant pis...

Se drapant dans son martyre comme dans une étole, Alma marcha vers la porte.

— Manifestement, d'être presque morte en te mettant au monde, puis d'avoir consacré ma vie à ta santé et à ton bien-être ne suffit pas pour que tu m'accordes une heure de ton temps quand je suis malade.

Tia ouvrit la bouche, mais ravala les mots apaisants et gentils qu'elle préparait.

— Je suis désolée, se contenta-t-elle de répondre, j'espère que tu iras mieux bientôt.

— Dites donc, elle est forte…

Cleo sortit de la cuisine à l'instant même où elle entendit la porte d'entrée se refermer.

— C'est même une championne, ajouta-t-elle, et elle vint passer le bras autour de la taille de Tia. Vous avez eu raison d'arrêter ça, elle vous faisait un de ces numéros…

— J'aurais pu y aller avec elle. Ça ne m'aurait pas pris beaucoup de temps.

— Vous lui avez résisté et vous avez drôlement bien fait, si vous voulez mon avis. Ce qu'il vous faut maintenant, c'est un peu de crème glacée.

— Non, mais merci de le proposer.

Tia prit une profonde inspiration, sentit qu'elle se bloquait du côté du sternum, mais la poussa résolument ; puis elle se tourna pour leur faire face à tous les trois.

— Je suis embarrassée, je suis fatiguée, et cette fois j'ai vraiment mal à la tête. Je voudrais aussi m'excuser pour cette scène, tout ça en même temps. Et j'aimerais aussi voir la *Parque*, l'examiner et pouvoir l'authentifier, j'espère. Avant de prendre un remède, de m'habiller et d'aller dans le centre ville voir mon père.

Malachi dressa une main et lui montra la statuette, que son frère lui avait donnée dans la cuisine. Sans un mot, Tia l'apporta dans son bureau et la posa sur la table ; puis elle chaussa ses lunettes et l'étudia sous une loupe. Elle les sentait rôder autour d'elle pendant qu'elle poursuivait son examen.

— Nous aurions plus de certitude si mon père pouvait l'examiner ou, mieux encore, la confier à un expert.

— On ne peut pas prendre ce risque, lui dit Malachi.

— Non. Je ne ferai sûrement pas courir le moindre risque à mon père en l'impliquant dans cette histoire. Il y a les marques de l'artisan, constata-t-elle en inclinant la base vers le haut. Et, d'après mes recherches, elles sont conformes. Toi et Gideon êtes les seuls ici à avoir vu Clotho. Je n'en connais que des photos et des représentations artistiques, mais du point de vue du style, ça correspond. Et vous voyez, ici – ajouta-t-elle en tapotant les entailles du bout de son stylo, à droite et à gauche de la base –, ces rainures la reliaient, elle, la sœur centrale, à Clotho d'un côté, Atropos de l'autre.

Elle releva les yeux, attendit que Malachi eût hoché la tête ; puis elle sortit de son tiroir un mètre ruban, nota la hauteur exacte, la largeur.

— Encore des données qui correspondent. Voyons le poids…

Elle emporta la statuette dans la cuisine, la posa sur sa balance.

— Il est correct, au gramme près. Si c'est une contrefaçon, c'est du travail soigné. Et les risques que ça en soit une sont minces, étant donné la relation qui la rattache à Cleo. À mon avis, pas encore mûrement soupesé, mais enfin, nous avons bien Lachésis. Nous avons la deuxième *Parque*.

Elle la replaça sur le plan de travail, retira ses lunettes et les mit à côté de la statuette.

— Je vais m'habiller.

— Tia… Une minute, dit Malachi à Gideon, puis il s'élança derrière elle.

— Il faut que je prenne une douche, lui déclara-t-elle, et elle lui aurait refermé la porte au nez s'il ne l'avait pas retenue à temps. Il faut que me change et que je réfléchisse à ce que je vais dire à mon père, ou à ce que je ne vais pas lui dire. Je ne suis pas aussi compétente que toi à ce jeu-là.

— Pourquoi est-ce que tu es gênée : parce qu'on a fait l'amour, ou parce que ta mère le sait ?

— Je suis gênée, point.

Elle entra dans la salle de bains, sortit de l'armoire à pharmacie un flacon de pilules, puis saisit une des bouteilles d'eau qu'elle gardait dans l'armoire à linge et avala un Xanax.

— Je suis bouleversée d'avoir eu une dispute avec ma mère et de l'avoir fait partir alors qu'elle était mécontente de moi. Et j'essaie de ne pas l'imaginer s'effondrant dans la rue, parce que j'étais trop occupée et trop indifférente pour l'accompagner à son rendez-vous chez le médecin.

— Est-ce qu'elle s'est déjà effondrée dans la rue ?

— Non, bien sûr.

Elle attrapa un autre flacon et prit deux pilules de Tylenol extra-fort, pour le mal de tête.

— Mais elle en parle assez souvent pour que j'aie toujours cette image-là à l'esprit.

Elle secoua la tête, rencontra le regard de Malachi dans la glace.

— Quel gâchis, Malachi… J'ai vingt-neuf ans et, en janvier prochain, ça fera douze ans que je suis en thérapie. J'ai rendez-vous régulièrement avec un allergologue, un spécialiste de médecine interne, un homéopathe. J'ai essayé l'acupuncture, mais comme j'ai la phobie des outils pointus, ça n'a pas duré longtemps.

Rien que d'y penser la fit frissonner.

— Ma mère est hypocondriaque et mon père s'en fiche, continua-t-elle. Je suis névrosée, phobique et socialement inadaptée. Parfois, j'imagine que je souffre d'une rare maladie psychosomatique, ou que je suis intolérante au lactose. Ni l'un ni l'autre ne sont vrais, du moins jusqu'à présent.

Elle dut s'appuyer au lavabo, tant le dire à voix haute, s'entendre elle-même le dire ainsi, rendait cet aveu pathétique.

— La dernière fois que je me suis retrouvée au lit avec un homme – avant ce matin –, c'était il y a trois ans, en avril. Aucun de nous n'a été spécialement ravi du résultat. Alors, explique-moi ce que tu fais ici...

— D'abord, laisse-moi te dire que si je n'avais pas fait l'amour depuis plus de trois ans, je serais en thérapie moi aussi.

Il la fit se retourner pour qu'elle soit face à lui, puis garda les mains légèrement posées sur ses épaules.

— Deuxièmement, être timide n'est pas être une inadaptée sociale. Troisièmement, je suis ici parce que c'est ici que j'ai envie d'être. Et enfin, je voudrais te demander si, quand nous aurons résolu toute cette affaire, tu reviendras avec moi un moment en Irlande. J'aimerais que tu fasses la connaissance de ma propre mère, dans des circonstances moins délicates que celles de ma rencontre avec la tienne... Maintenant, regarde un peu ce que tu fais, ajouta-t-il, quand le petit flacon qu'elle tenait lui glissa de la main et heurta le sol. Tu as mis de ces petites pilules partout.

18

Anita caressa la possibilité de prendre un vol vers Athènes et d'interroger elle-même tous les marchands d'antiquités et les collectionneurs de la ville ; mais, même s'il y aurait eu quelque chose de satisfaisant dans cette approche concrète, elle ne pouvait guère espérer qu'une autre *Parque* lui tomberait toute crue dans les mains.

De plus, elle n'était pas complètement prête à s'embarquer dans une aventure de ce style, sur un vague souvenir mentionné par une empotée et une idiote telle que Tia Marsh. Non, même avide d'action, c'était impossible.

Elle avait besoin d'une piste, elle avait besoin d'indices. Elle avait aussi besoin d'hommes de main capables de suivre ses deux proies, mais sans qu'elle soit obligée de leur tirer une balle dans la tête au bout du compte.

Elle soupira en y repensant. Ça l'avait déçue que le meurtre de son précédent employé n'ait donné lieu qu'à quelques lignes dans le *New York Post ;* vraiment, c'était révélateur de l'état du monde, non ? Quand la mort d'un homme suscitait moins d'articles que le remariage d'un chanteur pop…

La preuve était faite que la célébrité et l'argent menaient la danse – mais elle en avait toujours été convaincue et avait toujours poursuivi ces deux objectifs, déjà quand elle moisissait dans son troisième sans ascenseur du Queens. Quand elle s'appelait encore Anita Gorinsky, qu'elle regardait son père se tuer au travail pour un salaire de misère, et sa mère lutter pour le faire durer semaine après semaine.

Elle n'avait jamais appartenu à ce monde-là, à ces murs miteux que sa mère essayait d'améliorer avec des objets achetés aux puces et des rideaux faits à la main, à ces pièces qui sentaient toujours l'oignon, avec leurs napperons poisseux réalisés au crochet. Le large visage récuré de frais de sa mère, les mains de son père, usées par le travail, avaient de tous temps été pour elle des objets de honte et de gêne.

Anita les avait détestés pour leur côté ordinaire. La fierté qu'ils mettaient en elle, leur fille unique, leur joie de se sacrifier pour lui offrir le maximum l'avaient dégoûtée. Elle avait su, dès son enfance, qu'elle était destinée à beaucoup plus. Mais la destinée, à ses yeux, avait souvent besoin d'un coup de pouce.

Elle avait pris leur argent pour ses études, pour ses vêtements, et avait réclamé davantage. Elle le méritait ; chaque cent de cet argent, elle estimait l'avoir gagné pour chaque jour passé dans cet affreux appartement.

Et elle les avait remboursés, à sa façon, en veillant à ce que leur investissement sur sa personne produise des dividendes considérables.

Elle n'avait pas revu ses parents, ni ses deux frères, depuis plus de dix-huit ans. Eu égard au monde dans lequel elle vivait désormais, eu égard à ses propres sentiments, elle n'avait aucune famille.

Elle doutait fort que quiconque de son ancien voisinage eût pu reconnaître la petite Nita dans la femme qu'elle était devenue. Elle se leva et se dirigea vers le grand miroir en pied, encadré de bois doré, dans lequel se reflétait le vaste espace salon de son bureau.

Autrefois, ses cheveux étaient une longue chute couleur brun vison, que sa mère passait des heures à brosser et à faire boucler ; son nez était proéminent, ses dents de devant se chevauchaient. Ses joues étaient rondes et douces.

Quelques coups de scalpel bien appliqués, un peu de travail sur ses dents et un bon visagiste avaient changé son enveloppe extérieure, l'avaient redessinée. Elle avait toujours su comment faire fructifier un capital de départ.

À l'intérieur, en revanche, elle était restée exactement la même : avide, affamée, et déterminée à combler cette faim.

Les hommes, elle le savait, étaient toujours prêts à déposer une assiette pleine de bonnes choses en face d'une jolie femme. Tant qu'un homme pensait être payé de retour avec du sexe, il n'y avait pas de fin à la variété des plats qu'il était disposé à offrir.

Aujourd'hui, elle était une veuve très fortunée, qui pouvait se les offrir elle-même.

Pourtant, les hommes lui étaient encore utiles. Ne fût-ce que par les contacts que son cher et défunt mari avait mis à sa disposition. En fait, Paul était plus commode pour elle mort que vivant. Le veuvage la rendait encore plus respectable – et disponible.

Tout bien pesé, elle revint à son bureau et ouvrit le carnet d'adresses en cuir bordeaux de son mari. Paul, resté très traditionaliste à beaucoup d'égards, avait tenu scrupuleusement à jour ce carnet ; dans les dernières années, quand sa main n'était plus assez ferme pour cela, c'était elle qui y inscrivait les noms. En épouse modèle.

Elle le feuilleta jusqu'à ce qu'elle trouve le nom qu'elle cherchait. Stefan Nikos. La soixantaine, se rappela-t-elle. Dynamique, riche. Des champs d'oliviers ou des vignobles, peut-être les deux. Elle ne se souvenait pas très bien de lui, elle ne se rappelait pas non plus s'il avait ou non une femme en ce moment. L'important, c'était qu'il avait de l'argent, de l'influence, et qu'il s'intéressait aux antiquités.

Elle déverrouilla un tiroir et en sortit un de ses propres carnets, où elle avait noté les noms de tous ceux qui étaient venus à l'enterrement de son mari, quelles fleurs ils avaient envoyées. M. et Mme Stefan Nikos n'avaient pas effectué le voyage depuis Corfou, ou Athènes – ils avaient des maisons aux deux endroits –, mais avaient fait parvenir cinq douzaines de roses blanches, une carte informant qu'ils faisaient dire une messe, et, mieux que tout cela, un mot personnel de condoléances à la jeune veuve.

Elle décrocha le téléphone, fut sur le point de sonner son assistant pour qu'il fasse l'appel, se ravisa ; le mieux était de le faire elle-même, pour placer ainsi les choses sur le plan de l'amitié. Elle composa le numéro, tout en préparant les mots et le ton qu'elle allait employer.

On ne lui passa pas la communication tout de suite, mais elle garda la ligne, et son calme, de sorte que quand elle eut Stefan au bout du fil, sa voix était aussi chaleureuse et accueillante que celle de son correspondant.

— Anita, quelle merveilleuse surprise... Pardonnez-moi de vous avoir fait attendre.

— Oh non, je vous en prie. C'est moi qui suis surprise au contraire d'avoir pu joindre avec tant de facilité un homme aussi occupé que vous. J'espère que vous et votre charmante épouse allez bien ?

— Très bien, très bien. Et vous-même ?

— Très bien. Je suis très occupée, également. Le travail est une bénédiction pour moi, depuis la mort de Paul.

— Il nous manque à tous.

— Oui, ici aussi. Mais c'est merveilleux pour moi de passer mes journées chez Morningside. Il est encore présent, vous savez, dans toute la maison. C'est important pour moi de... eh bien... (Elle laissa sa voix s'enrouer un peu, à peine.) C'est très important de garder son souvenir vivant, et de savoir que ses vieux amis se souviennent de lui, comme moi. Il y a très longtemps que je ne vous ai pas contacté, j'ai un peu honte.

— Voyons, voyons... Le temps passe, ma chère.

— Oui, mais qui pourrait savoir mieux que moi qu'on ne devrait jamais laisser les gens s'éloigner ? Et voilà, Stefan, après tout ce temps, je vous appelle parce que j'ai un service à vous demander. J'ai eu du mal à me décider.

— Qu'est-ce que je peux faire pour vous, Anita ?

Elle apprécia qu'une pointe de retenue se soit glissée dans sa voix. Il devait être habitué aux parasites, aux vieilles connaissances qui l'appelaient pour lui demander des faveurs.

— Votre nom est le premier auquel j'ai pensé, à cause de ce que vous êtes et de votre amitié avec Paul.

— Vous avez des difficultés avec Morningside ?

— Des difficultés ?

Elle fit une pause, puis laissa l'embarras teinter sa voix, avec une nuance horrifiée.

— Oh non, Stefan, rien de ce genre ! Vous n'imaginez pas, j'espère, que je vous appellerais de cette façon pour une histoire financière... Vous m'avez troublée ! (Elle fit pivoter, joyeusement, son fauteuil de bureau.) Ça concerne un client, et certains objets que j'essaie de dénicher à sa demande. Pour être franche, votre nom m'a traversé l'esprit un peu au hasard, parce que les objets en question sont des représentations grecques.

— Je vois. Est-ce que votre client est intéressé par une pièce de ma collection ?

— Peut-être, dit-elle, en s'essayant à un petit rire badin. Vous ne posséderiez pas *Les Trois Parques*, par hasard ?

— Les *Parques* ?

— Trois statuettes d'argent. Séparées, mais qui apparemment étaient reliées entre elles par leur socle pour constituer une série.

— Oui, j'en ai entendu parler, mais juste comme une histoire qu'on raconte. Des statuettes forgées sur l'Olympe et qui garantiraient à leur propriétaire, si la série était complète, quelque chose allant de la vie éternelle à une fortune incalculable... ou même trois vœux comme dans les fables, un pour chaque *Parque*.

— Les légendes augmentent toujours la valeur des pièces.

— Oui, mais j'avais l'impression que celles-ci étaient perdues – si elles ont jamais existé.

— Je crois qu'elles ont existé, oui, répliqua Anita en faisant courir le bout de son doigt sur la statuette de Clotho posée devant elle. Paul en parlait souvent. Plus important encore, mon client y croit. Et pour être franche, Stefan, il a assez piqué ma curiosité pour que je prenne quelques renseignements et pose quelques jalons, même si le champ d'investigation m'a l'air immense. D'après une de mes sources, qui semble digne de foi, l'une des statuettes, la troisième de la série, serait à Athènes.

— Si c'est vrai, je n'en ai jamais eu vent.

— Pour le moment, j'essaie toutes les pistes qui se présentent. Je déteste décevoir un client. J'espérais que vous pourriez prendre quelques renseignements, discrètement. Si je peux trouver un moment dans les prochaines semaines, j'adorerais me rendre moi-même en Grèce, combiner travail et plaisir.

— Bien sûr que vous devez venir, et séjourner chez nous.

— Je ne veux pas m'imposer, non...

— Notre maison d'amis, ici à Athènes, ou notre villa à Corfou sont à votre disposition. En attendant, je serai ravi de me renseigner pour vous.

— Je ne peux vous dire à quel point j'apprécierais. Mon client est un homme un peu excentrique, et ces pièces ont l'air de beaucoup l'obséder. Si je pouvais en localiser ne serait-ce qu'une, ça signifierait beaucoup pour lui. Et je sais que Paul serait très fier, si Morningside avait une part dans la découverte des *Parques*.

Fort satisfaite d'elle-même, Anita passa un second appel, personnellement, une fois encore. Elle jeta un coup d'œil à sa montre, puis feuilleta son agenda pour déterminer à quel moment elle pourrait au mieux caser la rencontre qu'elle avait en tête.

— Burdett Sécurité, j'écoute...

— Jack Burdett, pour Anita Gaye.

— Je suis désolée, madame Gaye, M. Burdett n'est pas joignable pour le moment. Est-ce que je peux prendre un message ?

Pas joignable ? Stupide crétine, tu ne sais pas à qui tu as affaire ?

— Il faut que je parle à M. Burdett dès que possible, c'est très important, répéta-t-elle entre ses dents serrées.

Tout de suite, pensa-t-elle ; elle avait la deuxième partie de son plan d'attaque à mettre en route.

— Je veillerai à ce qu'il ait votre message, madame Gaye. Si vous voulez me donner un numéro où il peut vous joindre, je...

— Il a mes numéros, tous !

Anita raccrocha le téléphone d'un coup sec. Pas joignable, mon cul ; il ferait mieux de se libérer, et vite !

Elle n'avait pas l'intention de laisser Cleo Sullivan et la deuxième *Parque* lui glisser entre les doigts. Jack Burdett était exactement l'homme capable de les attraper pour elle.

Jack était lui aussi au téléphone. En fait, il avait passé l'essentiel du vol transatlantique à donner des appels, ou à pianoter sur son ordinateur portable.

Quant à Rebecca, elle avait regardé deux films. Ou plutôt un et demi, car elle s'était endormie pendant le second. Et elle se maudissait d'avoir gâché ne fût-ce qu'une seule minute du vol en dormant.

Elle n'avait jamais voyagé en première classe auparavant, et songeait que c'était un moyen de transport auquel elle pourrait facilement s'habituer.

Elle aussi avait envie d'utiliser le téléphone, pour joindre sa mère, ses frères ; mais elle ne pensait pas que son budget courant lui permettait d'absorber le coût de telles communications, et il lui était difficile de demander à Jack de les payer.

Au train où allaient les choses, elle craignait un peu qu'il ne la croie intéressée que par son argent. Ce n'était pas du tout le cas – même si cet argent ne jouait pas non plus en sa défaveur.

Elle avait beaucoup aimé le voir en compagnie de ses arrière-grands-parents ; il était si doux et si gentil avec eux. Et pas de façon infantile, pourtant. Tant de gens traitaient les personnes âgées comme si elles étaient des enfants – ou encore une gêne dans la vie de tous les jours, ou juste des objets de curiosité.

Rien de tout cela avec Jack. Ça en disait long sur un homme, aux yeux de Rebecca, quand il se comportait de façon simple et naturelle envers sa famille.

Certes, il était un peu trop autoritaire, selon ses critères ; mais il lui fallait aussi reconnaître que les hommes qui se mettaient au garde-à-vous dès qu'elle claquait des doigts l'ennuyaient à mourir.

Il était plutôt agréable à regarder, et cela non plus ne jouait pas contre lui. Et il était malin ; mieux, il était avisé. Étant donné qu'elle allait lui accorder une grande confiance, c'était réconfortant de savoir qu'elle avait placé cette confiance dans un homme avisé.

Elle remua dans son fauteuil, voulut lui parler, et s'aperçut qu'il donnait déjà un autre coup de téléphone. Même si elle en fut un peu agacée, elle se promit de ne pas lui faire remarquer qu'il lui avait à peine dit deux mots en plus de cinq heures.

— Un message d'Anita Gaye, lui lança-t-il soudain.

— Quoi ? Elle vous a appelé ? Qu'est-ce qu'elle voulait ?

— Elle ne l'a pas dit.

— Vous allez la rappeler ?

— Un de ces jours, oui.

— Pourquoi est-ce que vous ne l'appelez pas maintenant, pour que nous sachions ?

— Et d'un, laissons-la mijoter un peu. Et de deux, je ne veux pas qu'elle sache que je suis en avion et que nous allons entamer notre descente, avec toutes les annonces de circonstance qu'elle risquerait d'entendre. Si elle appelle, c'est qu'elle veut quelque chose de moi. On va juste la laisser le vouloir un peu plus longtemps.

Arriver à New York procurait un grand frisson et, bien qu'elle ne voulût pas se comporter en touriste béate, Rebecca avait bien l'intention d'en apprécier chaque minute. Ils avaient des tâches importantes à accomplir, certes, mais ça ne voulait pas dire qu'elle ne pourrait pas goûter à fond le plaisir d'être là, ou d'être enfin *quelque part*.

Tout était comme elle l'avait imaginé. Les tours brillantes des gratte-ciel, les kilomètres de boutiques, les rues animées et encombrées. Les découvrir derrière les vitres d'une limousine longue comme un bateau, avec des sièges de cuir crème et un chauffeur en uniforme complet, casquette y comprise, était l'aventure la plus réjouissante qui soit.

Elle mourait d'impatience d'appeler sa mère pour tout lui raconter. En plus, ô combien ses doigts la démangeaient de tapoter et traficoter tous ces petits boutons ! Elle jeta un regard en coin à Jack : il était assis, les jambes étendues, des lunettes noires sur le nez et les mains paisiblement croisées sur son ventre. Elle commença à tendre le bras vers le panneau, puis se ravisa ; peut-être qu'il dormait et ne la verrait pas, mais le chauffeur si...

— Allez-y, jouez avec, murmura-t-il.

Elle rougit, haussa les épaules.

— Je me demandais juste à quoi tout cela servait.

De nouveau, elle tendit le bras, négligemment, jugea-t-elle, et joua avec les différents dispositifs d'éclairage, puis avec la radio, la télévision, le toit ouvrant.

— Ça ne serait pas si difficile de mettre tout ça dans une voiture ordinaire, constata-t-elle. On pourrait sûrement l'avoir aussi dans une caravane, les gens auraient l'impression de voyager dans le luxe.

Elle lorgna sur le téléphone, pensa encore à sa famille.

— Il faudrait que je contacte mes frères. Ça m'ennuie de ne pas pouvoir juste leur passer un coup de fil pour leur dire que je suis ici.

— On va y aller et les voir en personne. Dans très peu de temps.

La limousine glissa jusqu'au trottoir, aussi silencieuse qu'un fantôme, et Rebecca put poser un premier regard sur l'immeuble de Jack : pas si impressionnant que ça, songea-t-elle en faisant un pas dehors. Elle s'était attendue qu'un homme avec autant de moyens vive dans un endroit rutilant, avec des fioritures partout et un de ces portiers à l'uniforme chamarré.

Mais le bâtiment lui parut solide, et plein de caractère. Elle ne fut pas surprise, ni déçue, qu'il se serve à la fois d'une carte magnétique et d'un code pour avoir accès à l'étroit hall. Puis d'une autre carte et d'un autre code pour entrer dans l'ascenseur.

— J'aurais pensé que vous viviez seul, commença-t-elle quand l'ascenseur démarra.

— C'est ce que je fais.

— Non, je veux dire pas dans un appartement avec des voisins.

— C'est ce que je fais, répéta-t-il. Il n'y a qu'un appartement dans l'immeuble, et je l'occupe.

— Ça paraît tellement grand, comment est-ce qu'on peut utiliser tout l'espace ?

— Je l'utilise.

L'ascenseur s'arrêta, il débloqua verrous et alarmes, puis ouvrit la porte qui menait à ses pièces de séjour.

— Eh bien...

Elle fit quelques pas à l'intérieur, sur le sol parqueté de larges planches sombres, admira les murs beiges, les grandes fenêtres, la hardiesse de l'ensemble.

— Vous avez assez bien utilisé cet espace-ci, en tout cas.

Il y avait de magnifiques vieux tapis au sol. Elle ne s'y connaissait pas assez pour reconnaître le style Arts déco chinois, mais elle aima les alliances de couleurs, la façon dont elles mettaient en valeur les nuances profondes et les moelleux coussins des canapés, les fauteuils, même les lourds meubles de bois poli.

Elle parcourut les lieux, remarquant d'abord que c'était impeccablement rangé, ensuite que c'était raffiné, enfin que ça avait du style. Elle aima les panneaux de verre ondulé qui séparaient la cuisine des pièces de séjour, les baies en arcades qui devaient ouvrir sur des couloirs et des chambres.

— Ça paraît grand pour un homme seul, non ?

— Je n'aime pas les endroits encombrés.

Elle hocha la tête, se retourna ; oui, pensa-t-elle, ça lui allait bien. Un endroit intelligent et peu ordinaire pour un homme intelligent et peu ordinaire.

— Je ne vous encombrerai pas, Jack, vous pouvez en être sûr. Est-ce qu'il y a un endroit où je peux déposer mes affaires ? Peut-être prendre une douche et me changer avant qu'on aille voir mes frères ?

— Deux chambres plus loin dans ce couloir. La mienne est sur la droite, la chambre d'amis à gauche.

Il attendit un moment, sans la quitter des yeux.

— Faites votre choix.

— Mon choix ?

Elle laissa échapper un petit soupir, tout en soulevant son sac marin.

— Je vais prendre la chambre d'amis pour le moment, et j'ai quelque chose à vous dire.

— Allez-y.

— J'ai envie de dormir à côté de vous, et en général je n'ai pas ce genre d'envie avec un homme au bout de si peu de temps. Mais je pense que ce serait mieux si nous étions un peu prudents l'un envers l'autre, pendant quelque temps encore. Jusqu'à ce que nous soyons parfaitement sûrs tous les deux que le sexe n'est pas comme une sorte de donnant, donnant, ni d'un côté ni de l'autre.

— Je n'accepte jamais le sexe comme moyen de paiement.

— C'est bien, et vous pouvez être sûr que je ne vous le proposerai jamais en tant que tel. J'y vais, je ne serai pas longue.

Elle porta son sac sous l'arcade et choisit la chambre de gauche. Jack enfonça ses mains dans ses poches, marcha jusqu'à la fenêtre ; puis il se retourna, et l'aurait rejointe en deux enjambées si on ne l'avait pas appelé de son bureau à cet instant.

Son assistante lui dit que Mme Gaye avait retéléphoné, et il songea qu'il l'avait peut-être laissée suffisamment mijoter. Il passa sous une autre arcade et pénétra dans le petit bureau qu'il avait installé dans son appartement. Avant de composer le numéro, il s'assura que son téléphone n'avait pas été trafiqué, effectua une rapide vérification du système, puis mit en marche son propre appareil d'enregistrement.

Certains auraient pu dire qu'il était paranoïaque, lui préférait considérer ces mesures comme une procédure normale.

— Anita ? C'est Jack.

— Oh, Seigneur, merci ! Ça fait des heures que j'essaie de vous joindre.

Il haussa un sourcil à la nuance d'affolement qu'il percevait dans sa voix, d'habitude imperturbable, et s'installa confortablement dans son fauteuil de bureau.

— Je viens seulement d'avoir votre message. Qu'est-ce qui ne va pas, Anita ? Vous avez l'air bouleversée.

— Je le suis. C'est sans doute stupide de ma part, mais je le suis, oui. Vraiment bouleversée. J'ai besoin de vous parler, Jack, j'ai besoin d'aide ! Je pars pour la maison à l'instant si vous pouvez me retrouver là-bas.

— J'aimerais beaucoup pouvoir le faire. (Ça ne va pas être si facile que ça, mon chou, pensa-t-il.) Mais je ne suis pas à New York.

— Où est-ce que vous êtes ? demanda-t-elle, et il perçut un durcissement dans sa voix.

— À Philadelphie, décida-t-il. Rapide travail de contrôle. Je serai de retour demain. Dites-moi ce qui ne va pas.

— Je ne sais pas qui d'autre contacter, je ne sais tout simplement rien de ce genre de choses... C'est au sujet des *Parques*. Vous vous souvenez, nous avons dîné ensemble et je vous ai parlé d'elles...

— Bien sûr. Qu'est-ce qui leur arrive ?

— Je vous avais dit qu'un de mes clients s'intéressait à elles. J'en ai parlé à d'autres, j'ai fait quelques recherches, sans y croire vraiment, je l'avoue. Mais j'avais tort.

— Vous en avez trouvé une ? (Il ouvrit son bagage à main, en sortit le sac matelassé enfermé à l'intérieur.) Ça m'a l'air d'une bonne nouvelle...

— J'en ai peut-être trouvé une, oui. C'est-à-dire qu'on m'a contactée à ce propos, mais je ne sais pas quoi faire. Oh, je radote. Je suis désolée...

— Prenez votre temps, dit-il en déballant Atropos et en tournant le visage de la statuette vers lui.

— Très bien.

Il l'entendit qui prenait sa respiration.

— Une femme m'a appelée, en me déclarant qu'elle avait une des statuettes et qu'elle voulait bien la vendre. J'étais sceptique, évidemment, mais il fallait aller jusqu'au bout. Même quand elle a insisté pour me rencontrer ailleurs qu'à mon bureau. Elle a voulu que je monte jusqu'à l'étage panoramique de l'Empire State.

— Elle voulait vous faire sortir.

— Je sais. Ça m'amusait plutôt, en fait ; on aurait cru un film policier. Mais elle a eu un comportement bizarre, Jack. Elle doit avoir un problème de drogue, à mon avis. Elle m'a demandé une somme d'argent exorbitante, et elle m'a menacée. Elle m'a menacée physiquement si je ne payais pas.

Les sourcils de Jack se froncèrent un peu, tandis qu'il tournait et retournait Atropos devant lui, sur son bureau.

— Il me semble que vous devriez en parler à la police, Anita.

— Je ne peux pas me permettre ce genre de publicité. Et de toute façon, qu'est-ce qu'il y a eu ? Juste des menaces. Elle a une photo, scannée je pense, de ce qui pourrait très bien être une des *Parques*, en effet.

Intéressant, songea-t-il. De plus en plus intéressant.

— Si c'était le cas, vous savez qu'on peut très facilement créer des images sur ordinateur. Ça ressemble à une arnaque assez classique.

— Oui, je sais, mais les détails sur la statuette avaient l'air vrai. Je voudrais suivre cette piste, mais j'avoue que je suis assez ébranlée. Et si je vais à la police, je perdrai ce contact et je le ferai perdre à mon client.

— Où en sont les choses, pour le moment ?

— Elle voulait me rencontrer de nouveau, et j'ai tenté de gagner du temps. Pour être franche, elle me fait peur. Avant d'organiser n'importe quelle sorte de rencontre avec elle, il faut que je sache à qui j'ai affaire. Pour l'instant, je n'ai qu'un nom, celui qu'elle m'a donné. Cleo Toliver. Si vous pouviez trouver quelque chose sur elle...

— Je ne suis pas détective, Anita. Je vais vous donner le nom d'un bon cabinet.

— Jack, je ne peux pas confier ça à un étranger, j'ai besoin d'un ami. Je sais que ça va paraître fou, mais je suis sûre que je suis suivie. Une fois que je saurai où elle est, qui elle est, je saurai si je dois essayer de négocier avec elle, ou au contraire intenter une action en justice contre elle. J'ai besoin d'un ami, Jack. Je suis très déstabilisée par toute cette histoire.

— Je vais voir ce que je peux faire. Cleo Toliver, vous dites ? Donnez-moi une description d'elle...

— Je savais que je pourrais compter sur vous. Toute cette conversation reste entre nous, n'est-ce pas ? Une faveur pour une amie...

— Bien sûr, dit-il en jetant un coup d'œil à son magnétophone.

Moins d'une heure plus tard, Cleo laissa échapper une exclamation de joie.

— Ça doit être le chinois qui nous livre !

Le frisson des guotiehs l'aurait fait bondir elle-même vers la porte, si Malachi ne l'avait interceptée au passage.

— Laissons juste Tia jeter un coup d'œil, pour être sûrs que c'est bien lui.

Non sans regret, Tia mit de côté le journal de Wyley et sortit du bureau – chambre d'amis pour gagner la porte d'entrée ; un coup d'œil jeté à travers le judas lui arracha un petit cri de surprise.

— C'est Jack Burdett, souffla-t-elle. Il a amené quelqu'un avec lui, une femme, mais je ne peux pas bien la voir.

— Laisse-moi faire.

Malachi la poussa du coude, regarda lui-même, puis laissa échapper un cri lui aussi. Après quoi, à la surprise de Tia, il tourna les verrous, ouvrit la porte en grand et attira dans ses bras la femme à la tête rousse.

— C'est ma fille, ma petite fille !

Il la fit tournoyer et lui plaqua deux baisers vigoureux sur les joues avant de la remettre sur ses pieds et de lui demander, changeant soudain d'humeur :

— Qu'est-ce que tu fais ici, bon sang ? Qu'est-ce que tu fais avec lui ?

— Je te le dirai si tu me laisses deux secondes pour respirer.

Mais ensuite, elle se jeta dans les bras de Gideon.

— Est-ce que ce n'est pas merveilleux, d'être tous les trois à New York ?

— J'aimerais bien savoir pourquoi nous y sommes tous les trois, insista Malachi, alors que tu devrais être à la maison !

— Pour que toi et Gideon gardiez tout le côté amusant de l'affaire ? Tu rêves ou quoi ?... Bonjour, vous devez être Tia, j'imagine, ajouta Rebecca avec un large sourire, et elle tendit une main pour prendre celle de Tia, qu'elle secoua énergiquement. Je suis Rebecca, et je suis désolée d'être la sœur de ces deux ploucs qui n'ont même pas pris la peine de faire les présentations. C'est un endroit si charmant que vous avez ici. Et vous êtes Cleo ? poursuivit-elle en se tournant vers la fille brune nonchalamment adossée contre le dossier du canapé. Je suis ravie de faire votre connaissance. Voici Jack Burdett, que Tia connaît déjà, et nous apportons des informations importantes.

La sonnette résonna encore une fois.

— Ça a intérêt à être le chinois, déclara Cleo. Et j'espère qu'il aura apporté des pâtés impériaux en rab.

— Becca, dit Gideon en la tirant sur le côté et en baissant la voix pendant que Tia s'occupait de la livraison. Tu n'avais aucune raison de te sauver comme ça en suivant un étranger.

— Pourquoi pas ? demanda Cleo qui avait entendu. Je l'ai bien fait, moi. Tia, je vais ouvrir un peu de vin, d'accord ?

— D'accord.

Prise de vertige, Tia dut s'appuyer contre la porte, les bras chargés de plats chinois. Son appartement était rempli de gens, qui parlaient tous à la fois ou presque. À très haute voix. Elle allait manger de la nourriture pleine de glutamate et elle mourrait jeune, probablement. Sa mère ne lui parlait plus, il y avait un objet d'art d'une valeur inestimable caché dans son réfrigérateur derrière les bouteilles de lait allégé et elle partageait son lit avec un homme, qui était en ce moment en train de hurler contre sa sœur.

C'était épuisant. C'était merveilleux.

— Vous avez été plutôt occupée ici ces derniers temps, n'est-ce pas ? commenta Jack qui s'était approché d'elle. Laissez-moi vous donner un coup de main. Tout le monde a commandé des guotiehs ?

— Moi oui, répondit Cleo en venant vers lui, une bouteille de vin ouverte à la main. Je veux bien partager avec vous, si en échange vous arrivez à faire taire ces trois-là.

— Je peux le faire, oui.

Il la regarda en face.

— Elle ne vous a pas rendu justice, mais on ne pouvait pas s'attendre à ce qu'elle le fasse.

— Qui ça ?

— Anita Gaye.

Comme il le prévoyait, ce nom ramena le silence dans la pièce.

— Elle m'a appelé il y a une heure, pour me demander de vous retrouver.

Les doigts de Cleo se crispèrent sur le goulot de la bouteille.

— On dirait bien que vous l'avez fait...

— Pourquoi est-ce que vous ne me l'avez pas dit ? intervint Rebecca.

— C'était plus facile de ne le dire qu'une fois... Elle vous a décrite comme quelqu'un de dangereux, expliqua Jack à Cleo.

— Un peu, que je le suis !

— Parfait. Et si on goûtait ces raviolis, pour parler de tout ça ?

Son salon était dans une belle pagaille. Ou plutôt, songea Tia, sa vie tout entière était dans une belle pagaille. Une voix à l'intérieur de sa tête lui disait d'y faire le ménage, sans attendre une minute. Mais c'était un peu difficile d'entendre cette voix, avec toutes les autres qui continuaient de parler à l'extérieur de sa tête.

Elle avait maintenant des relations avec des voleurs et des meurtriers. Et *deux* précieux objets d'art dans son appartement.

— Cunningham, fit Malachi en examinant les deux statuettes. Ça colle parfaitement. Si on réfléchit, et si on croit à la façon dont la vie tourne sur elle-même, ça colle tout à fait. Voilà deux des *Parques*, commenta-t-il en regardant son frère. C'est exactement ce qu'on cherchait.

— Oui, approuva Gideon. Au début.

— On n'en est plus au début, répliqua Cleo en sautant sur ses pieds, tandis que la colère la gagnait. Celle-ci est à moi, et ne t'avise pas de l'oublier. Je préférerais la voir fondue et liquéfiée plutôt que laisser cette garce mettre ses mains dessus.

— Calmez-vous, Cleo, lui conseilla Malachi.

— Pas question que je me calme, non ! Tous les trois vous voulez qu'elle vous rembourse, ça vous regarde. Mais, à partir du moment où elle a fait tuer Mikey, ça n'est plus une question d'argent pour moi. Il valait plus que de l'argent.

— Bien sûr.

Pour la première fois depuis longtemps, Gideon la toucha – doucement, juste une main qui frôla sa jambe.

— Je suis désolée pour votre ami, affirma Rebecca en posant son verre de vin. J'aimerais tellement qu'il y ait un moyen de réparer tout ça. C'est clair que maintenant on doit imaginer autre chose. Jusque-là, on ne pensait qu'à la plumer au maximum, une fois qu'on aurait trouvé ces deux-là. Dieu sait comment on a pu croire qu'on y arriverait, et pourtant c'est fait. Ça doit vouloir dire quelque chose.

— Je ne la lui vendrai pas, quel que soit le prix proposé.

— Et me la vendre à moi, qu'est-ce que vous en penseriez ?

Jack reprit un morceau de riz cantonais au porc, en se servant adroitement des baguettes.

— Pour que vous alliez la lui revendre dès que j'aurai le dos tourné ? demanda Cleo. Non, ça me dit rien.

— Je n'ai pas l'intention de vendre quoi que ce soit à Anita, lui répondit-il d'un ton glacial.

— Si vous croyez qu'elle vous vendra celle qu'elle a, vous êtes cinglé.

Dégoûtée, Cleo s'étendit de nouveau, à même le sol.

— Je ne lui achèterai rien non plus.

— Elles ne prennent leur vraie valeur qu'en tant que série, fit remarquer Tia. Si vous n'avez pas l'intention de négocier pour l'ensemble avec Anita, le seul moyen de récupérer la première, c'est de la lui voler.

Jack acquiesça de la tête, tout en remplissant deux des verres qui se trouvaient encore sur la table basse.

— Vous y êtes.

— Oh, j'aime cette façon de penser...

Rebecca se redressa, ravie, pour jeter à Jack un chaud regard d'approbation.

— Vous devez quand même vous rappeler, si elle est volée de nouveau, que c'est à nous qu'elle l'a été au départ. Ou disons, à Tia d'une certaine façon, puis à nous. C'est compliqué, mais ça en revient à une sorte de propriété collective, est-ce qu'on ne peut pas dire ça ?

Tia cligna rapidement les yeux, pressa un doigt sur ce qui ressemblait à un tic musculaire, juste en dessous de son œil gauche.

— Je ne sais pas quoi vous dire.

— Moi si. Ce n'est pas assez, intervint Cleo en secouant la tête. Même si vous y arrivez, elle ne perd qu'un objet, et un objet qui n'était pas à elle au départ. Non, ce n'est pas du tout assez.

— C'est vrai, ça ne l'est pas, approuva Gideon, plus maintenant.

— C'est la justice que vous voulez ? demanda Jack en levant son verre, et en parcourant la pièce du regard.

— Oui.

Gideon mit une main sur l'épaule de Cleo, regarda son frère, sa sœur, puis revint à Jack quand ils eurent hoché la tête en un signe affirmatif.

— C'est la justice qu'il faut.

— D'accord. Ça rend la chose un peu plus difficile, mais on y arrivera.

19

Rien n'allait pouvoir se résoudre pendant cette seule première rencontre, impromptue, inorganisée, songea Malachi. Il leur fallait du temps pour que tout se mette en place. Du temps, Tia l'avait bien fait ressortir, pour définir leur objectif et la direction qu'ils allaient prendre.

Comme d'habitude, l'intelligente et charmante Tia était allée directement au cœur du problème. Les six personnes qui se trouvaient réunies en ce moment dans son appartement avaient des priorités et des styles différents, alors qu'Anita Gaye n'avait qu'un seul et même objectif.

Pour remporter la victoire, ils devaient fondre leurs six individualités pour n'en faire plus qu'une. Cela demandait plus que de la coopération, cela exigeait de la confiance.

Puisqu'il fallait bien commencer par quelque chose, Malachi décida d'examiner l'élément nouveau dans l'affaire : Jack Burdett.

Il n'était pas sûr de beaucoup aimer la façon dont l'homme regardait sa sœur. Cela ajoutait à toute l'affaire une dimension personnelle, qu'il avait l'intention de démêler et de vérifier au plus vite.

De toute façon, Tia semblait nettement sous le choc. Elle allait mieux, à l'évidence, quand elle n'avait pas toute cette pression sur les épaules. Donc, la priorité du jour était de ranger l'appartement et de lui ménager un peu de place.

— On a tous besoin de réfléchir là-dessus à tête reposée.

Bien qu'il n'eût pas élevé la voix, la remarque de Malachi suffit à faire retomber les bavardages. Jack enregistra le fait dans un coin de son esprit, puis se remit debout et déclara :

— Je suis d'accord. En attendant, j'ai quelque chose pour vous, Tia.

— Pour moi ?

— Mettons que c'est pour vous remercier de votre accueil. Et du chinois.

Il ouvrit sa serviette, en sortit un téléphone.

— Il est sûr, lui dit-il. Tout comme la ligne le sera, une fois que je l'aurai branchée. Vous pourrez l'utiliser pour donner et recevoir les appels que vous ne voudrez pas laisser entendre à nos amis les oreilles indiscrètes. Inutile de vous recommander de ne pas en ébruiter le numéro.

— Non. Mais est-ce que la compagnie de téléphone ne doit pas... Pardon, peu importe, se reprit-elle, en voyant qu'il lui souriait.

— Où voulez-vous que je l'installe ?

— Je ne sais pas, attendez...

Elle se massa le front du bout des doigts, en essayant de réfléchir. Son bureau n'était pas le meilleur endroit, tant que Cleo l'utilisait comme chambre, et sa propre chambre lui paraissait une mauvaise idée, égoïste, d'une certaine manière.

— La cuisine, décida-t-elle.

— Bon choix. Je m'en occupe. Voici le numéro, ajouta Jack, en prenant une petite carte dans sa poche.

— Est-ce que je dois le mémoriser, et manger le papier ensuite ?

— Vous êtes très bien, doc.

Avec un petit rire, il reprit sa serviette et se dirigea vers la cuisine, puis s'arrêta.

— Il me semble que vous êtes un peu les uns sur les autres ici. J'ai beaucoup de place chez moi. Rebecca s'y est installée.

— Vous croyez vraiment ? rétorqua Malachi, et sa voix était dangereusement douce.

— Arrête ! lâcha sa sœur entre ses dents.

— Je peux prendre quelqu'un de plus, si quelqu'un est prêt à déménager. Ça rétablira l'équilibre.

— J'irai, moi, déclara Cleo en se remettant sur ses pieds, attentive à ne pas regarder Gideon.

Mais Jack le regardait, lui, et il vit le sursaut de surprise, l'éclair de colère et de dépit qui passa dans ses yeux.

— Parfait. Préparez votre paquetage, alors, je n'en ai pas pour longtemps.

— Je n'ai pas grand-chose, répliqua Cleo avant de déclarer à Tia, en souriant : Vous allez pouvoir travailler un peu, comme ça.

Elle partit vers le bureau, tandis que Malachi lançait à sa sœur un regard fulminant, qui la fit tout juste bâiller.

— Tu crois vraiment que je vais te laisser fréquenter un homme comme ça ?

— Comme ça quoi, Malachi ? répliqua-t-elle ; elle le fixa en battant des cils, et derrière ses yeux étaient d'acier glacé.

— On va voir ça tout de suite.

Il sauta sur ses pieds et gagna rapidement la cuisine, à la suite de Jack.

— Il va falloir qu'on parle un peu tous les deux.

— Je m'en doutais. Laissez-moi juste m'occuper de ça d'abord.

Malachi fronça les sourcils tout en le regardant travailler. Il n'avait aucune idée de ce que l'autre faisait, avec le matériel et les petits outils qu'il avait sortis de sa serviette, mais manifestement Jack le savait, lui.

— Vous pouvez me passer la mèche qui est dans la trousse là-bas, la plus petite ? demanda Jack.

— Vous allez faire un trou dans le mur ?

Malachi donna la mèche, regarda Jack la glisser dans la tête d'une mini perceuse sans fil.

— Elle ne va pas aimer ça.

— Petits sacrifices, grand résultat. Elle a déjà dû avaler plus grave que deux trous dans le mur.

Quand il eut terminé, il fixa la prise téléphonique au mur, mit la ligne en service, puis, prenant dans sa serviette ce qui ressemblait à un ordinateur mais tenait dans la paume de sa main, il composa une série de numéros à la file.

— Vous pouvez vous en servir pour appeler votre mère, expliqua Jack d'un ton dégagé. Mais si j'étais vous, je ne signalerais pas au doc que la compagnie du téléphone se fera arnaquer sur les appels longue distance. Elle est plutôt réglo dans son genre. Le téléphone de votre mère n'est pas sur écoute, en tout cas il ne l'était pas quand j'étais moi-même là-bas et que j'ai contrôlé. Je lui ai montré quoi chercher, elle doit faire une vérification deux fois par jour. C'est une dame intelligente, je ne pense pas qu'ils arriveront à tromper sa vigilance.

— Vous vous faites des impressions rapidement.

— Oui... Ça y est, c'est installé. Le monde au bout du fil, conclut Jack en rangeant ses outils.

— Alors, pourquoi est-ce qu'on ne passerait pas un moment dans mon bureau ? suggéra Malachi, et il attrapa deux bières dans le réfrigérateur.

De sa place sur le canapé, Rebecca avait une vision claire des petits drames en train de se jouer. Elle pouvait voir ses deux frères, furieux, partir chacun dans une direction : Gideon dans la petite pièce sur la droite où avait disparu Cleo, et dont la porte claqua vivement derrière lui, Malachi par la porte d'entrée de l'appartement avec Jack. Cette porte se referma, elle, d'un mouvement lent et contrôlé, mais il était lourd de menaces.

— On dirait que tout le monde est parti discuter sans nous, déclara-t-elle à Tia.

Elle s'étira, bâilla une nouvelle fois ; le vol l'avait fatiguée plus qu'elle ne l'avait réalisé.

— Si je vous aidais à réparer ce carnage que nous avons fait de votre appartement ? Vous pourriez me raconter pendant ce temps ce qui se trame entre mon frère et Cleo, et ce qui se trame entre mon autre frère et vous.

— Je ne sais pas par quoi commencer, répondit Tia, en contemplant la pièce avec un regard vide.

— Peu importe, affirma Rebecca. Je suis très bonne pour rattraper le retard.

— Comment ça : tu iras là-bas ? demanda Gideon.

— Ça n'est pas bête, non ? répliqua Cleo en enfournant ses vêtements dans son sac. On est trop entassés ici.

— Pas tant que ça.

— Assez pour que tu ailles dormir sur ce putain de toit.

Elle hissa son sac sur le lit et se retourna.

— Écoute, Petit futé, tu ne veux pas de moi ici en face de toi, c'est parfaitement clair. Alors, aller chacun de notre côté va nous faciliter les choses.

— Ce n'est pas plus difficile que ça pour toi ? Il te dit qu'il a de la place et tu files chez lui ?

Le visage de Cleo devint pâle comme du marbre.

— Va te faire foutre !

Elle saisit à nouveau son sac, et il le saisit lui aussi de son côté ; pendant une dizaine de secondes, ils se battirent comme des chiffonniers.

— Je ne voulais pas le dire dans ce sens-là ! protesta-t-il, puis il lui arracha le sac d'un mouvement brusque et le reposa. Pour qui est-ce que tu me prends ?

— Je ne sais pas pour qui je te prends.

Malgré le conseil que Malachi lui avait donné un peu plus tôt, Cleo n'avait pas l'intention de se servir de ses larmes comme d'une arme, et elle était furieuse de sentir ses yeux s'embuer.

— Mais je sais pour qui *toi* tu me prends. Une menteuse et une tricheuse, et même pas une bonne, en plus !

— Pas du tout ! Bon Dieu de bon Dieu, Cleo, je suis en colère contre toi et j'ai le droit de l'être !

— Parfait. Sois en rogne autant que tu veux, je ne peux pas t'en empêcher. Mais je n'ai pas besoin qu'on me renvoie ça à la figure chaque jour. J'ai tout foutu en l'air, je suis désolée, point final.

Elle essaya de passer devant lui pour récupérer son sac, mais il l'attrapa par les bras, et raffermit sa prise quand elle tenta de se libérer d'une secousse.

— Ne pleure pas. Je ne voulais pas te faire pleurer.

— Laisse tomber…

Les larmes jaillissaient plus vite qu'elle ne parvenait à les refouler en clignant les yeux.

— Je ne cherche pas à me faire plaindre ! enragea-t-elle.

— Ne pleure pas, répéta-t-il, et sa prise se relâcha jusqu'à se transformer plutôt en une caresse. Ne pars pas, dit-il, et il l'attira contre lui, la berça dans ses bras. Je ne veux pas que tu partes. Je ne sais pas exactement ce que je veux, mais en tout cas je ne veux pas que tu partes.

— Ça ne nous mènera jamais nulle part.

— Reste, insista-t-il en essuyant ses larmes avec sa propre joue, et nous verrons bien.

Elle soupira, laissa sa tête se poser sur l'épaule de Gideon. Ça lui avait manqué ; mon Dieu, ce simple contact lui avait tellement manqué qu'elle en avait mal jusque dans les os !

— Tu ne peux pas t'adoucir envers une femme juste parce qu'elle se met à chialer sur ton épaule, Petit futé. Ça fait de toi une andouille et c'est tout.

— Laisse-moi me préoccuper de ça. Voilà. Voilà, maintenant...

Il effleura de ses lèvres sa joue humide, trouva sa bouche et y pénétra, doucement, lentement. La tendresse qu'il y mit la fit frissonner de tout son corps, elle sentit son estomac se nouer. Même quand il approfondit le baiser, ce fut tout en douceur, et non en force comme elle s'y attendait.

Pour une des premières fois de sa vie, elle se trouvait dans un état d'abandon absolu, face à un homme qui contrôlait son cœur, son corps, son esprit.

Ça la terrifiait. Et ça la comblait.

— Ne sois pas gentil avec moi, murmura-t-elle, et elle pressait son visage dans le creux de son épaule, tout en luttant pour garder l'équilibre. Je foutrais tout en l'air.

Pas aussi coriace qu'elle le prétend, songea Gideon. Et loin d'être aussi sûre d'elle.

— Laisse-moi me préoccuper de ça aussi. Tu n'as qu'une chose à faire pour le moment, ajouta-t-il, et il souleva son visage pour le ramener vers le sien.

— Quoi ?

Il lui sourit.

— Déballe tes affaires.

Elle renifla, voulut mettre un peu de baume sur son amour-propre.

— Alors, c'est comme ça que tu obtiens ce que tu veux ? En étant gentil ?

— De temps en temps. Cleo...

Il prit son visage dans ses mains, regarda la méfiance revenir dans ses yeux profonds et sombres, mais ne s'en inquiéta pas : si elle se méfiait de lui, c'est qu'elle pensait à lui.

— Tu es si belle. Vraiment belle. Parfois, ça complique peut-être un peu les choses... Déballe tes affaires, répéta-t-il. Je vais dire à Burdett que tu resteras ici, avec moi. Tu es avec moi, Cleo. Voilà quelque chose dont on doit se préoccuper tous les deux.

Arrivé sur le toit, Jack étudia l'endroit. Un seul accès pour y monter et en repartir, remarqua-t-il ; cela en faisait soit un piège, soit un refuge facile à défendre. Il pourrait être sage d'instaurer quelques règles ici. Si un homme n'a pas une bataille d'avance, il perd toujours la guerre.

— Sacrée vue, commenta-t-il.

— Vous avez une clope ?

— Non, désolé. Je n'ai jamais pris cette habitude-là.

— Moi, j'ai arrêté, remarqua Malachi en haussant les épaules. Il y a quelque temps, et je le regrette maintenant... Bon, commençons par le commencement.

— Ce sera Rebecca.

Malachi l'admit d'un signe de tête.

— Ça sera elle. D'abord, elle ne devrait pas être ici, mais puisqu'elle y est, elle ne peut pas s'installer chez vous.

— « Ne devrait pas », « ne peut pas »...

Jack tourna le dos à la vue et s'adossa au garde-fou.

— Si vous utilisez souvent ces mots avec elle, je parie que vous avez quelques cicatrices intéressantes.

— C'est assez vrai. C'est une perverse, notre Becca.

— Et intelligente. J'aime son esprit. J'aime aussi son visage, ajouta Jack, les yeux dans ceux de Malachi. J'aime tout l'ensemble. C'est un problème pour vous, étant donné que c'est votre sœur. (Il but une gorgée à même la bouteille de bière.) Comme j'en ai une moi aussi, je comprends ça. La mienne est partie et s'est mariée, alors qu'à mon avis elle ne savait même pas ce que signifiait le mot sexe. Elle a deux enfants maintenant, mais j'ai tendance à penser qu'elle les a trouvés dans un chou. Probablement dans le même champ où ma mère nous a trouvés.

Amusé, Malachi plongea une main dans sa poche.

— Et dans votre appartement, vous faites pousser des choux ?

— Disons les choses comme elles sont. Elle a pris la chambre d'amis, c'est son choix. Si ça doit rester son choix, ça le restera. J'ai donné ma parole à votre mère que je prendrai soin d'elle. Je ne manque jamais à ma parole, pas envers quelqu'un que je respecte, en tout cas.

À sa grande surprise, Malachi se trouva détendu, en confiance. Plus encore, il se rendit compte qu'il faisait confiance à la personne de Jack autant qu'en sa parole donnée.

Peut-être – ce n'était encore qu'un « peut-être » – parviendraient-ils à forger cette unité.

— Je suppose que ça me sauve d'une sacrée bagarre avec Rebecca. Mais n'empêche qu'elle est une fille impulsive, entêtée, qui...

— Je suis amoureux d'elle.

Les yeux de Malachi s'écarquillèrent, ses pensées se troublèrent.

— Bon sang, ç'a été rapide, non ?

— Il a suffi d'un regard, et elle le sait. Ça lui donne un avantage sur moi. Je crois qu'elle serait femme à faire usage d'un avantage, si l'occasion se présentait, ajouta Jack après une pause.

— Oui, confirma Malachi, et son regard n'était pas dénué de sympathie. S'il le fallait.

— Ce qu'elle ignore, et à quoi je n'ai pas encore réfléchi moi-même, c'est ce que je vais faire. Je ne suis pas fataliste. Je pense que les gens dirigent la marche de leur vie.

— Moi aussi, approuva Malachi, puis il pensa à Felix Greenfield, à Henry Wyley, à un après-midi ensoleillé de mai. Sauf qu'on ne choisit pas toujours la trajectoire.

— La trajectoire, peut-être pas, mais on a toujours le choix d'y aller ou non. Si ça n'était pas vrai, je croirais que ces statuettes, le circuit qu'elles ont accompli, sont responsables de ce qui est arrivé quand j'ai regardé Rebecca. Mais je me contenterai de dire que je suis amoureux de votre sœur. Alors, cessez d'imaginer que je pourrais laisser quoi que ce soit ou qui que ce soit lui nuire – y compris moi-même. Ça vous convient comme ça ?

— Je crois que je vais m'asseoir ici une petite minute, répondit Malachi.

Il s'installa, but d'un air songeur, puis reposa la bouteille sur la petite table en acier près de sa chaise. Tandis qu'il examinait Jack, il fit claquer ses paumes sur ses genoux.

— Notre père a disparu et je suis le plus vieux, donc c'est à moi de vous demander... (Il laissa sa phrase en suspens, passa les mains dans ses cheveux.) Vous savez, je ne suis pas tout à fait prêt pour ça. Je propose qu'on remette à plus tard la suite de cette conversation-là.

Jack but une nouvelle gorgée à même la bouteille, puis dit :

— Ça me va.

— Vous êtes un calme, hein ? C'est mieux pour elle. Donc on peut passer à autre chose, aux *Parques* par exemple.

— C'est vous qui en avez pris la responsabilité sur vos épaules.

Malachi se pencha, haussa un sourcil.

— C'est une affaire de famille pour nous, Jack.

— Je n'ai jamais dit le contraire, mais vous êtes le responsable de l'affaire. Au moment critique, c'est vers vous que les autres se tournent pour prendre une décision. C'est vrai pour Tia aussi. Sans doute également pour Cleo, même si elle joue un peu en franc-tireur.

— Elle a fait un coup assez osé, c'est vrai, mais je crois qu'elle est régulière. Et vous, cette organisation-là, cette hiérarchie-là, elle vous pose un problème ?

— Elle aurait pu, mais j'ai l'impression que vous savez déléguer, et laisser chacun utiliser ses propres atouts. Je connais les miens. Ça ne me dérange pas de recevoir des ordres, Sullivan, si je suis d'accord avec eux. Et ça ne me dérangera pas de vous dire d'aller vous faire foutre si je ne suis plus d'accord. Je n'oublie pas que je vous dois l'essentiel, à cause de Felix Greenfield. Et je veux les *Parques*. Je collaborerai avec vous pour que nous obtenions tous ce que nous voulons...

« Bien, passons au point suivant sur la liste, poursuivit Jack. C'est un peu trop aléatoire, à mon avis, de garder la *Parque* de Cleo dans le réfrigérateur de Tia. Mon appartement est doté des meilleurs systèmes de sécurité existant sur le marché. C'est là-bas que je veux la garder, dans mon coffre, avec la mienne.

Malachi s'empara de sa bière, fit passer la bouteille d'une main dans l'autre pendant qu'il réfléchissait. La confiance, songeait-il. Sans elle, jamais leur groupe ne se renforcerait.

— Je ne discute pas les aspects pratiques de la chose, mais c'est juste que vous en auriez alors deux sur trois dans les mains. Comment vous empêcher de rechercher la dernière tout seul, ou même de négocier avec Anita – sans vouloir vous offenser ?

— Il n'y a pas de mal. Chercher la troisième statuette seul serait délicat sur le plan logistique. Pas impossible, mais délicat. En plus, Rebecca n'aimerait vraiment pas du tout, et ça compte pour moi. Enfin, je ne trahis pas les gens que j'apprécie, et j'apprécie particulièrement le Dr Marsh, conclut Jack avec un sourire aussi gourmand que rapide.

— Tout comme moi.

— Oui, c'est facile à voir. Quant à traiter avec Anita, je ne négocie jamais avec des psychopathes, et c'est bien ce qu'elle est. Si l'occasion se présentait, elle liquiderait l'un ou l'autre d'entre nous de sang-froid, puis elle irait se faire faire sa manucure comme toutes les semaines.

Malachi se rappuya contre le dossier de sa chaise, but à nouveau.

— D'accord. Donc, ne lui donnons pas cette occasion. Je crois qu'on doit y réfléchir un peu tous ensemble.

— Pourquoi est-ce qu'on ne prendrait pas vingt-quatre heures pour cela ? Ensuite, nous pourrions nous retrouver chez moi, pour soulager un peu Tia.

— Parfait.

Malachi se leva, lui tendit la main.

— Bienvenue à bord.

— Ça a duré un certain temps, votre petite conversation entre hommes avec Mal...

Rebecca se cala dans le siège du SUV[1], genre tank, que Jack conduisait vers les quartiers extérieurs.

— De quoi est-ce que vous avez parlé ?

— De ci, de ça, du reste.

— Vous n'avez qu'à commencer par ci, et continuer par ça.

— Si on avait voulu que vous participiez à la discussion, on vous aurait demandé de monter sur le toit. Ça me paraît clair, non ?

— Je suis concernée autant que n'importe qui d'autre...

1. Véhicule sport utilitaire, gros 4 x 4 de loisir. *(N.d.T.)*

— Personne ne dit le contraire.

Il quitta la 5e, prit à l'est vers Lexington, jeta un regard dans son rétroviseur, d'un mouvement tout naturel.

— … et à ce titre, j'ai parfaitement le droit de savoir ce que vous complotiez tous les deux, insista Rebecca. C'est une équipe qu'on forme, Jack, pas une basse-cour où chacun caquette dans son coin.

— Rassurez-vous, fille d'Irlande, ça n'a rien à voir avec la façon dont vous boutonnez votre chemise, alors pas la peine de monter sur vos grands chevaux féministes.

— C'est insultant, ce que vous dites.

Il bifurqua un peu vers le sud, reprit vers l'est ; pas de suiveur, conclut-il, ni de surveillance repérable autour de l'immeuble de Tia. Ça changerait peut-être, mais pour le moment ça facilitait les choses.

Il laissa Rebecca mijoter, pendant qu'il reprenait le chemin de son domicile. Il fit le tour de l'immeuble, entra le code du garage qu'il avait fait aménager sur ses indications personnelles. La porte en acier blindée se souleva et le SUV se glissa à l'intérieur.

Sa Boxster y était garée, ainsi que sa Harley et sa camionnette pour les planques. À son avis, un homme avait besoin de quelques joujoux dans la vie. Les garer dans un parking public ne lui avait jamais paru un bon choix, et pas seulement parce qu'un an d'abonnement revenait plus cher qu'envoyer son fils faire son droit à Harvard, mais parce qu'il les voulait toujours à portée de main, et sous son contrôle personnel.

Il sortit du 4 x 4, réenclencha les verrous et les alarmes sur la porte, sur le SUV, puis désactiva le code de l'ascenseur.

— Vous montez ? demanda-t-il à Rebecca, ou vous restez bouder dans le garage ?

— Je ne boude pas.

Elle vint jusqu'à lui, croisa les bras.

— Pourtant ce serait assez naturel, étant donné que vous me traitez comme une enfant.

— S'il y a bien une chose que je n'ai pas en tête, c'est de vous traiter comme une enfant. D'accord, faites votre choix : vous voulez un compte rendu rapide de ci, de ça ou du reste ?

Elle renversa la tête en arrière, pour qu'il ne la voie pas sourire.

— Je prendrai ci.

— Ci, c'est votre frère, inquiet que vous vous installiez ici avec moi.

— Eh bien, ce ne sont fichtrement pas ses affaires, pas vrai ? En plus il a du culot, vu comment il s'est mis dans les petits papiers de Tia. J'espère que vous le lui avez dit ?

— Non.

Jack ouvrit la porte de l'ascenseur et la lui tint, pendant qu'elle pénétrait dans l'appartement.

— Je lui ai dit que j'étais amoureux de vous.

Elle s'arrêta net, se retourna.

— Quoi ?

— Ça a l'air de l'avoir rassuré, plus lui que vous en tout cas... Bon, j'ai un certain nombre de choses à faire, je serai de retour dans quelques heures.

— De retour ?

Elle étendit les bras, comme si elle avait besoin de reprendre son équilibre.

— Vous ne pouvez pas partir après m'avoir dit une chose pareille !

— Je ne vous l'ai pas dite à vous, je l'ai dite à votre frère. Vous devriez vous allonger, fille d'Irlande, vous avez l'air crevée.

Sur quoi il repoussa la porte, en enfermant Rebecca à l'intérieur et en la laissant aux injures qu'elle déversait sur sa tête.

Il n'alla pas loin : il ne fit que descendre jusqu'à la petite cellule de travail qu'il possédait dans l'immeuble.

Il y travaillait quand c'était plus pratique, ou quand il avait l'impression de tourner en rond dans l'appartement du dessus et avait besoin d'une diversion.

Dans l'immédiat il voulait les deux, le pratique et la diversion.

L'endroit était confortable. Il n'avait jamais compris l'intérêt d'avoir des bureaux spartiates, si on avait le choix. Il y avait des fauteuils profonds, un bon éclairage pour compenser le manque de fenêtres, les vieux tapis qu'il aimait, et une cuisine entièrement équipée.

C'est là qu'il alla d'abord, pour mettre le café en route, puis il consulta les messages qui l'attendaient sur ses différentes boîtes de réception. Il alluma l'un des ordinateurs disposés sur le long comptoir en L, ouvrit sa messagerie et écouta la voix électronique lui lire à haute voix ses e-mail, tout en se servant une première tasse de café.

Il répondit à ce qui ne pouvait pas attendre, mit de côté ce qui le pouvait, et accéda à ses messages personnels. L'e-mail reçu de son père le fit sourire.

Les extraterrestres ont fini leurs affreuses expériences médicales sur nous – de nature très sexuelle, je dois l'avouer – et nous ont réexpédiés sur la Terre, ta mère et moi. Tu auras plus de détails en regardant l'émission de Larry King. Ça y est, tu m'écoutes ? Bien. Tu pourras peut-être trouver cinq minutes pour nous rappeler ? Ta mère t'adresse tout son amour. Pas moi : je préfère ta sœur, je l'ai toujours préférée. Devine qui c'est.

En riant, Jack s'assit devant le clavier.

— D'accord, d'accord.

Désolé de ce que tu m'apprends au sujet des extraterrestres. En général, ils insèrent des dispositifs de marquage dans l'organisme de ceux qu'ils kidnappent. Tu pourrais mâchonner du papier d'aluminium quand tu parles avec quelqu'un, c'est censé brouiller leurs fréquences de réception – juste un conseil que je te donne, tu n'es pas obligé. Je viens de rentrer à New York. J'ai une délicieuse Irlandaise rousse prisonnière dans mon appartement. La perspective de recevoir des faveurs sexuelles exotiques d'icelle me gardera peut-être occupé pendant les deux prochaines semaines. Tout mon amour à maman, rien pour toi. Je ne suis même pas sûr que tu sois bien mon père. Tu devines qui c'est.

Sachant que son père allait lui aussi se tordre de rire en lisant l'e-mail, Jack appuya sur « Envoyer ». Puis il se remit au travail.

Il effectua quelques vérifications légères sur Cleo, assez pour contenter Anita, jugea-t-il. Ensuite, sur un autre ordinateur, il entama un contrôle approfondi pour son propre compte.

Il en était déjà arrivé à la même conclusion que Tia, et que Malachi : ils allaient devoir œuvrer tous les six ensemble, main dans la main. Le travail d'équipe ne lui posait pas de problème, mais il voulait savoir tout ce qu'il y avait à savoir sur l'équipe en question.

Pendant que les données défilaient sur l'écran, il se tourna vers la batterie de moniteurs, et, parce que le tour d'horizon serait plus complet s'il gardait un œil sur Rebecca, mit en marche les caméras qu'il avait installées dans son propre appartement.

Elle était dans son bureau, installée devant son ordinateur, et semblait fulminer ; par curiosité, il tourna le bouton du son.

— Pauvre couillon de Jack, si tu t'imagines que je ne suis pas capable de craquer tes foutus mots de passe et tes codes d'accès…

— Si tu y arrives, fille d'Irlande, répondit-il, je serai très impressionné.

Il la regarda un moment, enregistrant la course rapide de ses doigts sur le clavier, la crispation de ses lèvres quand elle rencontrait un nouvel obstacle.

La plupart des femmes, à sa connaissance, si on les laissait libres d'elles-mêmes dans l'antre d'un homme, fouillaient dans les tiroirs, les penderies, examinaient l'armoire à pharmacie ou les placards de la cuisine. Rebecca, elle, était allée droit vers l'information.

Ça lui fit chaud au cœur.

Il coupa le son, et s'attela à la rédaction d'un rapport sur Cleo qui ne fournirait rien d'utile à Anita Gaye tout en la convainquant qu'il lui avait ainsi fait une faveur.

— C'est juste pour te mettre sur le gril, pensa-t-il tout haut.

Quand il eut fini, il abandonna de nouveau l'ordinateur, pour laisser le rapport mijoter avant de le relire une dernière fois, et décrocha le téléphone.

— Bureau de l'inspecteur à l'appareil, dit la voix au bout du fil. Inspecteur Robbins.

— L'homme avec la plaque ?

— Tiens, le faux policier...

— Ce n'est pas moi, vieux. Tu dois penser à quelqu'un d'autre. Comment va l'univers des preux défenseurs de l'ordre ?

— Toujours pareil. Et à Paranoïaville ?

— Y a pas à se plaindre. Je me demandais si tu ne voudrais pas rejouer à quitte ou double ces vingt dollars que je te dois sur les Angels et les O's ce soir.

— Est-ce que tu insinuerais que moi, serviteur de l'État, je joue ?

— Je prends les O's.

— Ça marche, mec. Maintenant qu'on a fini de plaisanter, après quoi tu cours ?

— Maintenant que tu m'as blessé dans mon amour-propre, plutôt... Mais puisque tu me poses la question, j'ai des signalements à te soumettre. Des hommes de main, du genre freelance, sûrement du coin. J'ai pensé que tu pourrais peut-être les glisser dans le fichier pour moi, et voir s'il en sort quelque chose.

— Peut-être. Tu as des noms ?

— Non, mais j'y travaille. Candidat numéro un, homme blanc, quarante à quarante-cinq ans, cheveux bruns, mince, pas de couleur d'yeux connue, peau claire, nez proéminent. Environ un mètre soixante-dix-huit, soixante-dix-sept kilos.

— Y a pas mal de types qui correspondent à ça, y compris mon beau-frère. Ça ne vaut pas tripette.

— Mon petit plus, c'est qu'il aime utiliser ses poings, et qu'il n'a pas grand-chose dans le crâne.

— Ouais, c'est bien mon beau-frère. Tu veux que je te l'amène pour lui botter les fesses ?

— Ça dépend. Est-ce qu'il a fait récemment un voyage en Europe de l'Est ?

— Il ne soulève même pas ses grosses fesses blanches de son fauteuil pour aller jusqu'à l'épicerie du coin. Tu cherches un globe-trotter, Burdett ?

— Je cherche un tocard revenu depuis peu d'un petit tour en République tchèque.

— C'est marrant, mais on a justement dans la glace un cadavre qui correspond à ta description. Il avait un passeport dans la poche de son beau costume, avec deux tampons dessus, dont un de Praha. D'après des copains érudits à moi, c'est la même chose que Prague, en République tchèque. L'autre tampon était de New York, datant de dix jours à peu près.

Dans le mille, pensa Jack, et il revint à son clavier.

— Tu peux me donner son nom ?

— Je vois pas ce qui m'en empêcherait. Carl Dubrowsky, un gars du Bronx. Il y a une jolie petite fiche jaune sur lui, surtout des voies de fait, et il a failli tomber pour homicide. Qu'est-ce que tu lui veux à notre macchab', Jack ?

Jack tapa le nom et commença une recherche de son côté.

— Dis-moi comment il est mort.

— Ça a sans doute un rapport avec les quatre trous qu'il avait dans le corps, faits par un calibre vingt-cinq. On l'a retrouvé raide dans un entrepôt vide, dans le New Jersey. Il serait peut-être temps d'une petite contrepartie, non ?

— Je n'ai rien pour l'instant, mais dès que j'ai un tuyau je te le refile, promis.

Il changea d'ordinateur pour lancer une seconde recherche.

— Tu as l'adresse de cet entrepôt ?

— Bon Dieu, tu ne veux pas que je te faxe carrément le dossier, tant qu'on y est ?

— Tu le ferais ?

Jack sourit à la réponse grossière que lui fit Bob, et nota l'adresse.

Quand il eut raccroché, il enregistra avec soin dans son ordinateur toutes les informations qu'il venait de récolter. Il se levait, avec dans l'idée d'aller boire un autre café, quand il jeta un coup d'œil sur les écrans.

La lueur passionnée qu'il aperçut dans les yeux de Rebecca le fit se rapprocher, et remettre le son.

— Pas si malin que ça, hein ? murmurait-elle. Pas si fichtrement intelligent.

— Mais toi tu l'es, commenta-t-il, surpris et, oui, impressionné qu'elle ait pu franchir ses barrières de protection. D'accord, il ne gardait rien de confidentiel sur cet ordinateur-là, et les barrières n'étaient pas énormes ; mais elles étaient bien là, et il fallait être un pirate informatique très doué pour passer au travers aussi rapidement.

— C'est bien ce que je pensais, lança-t-il à l'image de Rebecca sur l'écran. On est faits l'un pour l'autre.

Il prit une deuxième tasse de café, puis retourna travailler pendant qu'elle fouillait dans son disque dur.

Vingt minutes plus tard, il avait fait tout ce qu'il pensait être utile dans l'immédiat. Elle aussi, remarqua-t-il en relevant les yeux vers les écrans.

Elle éteignit l'ordinateur et s'étira, puis, apparemment satisfaite d'elle-même, sortit de la pièce, traversa la salle de séjour et suivit le couloir. Jack reporta son attention vers l'écran suivant, pour la voir chasser la raideur de sa nuque en faisant rouler ses épaules, retirer le bandeau qui attachait ses cheveux et les secouer pour le dénouer.

Quand elle commença à déboutonner son chemisier, il se rappela qu'il n'était pas un voyeur et s'ordonna d'éteindre les caméras. Et la regarda ôter son chemisier, l'esprit à la torture.

Lorsqu'elle atteignit le fermoir du soutien-gorge, derrière son dos, il grinça des dents et frappa sur le bouton d'arrêt.

Il prit cette fois une bière à la place d'un autre café, et passa la demi-heure qui suivit à classer ses notes. Tout en se demandant comment diable il pouvait espérer se concentrer.

Le temps qu'il regagne l'appartement, un certain nombre de fantasmes intéressants lui traversèrent l'esprit ; mais aucun d'eux ne la montrait entièrement habillée, sauf ses (charmants) pieds nus, dans la cuisine, devant une casserole d'où s'échappait une vapeur agréablement parfumée.

— Qu'est-ce que vous faites ?

— J'escalade le mont Cervin. Qu'est-ce que je suis en train de faire, d'après vous ?

Il entra, respira une bonne fois la casserole, puis elle.

— Ça ressemble bigrement à de la cuisine.

Se doucher et se changer, tout autant que la séance passée sur l'ordinateur de Jack, l'avaient remise en forme ; mais si la fatigue n'était plus là, la colère, elle, n'avait pas disparu.

— Comme je n'avais aucune idée du temps que vous comptiez me garder enfermée là-dedans, je n'avais pas l'intention de m'asseoir et de mourir de faim. Vous n'avez ni fruits frais ni légumes, à propos. Alors, je me débrouille avec des conserves et des bocaux.

— Je n'ai pas été en ville ces derniers temps. Faites-moi une liste de ce qu'il vous faut, et je vous le rapporterai.

— Je peux faire mes courses moi-même.

— Je ne veux pas que vous sortiez seule.

Elle tira du billot en bois un couteau à découper, mit négligemment le pouce sur sa pointe pour en vérifier l'affûtage. C'était bien la fille de sa mère, songea Jack. Toutes deux savaient faire passer un message.

— Vous n'avez rien à dire sur où je vais ni quand.

— Si vous utilisez ça contre moi, vous allez en être toute navrée ensuite.

Le sourire de Rebecca était aussi mince et acéré que la lame du couteau.

— Mais vous encore plus, non ?

— Certes, mais… (Il ouvrit le réfrigérateur, prit une bouteille d'eau.) Laissez-moi formuler la chose autrement : je préférerais que vous ne sortiez pas seule jusqu'à ce que vous connaissiez mieux le terrain. Ça vous va ?

— Je prendrai vos préférences en considération. Encore une chose : si vous croyez que dire que vous m'aimez va me faire sauter joyeusement dans votre lit, vous…

— N'insistez pas là-dessus, Rebecca, répliqua-t-il, et son ton était devenu très dur et très froid. Vous n'aimeriez pas le résultat.

Elle pencha la tête ; c'était intéressant qu'il ait à peine cillé quand elle avait brandi le couteau, mais que lui parler d'amour et de sexe l'ait beaucoup troublé.

— Je n'apprécie pas que vous me balanciez ce genre de déclaration, puis que vous me fermiez la porte au nez.

— Je l'ai fermée devant *mon* nez.

Elle y réfléchit, convint que c'était vrai.

— Je suis capable de faire ça, si et quand je veux. (De la main gauche, elle attrapa une cuillère, remua la casserole.) Pour le moment, je ne sais pas ce que je veux. Quand je le saurai, vous serez le premier à en être averti. En attendant, ne m'enfermez plus là-dedans comme une perruche dans une cage. Si vous essayez encore, je casserai tous vos jolis bibelots, je mettrai vos vêtements en lambeaux, je boucherai vos toilettes, et beaucoup d'autres choses déplaisantes dans le genre. Et en plus, je trouverai le moyen de sortir.

— D'accord. Ça me paraît honnête. Quand est-ce qu'on mange ?

Elle soupira, reglissa le couteau dans la fente.

— Dans une heure ou à peu près. Assez pour que vous ressortiez et que vous alliez chercher un peu de pain français ou italien, pour accompagner le repas. Et aussi quelque chose de sucré pour après. (Elle rejeta ses cheveux en arrière.) J'étais furieuse, mais pas au point de faire de la pâtisserie.

20

C'était infantile et ridicule, songeait Tia, d'être nerveuse à l'idée d'aller voir ses parents ; pourtant ses paumes étaient moites et son estomac tourneboulé quand elle entra dans la salle à manger de l'hôtel particulier des Marsh.

Il était neuf heures moins le quart. Tous les matins, sept jours sur sept, son père s'asseyait pour prendre son petit-déjeuner à huit heures et demie précises. Il devait en être maintenant à sa deuxième tasse de café, et était sûrement passé de la première page du *New York Times* à la rubrique financière. Il avait aussi dû finir son fruit et attaquer le plat suivant. Lequel, remarqua Tia en approchant de la table, était ce jour-là une omelette nature.

Sa mère, elle, devait être au lit, en train de prendre sa tisane, son jus de fruits frais, et le premier de ses huit verres quotidiens d'eau minérale ; elle en avait besoin pour faire passer ses médicaments et son complément en vitamines du matin. Avec, elle ne prenait qu'un unique toast, au pain complet, sans rien dessus, et une coupe de fruits de saison.

À neuf heures vingt, Alma descendrait, régalerait Stewart du récit détaillé de ses maux quotidien, lui parlerait de ses rendez-vous et de son programme à venir, pendant qu'il vérifierait le contenu de sa mallette.

Puis ils échangeraient un baiser en guise d'au revoir, et il franchirait la porte à neuf heures et demie précises. C'était un emploi du temps aussi fiable et astreignant qu'un horaire de trains suisse.

À une certaine époque, Tia avait fait partie de ce quotidien là ; ou plutôt, on l'avait façonnée pour qu'elle s'y plie. Était-ce sa faute, ou la leur, si elle n'avait jamais été capable de secouer ce joug, d'enfreindre ces règles de vie immuables ?

Leur faute ou la sienne si, même aujourd'hui, la seule idée de le faire la mettait mal à l'aise ?

Stewart avait relevé les yeux de son journal à l'entrée de Tia, et, de surprise, il haussa à demi les sourcils.

— Tia ! Nous avions rendez-vous ?

— Non. Je suis désolée d'interrompre ta matinée.

— Ne dis pas de bêtises, répondit-il, mais en même temps il jeta un coup d'œil à sa montre. Tu veux un petit-déjeuner ? Du café ?

— Non, merci. Rien.

Elle s'efforça de ne plus croiser nerveusement les doigts et s'assit en face de lui.

— Je voulais te parler avant que tu partes travailler.

— Je t'écoute, dit-il en étalant une fine couche de beurre sur son pain complet légèrement grillé. Tu t'es coupé les cheveux...

— Oui.

Elle se sentit ridicule, leva une main vers eux.

— Il y a quelques jours.

— C'est très chic, très flatteur.

— Tu trouves ?

Elle rougit. C'était ridicule, là encore, d'être aussi troublée par un compliment venant de son propre père. Mais ils étaient si rares...

— Quand mère l'a vu, je ne crois pas qu'elle en ait été contente. Je pensais qu'elle t'en aurait peut-être parlé.

— Il est possible qu'elle l'ait fait, répliqua-t-il en continuant de manger, avec un mince sourire. Je ne l'écoute pas toujours, surtout quand elle est de mauvaise humeur. Elle l'a été.

— C'est ma faute, et c'est une des raisons pour lesquelles je voulais te voir ce matin. Mère est passée chez moi, en allant à un rendez-vous chez le médecin. Ç'a été... un moment gênant. J'étais avec quelqu'un, précisa-t-elle, puis elle poussa un long soupir. J'étais avec un homme.

— Je vois.

Stewart hésita, fronça les sourcils, remua son café.

— Est-ce que je vois bien, Tia ?

— Je fréquente quelqu'un. Il habite avec moi, dans mon appartement, pendant qu'il est à New York. Je travaille à un projet en ce moment, avec lui et quelques autres personnes. Et j'ai... j'ai une liaison avec lui, termina-t-elle rapidement.

Stewart demeura quelques instants à contempler son café ; c'était à se demander lequel des deux était le plus mal à l'aise.

— Tia, tes... relations personnelles ne me regardent pas, ni ta mère non plus. Naturellement, je suppose que si tu t'engages avec quelqu'un, ce quelqu'un est convenable et comme il faut.

— Je ne suis pas sûre que tu le jugerais ainsi, mais moi oui. Bizarrement, poursuivit-elle en bredouillant un peu, il trouve que je suis intéressante et séduisante, ce qui me fait me sentir intéressante et séduisante. Et j'aime ça. En tout cas, mère était très bouleversée, et j'imagine qu'elle l'est toujours. Je ne suis pas sûre de pouvoir arranger les choses avec elle, mais j'essaierai. Je voudrais m'excuser d'avance pour le cas où j'échouerais. Mais je ne peux ni ne veux régler ma vie pour correspondre à ses vœux, pas plus qu'aux tiens. Donc, je m'excuse.

— Eh bien. (Stewart reposa sa fourchette, prit une grande inspiration.) Eh bien, répéta-t-il. Je n'aurais jamais cru entendre ça de toi. Tu es en train de me dire que même si ta mère et moi désapprouvons, même si nous sommes en colère, tu agiras comme tu le veux ?

Elle *savait* que la douleur dans son estomac était due à la tension nerveuse, pourtant elle ne pouvait s'empêcher de se demander si elle n'avait pas une tumeur.

— En un sens, je suppose que c'est ça, oui.

— Bien ! Il était temps, fichtrement temps !

À l'instant, elle oublia tout de la menace d'un cancer de l'estomac.

— Je te demande pardon ?

— J'aime ta mère, Tia. Ne me demande pas pourquoi, car je n'ai pas un seul argument à ce sujet. C'est une emmerdeuse, mais je l'aime.

— Oui, je sais. Je veux dire, je sais que tu l'aimes, pas qu'elle est une... J'ai toujours su que vous vous aimiez tous les deux.

— Tu dis ça comme si tu n'étais pas une des données de l'équation ?

Elle commença à chercher une échappatoire, puis laissa tout simplement la vérité sortir.

— Je n'ai pas l'impression d'en être une, non.

— Alors, c'est notre faute à tous les trois. Elle n'a jamais été capable de couper le cordon avec toi ; moi, peut-être que je l'ai coupé trop facilement ou trop rapidement ; et toi, tu as accepté ça de nous deux.

— Je suppose que c'est vrai. Mais tu as toujours été un bon père pour moi.

— Non, je ne l'ai pas été. (Il reposa sa tasse, contempla le visage étonné de Tia.) Et je ne peux pas dire que j'y ai accordé beaucoup de pensées ni d'attention, depuis que tu as eu, oh... douze ans ou à peu près. Mais je me suis mis à le faire, pourtant, le jour où tu es venue me réclamer le journal d'Henry Wyley, et où je te l'ai apporté. Tu étais assise, tu m'attendais, et tu avais l'air si malheureuse...

— J'étais malheureuse.

— Et tu es surprise que je l'aie remarqué, hein ? (Il leva une main, reprit sa tasse.) Ça m'a surpris également, et ça m'a fait me demander combien de fois je ne l'avais pas remarqué, avant.

— Toi aussi, je t'ai rendu malheureux, en n'étant pas ce que tu voulais.

— Oui, et ma façon de réagir a été de te laisser à ta mère, parce que tu semblais avoir beaucoup plus en commun avec elle qu'avec moi. C'est drôle, je me suis toujours considéré comme un homme juste, mais c'était remarquablement injuste pour tous les gens concernés. Quoi qu'il en soit, la meilleure chose qui puisse arriver pour toi et ta mère, à mon avis, c'est que tu coupes le cordon toi-même. Toute ta vie, tu l'as laissée te donner des ordres. Chaque fois que j'ai essayé d'interférer – même si je ne peux pas dire que j'ai essayé très dur –, l'une de vous ou toutes deux avez fait échouer cet effort.

— Tu avais renoncé à attendre quoi que ce soit de moi...

— Tu avais l'air assez satisfaite de la façon dont allaient les choses. Les enfants sont faits pour quitter la maison, Tia. Si on s'engage dans un mariage, on vit avec quelqu'un d'autre la plus grande partie de son existence. J'ai organisé ma vie d'une façon qui me plaît et me satisfait. Tu as deux parents très égocentriques, tu sais. Et toi, tes phobies et tes troubles nerveux, qu'est-ce que c'est, sinon une autre forme d'égocentrisme ?

Elle le regarda, laissa échapper un petit rire.

— Je suppose que tu as raison, et je ne veux pas rester ainsi. Mais j'ai presque trente ans, dans quelle mesure est-ce que je pourrais changer ?

— Que tu changes ou non, tu auras de toute façon presque trente ans. Quelle différence est-ce que ton âge y fait ?

Elle se cala dans le fond de sa chaise, incapable d'articuler un mot ou presque.

— Tu ne m'as jamais parlé comme ça avant.

— Tu n'es jamais venue vers moi avant. Et ce n'est pas dans mes habitudes de dévier de ma voie ni de m'écarter de la routine. D'ailleurs, en parlant de routine...

Il consulta sa montre.

— J'ai besoin d'une faveur, dit rapidement Tia.

— Décidément, c'est un jour à graver en lettres rouges dans la maison des Marsh...

— Ça concerne *Les Trois Parques*.

La trace d'impatience qui avait traversé le visage de Stewart se dissipa.

— On dirait que tu t'intéresses beaucoup à elles, ces derniers temps.

— Oui, en effet, et je te demande de ne le révéler à personne. Anita Gaye s'y intéresse beaucoup elle aussi. Elle t'en reparlera peut-être, elle te posera peut-être des questions, dans l'espoir que tu connais des détails sur elles grâce à Henry Wyley. Au cas où elle le ferait, je me demandais si tu ne pourrais pas te rappeler, vaguement, avoir entendu dire qu'on a vu ou qu'on aurait vu la troisième *Parque* à Athènes.

— À Athènes ? répéta Stewart en se calant contre le dossier de sa chaise. À quel jeu est-ce que tu joues, Tia ?

— Un jeu important.

— Anita n'est pas du genre à se gêner pour ne pas respecter les règles, si ça peut l'avantager.

— Oh ! je le sais, même plus que je ne pourrais te le dire.

— Tia, tu as des ennuis ?

Pour la première fois depuis qu'elle était entrée dans la maison, elle sourit.

— C'est une question que tu ne m'as jamais posée. Pas une seule fois. En tout cas, si j'ai des ennuis, je suis bien décidée à y faire face, et même à y prendre un certain plaisir... Tu peux trouver un moyen de mentionner Athènes devant elle ?

— Facilement.

— En revanche, ne mentionne à aucun prix le journal de Wyley, ni ma relation avec l'homme que mère a rencontré chez moi...

— Pourquoi est-ce que je le ferais ? Tia, tu as une piste pour retrouver une des *Trois Parques ?*

Elle aurait voulu tout lui dire, pour le plaisir de voir la surprise et la fierté s'allumer dans ses yeux ; mais elle secoua la tête.

— C'est très compliqué, mais je te raconterai tout dès que je le pourrai... Une dernière question, dit-elle en se relevant : en tant que marchand, qu'est-ce que tu serais prêt à payer pour elles ?

— Ça dépendrait. Pour spéculer dessus, jusqu'à dix millions. Si j'avais un client intéressé, je lui recommanderais de monter jusqu'à vingt, peut-être même un peu plus. Après examen et vérification, bien sûr.

— Bien sûr. (Elle s'approcha de lui, déposa un baiser sur sa joue.) Je vais monter essayer d'arranger les choses avec mère.

Pendant que Tia caressait Alma dans le sens du poil, Jack rendait visite au bureau des inspecteurs. Il aurait préféré laisser Rebecca dans son appartement, mais, étant donné que pour être sûr qu'elle y resterait il fallait l'enfermer, il l'avait finalement emmenée avec lui. Il ne voulait pas risquer de retrouver un appartement saccagé à son retour, et il ne doutait pas qu'elle mettrait cette menace à exécution.

L'emmener avait un avantage : ça donnait l'occasion à Jack de la voir enregistrer et classer mentalement chaque détail du poste de police. Il pouvait presque entendre les rouages tourner dans sa tête, pendant qu'ils montaient l'escalier vers la vaste salle des inspecteurs. Tout comme il eut la satisfaction de voir le coup d'œil que les flics lui jetèrent sur son passage.

Il aperçut Bob à son bureau, le téléphone coincé sur son épaule. Rien ne lui échappa du regard que son ami posa sur eux, s'attardant sur Rebecca avant de continuer, l'air de rien. Il y avait une question dans ses yeux quand ils rencontrèrent ceux de Jack, ainsi que de l'humour, de la chaleur et de l'approbation.

— Attends-moi juste une minute, demanda Jack à Rebecca, puis il marcha jusqu'au bureau de Bob.

Il s'assit sur le coin dudit bureau, échangea quelques saluts de la tête avec les autres flics pendant que Bob terminait son appel.

— Whaaouh ! s'exclama celui-ci quand il eut raccroché. Où est-ce que tu as déniché cette petite rousse sexy ?

— Et ta femme, elle va comment ?

— T'inquiète, elle est assez maligne pour savoir que quand j'arrêterai de regarder les petites rousses sexy, il sera temps de pelleter la terre sur mon corps refroidi. Qu'est-ce que tu veux ?

— Plus d'informations sur le corps refroidi dont on a parlé hier.

— Je t'ai donné tout ce que j'avais.

— Il me faut une photo.

— Pourquoi tu me demandes pas directement ma plaque ?

— Merci, je peux en avoir une tout seul. Je serai peut-être en mesure de déterrer quelque chose d'intéressant pour toi, mais il faut que je puisse l'identifier d'abord.

— Essayons comme ça : tu me dis ce que tu sais, ensuite je trouverai peut-être une photo du macchab'.

— Tu veux que je te présente la rousse ?

Bob posa deux doigts sur son poignet, hocha la tête.

— Ouais, j'ai encore un pouls. Qu'est-ce que tu croyais ?

Avec un sourire, Jack fit signe à Rebecca de venir.

— Inspecteur Bob Robbins, Rebecca Sullivan, la femme que je vais épouser.

La mâchoire de Bob s'affaissa, puis il se leva.

— Bon sang, Jack, bon sang... Joli travail. Euh, ravi de vous connaître.

Rebecca sourit tandis que Bob lui serrait la main.

— Jack a des rêves de grandeur. À l'heure actuelle, nous sommes juste sur le point de nous associer, pour affaires.

— C'est une coriace, mais je m'accroche. Fille d'Irlande, pourquoi ne pas dire à notre ami interloqué, ici présent, ce que vous avez trouvé sur l'entrepôt dans le New Jersey ?

— Bien sûr... En fouillant un peu la nuit dernière, il est apparu que ce bien immobilier qui a été tout récemment la scène d'un meurtre avait été vendu par les Antiquités Morningside la veille même de ce malheureux événement.

— Et en quoi est-ce que ça devrait m'intéresser ?

— Laisse-moi montrer la photo du mort à deux personnes, intervint Jack. Si mon intuition fonctionne bien, j'aurai une réponse à cette question.

— Si tu as une piste pour un homicide, Jack, ne fais pas l'imbécile avec ça.

— Exploite le filon de Morningside.

— Anita Gaye, énonça Rebecca, et elle vit les deux hommes lui jeter un regard brûlant. Heureusement que je n'ai pas de testostérone pour brouiller mon ego..., commenta-t-elle. Anita Gaye, des Antiquités Morningside. Vous devriez peut-être lui rendre une petite visite, inspecteur Robbins. Mais il faut avant tout que nous ayons la photo, pour vérifier si l'homme assassiné est bien celui à qui nous pensons. (Elle décocha un sourire éclatant à Bob.) On recherche tous la même chose au bout du compte, n'est-ce pas ? Mais si vous n'avez pas confiance en lui, ajouta-t-elle avec un mouvement du menton vers Jack, je me dirai que vous avez de bonnes raisons pour cela. Je continue à me demander moi aussi si j'ai confiance en lui ou pas.

Bob prit une inspiration.

— Je vais vous donner une photo.

— Jamais entendu dire qu'on gardait un atout dans sa manche ? grogna Jack à Rebecca tandis qu'il s'éloignait.

— J'ai entendu dire ça, oui. Et aussi qu'il fallait savoir poser les cartes sur la table au moment de la donne. Et ma manière à moi a marché. (Elle ramena ses cheveux en arrière, le dévisagea.) Vous lancez le mariage un peu trop facilement sur le tapis, Jack.

— Non, pas du tout. C'est vous la responsable. Mais vous vous habituerez à l'idée, vous verrez.

— Oh, comme c'est romantique... Je sens que je pourrais m'évanouir.

— Je vous en donnerai, du romantisme, fille d'Irlande. Il faut juste bien choisir le moment et l'endroit.

Pas aussi sûre d'elle-même qu'elle l'aurait voulu, elle croisa les bras sur sa poitrine.

— Gardez donc votre esprit concentré sur le boulot.

— N'oubliez jamais que mon esprit peut se concentrer sur plusieurs tâches à la fois, répondit-il, avant de se relever du bureau pour aller au-devant de Bob qui revenait en portant un dossier.

Avec sa mère, Tia fit du mieux qu'elle le put. Une explication complète aurait pris au moins deux ou trois heures, et elle n'en avait pas le temps. Elle avait une autre visite à faire, et si elle prenait du retard Malachi et les autres s'étonneraient, s'inquiéteraient.

C'était un réconfort bizarre, songea-t-elle, d'avoir quelqu'un qui s'inquiète à votre sujet. Pour être honnête, elle avait dû se laisser tomber dans ce genre de confort-là avec sa mère. Depuis toujours. Même si, à la vérité, Alma ne s'était jamais autant inquiétée pour sa fille qu'elle s'inquiétait pour elle-même.

En sortant du taxi sur Wall Street, Tia se dit que ce devait être inscrit dans sa nature. Toutes ses séances de thérapie avec le Dr Lowenstein ne lui avaient jamais permis de comprendre et admettre ce fait tout simple.

Il avait fallu un Irlandais, trois statuettes d'argent et un bizarre mélange de nouveaux amis pour lui ouvrir les yeux et raffermir sa volonté.

Ou peut-être, d'une certaine façon, assez étrange, il avait fallu Anita Gaye. Quand tout serait fini et que sa vie aurait repris son cours normal, elle devrait remercier Anita de l'avoir plongée dans une situation qui l'avait forcée à tester ses propres ressources.

Mais bien sûr, si les choses se passaient comme elle l'espérait, Tia doutait qu'Anita apprécierait ce genre de gratitude.

Elle chantonnait, alors que l'ascenseur s'élevait dans les étages de l'entreprise de courtage. Tia Marsh, songeait-elle, intrigante, conspiratrice, faisant l'amour régulièrement. Et tout cela sans le soutien d'aucun médicament. Ou à peine. Elle se sentait plutôt contente d'elle-même, presque confiante. Et dotée d'une puissance insoupçonnée.

Ce fut encore mieux quand elle s'arrêta devant le bureau de l'assistant de Carrie, et se rendit compte que l'homme ne la reconnaissait pas.

— Tia Marsh, dit-elle, étonnée et ravie en le voyant cligner les yeux de surprise. Est-ce que Mme Wilson a une minute de disponible ?

— Docteur Marsh ! Bien sûr...

Il ne la quittait pas des yeux, pendant qu'il tendait le bras vers le téléphone.

— Je vais la prévenir que vous êtes ici. Vous êtes... magnifique, aujourd'hui !

— Merci.

Elle allait faire des courses, à la première occasion, pour se racheter une garde-robe complète allant avec sa nouvelle coiffure. Et sa nouvelle personnalité. Elle achèterait quelque chose de rouge, de vraiment rouge.

— Tia ! lança Carrie, sortant en coup de vent de son bureau ; elle était vive, élégante, pressée. Nous n'avions pas rendez-vous, n'est-ce pas ?

— Non, je suis désolée. J'ai juste besoin de deux ou trois minutes, si tu peux.

— Deux ou trois, c'est tout ce que j'ai. Suis-moi... Tod, j'aurai besoin de l'analyse des comptes de Brockaway à midi.

— Il ne m'a pas reconnue, commenta Tia, pendant que Carrie la conduisait à son coquet bureau d'angle.

— Qui ? Oh, Tod ? s'exclama Carrie en riant, et elle jeta un regard au passage sur l'écran de l'ordinateur où elle travaillait, puis se dirigea vers sa cafetière. Mais tu es très différente, ma chérie. Fabuleuse, vraiment.

Elle se versa une tasse, sans même prendre la peine de demander à Tia si elle en voulait, étant donné que c'était du vrai café. Puis elle s'assit, et prit le temps de bien regarder son amie.

— Vraiment fabuleuse. Et ce n'est pas que la coiffure.

Elle posa son mug, se releva, examina avec attention le visage de Tia.

— Tu as fait l'amour.

— Carrie, bon sang ! s'écria Tia en s'empressant d'aller refermer la porte du bureau.

— Tu as fait l'amour depuis la dernière fois que je t'ai vue, insista Carrie en agitant le doigt. Raconte...

— Je ne suis pas venue ici pour parler de ça, et tu n'as que quelques minutes.

Pour régler la question, Carrie fit deux enjambées jusqu'à sa table, saisit le téléphone.

— Tod, notez mes appels, et dites à Minlow que j'aurai peut-être quelques minutes de retard à notre réunion de dix heures. Voilà, ajouta-t-elle en raccrochant le téléphone. Parle, je veux des détails. Des noms, des dates, des positions.

— C'est compliqué.

Tia rongeait sa lèvre inférieure. C'était comme être Clark Kent et ne pouvoir révéler à personne que c'était vous, Superman ; elle ne supportait pas cette situation.

— Tu promets que tu ne le répéteras pas ?

— Tu me prends pour quoi, un crieur des rues ? Je suis Carrie, Tia, je connais déjà tous tes secrets, ou je les connaissais. Qui est-ce ?

— Malachi. Malachi Sullivan.

— L'Irlandais ? Il est revenu ?

— Il habite chez moi.

— Il vit avec toi ? Je vais annuler ma réunion de dix heures !

— Non, non, répondit Tia, et elle se passa les mains dans les cheveux en riant. Je n'ai pas le temps, je t'assure. Dès que je pourrai, je te raconterai tout. Mais il... nous sommes... c'est incroyable. Je ne me suis jamais sentie aussi... puissante, affirma-t-elle et, incapable de tenir en place, elle arpenta le bureau tout en parlant. Oui, puissante, c'est le mot. Il peut à peine enlever ses mains de moi. Est-ce que ce n'est pas quelque chose ? Et il m'écoute vraiment, il me demande mon avis. Il se moque de moi, mais pas d'une façon méchante. Il me fait me regarder moi-même, Carrie, et quand je me regarde, je ne me trouve pas si stupide, pas si maladroite, pas si absurde que ça.

— Tu n'as jamais été rien de tout ça, et s'il te fait cet effet-là, ça me donne déjà envie de bien l'aimer. Quand est-ce que tu me le présentes ?

— C'est compliqué, je te l'ai dit...

— Oh, Seigneur, il est marié !

— Non, non, rien dans le genre... C'est juste un projet sur lequel on travaille ensemble.

— Tia, enlève-moi un doute : il t'a demandé de l'argent, pour un quelconque investissement ?

— Non, Carrie. Mais merci de t'en inquiéter.

— Tu es amoureuse de lui ?

— Sans doute, oui.

Elle inspira profondément, pour calmer l'agitation de son estomac.

— Je penserai à ça plus tard. Pour le moment, je suis plongée dans une affaire excitante, délicate, et sûrement dangereuse.

— Maintenant tu me fais peur, Tia.

— C'était bien mon intention, répliqua-t-elle, en songeant à l'ami de Cleo. Parce qu'il est vital que tu ne répètes à personne ce que je suis en train de te dire, que tu ne prononces pas une fois le nom de Malachi. (Elle tendit le bras vers son sac, en sortit un bout de papier.) Si tu m'appelles pour n'importe quoi concernant cette discussion, utilise ce numéro-là. Mon téléphone est sur écoute.

— Pour l'amour du ciel, dans quoi est-ce que ce type t'a entraînée ?

— Je m'y suis entraînée moi-même, c'est ça qui est merveilleux. Et j'ai besoin que tu me rendes un service, qui est peut-être contraire à la déontologie. C'est peut-être même illégal, je ne sais pas.

— Tu... tu me stupéfies, Tia, je ne sais pas quoi te dire.

— Anita Gaye, murmura Tia en se penchant en avant. Les Antiquités Morningside. J'ai besoin de savoir combien elle vaut, elle personnellement et ses affaires. Combien de trésorerie elle peut réunir, vite. Mais, surtout, sans qu'elle sache que tu mets le nez dans ses finances. Est-ce qu'il y a moyen que tu obtiennes ces informations sans qu'on puisse remonter jusqu'à toi ?

Comme si elle avait besoin d'un point d'ancrage solide, Carrie agrippa des deux mains les bras de son fauteuil.

— Tu veux que je fouille dans les comptes de quelqu'un et que je te donne les informations, c'est bien ça ?

— Oui, mais seulement si tu peux le faire sans que personne découvre que tu es impliquée.

— Et tu n'as pas l'intention de me dire pourquoi ?

— Je te dirai seulement que l'enjeu est énorme, et que je vais utiliser les informations que tu me donneras pour tâcher de faire quelque chose d'important. Et de juste. Je te dirai aussi que cette Anita Gaye est dangereuse, qu'elle est vraisemblablement responsable de la mort d'au moins une personne.

— Dieu du ciel, Tia... Je ne peux pas croire que j'ai cette conversation, pas avec toi ! Si tu crois vraiment ça d'elle, pourquoi est-ce que tu n'en parles pas à la police ?

— C'est compliqué.

— Je veux rencontrer ce type, ce Sullivan, juger par moi-même.

— Dès que je peux arranger ça, je te le promets. Je mesure ce que je te demande, et si tu me déclares que tu ne peux pas le faire, je le comprendrai.

— Il faut que j'y réfléchisse, répondit Carrie avec un long soupir. J'ai vraiment besoin d'y réfléchir.

— D'accord. Sers-toi bien du numéro que je t'ai donné quand tu m'appelleras, recommanda Tia en se levant. Elle a fait du mal à des gens, Carrie, je veux m'assurer qu'elle paiera pour ça.

— Bon sang, Tia, sois prudente...

— Non, répliqua-t-elle en marchant vers la porte. Plus maintenant.

— Laisse-lui encore quelques minutes, l'exhorta Gideon. Quel bien est-ce que ça te fera, de courir à travers toute la ville pour la retrouver ?

— Ça fait plus de deux heures qu'elle est sortie ! (Et ça en faisait plus d'une que Malachi était malade d'inquiétude.) Je n'aurais jamais dû la laisser partir seule... Comment est-ce qu'une femme peut devenir aussi vite aussi têtue ? Quand je l'ai rencontrée, on en faisait ce qu'on voulait...

— Si c'est une chiffe molle que tu cherches...

Malachi pivota sur ses talons, incendia du regard Cleo.

— Ne me casse pas les pieds, d'accord ?

— Alors, arrête de tourner en rond comme un papa poule dont la fifille n'est pas rentrée à l'heure. Tia n'est pas idiote, elle va se débrouiller très bien.

— Je n'ai jamais dit qu'elle était idiote, mais pour ce qui est de se débrouiller, elle n'a pas beaucoup d'expérience, d'accord ? Si au moins elle répondait à son foutu portable, je ne serais pas en train de tourner en rond...

— On était d'accord pour ne pas utiliser de portables, sauf en cas d'urgence, lui rappela Gideon. Question confidentialité, c'est un peu comme des radios, non ?

— C'est une foutue urgence. Je vais la chercher.

Malachi fonça vers la porte, l'ouvrit violemment, et Tia lui tomba presque dans les bras.

— Tia ? Où est-ce que tu es allée ? Tu vas bien ?

Il l'avait presque soulevée du sol, avec les paquets qu'elle portait.

— L'éternel inquiet, ici présent, était sur le point d'appeler les marines... C'est à manger ? demanda

Cleo, et elle s'approcha pour s'emparer d'un des sacs. Bon sang, le déjeuner !

— Je me suis arrêtée chez le traiteur..., commença Tia, mais Malachi lui arracha des mains l'autre sac, le brandit en direction de Gideon.

— Je ne veux pas de ça, je ne veux tout simplement pas de ça ! Combien d'argent est-ce que tu as ? demanda-t-il à son frère.

— Environ vingt dollars.

— Donne-les, dit-il en fouillant dans sa propre poche. On ne va pas vivre à tes crochets, Tia, comme une bande de sangsues.

— Malachi, l'argent n'a pas d'importance. C'est juste..., commença-t-elle.

— Jusqu'à présent, tu as presque tout payé, n'est-ce pas ? rétorqua-t-il. Eh bien, c'est fini. On va prendre contact avec maman pour qu'elle nous envoie des fonds par mandat.

— Non, tu ne feras pas ça.

En voyant Tia serrer les dents et se camper sur ses pieds, Gideon agita le pouce vers la cuisine, puis lui et Cleo quittèrent discrètement le ring.

— Je ne vivrais déjà pas aux crochets d'une femme, affirma Malachi, mais aux crochets d'une femme avec qui je couche, je veux bien être damné si...

— On était d'accord sur le fait que tu me rembourserais ! Et si ça te gêne à ce point-là que je fournisse l'argent pendant qu'on couche ensemble, on n'a qu'à arrêter de coucher ensemble !

— Tu crois ça ?

Emporté par sa colère, il lui attrapa un bras et la tira en direction de la chambre.

— Arrête, arrête tout de suite !

Elle trébucha, perdit sa chaussure gauche.

— Qu'est-ce qui te prend, on croirait un fou !

— J'ai l'impression d'en être un, oui !

Il claqua la porte de la chambre derrière eux puis la poussa, le dos contre celle-ci.

— Je ne renoncerai pas à toi, c'est comme ça !

Il écrasa sa bouche contre celle de Tia ; elle pouvait presque sentir y palpiter sa frustration, sa fierté blessée.

— Et je ne te laisserai pas payer le moindre croûton de pain que j'avale !

Elle réussit à reprendre sa respiration.

— J'ai acheté de la salade de pommes de terre, de la dinde fumée et des cannolis[1], mais j'ai oublié le croûton de pain...

Il ouvrit la bouche pour dire quelque chose, la referma, et se contenta de poser le front sur celui de Tia.

— Ça ne me fait pas rire, je t'assure.

— Tu devrais. Il y a des enjeux bien plus graves que la note de l'épicier, Malachi. Si tu demandes à ta mère de t'envoyer un mandat, on risque d'être repérés, c'est idiot.

Elle mit les mains dans son dos, massa à travers sa chemise ses muscles raides et tendus.

— J'ai de l'argent, j'en ai toujours eu. Ce que je n'avais jamais eu, en revanche, c'est quelqu'un qui m'aime assez pour que ça le gêne d'en accepter de moi.

— Je ne supporterais pas que tu puisses penser que je me sers de toi, que je suis désinvolte ou sans scrupule.

— Je ne le pense pas.

Pour qu'il la regarde bien en face, qu'il la croie, elle saisit son visage entre ses deux mains, l'orienta face à elle.

— Grâce à toi, je me sens différente, spéciale...

— Tu es partie si longtemps, j'étais à moitié fou d'inquiétude.

---

1. Sorte de bouchée cylindrique fourrée au fromage blanc fouetté, au chocolat, etc. *(N.d.T.)*

— Je suis désolée. Tout est tellement étrange, étrange et merveilleux...

Elle lui effleura les lèvres avec les siennes, légèrement, puis recommença en sentant son cœur cogner contre le sien. La puissance était une impression bien agréable à éprouver. Elle glissa les bras autour de son cou, le fit reculer vers le lit.

— Je vais te séduire, affirma-t-elle, en lui mordillant la mâchoire. C'est mon premier essai, alors il faudra me pardonner mes faux pas.

Elle pencha la tête et, par jeu, frotta avec application ses lèvres contre les siennes.

— C'est comment, jusqu'ici ?

— Merveilleux.

Arrivés au lit, elle le poussa pour qu'il s'y asseye, puis s'installa sur ses genoux.

— Et l'argent, au fait ? murmura-t-elle en lui déboutonnant sa chemise.

— Quel argent ?

Elle rit, ouvrit en grand sa chemise, puis passa les mains sur sa poitrine dans un geste possessif.

— Je peux toujours te compter des intérêts.

— Très bien. Comme tu voudras.

— Et des pénalités de retard, renchérit-elle, avant d'effleurer son épaule avec ses dents.

Elle se recula, retira sa veste, mais quand il tendit les mains vers les boutons de son chemisier, elle les repoussa.

— Non, laisse-moi faire. Toi, tu regardes juste.

— J'ai envie de te toucher.

— Je le sais et j'aime ça, répliqua-t-elle en ouvrant lentement son chemisier.

D'un mouvement d'épaules, elle le laissa tomber au sol, puis se leva sur ses genoux pour lui défaire son pantalon.

— Allonge-toi, le pressa-t-elle, en lui mordillant encore une fois les lèvres.

Elle laissa sa bouche errer sur son corps, qu'elle se représentait comme une fête, une fête intime et charmante. Quand sa langue glissa à hauteur de son ventre, elle sentit ses muscles qui frémissaient.

Il était déjà raide, tendu, mais il savait qu'elle tenait à rester maîtresse du jeu, aussi s'obligea-t-il à demeurer passif pendant qu'elle lui retirait lentement ses vêtements – s'interdisant de la saisir et de la prendre tout de go.

Quand elle commença à utiliser sa bouche, il retint une plainte, crispa les doigts sur le couvre-lit. Son esprit se vida, pour se remplir de la présence de Tia.

Peau douce, bouche chaude, mains impatientes, et ce parfum subtil et doux qu'il associait toujours à sa personne ; la combinaison du tout faisait naître en lui un urgent besoin d'elle.

Les râles de plaisir qui émanaient de la gorge de Tia tandis qu'elle le mordillait doucement échauffaient son sang, rendaient moite sa peau. Elle glissait au-dessus de lui, autour de lui.

Elle sentait le cœur de Malachi faire des bonds, en goûtait presque les coups frénétiques sur ses lèvres, tandis qu'elle lui frôlait la poitrine avec sa bouche. C'était merveilleux de voir tout son corps frémir alors qu'il continuait à se contrôler, à se retenir, pour la laisser le séduire.

C'était également une révélation pour elle de savoir qu'elle pouvait prendre ce qu'elle voulait, comme elle voulait. Aussi longtemps qu'elle voulait.

Elle entendait sa respiration se faire irrégulière, voyait ses muscles se tendre et frissonner de plus en plus violemment à mesure qu'elle le touchait, le taquinait, le tourmentait. Et, pendant tout ce temps, elle se sentait si fluide, si agile, si... puissante.

Lorsqu'il haleta son nom, elle s'éleva au-dessus de lui, puis se pencha pour lui donner un baiser profond dans lequel ils s'abîmèrent ensemble, jusqu'au vertige.

— Aucune femme n'a jamais eu envie de moi comme ça... Aucune femme ne m'a jamais donné envie d'elle comme ça...

Un son naquit dans sa gorge, presque un ronronnement, alors que son corps redescendait vers celui de Malachi, qu'elle le prenait en elle. Quand il posa les mains sur ses hanches, que ses doigts s'enfoncèrent dans sa peau, tout son être en frémit.

Elle se balança doucement en gémissant, dans un déferlement de chaleur et de désir, en savourant chacune des vagues de plaisir qui montaient en elle.

Leurs regards se rencontrèrent, elle sourit et, pendant ce sourire, vit les yeux de Malachi se troubler. Avec un long soupir de triomphe, elle laissa alors son esprit abdiquer, son corps la dominer, et fit basculer le corps de son amant pour se glisser doucement en dessous de lui.

Troisième partie

COUPER

Nous filons nos propres destins, en bien ou en mal, en un fil qui ne se défera jamais. Le moindre trait de vertu ou de vice laisse en nous son empreinte, toujours plus profonde qu'on ne s'y attendrait.

William JAMES

21

— C'est lui, affirma Cleo en regardant la photocopie. C'était l'un des types de Prague. Le plus petit des deux, ajouta-t-elle, en jetant un coup d'œil à Gideon pour en avoir confirmation. L'autre était plus grand, plus large, il nous a couru derrière pendant que celui-ci allait chercher leur voiture. C'est le plus grand qui m'a suivie, après ma rencontre avec Anita...

Elle prit une profonde inspiration pour soulager la pression dans sa poitrine, pendant qu'elle étudiait la terne photocopie en noir et blanc.

— ... c'est lui qui a dû filer Mikey, et c'est lui qui l'a tué.

Gideon posa la main sur son épaule et l'y laissa, présence légère et réconfortante.

— On a eu le temps de bien les voir à Prague, oui.

— Je vais demander à Bob de vérifier s'il avait des acolytes connus et répertoriés, pour voir si on peut trouver un tuyau sur le second gars, déclara Jack.

Il prit la photo, l'épingla sur un tableau qu'il avait installé dans la pièce. Ils se trouvaient dans la partie professionnelle de son immeuble.

— Il s'appelait Carl Dubrowsky, et il avait surtout à son actif des vols et des agressions. C'était un petit voyou, un homme de main, pas très bien doté question cervelle. On l'a retrouvé dans un entrepôt vide du New Jersey, avec quatre balles de calibre vingt-cinq dans la peau.

— Vous pensez que son complice l'a tué ? demanda Tia.

— Non, pas avec un calibre vingt-cinq. Un type qui trimballerait ce genre de pistolet se ferait virer sous les huées du congrès des petits truands.

— Anita...

Malachi s'approcha du tableau, où Jack avait aussi épinglé une photo d'Anita.

— Elle ne devait pas être très contente qu'il ait fait des vagues en tuant l'ami de Cleo sans rien en tirer de concret. Je ne m'en étais pas rendu compte jusqu'à maintenant, mais je la crois capable de meurtre, de sa propre main. C'est sûr qu'elle l'est, non ?

— Je le pense aussi, répondit Malachi.

Il était calme et déterminé, estima Jack en l'examinant ; oui, c'était quelqu'un avec qui on pouvait travailler.

— L'entrepôt venait juste d'être vendu, par Morningside. Mon ami qui est dans la police va rapidement avoir une conversation avec Anita. Quel genre de réaction est-ce qu'elle aura, d'après vous ?

— D'abord, ça va la mettre en rogne, répondit Malachi tout en plongeant les mains dans ses poches et en se balançant sur ses talons. Ensuite ça l'amusera, ça ajoutera une pointe de piment au jeu. Elle ne pensera jamais qu'elle peut être vulnérable.

— Ça cesse d'être un jeu à partir du moment où des gens meurent, remarqua Rebecca, et elle attendit que son frère la regarde pour continuer. Cleo a perdu un ami, et l'homme qui en est responsable est mort également. Qui, parmi nous, est prêt à aller aussi loin, prêt à tuer pour quelques kilos d'argent ?

— Il ne s'agit pas de ça, Becca, intervint Gideon, et il enleva sa main posée sur l'épaule de Cleo. Ça fait longtemps que ce n'est plus seulement la valeur de ces objets qui est en cause.

— Pour toi, rétorqua-t-elle. Pour Mal. Et pour vous, Cleo ?

— Je veux qu'elle paie, qu'elle perde. Je veux qu'elle souffre.

S'accroupissant face à la chaise de Cleo, Rebecca la regarda droit dans les yeux.

— Jusqu'où irez-vous pour ça ?

— C'était un homme gentil, incapable de faire le mal, un homme que j'aimais. Jusqu'où j'irai ? Jusqu'au bout.

Rebecca laissa échapper un soupir et se releva, pour se tourner vers Tia.

— Et vous ? Vous avez été entraînée malgré vous dans cette histoire, vous en avez eu toute votre vie chamboulée. Si nous continuons dans cette voie-là, il n'y aura plus moyen de faire marche arrière. Mais vous pouvez vous retirer maintenant, reprendre votre vie comme elle était avant que nous fassions irruption dedans.

Est-ce qu'elle le pouvait vraiment ? se demanda Tia. Est-ce qu'elle pouvait recommencer à vivre sur la pointe des pieds, effrayée par les regards des gens alentour ? S'enfermer de nouveau dans l'histoire des dieux et ne jamais avoir le courage d'agir, d'être ?

Oh non. Elle espérait que non.

— Je n'ai jamais rien fait de spécial dans ma vie, rien qui compte vraiment. Je ne me suis jamais défendue, pas réellement, pas quand ça devenait difficile de se défendre, et plus facile de rester planquée dans un coin. Parmi les gens qui me connaissent, personne ne s'attendrait à ce que je le fasse. Sauf ceux qui sont dans cette pièce... Anita Gaye a entre les mains quelque chose qui nous appartient, continua-t-elle avec un signe de la tête en direction de Malachi. Qui nous appartient à vous et à moi, et qu'elle ne mérite pas de posséder. *Les Trois Parques* forment un tout, et je...

Elle ne termina pas sa phrase, rougit un peu en s'apercevant que tout le monde la regardait.

— Non, lança Malachi, les yeux fixés sur elle. Ne t'arrête pas. Termine ce que tu avais à dire.

— Très bien.

Elle se maîtrisa, comme elle avait appris à le faire avant une conférence.

— Chacun ici a une certaine relation avec les *Parques* – et, à travers elles, avec chacun des autres. C'est comme dans une tapisserie. Les *Parques* ont filé, mesuré et coupé les fils d'Henry Wyley, de Felix Greenfield, des Cunningham, même des White-Smythe. Le dessin, le motif qu'elles tissent est déjà entamé.

— Vous êtes en train de nous dire que tout est décidé d'avance..., commença Jack, mais elle secoua la tête.

— Ce n'est pas aussi simple. Le destin n'est pas blanc ou noir, à droite ou à gauche. Les gens ne sont pas juste posés sur la terre et destinés à suivre une certaine route dans la vie, selon les caprices des dieux. Si c'était vrai, nous devrions dire qu'Hitler n'était qu'une victime de sa propre destinée, et par conséquent qu'il n'avait rien à se reprocher. Mais je crois que je m'écarte du sujet...

— Non, non, protesta Cleo, vous l'approfondissez, c'est génial !

— Je suppose que ce que j'essaie de dire, c'est que nous avons tous à prendre des décisions et à accomplir des actions qui, bonnes ou mauvaises, font la texture de nos vies. Chaque chose que nous faisons ou que nous ne faisons pas est importante, chacune compte à la fin de la journée. Mais la tapisserie, qui a débuté avec des gens venus avant nous, se poursuit.

— Alors, nous sommes les fils, remarqua Malachi.

— Oui. Nous avons déjà choisi le motif que nous espérons former individuellement ; nous avons encore à nous mettre d'accord, à décider de celui que nous voulons former ensemble. À mon avis, il y a une raison pour que nous soyons réunis ainsi, pour que nous ayons un motif à réaliser ensemble. Nous devons essayer d'aller jusqu'au bout, de trouver un moyen pour le terminer. Je pense que nous étions faits pour tenter d'atteindre cet objectif, même si ça peut paraître absurde.

— Ça ne me paraît pas absurde, répliqua Malachi en s'approchant d'elle, et il l'embrassa sur le front. Tu as parfaitement posé le fond du problème, commenta-t-il. Je ne connais personne capable de le faire comme tu l'as fait.

— Vous ne m'avez pas demandé comment je voyais la chose, intervint Jack, et Rebecca se tourna vers lui.

— Je me charge de répondre, Tia, dit-elle. Vous nous avez donné votre conception du but que nous poursuivons, je crois que vous avez largement rempli votre rôle. Quant à vous, Jack, vous êtes un homme résolu, oui ou non ? C'est même ce qui vous a permis d'en arriver là où vous en êtes...

— Belle déclaration. Maintenant que ce point est établi, nous pouvons passer à la façon dont nous avons l'intention d'atteindre ce but.

— Ça n'était pas censé être un compliment, en fait, observa Rebecca.

— C'est bien ainsi que je l'ai compris, rétorqua Jack. Bien, voici des photographies de chez Morningside et de la maison d'Anita. C'est la compagnie Burdett qui s'est chargée de la sécurité dans les deux immeubles.

— Pratique, non ?

Intéressé, Malachi s'approcha pour étudier les photos.

— Belle petite maison...

— Elle a épousé un riche imbécile assez vieux pour être son grand-père, elle a attendu qu'il débarrasse le plancher, et ensuite elle a touché le gros lot, expliqua

Jack en haussant les épaules. Paul Morningside était un type bien, mais dès qu'il s'agissait d'Anita, il était sourd, aveugle et muet. Et il faut lui reconnaître une chose, c'est qu'elle a joué son rôle à la perfection. Il ne faut pas la sous-estimer, c'est une femme intelligente. Son point faible, c'est l'avidité : quoi qu'elle possède, ça ne sera jamais assez.

— Elle en a un autre bien plus important...

En se rendant compte qu'elle avait interrompu Jack, Tia sursauta presque.

— Je suis désolée, je pensais tout haut.

Jack s'éloigna du tableau.

— Quel est son point faible principal, alors ?

— La vanité. Disons son ego, dans lequel sa vanité tient une grande part. Elle a l'impression d'être plus maligne, plus intelligente, plus résolue, plus tout que les autres. Elle a volé la première *Parque* à Malachi, alors qu'elle n'avait pas besoin de le faire : elle aurait pu la lui acheter, établir une fausse expertise pour le persuader que la pièce n'avait pas de valeur, ou autre chose dans le genre ; elle l'a volée parce que c'était plus amusant, et que ça flattait son ego. « Regarde un peu, je suis capable de prendre ça directement dans ta main, et tu ne peux rien faire contre. » Elle obtient ce qu'elle veut, elle gêne ou elle blesse les gens au passage, et ça y ajoute du piment pour elle.

— Brillante démonstration de psychologie, pour quelqu'un qui est plutôt spécialiste de la mythologie, commenta Jack.

— Quand on vous fait marcher toute votre vie, vous apprenez à reconnaître le pas des gens... L'avidité est son vice, mais son vrai talon d'Achille, c'est son ego. Taillez la flèche, visez l'ego, elle trébuchera.

— Est-ce qu'elle n'est pas géniale ?

Avec un grand sourire, Malachi prit la main de Tia et l'embrassa sans compter.

— Si on vole la *Parque* sous son nez, ça remettra sérieusement les pendules de son ego à l'heure, confirma Jack. Mais il y a un certain nombre d'étapes à franchir avant d'en arriver là. La première, c'est de déterminer si elle la garde ici – dit-il en tapant du doigt sur la photo de chez Morningside –, ou bien là, et il toucha celle montrant la façade de son hôtel particulier.

— Étant donné qu'on n'en est pas sûrs, en tout cas pour l'instant, on va devoir réfléchir au moyen de mener l'opération dans les deux endroits, constata Gideon, en allant observer le tableau de plus près. Aucun de nous n'a jamais fait l'expérience d'entrer quelque part par effraction.

— Tu oublies l'époque où on est entrés par effraction dans la cave du Hurlihy's Pub, et où on a mis ce tonnelet de Harp en perce, lui rappela Malachi.

— Ça fait plus de dix ans que j'essaie de l'oublier, depuis que je suis ressorti de là avec la tête grosse comme une citrouille.

— Et quand maman l'a découvert, intervint Rebecca, elle a cogné vos deux gros crânes stupides ensemble, puis elle vous a traîné par les oreilles jusque chez le prêtre pour vous confesser.

— Ensuite, on a passé tout l'été à trimer pour le Hurlihy's. On a dû payer cette fichue bière au moins dix fois son prix. Pas une très bonne base pour pratiquer le vol, j'en ai peur, conclut Malachi, avec un sourire à l'intention de Jack.

— Ce n'est pas grave, je vous apprendrai, déclara ce dernier.

Sans se soucier du regard acéré que lui lançait Rebecca, il s'assit et étendit ses jambes.

— Quand on gagne sa vie en posant des obstacles pour arrêter les voleurs, on doit comprendre ce qu'est l'esprit criminel, et même avoir un certain respect pour lui... Il faudra qu'on entre dans les *deux* endroits, ajouta-t-il, avec un signe de tête vers Gideon. Pour que sa chute soit totale, on devra faire les deux.

— La berner, confirma Malachi, la piéger, puis mettre une jolie petite cage autour d'elle.

Du bout du doigt, il traça un cadre autour de la photo d'Anita.

— J'aime cette idée...

— Ça paraît terriblement compliqué, non ? observa Tia.

— Mais qui a envie d'une tapisserie insipide ? riposta Jack. Il va falloir qu'on planifie chaque étape, et qu'on les relie entre elles. Pour commencer, il y a quatre coffres-forts dans l'hôtel particulier, le double chez Morningside. Ça va prendre du temps et demander du travail pour débrancher les systèmes de sécurité, entrer, ouvrir chacun des coffres – si nécessaire –, saisir la *Parque*, ressortir et remettre la sécurité. J'ai quelques idées sur la manière de se servir de Morningside pour rétrécir le champ de recherches. Mais quand on sera près du but, on aura besoin d'un peu de temps et d'espace devant nous. Si on réussissait à lui faire débarrasser le plancher pendant quelques jours, on réduirait les risques.

— Je, euh... je pense qu'elle pourrait se rendre à Athènes, dit Tia en s'éclaircissant la gorge, et ils se tournèrent tous vers elle. J'ai demandé à mon père s'il pourrait mentionner devant elle, en passant, la relation avec Athènes. Il n'est pas au courant de l'histoire, mais je pense qu'il le fera pour moi. Il a eu l'air assez intrigué que je lui demande ça.

Jack se rassit.

— Bien vu. Et quand je lui ferai mon rapport, je lui dirai qu'une Cleopatra Toliver a réservé un billet pour Athènes, histoire d'enfoncer le clou. Mais on a encore beaucoup à faire, dans l'intervalle. Il faut qu'on soit prêts à se jeter sur la *Parque* dès qu'elle sera dans la salle d'embarquement.

— Elle n'a pas poursuivi Cleo à Prague, lui rappela Rebecca. Pourquoi est-ce qu'elle irait à Athènes ? Elle risque d'envoyer plutôt un de ses casseurs à face de crabe.

— Ils ont échoué, rappela Malachi en s'asseyant sur le bras du fauteuil de Tia. Et si c'est bien elle qui a tué le type de l'entrepôt, ça veut dire que les prix ont monté considérablement. Elle n'enverra pas un sous-fifre cette fois-ci. Surtout pas si elle pense pouvoir faire main basse d'un seul coup sur les deux statuettes restantes.

— D'accord, c'est logique.

Rebecca examina le tableau, sourcils froncés.

— On a plutôt intérêt à ce qu'elle conserve la *Parque* chez elle, j'imagine. Il existe beaucoup trop de cachettes possibles dans un endroit comme Morningside, et je suppose que la sécurité doit y être plus dure...

— C'est vrai.

Ça faisait plaisir à Jack que leurs pensées se rencontrent ainsi.

— On aurait donc intérêt à ce qu'elle pense que Morningside n'est pas assez sûr, intervint Gideon. Si on fauchait quelque chose là-bas ?

— On pourrait envisager ça comme une répétition générale, approuva Jack.

Une discussion animée s'ensuivit, avec une pointe de dispute çà et là ; des diagrammes, des schémas et autres documents imprimés furent épinglés au fur et à mesure sur le tableau. Tia n'en perdit pas une miette. Ils projetaient de pénétrer par effraction dans un des hauts lieux culturels de New York, et cela pour une mauvaise cause.

C'était fascinant.

— Si on entre dans ce fichu endroit, pourquoi ne pas tout simplement chercher cette fichue statuette ?

demanda Rebecca, avec un peu d'irritation dans la voix.

— Nous n'irons pas aussi loin. Il faudrait beaucoup plus de temps et de préparation. Sans compter qu'on peut à la rigueur trouver l'un et l'autre, mais si on se contente d'un simple cambriolage, qu'on pique la statuette et qu'on s'en va, ça ne suffira pas. Il faut qu'Anita se ronge un peu les sangs.

— Il faut qu'elle en crève, oui ! gronda Cleo.

— Si on s'y prend bien, affirma Jack, la maison est facile à fouiller rapidement, pas Morningside. Pas avec des amateurs.

— Oh, alors, maintenant on est des amateurs...

— Écoute, Bec...

Gideon mit les mains sur les épaules de sa sœur et la secoua un peu.

— ... c'est ce qu'on est, non ?

— Parle pour toi !

— Je prendrais bien un peu de thé, intervint Tia, en se mettant sur ses pieds. Je peux utiliser votre cuisine ?

— Je vous en prie, lui dit Jack. Je ne serais pas contre un peu de café, pendant que vous y êtes.

— Il y a une autre cuisine mieux installée là-haut, suggéra Rebecca, après avoir saisi une expression de contrariété sur le visage de Tia. Pourquoi est-ce qu'on ne monterait pas y préparer quelque chose ?

— Cleo ? lança aussitôt Tia en direction de la jeune femme.

Au moment où celle-ci allait protester, elle vit Tia faire un signe de tête vers la porte.

— Bon, dit-elle, si on accepte d'être mises aux tâches domestiques...

Quand elles se retrouvèrent dans l'ascenseur qui les emmenait là-haut, Rebecca se tourna vers Tia.

— Vous aviez envie de prendre un peu de distance ?

— Pendant quelques minutes, oui. Tout ceci est très nouveau pour nous tous, ça m'est apparu soudain. Nous nous connaissons à peine.

— Je n'aime pas leur attitude supérieure.

— Vous voulez dire l'attitude supérieure de Jack, commenta Cleo, alors que Rebecca tapait le code, puis sortait de l'ascenseur pour gagner l'appartement.

— En particulier, oui. Il ne m'avait même pas dit qu'il avait ces locaux en bas.

— Si on parlait de nous, avant de parler d'eux ?

Cleo se laissa tomber dans un fauteuil, y prit ses aises, en lançant ses jambes par-dessus l'accoudoir.

— Il y a du vin ici ?

— Il y en a, oui, répondit Rebecca. On s'occupera plus tard de ce thé et de ce café. Buvons d'abord un verre et voyons ce qu'on pense les unes des autres, toutes les trois, avant d'aller plus loin dans cette affaire.

— On devrait vraiment redescendre, remarqua Tia en fronçant les sourcils, alors que Rebecca remplissait les trois verres une nouvelle fois.

— Ils n'ont pas besoin de nous pour le moment.

Rebecca mordit dans un bretzel, le contempla tout en réfléchissant.

— Laissons-les se pencher encore un peu sur leurs plans et leurs schémas. Je pourrai y jeter un coup d'œil plus tard. Ils sont pleins de détails techniques et faciles à améliorer.

— C'est vrai si vous êtes capable de reconnaître un schéma d'un autre, répliqua Tia en sirotant son verre. Je ne le suis pas.

— Vous n'en aurez pas besoin. Ce sera traduit en mots pour vous, et en mots que vous comprenez parfaitement bien. D'après Malachi, vous êtes quelqu'un de brillant.

— Oh, eh bien, il...

— À la vôtre, dit Cleo, en plongeant une chips ridée dans la mousse à tartiner. Ce type est dingue de vous, mais il n'est pas idiot. Vous êtes brillante, c'est la vérité. Je me suis jamais entendue avec des cerveaux avant ça. Votre genre de cerveau, je veux dire, le genre académique. À l'école, j'ai passé mon temps à me demander quelle était la prochaine catastrophe qui allait me tomber dessus, et à ne pas aimer les filles comme vous deux. (Elle sourit, tout en enfournant une seconde chips dans sa bouche.) C'est marrant de voir comment les choses se goupillent, pour finir.

— Si vous n'aviez rien dans le crâne, Gideon ne perdrait pas son temps avec vous, constata Rebecca. Si vous n'aviez à offrir qu'une belle poitrine et de longues jambes, il aurait remarqué l'emballage, mais ensuite il s'en serait vite désintéressé.

— Dans ce cas-là, merci, frangine.

— D'ailleurs, il vous a vue tout de suite déballée, si on peut dire... Au fait, tant qu'on y est, c'est comment ? Ça fait quel effet ?

Cleo se contenta de ramasser son verre de vin et de boire, sans répondre.

— Oh, soyez sympa... C'est assez naturel comme curiosité, non ? Tia, vous ne vous êtes jamais demandé ce que ça fait de se mettre à poil devant une salle remplie d'hommes ?

— Non, je n'y ai jamais pensé, je...

Elle ne termina pas sa phrase, devant le regard ironique de Rebecca.

— Peut-être, admit-elle. Mais je ne voulais pas vous offenser, Cleo.

— Il n'y a pas de mal. Elle est beaucoup plus gentille que vous, dit Cleo à Rebecca.

— Sûrement, oui. Mais je n'avais pas l'intention de vous offenser moi non plus. Vous ne croyez pas qu'à un certain moment de sa vie n'importe quelle femme fantasme sur l'idée d'être bien faite, jolie, et de torturer des hommes en se déshabillant devant eux ? En sachant qu'ils ont envie d'elle, mais qu'ils ne pourront pas l'avoir ? Ça doit procurer une impression de puissance...

— Ça peut, oui... ou d'avilissement, et le sentiment d'être exploité. Ça peut être amusant comme ça peut être humiliant. Ça dépend comment on le prend.

— Et vous, vous le preniez comment ? demanda Tia.

— Comme une rémunération.

Clco haussa les épaules, plongea encore une chips dans la mousse à tartiner.

— La pudeur n'est pas un problème pour moi. La plupart des hommes ne vous regardent pas, de toute façon ; ils ne voient que vos nichons et votre cul. Pour moi, ça payait le loyer, et ça me donnait l'occasion de faire de la chorégraphie et de danser. J'avais quelques numéros assez classe.

— J'aimerais bien en voir un, un de ces jours... Pas pour le côté strip-tease, précisa Tia en devenant écarlate quand Cleo se mit à rire, pour la danse.

— Vous voyez ? lança Cleo en prenant Rebecca à témoin. Elle est vraiment gentille... Vous savez à quoi je pense ? Ce truc que vous avez dit avant, qu'on était faits pour être tous réunis... Ça signifie quelque chose pour moi. Toutes les trois, on ne serait pas assises comme ça, sinon. C'est cool... Au fait, il y a une chose que je voulais vous demander, ajouta-t-elle en se tournant vers Rebecca. Vous baisez déjà avec Jack ou pas ?

— Cleo...

— Oh, allons, comme si vous ne vous posiez pas la question, dit-elle en réponse à la protestation de Tia.

— Pas encore, affirma Rebecca en levant son verre, mais j'y pense. Et maintenant qu'on a mentionné le sexe, j'aimerais continuer dans ce domaine, à propos d'Anita Gaye. Les garçons en bas, ils peuvent bien s'amuser avec leurs joujoux, étudier des cartes et rouler des mécaniques sur le côté technologique de la chose, ils ne comprennent pas le rôle qu'*elle* joue là-dedans. Il faut une femme pour comprendre ça, pour comprendre ce genre de dureté et d'acharnement féminins. Quoi qu'il en dise, un homme va toujours imaginer une femme comme un peu plus faible, un peu plus douce, un peu plus accommodante que lui. Mais ça n'est pas vrai, nous ne le sommes pas. *Elle* ne l'est pas.

— Elle est froide, renchérit calmement Tia. Froide de bout en bout, je pense. Ça la rend plus dangereuse, parce qu'elle ne se soucie de personne d'autre qu'elle, à aucun niveau. Elle n'hésitera jamais à nuire à quelqu'un pour obtenir ce qu'elle veut. Elle est sans doute persuadée qu'elle le mérite... Je redeviens analytique, s'excusa-t-elle. Toutes ces années en thérapie et voilà le résultat ; je me prends encore pour une psychologue.

— Je pense que vous avez une excellente vision des choses, approuva Rebecca. Et même si je n'ai pas encore rencontré Anita, j'en ai grâce à vous une image plus claire que celle que j'avais à travers Malachi. La description qu'il faisait d'elle devait être faussée par sa gêne et par sa colère. Une fois qu'elle comprendra que nous l'avons eue – parce que je suis sûre que nous l'aurons –, qu'est-ce que vous croyez qu'elle fera ?

— Elle essaiera de se venger sur au moins l'un d'entre nous. Sur votre famille, supposa Tia. Parce que tout a commencé avec Malachi.

— Cleo, vous êtes d'accord là-dessus ?

— Ouais, soupira-t-elle. Ouais, je suis d'accord.

— Moi aussi. Donc, nous devons nous assurer qu'elle ne pourra pas nous atteindre. Quoi qu'il arrive, nous devons la démasquer, et lui ôter son pouvoir.

— J'ai un peu travaillé là-dessus, annonça Tia en se levant, et elle gagna la cuisine pour mettre enfin le café en route. C'est de l'argent qu'elle tire son pouvoir, et si on pense à son mariage, on voit qu'il est vital pour elle. Ça pourrait être utile, je crois, de savoir combien elle a. Ensuite, nous aurions une idée de ce dont nous avons besoin pour la... Quel est le mot qui convient ? s'interrompit-elle, une mesure de café à la main... Pour la rouler. C'est bien ça ? demanda-t-elle à Cleo.

— Est-ce qu'elle n'est pas géniale ? Amateur, mon cul... Tia, ma chérie, si vous cherchez à vous reconvertir, vous avez une carrière toute tracée.

En bas, Gideon faisait tinter nerveusement ses pièces de monnaie dans sa poche.

— Elles en mettent un temps, pour préparer du café et du thé...

Jack jeta un coup d'œil à l'horloge de son ordinateur.

— Elles sont montées pour se retrouver un peu ensemble. Mais...

Il se tourna vers ses écrans, fit danser ses doigts sur un clavier et mit en route les caméras de l'appartement. Quand les femmes apparurent, Malachi ne put retenir un sifflement.

— Vous avez des caméras d'espionnage dans votre propre appartement ? Est-ce que le mot paranoïa veut dire quelque chose pour vous ?

— Je préfère y penser comme un souci des détails.

— Elles ont des chips, là-haut, remarqua Gideon. J'aurais dû me douter que Cleo flairerait des chips. Ça ressemble presque à une fête. Bon Dieu, elles font un joli tableau, non ?

— La blonde classieuse, la rousse flamboyante, la brune sexy, commenta Jack. Ça couvre toute la palette. Regardez-les bien, parce qu'il va falloir décider jusqu'à quel point on les impliquera dans l'histoire.

— Je ne crois pas que nous ayons beaucoup le choix, remarqua Gideon.

— Il y a toujours un choix, affirma Malachi, qui s'était penché pour voir l'écran de plus près.

— Vous voulez dire que nous pouvons leur cacher certaines choses, c'est ça ? questionna Jack.

— Leur cacher certaines parties du plan, répondit Malachi, les materner un peu, en quelque sorte, pour les protéger d'Anita...

— Elle est déjà responsable de deux morts. Elle n'a aucune raison de se gêner pour une troisième.

— Ça ne marchera pas, Jack, dit Malachi en regardant Tia verser du lait dans un petit pot. Elles comprendront, de toute façon. Rebecca comprendra, je peux vous le garantir.

— C'est sûr, confirma Gideon.

— En plus, j'ai menti à Tia au début, je ne veux pas recommencer. Elles méritent de connaître l'entière vérité. Il faudra juste qu'on trouve un moyen de les protéger quand même.

— Je pourrais les garder dans cet appartement pendant une semaine. Enfermées, isolées. Une semaine, c'est à peu près le temps qu'il nous faut si nous faisons vite et bien. Elles seront furieuses en sortant, mais elles seront saines et sauves.

— Vos sentiments pour ma sœur, c'est toujours sérieux ?

Jack releva les yeux de l'écran et de Rebecca, pour les tourner vers Malachi.

— Parfaitement sérieux, oui.

— Alors, écoutez mon conseil et oubliez ça : Rebecca vous arracherait la peau du visage, et quand tout serait fini... Gideon, qu'est-ce qu'elle ferait, d'après toi ?

— Elle partirait, elle vous effacerait de sa vie comme on efface des mots sur un tableau noir, affirma Gideon à Jack. En ce qui me concerne, je ne veux pas tenir Cleo à l'écart. Elle a perdu un ami, elle a le droit de participer à la vengeance.

— Si on commet une erreur, même une seule erreur, quelqu'un peut en pâtir, protesta Jack en tapant du doigt sur l'écran. Ça peut être l'une d'elles.

— Alors, on ne commettra pas d'erreur, rétorqua Malachi. Elles redescendent... J'éteindrais ces écrans si j'étais vous, à moins que vous ne vouliez votre café balancé sur votre braguette.

— Bien vu.

Jack s'exécuta, puis fit pivoter sa chaise.

— Donc, c'est comme cette histoire des Mousquetaires ?

— Tous pour un..., commença Malachi.

— ... un pour tous, termina Gideon.

Jack acquiesça de la tête, avant de désenclencher les verrous pour que les femmes puissent entrer. À cet instant, le téléphone sonna ; il jeta un coup d'œil à la lumière qui clignotait sur son central.

— C'est là-haut, la ligne du bureau.

Derrière lui, Tia faillit lâcher la cafetière en entendant la voix d'Anita résonner dans la pièce.

« Jack, c'est Anita Gaye... J'espérais avoir déjà de vos nouvelles, à l'heure qu'il est. (Le répondeur laissait transparaître son irritation.) C'est urgent... Cette fille Toliver me harcèle, et je veux que ça cesse. Je compte sur vous, Jack... (Il y eut une pause, puis le ton de sa voix changea, se fit plus doux, mal assuré.) Vous êtes le seul sur qui je peux compter. Je me sens très seule, très... vulnérable. Je vous en prie, appelez-moi le plus vite possible. Je me sentirais tellement mieux si je savais que vous pensez à moi. »

— Et l'oscar a été décerné à..., commenta Cleo en se laissant tomber dans un fauteuil. C'est vraiment des conneries... Oh, Jack, s'exclama-t-elle en prenant une voix haut perchée et en papillonnant des cils, je me sens très seule, très... vulnérable !

Elle s'étira, jeta un regard scrutateur à Jack.

— Vous vous l'êtes faite ou pas ?

— Cleo ! On ne peut pas…

— Chut, fit Rebecca, en balayant du geste la protestation de Tia. La réponse m'intéresse, moi aussi.

Dans un bel ensemble, Malachi et Gideon s'affairèrent autour de la cafetière ; Jack repensa à « Tous pour un » et rit un peu jaune.

— J'y ai songé, pendant environ cinq secondes. Mais, en même temps, j'avais en tête l'image d'une de ces machines à trancher les légumes, vous savez… (Il fit de rapides mouvements de coupe avec sa main.)… et d'elle en train de mettre mon sexe dedans. Pas vraiment excitant, ajouta-t-il, tandis que les deux autres hommes faisaient la grimace.

— Pourquoi est-ce que vous travaillez pour elle ?

— Primo, je ne travaille pas pour elle. Son mari a fait appel à ma société pour s'occuper des questions de sécurité, et je l'aimais bien. Secundo, un boulot est un boulot. Dans vos excursions en bateau, est-ce que vous n'emmenez que des gens qui vous plaisent ?

— Assez juste, estima Rebecca, et elle lui tendit le bol de chips en guise d'offrande de paix.

— Vous allez la rappeler ? s'enquit Tia.

— Je finirai par le faire, oui. Mais on va d'abord la laisser fumer et mijoter un moment. Je suppose que mon pote, Bob, lui rendra visite demain. Ça lui donnera un peu plus à fumer et mijoter. Elle n'aimera sûrement pas que la police la questionne. Puis, demain soir, on lui balancera le premier vrai coup de pied dans les dents, avec le cambriolage de Morningside.

— Demain ? répéta Tia en se laissant tomber dans un siège. Si vite ? Comment est-ce qu'on sera prêts ?

— On sera prêts, répondit Jack, parce qu'on va le rater – ou du moins donner l'impression de l'avoir raté. Vous ferez le premier pas demain matin.

— Moi ?

Tia en resta bouche bée, attendant qu'on lui explique en quoi sa mission consistait.

— Pourquoi Tia ? intervint Rebecca. De nous six, je suis la seule que ni Anita ni aucun de ses singes n'a jamais vue.

— Vous ne pouvez pas en être sûre, rétorqua Jack. Il est très probable qu'elle a vu des photos de vous. En plus, on a besoin de vous ici. Après moi, vous êtes la meilleure technicienne.

— Tia sait comment réfléchir vite, renchérit Malachi, et l'intéressée le regarda bouche bée.

— Moi ?

— Mieux, dit-il en lui prenant la main, elle ne sait même pas qu'elle le fait. Elle a une façon bien à elle de se rendre invisible, de voir tout ce qu'il y a autour et de s'en souvenir ensuite. Et puis, si on l'aperçoit et si on la reconnaît là-bas, personne n'y trouvera rien d'anormal. (Il lui serra la main.) C'est moi qui ai suggéré ton nom pour cette partie-là, lui expliqua-t-il. Je sais que tu peux le faire. Mais il faut que tu sois d'accord. Si tu ne veux pas te charger de ça, nous trouverons un autre moyen.

— Tu penses que je peux le faire ?

— Chérie, je sais que tu peux. Mais il faut que tu le saches toi aussi.

C'était la chose la plus étrange qui fût : pour la première fois de sa vie, elle était l'objet de la confiance totale de quelqu'un. Ce n'était pas du tout effrayant, c'était merveilleux.

— Oui. Oui, je peux le faire.

— Bien, intervint Jack en se levant. Prenons les étapes une par une.

Il était plus de minuit quand Jack et Rebecca retournèrent dans l'appartement. Il sentait qu'elle n'était pas entièrement satisfaite du plan, mais elle l'aurait déçu si elle l'avait été.

— Pourquoi est-ce vous et Cleo qui jouerez les monte-en-l'air ?

C'était pour elle un des points litigieux, et il fut content de déceler dans sa voix une légère trace de ce qui... oui, ressemblait à de la jalousie. À moins qu'il ne prît ses désirs pour la réalité.

— D'abord, pour que ça ait l'air d'une vraie tentative de cambriolage, j'ai besoin de plus de deux mains... Vous voulez un verre ?

— Non. Pourquoi les mains de Cleo et non celles de Mal, ou de Gideon ?

— Ils patrouilleront dans le coin, guettant les flics, les témoins ou autres. Vous êtes sûre de ne pas vouloir un brandy ? demanda-t-il en s'en servant un petit verre.

— Oui. Ça n'explique pas...

— Je n'ai pas encore fini.

Il se retourna, but, et regarda avec émotion ses yeux qui se mettaient à briller parce qu'il l'avait interrompue.

— Malgré les grands pas de faits vers l'égalité des sexes, une femme se baladant dans les rues de New York en pleine nuit risque plus d'être ennuyée qu'un type. Donc, vos frères s'occupent de surveiller la rue, vous vous occupez de la technique dans la camionnette avec Tia, et Cleo et moi faisons le boulot.

Ça paraissait trop sensé pour qu'on le discute, aussi choisit-elle un autre angle d'attaque.

— Le programme de la matinée inquiète Tia.

— La taille de ses chaussures inquiète Tia. C'est dans sa nature. Elle sera parfaite. Dans les moments critiques, elle est à la hauteur. En plus, elle se débrouillera pour réussir parce que Mal pense qu'elle va réussir, et qu'elle est amoureuse de lui.

— Vous pensez qu'elle l'est ? demanda-t-elle, et quelque chose s'adoucit en elle. Qu'elle est amoureuse de lui ?

— Oui. C'est une affaire qui marche.

Elle s'approcha de Jack, sans le quitter des yeux, lui prit le petit verre et en but une gorgée.

— Bien. On a une rude journée qui nous attend. Je vais me coucher.

— Bonne idée.

Il posa le brandy, lui prit les bras, l'appuya doucement contre le mur.

— Seule.

— D'accord.

Il garda les yeux plongés dans les siens tout en baissant la tête en direction de sa bouche ; son baiser passa d'un simple effleurement des lèvres vers une plus douce urgence.

Quand le regard de Rebecca commença à se voiler, qu'elle agrippa les mains à ses hanches, il se laissa emporter avec elle par une vague tumultueuse et brûlante ; il sentit des frissons parcourir leurs deux corps, il entendit le gémissement étouffé dans la gorge de sa compagne.

Et pourtant, il le savait, elle se contenait.

— Pourquoi ? demanda-t-il en la secouant un peu. Dites-moi pourquoi.

Le désir qu'elle avait de lui la faisait presque souffrir, mais elle répondit :

— Parce que ça compte. Ça compte beaucoup, Jack. Et que ça me fait peur, avança-t-elle en posant la joue contre la sienne.

Elle tourna un peu la tête, juste assez pour suivre avec ses lèvres le contour de sa joue, puis elle s'écarta, gagna le couloir et se dirigea vers sa chambre.

22

C'était une radieuse matinée de septembre, avec dans l'air les premières traces de fraîcheur automnale.

Du moins, c'est ce qu'avait affirmé Al Roker dans un de ses joyeux bulletins météo, en direct depuis l'extérieur du Rockefeller Center. Mais quand vous êtes pris dans l'impitoyable guerre que se livrent piétons et voitures, que vous avez déjà marché dans un chewing-gum et que vous êtes en route vers votre objectif derrière les lignes ennemies, la qualité de l'atmosphère n'est pas votre souci premier.

Tia se sentait coupable. Pire, elle était sûre d'avoir l'*air* coupable. À chaque instant, elle s'attendait que la foule qui envahissait le trottoir et la rue s'arrête et la montre du doigt.

Elle stoppa au carrefour et fixa des yeux le signal « Piétons attendez », histoire de rester concentrée. Elle avait un besoin urgent de son inhalateur, mais avait peur de fouiller dans son sac pour le chercher ; il y avait tant d'autres choses à l'intérieur. Tant d'autres choses illégales.

Pour le remplacer, elle compta ses propres respirations – inspirer-expirer, inspirer-expirer – tout en se laissant porter par le flot qui s'engageait déjà sur la chaussée, une seconde avant que le feu des piétons passe au vert.

— La prochaine rue, prononça-t-elle à voix haute pour se donner courage, puis elle rougit en se rappelant qu'on l'écoutait.

Tia Marsh portait sur elle un système d'écoute, songeait-elle avec incrédulité. Et tout ce qu'elle disait, ou qu'on lui disait, était enregistré sur un appareil, dans la camionnette qui se trouvait à cet instant garée dans un parking, deux rues au sud de chez Morningside.

Elle résista à l'envie de s'éclaircir la gorge ; si elle le faisait, Malachi l'entendrait et saurait qu'elle était nerveuse. Et s'il savait qu'elle l'était, elle le serait encore plus.

C'était comme dans un rêve. Non, plutôt comme dans un show à la télévision. Sa scène approchait, et pour une fois dans sa vie elle allait donner la réplique et se souvenir de son texte.

— Okay, dit-elle doucement, délibérément cette fois. Voilà, c'est parti.

Elle poussa la porte du magasin d'exposition de Morningside et y pénétra.

C'était plus solennel que chez Wyley, et cela manquait – si elle pouvait formuler la remarque elle-même – du charme tranquille qu'il y avait là-bas.

Elle était consciente que les caméras de sécurité la filmaient maintenant ; elle savait précisément où elles étaient situées, puisqu'elle en avait examiné le schéma avec Jack, plusieurs fois. Elle s'avança pour regarder, sans la voir, une vitrine de porcelaine Minton, jusqu'à ce qu'elle ait réussi à se maîtriser.

— Est-ce que je peux vous aider, madame ?

Il fallut un effort de volonté surhumain à Tia pour ne pas bondir hors de ses chaussures au son de cette question, ne pas aller ficher ses ongles dans le plafond orné de moulures de plâtre. En se remémorant qu'il n'y avait pas de marque « COUPABLE » clignotant sur son front, elle se tourna vers l'employée.

— Non, merci, je voudrais juste jeter un coup d'œil.

— Bien sûr. Mon nom est Janine. Je vous en prie, appelez-moi si vous avez besoin d'aide, ou si vous avez la moindre question à poser.

— Merci.

Janine, Tia le remarqua tandis que l'employée s'éloignait discrètement, était vêtue avec élégance, d'un tailleur noir qui la faisait paraître aussi mince qu'un serpent, et presque aussi exotique. Aussi vite que ce même serpent, elle avait jaugé Tia et l'avait rejetée comme sans intérêt.

Ça lui fit un peu mal, même en se rappelant que c'était le but recherché. Elle portait un tailleur brun terne et un chemisier crème (qu'elle avait l'intention de jeter l'un et l'autre sitôt rentrée chez elle), parce qu'ils l'aidaient à se fondre dans le décor et le mobilier.

Elle marcha lentement jusqu'à un secrétaire en bois de rose et vit du coin de l'œil que l'autre employé, un homme cette fois, ne s'intéressait pas plus à elle que Janine.

Il y en avait d'autres, bien sûr ; tout en flânant, elle passait mentalement en revue la disposition des lieux. Chaque salle d'exposition, à chaque étage, devait être occupée par au minimum deux employés au regard perçant, et il devait y avoir un vigile par étage. Ils étaient sûrement tous exercés, comme ceux de chez Wyley, à distinguer les clients des simples badauds, et à dépister la présence d'un voleur éventuel.

Elle se rappelait assez sa propre formation pour avoir su adapter au mieux sa garde-robe et ses manières à ce travail. Le tailleur cher et peu flatteur. Les bonnes chaussures confortables. Le sac brun tout simple, trop petit pour qu'il soit possible d'y dissimuler des objets volés. L'ensemble lui donnait une allure de femme aisée, mais sans style ni caractère particuliers.

Elle ne s'attardait pas devant les vitrines, flânant de l'une à l'autre avec l'air vague et distrait d'une oisive venue là pour tuer le temps. Employés et vigiles ne lui prêteraient qu'un minimum d'attention.

Deux femmes pénétrèrent dans la salle – une mère et sa fille, à en juger par leur allure. Janine bondit vers elles, et Tia lui donna un bon point pour la vitesse et la douceur avec laquelle elle cueillit ces deux clientes potentielles, avant même que l'employé mâle ait eu le temps de s'élancer vers elles.

Profitant de ce que l'attention des deux préposés était ainsi détournée, Tia tira de son sac le premier micro, et le fixa sous le rebord avant d'un secrétaire.

Elle s'attendait que des alarmes sonnent, que des hommes armés fassent irruption dans la pièce ; mais quand le sang cessa de battre dans ses oreilles, elles n'entendit que les deux femmes discuter tables de salle à manger avec Janine.

Elle poursuivit son chemin dans la pièce, s'arrêtant longuement pour examiner un presse-papiers en pâte de verre en forme de grenouille. Et pour placer un second micro, en dessous de la longue table George III sur laquelle il était exposé.

Le temps qu'elle ait ainsi fini le premier niveau, elle se sentait si forte et compétente qu'elle commença à fredonner. Elle brancha un nouveau micro sous la rampe, pendant qu'elle montait à l'étage. Chaque fois, elle repassait le schéma de Jack dans sa tête, et localisait les caméras avant de faire son travail.

Quand un employé s'approchait d'elle, elle lui adressait un petit sourire et déclinait son offre. En arrivant au troisième niveau, elle vit Janine montrer à ses clientes une table de salle à manger Duncan Phyfe, avec une capacité de vingt couverts. Aucune d'elles ne lui accorda la moindre attention.

Il lui restait un micro à placer, et elle se demanda à quel endroit il ferait le meilleur usage ; sous le buffet bas Louis XIV, décida-t-elle. Se détournant pour sortir du champ de la caméra, elle ouvrit son sac.

— Tia ? C'est Tia Marsh, n'est-ce pas ?

Un cri de frayeur au bord des lèvres, elle se retourna, aperçut Anita, et sa mâchoire s'affaissa de surprise.

— Je, euh... Oh ! Bonjour.

— On repère les lieux ?

Le sang qui cognait entre les oreilles de Tia se vida soudain pour s'écouler dans ses orteils.

— Pardon ? bredouilla-t-elle.

— Eh bien, vous êtes la fille d'un concurrent, non ?

Anita riait, mais ses yeux étaient aiguisés comme des poignards, tandis qu'elle glissait son bras autour de la taille de Tia.

— Je ne crois pas vous avoir jamais vue jusqu'ici chez Morningside.

Dans la camionnette, il fallut retenir Malachi de force pour l'empêcher de se précipiter vers la porte.

— Ne bougez pas, lui jeta sèchement Jack. Elle est intelligente, elle se débrouillera. Elle savait que ça risquait d'arriver.

— Je ne suis jamais venue, non, parvint à répondre Tia.

Elle sentit qu'un sourire maladroit essayait de poindre sur son visage ; sers-toi de ça, s'ordonna-t-elle, sers-toi de ta stupidité et de ta maladresse.

— Ça m'a paru bizarre, vous savez, l'idée de n'être jamais entrée ici. J'avais un rendez-vous à quelques rues d'ici, alors...

— Oh, où ça ?

— Avec ma thérapeute holistique.

Le mensonge la fit rougir, ce qui ne pouvait que donner du poids à sa déclaration.

— Pour beaucoup de gens, les médecines alternatives sont des bobards ; mais, franchement, j'ai eu de si bons résultats... Vous voulez que je vous donne son nom ? Je pense que j'ai une carte...

Elle s'apprêtait à rouvrir son sac, mais Anita l'arrêta d'un geste.

— Merci, ce n'est pas la peine. Je vous appellerai si un jour j'ai besoin de... bobards.

— En fait, eh bien... ce n'était qu'une excuse. Je suis venue parce que je pensais que je pourrais vous rencontrer. J'ai beaucoup aimé notre déjeuner de l'autre jour, et je... j'espérais que nous pourrions peut-être recommencer.

— Comme c'est charmant... Je vais vérifier mon agenda, et je vous rappellerai.

— J'aimerais vraiment, oui. Je suis libre la plupart du temps. En général, j'essaie de programmer mes rendez-vous médicaux le matin, comme ça je peux...

Elle ne termina pas sa phrase, s'éclaircit la gorge, prit deux inspirations malaisées.

— Oh ! ma chère... Vous avez un chat ?

— Un chat ? Non.

— Réaction. À quelque chose.

Elle se mit à respirer bruyamment jusqu'à ce que les clients et les employés tournent la tête dans sa direction, mal à l'aise.

— Allergies. Asthme.

Ses profondes inspirations et les grandes goulées d'air qu'elle prenait lui firent bientôt tourner la tête, aussi son faux pas parut-il naturel, et il fit son effet. Elle tira son inhalateur de son sac, l'utilisa bruyamment.

— Venez... venez avec moi, pour l'amour du ciel !

Anita l'entraîna à l'intérieur de l'ascenseur, enfonça le bouton du quatrième étage.

— Vous allez troubler les clients.

— Désolée, désolée...

Elle continuait d'aspirer dans son inhalateur, cependant que le frisson du succès secouait tout son organisme.

— Si je pouvais m'asseoir, juste une minute... Un verre d'eau...

— Oui, oui.

Elle tirait Tia à travers l'enfilade des bureaux.

— Apportez un verre d'eau au Dr Marsh ! cria-t-elle, puis elle la poussa presque sur un siège. Mettez votre tête entre vos genoux, ou je ne sais quoi dans le genre...

Tia obéit et sourit ; dans les manières d'Anita, il y avait toute l'impatience et l'irritation que les gens en bonne santé ressentent envers les malades.

— De l'eau..., réclama-t-elle d'une voix rauque, puis elle regarda les somptueuses chaussures d'Anita fouler le somptueux tapis. Apportez-moi ce sacré verre d'eau, tout de suite !

Les quelques secondes où Anita lui tourna le dos suffirent à Tia pour fixer solidement le dernier micro sous l'assise de son siège.

— Je suis désolée, tout à fait désolée, dit-elle, et elle fit mine de se calmer, laissa sa tête retomber mollement de côté. C'est un tel problème, tellement énervant... Vous êtes sûre que vous n'avez pas de chat ?

— Je le saurais, si j'avais un chat !

Anita attrapa le verre d'eau de la main de son assistante et le fourra dans celle de Tia.

— Bien sûr que vous le sauriez. C'est juste parce qu'en général ce sont les chats qui me causent ce genre de réaction rapide et violente, expliqua-t-elle en buvant lentement. Mais ça pourrait aussi être le pollen. De vos bouquets – qui sont magnifiques, soit dit en passant. Ma thérapeute holistique m'a mis au point un programme qui combine herbes, méditation, renforcement subliminal et purges hebdomadaires. Je suis très optimiste.

— Génial, lâcha Anita en jetant un coup d'œil significatif à sa montre. Vous vous sentez mieux ?

— Oui, beaucoup mieux. Oh, mais vous êtes occupée, et je vous ai pris tellement de temps... Mon père déteste qu'on le coupe dans sa journée de travail, et je suis sûre que vous êtes pareille. J'espère que vous appellerez bientôt pour notre déjeuner. Je... c'est moi qui invite, ajouta-t-elle, certaine d'avoir l'air pathétique. Merci pour votre aide aujourd'hui.

— Je vous contacterai. Je vous raccompagne à l'ascenseur.

— J'espère que je n'ai pas trop perturbé votre journée..., commença Tia, mais elle fut interrompue par l'assistante d'Anita qui s'approchait.

— Madame Gaye, l'inspecteur Robbins, de la police de New York, est ici. Il aimerait vous parler.

Tia réprima une terrible envie d'éclater de rire.

— Oh, euh... Eh bien, je vais vous laisser. Merci beaucoup pour l'eau, déclara-t-elle à l'assistante, puis elle se dépêcha de gagner l'ascenseur.

Elle se mordit l'intérieur de la joue à en avoir mal, continua de la mordre jusqu'à ce qu'elle ait traversé la salle d'exposition principale et soit ressortie dans la rue.

Les New-Yorkais étaient trop habitués aux cinglés de toutes sortes pour faire attention à une blonde aux vêtements ternes prise d'un fou rire hystérique, tandis qu'elle courait sur le trottoir.

— Tu as été sensationnelle, s'exclama Malachi, en la hissant littéralement à l'arrière de la camionnette, puis en la serrant dans ses bras à lui rompre les côtes. Sensationnelle, bon sang !

— C'est vrai, je l'ai été, répondit-elle, toujours en proie au fou rire. Même si j'ai presque mouillé ma culotte quand Anita m'a adressé la parole. Je me suis dit : Si j'arrive à entrer juste une minute dans son bureau, je pourrai y mettre le dernier micro. Mais je n'arrêtais pas d'avoir envie de rire. Par réaction nerveuse, je suppose. J'ai quand même... trouvé en moi la force de me taire.

— Tant mieux.

Malachi lui referma la bouche avec ses propres lèvres.

— Hé, les enfants, si vous vous calmiez un peu... Vous avez peut-être envie d'entendre ça ?

Jack retira les écouteurs de ses oreilles, mit le son.

« ... comprendre ce qu'un inspecteur de police peut me vouloir. Je peux vous offrir du café ?

— Non, merci, madame Gaye, et croyez bien que nous vous sommes très reconnaissants de nous donner de votre temps. Il s'agit d'un bien immobilier que vous possédiez, un entrepôt au bord de la route n° 19, au sud de Linden, dans le New Jersey.

— Inspecteur, mon mari possédait plusieurs biens, dont j'ai hérité... Oh, vous avez dit "possédiez"... J'ai vendu récemment quelque chose dans le New Jersey. Ce sont mes notaires et mes comptables qui s'occupent de la plupart de ces détails. Est-ce qu'il y a un problème avec la vente ? Je n'ai rien entendu dire à ce sujet, et je sais que l'affaire a été conclue au début de ce mois.

— Non, m'dame. Pas de problème, à ma connaissance. (Il y eut une pause, un léger bruissement.) Connaissez-vous cet homme ?

— Il ne m'évoque rien, non. Je vois beaucoup de gens, mais... non, je ne le reconnais pas. Je devrais ?

— Madame Gaye, on a retrouvé cet homme dans l'entrepôt en question. Il a été assassiné.

— Oh, mon Dieu ! (Un bruit de siège se fit entendre, alors qu'Anita s'asseyait.) Quand ?

— L'heure du décès est souvent difficile à déterminer. Nous pensons qu'il est mort à une date très proche de celle à laquelle vous avez vendu l'entrepôt.

— Je ne sais pas quoi dire. Cet entrepôt n'a pas été utilisé depuis... j'ignore combien de temps exactement. Six mois, peut-être huit. On aurait dû m'avertir. Il va falloir que je contacte les acheteurs. C'est affreux.

— Madame Gaye, vous aviez accès à ce bâtiment ?

— Oui, bien sûr. Mon représentant avait reçu toutes les clés et les codes de sécurité, qui ont dû être remis aux acheteurs. Vous aurez sûrement besoin de contacter mon agent immobilier. Je vais demander à mon assistante de vous donner ses coordonnées.

— Je vous en serai reconnaissant. Madame Gaye, est-ce que vous possédez un pistolet ?

— Oui, trois. Mon mari… Inspecteur…, reprit-elle, puis il y eut une nouvelle pause, plus longue,… est-ce que je suis considérée comme suspecte ?

— Ce ne sont que des questions de routine, madame Gaye. Je suppose que vos trois pistolets sont déclarés ?

— Oui, bien sûr. J'en ai deux à la maison – un dans mon bureau, un dans ma chambre. Et j'en garde un ici.

— Ça nous aiderait si vous nous les remettiez. Nous sommes obligés d'éliminer toutes les pistes possibles. Nous vous délivrerons un reçu.

— Je vais arranger ça, affirma-t-elle, et sa voix était maintenant froide, dure.

— Pourriez-vous nous dire où vous étiez les 8 et 9 septembre ?

— Inspecteur, je commence à avoir l'impression que je devrais contacter mon avocat.

— C'est votre droit, madame Gaye. Si vous tenez à l'exercer, je serai heureux de vous interroger, avec votre avocat, au poste de police. Mais j'avoue que je ne serais pas mécontent de boucler l'affaire tout de suite, et de vous laisser vous remettre à votre travail.

— Je ne vais pas me laisser traîner au poste de police pour être interrogée sur le meurtre d'un homme que je ne connais même pas ! »

Il y eut un froissement de feuilles de papier, pendant qu'elle feuilletait son agenda de bureau. Puis elle débita des heures et des rendez-vous, aussi bien d'affaires que personnels.

« Vous pouvez vérifier l'essentiel de tout ça avec mon assistante, ou si nécessaire avec mon personnel de maison.

— J'apprécie, m'dame, et je suis désolé de vous ennuyer. Je sais que c'est contrariant.

— Je ne suis pas habituée à ce que la police m'interroge.

— Non, m'dame. Mais dans un cas comme celui-là, il faut bien fureter un peu partout. C'est bizarre que ce type ait effectué tout ce chemin jusqu'au New Jersey pour se faire descendre, et dans ce bâtiment. Quoi qu'il en soit, merci de votre coopération, madame Gaye... Sacré endroit que vous avez ici. C'est la première fois que j'y viens. Sacré endroit !

— Mon assistante va vous montrer la sortie, inspecteur.

— Bien. Merci. »

On entendit des pas, le bruit d'une porte qui se referme, suivi d'un silence, pendant de longues secondes, et enfin :

« Connard ! (Ce n'était qu'un grommellement, mais plein de fureur, et qui fit sourire Jack.) Stupide crétin, idiot ! Le culot, le putain de culot qu'il a de venir m'interroger ici, comme un vulgaire criminel. Est-ce que j'ai un pistolet ? Est-ce que j'ai un pistolet ? »

Quelque chose de fragile se brisa, avec un sinistre tintement de verre.

« Est-ce que je n'ai pas balancé cette saleté d'arme du crime là où un gamin de dix ans pourrait la retrouver ? Et il vient m'interrompre ici en pleine journée de travail, m'insulter ! »

— Bingo ! s'exclama Jack, puis il se rassit.

— Elle l'a fait...

Tia frissonna, tout en prenant place sur l'un des deux sièges boulonnés dans le plancher de la camionnette. Pendant ce temps, le haut-parleur leur répercutait l'ordre que donnait d'un ton cassant Anita à son assistante d'appeler son avocat.

— Nous pensions qu'elle l'avait fait, nous le savions même d'une certaine façon, mais l'entendre le dire, juste comme ça, ennuyée parce qu'on l'a dérangée... C'est horrible.

Ils entendirent encore Anita injurier son assistante, quand celle-ci lui rapporta que l'avocat était en réunion.

— Notre Anita a une mauvaise journée, dit Jack en se retournant sur son siège. Et on va la lui rendre encore pire. Vous marchez toujours ? demanda-t-il à Tia.

— Oui.

Elle était pâle, mais la main qu'elle leva vers celle de Malachi était ferme.

— Plus que jamais.

Gideon ne quitta pas des yeux Cleo pendant qu'elle nouait ses cheveux sous une casquette noire de marine, ni quand elle recula et pivota vers le miroir pour se regarder.

— Qu'est-ce que tu en penses ? lui demanda-t-elle, avec une rapide pirouette. C'est le dernier cri de la mode cambrioleur.

— Tu as encore du temps devant toi.

— Ouais, mais je voulais vérifier le look.

Elle portait un jean noir, un pull noir, des tennis noires, et elle s'examina de nouveau avec attention dans le miroir.

— Ça me va plutôt bien, Gap. Qui l'aurait cru ?

— Tu n'es pas nerveuse…

— Pas particulièrement, non. En quoi ça pourrait être difficile de *ne pas* cambrioler un immeuble ?

Elle fit deux flexions sur les genoux, pour vérifier la souplesse du jean.

— C'est trop bête de ne pas avoir eu le temps de chercher une vraie tenue de monte-en-l'air, style le Chat.

Comme il ne répondait pas, elle se redressa.

— Qu'est-ce qui ne va pas, Petit futé ?

— Viens ici une minute.

Pour se montrer obligeante, elle s'approcha de lui, et fut surprise lorsqu'il l'attira dans ses bras et la serra fort.

— Super ! C'est à quel sujet ?

— Tu sais, il y a toujours une possibilité que quelque chose tourne mal.

— Il y a toujours une possibilité qu'un satellite tombe du ciel et m'atterrisse sur la tête. Ça n'est pas une raison pour que je reste cachée dans une cave.

— Quand je t'ai entraînée là-dedans, je ne te connaissais pas.

— Personne ne m'a entraînée nulle part. Tu piges ?

— Je ne tenais pas à toi, alors. Maintenant, si.

— C'est gentil, mais ne commence pas à me rendre toute molle, s'il te plaît.

— Cleo, tu n'es pas obligée de faire ça. Attends ! ajouta-t-il comme elle s'apprêtait à s'éloigner, laisse-moi finir. Cette soirée n'a pas l'air de grand-chose, jusqu'à ce que tu considères l'ensemble. Si tout marche bien, nous aurons gravi un échelon, un échelon très important. Et lorsque tu remettras cette casquette, ça sera pour cambrioler la maison d'Anita, pour lui prendre quelque chose qu'elle tuerait dans le but de le conserver.

— Quelque chose qui ne lui appartient pas.

— La question n'est pas là. Tu l'as entendue dans cet appareil : elle a tué quelqu'un, elle n'hésitera pas à en tuer un autre. Et elle sait qui tu es.

— Elle le sait de toute façon.

— Écoute-moi, insista-t-il, et ses doigts se resserrèrent sur les bras de Cleo. Jack pourra te sortir de là. Il saura comment faire, avec les gens, les papiers. Tu pourras disparaître, avec l'argent qu'il te donnera pour la statuette. Elle ne te retrouvera jamais.

— C'est vraiment comme ça que tu me vois ? Un rat qui quitte le navire avant même qu'il commence à couler ? Merci beaucoup ! s'exclama Cleo en le repoussant.

— Je ne veux pas qu'elle te touche. Je ne permettrai pas qu'elle te touche !

La violence maîtrisée qu'il y avait dans sa voix, la frustration qui bouillonnait par en dessous désamorcèrent la colère de Cleo.

— Pourquoi ?

— Je tiens à toi, bon sang ! Je ne te l'ai pas dit ?

— Pourquoi tu ne me le dis pas autrement, plus simplement ?

Il ouvrit la bouche, et articula avec peine :

— Tu me plais beaucoup.

Elle fit « Hmmm », claqua des doigts.

— Mauvaise réponse. Tu veux essayer une autre fois ? Tu peux encore gagner le voyage pour deux à Porto Rico, et le lot complet de valises Samsonite.

— Ce n'est pas facile pour moi. Je n'aime pas ce genre de situation.

Il enfonça ses mains dans ses poches, arpenta nerveusement le petit bureau de Tia.

— Je ne sais pas ce que je suis censé faire. Un homme n'a pas le temps de penser, dans de telles circonstances.

— Ouais, ouais, bla-bla-bla.

Elle retira la casquette, secoua ses cheveux.

— Je pense que je vais prendre un casse-croûte avant qu'on sorte.

Il la fit s'interrompre en lui saisissant les cheveux, puis il les enroula autour de sa main et s'en servit comme d'une corde pour la tirer en arrière.

— Bon sang, Cleo, je t'aime, et tu vas devoir en tenir compte...

— D'accord.

La lente vague de chaleur qui montait en elle se transforma en une déferlante, quand elle passa ses bras autour de lui.

— D'accord, répéta-t-elle en se blottissant contre lui. D'accord.

Voilà, pensa-t-elle. Enfin !

— « D'accord » ? C'est vraiment ça le mieux que tu trouves à répondre...

— Chhhut..., murmura-t-elle en le serrant plus fort. Déguste en silence. C'est du grand cru, du millésimé.

Il laissa échapper un soupir.

— Une fois sur deux, je ne comprends rien à ce que tu dis.

— Je vais te le faire plus simple : je t'aime moi aussi. T'as compris ça ? demanda-t-elle en se reculant, pour que leurs yeux se rencontrent.

— Oui.

Sa prise sur les cheveux de Cleo se relâcha, jusqu'à se transformer en une caresse.

— Ça, je comprends, oui.

Il s'approcha lentement de son visage, leurs lèvres s'unirent dans un long baiser sensuel et brûlant, puis il se dégagea pour dire :

— Il va quand même falloir qu'on en parle...

— Tu paries ? rétorqua-t-elle, et elle lui referma la bouche avec la sienne.

— Je vais dire aux autres qu'on doit trouver un autre moyen, insista-t-il.

Cette fois, elle se libéra de son emprise.

— Non, Gideon. Je fais ma part, comme Tia a fait la sienne ce matin. Comme nous faisons tous la nôtre. Je dois ça à Mikey. Et il y a plus encore, poursuivit-elle, avant qu'il ait eu le temps de l'interrompre. Je vais être très franche avec toi : je vaux que dalle.

— Qu'est-ce que ça veut dire ?

— Comme danseuse. Je vaux que dalle.

— Ce n'est pas vrai ! Je t'ai vue !

— Tu m'as vue faire un strip-tease, corrigea-t-elle. Un numéro de trois minutes qui consiste à se trémousser, se désaper et s'exhiber pour les gens. Sacrée affaire. (Elle tira ses cheveux en arrière, lâcha une courte expiration.) Je suis une bonne danseuse, oui, mais comme une gamine sur deux qui a pris des cours de danse. Je suis pas géniale et je le serai jamais. J'ai aimé l'idée d'appartenir à une compagnie, quand j'ai décroché un engagement. J'ai aimé l'idée d'appartenir à un groupe. J'avais jamais eu ça avec ma famille.

— Cleo...

— Rassure-toi, ça n'a rien d'une confession profondément philosophique sur mon enfance malheureuse. Je disais simplement que j'aime danser. J'ai aimé être avec d'autres danseurs, parce qu'on pouvait faire quelque chose ensemble. Quelque chose dans le genre de cette tapisserie dont Tia parlait l'autre fois, tu te souviens ?

— Oui, répondit-il, et il pensait à son monde à lui à Cobh, la famille et le travail, et le besoin qu'il avait de maintenir les deux réunis. Je sais.

— J'ai vécu pendant près de dix ans comme une bohémienne, et le seul vrai ami que j'avais c'était Mikey. Une des raisons à ça, sans doute, c'était que je me sentais jamais vraiment impliquée. Je m'ennuyais. Le même spectacle, les mêmes numéros, les mêmes visages, tous les soirs et deux fois le mercredi.

Il fit glisser son doigt le long de son sourcil, jusqu'au petit grain de beauté qui en ornait l'extrémité.

— Tu avais besoin de plus.

Elle haussa les épaules.

— Je sais pas. Mais ce que je sais, c'est que quand on est une bonne danseuse avec une mauvaise voix pour le chant, il vaut mieux avoir beaucoup d'énergie et d'ambition, si on a l'intention de gagner sa vie sur la scène. Moi, j'en avais pas. Alors, quand ce salaud m'a alléchée avec l'idée de ce théâtre à Prague, la possibilité de faire de la chorégraphie, j'ai sauté dessus. Et tu vois où j'ai atterri. J'ai eu beaucoup de temps pour réfléchir, lorsque je touchais le fond à Prague. J'arrêtais pas de penser à mon retour à New York, même si j'avais pas la moindre idée de ce que je ferais une fois que j'y serais. À présent, c'est différent...

Elle reprit la casquette de marine, la fit tournoyer sur son doigt avant d'ajouter :

— ... j'ai des amis. Tia surtout. J'ai une sorte de famille, et j'ai pas l'intention de m'en éloigner. Ce qui met un terme à la partie « Confessions authentiques » de notre programme, conclut-elle avec un soupir.

Il resta quelques instants silencieux, puis lui prit des mains la casquette et la lui mit sur le crâne.

— Ça te va bien, d'avoir ça sur la tête.

L'arrière de ses yeux la picotait, mais sa repartie resta fière.

Tu l'as dit dans le mauvais sens, Petit futé : ça *lui* va bien, de m'avoir moi en dessous.

Ils se relayèrent pour surveiller Morningside. Après sept heures du soir, quand la maison ferma pour la nuit, le travail devint ingrat et fastidieux : mais ils n'en continuèrent pas moins la surveillance, écoutant le moindre bruit et le moindre mouvement, jusqu'à ce que leur tâche soit finie.

À trois heures, Malachi avait entendu l'assistante d'Anita (ils l'avaient surnommée le Bouc émissaire) rappeler à sa patronne une réception à laquelle elle était invitée, ainsi que son dîner du soir.

Anita était partie dix minutes plus tard, après un coup de téléphone orageux avec son avocat, et n'était pas revenue.

À minuit, Rebecca s'occupait de l'appareil d'écoute, à l'arrière de la camionnette. Lorsque Jack y grimpa, elle ne put s'empêcher de l'accueillir par une grimace.

— Mon cerveau va me sortir par les oreilles si je dois continuer longtemps à faire ça.

— On arrête dans une heure.

Il se pencha, la tête proche de la sienne, pour étudier des listings, puis huma le côté de son cou.

— Le parfum, c'est pour quoi ?

— Pour vous rendre fou de désir et de frustration.

— Ça pourrait marcher.

Il tourna la tête, de sorte que ses lèvres effleurèrent d'abord les siennes au passage, puis il revint dessus pour prolonger le baiser.

— Ça pourrait vraiment marcher… Passez tout en revue pour moi, secteur par secteur.

Ça pourrait marcher dans les deux sens, songea-t-elle.

— Je l'ai déjà fait pour vous, cinq cents fois. Je sais ce que je fais, Jack.

— Vous n'avez jamais travaillé jusque-là avec ce matériel. C'est en forgeant qu'on devient forgeron, fille d'Irlande.

Elle grommela des injures, mais s'exécuta.

— J'aime la façon dont vous m'embrassez.

— Ça tombe bien, parce que j'ai prévu de passer les cinquante prochaines années à le faire.

— Quand j'accorde dix centimètres à un homme, ça ne l'autorise pas à courir le kilomètre... Secteur un : alarmes – les silencieuses et les sonores – prêtes, détecteurs de mouvements prêts, infrarouges prêts.

Elle saisit les codes, qu'elle connaissait maintenant par cœur, observa ce qui s'affichait sur les écrans.

— Portes intérieures et extérieures, sécurisées et en ligne.

Elle continua ainsi jusqu'au dernier des seize secteurs que comprenait le système de sécurité mis en place par Jack pour Morningside.

— Arrêtez les alarmes dans le secteur cinq.

— Les arrêter ?

— Entraînement, mon chou. Arrêtez le secteur cinq pendant dix secondes.

Elle soupira, haussa les épaules.

— Arrêt, secteur cinq.

Il regarda ses doigts pianoter sur le clavier, à la fois vite et souplement.

— Il y a un bip à l'intérieur du secteur. Est-ce que je devrais... ?

— C'est normal. Continuez.

— Secteur arrêté.

Elle fixa des yeux la pendule en comptant les secondes ; à dix, elle composa une autre séquence, et regarda le système se remettre en service.

— Alarme prête en secteur cinq.

— Je vous ai dit dix secondes.

— C'était dix.

— Non, il a fallu quatre secondes pour remettre le système en route, donc ça en fait quatorze.

— Alors, vous auriez dû dire…

— J'ai dit dix, donc j'avais besoin de dix. La réussite réside dans les détails, dit-il en lui caressant la tête.

Elle se renfrogna pendant qu'il ouvrait son sac, pour vérifier une dernière fois son équipement portable.

— Si tout le système était arrêté, combien de temps est-ce qu'il faudrait pour remettre la sécurité en ligne ?

— C'est une bonne question. Les alarmes standard, portes et fenêtres extérieures, sont instantanées. Les détecteurs de mouvements, les infrarouges, les alarmes intérieures se mettent en marche niveau par niveau. Quatre minutes douze secondes pour qu'ils soient en portée et rendement complets. C'est un système complexe, à plusieurs couches différentes.

— C'est trop long, vous savez. Il doit y avoir un moyen de réduire ce délai.

— Sans doute, oui.

— Je parie que je pourrais réduire d'une minute entière ces quatre minutes douze, si j'avais accès au système total, et le temps de jouer un peu avec.

— Vous cherchez du travail, fille d'Irlande ?

— C'était juste histoire de dire que le timing compte, répliqua-t-elle, en éloignant sa chaise de lui. Dans tous les domaines.

— Est-ce une façon de me dire que mon timing ne vous a pas convenu ?

— C'est une façon de vous dire que j'aime choisir moi-même le bon moment.

— Ça ne blessera pas mes sentiments si vous réduisez un peu le délai. Je vais chercher les autres.

23

— Une place de stationnement dans la bonne rue, dans l'Upper East Side !

Jack hocha la tête ; il conduisait la camionnette, avec Cleo comme passagère.

— On va considérer que c'est un bon présage.

Il gara la camionnette entre une berline dernier modèle et un vieux SUV. Cleo se pencha pour regarder à travers le pare-brise le réverbère qui les dominait.

— On dirait qu'on est sous les projecteurs, non ?

— Comme ça, vous pouvez voir à quoi vos impôts locaux sont employés.

— Disons plutôt les vôtres. Moi, je n'ai pas de salaire ces temps-ci.

Ses yeux s'agrandirent en le voyant tirer un pistolet de sous son siège.

— Holà, quel homme ! On avait parlé de cambriolage, pas de vol à main armée !

— Une fois qu'on a mis le doigt dans l'engrenage… Restez là, je reviens.

Il sortit, fit avec nonchalance quelques pas sur le trottoir, puis se tourna et dégomma l'ampoule du réverbère, dans un bruit sourd suivi d'un tintement de verre brisé.

— Plomb de carabine, précisa-t-il en se reglissant dans la camionnette, puis il envoya la main derrière lui et tapa trois fois sur la cloison qui séparait la cabine du reste du véhicule.

Quelques secondes plus tard, il y eut du mouvement dans cette partie de la camionnette, et bientôt la porte arrière s'ouvrit, puis se referma. Dans son rétroviseur latéral, Cleo regarda Gideon et Malachi prendre pied sur le trottoir ; Gideon se dirigea vers l'est, Malachi vers l'ouest.

— Voilà, ils sont partis, marmonna-t-elle.

Ils attendirent trois longues minutes, dans le silence et l'obscurité, avant que le talkie-walkie de Jack se mette à siffler.

— Pour une ville censée ne jamais s'endormir, remarqua Malachi, c'est drôlement calme par ici.

— Dégagé à l'est aussi, renchérit comme en écho Gideon.

— Restez sur ce canal.

Jack tapa deux fois sur la cloison, et tourna les yeux vers Cleo lorsqu'un coup fut donné de l'arrière en réponse.

— Prête ?

— Comme un plat de chez le chinois.

Ils sortirent chacun de son côté. Jack jeta son sac sur son épaule et, quand il arriva devant Cleo, lui passa le bras autour du cou.

— Juste un couple de voisins sortis faire une petite balade.

— Les flics ont tendance à effectuer pas mal de rondes dans des quartiers chic comme celui-ci, remarqua-t-elle. Combien d'années de taule vous pourriez récolter, pour ce que vous trimballez dans votre sacoche de jeune cadre ?

— C'est un sac, juste un sac... Trois à cinq ans, estima-t-il, si le juge est un dur. Avec sursis, j'ai des relations.

Il approcha de sa bouche son talkie-walkie, en le dissimulant dans sa main.

— On traverse Madison à la 88e.

— C'est bon, vous pouvez y aller, leur lança Malachi.

— Ici aussi, confirma Gideon.

— La base a pris bonne note, déclara Rebecca.

Jack saisit la main de Cleo tandis qu'ils passaient devant la porte de chez Morningside, tournaient le coin de l'immeuble, et se dirigeaient vers l'entrée de service.

Ainsi qu'ils l'avaient répété à l'avance, Cleo prit son talkie-walkie pendant que Jack ouvrait son sac.

— On est au point P, murmura-t-elle doucement. James Bond est en train de sortir ses joujoux.

— Je suis à, attends... la 89e, entre la 5e et Madison, répondit Malachi. On dirait qu'il y a une fête dans un appartement ici. Pas mal de gens en partent, et ils ont l'air passablement bourrés.

— Je reviens de Park Avenue, expliqua Gideon. J'ai vu quelques SDF dans les portes cochères, et une circulation assez importante pour cette heure de la nuit. Sinon, rien à signaler.

— Prête à monter ? demanda Jack.

Elle fit un signe affirmatif, pencha la tête en arrière pour examiner les quatre étages.

— Cette porte ici m'a l'air vraiment excellente. Je tenais juste à le faire remarquer...

— Il y a de fortes chances qu'elle ait la *Parque* dans le coffre de son bureau. Ça la rendra encore plus nerveuse si le cambriolage vise les étages supérieurs.

En pointant ce qui ressemblait, aux yeux de Cleo, à un fusil sous-marin, Jack tira là-haut un crochet à trois dents, suivi d'une bonne longueur de corde.

— Harnais, dit-il, puis il tira le second crochet pendant que Cleo enfilait son harnais.

Il le fixa à la première corde, verrouilla la sécurité, répéta ces étapes pour son propre harnais.

— À trois, on y va, lui dit-il. Vous ne m'avez pas raconté d'histoires au sujet de votre poids, n'est-ce pas ?

— Comptez seulement, mon vieux, ne vous occupez pas de ça. Un, deux…

— … trois, conclut Jack, et il pressa le mécanisme sur son harnais.

Ils montèrent, en douceur, un peu plus vite que Cleo ne l'avait prévu.

— Bon Dieu, ça file…

— Gardez les yeux braqués vers le toit.

— Si c'est pour me dire de ne pas regarder en bas, c'est juste ce qu'il ne fallait… Oh, merde, murmura-t-elle, après avoir, en effet, regardé en bas.

Les dents serrées, l'estomac retourné, elle chercha le rebord à tâtons, dérapant un peu à cause de ses paumes qui s'étaient mouillées de sueur ; enfin elle se hissa dessus, dans un mouvement qui manquait de grâce.

— Ça va ?

— Ouais, ouais. Ça m'a perturbée pendant une minute, c'est tout. Quatre étages, ça paraît beaucoup plus haut quand on est ici, sans plancher sous les pieds.

Se rappelant l'étape suivante, elle ressortit son talkie-walkie.

— À la base, nous sommes sur le toit…

— C'est noté, répondit Rebecca. Coupure des alarmes dans le secteur douze dans soixante secondes. Top ?

— Top, répondit Cleo, alors que Jack mettait en route le chronomètre sur sa montre et hochait la tête.

Ils remirent dans leurs sacs leurs talkies-walkies, reliés à des casques avec micros.

— Tout le monde a bien noté ? interrogea Jack ; il hocha de nouveau la tête en recevant des réponses affirmatives. Vous avez repris votre souffle ? demanda-t-il ensuite à Cleo.

— Ouais. Je suis solide.

Il donna un dernier petit coup de contrôle à sa corde, puis à celle de Cleo.

Elle s'écarta du rebord, prit une énorme inspiration et se laissa glisser dans le vide.

L'air ressortit de ses poumons d'un seul coup, mais elle parvint à stabiliser le sac, pour faciliter la tâche de Jack, alors qu'ils oscillaient dans les airs. Suivant ses directives, elle arcbouta ses pieds sur le mur de l'immeuble et décontracta ses genoux.

La montre de Jack bipa doucement, et la voix de Rebecca lui parvint dans le casque.

— Secteur coupé. Vous avez cinq minutes. Top.

Un taxi passa dans la rue en dessous, tourna le coin et prit la direction de Madison.

Jack fixa un brouilleur portatif sur la vitre de la fenêtre, composa un code et attendit pendant que les chiffres défilaient. Quand le cadran s'éclaira en vert, il le détacha et le tendit à Cleo.

— Système auxiliaire des fenêtres hors service, alarme silencieuse coupée.

Il fixa des ventouses sur la fenêtre, présenta sa main comme un chirurgien, et Cleo y déposa le diamant. Malgré la fraîcheur de l'air, un filet de transpiration coulait lentement le long de son dos.

— Quatre minutes trente, annonça Rebecca, tandis qu'il découpait avec soin le verre renforcé.

Le hurlement d'une sirène arracha à Cleo un cri de surprise qu'elle étouffa aussitôt.

— Vous tenez bon ?

— Comme Gibraltar.

— Prenez votre côté.

Elle saisit un manche de la ventouse dans sa main gantée, pendant que Jack faisait de même avec l'autre. À son signal, ils descendirent la vitre centimètre par centimètre à l'intérieur du bâtiment, jusqu'à ce qu'elle repose sur le sol.

— On entre, dit-il à mi-voix, et il se glissa à l'intérieur de la fenêtre.

— Trois minutes trente, le prévint Rebecca.

Il défit son harnais, contourna la vitre avec précaution, puis traversa rapidement la zone de bureaux. Cleo pénétra à l'intérieur après lui et courut dans la direction opposée.

Accroupi devant la porte du bureau d'Anita, Jack sortit de son sac un crochet à serrures. Ça lui prit presque autant de temps pour rater exprès sa tentative d'effraction qu'il en aurait mis pour la réussir.

En haut des marches, Cleo dut se décider rapidement entre un plat à biscuits de Baccarat et un vase Lalique. Sans regret, elle fit tomber le vase, recula pour se mettre à l'abri quand il se fracassa au sol.

— Deux minutes, Jack et Cleo, annonça la voix de Rebecca. Il faut repartir, maintenant.

— C'est noté.

Ils se retrouvèrent à la fenêtre, mais cette fois Jack donna délibérément un coup de talon sur la tranche du carreau démonté, pour le fêler. Puis il se rattacha à sa corde, se retourna, et se glissa de nouveau dans l'ouverture à reculons derrière Cleo.

— On descend, lui dit-il. Servez-vous de vos pieds, gardez les genoux libres. Tout le monde revient à la base, annonça-t-il dans son casque.

Pendant la descente, il lâcha un brouilleur qu'il avait en réserve, attaché à un passant de ceinture qui s'était déchiré.

— Hé, c'est un indice ! s'exclama Cleo d'une voix haletante quand ses pieds touchèrent le sol. On n'a qu'une minute devant nous...

— Partez devant.

— Non. Je repars en compagnie du type avec qui je suis venue.

Elle détacha sa corde, retira son harnais et le refourra dans le sac, pendant que Jack faisait de même ; puis ils levèrent les yeux vers les cordes qui se balançaient.

— Je suppose que ces machins sont hors de prix...

— Mais pas si difficiles à trouver.

De nouveau, il lui passa le bras autour des épaules ; ensuite, ils se mirent en marche, juste un peu plus vite qu'un couple faisant une promenade du soir.

— Ça va donner l'impression de cambrioleurs qui ont rencontré des problèmes avec la sécurité et qui ont dû s'interrompre en catastrophe.

— Cinq minutes, top, annonça Rebecca. Système relancé. Vous avez trente secondes pour être loin. Qu'est-ce que vous avez cassé ?

— Un vase, répondit Cleo. Et j'ai renversé quelques étagères pour faire bonne mesure.

— Un voleur pressé laisse tomber son butin, observa Jack. Ça me paraît bien.

— Une question : vous n'aviez pas besoin d'un acolyte ce soir. Pourquoi est-ce que vous m'avez emmenée ?

— Le but, c'était qu'on ait l'impression d'au moins deux personnes impliquées dans l'affaire. Et je n'aurais jamais pu aller aux deux extrémités du quatrième étage dans le temps que nous avions. Savoir qu'ils étaient deux va rendre Anita un peu plus nerveuse encore.

— Un seul cambrioleur l'aurait déjà rendue suffisamment nerveuse.

— Ouais. Mais il faudra être deux pour entrer dans la maison, ouvrir le coffre et ressortir sans problème. J'avais besoin de voir comment vous vous comportiez.

— C'était comme une audition, en quelque sorte.

— Exactement. Et vous avez le rôle.

— Attendez que j'en parle à mon agent.

Ils se trouvaient presque à deux rues de l'immeuble et marchaient décontractés, main dans la main, quand les alarmes se mirent en route.

Il était un peu plus de deux heures du matin lorsque Jack fit sauter le bouchon d'une bouteille de champagne.

— Je n'arrive pas à croire que l'ensemble de ce truc ait pris moins d'une heure, dit Tia en se laissant tomber dans un fauteuil. Je n'ai rien fait, et je suis épuisée.

— On était l'équipe technique, lui rappela Rebecca. C'est un rôle essentiel. Et on a été magnifiques.

— Il est un peu tôt pour se taper dans le dos et faire la fête, nota Malachi en levant son verre. Mais, bon sang... rien que l'idée qu'Anita soit réveillée par la police est une raison suffisante pour une petite tournée, même si on a encore beaucoup de boulot devant nous.

— Ne me déprimez pas, répliqua Cleo en avalant son premier verre de champagne, je suis encore en train de planer. Vous croyez qu'Anita va lever son cul de son lit pour aller là-bas ?

— Vous pouvez y compter, répondit Jack. Dès que les flics l'auront avertie, elle y filera en quatrième vitesse. La première chose qu'elle fera, ce sera de vérifier le coffre de son bureau. Du moins si c'est bien là qu'elle a planqué la *Parque*. Une fois qu'elle l'aura vue et qu'elle sera rassurée, elle fera son numéro aux flics, puis elle m'appellera. Elle va être sérieusement en rogne contre Burdett Sécurité.

— Mais vous arrangerez ça, affirma Malachi.

— Ouais, parce que le système a tenu. C'est ce qui compte avant tout. Ils sont entrés, mais ils n'ont pas eu le temps de faire le boulot, vu que le système auxiliaire a pris le relais, comme c'est dit dans la publicité. J'en profiterai pour lui donner mon rapport sur Cleo.

— Je suppose qu'il fait terriblement chaud à Athènes, à cette période de l'année, dit Tia. Vous pensez qu'elle va partir bientôt ?

— Tant qu'elle nous laisse deux jours pour tout régler, moi, n'importe quelle date me conviendra. (Il fit un clin d'œil à Cleo.) En tout cas, ma partenaire est parfaite, on dirait qu'elle a ça dans le sang.

— Je pense qu'on aurait pu tout faire ce soir, déclara Cleo en tendant son verre pour une seconde tournée. Aller dans son bureau, ouvrir le coffre, et repartir avec le trophée.

— Peut-être, reconnut Jack. Mais quel dommage, si on s'était donné tout ce mal et qu'il n'y ait rien eu là-bas !

— Ouais, ouais, c'est des détails. Mais il faut reconnaître que vous savez faire passer un bon moment à une fille.

— C'est ce qu'elles disent toutes, oui. Vous devriez aller dormir un peu, vous tous. Je reste devant le magnétophone. De toute façon, elle devrait m'appeler d'ici une heure.

— Je peux vous faire du café et des sandwichs, proposa Tia.

— Vous êtes une perle, vraiment.

Pour finir, deux heures plus tard montre en main, pendant que Jack terminait un sandwich au pain de seigle jambon-fromage, sa ligne personnelle sonna. Il sourit et laissa passer trois sonneries ; il avait déjà entendu Anita l'injurier depuis son bureau.

Tout comme il l'avait entendue ouvrir le coffre de ce même bureau, et pousser un long soupir de soulagement.

— Burdett au téléphone.

— Jack ! Bon Dieu, Jack ! Je suis chez Morningside, on a été cambriolés !

— Anita ? Quand ?

— Cette nuit ! La police est là... Il faut que vous veniez, que vous veniez tout de suite...

— Donnez-moi vingt minutes, répondit-il, puis il raccrocha et finit son café.

Le temps qu'il arrive, la police criminelle s'activait déjà sur les lieux ; il songea qu'il leur avait laissé suffisamment de grain à moudre pour les occuper. Il eut un problème avec un des policiers en uniforme qui bloquaient l'accès à l'immeuble, dut attendre qu'un visage connu passe à proximité et le fasse entrer.

En temps normal, ce délai l'aurait plutôt irrité, mais dans le cas présent, il pensa que cela ferait seulement mijoter Anita encore un peu plus. Elle se tenait dans son bureau, où elle déversait sa bile sur l'un des enquêteurs assez malchanceux pour avoir hérité de l'affaire.

— J'aimerais bien savoir comment vous vous y prenez, pour trouver ceux qui ont violé ma propriété !

— M'dame, nous faisons tout notre possible pour...

— Si vous faisiez vraiment tout votre possible, personne n'aurait escaladé cet immeuble ni n'aurait brisé une fenêtre pour pénétrer dedans ! Où était la police, quand les voleurs ont saccagé ce qui m'appartient et sont entrés ici, hein !

— Madame Gaye, la première équipe a réagi dans les deux minutes, une fois que l'alarme...

— Deux minutes, c'est beaucoup trop !

Elle montra les dents, et Jack eut l'impression qu'avec un rien d'énervement supplémentaire elle aurait été capable de les planter dans la gorge de son interlocuteur.

— J'attends de la police qu'elle protège ma propriété ! Vous avez une idée des taxes que je paie, dans ce quartier ? Je ne balance pas des milliers de dollars à la municipalité juste pour que les flics restent le cul vissé sur leur chaise à manger des doughnuts, pendant que les voleurs filent avec des antiquités inestimables !

— Madame Gaye, à l'heure qu'il est, nous ignorons toujours si on vous a volé quoi que ce soit. Si vous pouviez...

— En tout cas, si tel n'est pas le cas, ce ne sera pas grâce à la police de New York ! Alors, vous et vos lourdauds de collègues, vos empotés de collègues, vous vous répandez dans toute la maison, vous mettez la pagaille partout, et vous refusez de me dire où en est votre enquête ! Vous voulez que j'appelle le maire, que je connais personnellement, et que je lui demande de parler à votre supérieur ?

— M'dame, vous pouvez bien appeler Dieu lui-même, je serai toujours incapable de vous en dire davantage que ce que je sais. Ça fait à peine deux heures que cette enquête est commencée. Je la ferais avancer bien plus vite si vous me donniez des informations utiles, au lieu de me lancer des insultes et des menaces à la figure !

Jack constata qu'elle ne s'était pas maquillée et pomponnée avec autant de soin que d'habitude ; si l'on y ajoutait le feu que la colère lui faisait monter aux joues, il n'était guère surprenant qu'Anita n'apparaisse pas sous son meilleur jour.

— Je veux votre nom et votre numéro de matricule, et je veux que vous partiez de chez moi !

— Inspecteur Lewis Gilbert.

Lew tirait déjà une de ses cartes de son portefeuille ; Jack décida de lui offrir quelques instants de pause, en détournant sur lui-même l'attention d'Anita. Il se composa un visage inquiet et pénétra dans la pièce.

— Lew...

— Jack ! répondit Gilbert, en posant la carte sur le bureau d'Anita. J'avais entendu dire que la sécurité était installée par Burdett.

— Ouais, lâcha Jack, puis sa bouche se fit dure. Où est-ce qu'ils ont fait le trou ?

— Fenêtre du quatrième étage, à l'arrière, le coin le plus à l'est.

— Ils sont rentrés à l'intérieur ?

— Oui. Mais ils ont foiré quelque part : ils ont déclenché l'alarme, laissé des joujoux derrière eux.

— Ils ont pris quelque chose ?

Lew lança un regard mauvais à Anita.

— On ne sait pas.

— J'aimerais parler à M. Burdett en privé, déclara froidement Anita.

Conscient que ce geste revenait à l'étouffer avec sa propre bile, Jack leva un doigt pour lui faire signe d'attendre, et continua de parler à Lew.

— Si je pouvais jeter un coup d'œil au trou, j'aurais peut-être un ou deux tuyaux à te donner.

— J'apprécierais beaucoup, oui.

— Je n'ai pas l'intention de faire le pied de grue pendant que vous...

— Un moment, lança Jack, coupant court à la tirade d'Anita, puis il sortit avec Lew, la laissant tremblante de colère.

— C'est un cas, celle-là..., commença Lew.

— Tu peux le dire. Et encore, les conneries qu'elle te balançait sont très loin de ce à quoi je vais avoir droit.

Ils marchèrent vers le coin est, où l'étage de bureaux se terminait par une sorte d'alcôve. La fraîcheur de l'aurore passait à travers la fenêtre béante. Les gars de la Crim étaient en train de prendre des mesures, de répandre de la poudre sur le cadre de la fenêtre, puis de la ramasser pour essayer de recueillir des empreintes.

— Ils ont dû penser que la fenêtre du haut serait plus vulnérable, expliqua Jack. Cette vitre est renforcée et sous alarme. Il a fallu qu'ils mettent en échec le système principal pour arriver aussi loin, et il faut de sérieuses compétences techniques pour y parvenir. Comment est-ce qu'ils sont montés jusqu'ici ?

— Des cordes de rappel. Il semblerait que l'alarme se soit déclenchée et qu'ils soient partis en quatrième vitesse. Ils ont laissé les cordes derrière eux.

— Hum...

Jack fronça les sourcils, glissa ses pouces dans ses poches.

— Peut-être qu'ils n'avaient pas prévu le système auxiliaire.

Il détailla l'installation à Lew, pendant qu'ils descendaient ensemble jusqu'à la zone de service, où les principaux tableaux de sécurité étaient installés.

— Je devrais être en mesure de faire le point, voir combien de temps le système a été neutralisé, peut-être même comment il a été neutralisé, une fois que vos gars auront terminé leurs investigations. Mais rien qu'avec ce que j'ai déjà vu, je peux vous certifier une chose : ils ne l'ont pas fait d'ici.

— Qui connaît le système ? Je veux dire, ce système particulier...

— Mon équipe. Tu sais comment je passe tous mes gars au crible, Lew. Personne travaillant chez moi n'a pris part à ça. Si c'était le cas, et qu'ils aient été assez stupides pour ne pas débrancher le système auxiliaire, bon sang, ils mériteraient que je les vire !

Lew grommela, se gratta la mâchoire.

— Il me faut quand même des noms, tu sais comment ça se passe.

— Ouais, je sais, c'est dans le règlement. Il va falloir que je vérifie, pour voir qui a travaillé avec moi sur ce job. Le système de départ a été installé pour le vieux Paul Morningside, et je l'ai amélioré depuis. La veuve tient à avoir toujours le dernier cri, et pas seulement au niveau de ses chaussures.

Jack rouvrit la bouche pour ajouter quelque chose, puis secoua la tête et la referma.

— Vas-y, dit Lew.

— Je ne veux pas influencer l'orientation de ton enquête, mais…

Comme à contrecœur, Jack se passa une main dans les cheveux, jeta un coup d'œil vers l'escalier.

— … je veux juste signaler que la cliente connaît le système, ou en tout cas ses composants de base.

L'idée parut plaire beaucoup à Lew.

— Je parie qu'elle en serait capable, non ?

— Maintenant je vais monter, aller me faire casser les couilles, déclara Jack sans répondre à la question.

— Tu as de la famille proche que je pourrais prévenir ?

Jack lui adressa un sourire morne, puis reprit le chemin de là-haut.

Anita raccrochait violemment le téléphone quand il rentra dans son bureau. Il se demanda qui elle appelait à cinq heures du matin pour lui passer un savon, puis il aperçut le dossier d'assurance ouvert devant elle.

La dame ne perdait pas de temps.

— Ça y est, vous avez un moment à me consacrer ? susurra-t-elle d'une voix qui évoquait un mélange de sucre et de strychnine.

— Je ne vous aurais été d'aucune utilité, si je n'avais pas su ce qui est arrivé. Je ne pouvais pas imaginer comment les choses se sont passées avant d'avoir inspecté le système de sécurité et vu l'endroit de l'effraction.

— Je vais vous dire, moi, ce qui est arrivé. Vous avez été payé pour concevoir et installer un système de sécurité afin de protéger mon affaire des vandales et des voleurs. Vous touchez un abonnement mensuel pour maintenir, tester et contrôler ce système, avec une prime supplémentaire pour l'améliorer quand de nouvelles technologies apparaissent.

— Je vois que vous avez lu votre contrat, remarqua-t-il doucement.

— Vous pensez que vous avez affaire à une bécasse, une gamine, c'est ça ?

Sa voix devint pointue, tandis qu'elle faisait le tour du bureau.

— Vous pensez que, sous prétexte que j'ai des nichons, je n'ai pas de cervelle ?

— Je n'ai jamais sous-estimé votre cervelle, Anita. Ni fait de spéculations sur vos nichons. Pourquoi ne vous asseyez-vous pas ?

— Ne me dites pas de m'asseoir !

Elle lui enfonça un doigt dans la poitrine, et ses yeux s'agrandirent de stupeur quand il referma sa main sur son poignet.

— Attention, lança-t-il d'une voix qui restait mesurée. Un flic de cette ville doit peut-être tolérer les conneries d'une administrée, mais moi, je n'ai pas à tolérer celles d'une cliente. Ressaisissez-vous.

— Vous croyez pouvoir me parler de cette façon ?

À son expression et au ton de sa voix, il vit qu'elle aimait ça ; qui aurait imaginé une chose pareille ? pensa-t-il avec dégoût.

— Si vous me donnez une gifle, je vous la rends. Je ne suis pas sorti du lit à quatre heures du matin parce que vous avez claqué des doigts. Je suis ici parce que j'honore mes engagements et mon travail. Maintenant, asseyez-vous et calmez-vous.

Il put voir, ou presque, le moment où elle décida de changer de tactique, optant pour les larmes.

— C'est comme si on m'avait brutalisée, violée... Je me sens si exposée, si désarmée...

Mon cul, pensa-t-il, mais il joua le jeu.

— Je sais que vous êtes bouleversée et effrayée. Venez là, maintenant, ajouta-t-il en la conduisant vers un siège. Voulez-vous que j'aille vous chercher quelque chose ? Un peu d'eau ?

— Non, non.

Elle fit aussi « non » de la main, puis se tamponna délicatement la joue avec le côté de son doigt.

— C'est juste que c'est tellement difficile. Et la police... Je ne peux pas vous dire. Ils sont si froids, si durs... Vous imaginez ce que Morningside représente pour moi ! Ce cambriolage, Jack, c'est une sorte de viol, oui. Vous m'avez laissée tomber. Je dépendais de vous, pour protéger ce qui m'appartient.

— Et je l'ai fait.

— Comment pouvez-vous dire ça ? Le système a échoué !

— Non, au contraire : il a marché. S'il n'avait pas marché, vous seriez en train de faire une déclaration pour bien plus qu'une vitre. Le système auxiliaire s'est déclenché, exactement comme prévu.

— Je ne sais pas ce qu'ils ont pris, insista-t-elle. J'ai été trop bouleversée pour commencer à vérifier les stocks.

— Alors, on va s'en occuper. Je travaillerai avec la police aussi étroitement que possible. Burdett inspectera, testera, réparera et remplacera tout ou partie du système, si nécessaire. À nos frais. Je mettrai une équipe à moi ici dès que les flics auront quitté les lieux. Le système auxiliaire a dû prendre le relais cinq minutes après que le principal a été mis hors circuit. On ne peut pas voler beaucoup de choses dans ce laps de temps. C'est à cet étage que ça s'est passé pour l'essentiel, à mon avis ; c'est lui que je vais vérifier en priorité, et c'est surtout une zone de bureaux.

Il fit une pause, promena ostensiblement les yeux sur le bureau d'Anita.

— Vous avez quelques objets de valeur ici, et aussi dans les salles d'attente dehors. Et la porte de la pièce ? Elle était sécurisée ?

Elle prit une longue inspiration puis dit en soufflant, un peu haletante.

— Oui. Je l'ai fermée et j'ai enclenché l'alarme avant de partir. La police... ils pensent qu'on a tenté de crocheter la serrure.

Il fronça les sourcils, traversa la pièce et se baissa pour examiner ladite serrure.

— Ouais, ça ressemble à une tentative – pas très bonne. Je ne comprends pas pourquoi ils ont perdu du temps à fracturer un bureau, avec ce qu'il y avait dans les pièces d'exposition, ajouta-t-il en se redressant. Il y a quelques jolies pièces ici, mais rien qui vaille ni le temps ni la peine qu'ils ont pris.

Il ne la quittait pas des yeux et suivit le regard qu'elle jeta vers son sac posé sur son bureau.

— Je ne pense pas qu'ils aient cambriolé Morningside pour des fournitures de bureau, déclara-t-elle, puis elle se leva.

D'un mouvement naturel, en deux grandes enjambées, il fut devant son sac avant qu'elle ait eu le temps de réagir. Elle se figea sur place.

— Je vais examiner tout le système, puce par puce, lui promit-il en ramassant le lourd et élégant sac en peau de serpent. Je suis désolé que vous deviez subir ça, Anita, mais faites-moi confiance : Morningside est aussi sécurisé que possible. Maintenant, vous devriez vous arranger un peu.

Il lui tendit le sac, vit ses doigts se refermer avidement sur le cuir souple.

— Ensuite je vous reconduirai chez vous, pour que vous puissiez dormir un moment avant de devoir affronter tout cela.

— Je ne pourrai pas dormir..., commença-t-elle, puis elle se ravisa : Non, vous avez raison. Je devrais rentrer à la maison, me vider un peu l'esprit, reprit-elle en glissant fermement le sac et son précieux contenu sous son bras. Et je me sentirai plus en sécurité si c'est vous qui me raccompagnez.

Il comptait prendre deux heures de sommeil lui-même, et fut surpris de trouver Rebecca dans le salon quand il rentra.

— J'ai entendu l'ascenseur, dit-elle, j'étais inquiète. Vous étiez sorti ?

— Ouais, répondit-il en se débarrassant de sa veste. Elle a appelé, comme prévu. Ça s'est passé tellement comme je m'y attendais que j'aurais pu écrire le script. Elle a enfermé la *Parque* dans son coffre chez elle, à l'heure qu'il est.

— Vous en êtes sûr ?

— Autant que de la mort et des impôts.

Il la mit au courant en quelques mots, pendant qu'il gagnait la cuisine, sortait le jus d'orange et buvait directement au carton. Elle était trop fascinée pour le gronder.

— Vous l'avez eue si près de vous… Je ne sais pas si j'aurais pu m'empêcher de lui planter tout bonnement mon poing dans la figure et de partir avec.

— C'est une idée. Je n'ai jamais frappé une femme jusqu'ici, elle n'aurait pas été mal pour un début. Mais c'est presque aussi réconfortant de savoir combien nous l'avons perturbée, remarqua-t-il en remettant la boisson en place. Ou de penser à ce qui va arriver ensuite. On retournera là-bas dans un moment. Moi et ma meilleure technicienne, ajouta-t-il avec un clin d'œil, pour faire une vérification du système.

Elle ressortit le carton du réfrigérateur, le secoua pour lui montrer qu'il était vide, puis le jeta à la poubelle.

— Et quel est mon salaire horaire ?

— Ça dépend de vos performances. Comment pouviez-vous savoir qu'il était vide ?

— Le carton ? Parce que vous êtes un homme et que j'ai été élevée avec deux autres dans votre genre. Et une fois que j'aurai prouvé mon brio avec le système de sécurité ?

— Je ferai un rapport à Anita. Ensuite, je me rappellerai l'autre petite tâche qu'elle m'a demandé d'exécuter.

Il bâilla, se passa les mains sur la figure.

— Mais pour le moment, je vais prendre une douche et dormir un peu.

— Vous travaillez terriblement dur pour toute cette histoire, commenta Rebecca alors qu'il se dirigeait vers la salle de bains. Vous prenez beaucoup de risques aussi.

— Quand quelque chose est important, on travaille pour. Et les risques ne comptent pas.

Une fois seule, Rebecca laissa échapper un souffle qu'elle était à peine consciente d'avoir conservé dans sa poitrine. Tant de choses étaient importantes à la fois, songea-t-elle. Tant de choses que c'était presque trop. Et la peur de ce trop l'empêchait de progresser.

Mais c'était stupide. On n'a jamais trop à la fois. Et une femme qui continue à reculer devant l'amour perd le meilleur de son temps.

Sous la douche, Jack régla l'eau pour qu'elle soit presque brûlante, s'appuya des deux mains contre le carrelage et se pencha de manière que le jet cogne sur sa tête. L'adrénaline qui lui avait permis de tenir le coup vingt-quatre heures d'affilée était maintenant épuisée.

Son cerveau marchait au ralenti. Il ne pouvait pas affronter de nouveau Anita tant qu'il n'aurait pas eu un peu de temps pour recharger ses accus. D'autant plus qu'il emmenait Rebecca avec lui. Il ferma les yeux, laissa son esprit se vider.

Dormant debout ou presque, il n'entendit pas la porte de la salle de bains s'ouvrir et se refermer avec un rapide « clic », il n'entendit pas le léger froissement de la chemise de nuit tombant sur le sol. Mais, une seconde avant qu'elle ouvre le panneau de verre, une seconde avant qu'elle entre dans la chaleur et la vapeur avec lui, il la sentit.

Sa tête se releva d'un coup, son corps tressaillit, sur le qui-vive ; puis les bras de Rebecca se refermèrent sur lui, ses seins se pressèrent dans son dos.

— Vous aviez l'air si fatigué, déclara-t-elle en promenant la langue le long de sa colonne vertébrale. J'ai pensé que j'allais vous proposer de vous laver le dos.

— C'est parce que je suis fatigué que nous nous retrouvons nus ensemble sous la douche ? Qu'est-ce que vous disiez plus tôt à propos de timing ?

— J'ai trouvé le timing parfait.

Elle tourna autour de lui, d'une souple ondulation de tout son corps, lissa ses cheveux en arrière quand le jet les inonda ; puis ses yeux glissèrent le long du corps de Jack, et elle eut une moue amusée.

— Si j'en crois ce que je vois, vous n'êtes pas si fatigué que ça.

— Ça doit être le second souffle.

— Ne le laissons surtout pas perdre.

Elle se hissa sur la pointe des pieds, puis enfonça délicatement ses dents dans sa lèvre inférieure.

— Je veux vos mains partout sur moi, Jack. Et votre bouche. Et je veux la mienne partout sur vous. J'en ai eu envie dès la première minute.

Il serra le poing, saisit ses cheveux fumant de vapeur.

— Pourquoi est-ce qu'on a tant attendu ?

— Parce que j'ai eu envie de vous dès la première minute.

Elle posa les paumes sur sa poitrine, écarta les doigts.

— Vos frères m'avaient bien dit que vous étiez quelqu'un de pervers.

— Ils doivent savoir de quoi ils parlent. Vous voulez qu'on discute de ça maintenant, ou vous avez plutôt envie de moi ?

— Devine, dit-il, et, baissant la tête, il l'embrassa violemment sur la bouche.

Quand il la laissa reprendre son souffle, elle était hors d'haleine et elle riait.

— Si tu me donnais un autre petit indice, pour que je devine mieux ?

— Bien sûr.

Il plaqua son dos contre le mur carrelé, prit à nouveau sa bouche pendant que la vapeur tourbillonnait et que l'eau ruisselait sur eux, chaude, presque brutale.

Puis les choses se déroulèrent exactement comme elle l'avait attendu. Mains et bouches rapides, éperdues. La chair humide glissant sur la chair humide, tandis que chacun d'eux essayait d'aller toujours plus loin, de prendre toujours plus.

Un volcan de désir bouillonnait en lui, près d'exploser. La tête vide de toute pensée, elle s'enroula autour de lui ; agrippée à lui, elle vibra de tout son être, se laissa embraser.

— Oui, c'est ça que je veux, Jack...

Elle se courba en arrière, tandis que les dents de Jack descendaient le long de sa gorge en la mordillant jusqu'à sa poitrine. C'était au-delà de toute expression. La voir se tendre vers lui, s'abandonner à lui, sentir son corps frémir passionnément, c'était plus encore qu'il n'aurait jamais imaginé.

Et maintenant il pouvait la prendre, maintenant il pouvait se donner à elle. Quand il s'empara de sa bouche, elle répondit à son assaut avec la même urgence ; n'y tenant plus, il plongea ses doigts en elle, sentit ses hanches commencer à onduler au rythme de sa faim dévorante.

Elle jouit, avec une extrême rapidité et une violence qui les laissa tous les deux à bout de souffle. Les muscles de ses jambes, longs et minces, frémirent et se raidirent quand il la saisit sous les cuisses et l'enleva de terre. Contre le carrelage blanc et lisse, l'ivoire si pur de sa peau chatoyait de rose et brillait sous les gouttelettes. L'eau assombrissait ses cheveux, on aurait dit des coulées d'or en fusion glissant sur ses épaules.

Il trouva qu'elle ressemblait à une sirène sortant d'une mer blanche d'écume.

— Tu es belle…

Il avait à présent les mains sous ses hanches, et il la souleva encore davantage.

— Si belle… Je veux que tu sois à moi.

Elle poussa un soupir, long et profond.

— Je suis déjà à toi.

Il se glissa en elle, et, tout en force sauvage mais contenue, l'aima lentement. Ses coups longs et profonds l'électrisèrent, et lorsqu'elle fut proche de la jouissance, elle prononça son nom, lui offrit sa bouche. S'offrit tout entière.

Puis elle s'enroula autour de lui, posa délicatement la tête sur son épaule, et écouta le tonnerre de son propre cœur au moment où Jack jouit en elle.

24

Ils s'effondrèrent dans le lit, encore humides, encore hors d'haleine.

— Il faut que j'aille me sécher les cheveux, dans une seconde, dit-elle. On attrape un coup de froid si on se met au lit avec des cheveux mouillés.

Mais elle bâilla et se pelotonna contre lui. Pas seulement assouvie, pas seulement satisfaite, songea-t-elle, mais comblée.

— Tu as un corps magnifique, Jack. La prochaine fois, j'aimerais bien le sentir au-dessus de moi. Mais tu dois dormir un peu d'abord.

Il entortillait ses doigts dans ses cheveux mouillés.

— Pourquoi maintenant ?

Elle redressa la tête.

— Tu es fatigué. Et même un amant aussi fougueux a besoin de prendre du repos.

— Pourquoi maintenant ? répéta-t-il, pour qu'elle ne puisse pas faire semblant de ne pas avoir compris.

— D'accord.

Elle se leva, alla chercher une serviette dans la salle de bains, puis s'assit à côté de lui et commença à se sécher les cheveux.

— Sous la douche, tu ressemblais à une sirène. Maintenant encore.

— Toi, tu ne ressembles pas à un homme qui pense ou qui dit des choses aussi poétiques, aussi romantiques.

Elle tendit la main, passa le bout d'un doigt sur sa cicatrice, sur les lignes dures de son visage.

— Pourtant, tu le fais. Moi, je n'aurais jamais cru que j'avais une faiblesse pour la poésie ou le romantisme. Pourtant, j'en ai une. (Elle retira sa main, continua de se sécher les cheveux.) J'ai fait un rêve, reprit-elle. J'étais dans un bateau. Pas un grand paquebot comme le *Lusitania*, ni un de nos bateaux d'excursion. Mais un bateau blanc, brillant, tout simple. Il glissait sans un bruit sur l'eau bleue. C'était beau, paisible, chaud. Et dans ma tête, je savais que je pouvais piloter ce bateau partout où je voulais.

Elle secoua en arrière ses cheveux encore humides, utilisa la serviette pour sécher les gouttes d'eau sur la poitrine et les épaules de Jack.

— J'avais la liberté de le faire, et aussi la compétence. Il y avait des petits orages ici ou là, qui s'estompaient à l'horizon ; il y avait des tourbillons et des courants dans l'eau, mais ils ne m'inquiétaient pas. Si une promenade en bateau est trop calme, pensais-je dans mon rêve, on s'ennuie. Puis trois femmes apparaissaient à l'avant de mon bateau, et je me disais que ça, c'était intéressant.

Elle se remit debout, alla jusqu'à la commode de Jack, ouvrit le tiroir du haut et en sortit un tee-shirt blanc.

— Ça ne t'ennuie pas ?

— Sers-toi.

— Je sais où tu ranges tes affaires, déclara-t-elle en enfilant le tee-shirt. Parce que je n'ai pas respecté ton intimité, je l'avoue... Où est-ce que j'en étais ?

— Dans le bateau, avec les Parques.

— Ah oui, répondit-elle avec un sourire, contente qu'il ait compris. La première, qui tenait un fuseau, a parlé : « Je fabrique le fil, mais tu en fais ce que tu veux. » La deuxième tenait un mètre en argent pour prendre des mesures et elle a dit : « Je note la longueur, mais toi, tu décides du moment. » Et la troisième, avec ses ciseaux d'argent, m'a déclaré ceci : « Je coupe le fil, parce que rien ne peut durer toujours. Ne gaspille pas ce qui t'est donné. » (Elle se rassit, ramena ses jambes sous elle.) Puis, comme font les créatures dans les rêves, elles ont disparu, et elles m'ont laissée seule dans le joli bateau blanc. Alors j'ai pensé : Eh bien, Rebecca Sullivan, voilà ta vie qui s'étale autour de toi comme une mer bleue, avec ses orages et ses moments paisibles, ses courants et ses tourbillons. Et toi, où veux-tu qu'elle te mène, qu'est-ce que tu veux faire, pendant le temps qui t'est attribué ?... Tu sais quelle était la réponse ?

— Non, c'était quoi ?

Elle rit, se pencha en avant, lui déposa un baiser léger sur les lèvres.

— Jack. C'était ça la réponse, et je ne te cache pas que je n'en étais pas très heureuse, ajouta-t-elle en plaisantant. Tu sais quand j'ai fait ce rêve ?

— Quand ?

— La nuit où je t'ai rencontré.

Elle prit la main qu'il avait levée vers elle, en frotta les premières phalanges sur sa joue.

— Rien d'étonnant que ça m'ait fait passer quelques mauvais moments. Je suis une femme prudente, Jack. Je ne prends pas quelque chose uniquement parce que ça m'attire. Je suis sortie avec trois hommes dans ma vie. La première fois, c'était le sang chaud, et une envie dévorante de découvrir à quoi tout ça ressemblait. La deuxième fois, c'était un garçon pour qui j'avais beaucoup d'affection, et j'aurais voulu passer ma vie avec lui. Mais en fin de compte, il n'a été qu'un de ces tourbillons dans la mer. Tu es le troisième. Je ne me donne pas à la légère.

Il s'assit, saisit son visage dans ses mains.

— Rebecca...

— Ne me dis pas que tu m'aimes, l'interrompit-elle d'une voix un peu tremblante. Pas encore. Mon cœur t'a aimé si vite, ça m'a laissée hors d'haleine, je te le jure.

J'avais besoin que ma tête rattrape un peu son retard. Allonge-toi, s'il te plaît. Laisse-moi me blottir contre toi.

Il se rallongea et l'attira contre lui, lui fit poser la tête sur son épaule.

— Ça ne me dérangerait pas de voyager, lança-t-elle, et la main qu'il avait levée pour lui caresser les cheveux se figea imperceptiblement.

— Bien...

Elle sourit, heureuse d'avoir senti chez lui ce moment de tension. Certaines choses – certaines choses justes – pouvaient arriver facilement dans la vie ; elles ne devaient jamais arriver de façon anodine, sans susciter de réaction.

— J'en ai toujours eu envie. Et j'espère en apprendre beaucoup plus sur ton affaire. Je ne suis pas du genre à rester à la maison et à repasser tes chemises.

— Je fais repasser les miennes à l'extérieur, de toute façon.

— Alors, c'est parfait. Je ne peux pas quitter l'Irlande complètement. Ma mère... maman me manque.

Sa voix se troubla, et elle pressa son visage dans le cou de Jack.

— C'est quelque chose de très fort. Surtout maintenant que je suis amoureuse et que je ne peux pas lui en parler. Enfin, disons que je le ferai très bientôt. (Elle renifla, essuya une larme.) En tout cas, tu peux t'attendre à ce que je mette mon nez dans tes affaires.

— Je n'aurais pas voulu autre chose. Je te veux dans ma vie, Rebecca, et je veux être dans la tienne.

— Il faut que je te pose une question : pourquoi est-ce que ton mariage n'a pas marché ?

— Pour beaucoup de raisons.

— Ça n'est pas une réponse.

— La raison essentielle ? Nous cherchions des choses différentes.

Des directions différentes, pensa-t-il, des buts différents.

— Qu'est-ce que tu voulais qu'elle ne voulait pas ?

Il garda le silence si longtemps que les nerfs de Rebecca furent mis à rude épreuve.

— Des enfants.

Elle se sentit fondre, dans un mélange d'amour et de soulagement.

— Oh ? Et tu en as combien en vue ?

— Je ne sais pas. Au moins deux, en tout cas.

— Seulement deux ? gronda-t-elle. Radin… On peut faire mieux que ça. Quatre me conviendraient. (Elle tira le drap jusque sous son menton, remua, soupira.) Tu peux me dire que tu m'aimes, à présent.

— Je t'aime, Rebecca.

— Je t'aime, Jack. Dors un moment. J'ai déjà réglé le réveil sur neuf heures et demie.

Elle sombra dans le sommeil et dans les rêves, dans un bateau blanc glissant sur une mer bleue. Et cette fois, Jack était au gouvernail à côté d'elle.

Vingt minutes avant que le réveil de Jack ne sonne, Gideon préparait le premier pot de café de la journée. En fouillant dans les placards de Tia, il trouva les petits pains aux graines de pavot. Il commençait à apprécier le goût des Américains pour les petits pains. Pendant que les autres dormaient, il en fourra un dans la poche de sa veste, remplit un énorme mug de café noir et se dirigea vers la porte.

Il allait prendre son petit-déjeuner, et sa cigarette du matin, sur le toit.

Il ouvrit la porte de l'appartement, et se trouva nez à nez avec une superbe femme noire qui avait le doigt posé sur la sonnette, prête à appuyer.

Elle sursauta, il se figea ; puis, quand elle eut laissé échapper un petit rire nerveux, il se ressaisit.

— Ça nous a fait sursauter tous les deux, n'est-ce pas ? dit-il avec un large sourire. Est-ce que je peux faire quelque chose pour vous ?

— Je suis Carrie Wilson, une amie de Tia.

Elle s'était ressaisie elle aussi, et à présent l'examinait avec soin.

— Vous devez être Malachi…

— En fait, je suis Gideon. Tia nous a parlé de vous. Vous entrez ?

Le regard de la visiteuse s'étrécit.

— Gideon qui ?

— Sullivan.

Juste au moment où il se reculait pour la laisser passer, Malachi sortit de la chambre à coucher.

— Celui-ci doit être Malachi, ajouta Gideon sans se retourner. En fait, nous nous réveillons à peine. Nous nous sommes couchés très tard.

Toujours sur le pas de la porte, Carrie regardait les deux hommes avec des yeux ronds.

— Mon Dieu, elle vous a pris tous les deux ? Je ne sais pas si je dois en être impressionnée ou… Je m'en tiendrai à impressionnée.

— En fait, l'un des deux est le mien.

Cleo, qui portait juste un tee-shirt d'homme, sortit du bureau-chambre d'amis.

— Géniales, les chaussures, nota-t-elle après avoir jeté un coup d'œil à Carrie. Qui êtes-vous ?

— On reprend au début.

La mâchoire décidée, Carrie entra et referma la porte derrière elle.

— Qui êtes-*vous ?* Et où est Tia ?

— Elle dort encore.

Malachi lui lança un sourire tout aussi mâle que celui de Gideon – et, de l'avis de Carrie, tout aussi suspect.

— Je suis désolé, je n'ai pas saisi votre nom.

— Carrie Wilson. Et je veux voir Tia à la seconde…

Elle posa sa mallette à terre, remonta les manches de sa veste Donna Karen.

— ... ou je vais me mettre à botter les fesses de quelqu'un.

— Commencez par l'un des deux, suggéra Cleo. Je n'ai pas encore pris mon café.

— Pourquoi est-ce que vous n'en serviriez pas à tout le monde ? suggéra Malachi. Tia dort encore un peu. Nous avons veillé tard.

— Poussez-vous, dit Carrie en s'avançant, d'un air qui n'admettait pas de réplique. Tout de suite.

— À votre service.

Il s'écarta de son chemin, la regarda pénétrer à grands pas dans la chambre.

— Je pense qu'on va vraiment avoir besoin de ce café.

Les draps étaient tirés ; tout ce que Carrie pouvait voir dans la pénombre était une masse au milieu du lit. Son irritation se teinta de frayeur, tandis qu'elle pensait à toutes les choses que ce trio d'étrangers avait pu faire subir à sa crédule et vulnérable amie.

Elle avait remarqué un renflement, dans la poche de la veste de l'homme aux cheveux sombres. Un pistolet, sans doute. Ils droguaient Tia, en la menaçant d'un pistolet. Terrifiée par ce qu'elle venait de découvrir, elle arracha les draps.

Il y avait là Tia, entièrement nue, douillettement roulée en boule. Elle cligna les yeux d'un air ensommeillé, commença à s'étirer, puis laissa échapper un petit cri.

— Carrie !

— Qu'est-ce qui se passe ici ? Qui sont ces gens ? Est-ce que tu vas bien ?

— Quoi ? Quoi ?

Tia, qui se sentait rougir de la plante des pieds à la racine des cheveux, croisa pudiquement les bras sur ses seins.

— Quelle heure est-il ?

— Qu'est-ce que ça peut bien faire, l'heure qu'il est ? Tia, qu'est-ce qui ne va pas ?

— Tout va bien, sauf que... Mon Dieu, Carrie, je suis nue ! Donne-moi le drap...

— Fais voir tes bras.

— Mes quoi ?

— Je veux voir si tu as des marques d'aiguille.

— D'aiguille ? Carrie, je ne me drogue pas... (Elle lui tendit un bras, en gardant l'autre en travers de ses seins.) Je vais parfaitement bien. Je t'avais parlé de Malachi.

— Plus ou moins, oui. Mais tu n'avais pas mentionné les deux autres. Et quand ma meilleure amie, dont les cheveux se dresseraient sur la tête rien qu'à l'idée de traverser en dehors des clous, me demande de violer la loi, c'est qu'elle ne va pas parfaitement bien.

— Je suis nue... (C'était tout ce à quoi Tia pouvait penser.) Je ne peux pas te parler quand je suis nue. Il faut que je m'habille.

— Seigneur...

Avec impatience, Carrie marcha jusqu'à l'armoire, l'ouvrit d'un coup. Elle renifla, bruyamment, en apercevant les chemises d'homme pendues à côté des vêtements de Tia. Enfin elle sortit une robe, la jeta sur le lit.

— Mets ça, puis explique-moi.

— Je ne peux pas tout te dire.

— Pourquoi ?

— Parce que je t'aime.

Tia enfonça les bras dans la robe, en tira les pans autour d'elle ; aussitôt, elle se sentit mieux.

— Tia, si ces gens font pression sur toi d'une façon ou d'une autre...

— Mais non, je t'assure. Je fais quelque chose que je dois faire, que je veux faire. Pour eux, mais aussi pour moi. Carrie, j'ai acheté un pull rouge.

La réprimande que Carrie préparait tomba d'elle-même.

— Rouge ?

— En cachemire. On dirait que je ne suis pas allergique à la laine, finalement. J'ai laissé passer mes deux derniers rendez-vous avec le Dr Lowenstein, et j'ai annulé mon rendez-vous mensuel avec mon allergologue. Je ne me suis pas servie de mon inhalateur depuis plus d'une semaine. Bon, une fois, corrigea-t-elle, mais je faisais semblant, alors ça ne compte pas. Et je ne me suis jamais sentie aussi bien de toute ma vie.

Carrie s'assit sur le bord du lit.

— Un pull rouge ?

— Vraiment rouge. Je songe à trouver un Wonderbra pour aller en dessous. Et en plus, ça ne compte même pas, pour lui ! Il m'aime aussi quand je porte des sous-vêtements ternes ou bruns, couleur terre ! Est-ce que ce n'est pas merveilleux ?

— Ouais. Mais, Tia, ce que tu fais, tu le fais parce que tu es amoureuse de lui ?

— Non. J'ai commencé à le faire *avant* de tomber amoureuse de lui - du moins, complètement amoureuse. Ça a un rapport, Carrie, mais ce n'est pas pour ça. Je n'aurais pas dû te demander de rechercher cette information sur Anita Gaye. Je suis désolée de l'avoir fait. Oublie ça.

— J'ai déjà eu l'information. (Avec un soupir, Carrie se leva.) Habille-toi. Je vais aller prendre un peu de café, et décider si je te la communiquerai ou pas.

Elle marcha jusqu'à la porte, se retourna.

— Je t'aime moi aussi, Tia, dit-elle, puis elle referma la porte derrière elle.

Et observa le trio dans le salon.

La femme toute en jambes était étendue sur le divan et elle buvait du café, les pieds appuyés sur la cuisse du beau mec qui avait ouvert la porte à Carrie.

Le beau mec numéro deux, lui, s'appuyait au chambranle de la porte de la cuisine.

— Vous, dit-elle en montrant Gideon du doigt. C'est quoi, la bosse dans votre poche ?

— Une bosse...

Cleo eut un rire malicieux, puis donna un coup dans les côtes de Gideon avec ses orteils.

— Tu es content de me voir, Petit futé, c'est ça ?

— Ce n'est rien.

Un peu gêné, il plongea la main dans sa poche.

— Juste un petit pain.

— Le dernier aux graines de pavot ? demanda Cleo en se redressant et en le lui arrachant des mains. Tu comptais filer avec le dernier petit pain aux graines de pavot ? C'est moche ! lança-t-elle en se redressant. Rien que pour ça, je le mange. Nous ne sommes pas armés, ajouta-t-elle à l'intention de Carrie avant de partir vers la cuisine.

— Voulez-vous du café ? proposa Malachi.

— Du lait, pas de sucre.

— Cleo, s'il vous plaît… Du lait, pas de sucre pour Miss Wilson ici présente.

— Travailler, toujours travailler, lui répondit un murmure en provenance de la cuisine.

— Première question, commença Carrie. Tia m'affirme qu'elle ne peut pas me dire dans quoi elle est impliquée. C'est parce qu'elle vous protège ?

— Non, parce qu'elle *vous* protège. Vous n'avez pas besoin de poser la deuxième question, je vais y répondre. Elle compte énormément pour moi, et je ferai tout ce qu'il faudra pour l'empêcher de souffrir le moins du monde. C'est la femme la plus extraordinaire que j'aie jamais connue.

— Rien que pour ça, déclara Cleo dans son dos, vous aurez la moitié de mon petit pain… Vous êtes une amie de Tia, continua-t-elle en faisant un signe à Carrie, moi aussi. Vous depuis plus longtemps que moi, mais ça ne veut pas dire que je suis une moins bonne amie.

En réfléchissant, Carrie regarda Gideon.

— Et vous ?

— Moi ? Je l'aime, lâcha-t-il tout de go, puis il sourit devant les regards de Cleo et Malachi. Chaleureusement et fraternellement. Je peux avoir l'autre moitié du petit pain ?

— Non.

— On me maltraite toujours, maugréa-t-il en se redressant. Je vais monter pour fumer. Si Becca ou Jack appellent, prévenez-moi.

— Becca ? Jack ?

Carrie se tourna vers Malachi, pendant que Gideon sortait de l'appartement.

— Rebecca est notre sœur. Jack est un autre ami de Tia.

— On dirait qu'elle les a collectionnés, ces derniers temps.

— J'espère que mes oreilles n'ont pas trop eu à siffler..., dit Tia en sortant de la chambre.

Carrie releva les yeux, soupira de nouveau.

— Je t'avais bien dit que le rouge serait génial sur toi.

— Oui.

Avec un petit sourire, Tia passa la main sur son nouveau pull.

— C'est vrai, tu me l'as toujours dit.

Carrie s'approcha, prit les deux mains de Tia, la regarda droit dans les yeux.

— Tu ne m'aurais pas demandé de faire ça si ça n'avait pas été important, vraiment important, n'est-ce pas ?

— Non, je ne l'aurais pas fait.

— Quand tu pourras, tu m'expliqueras tout ?

— Tu seras la première à qui je l'expliquerai.

Elle hocha la tête, puis se tourna vers Malachi.

— Si n'importe quoi de ce qui arrive ici lui fait du mal, de n'importe quelle façon, je vous poursuis. Et je vous réduis en bouillie.

— Je tiendrai votre manteau, offrit Cleo, et elle mordit dans le petit pain. Désolée, Malachi, mais nous les filles devons nous serrer les coudes.

— Je sens quand même que je vais bien vous aimer, estima Carrie. Tous les trois. Et même je l'espère beaucoup, étant donné que j'ai violé plusieurs lois fédérales pour obtenir l'information que je vais vous donner.

— Pour ça, vous aurez un petit pain entier. Il nous reste cannelle, nature ou oignon.

Carrie adressa à Cleo son premier sourire.

— Je vais vivre dangereusement et prendre la cannelle.

Pendant que Carrie avalait son petit pain en expliquant les détails de la situation financière d'Anita et des Antiquités Morningside, ladite Anita prenait son petit-déjeuner au lit.

Maintenant qu'elle avait eu le temps de réfléchir et de prendre un peu de repos, elle n'était plus aussi bouleversée par la tentative de cambriolage ; elle la considérait juste comme un réveil téléphonique un peu trop matinal.

On ne pouvait faire confiance à rien ni à personne. Certes, la sécurité avait rempli son office ; mais, pour ce qu'elle en savait, ça pouvait fort bien être dû au hasard, ou à une simple erreur des voleurs. Elle allait faire réviser tout le système par Jack Burdett et sa société, centimètre par centimètre. Et quand ils l'auraient fait, elle convoquerait un autre expert, et lui ferait réévaluer tout l'ensemble.

Quand un médecin vous dit que vous avez un problème de santé, si vous êtes une femme intelligente, vous prenez un second avis. Et Morningside lui était tout aussi vital que sa propre santé. Sans lui, sa vie professionnelle et sociale s'étiolerait vite, ses revenus chuteraient sérieusement.

Mais Anita Gaye veillait jalousement sur Anita Gaye.

Elle se blottit contre les oreillers, sirota son café, et tourna le regard vers les portes de sa penderie. Derrière le panneau de côté, là où ses tailleurs pendaient dans un ordre méticuleux, rangés par couleurs coordonnées, il y avait un coffre-fort dont même son personnel de maison ignorait tout.

C'est là que la *Parque* était rangée à présent. Anita était contente, finalement, que le cambriolage l'ait incitée à l'apporter ici ; il y avait longtemps qu'elle avait cessé de penser à elle comme à un avantage pour Morningside, c'était plutôt un bien personnel.

Vu le prix qu'elle en obtiendrait, évidemment, elle les vendrait sans la moindre hésitation ni le moindre sentimentalisme ; mais quand elle les aurait toutes les trois, elle en profiterait un moment. C'était son petit secret. Elle envisageait de les garder quelque temps, peut-être de les prêter à un musée – brièvement – et de récolter la publicité que ça lui apporterait.

Anita Gaye, l'ancienne fille maigrichonne du Queens, aurait fait la plus grande trouvaille, réussi le coup le plus spectaculaire du siècle. Le genre de respect et de puissance qu'un coup pareil vous valait, on ne pouvait pas l'acheter, songea-t-elle. On ne pouvait pas non plus en hériter de son mari, riche, vieux, et opportunément défunt.

Oui, elle réussirait ce coup-là. Peu importait le temps que ça prendrait, et qui devrait payer pour ça.

Après s'être servi sa seconde tasse, avec sa cafetière préférée en porcelaine de Derby, elle attrapa son téléphone portable sur son plateau de petit-déjeuner et appela celui de Jack.

— Burdett, répondit-il bientôt.

Il buvait lui aussi du café, en embrassant le bout des doigts de Rebecca.

— Jack, c'est Anita.

Elle parvint à glisser des larmes dans sa voix.

— Je désire m'excuser pour ma conduite de ce matin… Je n'avais aucun droit de vous infliger ce que je vous ai infligé.

Jack fit un clin d'œil à Rebecca.

— Ne vous excusez pas, Anita. Vous avez subi un rude choc et vous étiez bouleversée, c'est normal.

— Quand même... Vous étiez là pour moi, comme votre système était là pour Morningside. Je m'en veux beaucoup pour cela.

— C'est oublié, affirma-t-il, pendant que Rebecca faisait mine de s'étrangler et de se bâillonner. Je repars chez Morningside tout de suite.

— Le temps de me reculotter, murmura Rebecca, et cela lui valut un léger coup sur la tête.

— Je vais vérifier le système personnellement. J'ai déjà appelé ma meilleure technicienne pour faire une analyse, nous serons là-bas tous les deux dans une heure. Les points faibles du système, tous ceux qui lui ont permis d'être violé – violé jusqu'à un certain point –, seront corrigés, vous en avez ma parole.

— Je sais que je peux compter sur vous. Je vous retrouverai sur place, si ça ne vous dérange pas. Je me sentirai mieux quand j'en saurai davantage sur ce qui s'est passé.

— Je vous tiendrai précisément au courant.

— Je vous en remercie beaucoup. Jack, au fait, vous avez eu le temps de travailler un peu sur l'autre affaire dont nous avons parlé ?

— Cleo Toliver, c'est ça ?

Il fit signe à Rebecca, pouce en l'air.

— En fait, j'ai eu quelques informations juste hier soir, et j'avais l'intention de rédiger un rapport pour vous aujourd'hui. Ça m'est sorti de l'esprit avec le problème de ce matin.

— Oh, je n'ai pas besoin de quelque chose d'aussi formel qu'un rapport écrit. Tout ce que vous pouvez me dire...

— Je vous mettrai au courant quand je vous verrai, qu'est-ce que vous en pensez ? Je suis content que vous paraissiez avoir récupéré, Anita. À tout à l'heure, chez Morningside.

Et il raccrocha avant qu'elle ait rien pu répondre.

— Elle ne ferait pas fondre un glaçon dans ses mains, commenta-t-il, et il attira Rebecca sur ses genoux. Combien tu paries qu'elle réfléchit en ce moment à comment escroquer son assurance en faisant la déclaration ?

— Je ne prends pas de paris perdus d'avance.

Elle l'effleura d'abord de ses lèvres, puis l'embrassa profondément.

— Il faut qu'on y aille, murmura-t-il.

— Mmm... Je crois qu'on a été pris dans un terrible embouteillage, dit-elle en glissant les mains sous sa chemise.

— C'est vrai, c'est la jungle dehors, confirma-t-il. Et cinq minutes de plus, qu'est-ce que c'est ?

Il y en eut quinze, mais il n'en sut rien, parce qu'il ne les compta pas.

Le temps qu'Anita arrive, il avait fait endosser à Rebecca une combinaison bleue et une casquette au nom de la société, et elle effectuait une vérification du système, en y ajoutant quelques subtilités de son cru. Il avait pris les mesures et commandé une nouvelle vitre pour la fenêtre fracturée et il était dehors, sur le trottoir, surveillant l'entrée des livraisons.

— Mon assistante m'a dit que je vous trouverais ici.

Elle était d'une délicate pâleur.

— Je pensais que le personnel serait nerveux, commença-t-elle, mais ils ont plutôt l'air excités.

— Beaucoup de gens réagissent ainsi, surtout quand ce n'est pas leur propre maison qui a été forcée... Comment tenez-vous le coup ?

— Je vais bien maintenant. Franchement. J'ai tellement de paperasse à faire pour régler le problème, ça m'occupera l'esprit. Pourquoi êtes-vous ici, dehors ?

— Je voulais jeter un coup d'œil. Il me paraît évident qu'ils ont étudié l'immeuble, le voisinage. Les conditions de circulation, les patrouilles de police, l'angle de vision depuis les immeubles résidentiels proches. Et qu'ils ont choisi la meilleure cible ; la fenêtre du haut. Ils ont calculé qu'elle devait être la plus vulnérable. La vitre sera remplacée à cinq heures, c'est garanti.

— Merci, Jack, déclara Anita en posant une main sur son bras. Morningside était toute la vie de Paul, ajouta-t-elle, la voix nouée par l'émotion, et il me l'a confié. Je ne supporterais pas l'idée de le décevoir.

Épargnez-moi ça, pensa Jack, mais il mit une main sur la sienne.

— Nous allons en prendre soin pour lui. Je vous le promets.

— Je me sens mieux sachant cela. Faisons le tour jusqu'à la façade de l'immeuble. J'en profiterai pour me remettre encore un peu mieux les idées en place.

— Bien. Je passerai en revue le système avec vous. Ma technicienne est dessus en ce moment. S'il y a une faille, nous y remédierons.

— Je sais. Paul vous considérait comme le meilleur, et moi aussi. J'ai confiance en vous, Jack. C'est pour cela que je vous ai demandé votre aide, concernant cette Toliver. Vous disiez que vous aviez découvert quelque chose ?

— Ç'a été difficile, mais je n'aime pas contrarier une cliente, ou une amie, affirma Jack, en pressant légèrement la main d'Anita dans la sienne.

Il lui communiqua des informations de base, qu'il savait être déjà en sa possession, l'écouta feindre la surprise quand il mentionna le nom des parents de Cleo.

— Mon Dieu, je connais Andrew Toliver, oui... De loin, juste des relations mondaines, mais... cette femme qui m'a menacée est sa fille ? Quel drôle de monde...

— Le mouton noir classique. Du genre provocatrice, précisa Jack, en songeant au sourire de Cleo quand il le lui raconterait. Des problèmes à l'école, des petits démêlés avec le tribunal des mineurs, sans gravité. A tenté de décrocher des engagements permanents comme danseuse, mais ça n'a pas très bien marché. Il semblerait qu'elle revienne juste à New York, après un séjour en Europe de l'Est. Je fouille encore de ce côté-là. Ce n'est pas une mince affaire d'avoir des informations venant de là-bas.

— J'apprécie les efforts que vous faites. Vous avez trouvé une adresse ?

— Sa seule adresse, auprès de l'administration, est celle de l'appartement qu'elle avait avant de partir pour l'Europe. Elle a déménagé il y a environ huit mois. Elle n'y vit plus ; en fait, elle n'est même pas à New York.

Anita s'arrêta net.

— Qu'est-ce que vous voulez dire, elle n'est pas à New York ? Elle doit y être, puisqu'elle m'a contactée. Je l'ai rencontrée ici !

— Elle y était alors, plus maintenant. Cleopatra Toliver, celle qui correspond à votre description, et au numéro de passeport que j'ai réussi à me procurer, est partie ce matin pour la Grèce. Pour Athènes.

— Athènes !

Anita pivota d'un trait vers lui, et ses doigts s'enfoncèrent dans le bras de Jack.

— Vous en êtes sûr ?

— J'ai la compagnie, le vol et le numéro de billet chez moi. Comme je pensais que vous voudriez être fixée, j'ai appelé pour avoir confirmation du vol après vous avoir parlé ce matin, et elle est dans les airs depuis environ une heure. Elle sera bientôt à plusieurs milliers de kilomètres d'ici, Anita, poursuivit-il en tendant la main vers la porte de Morningside. Vous n'avez plus à vous inquiéter à son sujet.

— Quoi ? s'exclama-t-elle en reculant d'un pas. Oh oui, je suppose que vous avez raison... À Athènes, répéta-t-elle. Elle est partie pour Athènes !

25

Les pieds appuyés sur le comptoir, Rebecca s'occupait du poste d'écoute, tout en feuilletant un des magazines informatiques de la pile qu'elle avait amassée. Elle s'arrêta au milieu d'un article, des picotements dans les oreilles, en entendant la voix d'Anita aboyer des ordres.

Avec un sourire, elle fit tourner son siège, saisit le téléphone.

— Ça y est, le rat mord dans le fromage, annonça-t-elle. Dis à Tia qu'elle est en route, et ensuite, que quelqu'un vienne me relever. Je suis à moitié morte d'ennui.

— On arrive, répondit Malachi avant de raccrocher la ligne sécurisée. C'est à toi, chérie, dit-il à Tia. Tu es prête ?

— Je ne pensais pas qu'elle partirait si vite...

Tia pressa une main sur son estomac, pour l'apaiser, et sentit la douce texture de son nouveau pull rouge.

— Je suis prête. Je vous retrouverai tous chez Jack.

— Je peux venir avec toi jusqu'au commissariat, si tu veux.

— Non, tout va bien. Et même si je suis un peu nerveuse, ça rendra la chose plus crédible.

Elle enfila une veste, puis, pour ajouter une touche supplémentaire, jeta sur ses épaules l'écharpe aux audacieux motifs qu'elle avait achetée lors d'une de ses nouvelles tournées de shopping.

— Je crois que je deviens assez bonne à tout ça.

— Ma chérie..., déclara Malachi en enroulant l'écharpe autour de ses doigts, puis en s'en servant pour attirer Tia vers lui et l'embrasser. Tu as vraiment ça dans le sang.

Elle s'accrocha à la confiance de Malachi et à son baiser tout au long du chemin jusqu'au bureau des inspecteurs du commissariat de la 66e Rue.

Là-bas, elle demanda l'inspecteur Robbins, puis resta à triturer l'anse de son sac à main, et parvint à arborer un timide sourire quand il vint à sa rencontre.

— Docteur Marsh ?

— Inspecteur Robbins, merci beaucoup de me recevoir. Je me sens si absurde de venir vous ennuyer ici...

— Oubliez ça.

Son visage restait neutre et poli tandis qu'il l'examinait.

— Je vous ai croisée ; vous sortiez du bureau d'Anita Gaye. Chez Morningside.

— Oui.

Elle tâcha de lui répondre par un regard légèrement embarrassé et confus.

— J'étais si troublée, quand j'ai entendu votre nom et l'ai reconnu... Je ne savais pas comment me présenter à vous devant Anita, sans que tout devienne aussitôt gênant et compliqué. Et je ne pensais pas que vous vous souviendriez de mon nom, depuis le jour où je vous ai appelé au sujet de Jack Burdett.

— Je m'en souviens. Vous et Mme Gaye êtes amies ?

— Oh non ! s'écria-t-elle, et elle rougit cette fois. Pas vraiment ce qu'on appelle des amies. Nous avons déjeuné ensemble une fois, et je l'ai réinvitée pour qu'on recommence, le jour qui lui conviendrait. Mais elle... En fait, tout cela est très compliqué.

— Vous voulez un café ?

— Eh bien, je...

— J'en prendrais bien un moi-même.

Il l'invita à passer devant et la mena jusque dans une petite pièce.

— De la crème, du sucre ?

— Vous avez du décaféiné ?

— Je suis désolé, nous n'avons que du vrai noir, par ici.

— Oh, eh bien... En fait, si je pouvais avoir juste un peu d'eau.

— Pas de problème.

Il remplit une tasse au robinet d'un petit évier, et Tia essaya de ne pas penser aux horreurs qu'il y avait dans l'eau de la ville.

— Et maintenant, qu'est-ce que je peux faire pour vous ?

— Ce n'est sans doute rien.

Elle leva sa tasse, sans pouvoir se résoudre à en boire une gorgée.

— J'ai l'impression d'être une idiote.

Elle jeta un coup d'œil à la petite pièce carrée, avec ses plans de travail encombrés, son tableau de liège couvert de notes de service, et son plafond taché d'auréoles.

— Expliquez-moi plutôt ce qui vous amène.

Il apporta jusqu'à la table le café qu'il s'était servi, s'assit en face de Tia.

— Bien. Disons que... j'ai pensé à vous, inspecteur, parce que je n'avais pas oublié ce que vous m'aviez déclaré, le jour où Mr Burdett est venu me voir. C'était vraiment un moment très étrange.

Il hocha la tête en signe d'encouragement.

— Jack a du talent pour créer des situations bizarres.

Elle se mordit la lèvre.

— Vous... vous m'avez déclaré que vous vous portiez garant de lui, n'est-ce pas ? Je veux dire, vous le connaissez, et vous pensez que c'est un homme honnête et responsable ?

— Absolument. Jack et moi, c'est une histoire qui remonte à loin. Il n'est pas toujours très orthodoxe, mais on peut lui faire totalement confiance.

— Bien. Ça, c'est bien. Je me sens beaucoup mieux, de savoir cela. C'est juste que ce jour-là, quand il m'a dit que mon téléphone était sur écoute...

— Il vous a dit ça ? demanda Robbins en se redressant sur sa chaise.

— Oui. Il ne vous en a pas parlé ? Apparemment, il a essayé de m'appeler parce qu'il avait une question à me poser, et pendant qu'il m'appelait il a détecté quelque chose sur la ligne. Je ne comprends pas comment tout cela fonctionne au juste. Et je dois vous l'avouer, inspecteur, même après que vous m'avez rassuré à son sujet, je ne l'ai toujours pas cru... Pourquoi est-ce que mon téléphone serait sur écoute, quand même ? ça paraît tout simplement stupide, vous ne croyez pas ?

— Est-ce que vous avez un motif quelconque de penser que quelqu'un voudrait écouter vos conversations téléphoniques ?

— Aucun, non. Je mène une vie très calme, la plupart de mes appels concernent ma famille, ou les recherches que je fais. Rien qui présente d'intérêt particulier, sauf pour un autre spécialiste de la mythologie. Mais ça m'a un peu déstabilisée. Pourtant, je l'avais presque oublié jusqu'à ce que... *Les Trois Parques*, cela vous dit quelque chose ?

— Je mentirais en vous répondant que oui.

— Ce sont des personnages de la mythologie grecque. Trois sœurs qui filent, mesurent et coupent le fil de la vie. Ce sont aussi des statuettes. Des statuettes d'argent petites et très précieuses, qui sont elles-mêmes une sorte de mythe, dans les milieux de l'art et des antiquités. Un de mes ancêtres en possédait une, qui a été perdue en même temps que lui et sa femme sur le *Lusitania*. Quant aux deux autres..., ajouta-t-elle en écartant les bras en signe d'ignorance. Elles sont déjà assez précieuses séparément, mais elles seraient inestimables si la série complète était réunie. M. Burdett m'a contactée parce qu'il est collectionneur, et qu'il avait appris la relation existant entre ma famille et elles. Mon père possède Wyley, la maison d'antiquités et de ventes aux enchères.

— D'accord. Donc, Jack espérait trouver grâce à vous une piste menant vers ces statuettes.

— Exactement. Je lui ai répondu que je n'étais pas spécialiste des objets d'art, et que je n'y connaissais pas grand-chose, mais notre conversation m'a donné l'idée d'un nouveau livre. J'ai commencé des recherches, lancé des appels téléphoniques, pour recueillir des informations et le reste. Puis, l'autre jour, je parlais à une personne – une personne que je connais surtout par ma famille – et j'ai été surprise qu'elle ait l'air impatiente de passer un moment avec moi. Et aussi flattée, je l'avoue.

Tia baissa les yeux vers son verre, le tourna et le retourna dans ses doigts.

— Je ne pensais pas qu'elle se mettrait en frais pour moi, je ne suis pas le genre qu'elle fréquente. C'est seulement en rentrant à la maison, après l'avoir vue, que je me suis rendu compte qu'elle n'avait pas seulement mentionné les *Parques*, mais...

Elle prit une longue inspiration, releva les yeux vers lui.

— Inspecteur Robbins, deux ou trois choses qu'elle avait dites avaient un rapport direct avec mes recherches, les coups de téléphone que j'avais passés et les conversations que j'avais eues. Je sais que c'est sans doute une simple coïncidence, mais ça me paraît quand même très bizarre. Plus bizarre encore lorsque je relie ensemble le fait qu'elle m'a invitée à déjeuner, qu'elle a orienté la conversation vers les statuettes, qu'elle détient des informations qu'elle ne devrait normalement pas connaître concernant mes recherches. Et j'ai appris qu'elle avait posé des questions à mes deux parents sur Clotho.

— Qui est Clotho ?

— Oh oui, pardon. C'est la première *Parque*. La statuette que mon ancêtre possédait était celle de Clotho. Je ne sais pas quoi en penser. Elle a même laissé entendre au cours de la conversation que la troisième, c'est-à-dire Atropos, serait à Athènes.

— En Grèce ?

— Oui. Or, il se trouve que je venais justement de pister cette rumeur moi-même, la veille de notre déjeuner ; j'en avais discuté avec un collègue au téléphone. Elle suivait peut-être tout simplement la même piste que moi, mais là encore, ça paraissait tellement étrange... Alors, quand je pense à ce que M. Burdett m'a dit au sujet de mon téléphone... je me sens très mal à l'aise.

— Pourquoi est-ce qu'on ne demanderait pas à quelqu'un de jeter un coup d'œil sur vos téléphones ?

— Vous pourriez faire ça ? Oh, je vous en remercie beaucoup, s'exclama Tia avec un regard plein de gratitude. Ça me tranquilliserait vraiment.

— Je vais m'en occuper. Dites-moi, docteur Marsh, la femme dont vous parlez... est-ce que ce ne serait pas Anita Gaye ?

Tia ouvrit la bouche et suffoqua, en espérant qu'elle n'en faisait pas trop.

— Comment est-ce que vous avez deviné ?

— Ce n'est qu'un des trucs qu'on nous apprend à l'école de police.

— Inspecteur Robbins, tout cela me paraît tellement bizarre... Je ne veux surtout causer aucun problème à Anita, si je ne fais que m'imaginer des choses. Et c'est sans doute le cas. Oui, sans doute, parce que je ne suis pas le genre de personne à qui ces histoires-là arrivent en principe. Vous ne lui répéterez rien de ce que je vous ai raconté, n'est-ce pas ? Je serais affreusement embarrassée si elle savait que j'ai parlé d'elle à la police. Et mes parents...

— Nous ne prononcerons pas votre nom. Comme vous le dites, il s'agit sûrement d'une coïncidence.

— Vous avez raison, acquiesça-t-elle, et elle sourit d'un air soulagé. C'est sûrement une simple coïncidence.

C'était un peu comme planter des graines en terre, songeait Tia. Non qu'elle eût jamais, au sens strict, planté des graines, mais ça y ressemblait beaucoup. On remuait la terre, on répandait dessus ce qu'on voulait faire pousser, puis, pour que ça prenne mieux, on y ajoutait un peu d'engrais. Dans le cas présent, un peu de sornettes.

Elle appréciait que son équipe lui fasse suffisamment confiance pour la charger d'une aussi grande part des plantations.

Si, comme ils l'espéraient, les graines poussaient vite, il y aurait beaucoup à faire dans un court laps de temps. Elle obliqua vers l'immeuble de Wyley, et elle avait l'impression d'avoir des ressorts sous les pieds, une pendule tictaquant dans la tête.

Avant qu'elle ait eu le temps de demander si son père était disponible, elle entendit la voix de sa mère ; elle grimaça et s'en voulut. La culpabilité lui fit traverser la salle d'exposition, vers l'endroit où Alma était en train d'incendier une employée.

— Mère ! Je ne m'attendais pas à te trouver ici, dit-elle en déposant un baiser léger sur sa joue. Oh, quel magnifique vase ! poursuivit-elle à la vue du délicat motif, représentant une pensée, sur l'urne que l'employée semblait protéger jalousement. Grueby ?

— Oui, répondit celle-ci, en lançant un regard inquiet à Alma. De 1905 environ. C'est une pièce tout à fait précieuse.

— Je veux qu'on la mette dans une boîte, qu'on en fasse un paquet cadeau et qu'un coursier la dépose chez moi !

— Madame Marsh..., commença l'employée.

— Et je ne veux plus rien entendre à ce sujet ! protesta Alma, avec un geste de la main. Magda, la fille d'Ellen Foster, se marie le mois prochain, expliqua-t-elle à Tia. J'ai demandé plusieurs fois à ton père de rapporter à la maison un cadeau convenable, mais tu crois qu'il a pris la peine de le faire ? Non. Alors, je suis bien obligée de venir jusqu'ici pour m'en occuper moi-même. Il est ici tous les jours, il aurait bien pu me rendre au moins ce petit service...

— Je suis sûre qu'il...

— Et maintenant, la coupa Alma, cette jeune femme refuse de faire ce qu'on lui dit !

— M. Marsh nous a donné des informations très précises, plaida l'employée. Nous ne pouvons pas vous laisser prendre d'objet valant plus de mille dollars. Le prix de cette pièce est fixé à six mille, madame Marsh.

— Je n'ai jamais entendu une telle absurdité ! J'en ai des palpitations... Je suis sûre que ma tension est en train de monter en flèche !

— Mère !

La voix de Tia, plus ferme qu'aucune des deux femmes ne s'y attendait, ébranla Alma.

— Ce vase n'est pas un bon cadeau pour la fille d'une simple connaissance.

— Ellen est une amie très chère...

— ... que tu vois peut-être six fois par an, dans des réceptions mondaines, conclut vivement Tia. Ton goût est remarquable, comme toujours, mais ce n'est pas le bon cadeau. Vous voulez bien dire à mon père que nous sommes là ? demanda-t-elle à l'employée.

— Bien sûr...

Visiblement soulagée d'avoir reçu du renfort, l'employée les laissa seules.

— Je ne sais pas ce qui t'arrive, lança Alma, et son joli visage vira de la colère à la tristesse. Tu es si insensible, si dure...

— Je n'en avais pas l'intention.

— C'est cet homme avec qui tu as une liaison, cet étranger.

— Non, ce n'est pas ça. C'est toi qui te fâches sans raison.

— Sans raison ? Cette jeune femme...

— ... ne faisait que son travail. Mère, tu ne peux pas venir chez Wyley et prendre quelque chose sur une étagère simplement parce que c'est joli. Écoute, je vais t'aider à trouver exactement le bon cadeau de mariage.

— J'ai la migraine.

— Tu te sentiras mieux quand nous nous serons occupées de ta course.

Elle passa le bras autour des épaules raides et tendues de sa mère et l'entraîna plus loin.

— Regarde cette ravissante théière...

— Je veux un vase, s'obstina Alma.

— Très bien.

Tia poursuivit sa marche et, quoiqu'elle fût tentée de faire signe à un autre employé pour qu'il vienne l'aider, s'ordonna de tenir bon.

— Oh, ça, c'est joli, dit-elle en montrant un vase à pied.

Elle pria pour que son expertise sommaire soit exacte ; si elle s'était trompée et qu'elle eût choisi un vase de plus grande valeur encore que le précédent, l'épreuve allait recommencer de plus belle.

— C'est tellement beau et classique ! Je pense que c'est du Stourbridge.

Elle le prit dans sa main et l'inclina avec précaution, pour vérifier la petite étiquette du prix, et poussa un discret soupir de soulagement.

— Quel merveilleux cadeau ça ferait ! enchaîna-t-elle rapidement, en voyant la moue boudeuse se dissiper sur le visage de sa mère. Si tu donnais l'autre comme cadeau, ils ne mesureraient pas ce qu'ils reçoivent, donc ils n'apprécieraient pas le geste à sa juste valeur. Mais avec quelque chose d'aussi superbe que ça, exactement au bon prix, tu mettras en plein dans le mille.

— Eh bien...

— Pourquoi est-ce que je ne m'occuperais pas de le faire mettre en boîte et emballer pour toi ? Ensuite, nous verrons si père a le temps de prendre le thé avec nous. Ça fait longtemps que nous ne nous sommes pas retrouvés tous les trois ensemble chez Wyley.

— Je crois, oui... C'est vrai qu'il est très élégant, reconnut Alma en étudiant le vase plus attentivement.

— Magnifique.

Et à moins de quatre cents, juste dans la bonne fourchette.

— Tu as toujours eu bon goût, Tia. Je n'ai jamais eu à m'inquiéter à ce sujet.

— Tu n'as à t'inquiéter à aucun sujet, en ce qui me concerne.

— Alors, je suis là pour quoi ? demanda Alma avec une pointe d'irritation dans la voix.

— Nous allons y réfléchir. Je t'aime.

Au moment même où Alma semblait repartir dans une nouvelle crise, Tia entendit les pas de son père et vit qu'il avait l'air fatigué, mécontent aussi. Instinctivement, elle fit un pas pour s'interposer entre lui et sa mère.

— Tu vois, nous t'envahissons, lui déclara-t-elle d'un ton enjoué. Je passais te voir, et j'ai eu le plaisir de tomber sur mère. Elle voudrait faire mettre en boîte et emballer ce vase à pied Stourbridge, pour un cadeau de mariage.

— Lequel ?

Ses sourcils se froncèrent tandis qu'il suivait la direction du doigt de Tia ; après un bref examen de l'objet qu'elle désignait, il fit un signe de tête affirmatif.

— Je vais m'en occuper… Mais, Alma, je t'ai déjà dit de voir avec moi, avant de prendre n'importe quelle pièce.

— Elle ne voulait pas t'ennuyer.

La voix de Tia était déterminée, mais restait joyeuse.

— Mais moi, je n'ai pas pu y résister. Est-ce que tu es terriblement occupé ?

— À vrai dire, oui. Ç'a été une matinée pénible. Morningside a été cambriolé la nuit dernière.

Alma posa une main sur son cœur.

— Cambriolé ? Je vis dans la peur que ça arrive ici. Oh ! je sens que je ne vais pas fermer l'œil de la nuit…

— Alma, ça n'est pas ici que c'est arrivé…

— C'est juste une question de temps, prédit-elle. On entend parler de crimes partout… Franchement, on n'est plus en sécurité dès qu'on sort de chez soi ! On n'est même plus en sécurité chez soi !

— Grâce à Dieu, père a veillé à ce que tu aies une excellente sécurité, ici et à la maison, commenta Tia. Mère, tu devrais t'asseoir, reprendre ton souffle. Je sais qu'avec ta compassion naturelle, entendre parler du malheur de quelqu'un d'autre te bouleverse. Ce qu'il te faut, c'est une bonne tasse de camomille pour te calmer, conclut-elle d'un ton apaisant, tout en conduisant sa mère vers un siège.

Elle la fit asseoir, demanda à une employée de s'occuper de la tisane, puis revint vers son père.

— Quand as-tu appris à faire ça ? lui demanda-t-il. À faire face à ta mère ?

— Je ne sais pas. J'ai dû comprendre que tu avais besoin d'un peu d'aide dans ce domaine, et que je ne t'en avais guère apporté jusque-là. Je n'ai pas été une très bonne fille, pour aucun de vous deux, et je voudrais que ça change.

— J'ai l'impression que beaucoup de choses sont en train de changer, remarqua-t-il en lui touchant la joue, geste d'affection plutôt rare chez lui. Je ne sais pas si je t'ai jamais vue mieux qu'aujourd'hui, Tia.

— Oh, c'est ce nouveau pull, et...

— Ce n'est pas seulement le pull, affirma-t-il, sans retirer la main de sa joue.

— Non, c'est vrai.

Elle aussi fit une chose qu'elle avait rarement faite : elle leva sa propre main et la posa sur celle de son père.

— Pas seulement.

— Peut-être qu'il est temps pour une petite entorse à la routine, après tout. Pourquoi est-ce que je ne vous emmènerais pas déjeuner, ta mère et toi ?

— J'adorerais, mais je ne peux pas aujourd'hui : je suis déjà en retard. Je peux prendre une option pour une prochaine fois ?

— Évidemment.

— Bien... Ah, au fait, c'est terrible pour Morningside. Il y a eu beaucoup de choses de volées ?

— Je ne sais pas au juste. Apparemment, ils ont pu entrer dans l'immeuble, mais pas longtemps, parce que les alarmes se sont déclenchées. Anita n'a pas fini de refaire l'inventaire des objets.

— Oh, tu lui as parlé ?

— J'y suis passé ce matin, pour lui faire mes condoléances et lui offrir mon aide. Et également, ajouta-t-il avec un léger sourire, dans l'espoir d'obtenir un peu plus de détails. Ça m'a paru aussi être une bonne occasion pour lui glisser que j'avais entendu des rumeurs sur une des *Parques*, et sur Athènes. Elle a eu l'air très intéressée. Tellement que j'ai enjolivé et je lui ai dit que je me rappelais vaguement quelque chose qui avait couru dans la famille, à propos d'Henry Wyley qui aurait prévu de se rendre à Athènes après son voyage à Londres.

— Oh, je n'avais pas pensé à ça.

— Ça ne m'étonne pas. Tu n'as jamais été très bonne pour ce genre de fioritures. Encore que, ça aussi, ça ait peut-être changé.

— J'apprécie ce que tu as fait, déclara Tia, pour éluder. Je reconnais que c'était une requête un peu étrange. Je me demande même pourquoi tu as accepté, en fait.

— Parce que tu ne m'avais jamais rien demandé jusque-là, dit-il simplement.

— Alors, je vais te demander autre chose : tiens-toi à distance d'Anita Gaye. Elle n'est pas la femme qu'elle paraît être... Bon, il faut que j'y aille, je suis très en retard, constata Tia en lui effleurant la joue de ses lèvres. Je t'appelle bientôt.

Elle sortit avec une telle précipitation qu'elle évita de peu un homme de grande taille, en costume sombre, qui entrait dans le bâtiment. Elle en perdit presque l'équilibre, devint rouge écarlate, puis fit un pas de côté, maladroitement.

— Je suis tout à fait désolée. Je ne regardais pas où j'allais...

— Ce n'est pas grave.

Marvin Jasper la regarda partir précipitamment sur le trottoir. Au lieu d'entrer chez Wyley, il tourna les talons et, sans quitter des yeux Tia, sortit son téléphone portable pour composer un numéro, tout en marchant.

— C'est Jasper, annonça-t-il. Je viens juste de percuter la Marsh, qui sortait de chez Wyley.

— Alma ? La femme de Marsh ? questionna Anita.

— Non, la jeune, sa fille. Très pressée. Elle avait l'air coupable. Je peux la rattraper et la filer si vous voulez.

— Non. Elle a toujours l'air coupable de quelque chose. Faites ce que je vous ai dit de faire et ne m'ennuyez plus jusqu'à ce que vous ayez un résultat.

En haussant les épaules, Jasper remit le téléphone dans sa poche. Il exécuterait les ordres, et donnerait satisfaction à cette garce. Il savait qu'elle avait eu Dubrowsky, mais ça ne l'inquiétait pas. Jasper pensait qu'il saurait s'en tirer, pour lui-même et vis-à-vis de la Gaye, bien mieux que son malheureux ancien comparse.

Tellement mieux que, quand tout se serait tassé, il arrangerait un petit accident pour cette chienne glaciale comme la banquise. Un petit accident fatal. Il faudrait probablement qu'il s'occupe aussi de la vieille Marsh, et de son mari. Mais une fois qu'il aurait fait le ménage, ce serait lui qui filerait avec les trois statuettes.

Songeant que Rio serait un endroit idéal pour se retirer, il retourna chez Wyley, selon les ordres qu'on lui avait donnés.

Jack retrouva Bob Robbins au bar-grill, à deux rues du commissariat. Il était encore trop tôt pour le changement d'équipes, aussi n'y avait-il que quelques flics sur place, ainsi que des clients ordinaires. L'endroit sentait l'oignon et le café. Dans quelques heures, les odeurs de bière et de whisky domineraient.

Jack se glissa dans le box en face de Bob.

— Tu as appelé, dit-il, c'est toi qui paies.

Il commanda un Reuben[1], une part de frites et un demi pression.

— Qu'est-ce qu'il y a ? demanda-t-il.

1. Sandwich au pain de seigle grillé, garni de corned-beef, de gruyère et de choucroute. *(N.d.T.)*

— À toi de me l'expliquer, répondit Bob. Morningside.

— Lew s'en occupe.

— Explique-moi quand même.

— Les cambrioleurs ont franchi le premier niveau de sécurité et ont réussi à pénétrer. Puis le système auxiliaire est entré en action, comme prévu, et tout le bastringue s'est mis à hurler. Ensuite, il faut le dire, les gars en bleu ont réagi dans les deux minutes. C'est du beau boulot.

— Comment est-ce qu'ils ont pu passer au travers, Jack ?

— On est en train d'effectuer une vérification du système, une analyse complète, déclara-t-il en étendant ses jambes. Si tu comptes chercher des poux dans la tête de mes gars là-dessus, tu perds ton temps et tu vas me foutre en rogne. Si des types à moi s'en étaient pris à un de nos clients, ils n'auraient pas oublié le second niveau du système. Ils auraient emporté ce pour quoi ils étaient venus, et ils seraient en ce moment en train de se faire bronzer sur une plage très loin d'ici, dans un pays n'aimant pas pratiquer l'extradition.

— Peut-être qu'ils ont *eu* ce pour quoi ils étaient venus.

Jack saisit sa bière quand elle lui fut servie, et regarda Bob par-dessus la mousse en avalant sa première gorgée.

— Et ce serait ?

— Là encore, à toi de me le dire.

— Pour autant que je le sache, la cliente n'a pas encore fini de vérifier son inventaire. Mais je peux t'affirmer que pas un de mes gars ne manque à l'appel. D'ailleurs, ce n'est pas en engageant des malfrats que Burdett se serait fait sa réputation. Tu vas reprendre l'affaire à Lew ?

— Non, mais j'enquête sur quelque chose qui pourrait avoir un rapport. Il y a juste deux ou trois petits détails qui ne collent pas, et surtout ceci : j'ai passé des années sans entendre prononcer le nom d'Anita Gaye, et là, en l'espace de quelques jours, tu me le balances à propos d'un petit truand qu'on a retrouvé clamsé dans le New Jersey ; je l'entends citer par Lew, quand il surprend une tentative de cambriolage dans son entreprise – où un système de sécurité à toi est impliqué ; et il m'est encore jeté dans les dents, pas plus tard qu'aujourd'hui, par une femme que tu connais.

Jack se pencha en arrière, tandis qu'on glissait son repas devant lui.

— Je connais beaucoup de femmes.

— Tia Marsh. D'après elle, tu lui as raconté que son téléphone était sur écoute.

— Il l'est.

— Ouais, il l'est, acquiesça Bob, en saisissant son propre hamburger. Je viens de vérifier. La question est : pourquoi est-ce qu'il l'est ?

— À mon avis, quelqu'un voulait savoir à qui elle parlait, et à quel sujet.

— Génial, mon cher Watson. Elle pense que ça pourrait être Anita Gaye.

Jack reposa sa bière avec soin sur la table.

— Tia Marsh t'a dit ça ?

— Alors, Jack, qu'est-ce qui se passe ?

— Je n'ai encore rien de solide. Mais laisse-moi te dire ceci... (Il se pencha en avant, baissa la voix.) Quelle que soit la personne qui est entrée dans ce bâtiment, elle en connaissait assez sur le système pour le faire, mais pas assez pour rester dedans et finir le travail. Je veille toujours à ce que le client en sache autant qu'il désire en savoir sur le fonctionnement du système, ni plus ni moins. Dans ce cas précis, cette cliente en possédait les bases.

— Si elle voulait quelque chose de chez elle, pourquoi est-ce qu'elle n'est pas tout simplement partie avec ?

— Comment veux-tu que je le sache ? Cinq minutes, Bob. Le circuit principal était désamorcé depuis cinq minutes au maximum, lorsque l'auxiliaire a déclenché les alarmes. Tes gars ont répondu en deux minutes. J'arrive de là-bas, et je ne vois pas très bien comment ils ont pu en sortir la moindre bricole en moins de sept minutes. Même si tout s'est passé comme sur des roulettes quand ils étaient dedans, ils ne peuvent pas avoir pris grand-chose. Ça m'intéresserait vraiment de voir ce qu'elle a mis dans sa déclaration d'assurance.

— On dirait que tu n'aimes pas beaucoup ta cliente, Jack.

— Je peux pas dire que je l'aime beaucoup, non, reconnut-il en s'emparant de son sandwich, mais c'est personnel. Objectivement, je n'ai que des suppositions contre elle, rien de plus.

— Comment est-ce que tu l'as reliée à Dubrowsky ?

— Par un autre circuit. Une autre cliente à moi m'a raconté qu'Anita la harcelait, au sujet d'un certain objet d'art. Elle lui mettait assez la pression pour que cette cliente soit inquiète et m'explique qu'elle avait vu un type la suivre. Elle me l'a décrit, je te l'ai décrit, et c'est là que tu m'as appris qu'il était clamsé. Elle l'a identifié, d'après la photo que tu m'avais donnée.

— Je veux un nom.

— Pas sans son accord. Tu sais que je ne peux pas, Bob. En plus, mets-toi à sa place : Anita lui faisait peur, ce type la suivait, et maintenant il est mort.

— Et l'objet d'art ?

— Les objets, en fait. On les appelle *Les Trois*...

— ... *Parques*, termina Bob, et la surprise se peignit sur le visage de Jack.

— Tu *es* un vrai inspecteur.

— J'ai ma bague à puce électronique pour le prouver. Et toi, qu'est-ce que tu as à voir avec ces statuettes ?

— Il se trouve que j'en possède une.

Les yeux de Bob s'étrécirent jusqu'à ce que ses pupilles ressemblent à deux pointes d'épingles.

— Laquelle ?

— Atropos. La troisième *Parque*. Elle me vient de ma famille, du côté britannique. Anita ne le sait pas, et je ne veux pas qu'elle l'apprenne. Elle voulait que je trouve des informations sur elle, c'est ça qui m'a amené à réfléchir et m'a conduit jusqu'à Tia Marsh, et jusqu'à mon autre cliente.

— Pourquoi est-ce qu'elle a fait appel à toi, si elle ignorait que tu possédais une des trois ?

— Elle sait que je suis collectionneur et que j'ai des relations.

— D'accord.

Satisfait, Bob plongea dans l'assiette de frites de Jack.

— Continue.

— Le téléphone de Tia Marsh est sur écoute. Mon autre cliente, qui est la piste vers Lachésis, ou la *Parque* numéro deux, est filée. Et Anita fait pression sur les deux. Additionne tout ça.

— Truffer un type de balles n'est tout de même pas pareil qu'essayer de faire main basse sur deux statuettes...

— Tu lui as parlé. Qu'est-ce que tu penses d'elle ?

Bob garda quelques instants le silence, puis affirma :

— Ce que j'en pense, c'est que je vais creuser plus profond.

— Pendant que tu y es, intéresse-toi à un homicide sur la 53e Ouest, il y a quelques semaines de ça. Un Noir, un danseur, battu à mort dans son appartement.

— Bon Dieu, Jack ! Si tu as des informations sur un homicide non résolu...

— Je te donne le tuyau, dit Jack calmement. Vérifie les descriptions des témoins sur le type qui est entré et sorti de l'immeuble. Ça va coïncider avec l'homme de main que tu as trouvé dans le New Jersey, tu verras. Débrouille-toi aussi pour avoir un mandat, pour la ligne privée de Gaye. Je parie que tu tomberas sur quelques appels intéressants. Bon, il faut que j'y aille.

— Reste en dehors du boulot de la police, Jack.

— Avec plaisir. J'ai un rendez-vous important avec une magnifique rousse irlandaise.

— Celle que tu as amenée au commissariat ? Rebecca, se rappela Bob. C'est elle ta cliente ?

— Non. Elle, c'est la femme que je vais épouser.

— Dans tes rêves.

— Ici-bas aussi.

Jack fouilla dans sa poche, sortit une boîte et l'ouvrit d'un coup sec.

— Qu'est-ce que tu en penses ?

La mâchoire de Bob s'affaissa et rebondit presque sur la table, tandis qu'il regardait la bague.

— Ça alors, merde, Burdett, c'est du sérieux...

— D'abord, je suis allé chez Tiffany. Mais Rebecca préférera un objet de famille. Celle-ci était à mon arrière-arrière-grand-mère.

— Eh bien, bon sang...

Bob sortit du box et passa un bras sur les épaules de Jack, pour l'étreindre.

— Félicitations. Comment est-ce que je pourrais être en rogne contre toi ?

— Tu trouveras un moyen. Tu veux m'offrir un cadeau de mariage ? Fais tomber Anita Gaye.

26

Une fois qu'il fut garé, assis derrière le volant du SUV de Jack, Gideon fut assez satisfait de la mission qu'on lui avait attribuée. C'était avant qu'il l'avait maudite, quand il avait dû conduire. Il avait déjà trouvé assez dur de devoir affronter la fureur propre à la circulation new-yorkaise, la lutte à mort entre les voitures, les taxis et les omniprésentes camionnettes de livraison, les coursiers à bicyclette kamikazes, et les piétons toujours si follement pressés ; mais, en plus, il lui avait fallu affronter tout cela du mauvais côté de la route…

Il s'était entraîné à l'avance ; il avait même fini par savoir négocier les carrefours affreusement encombrés, les larges avenues où chacun semblait se croire sur un circuit automobile, et tout cela sans tuer personne sur son passage ; aussi avait-il été choisi pour cette mission.

Mais maintenant, ruminant dans la voiture garée à proximité de l'élégante maison d'Anita, il se demandait si un seul d'entre eux avait pensé à quel point le fait de conduire avec un accompagnateur et celui de conduire seul – avec pour objectif précis de suivre une voiture jusqu'à l'aéroport – étaient deux choses différentes.

N'empêche, il avait été désigné pour cette tâche, pour cette autre bonne raison que lui et Rebecca étaient les seuls dont Anita ne connaissait pas les visages. Et on avait besoin de Rebecca au clavier.

Il se serait senti mieux si Cleo avait été avec lui. Pour l'encourager, lui faire des reproches... ou simplement pour être là. Il s'était beaucoup trop habitué à l'avoir près de lui.

Ils devaient se mettre d'accord sur ce qu'ils avaient l'intention de faire quand ils se seraient occupés des *Parques* et d'Anita. Et d'abord, un premier point : il serait incapable de vivre à New York et de rester sain d'esprit. Venir en visite, oui, mais vivre dans un endroit où il y a tant de monde qu'on peut à peine aspirer une bouffée d'air encore pure ? Non, même pour elle, c'était impossible.

Bon Dieu, comme il avait envie de retrouver la mer, la pluie, le silence ! Il avait envie des collines, et du son des cloches de la cathédrale. Et surtout, il avait envie de se réveiller dans un endroit où, s'il descendait jusqu'au quai ou au hangar à bateaux, ou simplement s'il flânait dans les rues escarpées, il était sûr de croiser des gens qui le connaissaient, qui connaissaient sa famille. Des gens qui *étaient* sa famille.

Elle détesterait sûrement Cobh, pensa-t-il, et il tapota nerveusement des doigts sur le volant. Les choses mêmes qui le faisaient vivre, lui, la rendraient sans doute folle.

Pourquoi fallait-il que deux personnes venant d'endroits si différents, et ayant des désirs si différentes, soient tombées amoureuses l'une de l'autre ? Une des petites facéties du destin, probablement.

Pour finir, elle partirait sans doute de son côté et lui du sien, ainsi le reste du fil de leurs vies se déroulerait avec un océan entre eux deux. Cette idée le déprimait déjà. Il était tellement occupé à ruminer sa peine qu'il faillit ne pas remarquer la longue limousine noire qui se glissait en face de l'hôtel particulier d'Anita.

Il mit de côté ses problèmes personnels et se replongea dans le bain.

— Eh bien..., commenta-t-il à voix haute. On voyage dans le luxe, on dirait ?

Il regarda le chauffeur en uniforme descendre de voiture, marcher jusqu'à la porte d'entrée et sonner. Gideon était trop loin pour voir qui lui ouvrit, mais il y eut une brève conversation, puis le chauffeur revint vers la limousine.

Tous deux attendirent dix bonnes minutes, d'après la montre de Gideon, avant qu'un autre homme – le maître d'hôtel, sans doute – sorte en portant deux grandes valises. Une jeune femme le suivait, qui faisait rouler une autre valise plus petite.

Pendant que tous les trois remplissaient le coffre, Gideon tapa sur le clavier du téléphone de sa voiture.

— Ils sont en train de charger les bagages, annonça-t-il à son frère. Dans une limousine grande comme un court de tennis, et il y a assez de valises pour une troupe de mannequins.

Il vit pour la première fois Anita en chair et en os quand elle franchit la porte. Ses cheveux, couleur cuivre clair, encadraient avec élégance un visage qui avait l'air doux au toucher ; son corps (il comprenait facilement pourquoi son frère s'était laissé séduire) était très sensuel et féminin, avec ses courbes généreuses.

En l'examinant, il se demandait ce qui avait pu mal tourner en elle, pour la rendre telle qu'elle était aujourd'hui. Il se demandait également comment d'autres pouvaient ne pas voir combien elle était déplacée, avec tout son vernis et son éclat, dans cette belle et vieille maison pleine de dignité.

Peut-être le discernait-elle elle-même, chaque fois qu'elle se regardait dans son miroir ; et cela aussi pouvait expliquer bien des choses. Mais il laisserait Tia philosopher là-dessus.

— Voici la femme du jour qui vient de sortir, dit-il dans le téléphone.

— Rappelle-toi : si tu les perds, tu n'as qu'à aller à l'aéroport et la retrouver là-bas.

— Je ne les perdrai pas. Je suis capable de mieux conduire dans cette ville, même si c'est pour nous du mauvais côté de la route, que la plupart des gens le font du bon... Ça y est, ils s'en vont. Je te rappelle de l'aéroport.

Malachi raccrocha, se tourna vers Tia.

— Ils s'en vont.

— Je me sens un peu barbouillée, déclara-t-elle en posant la main sur son estomac, mais je commence à aimer ça. Je ne sais pas ce que je ferai, quand ma vie redeviendra normale.

Il lui prit la main, lui embrassa le bout des doigts.

— Nous veillerons à ce que ça n'arrive pas.

En rougissant, Tia appuya sur le bouton de l'interphone et contacta le garage.

— Elle est en route pour l'aéroport. Gideon la suit.

— Alors, allons-y, dit Jack, puis il coupa l'appareil.

Là-haut, Tia se recula du pupitre de contrôle et se leva.

— Tu te sens forte ? lui demanda Malachi.

— Suffisamment, oui. Tu as déjà planté quelque chose ?

— Dans le genre d'un arbre ? répliqua-t-il en montant dans l'ascenseur avec elle.

— Je pensais plutôt à des graines. Différentes graines dans différents endroits. Ça fera un jardin intéressant lorsque nous aurons fini.

— Tu as des regrets ?

— Pas jusqu'à présent, non. Et je n'ai pas l'intention d'en avoir à l'avenir.

Elle sortit dans le garage, tourna les yeux vers Cleo, Rebecca et Jack, qui se trouvaient déjà à côté de la camionnette. Ces gens, pensa-t-elle, ces gens fascinants étaient ses amis. Non, elle n'avait aucun regret.

— En avant la musique, lança Cleo.

Pour cette étape, Tia s'occupait du clavier et Malachi des communications ; Jack et Rebecca étaient à l'avant et Cleo décompressait avec Queen, qui explosait dans ses écouteurs.

— Je ne comprends pas comment elle peut faire ça, observa Tia, se délasser de cette façon.

Malachi jeta un coup d'œil par-dessus son épaule vers l'endroit où Cleo était assise, le corps oscillant au rythme de sa musique.

— Elle emmagasine de l'énergie. Il va lui en falloir beaucoup.

Il appuya sur un commutateur, parla à Rebecca dans son talkie-walkie.

— Gideon dit qu'il y a beaucoup de circulation sur un machin qui s'appelle le Van Wyck. Il les suit toujours, mais ils avancent lentement pour l'instant.

— C'est parfait. On est presque au parking.

— Tu seras prudente, hein ?

— Oh, mieux que prudente : je serai bonne. Terminé.

Rebecca remit le talkie-walkie dans son étui de ceinture. Elle emmagasina de l'énergie à sa façon pendant que Jack faisait entrer la camionnette dans le parc de stationnement : elle repassa dans sa tête chaque étape de sa mission.

Quand elle sortit de la camionnette et en fit le tour pour s'approcher de Jack, il lui tendit la main.

— Se donner la main alors qu'on retourne vers la scène du crime, remarqua-t-elle avec un long soupir, est-ce que ça n'est pas génialement romantique ?

— Nerveuse ? s'enquit-il tandis qu'ils marchaient.

— Plutôt... piaffante, je dirais. C'est une bonne chose, non ?

— Ne t'emballe pas. On veut tous les deux franchir cette étape rapidement, mais on a le temps de le faire bien.

— Fais ta part, je ferai la mienne.

Ensemble, ils gagnèrent l'entrée principale de Morningside. Nonchalamment, Jack composa sur son boîtier de poche le nouveau code qu'il avait lui-même programmé. Quand le système de sécurité fut débranché, il sortit les clés qu'il avait fait faire.

— La voie est libre, dit-il à mi-voix avant de déverrouiller la porte.

Une fois qu'ils furent à l'intérieur, il la referma à clé, réarma l'alarme extérieure.

— Et nous sommes à l'intérieur. Vas-y, lança-t-il à Rebecca, mais elle se précipitait déjà vers l'escalier.

À la lueur de sa lampe torche, elle grimpa en quatrième vitesse vers le bureau d'Anita ; une fois là-haut, elle tira la clé de sa poche, puis, confiante dans les petites manipulations préalables auxquelles elle et Jack s'étaient livrés, ouvrit la porte.

Après avoir fermé les rideaux de la fenêtre donnant sur Madison, elle alluma la lampe de bureau, s'assit devant l'ordinateur d'Anita et se frotta les mains.

— Très bien, mon joli, faisons un peu l'amour tous les deux.

En bas, Jack configurait de nouveau le système de sécurité ; il se remettrait en ligne, entièrement et mieux que jamais, une fois que lui et Rebecca en auraient fini. Tout en travaillant, il écoutait Malachi parler dans son casque.

— Ils sont à l'aéroport. La limousine l'a déposée, elle est sur le trottoir. Gideon cherche une place pour se garer, ensuite il ira la rejoindre à l'intérieur du terminal. Vous en êtes où, là-bas ?

— Ça avance. Passez-moi Tia. Je veux lancer la première check-list.

— Je vous mets en contact, répondit Malachi en tendant un casque à sa voisine.

— Jack ?

— Je vous donne la première ligne de code. Saisissez-la.

Derrière elle, Cleo bâilla. Elle souleva un de ses écouteurs, de sorte qu'un son étouffé de basses et de percussions retentit dans l'air.

— Tout va bien ?

Assise devant son clavier, Rebecca s'introduisait dans l'ordinateur d'Anita. Pitoyable, pensait-elle joyeusement. Rien qu'un simple mot de passe pour le verrouiller, et si facile à franchir... Elle trouva le dossier d'assurance dès sa première investigation, l'ouvrit et rechercha la déclaration de vol, ainsi que l'inventaire qu'Anita venait de rédiger.

— Tss-tss... Déjà un peu chargée, la mule, pas vrai ? Mais d'une façon si conventionnelle... On va t'arranger ça.

Elle sortit de sa poche la courte liste que Jack et Tia avaient dressée, et se mit au travail.

Pendant qu'elle falsifiait la déclaration, elle entendit la voix de son frère résonner dans son oreille.

— Ça y est, il l'a rattrapée. Elle vient d'entrer dans le salon des premières. Il lui reste une heure et quart avant le départ.

— Moi, je suis dans le dossier. Je me demande ce que peut bien être la période Nara, et comment une plaque de cette époque peut valoir autant d'argent. Jack, c'est bon pour cette pièce, et aussi pour la sculpture de Chiparus. Tu seras bientôt aux boucles d'oreilles ?

— Je vais les prendre, oui. Tu peux les inscrire.

— N'oublie pas les micros que Tia a posés.

— Je m'en occupe, ne t'en fais pas. Tia, prête pour envoyer la prochaine ligne de code ?

En l'espace de cinquante minutes, Rebecca termina la liste détaillée des articles que Tia avait sélectionnés lors de sa promenade à travers les salles de Morningside, puis régla la date et l'heure de l'ordinateur, afin d'enregistrer ce travail comme s'il avait été accompli plus tôt dans la journée. À une heure à laquelle ils savaient, grâce au petit micro fixé sous la chaise, qu'Anita se trouvait seule dans son bureau.

Après avoir imprimé la déclaration, Rebecca s'assouplit les doigts, puis signa en bas du formulaire en une excellente contrefaçon – s'il lui était permis d'en juger elle-même – de la signature d'Anita. Elle le data, et tapa une liste détaillée d'instructions à l'intention de l'assistante.

Ensuite, elle remit l'horloge de l'ordinateur à l'heure, l'éteignit, replaça dans son sac le micro que Tia avait posé sous la chaise, et elle rouvrait les rideaux quand elle entendit Jack monter l'escalier.

— Ici, tout est bon.

— Vérifie encore une fois, lui enjoignit-il.

— Oui, monsieur l'Obsessionnel. Rideaux, ordinateur, lampe, lampe de poche, micro, et choix d'objets pour complot machiavélique, ajouta-t-elle en agitant le dossier qu'elle tenait dans la main.

Elle referma la porte, avant d'aller poser ledit dossier sur le bureau de l'assistante d'Anita.

— Comme c'est une collaboratrice modèle, elle va sans doute expédier ça dès son arrivée demain matin. Au fait, Anita avait déjà ajouté deux ou trois choses à sa déclaration. Dont une espèce d'assiette, qui vaudrait apparemment dans les vingt-huit mille dollars.

— Plus ça..., dit Jack, en donnant une tape au sac qu'il portait sur l'épaule. Ça va mettre sa déclaration à plus de deux millions. Elle va avoir du mal à se justifier... Bon, réinitialisation de la sécurité. On la remettra en fonctionnement dès qu'on sera dehors.

— Donc, notre travail ici est terminé. Filons.

— Juste une chose encore.

Il fouilla dans sa poche, prit l'écrin de la bague. Lorsqu'il en ouvrit le couvercle, Rebecca se pencha pour l'examiner à la lueur de sa lampe de poche.

— Superbe diamant. Tu l'as volée ici ?

— Non, je l'ai apportée avec moi. Tu la veux ?

Elle releva les yeux vers lui, pencha la tête.

— Tu es en train de me demander de t'épouser ici, dans un immeuble qu'on a cambriolé ?

— Je t'ai déjà demandé de m'épouser, lui rappela-t-il. Je te donne juste la bague ici, dans un immeuble que nous avons, en théorie, cambriolé. Elle appartenait à mon arrière-arrière-grand-mère. Elle la portait quand ton arrière-arrière-grand-père lui a sauvé la vie.

— C'est beau. C'est merveilleusement beau, Jack. Je vais la prendre.

Elle retira son gant, tendit la main.

— Et toi aussi.

Il la fit glisser sur son doigt, baissa la tête pour lui donner le baiser qui scellerait l'accord.

— C'est un moment charmant, dit la voix de Malachi dans leurs casques. Félicitations et meilleurs vœux à tous les deux. À présent, ça ne vous dérangerait pas de vous magner les fesses pour sortir de là ?

— Oh, la ferme, Mal ! répliqua Rebecca, avant de se pencher pour un autre baiser. On arrive…

Lorsqu'ils furent de retour dans la camionnette, Cleo fit glisser la cloison de séparation, afin qu'elle et Rebecca puissent échanger leurs places.

— Fais voir un peu la babiole, lui demanda-t-elle, et, incapable d'attendre, elle lui retira son gant. Whaou ! Ça, c'est du diam…

— Plus tard, les trucs de nanas, l'interrompit Jack en s'installant au volant et en attachant sa ceinture. Remets le système en marche.

— Maintenant qu'on est fiancés, ça y est : il passe son temps à me donner des ordres.

Rebecca traversa l'habitacle et alla remplacer Tia devant le pupitre de contrôle.

— Initialisation en route, annonça-t-elle.

Pendant qu'elle travaillait, Malachi se pencha au-dessus d'elle et l'embrassa, ce qui la fit sourire.

— Si ça continue, remarqua-t-elle, je vais sombrer dans le sentimentalisme...

— Moi aussi.

— C'est une bague magnifique...

Incapable de résister, Tia se pencha pour regarder de plus près ; le diamant scintillait au doigt de Rebecca, qui courait sur le clavier.

— Je suis si heureuse pour vous.

— On fera une fête ce soir, n'est-ce pas ? Pour toutes sortes de raisons. Le système principal est en route, l'auxiliaire est en train de s'initialiser, annonça Rebecca. Et voilà, nous y sommes : tout est en ordre.

Elle se pencha en arrière, prit la bouteille d'eau que Malachi lui tendait.

— On l'a fait.

— Il est l'heure pour l'acte deux, constata Cleo en appuyant ses pieds sur le tableau de bord. On a le temps d'avaler une pizza avant ?

Gideon, assis dans l'aéroport Kennedy, lisait un exemplaire de *La Foire des ténèbres* de Bradbury en édition de poche. Il était installé dans une zone d'embarquement, d'où il pouvait facilement observer le salon des premières classes.

Le vol pour Athènes était là, les passagers montaient déjà à bord. Il commençait à se sentir un peu nerveux, et aurait donné n'importe quoi pour une cigarette.

Il remua sur son siège, tourna une page sans la lire, tandis qu'Anita quittait le salon. Il attendit qu'elle ait passé une autre porte, avant de se lever et de marcher lentement à sa suite.

Comme des dizaines d'autres voyageurs, il sortit de sa poche son téléphone portable.

— Elle fait la queue pour l'embarquement, indiqua-t-il à voix basse. L'avion est à l'heure.

— Préviens-nous quand ils seront en l'air, lui et elle avec. Oh, au fait, Becca et Jack se sont fiancés.

— C'est vrai ?

Sans quitter des yeux la nuque d'Anita, Gideon sourit aux nouvelles que lui donnait son frère.

— Officiel et tout ?

— Elle a une bague avec un diamant capable de te rendre aveugle. On se dirige vers l'objectif numéro deux maintenant. Si tout va bien, on te retrouvera à la base dans les temps. Tu pourras voir la bague de tes yeux.

— Heureusement que j'ai pris mes lunettes de soleil. Voilà, elle entre dans la passerelle télescopique. Trente minutes avant le décollage. Moi je reste ici, je me replonge dans mon livre. Je vous rappellerai.

Ils se garèrent à trois rues de distance, et attendirent.

— Vous voyez, je vous avais dit qu'on avait le temps pour une pizza.

Jack jeta un regard oblique à Cleo.

— Comment faites-vous pour ne pas être grosse comme une vache ?

— Métabolisme.

Elle sortit de son sac un bloc géant d'Hershey, l'ouvrit à une extrémité.

— C'est la seule chose utile que ma mère m'a transmise. Au fait, est-ce que vous et Rebecca allez habiter ici ou là-bas, sur l'Île d'Émeraude ?

— Un peu les deux, j'imagine, ici et là. On va mettre ça au point.

— Ouais. C'est pratique que vous ayez un boulot où vous bourlinguez pas mal.

— Et vous ? Vous allez vous remettre à la danse, quand tout sera fini ? Avec votre part, vous pourrez vous offrir une bonne partie de la troupe des Rockettes.

— Ch'sais pas, répondit-elle en croquant dans le chocolat. Je vais sans doute rester cool un moment. Après, peut-être que j'ouvrirai ma propre boîte, ou une école de danse. Un truc qui m'obligera pas à traîner mes fesses d'audition en audition. Mais pour le moment, je peux pas penser plus loin que faire payer Anita.

— On a bien commencé, de ce point de vue-là, non ?

— Quand je pense à lui, qu'est-ce que ça l'aurait excité, toutes nos conneries... Jack ?

— Ouais ?

— Et si ça n'est pas là-bas ? Si elle l'avait emportée avec elle, ou un truc de ce genre ?

— Alors, nous passerons au plan B.

— Quel est le plan B ?

— Je vous l'expliquerai quand on sera à pied d'œuvre.

Il était en train de la regarder, lorsque le signal de Malachi lui parvint à travers son casque.

— Elle est en l'air.

— Lever du rideau, dit Cleo, et elle sortit prestement de la camionnette.

— Vous voulez qu'on revoie encore quelque chose ? Plan de l'étage, signaux de la main ?

— Non, je connais.

— Il y a deux personnes dans l'immeuble cette fois, lui rappela-t-il, les deux domestiques qui habitent là. Il faut qu'on fasse doucement.

— Je suis un putain de chat. Ne vous inquiétez pas. Vous ne trouvez pas que c'est une sorte de record ?

— Quoi ?

— Cambrioler à deux endroits différents, pour un total de trois effractions en vingt-quatre heures, sans rien voler du tout en réalité ?

— On va prendre la *Parque*.

— Oui, mais elle appartient déjà à Malachi, et à Tia, je dirais. Donc ça compte pas. Je pense qu'on pourrait entrer dans le *Livre des records* pour ça.

— Un des rêves de ma vie.

Ils passèrent une première fois devant la maison ; les lumières étaient éteintes au deuxième étage.

— On dirait qu'ils se sont installés pour la soirée. L'appartement des domestiques est là-bas, au coin sud de la maison.

— Gouvernante et maître d'hôtel, j'ai vérifié. Vous croyez qu'ils s'envoient en l'air quand leur patronne a le dos tourné ?

Jack se gratta la mâchoire.

— Je préférerais que cette image-là ne me trotte pas dans la tête pour le moment. On va grimper par le côté est jusqu'à la terrasse de la chambre. On sera à découvert pendant environ quinze secondes.

— Il faut plus que ça pour émouvoir une ancienne strip-teaseuse, mon vieux.

— Peut-être que vous pourriez faire un numéro lorsque j'enterrerai ma vie de garçon.

Jack sourit en entendant dans son casque le commentaire lapidaire que fit Rebecca.

— Ou peut-être pas… Amour de ma vie ? Coupe les alarmes.

Il ne prêta nulle attention aux nombreux taxis qui défilaient dans la rue, pas plus qu'au passage d'une voiture de patrouille ; au signal que leur donna Rebecca, il saisit Cleo par la main et l'attira vers l'ombre de la maison.

Une fois encore, il arrima deux cordes là-haut, auxquelles ils accrochèrent leurs harnais, puis ils grimpèrent le long du côté de la maison, basculèrent par-dessus la balustrade de pierre et s'accroupirent sur la terrasse, le tout sans prononcer un seul mot.

Jack fit signe à Cleo de ranger le matériel, pendant qu'il marchait en crabe vers les portes-fenêtres.

— Débloque les serrures, terrasse est, deuxième niveau, murmura-t-il rapidement dans son micro.

Il attendit de les avoir entendues cliqueter, puis se releva, s'exposant une fois de plus aux regards, pour s'occuper des fermetures manuelles.

De la poche de sa veste, il sortit une petite boîte, y choisit le crochet à serrure qui convenait.

— Je parie qu'on ne vous a pas appris ça dans votre école de sécurité, dit Cleo à voix basse.

— Vous seriez surprise de ce qu'on y apprend.

Il débloqua le verrou de sécurité, et ouvrit délicatement la porte pour que Cleo entre à l'intérieur, avant de la refermer.

Un bon enquêteur serait capable de reconstituer la scène, il le savait, mais il ne pensait pas qu'on en arriverait jusque-là.

— *Obsession*, constata Cleo en humant l'air. Son parfum. Ça lui va bien, non ?

— Fermez les portes. Le couloir, droit devant. La salle de bains principale sur la gauche.

Elle s'exécuta dans la pénombre en marmonnant :

— Comment ça se fait que vous connaissiez aussi bien la disposition de sa chambre ?

— Nécessité professionnelle, c'est tout.

Une fois que les portes furent fermées, Jack se dirigea directement vers la penderie.

— Putain de merde, elle est plus grande que mon ancien appartement ! marmonna Cleo en y pénétrant à sa suite.

Elle passa un doigt sur la manche d'une veste.

— Pas mal non plus... Vous croyez qu'elle le remarquerait, si je lui prenais deux ou trois choses ? Je suis en train de reconstituer ma garde-robe.

— On n'est pas ici pour faire du shopping.

— Eh, le shopping, c'est le seul domaine dans lequel j'ai vraiment bien réussi ! répliqua-t-elle en s'emparant d'une ballerine en peau de serpent sur une étagère. Juste ma taille ! C'est le destin.

— On a un boulot à faire ici, Cleo.

— D'accord, d'accord, grommela-t-elle, mais elle fourra les chaussures dans son sac, avant de s'accroupir pour lui déballer ses outils.

Jack ouvrit le panneau cachant le coffre-fort, découvrit le bloc de sécurité, puis y connecta son ordinateur portable et commença la recherche.

— Tôt ou tard elle fera le lien, elle comprendra que vous étiez le seul à pouvoir réussir une chose pareille, observa Cleo. Elle sera vraiment en rogne contre vous.

— J'en tremble d'avance.

Parmi les chiffres qui défilaient sur l'écran, Jack vit les deux premiers s'immobiliser, sur une combinaison de sept au total.

— On en est où, question temps ?

— Quatre minutes vingt secondes. Ça roule parfaitement.

Pour meubler l'attente, Cleo passa en revue une rangée de tailleurs.

— Je n'aime pas, ils font trop dame. Mais, eh, celui-ci est en cachemire ! Il sera classe sur Tia...

Elle le roula en boule et l'ajouta à son butin.

— Ça y est, la combinaison est bouclée, lui dit Jack. Croisez les doigts, ma belle.

Elle le fit, des deux mains, puis vint se placer derrière lui.

— Fils de pute ! lâcha-t-elle à voix haute quand il eut ouvert la porte.

Clotho brillait comme une étoile.

— Elle est là ! Vous notez ça, les mecs ? On l'a ! dit-elle en tendant à Jack le sac capitonné. Rebecca, je vous préviens, je vais donner un gros poutou baveux à votre mec !

Après l'avoir fait, elle replongea la main dans son sac.

— Ne fermez pas tout de suite, Jack, j'ai un petit cadeau pour Anita.

— On ne laisse rien derrière nous…, commença-t-il, puis il regarda ce qu'elle sortait de son sac. Qu'est-ce que c'est ? Une Barbie ?

— Oui. Pour mettre à la place de la statuette. J'ai fait un saut chez FAO Schwarz pour choisir le costume.

Avec soin, Cleo installa dans le coffre-fort la poupée blonde à la poitrine généreuse, vêtue de cuir noir.

— Je l'ai baptisée Barbie Monte-en-l'air. Regardez, elle a un sac génial : il y a des crochets à serrure dedans, que j'ai fabriqués avec des petites épingles de sûreté. Et cette minuscule poupée de plastique, à peu près à l'échelle, je l'ai peinte en argent pour figurer la Parque.

— Cleo, vous êtes une vraie fée du logis.

— Disons que j'ai des talents cachés… Au revoir, Barbie, ajouta-t-elle, et elle souffla un baiser quand Jack referma le coffre-fort.

Ils firent glisser le panneau, rassemblèrent les outils.

— Bien, l'avertit Jack, une fois qu'on aura quitté la pièce, plus un mot, rien que des signes. Après, la porte, à droite. En bas des marches, à gauche. Restez près de moi.

— Je suis pratiquement sur votre dos.

— C'est cette partie la plus difficile, lui rappela-t-il. Si on se fait prendre ici, on aura fait tout ça pour rien.

— Allez-y, je vous suis.

Ils se glissèrent hors de la chambre ; comme ils ne pouvaient plus prendre le risque d'allumer des lampes électriques, ils attendirent que leurs yeux se soient habitués à l'obscurité du couloir du deuxième étage. La maison était silencieuse, si silencieuse que Cleo pouvait entendre battre son propre cœur. Et elle se demandait comment il avait bien pu monter jusque dans sa gorge.

Au signal de Jack, ils se mirent en route, le bruit des pas assourdi par le tapis d'escalier de Karastan.

Une fois en bas des marches, Cleo commença à se dire que l'endroit faisait plus tombe que maison ; l'air y était frais, les pièces silencieuses, les bruits de la rue étouffés par les lourdes tentures qui masquaient les fenêtres.

Ensuite elle l'entendit, une fraction de seconde avant que Jack s'immobilise et qu'elle se cogne dans son dos : un bruit de porte qui s'ouvrait, suivi d'un flot de lumière venant de l'extrémité du couloir là-haut, puis de pas traînants sur le sol.

Elle et Jack se jetèrent, d'un seul mouvement, dans l'embrasure de la première porte venue. Des voix lointaines leur parvinrent, comme du bout d'un tunnel ; il fallut plusieurs secondes et une bonne sueur froide à Cleo pour comprendre que la maison n'était pas remplie de monde ; c'était la télévision. Elle dut ravaler un rire nerveux en reconnaissant l'affreuse musique crincrin de « Qui veut gagner des millions ? »

Parfaitement dans le ton, pensa-t-elle.

Lorsque la lumière s'éteignit et que la porte se referma, elle eut le temps de compter jusqu'à dix avant de sentir Jack se détendre à côté d'elle. Auparavant, elle avait compté les marches qu'ils avaient descendues, pour le cas où elle aurait dû courir se remettre à l'abri.

Ils se fondirent telles deux ombres dans la bibliothèque, refermèrent la porte à clé derrière eux.

Ils se déplaçaient vite maintenant, et sans un mot. À la lueur de leurs minitorches, ils gagnèrent les bibliothèques vitrées ; il y eut d'abord un petit bruit, puis un craquement qui résonna comme un coup de canon dans le silence quand Jack ouvrit une des vitrines. Il vida une étagère de livres, passant à Cleo volume après volume une collection de Shakespeare reliée en cuir. Quand le coffre fut dégagé, il ressortit du sac son portable et l'ouvrit ainsi qu'il l'avait fait pour le précédent.

Il tapota sa montre ; Cleo lui fit un signe indiquant vingt minutes avant de s'accroupir, de défaire la fermeture à glissière du sac de Jack et d'en sortir avec soin les articles qu'il avait pris chez Morningside.

Il les plaça tout au fond du petit coffre, derrière une impressionnante pile de billets de cinquante dollars, des dossiers en cuir et plusieurs coffrets à bijoux.

Une fois le coffre refermé, ils échangèrent leurs rôles ; Cleo replaça les livres sur l'étagère pendant qu'il rangeait le matériel. C'est alors que le téléphone retentit, les faisant sauter en l'air en même temps, pareils à deux lapins.

Jack fit signe à Cleo de se dépêcher, puis se précipita vers la porte pour la déverrouiller, et l'ouvrit d'un coup ; la jeune femme était sur ses talons, il pouvait sentir son souffle dans son cou, quand la lumière inonda le couloir. Tenant son sac serré contre sa poitrine comme un bébé, Cleo plongea derrière un fauteuil de cuir vert à oreilles. Jack, l'autre sac jeté pardessus son épaule, s'engouffra derrière la porte, et essaya de ne pas respirer tandis que des pas rapides résonnaient dans le hall.

— Ça n'en finira jamais, grommelait avec colère une voix de femme. Comme si je n'avais rien de mieux à faire à cette heure-ci, en pleine nuit, que prendre des messages...

Elle poussa violemment la porte ; Jack eut juste le temps de retenir la poignée avec la main avant qu'elle ne lui rentre dans le ventre, et il la maintint là, tout en se pressant désespérément dans l'encoignure.

La lumière inonda la pièce quand la femme appuya sur le bouton commandant les plafonniers. La voix de Rebecca leur parvint aux oreilles, les avertissant qu'ils prenaient du retard. Ils entendirent la gouvernante marcher jusqu'au bureau, poser brutalement quelque chose sur le bois poli.

— J'aimerais bien qu'elle ne revienne pas avant un mois, qu'elle nous laisse souffler un bon coup...

Puis les pas, devenus traînants, reprirent le chemin de la porte. Il y eut une pause, un léger grognement qui pouvait aussi bien être d'approbation que de dérision, enfin les lumières s'éteignirent.

Jack ne bougea pas d'un pouce, espérant que Cleo ferait de même, tandis que les pas s'éloignaient. Mais lorsqu'une porte claqua au loin, il repoussa doucement, très doucement, celle derrière laquelle il était caché. Dans la pénombre il aperçut Cleo, toujours blottie derrière son fauteuil et dont les yeux brillèrent en rencontrant les siens. Elle les roula sauvagement, puis se remit sur ses pieds.

Ils quittèrent sans bruit la bibliothèque, glissèrent silencieusement le long du hall jusqu'à l'entrée de la maison. Et ressortirent par la grande porte.

— Donc je jouais au lapin derrière ce fauteuil, et il y avait Jack qui faisait son *Homme invisible* derrière la porte, et tout ce que je pouvais voir c'étaient les pieds de la femme. Elle avait des mules en peluche. Des roses, et tout ce à quoi j'arrivais à penser, c'était : Je vais me faire choper par une femme qui porte des mules en peluche rose ! Affreusement humiliant.

Pressée de se retrouver à l'horizontale, Cleo avait redonné la place passager à Rebecca, et s'était allongée du mieux qu'elle le pouvait sur le plancher de la camionnette.

— Bon sang. *Bon sang !* J'ai besoin d'avaler de l'alcool, vite.

— Vous avez été géniale, déclara Jack en la regardant dans le rétroviseur. Des nerfs d'acier.

— Ouais, des nerfs en gelée pendant un moment. Oh, au fait !

Cleo pivota sur elle-même jusqu'à se retrouver accroupie.

— J'ai un cadeau pour vous, Tia.

— Un cadeau ?

— Oui.

Elle fouilla dans son sac, en sortit le tailleur roulé en boule.

— Couleur géniale sur vous. Une sorte d'aubergine, je dirais. Bonne texture. Du cachemire.

— C'était... c'était à elle ?

— Et alors ? Vous n'avez qu'à le faire nettoyer, désinfecter, tout ce que vous voulez, rétorqua Cleo en fouillant de nouveau dans son sac. Il sera mieux sur vous, en tout cas. Exactement comme ces chaussures seront mieux sur moi.

Elle les mit de côté, fouilla encore.

— Pour vous, Rebecca, j'ai pris ce petit sac du soir. Judith Leiber. Pas mal, non ?

— Comment est-ce que vous avez fait pour ramasser tous ces trucs ? demanda Jack.

— Des restes de quand j'étais très forte pour le vol à l'étalage, à une certaine époque. J'en suis pas fière, mais j'avais seize ans et j'étais du genre insoumise. C'était comme un cri pour attirer l'attention, hein, Tia ?

— Eh bien... vous ne croyez pas qu'elle va remarquer que tout ça lui manque ?

— Bon sang, elle a la moitié du stock de Bergdorf's, là-bas ! Qu'est-ce que c'est qu'une tenue en plus ou en moins ? D'ailleurs, elle va être beaucoup trop occupée pour vérifier sa garde-robe, quand elle reviendra et qu'elle recevra notre merde en pleine poire.

— Tu as toujours un sens admirable de la métaphore, dit Malachi, en se penchant pour lui caresser la tête.

— N'est-ce pas ?

Cleo sentit ce qui lui restait encore de tension nerveuse s'évanouir quand ils pénétrèrent dans le garage et qu'elle vit le SUV de Jack : Gideon était rentré, tout allait bien dans son univers.

— Donc on peut commander de la pizza, maintenant, d'accord ?

27

— Les voilà...

Tia fit une nouvelle fois le tour de la table. Posées sur celle-ci, *Les Trois Parques*, liées par leurs bases, brillaient dans les rayons du soleil en cette fin de matinée.

— On dirait presque un rêve, murmura-t-elle doucement. Un rêve, la nuit dernière et tout ce qui y a conduit. Ou encore un jeu dans lequel je serais tombée par hasard. Pourtant, elles sont bien là.

— Tu n'es jamais tombée, Tia, à aucun moment.

Debout derrière elle, Malachi posa les mains sur ses épaules.

— Tu as été solide comme un roc, jusqu'au bout.

— C'est quand même un rêve, en soi. Ça fait un siècle qu'elles n'avaient pas été réunies, peut-être deux. *Nous* les avons réunies. Ça veut dire quelque chose. Éternelles, inébranlables étaient les Parques : c'est ce qui est dit d'elles dans la mythologie. Nous devrons veiller à ce que ces statuettes qui les représentent le soient elles aussi. En sûreté.

— Elles ne seront plus jamais séparées.

Filer, mesurer, couper.

Elle les effleura de la main l'une après l'autre.

— Ce qu'il y a dans une vie et ce qu'il y a autour, qu'elle touche, qu'elle influence. Elles sont plus que de l'art, Malachi, plus que les dollars que quelqu'un paierait pour les avoir. Elles sont une *responsabilité*.

Elle déplaça leurs bases, souleva Clotho, et pensa à Henry Wyley. Il l'avait tenue de la même façon, il avait recherché les autres. Et il était mort en les recherchant.

— Mes ancêtres et les tiens sont reliés à travers elle. Je me demande s'ils ont compris, au moins un peu, quel long fil elle fabriquait pour eux. Il n'a pas été coupé à leurs morts. Il a duré jusqu'à toi et moi, jusqu'à nous tous. Y compris Anita.

Conservant la *Parque* en main, elle se tourna vers lui.

— Oui, les fils durent longtemps. Deux personnes, venant d'horizons très différents, ont commencé le cercle, avec ceci entre elles. Puis il s'est agrandi avec Cleo, Jack, Rebecca, Gideon. Et les fils continuent de se fabriquer. Si nous acceptons ce que ces trois figures représentent, si nous choisissons d'y croire, la participation d'Anita là-dedans était nécessaire.

— Donc, elle n'a pas de responsabilité dans ses actes ? demanda-t-il. Dans le sang qu'elle a fait couler, par pure avidité ?

— Le bien et le mal, les vertus et les vices sont tissés dans les fils. Mais les choix, les responsabilités nous appartiennent, appartiennent à Anita. Et la Parque exige toujours qu'on la paie.

Avec soin, Tia remit Clotho avec ses sœurs.

— Et pour finir, elle obtient toujours satisfaction. Ça veut dire, je suppose, qu'Anita ne sera peut-être pas la seule à devoir payer quelque chose.

— Il ne faut pas que tu sois triste, surtout pas aujourd'hui.

Malachi l'attira dans ses bras, passa les doigts dans ses cheveux ensoleillés.

— On a fait l'essentiel de ce qu'on avait décidé de faire. Et on le finira.

— Je ne suis pas triste. Mais je me demande ce qui arrivera quand on aura fini.

— Quand on aura fini, le dessin changera encore, affirma Malachi.

Il posa la joue sur le dessus de sa tête.

— Il y a quelque chose que j'aurais dû te dire avant. Quelque chose que j'aurais dû clarifier.

Elle rassembla ses forces, ferma les yeux. Mais les portes de l'ascenseur s'ouvrirent alors.

— Chaud devant ! On a de quoi manger...

Cleo, les bras chargés de sacs, entra à grands pas dans la pièce juste devant Gideon.

— Jack monte avec Rebecca. Il a des nouvelles d'Anita.

— Elle est arrivée à l'heure, raconta Jack, et elle a été conduite chez Stefan Nikos. Stefan était un ami et un client de Paul Morningside, et tous les deux, sa femme et lui, sont connus pour leur collection d'art et d'antiquités, leurs œuvres caritatives. Et leur hospitalité.

— L'huile d'olive, n'est-ce pas ? lança Rebecca.

Elle piqua une olive dans son assiette et l'étudia avant d'ajouter :

— J'ai lu des choses sur lui dans *Money, Time* et le reste. Il baigne dans l'huile d'olive. Bizarre qu'une petite chose aussi simple puisse rendre quelqu'un aussi riche.

— Des champs d'oliviers, confirma Jack, et des vignes, et les différents produits dérivés des deux. Il a des maisons à Athènes et à Corfou, un pied-à-terre à Paris et un château dans les Alpes suisses.

Il prit une olive dans l'assiette de Rebecca, l'envoya dans sa bouche.

— Et un système de sécurité Burdett dans chacune de ses maisons.

— Tu as le bras long, Jack, commenta Malachi.

— Assez long, oui. J'ai parlé avec Stefan la semaine dernière, après que Tia eut planté la graine d'Athènes.

— Tu aurais pu nous le dire ! lança Rebecca.

— Je ne savais pas si la graine prendrait. Comme je vous le disais, c'était un ami de Morningside. Il n'aime pas tant que ça sa veuve, mais moi, il m'aime bien, précisa Jack avec un sourire. Assez pour m'accorder une faveur. L'idée de faire marcher Anita l'a amusé : il va la tenir occupée pendant deux ou trois jours avec des racontars sur Lachésis et sur la grande brune sexy qui court après elle.

— Ouais ? Et comment j'aime la Grèce ? demanda Cleo.

— Tu circules beaucoup, lui dit Jack. Pas vraiment le temps de faire du tourisme.

— Tant pis, ça sera pour la prochaine fois.

— On va avoir une semaine au maximum, calcula Malachi. Pour que les rouages tournent, mettre tout le reste en train. (Il fit une pause, détailla les visages autour de lui.) Il y a une chose qu'il faut dire, et pourquoi ne pas la dire tout de suite ? C'est qu'on peut s'arrêter là où on est, puisqu'on a les *Parques*.

— Elle n'a pas payé, s'insurgea aussitôt Cleo.

— Attends un peu, écoute-moi jusqu'au bout. On a ce qu'elle veut. Ce qu'elle a volé, ce pour quoi elle a tué. Et on n'a fait de mal à personne. Ajoute à ça qu'on lui a beaucoup compliqué la vie avec la déclaration d'assurance, et en plaçant ces pièces de chez Morningside dans son coffre personnel.

— Elle avait déjà fait une fraude à l'assurance, remarqua Gideon, on a juste augmenté la mise. Et qui dit qu'elle ne va pas s'en sortir ?

Il posa une main sur la cuisse de Cleo, sentit ses muscles vibrer.

— Il n'y a rien de sûr, en effet, admit Malachi. Juste qu'elle ne s'en sortira pas facilement, pas avec ces pièces cachées dans le coffre de sa bibliothèque. Et

Jack a mis la puce à l'oreille de son ami policier à son sujet. Il y a une bonne chance que les choses marchent toutes seules.

— Lew n'est pas près de la lâcher, affirma Jack en prenant un peu de salade aux pâtes avec sa fourchette. Les cassettes des caméras de sécurité montreront que les pièces inscrites sur sa déclaration étaient toujours en place après le cambriolage. Elle va passer un moment désagréable pendant qu'elle l'aura sur le dos. Et ça fera mauvais effet sur l'enquêteur de l'assurance, une déclaration dépassant les deux millions, alors que le client a toujours la camelote.

— Peut-être qu'elle s'en tirera en payant une amende, en faisant juste un travail d'intérêt général ! Je...

Jack leva sa fourchette pour interrompre les furieuses protestations de Cleo.

— J'imagine Anita obligée de servir dans une soupe populaire, ça n'est déjà pas mal – et ils ne s'en tiendront pas là, pas avec une fraude à sept chiffres. Pourtant, si on veut qu'elle aille jusqu'au fond, il faut que Bob fasse le lien entre elle et Dubrowsky. S'il n'y arrive pas, il ne pourra pas la relier à son assassinat, ni à celui de l'ami de Cleo.

— Et elle s'en tirera, constata amèrement cette dernière.

— Oui, elle pourrait s'en tirer, de toute façon. C'est à ça que Mal veut en venir : avec le coup qu'on lui a monté, elle est attaquée pour fraude à l'assurance, elle fait un peu de taule, et sa brillante image de veuve de la bonne société en est salie...

— Parfois, constata Tia, et tous tournèrent les yeux vers elle, ce genre de notoriété ajoute en fait un certain lustre aux gens, un certain piquant.

— Bien vu, approuva Jack. Mais si nous allons jusqu'au bout avec le reste, nous la dépouillons financièrement et peut-être nous la poussons à commettre une erreur décisive, qui réglera tout. Il y a beaucoup de « si » là-dedans, c'est vrai. Mais en poursuivant, on brouille les cartes et on remet tout dans le jeu.

— Euh...

Tia leva une main, puis la laissa retomber.

— Les Moires, ou les Parques, ont prophétisé, alors que Méléagre avait une semaine à peine, qu'il mourrait quand un certain tison s'éteindrait dans l'âtre de sa mère. Elles ont chanté son destin – Clotho a dit qu'il serait noble ; Lachésis, qu'il serait brave ; et Atropos, qu'il vivrait seulement tant que ce tison ne serait pas consumé.

— Je ne comprends pas ce que..., commença Cleo.

— Laisse-la finir, lui conseilla Gideon.

— La mère de Méléagre, prête à tout pour protéger son bébé, a éteint le tison et l'a caché dans un coffre. S'il ne brûlait pas, son bébé serait sauf. Son fils a donc grandi ; mais, une fois devenu un homme, il a tué les frères de sa mère. Folle de colère et de chagrin après ce massacre, elle a ressorti le tison du coffre, l'a rallumé et l'a laissé brûler jusqu'au bout. Et Méléagre est mort. En vengeant ses frères, la mère a perdu son fils.

— D'accord, rétorqua Cleo. Mikey incarne mon frère, je veux bien, mais cette garce n'incarne sûrement pas mon enfant. Alors qu'est-ce que tu veux nous signifier ?

— Que la vengeance n'est jamais gratuite, répondit Tia d'une voix douce. Et qu'elle ne ramène jamais ce qu'on a perdu. Si nous sommes poussés uniquement par le désir de vengeance, le prix à payer peut être trop élevé.

Cleo se leva ; comme Tia l'avait fait un peu plus tôt, elle alla jusqu'à la table où étaient posées les *Parques*, en fit le tour.

— Mikey était mon ami. Gideon le connaissait un peu ; vous autres, pas du tout.

— Mais nous te connaissons, toi, Cleo, répliqua calmement Rebecca.

— Peut-être, mais... Je vais pas me croiser les bras et prétendre que je veux pas de vengeance, et je suis prête à payer le prix qu'il faudra pour ça. Pourtant, ce que j'ai dit avant, la première fois qu'on s'est tous retrouvés chez Tia, tient toujours : c'est plutôt la justice que je veux. Sinon, quoi ? Maintenant on les a, on est riches... Une sacrée affaire !

Elle leur tourna le dos et ajouta :

— Si les gens ne recherchent pas ce qui est juste, ne prennent plus la défense d'un ami dès que la situation devient difficile, où est-ce qu'on va ? Aucun de vous ne veut se laisser entraîner dans cette affaire, et il n'y a rien de mal, rien de moche à ça – surtout après ce qu'on a obtenu. Mais moi, j'ai pas fini. J'aurai pas fini tant qu'elle sera pas au fond d'un cachot, à maudire mon nom !

Malachi regarda son frère, hocha la tête, puis il posa une main sur celle de Tia.

— L'histoire que tu nous as racontée, chérie... elle a une autre signification.

— Oui. Que le choix arrêté détermine le destin. (Elle se leva, marcha vers Cleo). Que nos vies tournent les unes autour des autres, se coupent, se croisent. Se touchent et rebondissent les unes contre les autres. Tout ce que nous pouvons faire, c'est agir de notre mieux, et suivre le fil jusqu'à la fin. Je ne pense pas que la justice soit gratuite, elle non plus. Nous devrons seulement veiller à ce qu'elle soit au juste prix.

— D'accord, fit Cleo, et ses yeux se mouillèrent de larmes. Il faut que je...

Elle haussa les épaules en un geste d'impuissance, puis sortit rapidement de la pièce.

— Non, laisse-moi y aller, proposa Tia à Gideon qui faisait mine de se lever. Je ne serais pas contre une petite crise de larmes moi aussi.

Tandis que Tia partait en hâte à la suite de Cleo, Malachi tendit la main vers sa bière.

— Maintenant que ceci est réglé, et qu'on est tous plus ou moins sur la même longueur d'onde, je voudrais soulever un autre point. D'un genre plus personnel.

Il prit une longue gorgée de bière pour s'humecter la gorge.

— La suite d'une conversation que nous avons commencée un peu plus tôt, expliqua-t-il à Jack. Donc, en tant que chef de famille…

— Chef de famille ? répéta Rebecca, en éclatant de rire. Mon cul ! Maman est le chef de famille !

— Elle n'est pas là, n'est-ce pas ? répliqua Malachi, irrité d'avoir été coupé dans son élan. Et je suis le plus vieux, donc il me revient d'aborder le sujet de ces fiançailles.

— Ce sont mes fiançailles, et ça ne te regarde pas !

— Ferme-la pendant cinq fichues minutes, tu veux bien ?

— Je vais me chercher une autre bière, décida Gideon. Ça risque d'être amusant.

— Ne me dis pas de la fermer, pauvre bouffi, espèce de macaque au cerveau gros comme un petit pois !

— J'aurais pu faire ça sans que tu sois là, lui rappela Malachi, et son ton froid avertit Rebecca que sa colère montait, et m'épargner ainsi tes insultes et tes injures. Maintenant, c'est à Jack que je m'adresse.

— Oh, tu t'adresses à Jack, voyez-moi ça ! Et moi, je vais rester assise, les mains jointes, la tête modestement baissée ?

Elle lui jeta un coussin.

— Tu ne saurais pas ce que c'est que la modestie, même si elle te rampait dans la gorge et qu'elle allait te chatouiller les amygdales ! répliqua-t-il en renvoyant le coussin, qui rebondit sur sa tête. Quand j'aurai dit ma tirade, tu pourras sortir la tienne, mais bon Dieu, je vais la dire !

— Rebecca, intervint Jack alors qu'elle montrait les dents, pourquoi est-ce que tu n'attends pas qu'il ait fini avant de te mettre en colère ?

— Merci, Jack, déclara Malachi. Tout d'abord, Jack, je tiens à te déclarer que tu as droit à toute ma pitié et ma compassion, pour la vie que tu vas mener avec cette femme mal élevée, qui a un sale caractère et une mauvaise nature.

Il fronça les sourcils quand Rebecca fit un mouvement pour attraper un bol en jade sur la table basse, mais Jack posa fermement la main sur son poignet.

— Dynastie Han. Continue plutôt avec les coussins.

— Donc, poursuivit Malachi, je suis conscient que l'argent n'est pas un problème pour toi, mais je veux que ce soit clair : ma sœur ne vient pas à toi les poches vides. Elle possède un quart de notre affaire, ce qui est bien assez. Qu'elle décide ou non d'y travailler activement, les intérêts de ce quart lui restent acquis. Et elle a aussi les droits de sa future part dans l'entreprise que nous poursuivons, quoi qu'il doive en sortir.

— L'argent n'a pas d'importance.

— Il en a pour nous, corrigea Malachi. Et il en a pour Rebecca..., ajouta-t-il à l'adresse de sa sœur.

— Peut-être que tu n'as pas un cerveau tout à fait comme un petit pois, finalement, admit-elle en souriant.

— J'ai vu comment les choses se passent entre vous, et j'en suis content, poursuivit Malachi. Malgré ses défauts, et Dieu sait qu'ils sont nombreux, nous l'aimons et nous voulons qu'elle soit heureuse. En ce qui concerne l'affaire des Sullivan, tu es le bienvenu pour y participer, autant qu'il te plaira.

— Bien parlé, Mal, commenta Gideon en s'asseyant sur le bras du fauteuil de son frère, et il leva son verre pour porter un toast. Je suis sûr que ça aurait plu à papa. Alors, Jack, bienvenue dans la famille.

— Merci. Je ne connais pas grand-chose aux bateaux, mais je suis tout prêt à en apprendre plus.

— Parfait, répliqua Rebecca en souriant à ses frères. Je suis tout à fait celle qu'il faut pour t'apprendre.

— On en reparlera, dit-il, et il lui fit une tape amicale sur le genou avant de se lever. J'ai une ou deux courses à faire. J'aurai besoin d'aide, annonça-t-il aux deux autres hommes.

— Si vous allez vous balader tous les trois, alors moi aussi : je vais emmener Cleo et Tia pour regarder les robes de mariée. Je t'ai déjà dit que je voulais un grand mariage en blanc, Jack ?

Cette déclaration arrêta Jack dans son élan.

— Qu'est-ce que tu entends par « grand » ?

— Ne gaspille pas ta salive, le prévint Gideon. Elle a une drôle de lueur dans les yeux.

La lueur y était toujours, trois heures plus tard, quand Rebecca revint les bras chargés de magazines pour futures mariées, d'un agenda de mariage que Tia lui avait offert comme cadeau de fiançailles, et de la petite chemise de nuit sexy qui était le cadeau de Cleo.

— Je continue à penser que les lis feraient de magnifiques centres de table pour la réception.

— Bien vu, affirma Cleo avec un clin d'œil à Tia. Ils ne servent plus seulement pour les enterrements.

— Les bouquets de fleurs des champs étaient si charmants, intervint Tia. Je n'arrive pas à croire que j'ai passé autant de temps dans un magasin de fleurs sans que mes sinus se bouchent. Il y a eu une évolution dans mon allergie.

— C'est quoi, tous ces boutons rouges sur ta figure ? lui demanda Cleo, et elle rugit de rire en voyant Tia se précipiter vers le miroir Adam, dans la salle de séjour de Jack, pour inspecter minutieusement sa peau.

— Je ne trouve pas ça drôle du tout, conclut-elle bientôt.

— Tu sais combien elle aime plaisanter, commenta Rebecca, puis elle tourna les yeux vers l'arcade conduisant à la chambre ; de surprise, elle en laissa tomber au sol les sacs qu'elle portait, et se précipita dans cette direction.

— Maman !

— Voici ma fille, dit Eileen en l'étreignant et en la serrant fort dans ses bras, ma jolie fille.

— Maman ! Qu'est-ce que tu fais ici ? Comment est-ce que tu es venue ? Oh, tu m'as manqué...

— Ce que je fais ici, c'est déballer mes affaires, et comment je suis venue : par avion... Tu m'as manqué toi aussi. Laisse-moi te regarder.

Eileen l'écarta un peu, examina son visage.

— Tu es heureuse, n'est-ce pas ?

— Je le suis, oui. Très heureuse.

— J'ai su qu'il était fait pour toi le jour où tu l'as amené à la maison pour prendre le thé.

Elle soupira, pressa ses lèvres sur le front de Rebecca, pendant que toutes les années passées défilaient dans sa tête.

— Maintenant, présente-moi à tes amies, dont j'ai déjà beaucoup entendu parler par les garçons.

— Tia et Cleo. Ma mère, Eileen Sullivan.

— Je suis ravie de vous rencontrer, madame Sullivan, déclara Tia. (Et elle songea, paniquée : C'est la mère de Malachi !) J'espère que vous avez fait bon voyage.

— Je me suis sentie comme une reine, à me prélasser en première classe.

— Oui, eh bien, c'est quand même un long..., commença Cleo.

Mal à l'aise, elle attrapa la manche de Tia et déclara :

— On va se tirer pour vous laisser vous reposer, parler toutes les deux, et tout ça...

— Non, vous n'allez pas faire ça.

Le sourire d'Eileen était amical, mais ses idées bien arrêtées.

— On va prendre une bonne tasse de thé ensemble, tranquillement, et bavarder un peu. Les garçons sont en bas, en train de comploter je ne sais quoi, alors profitons-en... Quel bel et grand appartement, ajouta-t-elle en promenant le regard autour d'elle. Il doit bien y avoir ce qu'il faut pour faire du thé quelque part...

— Je m'en occupe, proposa aussitôt Tia.

— Je vais t'aider, lança Cleo en filant sur ses talons jusqu'à la cuisine. Qu'est-ce qu'on est censées lui dire ? lui chuchota-t-elle à l'oreille. « Oh, bonjour, madame Sullivan ! On aime beaucoup s'envoyer en l'air avec vos fils, sauf quand on est dehors en train de cambrioler des maisons... »

— Oh, mon Dieu ! Oh, mon Dieu..., gémit Tia en se prenant la tête dans les mains. Pourquoi est-ce que nous sommes venues ici, déjà ?

— Le thé.

— Exact. J'avais oublié. D'accord.

Elle ouvrit deux placards, avant de se rappeler où elle avait elle-même rangé le thé.

— En fait, elle doit savoir. Oh, mon Dieu !

Tia ouvrit le frigo, trouva une bouteille de vin ouverte ; elle en retira le bouchon et en but un coup, directement au goulot.

— Je veux dire pour l'autre histoire. Elle doit bien être au courant, pour l'autre histoire. Malachi ou Gideon l'ont appelée régulièrement. Ils lui ont raconté, pour les *Parques* et Anita, et au moins pour une partie de nos plans. Quant au reste...

Tia tenta de se calmer, tout en dosant le thé.

— ... après tout, ce sont des hommes adultes, et elle a l'air d'être une femme raisonnable.

— C'est facile à dire, pour toi, rétorqua Cleo. Elle va sûrement approuver l'idée de son fils aîné maqué avec un auteur qui a un doctorat et un appartement dans l'Upper East Side. Mais je la vois pas pousser des hourras en découvrant que son petit dernier l'est avec une strip-teaseuse.

— Tes paroles sont insultantes !

— Mais, Tia, je ne lui reproche rien. Je...

— Non, ce n'est pas insultant pour Mme Sullivan, ça l'est pour toi. (La boîte à thé toujours dans la main, Tia se retourna.) Tu es en train d'insulter une de mes amies, et je n'aime pas ça. Tu es courageuse, loyale, intelligente, Cleo, il n'y a rien dont tu puisses être honteuse, rien dont tu doives t'excuser !

— C'est bien dit, Tia.

Eileen entra dans la cuisine, et les deux jeunes femmes pâlirent.

— Je comprends pourquoi Malachi est si impressionné par vous, Tia.... Quant à vous, déclara-t-elle à Cleo, il se trouve que j'ai confiance dans le jugement de mon petit dernier, et que j'ai toujours admiré son bon goût. Comme celui de Mal. Je commencerai donc sur cette base-là avec vous deux, et on verra bien où ça nous mènera. Veillez à ce que l'eau bouille complètement avant de la verser, ajouta-t-elle. La plupart des Yankees sont incapables de faire un thé buvable.

Quand Jack arriva dans l'appartement, une demi-heure plus tard, il nota simultanément trois choses : Tia était nerveuse, Cleo tendue, et Rebecca radieuse.

Ce fut elle qui se leva, lentement, et se dirigea vers lui ; elle lui entoura le cou de ses bras, approcha sa bouche de la sienne pour un long et lent baiser.

— Merci, dit-elle simplement.

— Je t'en prie.

Il conserva un bras autour de sa taille pendant qu'il regardait vers sa mère.

— Votre installation se passe bien, Eileen ?

— Ça ne pourrait pas être plus confortable, Jack, merci. Donc, les trois filles m'ont appris que vous aviez élaboré de nouveaux plans, contre cette femme qui cherche à faire du mal à ma famille. J'espère que nous allons pouvoir nous asseoir tous ensemble, et trouver un moyen pour que je vous donne un coup de main.

— Je suis sûr que nous trouverons quelque chose. D'après mon contact là-bas, la femme en question est toujours en train de fouiller Athènes, à la recherche d'une statuette d'argent et d'une jeune femme brune.

Jack s'assit en face de Cleo.

— Elle a acheté un pistolet. C'est la première chose qu'elle a faite. Elle espère à l'évidence retrouver ta piste, Cleo, et quand elle l'aura fait, elle prévoit de jouer pour de bon.

— Elle va être déçue, non ?

— Et on va veiller à ce qu'elle le reste !

Gideon venait d'entrer, suivi par Malachi, et il y avait de la fureur dans ses yeux.

— Peu importent les plans. À partir de maintenant, on te garde loin d'elle !

— Écoute, Petit futé…

— Je n'écouterai rien du tout ! Elle ne prévoit pas d'avoir une conversation avec toi ; elle prévoit d'obtenir ce qu'elle recherche, puis de te tuer ! Jack, tu lui as dit où elle s'est procuré le pistolet ?

— Au marché noir. Un Glock, non enregistré. Elle a été prudente, elle n'a pas essayé de passer une arme à la douane. Il y a de fortes chances qu'elle n'ait pas prévu de la rapporter non plus. Elle a l'intention d'en faire usage, d'en avoir pour son argent, et de s'en débarrasser.

— Je le répète : elle va être déçue…

— Et toi, désormais, tu vas rester à l'arrière-plan, décréta Gideon. Tu aideras Rebecca pour la technique, Tia pour ses recherches. Et tu ne bougeras pas de cet appartement ou de celui de Tia : pas question que tu sortes, sous aucun prétexte. Et ne discute pas ou je t'enferme dans un placard jusqu'à ce que ce soit fini.

— Cleo, avant que vous assommiez mon fils – qui d'ailleurs le mérite, j'en suis sûre, pour des tas de raisons –, j'aimerais dire quelque chose, intervint Eileen.

Elle s'installa confortablement, comme elle le faisait souvent devant sa propre table de cuisine.

— N'ayant participé à rien directement, ça m'a permis d'avoir une vue différente des choses. Il y a un point faible – un talon d'Achille, on pourrait dire, n'est-ce pas, Tia ? Ça serait approprié… –, c'est que cette femme connaît votre visage, Cleo. Elle pense que vous possédez un objet pour lequel elle a déjà tué, et toute son attention est concentrée sur vous pour le moment. Ça va sans doute changer, évoluer un peu après son retour, mais vous êtes le seul jalon dont elle soit sûre. Elle pense que si elle arrive jusqu'à vous, elle touchera au but. Est-ce que ça n'est pas vrai, Mal ?

— Si, c'est vrai. On ne prendra pas le risque de te perdre, Cleo. Et toi, je ne pense pas que tu voudras mettre toute l'affaire en péril, juste pour le plaisir de lui faire un pied de nez.

— D'accord, c'est compris. Je représente un risque, donc je reste cachée.

— La prochaine fois, Gideon, déclara Eileen, tu pourrais demander les choses raisonnablement au lieu de lancer des ordres… Vous faites un thé délicieux pour une Yankee, Tia.

— Merci, madame Sullivan.

— Pourquoi ne dites-vous pas tout simplement Eileen ? D'après ce que je comprends, vous êtes une fille intelligente dans d'autres domaines.

— Pas vraiment, non. Je suis juste bonne pour suivre les instructions qu'on me donne.

— La modestie est quelque chose de très convenable, remarqua Eileen en se servant une autre demi-tasse de thé, mais quand elle est fausse ou mal placée, ce n'est que de la sottise. Vous avez trouvé un moyen d'obtenir des informations financières sur cette femme, je crois ?

— En fait, c'est mon amie qui... Oui, corrigea Tia, devant le haussement de sourcils d'Eileen. J'ai trouvé un moyen.

— Et donc, vous savez combien lui demander pour les *Parques*.

— Nous n'avons pas décidé, pas exactement, mais je pensais...

— Est-ce qu'elle a toujours autant de mal à exprimer librement son opinion ? demanda Eileen à Malachi.

— Pas autant qu'en ce moment. Tu la troubles.

Bien que la couleur eût envahi ses joues, Tia redressa les épaules.

— Elle peut mobiliser jusqu'à quinze millions. Vingt, en réalité, mais ça voudrait dire beaucoup de temps et de difficultés supplémentaires, donc il vaut mieux se baser sur quinze. Je pensais que nous pourrions lui en réclamer dix, pour lui donner une bonne marge de sécurité. Les *Parques* valent beaucoup plus. Elle saura qu'avec un peu de travail et de recherche elle pourra les revendre, au bon collectionneur, pour au moins le double de son investissement. Mon père m'a confirmé qu'en tant que marchand il en offrirait dix. Elle, en tant que femme d'affaires, pensera la même chose.

— Très judicieux, observa Eileen avec un signe de tête. Maintenant, il vous reste à trouver comment l'obliger à sortir ce genre de somme sans lui donner les *Parques*. La faire prendre pour fraude à l'assurance, et en fin de compte la faire arrêter pour meurtre. Quand tout sera terminé, nous n'aurons plus qu'à organiser un mariage, et retourner diriger les Excursions Sullivan... Tes cousins font du bon travail au quotidien, déclara-t-elle à Malachi, mais il faudra qu'on reprenne les choses en main.

— Ils tiendront un moment encore, maman, la rassura Malachi.

— Si je ne le pensais pas, je ne serais pas ici. Exactement comme je crois que vous tous ici présents arriverez à une solution pour l'ensemble de l'affaire. Vous l'avez déjà menée loin, après tout... Et, à propos, quand va-t-on se décider à me montrer les *Parques* ?

— J'aime bien ta mère.

Malachi eut une moue dubitative, alors qu'il regardait Tia ouvrir le lit avec soin et replier le drap.

— Elle te terrifie.

— Juste un peu.

Par habitude, elle alluma le générateur de bruit blanc sur la table de chevet. Dès qu'elle s'éloigna pour régler son purificateur d'air, Malachi éteignit le générateur, comme il le faisait chaque soir. Elle ne s'en était jamais rendu compte.

— Rebecca était si heureuse de la voir. C'était vraiment très délicat de la part de Jack de l'inviter ici...

Nerveuse, Tia entra dans la salle de bains, enleva minutieusement son maquillage hypoallergénique avec un démaquillant hypoallergénique.

— C'était une excellente surprise pour toi aussi, ajouta-t-elle quand Malachi vint à la porte. Je suis sûre qu'elle te manquait.

— Oui, beaucoup.

Il aimait la regarder ainsi – admirer la charmante pureté de son visage dépourvu de tout maquillage.

— Tu sais ce qu'on dit des Irlandais...

— Non, qu'est-ce qu'on en dit ?

— Qu'ils peuvent être ivrognes ou rebelles, bagarreurs ou poètes, mais que tous, sans exception, ils aiment leur mère.

Elle rit, resta quelques instants à ouvrir et refermer le bouchon de sa crème hydratante.

— Tu n'es rien de tout cela.

— Quelle insulte... Je peux boire et me battre avec les meilleurs d'entre eux. Et c'est vrai qu'il y a du rebelle en moi. Et... tu veux de la poésie, Tia ?

— Je ne sais pas. Je n'en ai jamais eu.

— Des citations, ou quelque chose d'improvisé ?

Elle voulait sourire, était sûre de pouvoir y arriver ; pourtant, à peine ébauché, son sourire se dissipa sur ses lèvres.

— Ne fais pas ça, non.

— Quoi ?

Déconcerté, un peu alarmé, il s'approcha d'elle. Et elle s'éloigna.

— Je ne veux pas te rendre les choses difficiles.

— Bien, je... je suis content de le savoir, dit-il prudemment. Pourquoi est-ce que tu pleures ?

— Je ne pleure pas, protesta-t-elle en reniflant. Je ne veux pas pleurer. Je serai raisonnable et compréhensive, exactement comme je le suis toujours, poursuivit-elle, et elle reposa la crème hydratante sur l'étagère avec un bruit sec.

— Tu devrais peut-être m'expliquer à propos de quoi tu vas être raisonnable et compréhensive.

— Ne te moque pas de moi. De savoir que les gens se moquent de moi ne rend pas la chose moins horrible, pas du tout !

— Je ne me moque pas de toi, chérie, je...

Il tendit la main vers elle et elle la repoussa.

— Ne m'appelle pas ainsi, et ne me touche pas, l'interrompit-elle en s'écartant pour retourner à grands pas dans la chambre.

— Je ne dois pas t'appeler chérie, pas te toucher. Tu ne vas pas pleurer, tu seras raisonnable et compréhensive, récapitula Malachi, qui commençait à avoir mal à la tête. Donne-moi un indice, au moins, pour que je comprenne...

— Nous avons presque fini. Je le sais, et j'irai jusqu'au bout. C'est la seule chose importante que j'ai faite dans ma vie, je ne la laisserai pas sans la terminer.

— Ce n'est pas la seule chose importante que tu as faite.

— N'essaie pas de m'amadouer, Malachi.

— Que je sois foudroyé si j'essaie de t'amadouer, et merde si on continue à discuter comme ça, sans que j'aie la moindre idée de ce qu'on discute ! Bon Dieu, je vais attraper une de tes migraines ! s'exclama-t-il en se passant violemment les mains dans les cheveux. Tia, qu'est-ce qu'il y a ?

— Tu as dit que tu aurais dû m'en parler avant. Peut-être que tu aurais dû, en effet. Peut-être que, même si je le savais, ç'aurait été mieux ainsi.

— Te parler de... Ah oui !

Il se rappela ce qu'il était sur le point de lui dire, avant que Cleo les interrompe ce matin-là. Il fronça les sourcils, fourra ses mains dans ses poches.

— Tu le sais, et ça te met en rogne ?

— Pourquoi, je n'ai pas le droit d'avoir des sentiments ? Je n'ai pas le droit d'être en colère – juste celui d'être reconnaissante ? Reconnaissante que nous ayons eu ces quelques semaines ensemble... Eh bien, je suis reconnaissante et en colère à la fois. Je serai même furieuse si je le veux ! (Elle promena le regard autour d'elle.) Bon sang, il doit bien y avoir quelque chose à jeter !

— Ne réfléchis pas, lui conseilla-t-il. Prends la première chose venue et balance-la.

Elle saisit sa brosse à cheveux, la lança d'un geste nerveux, mais elle alla cogner brutalement contre le globe, couleur perle, de sa lampe de chevet.

— Non ! Mon Dieu, il venait de chez Tiffany ! Est-ce que je suis obligée de rater même mes crises de colère ?

— Tu aurais dû l'envoyer sur moi, dit-il, puis il lui prit le bras avant qu'elle commence à nettoyer les dégâts qu'elle avait causés.

— Laisse-moi...

— Non, je ne te laisserai pas.

— Je suis stupide, affirma-t-elle, et son esprit belliqueux l'abandonna. Tout ce que j'ai fait, c'est me rendre ridicule et casser un superbe globe. J'aurais mieux fait de prendre un Xanax.

— Mais tu ne l'as pas fait, et je préfère me battre avec une femme qui n'est pas assommée par un tranquillisant. Ce sont des sentiments réels, Tia, et tu devras t'y adapter. Que tu veuilles bien des miens ou non, tu devras t'y adapter.

— Je m'y suis adaptée, répliqua-t-elle en essayant de le repousser. Je m'y adapte depuis le début, et ce n'est pas juste. Je me fiche de savoir que la vie n'a pas à être juste, parce que là, c'est *ma* vie. Et non, je ne peux pas te faciliter les choses, même si je me suis dit mille fois que je le ferais. Je veux que tu ailles habiter chez Jack. Tu ne peux plus rester ici avec moi, c'est trop.

— Tu me jettes dehors ? Avant de partir, je saurai au moins pourquoi, affirma-t-il, et il la saisit dans ses bras.

— C'est trop, je te le répète. Je finirai ce que nous avons commencé, et je ne laisserai pas tomber les autres. Mais je ne veux pas être et je ne serai pas la douce et modeste amoureuse qui te facilitera les choses quand ce sera fini et que tu t'en iras, quand tu retourneras en Irlande pour reprendre ta vie là où tu l'as laissée. Quand tu me quitteras. Pour une fois, c'est moi qui décide de la fin, et donc je te dis de partir.

— Est-ce que je t'ai jamais demandé d'être douce et modeste ?

— Non. Tu as changé ma vie, merci beaucoup. Voilà.

Elle essaya de se dégager, mais il la ramena près de lui.

— Tu ne veux plus ? poursuivit-elle. Parfait. C'est très aimable à toi d'avoir été assez honnête pour me dire que c'était seulement temporaire – des vies qui se cognent l'une à l'autre, puis qui poursuivent leur chemin. Tu as une maison, une affaire à gérer en Irlande, alors bonne chance.

— Tu es une femme complexe, Tia, parfois très difficile à suivre.

— Je suis une femme très simple, au contraire, très facile à suivre et très facile à vivre.

— Conneries ! Tu es un vrai labyrinthe, et tu n'arrêtes pas de me fasciner. Récapitulons un peu tout ça, histoire de clarifier la situation. D'après toi, j'étais sur le point de te déclarer ce matin que ç'avait été agréable, amusant, et très plaisant aussi. J'aurais sans doute ajouté que j'avais beaucoup d'affection pour toi, et que, sachant que tu étais une femme douce et modeste – ha, ha –, j'étais sûr que tu comprendrais que, sitôt cette affaire terminée, ce serait terminé pour nous aussi.

La vision qu'elle avait de lui s'embuait à travers ses larmes. Pour la première fois elle aurait voulu, méchamment, qu'il soit quelqu'un d'ordinaire. D'ordinaire à regarder, à écouter – à embrasser, à aimer.

— Peu importe ce que tu aurais dit, parce que c'est moi qui le dis maintenant.

— Oh si, ça importe ! Je pense bien que ça importe. Donc, je vais te dire cette fameuse chose que j'aurais dû te dire plus tôt : je t'aime. Voilà. Qu'est-ce que tu en penses ?

— Je ne sais pas.

Une larme coulait à présent sur sa joue, mais elle ne le remarqua pas.

— Tu le penses vraiment ?

— Bien sûr que non.

Il rit en voyant la bouche de Tia s'agrandir, puis il la souleva dans ses bras.

— Quoi, je suis un menteur aussi ? Je t'aime, Tia, et si j'ai changé ta vie, tu as changé la mienne de la même façon. Si tu crois que je peux reprendre ma vie comme avant de te rencontrer, tu es stupide.

— Personne ne m'a jamais dit ça avant.

— Que tu étais stupide ?

— Non.

Elle toucha son visage, quand il s'assit au bord du lit en la prenant sur ses genoux.

— « Je t'aime. » Personne ne me l'a jamais dit.

— Alors, tu devras t'habituer à ce que je te le dise, jusqu'à ce que tu sois fatiguée de l'entendre.

Elle secoua la tête, tandis que son cœur se dilatait de bonheur.

— Personne ne me l'a jamais dit, donc je n'ai jamais eu l'occasion de le dire à mon tour. Maintenant, je le fais : Je t'aime. Je t'aime, Malachi.

Filer les fils, pensa-t-elle, en pressant ses lèvres sur les siennes. Mais les filer dans un autre sens, pour un autre dessin. Si son fil à elle devait être coupé court, elle pourrait regarder en arrière ce moment présent, et elle n'aurait pas de regrets.

28

Elle brûlait. Elle le savait.

Elle avait passé des heures à fouiller des boutiques de bibelots, davantage encore à appeler des maisons d'art ou d'antiquités, sous prétexte de faire des affaires. Elle avait eu des conversations sans fin, et jusqu'à présent infructueuses, avec des collectionneurs locaux qu'elle avait trouvés grâce à Stefan.

En guise de récompense, Anita dégustait une boisson fraîche à la table ombragée près de la piscine miroitante, à côté de la maison d'invités des Nikos.

Malgré ses introductions auprès des collectionneurs, Stefan ne lui avait pas été aussi utile qu'elle l'avait espéré. Assez hospitalier quand même, songea-t-elle en sirotant son mimosa[1] pétillant. Lui et son ennuyeuse épouse l'avaient accueillie à bras ouverts. En une autre occasion, elle aurait savouré ces instants passés dans la somptueuse maison blanche, qui semblait flotter sur les collines dominant Athènes, avec ses hectares de jardins, son armée de domestiques, ses cours fraîches et odorantes.

C'était fort agréable de s'étendre sur d'épais coussins, au bord d'un bassin alimenté par une fontaine représentant Aphrodite, de contempler les feuillages

1. Cocktail de jus d'orange et de champagne, en parts égales. *(N.d.T.)*

protecteurs et les fleurs sous le chaud ciel bleu, de savoir qu'on n'avait qu'à lever un doigt pour que le moindre de vos caprices soit satisfait.

C'était le doux abri que procurent la vraie richesse, le vrai luxe, quand on n'a d'autre sujet d'inquiétude que la satisfaction de ses propres désirs.

Et c'était là l'ambition de sa vie.

En fait, songeait-elle, il était temps qu'elle envisage de prendre des arrangements similaires pour elle-même. Une fois qu'elle aurait les autres statuettes – et elle les aurait –, elle pourrait penser à prendre partiellement sa retraite. Après tout, elle aurait du mal à dépasser un coup d'éclat tel que l'acquisition et la revente des *Trois Parques*. Ensuite, Morningside n'aurait guère plus d'utilité pour elle.

L'Italie serait plus son genre, pensa-t-elle. Une élégante villa en Toscane, où elle mènerait une vie d'expatriée de grand luxe. Bien sûr, elle garderait sa maison de New York, où elle vivrait quelques mois chaque année. À faire du shopping, sortir, recevoir, et se laisser baigner par les regards envieux des gens comme par des pétales de roses.

Elle donnerait des interviews, oui ; mais, sitôt passée la première excitation des médias, elle s'éclipserait. Le voile de mystère dont elle se recouvrirait ne serait pas épais, et lorsqu'elle le lèverait, au gré de sa fantaisie, ils accourraient tous au signal.

Elle mettrait Morningside en vente, avec regret. Et engrangerait les bénéfices qui lui revenaient légitimement, après l'investissement qu'avaient représenté douze années d'un fastidieux mariage.

C'était bien pour cette vie-là qu'elle était faite, constata-t-elle en s'installant confortablement dans sa chaise longue. Une vie de privilèges, de renommée et de grande, grande richesse. Dieu savait qu'elle l'avait méritée.

Elle trouverait l'exaspérante Cleo Toliver, et ôterait cet obstacle de son chemin. Ce n'était qu'une question de temps : elle ne pourrait pas se cacher toujours. Au moins Stefan avait-il été d'une certaine aide, en lui servant d'interprète dans quelques boutiques et en s'enquérant de la jeune femme et de la statuette d'argent. La Toliver était certainement dans les parages ; à deux reprises, à en croire les marchands interrogés, Anita l'avait manquée de moins d'une heure. Cela ne voulait dire qu'une seule chose : elle brûlait, se rassura-t-elle. Et dire que cette souillon s'imaginait qu'elle pourrait avoir Anita Gaye. Cette erreur allait lui coûter très cher.

— Anita ?

Toujours perdue dans ses fantasmes, elle retira ses lunettes noires et contempla Stefan.

— Bonsoir. Cet endroit est magnifique.

— Superbe, c'est vrai. J'ai pensé que vous apprécieriez une boisson fraîche, une petite collation.

Il fit un geste vers les plateaux de fromages et de fruits qu'un domestique disposait sur une table, puis lui tendit un autre mimosa.

— J'adorerais, merci. J'espère que vous vous joindrez à moi.

— Je vais le faire, oui.

Ses cheveux gris argent brillèrent dans le soleil, quand il s'installa dans la chaise longue à côté de la sienne.

Ses bras étaient bronzés et musclés, son corps en pleine santé, son visage viril et taillé à coups de serpe. D'après les estimations les plus prudentes, il valait cent vingt millions de dollars. Si elle avait été à la recherche d'un autre mari, il aurait trouvé place dans le peloton de tête des prétendants.

— Je veux vous remercier encore, Stefan, de me servir de guide et d'intermédiaire comme vous le faites. J'ai vraiment l'impression d'abuser de votre hospitalité, en ayant débarqué chez vous à l'improviste ou presque, mais vous êtes si serviable et si coopératif... Je sais combien un homme de votre envergure, avec la position que vous avez, est occupé.

— Je vous en prie, dit-il, et il balaya ses mots d'un geste de la main, en saisissant son propre verre. C'est un plaisir pour moi. Et cette chasse au trésor est excitante, en plus. Ce genre d'aventure me donne l'impression d'être de nouveau jeune.

— Oh, comme si vous ne l'étiez pas...

Elle se pencha vers lui, lui offrant ainsi délibérément la vue de son opulente poitrine à peine contenue par son petit bikini. Elle pouvait bien ne pas être à la recherche d'un mari, un amant était toujours une éventualité à prendre en considération.

— Vous êtes un homme séduisant, dynamique, dans la fleur de l'âge. En fait, s'il n'y avait pas votre femme...

Elle ne termina pas sa phrase, tapotant du bout d'un doigt, enjôleuse, sur le dos de la main de Stefan.

— ... je sens que je vous ferais du charme.

— Vous me flattez.

Femme calculatrice et lamentablement prévisible, pensa Stefan. Et il eut un pincement au cœur en songeant à son vieil ami, qui n'avait pas vu cette créature telle qu'elle était.

— Pas du tout. Comme pour le vin, je préfère les hommes qui ont un certain âge et du corps. J'espère pouvoir un jour vous payer de retour pour votre gentillesse.

— Ce que je fais, je le fais pour Paul. Et bien sûr pour vous, Anita. Vous méritez tout ce que je peux faire pour vous, et au-delà. Malheureusement, j'ai peur de n'avoir pas bien su vous aider dans votre chasse au trésor. Je l'avoue, en tant que collectionneur, mon attitude n'est pas tout à fait désintéressée. Comme ce serait précieux d'ajouter les Moires à ma collection… J'espère que, le moment venu, nous pourrons parler affaires.

— Ça va de soi, assura-t-elle en heurtant son verre contre le sien. À nos futures relations, d'affaires et personnelles.

— J'attends ça avec impatience, plus même que je ne peux le dire… Oh, à propos, j'ai eu quelque réussite, sur l'autre sujet que vous savez !

Il se tut, examina les fruits, coupa une grappe de gros raisins violets et la lui tendit.

— Vous ne voulez pas en goûter ? Ils viennent de nos propres treilles.

— Merci, répondit-elle en lui prenant des mains la grappe. Vous disiez ?

— Hein ? Oh oui, oui.

Il prit son temps, se choisit une grappe pour lui-même.

— Oui, quelque réussite au sujet de la femme que vous cherchez : j'ai le nom de l'hôtel où elle est descendue.

— Vous l'avez trouvée !

Anita balança ses jambes par-dessus la chaise longue, de sorte que ses pieds claquèrent sur les carreaux.

— Pourquoi est-ce que vous ne le disiez pas plus tôt ? Où est cet endroit ?

— Dans un coin de la ville que je ne recommanderais pas à une dame de votre classe et de votre raffinement. Du fromage ?

— Il me faut une voiture et un chauffeur, déclara-t-elle d'un ton cassant. Immédiatement.

— Bien sûr, tout est à votre disposition.

Il coupa une fine tranche de fromage, la déposa sur la petite assiette contenant les raisins qu'elle n'avait pas encore goûtés.

— Ah, mais vous pensez peut-être aller à cet hôtel pour la voir… Elle n'est pas là-bas.

— Qu'est-ce que vous racontez ?

Prévisible, pensa de nouveau Stefan. Oui, elle était prévisible. Maintenant, la garce ressortait derrière le masque, montrant ses méchants petits crocs et son vilain caractère.

— Elle y *est* descendue, expliqua-t-il. Mais elle l'a quitté aujourd'hui.

— Où est-ce qu'elle est allée ? Où est-elle, bon sang ?

— Hélas, je n'ai pas pu l'apprendre. L'employé m'a juste dit qu'elle avait quitté l'hôtel, peu après avoir rencontré un jeune homme. Anglais ou irlandais, il ne savait pas bien. Ils sont partis ensemble.

La couleur que l'excitation et l'emportement avaient mise sur les joues d'Anita reflua, jusqu'à ce que son visage soit blanc comme un linge, dur comme de la pierre.

— C'est impossible !

— Naturellement, il peut y avoir eu une erreur ou une confusion, mais l'employé avait l'air assez coopératif, et très sûr de ce qu'il affirmait. Je peux m'arranger pour que vous lui parliez vous-même, demain si vous voulez. Il ne connaît pas l'anglais, mais je serai heureux de faire l'interprète. Toutefois je dois insister pour que vous le rencontriez ailleurs que là-bas. En conscience, je ne pourrais pas vous y emmener.

— Il faut que je lui parle maintenant ! Il faut que je la trouve *maintenant !* Avant que...

Elle arpenta les carreaux blancs du tour de la piscine, chauffés par le soleil, et elle pensait à Malachi Sullivan avec des idées de meurtre.

— Calmez-vous, Anita..., dit Stefan d'un ton réconfortant, puis il se leva.

Un domestique s'approcha, s'excusa de les interrompre ; Stefan prit l'enveloppe qu'il lui tendait et le congédia.

— Anita, c'est un télégramme pour vous.

Elle se retourna vivement, les talons de ses sandales claquant sur le sol. En temps ordinaire, Stefan se serait retiré pour laisser son invitée jouir d'un peu de tranquillité ; mais il ne voulut pas manquer le spectacle et resta à côté d'elle, la regarda déchirer le télégramme. Puis le lire.

Anita,

Désolé de n'avoir pas eu le temps de venir en personne vous saluer. Deux étrangers dans une terre étrangère, etc., vous connaissez. Mais j'ai terminé mes affaires à Athènes plutôt rapidement, et au moment où vous lisez ceci, je suis en train d'escorter quelques jeunes dames assez séduisantes vers New York. Je suggère que vous-même rentriez le plus vite possible et que nous nous voyions, si le destin vous intéresse toujours.

Je vous contacterai.

Malachi Sullivan

Stefan eut le plaisir d'entendre son cri étranglé, tandis qu'elle roulait le télégramme en boule dans son poing.

— Pas des mauvaises nouvelles, j'espère ?

— Il faut que je rentre à New York immédiatement.

Les couleurs étaient revenues sur son visage, violentes même.

— Bien sûr. Je vais prendre les dispositions nécessaires. S'il y a quoi que ce soit que je puisse faire pour vous...

— Je vais régler ça, marmonna-t-elle entre ses dents. Je vais régler ça, vous pouvez me faire confiance.

Il attendit qu'elle se soit éloignée en trombe en direction de la maison, puis il s'assit, prit son verre dans une main, sortit son téléphone portable de l'autre.

Il fit son appel en dégustant du raisin.

— Jack ? J'aurai une femme très en colère dans mon jet privé d'ici à deux heures... Non, non, assura-t-il en riant, tout en se choisissant une autre grappe de raisin. Ç'a été pour moi un très grand plaisir, mon ami, et ça continue à en être un.

Anita trouva en arrivant chez elle une foule de messages ; beaucoup venaient de la police et ne firent qu'ajouter à son irritation. Elle avait passé tout le vol à imaginer les différentes façons dont elle pourrait se débarrasser de Malachi ; toutes se terminaient par sa mort sanglante et douloureuse.

Cependant, aussi satisfaisants pour l'esprit que fussent tous ces scénarios, Anita était suffisamment intelligente, et encore assez maîtresse d'elle-même, pour savoir qu'il était essentiel de trouver le bon moment, le bon endroit et la bonne méthode.

Elle le voulait mort, mais elle voulait encore plus les *Parques*.

Elle ordonna à ses domestiques de quitter la maison ; il lui fallait la place vide, pour elle seule. Elle se doucha, se changea, puis contacta Jasper, et enfreignit une de ses règles d'or en lui ordonnant de la rejoindre.

Mécontente de son travail, elle songeait à se débarrasser de lui. Ce serait assez facile de maquiller la chose en une tentative de cambriolage, de simuler les traces d'une bagarre. Avec ses vêtements un peu déchirés, quelques bleus bien explicites, on ne lui poserait aucune question ; une femme seule, défendant sa maison et sa personne avec un des pistolets de son défunt mari...

Quand elle se rappelait ce qu'elle avait ressenti en appuyant sur la détente, puis en voyant Dubrowsky vaciller, tomber, mourir, elle avait la certitude que le renouvellement de cet acte la soulagerait considérablement de son stress.

Toutefois, elle avait pour le moment la police sur son dos. Et puis, Jasper pouvait encore lui être utile. Mieux valait le conserver quelque temps supplémentaire.

Il arriva par l'entrée de derrière, selon les instructions d'Anita, et elle gagna directement la bibliothèque en sa compagnie. Là, elle prit place derrière le bureau, où elle serait en position forte.

— Fermez la porte, ordonna-t-elle d'un ton froid.

Pendant qu'il lui tournait le dos, elle sortit le pistolet qu'elle avait rangé au préalable dans le tiroir et le posa sur ses genoux. Juste au cas où.

— Je ne suis pas satisfaite de votre travail, monsieur Jasper.

Elle leva un doigt avant qu'il ait eu le temps de répondre.

— Et je ne suis pas non plus intéressée par vos excuses. Je vous ai payé, et bien payé, pour vos compétences et vos talents particuliers. À mon avis, ils ont fait défaut de façon déplorable.

— Vous m'avez fichtrement pas donné grand-chose sur quoi me baser...

Elle s'installa confortablement. Après le long vol qu'elle venait de subir, c'était stimulant de sentir la colère et la violence jaillir de lui. Mieux que les drogues, songea-t-elle. Il se croyait plus fort qu'elle, plus dangereux qu'elle. Et il ne se doutait pas qu'il n'était qu'à un doigt de la mort, un doigt posé sur une détente.

— Vous êtes en train de me critiquer, monsieur Jasper ?

— Écoutez, si vous trouvez que je fais pas bien mon boulot, virez-moi.

— J'y ai pensé.

Elle tapota du bout du doigt l'acier froid du neuf millimètres sur ses genoux.

— Je suis une femme d'affaires, et quand un employé ne donne pas satisfaction dans son travail, il est viré.

— Pas de problème.

Elle le vit remuer. Elle le savait, il avait un pistolet sous sa veste de costume ; envisageait-il de l'utiliser contre elle ? Pour l'intimider, la dévaliser, peut-être la violer ? Persuadé qu'elle serait impuissante contre lui, et qu'elle ne pourrait pas se plaindre ensuite à la police... Cette idée était absolument palpitante.

— Pourtant, en tant que femme d'affaires, je crois aussi à l'utilité de donner certaines motivations aux employés, dans l'espoir que leur travail s'améliorera. Je vais vous offrir une motivation.

— Ouais ? lâcha-t-il, et il détendit quelque peu le bras avec lequel il tenait son pistolet. Du genre ?

— Un bonus de vingt-cinq mille dollars, si vous trouvez et me livrez un dénommé Malachi Sullivan. Il est en ville, peut-être en compagnie de Cleo Toliver. Vous vous rappelez cette femme, n'est-ce pas, monsieur Jasper ? susurra-t-elle. Elle a réussi à vous glisser entre les doigts plusieurs fois. Je doublerai ce bonus si vous me les livrez tous les deux – et peu importe dans quel état, pourvu qu'ils soient vivants. J'insiste fortement là-dessus : ils doivent être vivants. Votre ancien associé n'avait pas compris ce point-là, c'est pourquoi il a été viré.

— Cinquante pour l'homme, cent si je les ai tous les deux.

Elle pencha la tête, puis poussa d'un doigt une grande enveloppe kraft sur le bureau.

— Il y a une photo de lui là-dedans, et deux mille dollars pour vos dépenses courantes. Je ne vous donnerai pas plus de deux mille avant d'avoir eu quelques résultats. Il y a un immeuble d'habitation sur la 18e Ouest, entre la 9e et la 10e. L'adresse est aussi dans l'enveloppe, avec les clés. L'immeuble est en rénovation, les travaux seront suspendus à partir d'aujourd'hui. Quand vous aurez M. Sullivan, et aussi Mlle Toliver, je l'espère, vous devrez les amener là-bas. Vous utiliserez les installations qui se trouvent au sous-sol. Ensuite, vous me contacterez au numéro que je vous ai déjà donné. Est-ce que tout est clair ?

— J'ai compris.

— Si vous me donnez l'homme et la femme, je vous donnerai l'argent que vous demandez. Après ça, je ne veux plus jamais vous voir ni entendre parler de vous.

Il prit l'enveloppe.

— Au fait, je voulais vous dire : le téléphone de la Marsh n'est plus sur écoute.

Anita haussa les épaules.

— Ça n'a pas d'importance. Elle ne m'intéresse plus.

— Son vieux m'a fait un vrai baratin, quand je suis allé le voir et que je lui ai posé des questions sur ces statuettes. On dirait qu'il aimerait bien mettre la main dessus.

— Oui, je suis sûre qu'il aimerait. Je suppose qu'il ne vous a rien raconté de particulièrement utile ?

— Il aurait entendu une rumeur, comme quoi une des statuettes était peut-être en Grèce, à Athènes. Mais il a ajouté qu'il y en avait d'autres…

— À Athènes. Eh bien, ça, c'était vrai hier.

— Il a essayé de me soutirer des informations, l'air de rien, comme si c'était juste histoire de bavarder, mais je voyais bien qu'il fouinait.

— Tout ça ne m'intéresse plus. Trouvez-moi Malachi Sullivan. Vous pouvez repartir par où vous êtes venu.

Elle croyait qu'il n'avait rien dans le crâne, songea Jasper en s'en allant. Elle croyait qu'il n'était pas assez malin pour comprendre ni quoi ni qu'est-ce.

Il trouverait ce Sullivan, okay, et aussi la femme. Mais je t'en fous qu'il les lui livrerait pour cent mille malheureux dollars. S'ils étaient vraiment le lien avec ces statuettes, ils lui diraient ce qu'ils savaient. Et quand il aurait les *Parques*, Anita Gaye paierait. Et elle paierait grave.

Ensuite, peut-être qu'il lui ferait exactement ce qu'elle avait dû faire à ce trou du cul de Dubrowsky. Avant de sauter dans un avion pour Rio.

Anita resta un moment à son bureau, épluchant les messages. Pour s'amuser, elle déchira en petits morceaux ceux qui émanaient de la police. Après tout, les enquêtes sur les meurtres et les cambriolages n'étaient pas son boulot.

Elle avait l'intention de contacter très vite son agent d'assurances ; elle espérait bien qu'ils allaient lui remettre sans tarder un chèque, à la suite de sa déclaration. S'il fallait leur rappeler qu'elle pouvait fort bien verser ailleurs sa lourde prime annuelle, elle le ferait avec grand plaisir.

La sonnette retentit deux fois ; elle maudit son personnel, misérablement inefficace et trop grassement payé, avant de se rappeler qu'elle les avait libérés pour la journée.

Soupirant sur l'ennui de devoir tout faire elle-même, elle alla à la porte ; elle ne fut guère heureuse de voir les deux inspecteurs attendant sous son porche, mais, après avoir pesé le pour et le contre quant à la possibilité de les ignorer, elle leur ouvrit sa porte.

— Inspecteurs, un peu plus et vous me manquiez.

Lew Gilbert hocha la tête.

— Pouvons-nous entrer, madame Gaye ?

— Le moment n'est pas très bien choisi. J'arrive juste d'un voyage à l'étranger, je suis très fatiguée.

— Pourtant vous vous apprêtiez à sortir, non ? Vous venez de dire que nous avons failli vous manquer.

— J'allais m'étendre, répliqua-t-elle d'une voix douce.

— Nous ferons vite, alors.

— Très bien, dit-elle en se reculant pour les laisser entrer. Je n'avais pas réalisé que vous travailliez avec... Je suis désolé, j'ai oublié votre nom.

— Inspecteur Robbins, déclara Bob.

— Bien sûr... Je n'avais pas compris que vous travailliez avec l'inspecteur Robbins sur le cambriolage, inspecteur Gilbert.

— Parfois, des affaires se chevauchent.

— Je l'imagine, oui. Je suis ravie que deux des meilleurs policiers de New York se penchent sur mes problèmes, vous pensez bien... Je vous en prie, asseyez-vous. J'ai renvoyé les domestiques, malheureusement, parce que je voulais avoir la maison pour moi seule. Mais je suis sûre de pouvoir réussir à vous faire du café si vous en avez envie.

— Merci, mais ne vous dérangez pas.

Lew s'assit et commença.

— Vous disiez que vous reveniez juste de voyage ? Quelque chose que vous aviez prévu avant le cambriolage ?

— Quelque chose qui est arrivé de façon imprévue.

— À l'étranger ?

— Oui, répondit-elle patiemment en croisant les jambes. À Athènes.

— Ce doit être impressionnant. Tous ces vieux temples... Et cette boisson, qu'est-ce que c'est, déjà ? L'ouzo. J'en ai bu une fois, à un mariage. Plutôt costaud.

— C'est ce qu'on m'a dit, oui. Ce n'était qu'un voyage d'affaires, malheureusement, et je n'ai guère eu de temps ni pour les temples ni pour l'ouzo.

— Ça tombait mal pour vous, de devoir partir comme ça juste après le cambriolage, intervint Bob. Vous faites souvent des voyages d'affaires ?

— Ça dépend.

Elle se fichait du ton qu'il prenait, songea Anita. Elle s'en fichait complètement. Lorsque ce serait fini, elle dirait quelques mots à ses supérieurs, quelques mots bien sentis.

— Excusez-moi, mais si nous pouvions en venir au fait ?

— Nous avons essayé de vous contacter. Ça ne facilite pas l'enquête quand on ne peut pas joindre la victime.

— Je vous le répète, ce voyage était à la fois indispensable et imprévu. De plus, j'ai communiqué toutes les informations que j'avais à l'inspecteur Gilbert. Je pensais que vous et la compagnie d'assurances vous occuperiez du reste.

— Vous avez rempli votre déclaration ?

— J'ai laissé la paperasse à mon assistante avant de partir. Elle m'a promis que ce serait transmis par coursier à mon agent. Vous avez quelques pistes sur ce que mes biens sont devenus, ou sur l'identité de ceux qui se sont introduits dans mon immeuble ?

— L'enquête est en cours. Madame Gaye, est-ce que vous savez quelque chose sur les *Parques ?*

Pendant un moment, elle ne put que le regarder, hébétée, puis répondit :

— Bien sûr. Elles sont pour moi une vraie légende, à la fois professionnellement et personnellement. Pourquoi ?

— D'après un tuyau que nous avons reçu, c'était peut-être ce que les voleurs recherchaient. Pourtant, vous n'avez mentionné aucune statuette d'argent dans votre déclaration.

— Un tuyau ? De qui ?

— Anonyme, mais nous avons l'intention de suivre toutes les pistes dans cette affaire. Je n'ai rien vu non plus qui ressemble à la description de ces statuettes sur la liste de votre inventaire.

— Vous ne pouvez pas l'avoir vu, parce que je ne les possède pas. Si j'en avais une, inspecteur, vous pouvez être sûr que je la garderais enfermée dans un coffre. Les *Parques* sont extrêmement précieuses. Par malheur, une d'entre elles a sûrement été perdue avec son propriétaire dans le naufrage du *Lusitania*. Quant aux deux autres... personne ne peut confirmer leur existence.

— Donc, vous n'avez aucune de ces statuettes.

— Je crois que j'ai déjà répondu à cette question !

La colère, l'humiliation d'être ainsi questionnée transparaissaient dans la voix d'Anita.

— Si je possédais une des *Parques*, je l'annoncerais haut et fort, soyez-en sûr. Cela ferait une très bonne publicité pour Morningside.

— Bon. Les tuyaux anonymes ne mènent en général à rien, remarqua Lew, paraissant battre en retraite et s'excuser. De toute façon, c'est mieux comme ça. Un objet pareil ne passerait pas par les canaux et les receleurs chez qui nous cherchons d'habitude. Puisque vous n'étiez pas disponible, nous avons obtenu les photographies et les descriptions des biens volés auprès de la compagnie d'assurances. Nous avons suivi toutes les pistes habituelles, et Jack Burdett a coopéré en ce qui concerne la sécurité. Mais pour être honnête, madame Gaye, nous sommes bredouilles jusqu'à présent.

— C'est très ennuyeux. Dieu merci, nous étions correctement assurés, même si ça ne me rend pas mes objets, bien sûr. Mais c'est très inquiétant de savoir que Morningside était aussi vulnérable... À présent, vous allez devoir m'excuser, ajouta-t-elle en se levant, mais je suis vraiment très fatiguée.

— Nous vous tiendrons informée, affirma Bob, et il se releva à son tour. Oh, à propos de cette autre affaire, ce meurtre dans un entrepôt qui vous appartenait...

Quelques mots bien sentis ne suffiraient pas, songea Anita, elle veillerait à ce que cet homme soit viré.

— Franchement, inspecteur, je crois avoir établi avec vous que je ne savais rien à ce sujet.

— Je voulais juste vous informer que nous avons identifié un suspect. Un homme avec qui la victime aurait travaillé très récemment. (Il tira une photo de sa poche intérieure.) Vous connaissez cet homme ?

Anita regarda la photo de Jasper, hésita entre l'envie de rire et celle de se mettre à crier.

— Non, je ne le connais pas.

— Je ne le pensais pas non plus, mais nous ne devons rien négliger. Merci pour le temps que vous nous avez consacré, madame Gaye.

Tandis qu'ils retournaient à leur voiture, les deux flics échangèrent un bref regard.

— Elle est mouillée, dit Lew.

— Oh oui. Jusqu'au cou.

À la minute où la voiture s'éloigna du trottoir, Cleo prit son téléphone.

— Elle est à point, annonça-t-elle. Tu peux appeler.

Puis elle rangea le téléphone et se tourna vers Gideon, assis au volant.

— Restons juste quelques minutes, lui proposa-t-elle. Je te parie qu'on va l'entendre crier d'ici.

— On peut faire ça.

Il lui rendit la boisson (un vrai sirop de sucre) qu'elle avait apportée pour qu'ils la partagent pendant leur surveillance.

— Et après, on pourrait faire un petit détour par chez Tia. Il n'y a personne là-bas en ce moment.

— Oh, fit Cleo en se mordillant pensivement la lèvre. Et qu'est-ce que tu as en tête, au juste ?

— T'arracher tes vêtements, te jeter sur la première surface plate venue et m'attaquer à toi.

— Ça me semble un bon programme.

À l'intérieur de la maison, Anita montait l'escalier en trombe. Elle aurait dû tuer Jasper. Le tuer quand elle en avait eu la possibilité, puis engager un nouvel homme de main – doté aussi d'un cerveau – pour traquer Malachi. Maintenant, elle devait absolument trouver un moyen de le faire, et avant que la police ne mette la main sur lui.

C'était sans doute Malachi qui avait appelé les flics au sujet des *Parques*. Qui d'autre cela aurait-il pu être ? Mais pourquoi ? Était-ce lui qui avait essayé de cambrioler Morningside ?

Elle serrait les poings en arpentant sa chambre. Comment un vulgaire marin d'opérette pouvait-il manipuler un tel niveau de sécurité ? Il avait peut-être embauché quelqu'un... Mais il ne roulait pas sur l'or.

Tout ramenait forcément à lui. Oh, *oh*, comme elle allait le faire souffrir pour ça !

Elle saisit le téléphone à la première sonnerie, aboya dans le combiné :

— Quoi ?

— Rude journée, mon chou ?

Elle ravala les injures qu'elle avait sur la langue, parvint à roucouler ou presque.

— Eh bien, Malachi... Est-ce que ce n'est pas une surprise ?

— La première d'une longue série. Comment avez-vous trouvé Athènes ?

— Par l'Italie, puis en bas à gauche.

— Excellent. Je ne me rappelais pas que vous étiez aussi spirituelle, mais en tout cas c'est réconfortant de voir que vous avez conservé votre bonne humeur. Vous allez en avoir besoin. Devinez ce que je regarde ? De ravissantes dames en argent. Un petit oiseau m'a dit que vous vous donniez beaucoup de mal pour les trouver. Il semblerait que je vous aie battue à ce jeu-là.

— Vous voulez qu'on négocie ? On va négocier. Où êtes-vous ? Je préférerais en discuter face à face.

— J'étais sûr que vous voudriez. On va en effet négocier, Anita. Je vous recontacterai pour savoir quand et où, mais je veux d'abord vous laisser le temps de récupérer du choc.

— Vous ne me causez aucun choc, rassurez-vous.

— Pourquoi vous n'iriez pas voir comment ça s'est passé pour votre petite dame en argent, pendant que vous preniez en bas à gauche en Italie ? Mais restez chez vous, n'est-ce pas ? Je vous rappellerai dans trente minutes. Vous serez sortie du coma d'ici là.

Quand le téléphone eut cliqué à son oreille, elle jeta le combiné. Il n'allait pas l'ébranler pour si peu. Bon, il en avait deux et elle une, mais c'était très bien ainsi. Tout ce qu'il avait fait, c'était lui épargner l'ennui de devoir les passer à la douane et les rapporter à New York en contrebande.

Elle jeta un coup d'œil vers la penderie puis, incapable de résister, elle y entra. Ses doigts tremblaient de fureur tandis qu'elle faisait glisser le panneau et ouvrait le coffre.

Cleo avait raison : même à cette distance et sous cet angle, ils l'entendirent crier.

29

Maintenant qu'elle était nue, à plat ventre sur le sol et en train d'essayer de retrouver son souffle, Cleo pensa que ça avait valu le coup de laisser Gideon s'attaquer à elle, malgré les brûlures du tapis. Vraiment valu le coup.

Et, étant donné qu'elle s'était ensuite attaquée à lui à son tour, elle ne pensait pas non plus entendre la moindre plainte de sa part.

Ils allaient à l'évidence sur un bon rythme, tous les deux. Du genre qu'elle ne se lasserait jamais de danser.

— Tu te sens comment ? lui demanda-t-il.

— J'ai peur qu'une partie de mon cerveau me soit sortie par les oreilles, mais il m'en reste encore. Et pour toi ?

— Eh bien, je n'y vois pas encore, mais j'ai bon espoir de retrouver la vue. De toute façon, même si je finis aveugle et le cerveau en bouillie, ça ne me paraît pas un prix trop cher à payer.

— T'es réellement un chou, Petit futé.

— Dans un moment pareil, un homme préférerait qu'on l'appelle mon tigre, ou une autre bête sauvage quelconque, plutôt que mon chou.

— D'accord. T'es un véritable mammouth. Ça te va ?

— Ça devrait aller. Il faudrait sans doute qu'on se lève à présent, qu'on essaie de recoller les morceaux.

— Ouais, il faudrait.

Et ils restèrent étendus tels qu'ils étaient, un amas emmêlé et moite, avec leurs vêtements éparpillés autour d'eux.

— J'ai entendu dire que tu pensais ouvrir une boîte, une école ou quelque chose dans le genre ?

Elle réussit à soulever un bras, pour ce qui pouvait ressembler à un haussement d'épaule.

— J'y pense, oui.

— Donc, tu n'envisages rien dans le genre retourner danser, faire des passages à Broadway ou tout ça ?

— J'ai jamais fait beaucoup de passages à Broadway, de toute façon.

— Je trouve que tu es une merveilleuse danseuse.

— Je suis pas mauvaise, oui. (Elle tourna la tête, posa sa joue sur le tapis.) Mais on doit savoir à quel moment passer à autre chose, pour ne pas finir en bohémienne promenée sans cesse d'audition en audition.

— Donc, tu as plutôt en tête de rester ici.

— On peut le dire comme ça, oui.

Il fit monter puis descendre un doigt le long de sa colonne vertébrale : elle avait un dos si beau, si long.

— Tu sais, ils ont des clubs et des écoles de danse en Irlande.

— Sans blague ? Et moi qui croyais qu'ils avaient juste des trèfles et des petites fées vertes…

— Tu oublies la bière.

— J'en prendrais bien une tout de suite, dit-elle en se passant la langue sur les lèvres.

— J'irai nous en chercher deux, quand je sentirai de nouveau mes jambes. Cobh n'est pas aussi grand ni aussi peuplé que New York…

Grâce à Dieu, songea-t-il sans le formuler.

— … mais c'est un village de bonne taille, et nous avons beaucoup de touristes. Ce n'est pas tellement loin de Cork, pour qui a besoin de la foule et de la circulation des villes. On est fanas de danse, en Irlande, que ce soit pour la pratiquer ou pour l'enseigner. Tu sais, un danseur est un artiste, et pour nous, les artistes sont des trésors nationaux.

— Ah oui ? lâcha-t-elle, sentant son cœur commencer à battre fort, mais ne bougeant pas d'un pouce. Peut-être que je devrais me renseigner là-dessus.

— À mon avis, tu devrais, oui.

Sa main se mit à dessiner des petits cercles, lentement, sur les fesses de Cleo.

— Alors, est-ce que tu veux m'épouser ?

Elle ferma les paupières quelques instants, laissa la sensation de ce moment, chaude et douce, s'insinuer en elle ; puis elle tourna la tête, le fixa du regard.

— Bien sûr.

Des sourires s'étalèrent sur leurs visages, puis ils tendirent la main l'un vers l'autre en riant – et, à cet instant précis, la porte s'ouvrit.

— Oh, sainte Mère de Dieu ! Qu'est-ce que je vois ?

Malachi ferma vivement les yeux, recouvrit de la main ceux de Tia.

— C'est si difficile de trouver un lit dans cet appartement ?

— On était pressés.

Gideon s'empara d'un jean, et il l'avait déjà presque aux genoux quand il se rendit compte que c'était celui de Cleo.

— Attends un peu…

En pouffant de rire, Cleo jeta son pantalon à Gideon, puis lui prit sa chemise pour la mettre elle-même.

— C'est bon. On va se marier.

— Vous marier ?

Tia repoussa la main de Malachi et, gagnée par l'émotion, se précipita pour serrer Cleo dans ses bras.

— C'est merveilleux, simplement merveilleux. Oh-oh, vous pouvez avoir un double mariage ! Toi et Gideon, Rebecca et Jack. Un double mariage. Est-ce que ça ne serait pas extraordinaire ?

— C'est une idée, oui.

Cleo jeta un coup d'œil, par-dessus l'épaule de Tia, à Malachi qui s'était absorbé dans la contemplation du plafond.

— Tu ne vas pas me féliciter, m'accueillir au sein des Sullivan et tout le bataclan ?

— Ce n'est pas le moment de parler de seins. Mets quelque chose. Je ne peux pas m'approcher de toi tant que tu es nue.

— Je ne suis qu'à moitié nue.

La chemise de Gideon flottant sur ses cuisses, Cleo se leva et s'avança vers Malachi.

— C'est bon pour toi, monsieur le chef de famille ?

Il baissa les yeux et, soulagé que la chemise soit boutonnée, prit dans les mains son visage et l'embrassa sur les deux joues.

— Je n'aurais pas mieux choisi pour moi-même. Maintenant, je t'en prie, enfile un pantalon.

— Merci, je vais le faire, mais il faut vraiment que je parle à Tia une minute.

— On a beaucoup de choses à vous dire au sujet d'Anita, et de ce qui va arriver.

— Rien que cinq minutes, insista Cleo. S'il te plaît. Emmène Petit futé sur le toit pour une cigarette, une conversation d'homme à homme ou ce que tu veux.

— Cinq minutes, accepta-t-il. Tout est dans le timing, maintenant. (Il fit un signe à son frère.) Grimpons sur le toit.

— J'ai besoin de ma chemise.

— Eh bien, tu ne vas pas lui prendre celle qu'elle porte et me faire avoir une autre attaque cardiaque. Ta veste suffira.

Obligeamment, Gideon enfila sa veste sur sa poitrine nue.

— Je ne l'ai pas encore embrassée.

Et il le fit, assez ardemment pour que Malachi regarde à nouveau le plafond.

— Je reviens, dit Gideon à Cleo.

— J'y compte bien, répondit-elle.

Quand la porte se fut refermée derrière eux, elle soupira.

— Super, qui l'aurait pensé ? lança-t-elle en revenant vers Tia, et en se laissant tomber par terre. Prends un siège.

Intriguée, Tia s'assit sur le tapis en face d'elle.

— Il y a quelque chose qui ne va pas ?

— Non. Absolument pas. Ne pleure pas, d'accord ? sans quoi je vais être tout émue. Je veux juste dire... D'accord, je vais être émue de toute façon. Donc... (Elle prit une profonde inspiration.) J'ai pensé à toutes ces choses. Ça m'a pris plus de temps qu'à toi pour y arriver. C'est toi qui es intelligente.

— Non, je ne le suis pas.

— Bien sûr que tu l'es, Tia. Tu es, disons... profonde.

— Je le suis ?

— Tu comprends les situations. Tu vois les couches différentes, les rapports, et, bon sang, toutes ces conneries nettes et précises. Ça fait partie de ce que j'étais en train de me dire. S'il y avait pas eu les *Parques*, toi et moi, on serait pas assises ensemble sur le tapis en ce moment. On bouge pas vraiment dans le même circuit toutes les deux. En plus, je pense à ce qui est arrivé à Mikey et c'est dur. Toute une partie de moi se sent dégueulasse d'être heureuse comme je le suis. Je sais que c'est idiot, reprit-elle avant que Tia ait eu le temps de répondre, mais je cherche, j'essaie de comprendre. C'est comme les choses dont je t'ai entendue parler. Les fils, et qu'est-ce que c'était déjà... le sort ?

— La façon dont le sort nous est attribué, est réparti entre nous. Lachésis.

— Ouais, c'était celle-là la mienne. J'avais jamais imaginé que ce genre de sort me tomberait dessus, tu sais ? Avoir une amie comme toi, avoir quelqu'un comme Gideon qui m'aime, et les autres. Comme une famille. J'avais jamais imaginé que tout cela était dans la donne pour moi. Je vais pas le bousiller.

— Bien sûr que non.

— J'ai bousillé beaucoup avant. On pourrait dire que c'était prévu d'avance, je suppose. C'est drôle de penser que j'ai piqué un Levi's quand j'avais seize ans, ou saboté mes examens d'histoire pour me retrouver là – à moitié nue sur le tapis de ton salon, à pleurnicher parce qu'il y a ce type génial là-haut sur le toit et qui m'aime. (Elle repoussa ses cheveux derrière ses épaules, ravala ses larmes.) Je suppose que je ferais mieux de mettre mon pantalon avant que Malachi revienne et que ça le rende nerveux… (Elle tendit la main vers son jean, s'arrêta.) Il y a autre chose encore. Je me demandais si tu voudrais bien me soutenir. Comme demoiselle d'honneur, le jour où on se mariera.

— Oh, Cleo !

Tia l'entoura de ses bras, la serra fort. Et pleura comme une Madeleine.

— J'aimerais tant, oui. Je suis si heureuse. Je suis si heureuse pour toi.

— Seigneur.

En reniflant, Cleo la serra à son tour.

— J'ai l'impression d'être une telle nana, tout d'un coup…

À sept heures et demie tapantes, Anita entra au Jean-Georges. Bien qu'elle eût pris le temps de s'habiller avec beaucoup de soin, et en Valentino, elle jugea superflu de faire attendre celui avec qui elle avait rendez-vous.

Elle se tourna vers le bar, vit que Jasper était à son poste, et se réjouit à l'idée que Malachi Sullivan allait prendre ici son dernier repas.

Ce salaud avait cru jouer au plus fin, en lui donnant rendez-vous dans ce restaurant célèbre et haut de gamme, pour lui exposer les termes du marché. Mais elle le promènerait jusqu'au café et au dessert, et ensuite, il saurait qui avait vraiment les cartes en main.

Elle donna son nom et on lui désigna la table près de la fenêtre où Malachi attendait déjà. Il avait eu la sagesse, remarqua-t-elle, de s'asseoir le dos au mur. Même si ça ne l'aiderait en rien.

Il se leva, lui prit la main et l'amena à deux centimètres de ses lèvres.

— Anita, vous avez l'air très bien... pour une vipère crachant son venin.

— Et vous, vous vous en sortez plutôt bien, pour un guide touristique de second ordre avec des délires de grandeur.

— Parfait, maintenant que les politesses sont terminées...

Il se rassit, fit signe au serveur de verser le champagne qui attendait dans la glace.

— Je trouve mieux que nous ayons cet entretien dans un cadre agréable. Il n'est pas nécessaire que les relations d'affaires soient inconfortables, après tout.

— Vous n'avez pas amené la petite grue.

Il goûta le vin, puis fit un signe d'approbation au serveur.

— De quelle petite grue est-ce que vous voulez parler ?

— Cleo Toliver. Vous me surprenez, d'ailleurs. Je vous supposais plus de goût que cela. Elle n'est rien d'autre qu'une pétasse professionnelle.

— Ne soyez pas jalouse, mon chou. Au rayon des pétasses, elle ne vous arrive pas à la cheville.

Le serveur s'éclaircit la voix et continua à feindre d'être sourd de naissance.

— Avez-vous envie de connaître les spécialités de ce soir ?

— Absolument.

Malachi se pencha en arrière ; il écouta le serveur et, avant que celui-ci ait pu s'éloigner pour leur donner le temps de réfléchir, il commanda – fastueusement – pour tous deux.

— Vous avez l'air très sûr de vous, remarqua Anita d'un ton froid, quand ils se retrouvèrent seuls.

— C'est assez vrai.

— Vous êtes entré chez moi par effraction.

— Quelqu'un est entré chez vous par effraction ? répliqua-t-il, feignant la surprise. Alors, appelez la garde – je devrais plutôt dire la police. Et au fait, qu'est-ce que vous allez leur déclarer comme vol ?

La laissant fulminer, il se pencha et attrapa son attaché-case.

— J'ai pensé que vous apprécieriez de voir toutes ces ravissantes dames en argent rangées l'une à côté de l'autre.

Il lui tendit une grande épreuve couleurs d'une photo numérique que sa sœur avait prise quelques heures plus tôt.

— Elles sont belles, non ?

La rage aurait pu l'étouffer ; l'avidité la faisait trembler jusqu'au bout des doigts.

— Qu'est-ce que vous voulez ?

— Oh, une foule de choses. Une longue vie en bonne santé, un bon chien fidèle. Plus une quantité assez astronomique d'argent. Mais on ne va pas discuter de tout ça l'estomac vide. J'ai aussi apporté des photos individuelles, pour que vous puissiez les étudier. Je veux que vous soyez certaine d'avoir bien ce pour quoi vous allez payer.

Elle examina chaque photo, et à chaque nouveau regard qu'elle leur portait, elle faisait monter d'un cran les douleurs qu'il aurait à subir avant qu'elle le tue. Quand on leur servit leurs hors-d'œuvre, elle reposa les photos sur ses genoux.

— Comment êtes-vous entré chez moi ? Comment avez-vous ouvert mon coffre personnel ?

— Vous faites beaucoup d'honneur à un... – comment, déjà ? Ah, un guide touristique de second ordre. D'ailleurs, je dois protester contre cette appréciation, Anita, car vous n'avez pas encore fait l'expérience d'une excursion Sullivan, et nous sommes assez fiers, à juste titre, de notre petite affaire familiale.

Anita s'empara d'un champignon sauté.

— Peut-être que j'aurais plutôt dû poursuivre votre mère.

Si son sang se refroidit nettement dans ses veines, Malachi garda son calme.

— Elle vous aurait fait frire pour son petit-déjeuner, et aurait servi les restes aux chats du voisinage. Mais n'en faisons pas une affaire personnelle. Vous me posiez une question. Vous vouliez savoir comment j'avais récupéré ce que vous m'aviez volé.

— Je ne crois pas que vous ayez appelé la police non plus.

— Je vous ai beaucoup facilité les choses, c'est sûr. Imbécile que j'étais, vous prendre pour une honorable femme d'affaires, vous confier la *Parque* pour, oui, examen et estimation, soi-disant. J'ai retenu la leçon. (Il goûta un peu de viande de crabe.) Vous aviez bien jugé la chose. Comment aurais-je pu aller voir les autorités, en accusant la respectable propriétaire de la si réputée maison d'antiquités Morningside de voler un client ? Et de lui voler ce qui, au dire de tout le monde, était au fond de l'Atlantique ?

» Et maintenant, poursuivit-il tandis que le serveur s'activait silencieusement pour remplir leurs verres, il semblerait que vous êtes dans le même genre de situation. Difficile de porter plainte pour la perte de ce qui n'aurait jamais dû être en votre possession au départ.

— Vous n'avez pu pénétrer ni chez Morningside ni chez moi sans aide.

— Penchez-vous là-dessus, répliqua-t-il, et vous comprendrez que je ne suis pas dépourvu d'amis. Au fait, Cleo vous envoie ses amitiés, et elle est navrée. Imaginez un peu : si vous aviez payé le prix qu'elle demandait, passé un marché légal à ce moment-là, nos positions pourraient être inversées aujourd'hui.

Il se pencha davantage vers elle, et tout son humour de façade disparut.

— L'homme que vous avez tué s'appelait Michael Hicks, ses amis l'appelaient Mikey. Elle le pleure beaucoup. Vous avez de la chance, Anita, que je sois là pour essayer de la convaincre de traiter avec vous après ça.

Anita repoussa son hors-d'œuvre, prit son verre.

— Mon employé – mon ancien employé – avait pour instruction de lui arracher des informations. Il s'est laissé emporter. C'est difficile de trouver des aides compétents dans certains domaines.

— Et est-ce que vous vous êtes laissé emporter quand vous avez truffé de balles votre ancien employé ?

— Non.

Elle le regarda par-dessus le bord étincelant de sa flûte en cristal.

— J'ai appuyé sur la détente d'une main ferme. Vous seriez bien avisé de vous en souvenir, et de comprendre comment je traite avec les gens qui me déçoivent.

Elle ramassa l'attaché-case et glissa les photos dedans, quand le serveur apporta la salade.

— Je peux garder ça ?

— Bien sûr. Je vais vous dire ce que je comprends. Vous ne considérez pas deux vies comme un prix trop élevé à payer pour ce que vous voulez. Je suis sûr que vous ne trouverez pas le prix que je demande hors de votre portée non plus.

— Et ce serait ?

— Dix millions, comptant.

Anita eut un rire aigre, tandis que son pouls faisait un bond. Si peu que ça, pensa-t-elle… Décidément, il était stupide. Aux enchères, elle en tirerait facilement le double. Plus même, beaucoup plus, avec une bonne publicité.

— Vous croyez vraiment que je vais vous payer dix millions de dollars ?

— Je le crois, oui. Trois pour chacune des dames et un pour faire bonne mesure. Alors, vous voyez, le prix que Cleo demandait pour Lachésis avant que vous fassiez battre son ami à mort était une affaire rare, qui ne se représentera pas. Oh, et voici encore mieux, poursuivit Malachi en rompant un petit pain. Il savait… Mikey savait où la *Parque* était cachée, et il avait le moyen de l'en sortir. Qu'est-ce que vous dites de ça, Anita ?

Elle posa une main sur son sac, imagina d'en sortir le pistolet qu'elle y avait mis – au cas où – et de le vider sur le visage si content de lui de Malachi.

— J'en dis que M. Dubrowsky méritait ce qui lui est arrivé. Je conduirai moi-même mes négociations, à partir de maintenant.

— Autant vous en avertir tout de suite : le prix que nous demandons n'est pas négociable, aussi ne gâchons pas ce charmant repas avec des chamailleries. Nous avons pensé à vous demander beaucoup plus, vous laisser réagir, marchander. Mais nous sommes déjà allés trop loin pour nous engager sur une voie aussi médiocre, non ? Vous les voulez, je les ai. C'est le prix à payer. (Il mordit dans le petit pain, qu'il avait beurré.) Vous allez en tirer un joli profit, plus une gloire considérable pour Morningside et pour vous. Tout le monde y gagne.

— Même si j'acceptais le prix, ça fait beaucoup au comptant…

— Le comptant – ou plutôt le virement électronique –, c'est ce qui se pratique aujourd'hui. Plus facile sur toute la ligne, presque pas de paperasse à remplir. Je vous donne deux jours pour prendre toutes les dispositions.

— Deux jours ? C'est...

— ... suffisant pour une femme aussi habile que vous. Jeudi, onze heures. Vous ferez transférer les fonds sur un compte que je vous indiquerai en temps voulu. Après quoi, je vous donnerai Clotho, Lachésis et Atropos.

— Et je suis censée vous faire confiance, croire que vous tiendrez votre parole. Franchement, Malachi...

Il pinça les lèvres.

— C'est un problème, hein ? Moi, je vous fais bien confiance pour prendre les bonnes dispositions, et ne pas me retrouver avec deux rottweilers prêts à me sauter la gorge et arracher le trophée à mes mains refroidies par la mort. Nous ferons l'échange dans un lieu public et civilisé : la Bibliothèque publique de New York. Je suis sûr que vous en avez entendu parler ? Elle est sur la 5e Avenue, à la hauteur de la 40e Rue, avec de magnifiques lions de marbre devant la façade. Ils ont une section importante sur la mythologie. Ça me semble convenir assez bien.

— Il me faut du temps pour y réfléchir. Donnez-moi un moyen de vous contacter.

— Vous avez jusqu'à jeudi onze heures pour y réfléchir. Quant à me contacter, ça ne servirait à rien. Ce sont mes conditions. Si elles ne vous conviennent pas, elles conviendront sûrement à quelqu'un d'autre. À Wyley, par exemple... La bibliothèque, la grande salle de lecture au troisième... Excusez-moi une minute, vous voulez bien, mon chou ? Je fais juste un saut aux toilettes.

Il se leva, gagna nonchalamment les portes qui conduisaient aux toilettes et au bar. Puis il continua sa route, laissant Anita se débrouiller avec l'addition.

— Ça a bien marché, annonça-t-il dans le micro fixé sous le revers de sa veste.

— C'est bien, approuva sa sœur. On fait demi-tour et on revient, on te reprendra au coin est. Cleo veut que tu saches qu'elle est très déçue que tu n'aies pas attendu la fin du repas, et rapporté un petit sac avec les restes.

Il pouffa, se dirigea vers le coin du bâtiment. C'est alors qu'il sentit la pointe effilée d'un couteau s'enfoncer dans son flanc, juste à la hauteur de son rein.

— Continue à marcher, mon pote.

La voix de Jasper était basse et calme, tandis qu'il saisissait le bras de Malachi dans sa main libre.

— Et oublie pas : je peux te fourrer ça à l'intérieur et en couper une bonne tranche. Personne sauf moi saura la différence.

— Si c'est à mon portefeuille que tu en veux, tu vas être très déçu.

— On va monter dans ma voiture tout près d'ici, et aller jusque dans un petit endroit tranquille que j'ai préparé pour toi. Pour avoir une petite conversation tranquille.

— D'accord pour parler. Pourquoi ne pas aller dans un bar et le faire autour d'un verre ?

— J'ai dit : Continue à marcher.

Malachi ravala un sifflement quand le couteau glissa jusque dans sa chair à travers la veste et la chemise.

— Ça va être difficile, si tu n'arrêtes pas de me piquer avec ton espèce de harpon.

— Bien, dit aimablement Gideon lorsqu'il arriva derrière eux. Voilà le dilemme. Tu enfonces ce couteau dans mon frère et je te liquide. Personne n'a rien à y gagner, je crois.

— Liquide-le de toute façon, répliqua Malachi. Il a bousillé mon meilleur costume.

— Ça ne paraît pas équitable. Qu'est-ce que tu en penses, Jack ?

— Si tu répands les boyaux des gens sur le trottoir, ça oblige les employés communaux à nettoyer, répondit Jack. Ce qui se traduit par plus d'impôts pour moi.

(Il tendit la main vers Jasper.) Mais toi, si tu n'enlèves pas vite fait ce couteau de sur mon ami pour me le tendre, le manche en avant, je sens que j'aurai envie de payer pour ces employés.

Quand la pointe de métal s'écarta de son flanc, Malachi ne put retenir un sifflement.

— Putain, vous aviez besoin de mettre autant de temps ? demanda-t-il à Jack et Gideon.

— Prenons l'arme, aussi, décida Jack.

Il s'approcha et, avec un sourire joyeux et un geste qui ressemblait à une étreinte amicale, fit glisser le pistolet à l'intérieur de la veste de Jasper, puis sous la sienne.

— Tout va bien, Mal ?

— Génial, bon Dieu !

Malachi pressa de la main son flanc qui saignait avant d'ajouter à l'adresse de son frère :

— Avec quoi tu comptais le liquider ?

Gideon brandit l'inhalateur de Tia, derrière le dos de Jasper.

— Oh, parfait. C'est grâce à l'hypocondrie que ma fichue vie est sauve.

Il aperçut la camionnette, et se tourna vers Jasper en ricanant :

— On va l'avoir maintenant, cette petite conversation tranquille.

Il ouvrit vivement les portes de chargement, se hissa à l'intérieur. Tia bondit vers lui, en sanglotant son nom, mais il leva une main.

— Une minute. Les priorités d'abord.

Dès que les autres eurent poussé Jasper dans la camionnette derrière lui, il lui envoya son poing dans la figure.

— Oh, ça c'est bon, ça c'est excellent !

En grimaçant, il replia ses doigts.

— Une main cassée, ça me retirera de l'esprit l'idée que je suis en train de saigner comme un porc.

Toujours choquée, Tia l'aida à s'installer sur un siège, puis ordonna :

— Cleo, roule jusque chez Jack. Gideon, garde cet horrible type dans ce coin et empêche-le de se lever. Jack, tu as une trousse de premiers soins là-dedans ?

— Oui, dans la boîte à gants.

— Rebecca ?

— Je suis en train de la prendre.

Malgré la douleur, qui s'accrut quand Tia lui retira sa veste, Malachi lui sourit.

— Tu es merveilleuse, tu sais. Embrassons-nous.

— Reste tranquille. Ne parle pas.

Bien que sa tête lui tournât affreusement à la vue du sang qui s'étalait lentement sur sa chemise, elle la déchira en grand ; puis elle jeta un regard furieux vers Jasper qui, dans le coin arrière de la camionnette, avait à présent des menottes aux poignets et un bâillon sur la bouche.

— Vous devriez avoir honte de vous !

— Il faudrait l'emmener à l'hôpital pour voir un médecin, vous ne croyez pas ?

Tia arpentait le salon de Jack en se tordant les mains.

— L'entaille est affreusement profonde. Si Jack et Gideon n'étaient pas arrivés là-bas à temps... Si cet homme avait emmené Malachi dans sa voiture...

— Si un cochon avait deux têtes, il aurait deux cerveaux. Allez, buvez ça, dit Eileen en lui tendant un gobelet, avec trois généreux doigts de Paddy.

— Oh, en fait, je ne bois pas vraiment. Et surtout pas du whisky... Bien sûr, je prends parfois une petite gorgée avant une de mes conférences, mais ce n'est pas...

— Tia, décompresse...

Sur l'exhortation de Cleo, Tia frissonna, hocha la tête, puis elle prit le verre et en descendit jusqu'à la dernière goutte.

— Ça, c'est une fille, approuva Eileen. À présent, asseyez-vous.

— Je suis trop fatiguée pour m'asseoir. Madame Sullivan... Eileen, vous ne pensez pas qu'il a besoin d'être examiné par un médecin ?

— Vous l'avez rapiécé exactement comme il faut. Le garçon a eu des bagarres pires avec son frère. Pour le moment, Rebecca vous a apporté un joli chemisier propre.

— Propre...

Étonnée, Tia baissa les yeux, et découvrit le sang qui s'étalait sur sa chemise.

— Oh, oh..., parvint-elle à articuler, tandis que ses yeux commençaient à se révulser.

— Non, ne faites pas ça. Pas de ça maintenant, lança Eileen d'une voix brusque et en la poussant dans un fauteuil. Aucune femme capable de nettoyer un homme dans une camionnette en train de rouler ne s'évanouit à la vue d'un peu de sang. Vous n'êtes pas aussi stupide.

Tia cligna les yeux pour raffermir sa vision.

— Vraiment ?

— T'as été géniale, lui affirma Cleo. Dans ton genre, t'as vraiment des couilles.

— Elle a été sensationnelle, confirma Rebecca. Allez, change de chemisier, Tia, ma chérie. On va faire tremper ta jolie chemise et on verra si on peut enlever le sang.

— Vous croyez qu'ils vont le tabasser ? demanda Tia.

— Le sale type ? répliqua Cleo, en passant la chemise tachée à Rebecca. J'espère bien.

En bas, la discussion battait son plein, non sans une certaine chaleur. Jasper était dans la désagréable position de se trouver attaché sur une chaise et d'écouter les arguments pour et contre.

— Moi, je dis qu'on lui botte les fesses, qu'on lui casse deux ou trois os importants, puis qu'on discute avec lui.

Jack secoua la tête, prit le marteau avec lequel Malachi cognait en rythme sur le plan de travail et le mit de côté.

— Trois contre un, ça ne me paraît pas très juste.

— Oh, on veut que ce soit juste, n'est-ce pas ?

Malachi fit mine de s'emporter et d'aller cogner sur la chaise de Jasper.

— Et lui, est-ce qu'il a été juste, tu peux me dire, quand il m'a donné un putain de coup de couteau là dehors ?

— Mal a raison, Jack, dit Gideon en faisant sauter des noix de cajou d'un bol jusque dans sa bouche. Ce salaud a planté un couteau dans mon frère, qui était désarmé à ce moment-là. Ce n'est pas juste. Peut-être qu'on devrait laisser Mal le poignarder. Pas un coup dans le genre fatal, non, juste un bon coup, pour qu'ils soient quittes.

— Ouais, regarde ça.

Mal leva un bras, découvrant le bandage qui courait juste au-dessus de sa ceinture de pantalon.

— Et pour mon costume ? C'est encore un autre élément. Et la chemise aussi. De gros trous béants dans les deux, comme dans ma personne.

— Je sais que tu es furieux, je ne peux pas te le reprocher, mais le type ne faisait que son boulot. Est-ce que ce n'est pas vrai ?

Jack ouvrit le portefeuille qu'ils lui avaient pris, comme pour vérifier une nouvelle fois son nom.

— Marvin...

Ledit Marvin laissa échapper de sous son bâillon un son étranglé.

— Eh bien, son foutu job pue ! fulmina Malachi. Et je pensais qu'une bonne raclée n'était qu'un des risques du métier, dans ce domaine.

— Essayons une chose : parlons à ce pauvre salaud d'abord, voyons s'il coopère. Et si tu n'es pas satisfait, ajouta Jack en donnant un tape amicale sur le dos de Malachi, on le tabassera pour sortir de lui toute cette saleté.

— Je prendrai le premier tour. Je veux lui casser les doigts de la main, celle avec laquelle il m'a blessé au couteau. Une articulation à la fois.

Les hommes se regardèrent, puis s'approchèrent de Jasper dont les yeux sortaient de leurs orbites, et ils se félicitèrent d'avoir bien joué le jeu.

Jack s'avança, abaissa le bâillon.

— Okay, tu piges le truc. Mes deux associés ici présents sont partisans de t'arracher quelques morceaux de viande. Moi, je suis fana de démocratie, et des règles de la majorité. Si tu veux échapper à ce vote, tu coopères. Sans quoi je les laisse faire, et quand on aura fini on t'abandonnera sous le porche d'Anita : elle t'achèvera... Gideon ? Passe-lui cette partie de la cassette, tu sais, où elle dit à Mal comment elle s'occupe de ses employés qui ne lui donnent pas satisfaction.

Gideon alla vers le magnétophone et mit en route la cassette, qu'il avait déjà positionnée sur le bon passage. La voix d'Anita, froide comme la mort, emplit la pièce ; elle parlait avec aisance et fermeté de truffer de balles le corps d'un homme.

— On va s'assurer qu'elle aura bien l'occasion de le faire avec toi, reprit Jack. À nous trois, on peut te faire mal, mais on n'est pas des tueurs de sang-froid. On laisse cette partie-là à l'experte.

— Vous voulez savoir quoi, bon sang ?

— Tu nous dis tout ce que tu sais, sans oublier les détails. Et le moment venu, tu répéteras tout à un de mes amis qui se trouve être un flic.

— Vous croyez que je vais parler aux flics ?

— J'ai vu ton dossier, Marvin. Ça ne sera pas la première fois. On ne t'a jamais arrêté encore pour meurtre. Tu veux offrir à Anita la possibilité de tout entortiller pour qu'on te colle ceux de Dubrowsky et de Michael Hicks sur le dos ?

Jack attendit un instant, puis reprit :

— C'est ce qu'elle fera si tu ne vas pas voir les flics d'abord, et si tu ne nous as pas, nous, pour t'épauler et confirmer ce que tu dis. Sinon, encore une fois, on arrête tout et on la laisse faire avec toi ce qu'elle a fait avec Dubrowsky.

— Mieux vaut la prison que la morgue, intervint Malachi. Il faut que tu saches aussi qu'on a enregistré sur cassette notre petit numéro de tout à l'heure, sur le trottoir. De sorte qu'on peut la remettre à la police et te remettre avec, et on en aura fini avec tout ça ; mais tu n'auras plus l'avantage d'y être allé avec... comment tu appelles ça déjà, Jack ?

— Des remords. Des remords et un esprit de coopération.

— Tu n'auras plus ce bon point-là vis-à-vis de la police. Anita toujours libre, et avec les moyens qu'elle a, combien de temps tu crois qu'il lui faudra pour embaucher quelqu'un qui mettra fin à ton contrat, définitivement fin, une fois que tu seras derrière les barreaux ?

— Je veux un marché, dit Jasper en s'humectant les lèvres. Je veux l'impunité.

— C'est avec mon ami qui porte une plaque que tu devras voir ça, répliqua Jack. Je suis sûr qu'il sera heureux de prendre tes désirs et tes besoins en considération. Maintenant, ajouta-t-il en faisant signe à Gideon d'allumer le magnétoscope, parlons un peu de ce que ça représente, travailler pour Anita Gaye.

Anita trempait dans la baignoire, des bulles jusqu'au menton ; à cet instant même, Malachi était sans doute en train de se radoucir. Demain matin, quand il aurait bien eu le temps de réfléchir et de souffrir, elle passerait le voir. Alors, il lui dirait exactement où il avait caché les *Parques*, où trouver Cleo Toliver – et il lui confirmerait aussi si ses conclusions étaient exactes, si c'était bien Jack ou quelqu'un de chez Burdett qui l'avait aidé à franchir les barrières de sécurité.

Ensuite, elle s'occuperait d'eux tous. Personnellement.

Les bougies projetaient une lueur apaisante sur ses paupières closes, au moment où elle décrocha le téléphone de sa ligne privée, qu'elle avait posé sur le bord de la baignoire, pour répondre à la sonnerie :

— Oui ?

— Je sentais que je devais m'excuser de vous avoir quittée si brutalement.

La voix de Malachi la fit se redresser dans la baignoire ; l'eau et les bulles jaillirent par-dessus le rebord et ruisselèrent sur le carrelage.

— C'était très grossier de ma part, poursuivit-il. Mais j'ai eu ce qu'on pourrait appeler une obligation pressante. En tout cas, je suis impatient de vous voir jeudi. À onze heures, rappelez-vous. Oh, autre chose : M. Jasper m'a demandé de vous prévenir qu'il vous quittait.

Quand le clic lui résonna à l'oreille, Anita rugit de fureur et de frustration ; elle projeta le téléphone à travers la pièce, et il alla fracasser un miroir.

Le lendemain matin, lorsque la femme de ménage viendrait nettoyer, elle claquerait la langue et penserait à sept ans de malheur.

30

Comme pour toute pièce, le succès de l'entreprise dépendrait beaucoup de la mise en scène, des costumes, des accessoires, et de l'enthousiasme que les acteurs mettraient dans leur jeu. Cleo étant l'experte en matière de scène, elle prit la direction des opérations.

Elle répéta impitoyablement la distribution des rôles – avec Eileen dans celui d'Anita.

— Le timing, recommanda-t-elle. Tout est question de timing... Jack, donne le signal.

Il mima l'appel téléphonique qui déclencherait tout, puis marcha avec Gideon jusqu'à l'ascenseur.

— Je ne comprends pas pourquoi on doit descendre encore une fois, remarqua ce dernier. On pourrait juste faire semblant.

— Écoute, Petit futé, c'est moi qui dirige cette représentation, alors bouge.

Il pénétra dans l'ascenseur avec Jack.

— Bonne chance ! leur cria Tia, puis elle haussa les épaules. En tout cas, c'est ce que je leur dirais si c'était réel.

— Vous voyez, approuva Cleo en croisant les bras, Tia sait répéter, elle. Bon, on imagine qu'il est huit heures et quart, et que le temps passe. Deux des trois flèches sont à leur poste ; nous autres, on attend ici, on prend un solide petit-déjeuner, jusqu'à ce que

Gideon revienne. La pendule fait tic-tac, la pendule fait tic-tac... et, bon sang, qu'est-ce qu'il peut bien faire ?

— On serait tous en train de tourner en rond, comme des chats en cage, on boirait trop de café, intervint Rebecca, en tournant une page d'un de ses magazines de mariage. Oh, maman, regarde cette robe ! Tu ne crois pas que c'est celle-là qu'il faut ?

— Elle n'est pas ta mère, elle est la redoutable et odieuse Anita Gaye. Et toi, reste dans ton personnage, insista Cleo, puis elle se retourna alors que Gideon rouvrait les portes de l'ascenseur. Tu es en retard, on était inquiets, bla-bla-bla. Et tu nous dis que tout marche super.

— Je le ferais, si tu m'en laissais le temps.

— Pff, les acteurs sont de tels enfants...

Elle le saisit par la chemise, l'attira plus loin pour un baiser.

— La scène change, annonça-t-elle. Bibliothèque. Intérieur, dix heures et demie du matin. Moteur, action.

Il pleuvait fort quand Malachi sortit du taxi en face de la Bibliothèque publique de New York. Les torrents de pluie et la circulation qu'ils occasionnaient l'avaient mis légèrement en retard sur le programme.

Il avait un peu le mal du pays, avec ce temps. Mais c'était presque fini maintenant, pensa-t-il en grimpant les marches, entre les lions connus sous les noms de Patience et Courage ; il ne tarderait pas à rentrer chez lui et à reprendre en main les fils de sa vie. Il se demanda quel dessin il tisserait entre les anciens et les nouveaux.

À l'intérieur, l'atmosphère était calme et grandiose, semblable à celle d'une cathédrale. C'était sa seconde visite, puisqu'une sorte de répétition générale avait été orchestrée au préalable. Il s'étonna une nouvelle fois qu'une bibliothèque aussi immense et majestueuse n'ait pas un seul livre dans son hall d'entrée.

Il se passa la main dans les cheveux, pour disperser les gouttelettes, puis, comme prévu, prit l'escalier vers le troisième étage.

Personne ne sembla lui porter un intérêt particulier. Des gens étaient assis aux tables, étudiant ou simplement feuilletant les livres ; certains pianotaient d'arrache-pied sur leur ordinateur portable, d'autres prenaient des notes sur des blocs, d'autres encore parcouraient les rayons.

Malachi remplit la feuille de demande pour le livre que Tia avait estimé le plus approprié, et l'apporta au bon guichet de référence. Il aimait l'odeur de l'endroit, odeur de livres, de bois, de pluie aussi, avec les visiteurs qui arrivaient de l'extérieur. En une autre occasion, il aurait profité du simple fait de se trouver ici ; même si Gideon était le lecteur le plus assidu de la famille, il aurait pris du plaisir au simple fait de choisir un livre et de s'installer avec, dans ce palais de la littérature.

Il marcha vers l'endroit où Gideon était assis, le nez plongé dans un exemplaire de *Alouette, je te plumerai*. Gideon tourna une page de l'histoire pleine de lyrisme de Scout, donnant ainsi le feu vert à son frère.

Ils avaient envisagé la possibilité qu'Anita ait eu le temps d'embaucher un remplaçant pour Jasper. Et que sa colère l'ait poussée à trouver quelqu'un prêt à tuer un homme désarmé dans une bibliothèque.

Certes, le risque était mince qu'elle perde ainsi sa meilleure chance d'arriver jusqu'aux *Parques*. Et Malachi était prêt à courir ce risque, s'il existait. Pourtant, sa nuque le picotait tandis qu'il se frayait un chemin entre les rayonnages.

Il trouva une table tranquille, jeta négligemment un coup d'œil circulaire, et son regard passa au-dessus de la tête de Rebecca, alors qu'elle se penchait sur son portable, non loin de lui.

Au bout de vingt minutes, une charmante jeune employée remit à Malachi le livre qu'il avait demandé, puis il s'assit pour attendre.

Chez Morningside, après avoir consacré une heure à examiner les cassettes des caméras de sécurité fournies par Burdett, l'inspecteur Lew Gilbert interrogeait déjà les employés, au sujet de trois articles de l'inventaire qui avaient disparu.

Dans le centre-ville, Jasper cherchait à conclure un marché avec le procureur.

Au volant d'une camionnette progressant péniblement sous la pluie et dans les embouteillages sur la 5e, Cleo pianotait des doigts sur l'air de *The Barenaked Ladies* et attendait de donner le signal à Tia.

Malachi entendit un cliquetis de talons, huma une odeur de parfum de prix et leva les yeux de son livre.

— Salut, Anita. Je viens de lire quelque chose sur mes dames. Des femmes fascinantes. Vous saviez qu'elles chantaient leurs prophéties ? Une sorte de groupe de rock féminin de l'époque mythologique.

— Où sont-elles ?

— Oh, elles vont parfaitement bien. Mais je vous demande pardon, j'oublie toutes mes bonnes manières.

Il se dressa, tira une chaise pour elle.

— Asseyez-vous, vous voulez bien ? Quelle journée humide dehors, ça rend presque douillet un endroit aussi vaste et grandiose que celui-ci.

— Je veux les voir, insista-t-elle.

Pourtant elle s'assit, croisa les jambes, joignit les mains sur ses genoux. On ne fera que parler affaires, se rappela-t-elle. Pour le moment.

— Vous ne pouvez guère imaginer que je vais payer votre prix exorbitant sans examiner d'abord la marchandise.

— Vous avez examiné l'une d'entre elles auparavant, et voyez où ça nous a menés. Pas vrai ? Et vous avez envoyé des gens fort mal éduqués à la poursuite de mon frère. J'aime beaucoup mon frère.

— Je regrette juste de ne pas les avoir envoyés à votre poursuite, avec des ordres moins restrictifs.

— On apprend tous les jours. Il n'était pas nécessaire de tuer cet ami de Cleo, il n'était pas impliqué.

— Elle l'avait impliqué. Ce sont les affaires, Malachi, rien que les affaires.

— On n'est pas dans *Le Parrain*... Les affaires, Anita, ç'aurait été d'accepter le prix de Cleo pour sa *Parque*. Si vous aviez agi honnêtement, vous l'auriez en main en ce moment, et peut-être même la troisième. Alors qu'à la place, c'est du sang que vous avez sur les mains.

— Épargnez-moi votre sermon...

— Si vous aviez été réglo avec moi, continua-t-il, au lieu de laisser l'avidité prendre la place du bon sens, vous les auriez eues toutes les trois, pour une fraction seulement de ce que vous allez devoir payer aujourd'hui. Vous avez commencé à suivre ce fil-là, Anita, quand vous nous avez volés, ma famille et moi.

— Vous vouliez me baiser. Je vous ai laissé me baiser, puis je vous ai baisé encore plus. Il n'y a pas de quoi pleurer.

— Vous avez raison. Je suis juste en train de vous rappeler pourquoi nous sommes ici... Dix millions. Vous avez pris les dispositions ?

— Vous aurez l'argent, mais pas avant que j'aie vu les *Parques*. Le virement est prêt à partir. Dès que j'aurai vérifié que vous avez bien ce que vous déclarez avoir, j'appellerai et je l'enverrai sur votre compte.

— Encore un détail pratique avant que nous commencions. Si, une fois que nous aurons conclu cette transaction, vous vous sentiez obligée de vous venger en faisant du tort à n'importe qui de ma famille, à

Cleo, ou à moi d'ailleurs, sachez que j'ai tout enregistré et répertorié. Tout, Anita, et j'ai cette documentation en lieu sûr.

— Dans l'éventualité de votre mort prématurée ? répliqua-t-elle avec un rire bref. Comme c'est banal.

— Banal, mais vrai. Vous obtiendrez ce à quoi vous aurez droit en échange de cet argent, et ensuite, point final. Vous êtes d'accord là-dessus ?

Une femme qui avait passé une douzaine d'années mariée avec un homme qui la dégoûtait au lit et l'ennuyait ailleurs savait être patiente. Assez patiente, songea-t-elle, pour attendre des années si nécessaire afin d'organiser juste la bonne sorte d'accident tragique.

— Je suis ici, non ? Alors, laissez-moi les voir.

Il se rassit et, sans la quitter des yeux, dressa une main. Gideon s'approcha de la table, posa une mallette noire entre eux.

— Je ne crois pas que vous ayez déjà rencontré mon frère, en chair et en os. Gideon, voici Anita Gaye.

Anita posa une main sur la mallette, leva les yeux.

— Comme ça, vous êtes devenu le garçon de courses dans l'histoire, observa-t-elle d'un ton doucereux. Dites-moi, ça ne vous ennuie pas de partager votre putain avec votre frère ?

— Nous sommes très forts pour le partage dans ma famille. Mais, heureusement, Mal n'ira pas jusqu'à vous partager avec moi : vous êtes un peu trop vieille pour mon goût.

— Voyons, voyons, surveillons nos manières, intervint Malachi en faisant un geste vers la mallette.

— C'est trop public ici pour un examen.

— Ici ou rien.

Avec un mouvement de mauvaise humeur, Anita essaya de l'ouvrir.

— C'est fermé.

— En effet, répliqua Gideon d'un ton joyeux. La combinaison est sept, cinq, quinze.

La date du naufrage du *Lusitania*.

Anita composa la combinaison, fit claquer la serrure, ouvrit la mallette. Blotties sur un garnissage de mousse, les *Parques* lui apparurent, paisibles et semblant regarder en l'air.

Elle souleva la première et l'examina. Elle se rappelait bien le poids, la silhouette de Clotho, la sensation qu'elle procurait dans sa main ; la texture satinée de sa jupe d'argent, les boucles compliquées de ses cheveux sur ses épaules, la délicatesse du fuseau qu'elle portait.

Puis elle la remit en place et prit Lachésis. Il y avait de subtiles différences avec Clotho : la robe avait un autre drapé, laissant à nu la courbe d'une épaule ; les cheveux, brillants, étaient remontés en une sorte de couronne ; sa main droite serrait l'extrémité d'un ruban, sortie de la quenouille qu'elle tenait dans la main gauche. Des encoches et des chiffres grecs étaient gravés sur ce ruban.

Le cœur d'Anita battit fort, quand elle reposa la deuxième *Parque* sur la mousse et sortit la troisième. Atropos était légèrement, très légèrement plus petite que ses sœurs – conformément à la légende. Son visage était plus doux, plus aimable, d'une certaine façon. Elle tenait ses petits ciseaux dans ses mains, serrées entre ses seins ; elle portait des sandales, la sangle de la gauche s'entrecroisant deux fois avant de disparaître sous le drapé de ses jupes.

Chaque détail correspondait aux descriptions qu'avait lues Anita. L'exécution était magnifique ; de plus, et surtout, une sensation de puissance émanait d'elles. Une sorte de pulsation silencieuse et souterraine, qui semblait résonner jusque dans la tête d'Anita.

À cet instant, elle aurait payé n'importe quoi, donné n'importe quoi pour les avoir.

— Satisfaite ? lui demanda Malachi.

— Un examen visuel n'est guère suffisant, répondit-elle, en continuant de tenir Atropos. Il faut faire certains tests...

Malachi lui retira des mains Atropos, la remit à l'intérieur de la mallette avec ses sœurs.

— Nous avons déjà suivi cette voie-là une fois. C'est à prendre ou à laisser, maintenant.

Il ferma la mallette, au moment même où elle tendait la main pour essayer de l'arrêter. Et la verrouilla.

— Vous ne croyez quand même pas que je vous paierai dix millions de dollars après les avoir vues deux minutes...

Il garda une voix étouffée, comme l'était la sienne. Raisonnable, à son exemple.

— C'est tout ce que vous avez eu, quand je vous ai montré Clotho la première fois. Et vous saviez, exactement comme vous savez maintenant. Transférez l'argent, et vous pourrez partir avec elles.

Il retira la mallette de la table tout en parlant, la posa sur le sol à ses pieds.

— Ou alors ne le faites pas, je pars avec elles et les vends ailleurs. Je suis persuadé que Wyley paierait le prix, et volontiers.

Elle ouvrit son sac ; Malachi referma les doigts sur son poignet, alors qu'elle plongeait la main à l'intérieur.

— Doucement, mon chou..., dit-il, et il laissa la main sur son poignet jusqu'à ce qu'elle ait sorti son téléphone.

— Vous pensiez vraiment que j'allais prendre un pistolet et vous tirer dessus de sang-froid, dans un lieu public ?

— Tout ce que vous venez de mentionner, sauf peut-être le lieu public, vous va aussi parfaitement que le ravissant tailleur que vous portez.

Il referma lui-même le sac à main, puis se réinstalla confortablement sur sa chaise.

— Si vous me croyez sanguinaire à ce point-là, je suis étonnée que vous ne soyez pas allé directement chez Wyley.

— J'ai estimé qu'entre nous deux il y aurait moins de questions et d'explications à fournir, dont certaines pourraient être délicates.

— Dites à votre frère d'arrêter de me tourner autour comme un plouc, lança-t-elle d'un ton cassant, et elle martela un numéro quand Gideon se fut éloigné. Ici Anita Gaye. Je suis prête à transférer les fonds.

Malachi tira de sa poche une feuille de papier pliée, l'étala sur la table devant elle. Anita transmit du téléphone les informations qui étaient dessus.

— Non, conclut-elle, rappelez-moi, puis elle reposa son téléphone sur la table. Le transfert est en train de se faire. Je veux les *Parques*.

— Et vous les aurez, répliqua Malachi, en poussant la mallette plus loin sur le sol, hors de sa portée. Quand j'aurai vérifié que l'argent est sur mon compte.

D'une table proche, Rebecca répondit à un e-mail de Jack, en envoya un autre à Tia, puis continua de surveiller le compte numéroté.

— C'est beaucoup d'argent, Malachi. Qu'avez-vous prévu de faire avec ?

— Nous avons toutes sortes de plans. Vous devriez venir à Cobh un de ces jours, voir par vous-même comment nous l'aurons utilisé. Et vous, qu'est-ce que vous allez faire ? Commencer tout de suite à en tirer un joli bénéfice, ou prendre un peu de temps pour profiter de votre achat ?

— Les affaires d'abord, toujours.

Maintenant, songea Gideon en regardant sa sœur baisser l'écran de son portable, tout était dans le minutage. Ils ne tarderaient pas à voir si Cleo avait bien chorégraphié la scène. Il glissa les pouces dans les passants de sa ceinture, tapa des doigts sur les poches avant de son jean.

Au signal, Malachi releva les yeux, puis les fixa de nouveau vers Anita en fronçant les sourcils.

— On dirait que nous avons de la compagnie, marmonna-t-il. Laissez-moi m'occuper d'elle.

— De qui ?

— Tia.

Il instilla de la chaleur dans sa voix tandis qu'il se dressait.

— Quelle charmante coïncidence…

— Malachi, bredouilla Tia, et c'était l'excitation du moment, autant que le rôle qu'elle jouait, qui mit du rouge sur ses joues. Je ne savais pas que vous étiez revenu à New York.

— Je viens d'arriver. J'allais vous appeler plus tard dans la journée, mais vous m'épargnez le coût de la communication.

Il se pencha, appuya sa joue contre la sienne, tout en lançant un regard à Anita.

— Je venais juste faire quelques recherches pour mon livre, expliqua Tia. Je ne me serais jamais attendue à… (Elle s'interrompit, une expression étonnée sur le visage.) Anita ?

— Bien sûr, vous vous connaissez…

La voix de Malachi se fit plus aiguë et nerveuse, assez pour que des regards irrités se tournent dans leur direction.

— J'ai demandé à Mme Gaye de me retrouver ici afin de discuter… pour discuter d'un achat possible concernant mes bureaux.

— Oh, je vois.

Le regard de Tia allait de l'un à l'autre, et elle avait l'air blessée. Comme si elle voyait, et même très bien.

— Alors, je... je ne veux pas vous interrompre. Comme je le disais, j'étais juste... Oh, vous lisiez quelque chose sur les Parques ?

Elle se pencha, un peu maladroitement, pour retourner le livre et boucha avec succès la vue d'Anita. Rebecca se leva avec lenteur, procéda discrètement à un échange de mallettes, agrippant d'une main ferme la poignée de celle qui contenait les *Parques*, puis poursuivant son chemin le long de la table. Elle jeta un rapide clin d'œil à Gideon et sortit de la salle de lecture, avant de s'engager dans l'escalier et de descendre.

— Juste pour passer le temps, répondit Malachi à Tia, avant de taper du bout du doigt sur le téléphone d'Anita en voyant la lumière clignoter. Je pense que vous avez un appel, Anita.

— Excusez-moi, lança-t-elle en prenant le téléphone. Anita Gaye, j'écoute.

— Je, ah... je devrais me mettre au travail, dit Tia en se reculant. J'ai été contente de vous revoir, Malachi. C'était... eh bien, au revoir.

— J'ai brisé ses rêves de jeune fille, remarqua Anita avec un petit rire, avant de couper la communication. Le transfert a été effectué, annonça-t-elle, donc...

Elle se pencha vers la mallette, et pour la seconde fois Malachi referma la main sur son poignet.

— Pas si vite, mon chou. Je vais juste vérifier ça moi-même d'abord.

Il sortit son propre téléphone et, comme pour obtenir une information que Rebecca avait en réalité déjà vérifiée, il appela Cleo dans la camionnette.

— Je voudrais avoir confirmation d'un transfert de fonds électronique, déclara-t-il d'une voix sèche. Oui, j'attends.

— Rebecca vient d'arriver dans la camionnette, lui apprit Cleo. Jack devrait être chez Anita, avec l'inspecteur Gilbert. Ils ont eu le mandat de perquisition.

— Oui, merci. Je vous donne le numéro de compte, continua Malachi, et il en égrena les chiffres.

— Mal, c'est Rebecca, répondit la jeune femme quand il eut fini. Jack m'a envoyé un e-mail depuis son Palm Pilot. Son ami l'inspecteur Robbins va emmener Anita pour l'interroger sur les meurtres. Il devrait être chez Morningside à l'heure actuelle. Avec l'autre flic chez elle, elle n'a plus nulle part où aller. Et voilà Tia qui sort juste de la bibliothèque.

— Excellent, merci beaucoup, conclut Malachi, puis il remit son téléphone dans sa poche. Ça semble être bon, indiqua-t-il à Anita avant d'ajouter, en se levant puis en lui tendant la mallette : Je ne dirai pas que ç'a été un plaisir.

— Vous êtes un imbécile, Malachi, affirma Anita en se dressant. Pire, vous êtes un imbécile qui pense petit. Je vais faire avec ce qu'il y a dans cette mallette la plus grosse affaire de la décennie – et même du siècle. Profitez bien de vos dix millions. Une fois que j'aurai fini, ils ne représenteront plus rien.

— Sale femme, commenta Gideon alors qu'elle s'éloignait rapidement.

— Laissons-lui une minute ou deux pour mettre son manche à balai en marche, puis allons retrouver nos filles, répondit Malachi.

Le manche à balai pouvait bien être un respectable taxi new-yorkais, si Anita s'était écoutée, elle n'en aurait pas moins éclaté d'un vrai rire de sorcière. Tout ce qu'elle désirait dans la vie, argent, pouvoir, position, renommée, respect, se trouvait enfermé dans cette mallette à côté d'elle.

L'argent de Paul l'avait menée jusque-là, mais son argent propre lui ferait accomplir le reste du chemin.

Elle était désormais plus loin que jamais du Queens et de la petite maison tassée contre ses voisines.

Sur une inspiration, elle sortit son téléphone portable pour appeler son maître d'hôtel, de manière que du champagne et du caviar l'attendent à son arrivée dans son salon.

— Bonjour, ici la résidence Morningside.

— C'est Mme Gaye. Est-ce que je n'ai pas ordonné que Stipes ou Fitzhugh répondent au téléphone, et eux seuls ?

— Oui, madame Gaye. Je suis désolée, madame Gaye. Mais tous les deux, M. Stipes et Mme Fitzhugh, sont avec la police.

— Comment ça, avec la police ?

— La police est ici, madame. Ils ont apporté un mandat de perquisition.

— Vous avez perdu la tête ou quoi ?

— Oui, madame. Non, madame. Je les ai entendus dire quelque chose à propos d'une déclaration d'assurance, et de certains articles de chez Morningside.

L'excitation était palpable dans la voix de la fille ; Anita ne pouvait imaginer la guerre intérieure qui se livrait en elle, entre admettre avoir écouté à la porte, au risque d'être virée, et désirer transmettre l'information.

— Qu'est-ce qu'ils font ? Où sont-ils ?

— Dans la bibliothèque, madame. Ils ont ouvert votre coffre-fort et ils ont trouvé des choses. Des choses qui étaient supposées avoir été volées dans le magasin.

— C'est ridicule. C'est impossible. C'est…

Mais les pièces du puzzle commençaient à se mettre en place dans l'esprit d'Anita, l'une après l'autre.

— Le fils de pute ! s'exclama-t-elle. Le fils de pute !

Puis elle jeta le téléphone sur la banquette et, avec des doigts tremblants, déverrouilla la mallette.

À l'intérieur, il y avait trois marionnettes. Même à travers la fureur qui lui brouillait le regard, elle reconnut Moe, Larry et Curly[1].

— Je ne sais pas si elle appréciera toute l'ironie des Trois Stooges, remarqua Gideon en tendant la main pour voler une tranche de pizza à Cleo.

— C'est comme une tarte en pleine figure, ça sera clair même pour elle.

— Je n'ai jamais compris ce genre de comique, intervint Tia. Je suis désolée, expliqua-t-elle, en réponse au regard des trois hommes. Tous ces yeux pochés et ces têtes sur lesquelles on cogne...

— C'est un truc de mec, lui assura Jack. Ils doivent l'emmener en centre-ville, à présent, ajouta-t-il en consultant sa montre. Ses avocats pourront bien faire des pieds et des mains, ils n'arriveront pas à la sortir de la fraude à l'assurance.

— Et pour Mikey ? demanda Cleo.

— Jasper leur a tout expliqué en détail, répondit Jack. Peut-être que le tribunal tiquera sur les révélations d'un type avec un pedigree comme le sien, mais les enregistrements téléphoniques vont confirmer ses dires. Quand on commence à relier tous ces faits les uns aux autres, ça forme une belle chaîne à passer au cou de notre amie. Elle est complice avant et après le fait lui-même. Elle paiera pour Mikey. Elle paiera pour tout.

— Penser à elle dans cette horrible combinaison orange, qui n'ira pas du tout avec ses cheveux, ça illumine ma journée, affirma Cleo en levant sa bière. À nous.

— C'était une belle fête, dit Gideon en se mettant debout. Bon, il faut que j'y aille.

---

1. Moe, Larry et Curly sont des comiques américains des années 1950 connus sous le nom des Trois Stooges. *(N.d.T.)*

— Où est-ce qu'on va ? s'enquit Cleo.

— Pas toi, tu n'es pas invitée, dit-il en se penchant pour lui tapoter le bout du nez. J'emmène maman et Mal, pour avoir un avis à la fois féminin et masculin sur le choix de la bague.

— Tu vas me chercher une bague ? Oh, quelle andouille de traditionaliste... (Elle sauta sur ses pieds pour l'embrasser.) Mais alors, je viens aussi. Il faut bien que je la choisisse, puisque c'est moi qui la porterai.

— Tu ne viens pas, et c'est moi qui la choisis, parce que c'est moi qui te la donne.

— C'est un peu dur, mais bon, je crois que je pourrai faire avec.

— On va descendre avec vous, annonça Jack en saisissant la main de Rebecca. On ira dans le centre, voir un peu quelles informations on peut soutirer à Bob. Il sera peut-être capable de me résister à moi, mais pas à une Irlandaise en face à face.

— Bonne idée, approuva Rebecca en prenant sa veste. Quand on aura fini, on réservera dans un restaurant horriblement cher pour faire une fête de tous les diables. Mais d'abord, aidons Tia à nettoyer toute cette pagaille.

— Non, laissez tomber, répliqua Tia. Je préfère savoir plus vite ce qui se passe. Et je suis impatiente de voir la bague de Cleo.

— Moi aussi, dit Cleo en s'étirant sur le canapé. Ça sera suffisant, si je l'aide à nettoyer... N'aie pas peur de choisir du tape-à-l'œil, recommanda-t-elle à Gideon, je pourrai le supporter.

Quand elle fut seule avec Tia, Cleo se retourna pour se coucher sur le ventre, en croisant ses jambes en l'air.

— Assieds-toi une minute. Ces boîtes de pizza peuvent attendre.

— Si je suis occupée, le temps passera plus vite avant que les autres reviennent. Tu sais, j'ai mangé plus de pizza pendant le mois écoulé que dans toute ma vie.

— Reste avec moi, tu découvriras les joies des fast-food.

— Je n'aurais jamais cru que j'apprécierais d'avoir autant de gens chez moi, pourtant j'ai beaucoup aimé. Ça n'a jamais l'air tout à fait normal quand ils ne sont pas là.

— Tu sais, je me demandais si toi et Mal vous iriez jusqu'au bout, vous aussi.

— Au bout de quoi ?

Tia regarda les *Trois Parques*, qui se trouvaient à ce moment même parmi les boîtes de pizza et les bouteilles vides.

— C'est déjà fait, tu ne crois pas ?

— Non, je veux dire : « jusqu'à ce que la mort nous sépare », etc.

— Oh... On n'en a pas parlé. J'imagine qu'il est impatient de rentrer chez lui, de retourner à l'affaire familiale, de réfléchir un peu à ce qu'il va faire de la part qui lui revient. Peut-être qu'après... peut-être qu'avec le temps il se sentira plus stable et qu'on en reparlera.

— Le temps fait partie de l'histoire, non ? commenta Cleo en soulevant Clotho. Il me semble que, pour toutes ces affaires de destin, parfois on doit faire le job soi-même. Pourquoi tu lui demandes pas, toi ?

— Lui demander quoi ? De... m'épouser ? Je ne peux pas. C'est lui qui est censé me le demander.

— Pourquoi ?

— Parce que c'est lui l'homme.

— Ouais, ouais. Tu sais quoi ? Tu l'aimes, tu le veux, donc tu lui demandes. Ensuite, on pourra prévoir un triple mariage. C'est bien comme ça que toute l'histoire devait finir, j'en suis sûre.

— Lui demander ?

L'idée fit le tour de l'esprit de Tia, puis elle secoua la tête.

— Non, je n'en aurai jamais le courage.

Quand le téléphone sonna, elle était en train de rapporter les boîtes vides à la cuisine, et elle saisit l'appareil sans fil sur le plan de travail.

— Allô ?

— Alors comme ça tu faisais des recherches, espèce de garce ?

On aurait dit qu'un coup de cravache venait de frapper la colonne vertébrale de Tia ; tout son être se glaça.

— Pardon ?

— Qu'est-ce qu'il t'a promis ? Le grand amour ? D'être à tes pieds ? Tu n'auras rien de tout ça !

— Je ne comprends pas...

Tia revint rapidement dans le salon, fit un signe à Cleo.

— C'est Anita ?

— Ne joue pas à l'imbécile avec moi. Le jeu est fini. Je veux les *Parques*.

— Je ne sais pas de quoi vous parlez.

Elle écarta un peu le téléphone de son oreille, pour que Cleo puisse poser sa tête contre la sienne et écouter.

— Si tu ne le sais pas, ça va être très dommage pour ta mère.

— Ma mère ?

Tia tressaillit, agrippa instinctivement la main de Cleo.

— Qu'est-ce qu'il y a avec ma mère ?

— Elle ne se sent pas bien, pas bien du tout. N'est-ce pas, Alma ?

— Tia...

La voix était faible, voilée par les larmes.

— Tia, qu'est-ce qui se passe ?

— Dites-lui ce que je suis en train de faire en ce moment, Alma, ma chère...

— Elle est... Tia, elle tient un pistolet sur ma tête ! Je crois, je crois qu'elle a tué Tilly ! Oh, mon Dieu, mon Dieu, je n'arrive pas à respirer...

— Anita ! Ne lui faites pas de mal ! Elle ne sait rien, elle n'a rien à voir avec tout ça !

— Tout le monde a quelque chose à y voir. Il est là avec vous ?

— Non, Malachi n'est pas là. Je vous le jure, il n'est pas là ! Je suis seule...

— Alors, venez seule chez votre maman. On va avoir une petite conversation intime. Vous avez cinq minutes, donc vous feriez mieux de courir. Cinq minutes, Tia, ou je la tue.

— Ne faites pas ça, je vous en supplie, je ferai tout ce que vous voulez !

— Vous perdez du temps, et elle n'en a pas beaucoup.

À la seconde où le téléphone cliqueta à son oreille, Tia reposa le combiné, ou plutôt le jeta.

— Il faut que j'y aille tout de suite, il faut que je me dépêche !

— Bon Dieu, Tia, tu peux pas aller là-bas, pas seule ! protesta Cleo.

— Si, et immédiatement !

— On va appeler Gideon, Malachi, on va appeler Jack ! insista Cleo en essayant d'éloigner Tia de la porte. Réfléchis, bon sang, réfléchis ! Tu peux pas te précipiter là-bas... On a besoin des flics !

— Il le faut ! C'est ma mère ! Elle est terrifiée, peut-être déjà blessée ! Cinq minutes, je n'ai que cinq minutes... C'est ma mère ! répéta Tia en repoussant Cleo.

— Fais-la patienter, dit Cleo en se précipitant derrière Tia. Fais-la patienter, je vais trouver de l'aide !

Tia cria l'adresse de sa mère et partit en courant. Elle ignorait qu'elle pouvait courir aussi vite, filer à travers la pluie comme un serpent file dans l'eau ; trempée, terrifiée, glacée jusqu'aux os, elle monta quatre à quatre le perron jusqu'à la porte de ses parents. En martelant de son poing la porte, qui était déjà légèrement entrouverte, elle la poussa, l'ouvrit.

— Mère !

— Nous sommes ici en haut, Tia, dit Anita depuis l'étage. Refermez la porte derrière vous, verrouillez-la. Vous avez réussi de justesse, vous savez : trente secondes d'avance.

— Mère, appela Tia, hésitant en bas des marches. Est-ce que ça va ?

— Elle m'a frappée, répondit Alma en se mettant à pleurer. Sur la figure. Tia, ne monte pas ! Ne monte pas, va-t'en !

— Ne lui faites plus de mal, j'arrive !

Tia saisit la rampe à pleines mains et commença à gravir les marches ; une fois en haut, elle se retourna et vit Tilly étendue dans le vestibule, avec du sang qui s'écoulait sur le tapis en dessous d'elle.

— Oh, mon Dieu, non !

Elle se précipita en avant, se jeta au sol pour vérifier son pouls ; vivante, constata-t-elle en pleurant presque. Encore vivante, mais pour combien de temps ? Même si elle réussissait à en gagner assez avec Anita pour que les secours arrivent, Tilly risquait de saigner à mort…

Tu ne peux compter que sur toi, se dit-elle, en s'intimant l'ordre de se relever. Et tu feras tout ce qu'il faudra faire.

— Tilly est gravement blessée…

— Eh bien, votre père n'aura qu'à appeler l'agence pour trouver une autre gouvernante… Entrez, Tia, avant que je commence à éclabousser cette chambre trop rococo avec le sang de votre mère.

Aussitôt, sans prendre le temps d'une dernière supplique en faveur de la malheureuse domestique, Tia franchit la porte. Elle aperçut sa mère, attachée sur une chaise ; et, derrière elle, Anita braquant un pistolet sur sa tempe déjà contusionnée.

— Levez les mains, lui ordonna celle-ci. Tournez lentement sur vous-même... Regardez-moi ça, continua-t-elle quand Tia obtempéra. Elle n'a même pas pris le temps d'attraper un imperméable. Quelle dévotion filiale !

— Je n'ai pas de pistolet. De toute façon, je ne saurais pas m'en servir si j'en avais un.

— Je vois ça. Trempée jusqu'aux os. Avancez dans la pièce.

— Tilly a besoin d'une ambulance...

Anita haussa les sourcils, pressa plus fort le canon du pistolet contre la tempe d'Alma.

— Vous voulez que je double la mise ?

— Non, je vous en prie...

— Elle a sonné à la porte, raconta Alma en sanglotant, et Tilly l'a laissée entrer. Elle montait me l'annoncer, quand j'ai entendu ce terrible bruit... Elle a tué cette pauvre Tilly, Tia ! Puis elle est arrivée ici, elle m'a frappée, attachée...

— J'ai utilisé des foulards Hermès, oui ou non ? Arrêtez de vous plaindre, Alma... Je ne sais pas comment vous la supportez, déclara Anita à Tia. Sérieusement, je devrais lui mettre cette balle dans la tête, ça serait un service à vous rendre.

— Si vous lui faites du mal, je n'aurai aucune raison de vous aider.

— Apparemment, je vous ai bien jugée à un certain niveau... (Elle frotta le canon du pistolet contre la joue exsangue d'Alma.)... Mais je ne vous aurais jamais cru capable de mentir, de tricher, de voler.

— Comme vous ?

— Exactement. Je veux les *Parques*.

— Elles ne vous serviront à rien. La police est chez vous et dans votre société, ils ont des mandats.

— Vous ne croyez pas que je *sais* déjà ça ?

La voix d'Anita monta dans les aigus, comme celle d'un enfant sur le point de piquer une crise de nerfs.

— Vous croyez que vous avez été tellement maligne, de mettre des objets volés dans mon coffre-fort ? Vous pensez que je m'inquiète pour une petite fraude à l'assurance ?

— Ils savent que vous avez tué cet homme. Homicide volontaire. Ils savent qu'il était payé par vous lorsqu'il a tué Mikey. Complicité de meurtre, continua Tia, et elle avançait en parlant. Les *Parques* ne vous seront d'aucun secours pour ça.

— Allez les chercher, et je me charge du reste. Je veux les statuettes et l'argent ! Appelez ce connard d'Irlandais et qu'il les rapporte, sinon je la tue, et vous ensuite !

Elle est capable de nous tuer tous pour les *Parques*, songea Tia. Pis encore, elle sentait que, même si elle les avait données à cet instant précis à Anita, celle-ci les aurait aussitôt tuées, sa mère et elle-même. Et peut-être qu'elle aurait trouvé ensuite un trou pour s'y cacher, et sauver sa peau.

— Il ne les a pas, c'est moi qui les ai, répondit-elle rapidement, quand Anita repoussa la tête de sa mère avec le canon du pistolet. Mon père les voulait, vous savez quel coup formidable ça peut faire, et moi je voulais Malachi, alors nous vous avons escroqué l'argent. Mon père désirait les acheter de toute façon. Résultat, j'avais Malachi, et Wyley avait les *Parques*.

— Plus maintenant.

— Non. Je ne veux pas que vous fassiez du mal à ma mère. Je vais vous donner les *Parques*, et ma part de l'argent. J'essaierai de récupérer le reste. Je vous donnerai les *Parques* tout de suite si vous arrêtez de pointer ce pistolet sur ma mère.

— Vous n'aimez pas ? Et ça, vous aimez ?

Anita changea de cible, et son arme se trouva braquée sur le cœur de Tia. À cette vue, Alma se mit à crier ; d'un geste distrait, Anita frappa de son poing fermé sur sa tempe.

— Fermez-la, merde, ou je vous tue toutes les deux, histoire de rigoler !

— Non, ne faites pas de mal à ma Tia...

— Inutile de faire du mal à quiconque, intervint Tia. Je vais récupérer les *Parques* pour vous.

D'un mouvement lent, elle se dirigea vers la coiffeuse de sa mère.

— Vous pensez que je suis assez stupide pour croire qu'elles sont là-dedans ? lança Anita.

— J'ai besoin de la clé. Mère garde la clé du coffre là-dedans.

— Tia...

— Mère, dit Tia en secouant la tête. Inutile de faire semblant plus longtemps : elle sait que nous les avons. Et les *Parques* ne méritent pas qu'on meure pour elles.

Tia ouvrit le tiroir.

— Arrêtez, reculez !

Agitant son pistolet, Anita s'avança vers Tia, debout devant le tiroir ouvert.

— S'il y a un pistolet là-dedans, je tire une balle dans le genou d'Alma !

— Je vous en supplie...

En feignant de tituber, Tia posa une main sur la coiffeuse comme pour reprendre son équilibre, et s'empara d'un petit flacon qu'elle cacha dans le creux de sa main.

— Je vous en supplie, non ! Il n'y a pas de pistolet !

De sa main libre, Anita fouilla le tiroir.

— Il n'y a pas de clé non plus !

— Elle est là-dedans. À droite...

Tia fit alors claquer le tiroir sur la main d'Anita, puis lui jeta le contenu du flacon à la figure. Le coup partit, et la balle passa à deux centimètres de la tête de Tia, pour aller creuser un trou dans le papier peint. Au milieu des cris – ceux de sa mère, ceux d'Anita, les siens propres –, Tia bondit en avant.

Le choc avec Anita lui bloqua la respiration, mais, portée par l'adrénaline, elle ne le remarqua même pas. En revanche elle sentit, avec une sorte de frisson primitif, ses ongles s'enfoncer dans la chair du poignet de son adversaire. Et le sang qui en jaillit.

Le pistolet s'échappa de la main d'Anita et glissa sur le sol. Elles tentèrent de s'en saisir toutes les deux – Anita en tâtonnant, car les sels de bain que Tia avait projetés lui piquaient les yeux. Dans le tumulte, elle donna un coup de poing, qui ripa sur la joue de Tia et lui fit sonner les oreilles. En réponse, le genou de Tia percuta l'estomac d'Anita, mais c'était plus par accident qu'à dessein.

Quand leurs mains se refermèrent en même temps sur le pistolet, qu'elles roulèrent au sol dans un enchevêtrement féroce et moite, Tia fit la seule chose qui lui vint à l'esprit : elle prit une poignée de cheveux d'Anita et tira violemment.

Elle n'entendit pas le verre se fracasser lorsqu'elles heurtèrent la table, ni les cris venant d'en bas et le martèlement des pas. Tout ce qu'elle entendait, c'était le rugissement du sang dans sa propre tête, la fureur et la violence primitives qu'il contenait. Pour la première fois de sa vie, elle causait une douleur physique à quelqu'un, et elle aurait voulu que cette douleur soit plus forte encore.

— Vous avez frappé ma mère, haletait-elle et, se servant des cheveux d'Anita comme d'une corde, elle lui cognait la tête inlassablement sur le sol.

Puis quelqu'un la tira en arrière ; montrant les dents, les poings serrés, Tia se débattit, tandis qu'en baissant le regard elle voyait les yeux injectés de sang d'Anita se révulser.

Gideon s'approcha, ramassa le pistolet, et Malachi retourna dans ses bras Tia qui se débattait toujours.

— Est-ce que tu es blessée ? Mon Dieu, Tia, il y a du sang sur toi !

— Elle lui a botté le cul ! hoqueta Cleo, et un sourire se faisait jour sur son visage à travers l'émotion. Vous ne voyez pas, elle lui a botté son sale gros cul !

— Tilly ! s'écria Tia.

L'adrénaline refluait maintenant dans son organisme et la laissait sans forces, comme liquéfiée ; sa voix devenait faible, la tête lui tournait.

— Maman est avec elle, répondit Malachi. Elle appelle une ambulance. Là, là, chérie, tu vas t'asseoir. Gideon, aide Mme Marsh là-bas.

— Je vais le faire, intervint Tia. Elle est effrayée...

En s'arc-boutant, elle réussit à rester sur ses pieds. Ses genoux voulaient se dérober, ses jambes s'affaisser, mais elle fit un premier pas, et le second fut plus facile.

— Sortez-la d'ici, s'il vous plaît. Sortez Anita d'ici. Je vais m'occuper de ma mère.

Faisant le tour d'une Anita inconsciente, Tia entreprit de détacher sa mère.

— Ne fais pas de crise d'hystérie, lui ordonna-t-elle, et elle déposa un baiser sur le visage contusionné d'Alma tout en s'occupant des nœuds. Allonge-toi, et je vais te préparer du thé.

— Je croyais qu'elle allait te tuer, je croyais...

— Elle ne l'a pas fait. Je vais parfaitement bien, et toi aussi.

— Et Tilly, elle est morte !

— Non, elle n'est pas morte, je te le promets.

Doucement, Tia aida Alma à se lever.

— Une ambulance arrive. Allonge-toi, maintenant. Tout va bien.

— Cette horrible femme ! Je ne l'ai jamais aimée... Ma tête me fait mal...

— Je sais.

Tia chassa les cheveux d'Alma de sa tempe blessée, y déposa un autre baiser.

— Je te donnerai quelque chose pour ça.

— Tilly, répéta Alma en saisissant la main de Tia.

— Elle va aller parfaitement bien. (Tia se pencha, entoura sa mère de ses bras.) Tout va aller parfaitement bien.

— Tu as été tellement courageuse. Je ne savais pas que tu pouvais être aussi courageuse...

— Moi non plus, avoua Tia.

À sa surprise, Alma insista pour partir à l'hôpital avec Tilly. Et fut assez énergique pour convaincre sa fille de rentrer chez elle.

— Elle va rendre fous les médecins, affirma Tia après leur départ. Au moins jusqu'à ce que mon père arrive là-bas et la calme.

— Ça prouve qu'elle a bon cœur, remarqua Eileen en posant une tasse de thé en face de Tia, qu'elle soit plus inquiète pour son amie que pour n'importe quoi d'autre. Et un bon cœur va loin, ajouta-t-elle en caressant la joue douloureuse de la jeune femme. Buvez votre thé à présent, comme ça vous serez solide quand vous parlerez à ces policiers.

— Je vais le faire. Merci.

Elle ferma les yeux tandis qu'Eileen quittait la pièce, puis les rouvrit et regarda Malachi.

— Je n'avais jamais pensé qu'elle pourrait te faire du mal. Je n'avais jamais pensé qu'elle... J'aurais dû ! s'exclama-t-il.

— Ce n'est la faute de personne d'autre qu'elle.

— Regarde-toi, rétorqua-t-il en prenant doucement dans les mains son visage. Des bleus sur ta joue, et des coups de griffes en plus. Alors que j'aurais voulu que ça n'arrive jamais, qu'il y ait une seule marque sur toi à aucun prix, pas pour tout l'argent du monde, ni pour les *Parques* ni pour la justice !

— Il y en a davantage sur elle, et elles viennent de moi.

— Quand je pense à ce que tu as fait..., dit-il en l'aidant à se lever, pour la prendre dans ses bras. Des sels de bain en plein dans les yeux. Qui d'autre aurait pensé à ça ?

— C'est fini, cette fois, n'est-ce pas ? Complètement fini ?

— Oui. Complètement.

— Alors, est-ce que tu vas m'épouser ?

— Quoi ? (Il s'éloigna lentement, prudemment.) Qu'est-ce que tu as dit ?

— Je t'ai demandé si tu allais m'épouser, oui ou non !

Il laissa échapper un petit rire, se passa une main dans les cheveux.

— Je pensais justement à le faire, oui, si du moins tu étais d'accord. J'étais même sur le point de me décider pour une bague, quand Cleo a appelé sur le portable de Gideon.

— Alors, retournes-y et rapporte-la.

— Maintenant ?

— Demain. (Elle l'entoura de ses bras et soupira.) Demain, ce sera parfait.

Épilogue

Cobh, Irlande
7 mai 2003

Le quai des Eaux-Profondes n'avait pas changé depuis l'époque du *Lusitania*, du *Titanic*, des grands et magnifiques paquebots qui avaient autrefois navigué entre l'Amérique et l'Europe.

Ici, des navettes venaient jadis de ces paquebots prendre le courrier et les passagers du train de Dublin, qui arrivait souvent en retard.

Si la gare ferroviaire était toujours en service sur ce quai, le Centre culturel et touristique de Cobh, avec ses vitrines d'exposition et ses boutiques, occupait une bonne part de ses bâtiments.

Récemment, une annexe y avait été ajoutée pour faire office de petit musée. La sécurité en avait été assurée par la société Burdett. La pièce maîtresse de ce musée était un groupe de trois statuettes d'argent, connues sous le nom des *Trois Parques*.

Elles brillaient derrière leur vitrine protectrice, et semblaient regarder au travers les visages – peut-être les vies – de ceux qui venaient les voir et les étudier.

Elles étaient debout, unies par leurs bases, sur un piédestal de marbre, et sur ce piédestal était apposée une plaque de cuivre.

LES TROIS PARQUES
Prêt de la collection Sullivan-Burdett
En souvenir d'Henry W. et Edith Wyley,
Lorraine et Steven Edward Cunningham III,
Felix et Margaret Greenfield,
Michael K. Hicks

— C'est bien. C'est bien que son nom soit là, remarqua Cleo, en clignant les yeux pour refouler ses larmes. C'est bien.

Gideon passa un bras autour de ses épaules.

— C'est juste. Nous avons fait ce que nous pouvions pour que justice soit rendue.

— Je suis fière de toi, affirma Rebecca en passant son bras sous celui de Jack. Je suis fière d'être ici à côté de toi, en tant qu'épouse. Tu aurais pu la garder pour toi.

— Non. Je t'ai, toi. Une déesse, c'est assez pour n'importe quel homme.

— Bonne et sage réponse. Il est temps qu'on aille au cimetière. Cleo ?

— Oui...

La jeune femme posa deux doigts sur le verre de la vitrine, juste devant le nom de Mikey, puis approuva :

— Allons-y.

— On sera juste derrière vous, leur dit Malachi. Boutonne-toi.

Il commença à attacher lui-même les boutons de la veste de Tia.

— Il y a du vent dehors...

— Tu n'as pas besoin de t'agiter comme ça. Nous allons bien.

— Les futurs pères ont le droit de s'agiter et de s'inquiéter, rétorqua-t-il en lui mettant la main sur le ventre. Tu es sûre de vouloir marcher ?